잘린 머리처럼
불길한 것

잘린 머리처럼 불길한 것

미쓰다 신조 장편소설

권영주 옮김

비채

엮은이의 말

이것은 히메노모리 묘겐 씨가 과거에 《미궁 이야기책》에 발표한 〈히메쿠비 산의 참극〉 원고를 바탕으로 그 뒤 가필된 유고 등을 엮은이가 정리, 재구성한 것이다. 따라서 이 글이 어엿한 한 권의 책으로 성립된 공은 말할 것도 없이 작가에게 돌아가야 하며(그 일부는 작중의 에가와 란코 씨에게도 부여되나), 엮은이는 무엇 하나 공헌한 바가 없음을 밝혀둔다.

쇼와의 어느 정월달에
도조 마사야, 또는 도조 겐야

차례

들어가기에 앞서 … 13

1 십삼야 참배 … 25
2 다카야시키 순사 … 43
3 히메쿠비 산 … 55
4 동쪽 도리이 입구 … 76
5 히메카미 당 … 84
6 십삼야 참배 중 관련자의 움직임 … 109
7 우물 속에서 … 120
8 4중 밀실 … 137

❀ 막간1 ❀ … 157

9 《그로테스크》 … 166
10 두 여행자 … 180
11 신부 후보 세 사람 … 202
12 히메쿠비 산 살인사건 … 227
13 쿠비나시 … 244
14 밀실 산 … 263

15 히가미 가 사람들 … 280

16 수사회의 … 293

　❀ 막간 2 ❀ … 318

17 지명의 예 … 325

18 제3의 살인 … 350

19 아오쿠비 님의 의사 … 363

20 네 개의 잘린 머리 … 374

21 머리 없는 시체의 분류 … 391

22 미해결 사건 … 411

　❀ 막간 3 ❀ … 415

23 독자 투고에 의한 추리 … 419

24 도조 겐야 씨의 추리 … 437

　❀ 막간 4 ❀ … 483

끝을 맺으며 … 491

등장 인물

히가미 가 사람들

❈ 이치가미(一守) 가
- 후도_히가미 일족을 통솔하는 장
- 효도_이치가미 가의 당주, 후도의 셋째아들
- 후키_효도의 아내
- 조주로_효도의 맏아들, 쌍둥이 중 오빠
- 히메코_효도의 맏딸, 쌍둥이 중 동생
- 구라타 가네_쌍둥이의 유모
- 미나토리 이쿠코_쌍둥이의 가정교사
- 요키타카_이치가미 가의 하인
- 스즈에_이치가미 가의 하녀

❈ 후타가미(二守) 가
- 가즈에_후타가미 가의 노마님, 후도의 누나
- 고타쓰_후타가미 가의 당주, 가즈에의 맏아들
- 후에코_고타쓰의 아내
- 고이치_고타쓰의 맏아들
- 고지_고타쓰의 둘째아들
- 다케코_고타쓰의 맏딸, 조주로의 맞선 상대

❈ 미카미(三守) 가
- 후타에_후도의 첫째 여동생
- 가쓰키_미카미 가의 당주, 후타에의 맏아들
- 아야코_가쓰키의 아내
- 하나코_가쓰키의 둘째딸, 조주로의 맞선 상대

히가미 가의 친척들

🌸 **고리(古里) 가**
- 미쓰에_후도의 둘째 여동생
- 마리코_미쓰에의 손녀, 조주로의 맞선 상대

주재소 사람들
- 다카야시키 하지메_기타모리 주재소 순사
- 다에코_하지메의 아내
- 후타미_히가시모리 주재소 순사부장
- 사에키_미나미모리 주재소 순사

기타
- 에가와 란코_추리소설 작가
- 오에다 신야_쓰이카이치 경찰서 경부보
- 이와쓰키_쓰이카이치 경찰서 형사
- 도조 겐야_괴기 환상 작가, 필명은 도조 마사야
- 아부쿠마가와 가라스_재야 민속학자

역사상의 인물들(?)
- 아오 히메_도요토미 군에게 참수된 여인
- 오엔_당주에게 참수된 당주의 아내
- 쿠비나시_首無, 머리 없이 몸통만 있는 정체불명의 귀신

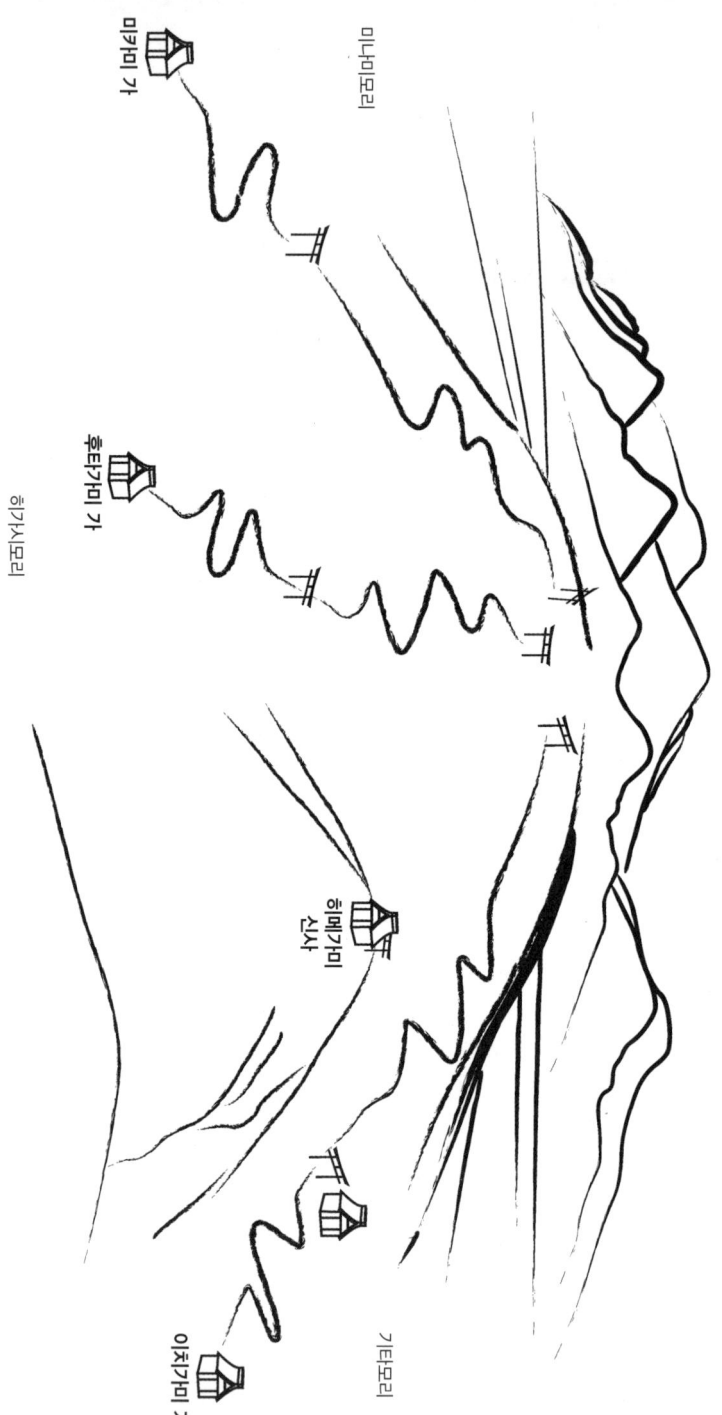

이기면 기쁜 꽃 한 돈
지면 분한 꽃 한 돈
히가미의 후계자 잠깐 와봐라
몸이 약해 못 간다
히가미의 며느리 잠깐 와봐라
머리가 무서워 못 간다
그건 됐다 됐다, 어느 애 가질래
사내애 가질래
그건 금세 죽어 계집애는 어때
계집은 건강, 하지만 이치가미는 끊어져
그건 됐다 됐다, 어느 애 가질래
사내애 가질래
그건 금세 죽어 계집애는 어때
계집은 장수, 하지만 이치가미는 남지 않아
그건 됐다 됐다, 어느 애 가질래
의논하자 머리에게 묻자 그러자

_헤미야마 나오나리, 《동요에 감춰진 비밀 전승》(지소샤)

들어가기에 앞서

　새하얀 원고지를 앞에 두고 저는 지금 예상치 못했던 당혹감을 느끼고 있습니다. 이것은 작가 히메노모리 묘겐으로서가 아니라 본명인 다카야시키 다에코로서 이 글을 쓰려 하기 때문일까요.
　아뇨, 그렇지 않습니다. 저는 이미 이 글을 한 편의 소설로 쓰기로 마음을 먹었습니다. 즉, 어디까지나 작가의 시점에서 전쟁 중, 그리고 전후에 일어난 두 사건을 해명해볼 생각입니다. 그런데 도대체 무엇부터, 또는 어디서부터 이야기를 시작하면 좋을지 알 수 없어 어찌할 바를 모르겠습니다.
　이렇게 당혹스러운 기분이 드는 것은 30여 년 전, 전후에 창간한 탐정소설 전문 잡지 《보석》에 공모하기 위해 집필했던 처녀작 《머리가 무서워 못 간다》의 도입부를 쓰는 데 한참을 고민했던 그때 이후 처음 같습니다.

그래요, 우선은 제가 왜 이 글을 쓰려 했는지, 그 이유부터 말씀드리는 것이 도리겠군요.

발단의 하나는 문득 제 나이를 돌아본 데 있습니다. 쇼와의 치세도 이제 몇 해만 더 있으면 50년이 넘으려 하는 이때, 저는 제가 올해로 나이 예순을 맞이한다는 새삼스러운 사실을 깨닫고, 부끄럽기 그지없는 말입니다만 놀랐습니다. 옛날로 치면 인생 50년, 그 세월을 벌써 10년이나 지나려 하기 때문입니다. 물론 요즈음은 60대가 되어서도 늙었다는 느낌이 전혀 없이 제2의 인생을 즐기려는 분들이 많으시겠지요.

그러나 이 시기에 제가 히메카미 촌의 기타모리 변두리에 은밀히 인생 최후의 거처를 정하고 이곳에서 하필이면 이 글을 쓸 결의를 한 것은, 역시 마음속 어딘가에서 자신이 살날이 얼마 남지 않은 몸임을 인식했기 때문이 틀림없습니다. 지금 써두지 않으면 앞으로 그런 기회는 두 번 다시 돌아오지 않을지도 모른다는 초조감에 시달렸던 것은 분명하니까요.

지금 생각하면, 그런 식으로 향후의 인생을 돌아본 것과 더불어 몇 가지 우연이 겹친 결과, 이 글을 쓰기로 마음먹게 되지 않았을까 싶습니다.

먼저, 제 나이를 돌아보고 돌연히 도회지 생활에 피로감을 느껴 여생을 시골에서 보내고 싶다고 생각한 것. 이어서, 뛰어난 본격 추리소설을 여러 권 발표하고 있는 에가와 란코 씨가 이번에 경사스럽게도 예순 번째 저작인 수필집 《석일환상소요(昔日幻想逍遙)》를 출간하고 그 속에서 20년 전의 그 사건을 언급한 것. 또 그 책에도 등장하는, 간사이에서 발행되는 월간 동인지 《미궁 이야기책》에서 되도록 특이한 내용으로 연재소설을 집필해달라는 의뢰를 받은 것. 그리고 무엇보다도 오랜 작가 활동을 통해 쌓인 자료와 편지를 정리하다가 기타모리 주재소의 순사였던 망부(亡夫) 다카야시키 하지메가 이치가미 가에 얽힌 괴사건의 수사 상황을 기록해둔 공책을 발견한 것 등이 하나가 되어 저를 이 글로 이끈 것 같습니다.

부연하자면,《미궁 이야기책》은 어지간한 문예지보다도 더 많은 발행 부수를 자랑하는 괴기 환상 동인지의 명문입니다. 앞으로 여기서도 다룰, 잊혀진 탐미 작가 이토나미 고리쿠 씨의 특집부터 에도가와 란포 선생과 요코미조 세이시 선생이 주고받은 편지 발굴까지 대단히 매력적인 기획을 세우는, 문단에도 숨은 애독자가 있는 잡지입니다.

그래도 가장 큰 동기는 과거에 남편과 함께 살았던 히메카미 촌으로 돌아와 이 땅의 분위기를 다시 피부로 느낀 것이겠지요.

'媛首村'이라고 쓰고 '히메카미 촌'으로 읽는 이 지방은 오쿠타마 깊은 곳에 개척됐을 때는 '히메카미 향(媛神鄕)'이라 불리던 지역으로, 분카(1804~18년)에서 분세이(1818~30년) 시대에 편찬된《신편(新編) 무사시 풍토 기록》에는 '媛神村'으로 표기되어 있었습니다. 그러다 메이지 시대에 들어와 '媛上村'으로 바뀌고 니라야마 현에 편입되었습니다. 그 뒤로 메이지 7년(1874년)에 가나가와 현, 29년에 도쿄부의 관할지가 되어 현재에 이릅니다. 그렇기는 해도 촌의 경계선은 에도 시대부터 조금도 변하지 않았으므로, 조상 대대로 살아온 사람들에게는 그때마다 마을이 달라졌다는 의식은 조금도 없었을 테지요.

다만 그 과정에서 '媛上'가 '媛首'로 바뀐 모양인데, 이 개칭의 자세한 내막에 관해서는 이상하게도 자료가 없고, 심지어 전승마저도 전혀 남아 있지 않습니다. 마을의 고문헌을 통해 대략 언제쯤 변경됐는지 그 연대를 추정하는 일은 가능하지만, '누가 무슨 이유로?'라는 커다란 수수께끼에 부딪히게 됩니다. 하기야 '上'에서 '首'로의 변경은 이 마을 사람들에게는 지극히 받아들이기 쉬운 변화였을 겁니다. 왜냐하면…….

아뇨, 그 설명은 본문에서 하는 것이 좋겠군요. 뭐니 뭐니 해도 '首'라는 글자야말로 이 땅과 이 마을을, 히가미 가와 이치가미가를, 전쟁 중과 전후의 기괴한 사건을 잇는 중요한 요소이니까요…….

여기서는 먼저 이 지역의 역사와 지리를 안내해두지요.

히메카미(媛神)의 조상은 후지와라 가문, 또는 다치바나 가문이라고 이야기되는데, 물론 그것은 어디까지나 전승에 불과합니다.

와도 원년(708년)에 아가타이누카이의 스쿠네 미치요가 다치바나 성을 하사받자, 이 재색을 겸비한 여걸은 순식간에 황실과 후지와라 가문과의 관계를 강화합니다. 이윽고 미치요의 자식인 가쓰라기 왕은 다치바나 모로에라 칭하고, 다치바나 가문은 세력을 확대해 갑니다. 그러나 후지와라 가문의 세력 회복에 의해 모로에는 실각, 모로에의 자식인 나라마로는 후지와라 가문의 타도를 꾀하다 도리어 붙들려 유폐를 당합니다. 그래도 다치바나 가문의 세력이 완전히 쇠퇴한 것은 아니었으므로, 나라마로도 목숨만은 건졌습니다. 다만 모로에가 죽자 나라마로는 즉각 처형됐다고 이야기됩니다. 두 사람이 죽은 해가 같기에 그렇게 생각된 것이겠지요.

이런 권모술수의 세계에 몸을 두고 있었던 소장(少將) 다치바나 다카키요는 자기도 말려들기 전에 도망칠 결심을 하고, 동국(東國)의

심산유곡으로 달아나 그곳에 히메카미 성을 세우고 요시노 산에서 안칸 천황(일본의 제27대 천황. 재위 기간은 531~535년)의 영을 모셔와 히메가미(媛守) 신사를 창건했다는 유래가 전해집니다. 다만 여기서 중요한 것은 다치바나의 본가에는 다카키요라는 이름이 존재하지 않는다는 사실입니다. 즉, 어디까지나 신사의 유래요, 마을의 전승에 불과하다는 이야기입니다.

　히메카미 촌은 동서 17.5킬로미터, 남북 11.3킬로미터의 타원형입니다. 총 면적은 102제곱킬로미터에 이르는데, 그 남북의 거의 중심에 '히메쿠비(媛首) 산'이 동서로 펼쳐져 있습니다. 산이라고 불리지만, 실제로는 고분처럼 둥글게 솟은 광대한 숲으로 위에서 보면 마을과 마찬가지로 타원을 그리고 있습니다. 이 히메쿠비 산의 북쪽이 기타모리(北守), 동쪽이 히가시모리(東守), 남쪽이 미나미모리(南守)라고 불리는데, 마을은 이 세 지역으로 이루어져 있습니다. 한편, 히카게 고개라고 불리는 산 서쪽이 바로 이 마을의 경계이므로 니시모리(西守)라는 지역은 존재하지 않습니다.

　이야기가 조금 샛길로 빠집니다만, 같은 '媛首'가 마을일 때는 '카미', 산일 때는 '쿠비'가 됩니다. 저는 이 '首'라는 글자를 읽는 법의 차이가 어쩐지 이 산의 무서움을 암시한다는 생각이 옛날부터 자꾸만 듭니다만……('카미'가 '신' '수호' 등의 뜻인 반면, '쿠비'는 '머리'라는 뜻이다).

　아뇨, 여기서 곁길로 새지 말고 마을 이야기로 돌아갑시다.

　예전에는 양잠과 숯 굽기가 마을 사람들의 주된 생업이었고, 그밖에 농업과 임업, 수렵이 약간 더해지는 정도였습니다. 양잠이 어느 시대에 어떤 경로로 마을에 도입됐는지는 확실치 않습니다. 200년도 더 됐다는 양잠의 신 메묘 지장(地藏)이 마을의 주 출입구인 히가시모리 큰문 옆에 모셔진 걸로 보아 꽤 오래전부터 행해져온 것은 최소한 분명합니다. 그 양잠이 가장 활기를 띠었던 것이 다이쇼 말기부터 쇼와 초기까지였습니다. 이윽고 서서히 중앙의 대자본에 밀려 생사(生絲) 경기에 그늘이 드리워지기 시작했을 때도 이웃 마을처럼 쇠퇴하지 않은 것은 히가미 가의 덕이라고 두고두고 이야기되던 것을 저도 압니다.

히가미 가는 대대로 이 땅을 다스려온 마을의 대지주입니다. 히가미라는 성을 쓰는 집은 마을 안에 세 곳이 있는데, 소위 본가에 해당하는 집안을 이치가미라 부르고, 후타가미, 미카미가 그에 이어집니다. 이치가미 가와 후타가미 가는 '守'를 '가미'라고 탁음으로 읽지만, 미카미만은 '카미'라고 맑게 읽습니다. 이 호칭은 마을 내에서만 통용되는 옥호고, 실제 성은 아닙니다. 그리고 이치가미 가가 기타모리를, 후타가미 가가 히가시모리를, 미카미 가가 미나미모리를 통치하며, 세 히가미 가가 마을을 지키고 발전시켜왔다는 역사가 있습니다. 원래는 히메카미(媛神)라는 성이었는데, 어느새 히가미(秘守)로 변했다는 전승도 마을을 '은밀히 지킨다'고 풀이하면 수긍이 갈지 모릅니다.

그런데 얄궂게도 이 히가미 가야말로 누군가의, 아니 분명히 신불의 가호가 필요했던 것입니다. 왜냐하면 아오쿠비 님이라는 공포의 존재가 수백 년 전부터 히가미 가에 계속해서 지벌을 내렸기 때문입니다. 그중에서도 특히 이치가미 가의 후계자, 즉 히가미 일족의 장이 되는 사내아이에게…….

이렇게 쓰면 독자 여러분은 꾸지람하시리라 생각됩니다. 히메노모리 묘겐은 비록 괴기스러운 추리소설이 전문이라고는 하나, 적어도 합리적인 해결을 구하는 작품을 집필하는 주제에 지벌 같은 전근대적 미신을 믿느냐고 말이지요.

하지만 이 히메카미 촌에서 벌어진 여러 사건을 돌이켜보면, 그런 논리만으로는 결코 해결될 수 없는 뭔가가 요소요소에서 고개를 불쑥 내밀고 있는 듯한, 그런 섬뜩한 기분에 사로잡히고 맙니다. '어처구니가 없다' '있을 수 없다'고 생각하면서도 정체를 알 수 없는 뭔가가 관여된 듯한 느낌이 불쑥 듭니다.

어쩌면 이 글을 소설로 쓰겠다고 결심하고도 제가 글을 시작하지 못하고 망설인 것은 이런 불안감을 완전히 불식시키지 못했기 때문인지도 모릅니다.

그렇다고 이대로 질질 끌고 있어봤자 소용없으니, 서론은 이쯤 하고 나머지는 전체 구성에 대해 간단히 설명하고자 합니다.

이야기는 '나=다카야시키 다에코'의 1인칭이 아닙니다. 처음에는 그런 서술 방법도 생각했지만, 금세 단념했습니다. 주재소 순사의 아내였다고는 하나 저 자신은 당연히 사건 자체에 전혀 관여하지 않았기 때문입니다. 다카야시키 다에코의 시점으로는 전쟁 중과 전후의 사건을 모두 그릴 수가 없습니다.

그렇다면 기타모리 주재소를 담당하고 있던 다카야시키 하지메 순사의 입장에서 다뤄볼까도 생각했습니다. 경찰관이었던 남편의 시점에 서면 매우 자연스럽게 사건을 기술할 수 있습니다. 게다가 경찰관으로서의 일생을 히메카미 촌 주재소 순사로 마친 남편에게 전쟁 중의 괴사건은 그야말로 '다카야시키 하지메 순사 최초의 사건'이요, 전후의 사건은 '다카야시키 하지메 순사 최후의 사건'이라고도 할 수 있습니다.

 그러나 글을 쓰고 보니 이 서술 방법에도 중대한 결점이 있었습니다. 주재소 순사라는 위치에 있기는 했으나, 남편은 어디까지나 타지 사람이었습니다. 즉, 어떻게 기술하든 사건을 바깥쪽에서 바라볼 뿐 안쪽에 발을 들여놓을 수 없는 것입니다. 이대로 글을 써나갈 수는 있다 해도 소설로서는 재미가 결여된 전개가 될 것입니다.

 그래서 또다시 생각해보던 중에, 다카야시키 하지메 순사의 시점과 더불어 히가미 가의 내부를 잘 아는 인물의 시점을 채용함으로써 안과 밖, 양 방향에서 서술을 진행시키는 구성이 떠올랐습니다. 물론 이쿠타 요키타카라는 안성맞춤의 인물이 있었기 때문입니다. 전쟁 중의 괴사건이 벌어지기 1년쯤 전에 이치가미 가에 온 다섯 살짜리 남자아이로, 그 사건의 중요한 목격자이기도 합니다. 타지 사람이면서 이치가미 가의 일원이라고도 할 수 있는 그 아이의 미묘한 입장은 다카야시키 하지메와는 또 다른 시점을 가진 인물로 잘 어울릴 것 같았습니다.

 게다가 잘 생각해보니 두 사람과 저와의 관계는 매우 비슷했습니다. 우선 남편은 생각을 정리하기 위해 처를 상대로 사건에 관해 이야기하는 일이 많았으므로, 저는 다양한 정보를 알고 있었습니다. 한편, 요키타카는 주재소에서 조사를 여러 차례 받는 사이에 어느새 저희 부부를 따르게 되어 그 이후로 이따금 놀러오곤 했습니다. 그 덕분에 저는 그 애를 통해 이치가미 가의 내정을 주워들을 기회가 있었습니다. 그러면서 모르는 새에 이 두 사람에게 이 글을 쓰기에 충분한 지식과 정보를 얻게 된 셈입니다. 그렇게 생각하면 다카야시키 하지메와 이쿠타 요키타카의 시점에서 두 개의 사건을 그리는 것은 필연이었는지도 모릅니다.

다만 걱정이 한 가지 있었습니다. 그것은 요키타카가 갖고 있을 어떤 성향에 관해서입니다. 태어나서부터 그랬는지, 이치가미 가에서 조주로 씨를 만나면서부터 싹텄는지, 그것은 저도 모릅니다. 다만 그 애가 보통의 사내아이와 다르다는 것이 점차 느껴졌던 것은 사실입니다. 아무리 그래도 전쟁 중에는 전혀 눈치 채지 못했지만, 전쟁이 끝나고 그 애가 성장함에 따라, 또 그 애의 입에서 조주로 씨 이야기를 들으면서 저는 서서히 요키타카의 특이한 성향을 알아차렸던 것입니다. 그것을 과연 이 글에 써도 되는 것인지 많이 고민했습니다.

그러나 그 무렵에는 이미 요키타카의 시점이 이 소설을 성립시키는 데 불가결함을 확신하고 있었습니다. 이제 와서 그것을 포기하고 다른 기술 방법을 채용하는 것은 생각도 할 수 없었습니다. '그것은 네 사정이 아니냐'고 하면 뭐라 대꾸할 말이 없습니다만, 저는 그 애의 성향이 어디까지나 플라토닉한 연애였음을 생각하고 숨김없이 쓰기로 결심했습니다. 그렇게 하지 않으면 그 애의 언동, 특히 조주로 씨에 대한 언동이 부자연스러워지기 때문입니다.

지금은 그저 이 판단이 틀리지 않기를 간절히 기도할 뿐입니다.

자, 이 글은 이번 '들어가기에 앞서'를 연재 첫 회로 하고, 두 번째는 이쿠타 요키타카의 시점으로 그리는 '1장'과 다카야시키 하지메 시점의 '2장'을, 세 번째도 두 사람의 장을 각각 하나씩 쓰는 식으로 연재 한 회당 두 장씩을 발표하고, 필요에 따라 '막간'을 마련하는 구성을 채택할 생각입니다. 집필하고 나서 독자 여러분이 읽으시기까지 대략 2개월이 걸리는데, 이 글의 경우는 그 시간차가 매우 바람직하다는 생각이 듭니다.
 왜냐하면 이 '히메쿠비 산의 참극'을 기록하는 목적이 이치가미가를 덮친 전쟁 중과 전후의 괴사건의 진상을 해명하는 데 있기 때문입니다. 소설 형식으로 사건을 재구성한다고는 하나 어디까지나 현실에서 일어났던 미해결 사건을 다루는 셈이니, 독자 여러분께서 만족하실 정도로 사건의 진상을 제시할 수 있을지 어떨지는, 한심한 이야기입니다만 현재로서는 아무런 말씀도 드릴 수 없습니다. 최악의 경우, 사건을 기록했다는 사실만이 남을 가능성도 있습니다. 그렇기에 독자 여러분도 꼭 이 수수께끼 풀이에 참가해주시면 좋겠습니다. 집필에서 잡지 게재까지 시간이 있으니, 연재 중에 생각하실 시간은 충분히 있습니다. 적당한 시기에 다시 말씀드릴 테니, 모쪼록 기억해주시기를 부탁드립니다.
 그리고 사소한 문제일지 모르지만, 방언에 관해 미리 사과해두겠습니다. 처음에는 각 사람이 한 말을 그대로 재현할 생각이었습니다만, 역시 그래서는 의미가 통하기 어려운 부분이 다수 발생하는 탓에 기본적으로는 표준어로 고쳤습니다. 다만 모든 대화를 그렇게 하면 각 인물의 개성까지 균일화될 염려가 있습니다. 그래서 제 독단이나마 각 인물의 인물상에 맞춘 말투를 쓰기로 했습니다. 그것이 어디까지나 제 개인적인 인상임을 염두에 두어주시기 바랍니다.
 한편, 현재 사건 관련자의 대부분은 타계했거나 다른 지역으로 떠난 것 같습니다. 그래도 저는 과거에 기타모리 주재소의 순사였던 다카야시키 하지메의 아내가 이곳으로 돌아왔음을 마을 사람들에게 밝히지 않았습니다. 셋집을 찾을 때는 도회지의 부동산 중개사무소에 중개를 부탁하고 되도록 마을 외곽의 집을 찾아달라고 했습니다.

그 덕분에 제 정체가 알려지는 일 없이 혼자 살기에 적당한, 뒷마당이 딸린 집으로 이사 올 수 있었습니다. 공연한 호기심을 피하기 위해 사람을 싫어하는 괴팍한 글쟁이라는 소문도 사전에 부동산 중개 사무소를 통해 퍼뜨려 두었습니다. 그를 위한 연출과 집필 중의 기분 전환을 겸해, 그리고 조금이라도 자급자족할 수 있도록 뒷마당을 갈아 밭이라도 만들까 생각 중입니다.

이런 설명을 드리면, 독자 여러분은 '잠깐, 이런 연재를 시작하면 그런 고생도 물거품이 아니냐'고 하실지 모릅니다. 하지만 아마 괜찮으리라 생각합니다. 히메노모리 묘겐의 필명을 썼다고는 하나, 제가 과거에 히메카미 촌에 전해지는 여러 전승을 소재로 삼아 창작 활동을 했는데도 마을 사람들 중 누구 한 사람도 그것을 알아차리지 못했으니까요. 나머지는 독자 여러분께 이 연재가 종료될 때까지 문제를 일으키지 않고 조용히 지켜봐주시기를 엎드려 당부드릴 따름입니다.

서론이 너무 길었습니다.

그럼 히메카미 촌을 무대로, 먼저 이치가미 가의 십삼야(十三夜) 참배 중에 4중 밀실이 형성됐다고 여겨지는 히메쿠비 산속에서 벌어진 기괴한 전쟁 중의 사건과, 이어서 이십삼야(二十三夜) 참배 사흘 뒤의 불가해한 머리 없는 살인사건에서 시작된 무서운 전후의 사건의 세계로……

아니, 그전에 '탐정소설의 귀신'이라 불리는 일부 독자 분들께 한 말씀 드릴까 합니다.

이 글이 '나=다카야시키 다에코'의 1인칭 시점을 취하지 않았다고 해서 일련의 사건을 벌인 진범이 제가 아닐까 의심하시는 것은 전적으로 헛수고임을 노파심에서 미리 알려드립니다.
 그럼 혐오스러우면서도 저에게는 어딘지 모르게 그리운 이야기의 세계로…….

  쇼와의 어느 동짓달에
  히메노모리 묘겐, 또는 다카야시키 다에코
 (경애하는 도조 마사야 씨의 기술을 따라)

십삼야 참배

히메카미 촌에 대한 요키타카의 기억은 여섯 살이 되고 얼마 지나지 않은 중추(仲秋)의, 십삼야라 불리는 히가미 가의 기이한 의례에서 시작된다.

당시 일본은 대동아전쟁(제2차 세계대전) 중으로, 전황은 악화 일로를 걷고 있었다. 그러나 학도 출병이라 불리는 재학 징집 연기 임시 특례의 공포(公布)도, 학동 소개(疏開)를 실시하기 위한 학동 소개 촉진 요강과 제도(帝都) 학동 소개 실시 요령의 각의(閣議) 결정도 아직 행해지기 전이었고, 하물며 본토에 대한 공습 따위는 일반인으로서는 생각조차 하지 못했다.

그렇기 때문에 마을을 다스리는 히가미 일족의 장인 이치가미 가의 후도 옹이 이런 비상시국임에도 불구하고 십삼야 참배를 거행하기로 결심한 것은 나름대로 납득할 수 있는 일이었다. 간토 오쿠타마의 심산유곡 한복판에 위치한 마을의 입지를 생각하면 더욱 말할 것도 없었다. 도시에 비하면 일상생활에서 느끼는 전시의 색은 아무래도 엷기 마련이었다.

하기야 전쟁 중이라는 상황만이 문제가 된 것은 아니었다. 메이지 유신 이후, 정부가 정교일치의 국가 신도(神道)를 성립시키면서 신사에서 받드는 신은 《고사기》나 《일본서기》 속의 황통 계보와 관련된 신들로 바뀌었다. 그에 따라 각 지방의 씨족신 신앙이나 민간 신앙 등은 모조리 금지된 탓에 히메카미 당에 참배를 드리는 일조차 지금은 극히 곤란할 터였다.

게다가 히메카미 촌에는 당시 아직 전쟁의 그늘이 완전히 드리워지기 전이었다고는 하나, 시대는 신국(神國)이라 불리는 일본이 한창 대동아공영권을 건설하려던 때였다. 또 시선을 가까운 곳으로 돌리면 마을에서도 적잖은 남자들이 출병해 있었다.

그런 상황에서 십삼야 참배를 거행할 수 있었던 것은 오로지 히가미 가의 삼삼야(三三夜) 참배라 불리는 의례가 일족의 아이의 성장에 맞춰 10년에 한 번밖에 돌아오지 않는다는 그 특수성 때문이었을 것이다. 만약 매년, 또는 매월 행하는 일상 신앙에 대한 의식이었다면 아마도 불가능했을 것이다.

다만, 그런 여러 외적 상황은 결국 후도 옹에게는 전혀 관계없는 일이었다고도 생각할 수 있다. 후도 옹에게는 히가미 일족 중에서 자신의 가계가 이치가미 가로 존속하는 일이 그 어떤 것에도 우선되어야 할 중대사였을 것이 분명하기 때문이다.

"우리는 이치가미 가의 명예를 대대로 자손들에게 전해줄 의무가 있다."

술만 들어가면 후도 옹이 꼭 하던 말이 그것이었다.

요키타카가 하치오지의 이쿠타 가에서 히가미의 이치가미 가로 온 것은 바로 1년쯤 전, 다섯 살이 된 직후였다. 생각하면 이때 그의 인생에 큰 전기(轉機)가 찾아온 것이었다.

그것은 돌연히 찾아왔다.

요키타카가 다섯 번째 생일을 맞은 그날 밤, 낮에는 구름 한 점 없이 맑더니만 해질녘부터 느닷없이 내리기 시작한 빗속에 손님이 찾아왔다. 상대는 비가 오는데도 우산을 쓰지 않고 쫄딱 젖어 있었던 탓에, 어머니는 놀라 소리를 질렀다. 그러나 이상하게도 어머니는 그런 상황에서도 현관 앞에서 손님을 상대했다. 그 때문에 요키타카에게는 손님이 보이지 않았지만, 어렴풋이 들려오는 목소리로 여자라는 걸 짐작할 수 있었다.

손님이 돌아간 뒤 "누가 왔어요?" 하고 큰형이 물었다. 그러나 어머니는 고개를 갸웃하며 "그게, 글쎄 잘 모르겠구나."라고 중얼거리기만 할 뿐, 말이 종잡을 수 없었다. 요키타카가 형에게 "여자였어."라고 하자, "아니, 창문으로 얼핏 봤는데 남자던데. 소름 끼치게 아름답고 꼭 시동 같은……"이라는 뜻밖의 대답이 돌아왔다. 결국 찾아온 사람이 누구인지는 알지 못했다.

다들 잠자리에 들고 나서 얼마 지났을 무렵, 요키타카가 이상한 느낌이 들어 잠에서 깨어보니 옆에서 자고 있던 어머니가 일어나 앉아 방구석을 응시하고 있었다. 이상하게 생각한 그가 그쪽을 아무리 봐도 아무것도 보이지 않았다. 그런데도 어머니는 그 어둠을 꼼짝 않고 바라보고 있었다.

"엄마, 왜 그래?"

요키타카는 심상치 않은 분위기에 겁을 먹으면서도 물었다. 그러자 어머니는 이렇게 말했다.
"너희 아버지가 돌아오셨다……."
남방으로 출정한 아버지가 이런 한밤중에 돌아왔다는 것이었다. 그러더니 어머니의 태도가 별안간 이상해졌다.
이윽고 옆방에서 자고 있던 두 형과 누나가 일어나 건너왔다. 큰형이 어머니에게, 작은형과 누나가 요키타카에게 각각 무슨 일이냐고 물었다. 그러나 어머니는 마찬가지로 "너희 아버지가 돌아오셨다."는 말만 반복하면서 부들부들 떨며 고개만 내저었다. 세 사람은 어쩌면 좋을지 알 수 없었을 것이다.
두 형과 누나는 하는 수 없이 어머니가 응시하는 방구석을 몇 번씩 확인했다. 그러나 그들도 요키타카와 마찬가지로 어디에서도 아버지를 볼 수 없었는지, 얼굴을 마주 보며 섬뜩한 표정을 지었다.
"안 보이니? 보렴, 저기 아버지가 계시잖니. 머리가 없는 아버지가……."
어머니는 방구석의 어둠을 가리키면서 미소 지었다. 요키타카는 어머니가 그런 미소를 짓는 것은 처음 보았다. 도무지 견딜 수 없는 기분이 드는 미소였다.
며칠 뒤에 아버지가 전사했다는 통보를 받았다. 이미 각오하고 있었는지(요키타카의 눈에는 아무것도 느끼지 못하는 듯 보였으나) 어머니는 꿈쩍도 하지 않았다. 출병한 병사의 처로서 훌륭한 태도라고 동네에서도 평판이 났을 정도였다. 그러나 그는 그런 어머니에게 묘한 이질감을 느꼈다. 분명히 어머니의 모습을 하고 있는데 속은 다른 사람인 듯한…….
이튿날, 어머니와 세 아이의 시체를 이웃집 주부가 발견했다. 네 사람 모두 낫으로 목을 베였다. 어머니가 자식들을 죽이고 자살한 것으로 보였다. 동기는 남편의 전사 외에는 생각할 수 없었으나, 어머니를 잘 아는 이웃 사람들은 석연치 않아했다. 그러나 바로 비국민적 행위로 간주되어, 민중에게 미칠 영향을 고려한 당국에 의해 사건은 즉각 어둠에 묻혔다. 어머니를 칭송하던 동네 주민들도 태도를 싹 바꿔 멸시 어린 시선으로 이쿠타 가를 보기 시작했다.

이 섬뜩한 동반자살 사건에서 수수께끼였던 것은 막내 요키타카만 무사했다는 점이었다. 어머니와 두 형과 누나가 피투성이로 이부자리에 누워 있는 방구석에서 그는 무릎을 끌어안고 웅크리고 있었다고 한다. 무슨 일이 일어났느냐고 물어도 완강히 입을 다물고 한마디도 하지 않았던 모양이다.

어른들은 너무나도 큰 충격에 자기 안에 틀어박히고 만 것으로 해석한 듯했지만, 이때 그의 머릿속을 차지하고 있던 것은 '그날 밤 찾아온 것은 **무엇**이었을까…….' 하는 의문뿐이었다. 그 의문만이 머릿속을 맴돌고 있었던 것이다. 그것이 모든 일의 원흉이고 발단이라는 생각이 들었다. '누군가'가 아니라 '뭔가'가 찾아온 것 때문에 이쿠타 가는 비극을 당한 것이라는 생각이.

결국 의문의 방문객이 있었다는 이야기는 아무에게도 하지 않았다. 이야기하면 그 화가 이번에는 가차 없이 자기에게 닥칠 것 같았다. 그렇게 생각한 순간, 등골이 오싹했던 것을 그는 지금도 기억하고 있다.

사건이 있은 뒤, 어른들 사이에 어떤 이야기가 오갔는지 그는 전혀 알지 못한다. 친가나 외가 친척에게 맡겨지거나 고아원으로 보내지지 않았고, 정신을 차리니 열차와 목탄 버스를 갈아타고 흔들리는 마차에 몸을 맡기고 있었다. 그렇게 해서 도착한 곳이 히메카미 촌의 히가미 가, 그것도 대지주임을 자랑하는 이치가미 가였다.

요키타카를 맡게 된 구라타 가네, 통칭 가네 할멈이라 불리는 이에 따르면 이치가미 가와 이쿠타 가는 주종 관계에 있었으므로 그 인연으로 요키타카를 데려온 모양이었다.

그런 경위로 그가 마을에 온 지 거의 1년이 되어갔다.

물론 히가미의 이치가미 가에서 보낸 이 1년을 요키타카가 조금도 기억하지 못하는 것은 아니었다. 그러나 다섯 살, 여섯 살이라는 어린 나이와 하치오지의 이쿠타 가에서 히메카미 촌의 이치가미 가로 옮겨온 데 따른 환경의 변화, 그리고 아버지의 전사와 어머니와 두 형과 누나의 기괴한 죽음의 영향도 있는지 그때의 기억은 얇은 피막으로 덮인 것처럼 부옇게 흐렸다. 오히려 하치오지에서 살던, 철이 들까 말까 했던 무렵이 더 또렷하게 기억나는 것도 같았다.

그 정도로 평소의 기억은 요키타카에게 희미하고 어슴푸레한 것이었으나, 십삼야 참배에서 벌어진 일만은 몹시 선명한 영상으로 뇌리에 찍혀 있었다. 마치 그의 자아가 그날 밤 마침내 각성하기라도 한 양.

그날은 중추명월을 감상하는 시기 같지 않게 달빛이 전혀 없는 캄캄한 밤이었다. 가네 할멈에게는 이것이 지금부터 거행할 의례의 불길한 전조처럼 느껴졌는지, 의례를 준비하다 말고 몇 번씩 하늘을 올려다보며 중얼거리곤 했다.

"참 기분 나쁜 하늘이로구먼. 이대로 캄캄한 밤이 되어버리겠어. 달님이 조금이라도 얼굴을 내밀어주지 않을까."

할멈의 두려움은 곧바로 어렸던 요키타카에게도 영향을 미쳤다.

'무슨 좋지 못한 일이 생기는 것은 아닐까, 의례가 무사히 끝나지 못하는 것은 아닐까, 이치가미 가의 후계자인 조주로에게 전승에서 이야기하듯 화가 닥치는 것은 아닐까' 하고 계속해서 불안에 시달렸다.

거기에는 전날 별안간 그만두고 나가겠다고 한 하녀 스즈에게 들은 불가해한 그녀의 **어떤 기억**도 포함되어 있었다. 의미나 까닭은 전혀 알 수 없었지만, 그때 느낀 것은 흡사 영검한 신이라 생각하고 열심히 기도를 드렸던 대상이 실은 끔찍한 마물이었다는 말을 들은 듯한, 그런 섬뜩한 기분이었다.

그렇기 때문에 조주로를 지켜보고 싶었다. 자신이 뭔가를 할 수 있을 리는 없지만 그래도 도움이 되고 싶었다. 이 집에서 자신에게 다정한 사람은 오로지 그뿐이었다. 게다가 조주로는 시간을 내서 요키타카에게 온갖 재미있는 이야기를 들려주곤 했다. 그중에서도 특히 소년 탐정단(에도가와 란포가 어린이를 위해 쓴 추리소설 시리즈)의 활약에는 가슴이 설렜다. 아케치 고고로라는 명탐정도 나오지만, 요키타카에게 영웅은 소년 탐정단의 고바야시 요시오 단장이었다. 어쩌면 그에게는 사과처럼 뺨이 발그레한 고바야시 소년과 조주로가 겹쳐 보였는지도 모른다. 실제로는 단원과 단장이라는 관계가 아니라, 조주로가 그의 주인 중 한 사람인 주종 관계였지만…….

조주로와 히메코, 이 외모와 성격 모두 전혀 딴판인 남녀 이란성 쌍둥이가 어린 요키타카의 주인이었다. 옆에서 보면 두 주인도 아직 충분히 어리다 할 수 있었다. 하지만 요키타카에게는 두 사람 다 어엿한 형이요, 누나였다. 게다가 이치가미 가에서 이 남매가, 아니 오빠가 얼마만큼 소중한 존재인지 가네 할멈이 단단히 가르쳐 놓았으므로, 어린아이라는 인식은 도저히 들지 않았다.

여섯 살 때부터 이치가미 가에서 일한 스즈에에 따르면, 쌍둥이가 태어나기 전에는 집 안에 뭐라 말할 수 없는 긴장감이 돌았다고 한다.

여담이지만, 스즈에는 이치가미 가에 오기 전에는 하치오지를 거점으로 하는 덴쇼 잡기단의 일원으로 원래 업둥이였던 모양이다. 어렸을 때부터 줄타기나 인간 대포 등을 훈련 받았으나, 단장인 양아버지는 그녀에게 재능이 없다고 판단하고 일찌감치 더부살이를 보냈다고 한다. 그것을 부끄럽게 생각하는지, 그녀는 집 이야기를 그리 하고 싶어 하지 않았다. 요키타카도 나이 많은 하녀에게 듣고 처음으로 덴쇼 잡기단 이야기를 알았을 정도였다.

요키타카가 자신의 태생에 관해 안다고는 생각지도 못하는 스즈에는 선배 하녀에게 들었으리라 짐작되는 이야기를 약간 의기양양한 얼굴로 했다.

"당시 후타가미 가에는 이미 후계자가 될 아들이 둘이나 있었거든. 고이치 님이랑 고지라는 일곱 살, 다섯 살 먹은 형제가 말이야. 그에 비해 이치가미 가에는 아들이 아직 하나도 없었고."

따라서 후도 옹은 며느리인 후키가 드디어 두 번째 임신을 했음을 알고 무척 기뻐한 모양이었다.

"하지만 아들이 태어나리라는 보장은 없잖아. 게다가 첫 번째처럼 기껏 아들을 낳았더니 죽을 수도 있고 말이야. 아, 후키 마님은 열아홉 살 때 시집 오셔서 바로 아들을 낳으셨는데, 아기가 글쎄 돌도 되기 전에 죽었지 뭐야. 후타가미 가에선 벌써 첫아들이 태어난 뒤였기 때문에 이치가미 가에서 뛸 듯이 기뻐했는데……."

여기서 스즈에는 조금 허둥거리며 효도나 후키 앞에서 입을 잘못 놀리면 절대 안 된다고 요키타카에게 다짐을 두었다.

 "그래서 큰나리께서 당신의 세 아들을 받은 산파이자 그 뒤로는 나리를 훌륭하게 키운 유모이기도 한 가네 할멈을 일부러 간사이에서 되불러 온 거야."

 후도 옹에게 구라타 가네는 그 정도로 신뢰할 수 있는 인물이었을 것이다. 또 효도에게도 자신의 옛 유모가 아내의 출산에 함께해주니 마음이 든든했을 것이 분명하다.

 "간사이에서도 산파 일을 하던 가네 할멈은 즉각 달려왔다더라."

 복귀한 가네 할멈이 얼마나 의욕이 넘쳤는지 모른다는 이야기는 스즈에에게 여러 번 들었지만, 그때마다 요키타카는 열심히 귀 기울였다. 신기한 일이 생기는 동화나 옛날이야기에 가까운 재미가 있었기 때문이었다.

 이치가미 가에 돌아온 가네 할멈은 별채에서도 특히 작고 초라한 방을 산실로 정하고 먼저 출산을 위해 필요한 여러 액막이 주술을 걸었다. 요키타카도 그것이 어떤 것이었는지 기분이 좋을 때 본인에게 직접 들은 적이 있었다. 대대로 히가미 가에 내려져온 지벌을 자신이 어떻게 보기 좋게 물리쳤는가. 그것을 이야기하는 가네 할멈의 말투는 평소에 없는 열의를 띠곤 했다. 스즈에에게서 이야기를 듣는 것과는 또 다른 즐거움이 있었다. 아무튼 가네 할멈은 철저히 태세를 갖추고 후키의 출산에 임한 것이다.

 "별채엔 가네 할멈만 들어갔어. 큰나리는 역시 다르셔서 방에 의젓하게 앉아 계셨지만, 나리는 별채 앞 복도를 왔다 갔다 하시고 얼마나 안절부절못하시던지. 하지만 그렇게 말하자면 집안 분위기부터가 평소랑 달랐던 것 같아."

아직 어렸던 스즈에에게도 온 집 안의 공기가 팽팽하게 긴장된 것이 여실하게 느껴졌던 모양이다.

"마님이 쌍둥이를 임신하신 건 가네 할멈을 통해 알고 있었거든. 그러니까 어쩌면 한꺼번에 아들이 둘 태어날지도 모르는 거잖아. 그렇게 되면 후타가미 가의 형제한테도 대항할 수 있는 거야. 물론 둘 다 딸일 수도 있지. 큰나리나 나리나 안절부절못하셨을걸."

스즈에 자신은 본채에서 별채를 몰래 엿보고 있었다. 하기야 그녀뿐만 아니라 하인들 중 다수가 별채의 동정을 살피고 있었다고 한다.

"이윽고 진통이 시작된 것 같았어. 그러더니 얼마 있다가 '딸입니다!' 하고 가네 할멈이 부르짖는 소리가 들려왔어……."

여기서 스즈에는 꼭 한숨을 쉬곤 했다.

"어린 마음에도 '아아, 딸이구나' 하고 애석해했던 기억이 나. 쌍둥이는 성별이 같은 경우가 많잖니. 그래서 나도 '두 번째도 딸일 게 틀림없다, 이걸로 집안의 안녕이 또 멀어졌구나' 하고 지레짐작한 거야. 하지만 가네 할멈은 역시 다르더라. 좀 있다가 '두 번째는 아들입니다' 하고 조금의 흐트러짐도 없이 차분한 목소리가 들려오지 뭐야."

즉, 조주로의 탄생은 말 그대로 태어나기 직전까지 이치가미 가 사람들의 애를 태운 셈이었다.

"아들은 목욕을 시킨 다음 바로 본채에 특별히 준비된 어린이 방으로 옮겼어. 딸은 별채에 그대로 남아……."

쌍둥이가 태어났을 때 으레 그러하듯, 나중에 태어난 아들이 오빠가 되고 조주로(長壽郎)라는 이름이 붙여졌다. 말할 것도 없이, 좌우지간 탈 없이 성장해 이치가미 가의 대를 이어달라는 뜻으로 붙인 이름이었다. 먼저 태어난 딸은 여동생이 되고 히메코라는 이름이 붙여졌다.

본채에 특별히 마련된 어린이 방과 작고 초라한 별채라는, 각 아이에게 주어진 방만 봐도 태어난 직후부터 이미 남매 사이에 역연한 차이가 존재했음을 알 수 있다.

'두 사람의 성격이 깜짝 놀랄 만큼 다른 것은 어쩌면 이치가미 가의 어른들이 어렸을 때부터 내내 차별했기 때문이 아닐까.'

이치가미 가에 온 요키타카가 맨 처음 기이하게 생각한 것은 이 쌍둥이의 일상생활의 차이였다. 오빠인 조주로가 본채에서 아무 불편 없이 사는 데 비해, 동생인 히메코는 작은 별채에서 기도 펴지 못하며 살았다. 아닌 게 아니라 그녀는 병약하기는 했다. 그러나 가족과 떨어져 살아야 할 정도로 무슨 특별한 병을 앓는 것은 아니었다. 단지 몸이 그리 튼튼하지 않은 것뿐이었다. 그러나 그것은 조주로도 마찬가지였다. 오히려 남자인 만큼 그 가냘픈 선은 히메코보다 더 눈에 띄었는지도 모른다.

'거의 동시에 태어났는데……'

히메쿠비 산의 북쪽 도리이(일본 신사의 입구에서 주로 발견되는 2개의 기둥 꼭대기를 가로대로 놓은 문) 입구 옆에 있는 제사당에서 준비가 끝났을 때, 요키타카는 두 사람을 보며 새삼 그런 생각을 했다.

"여긴 이제 됐으니까 넌 먼저 돌아가 있어라."

가네 할멈이 말했다.

뒤에는 이치가미 가의 당주인 효도, 유모인 가네 할멈, 쌍둥이를 위해 고용된 가정교사 미나토리 이쿠코, 그리고 의례의 주역인 조주로와 히메코, 다섯 사람만 남았다. 여담이지만, 일부러 가정교사를 고용한 것은 마을 아이들이 다니는 학교에 이치가미 가의 후계자를 보낼 필요가 없다며 후도 옹이 통학을 인정하지 않았기 때문이었다.

"예, 그럼 저는 이만 물러가겠습니다."

정좌한 채 다다미에 이마가 닿을 정도로 먼저 효도에게 머리를 조아리고, 이어서 쌍둥이에게도 절을 했다. 처음 왔을 때는 익숙지 않아서 당황했는데, 1년 사이에 자연스럽게 인사할 수 있게 되었다.

"요키야, 알겠느냐. 일하지 않는 자는 먹지도 말아야 하는 것이야."

처음에는 울기만 하고 시키는 일을 제대로 해내지 못하는 그에게 가네 할멈이 수도 없이 한 말이었다. 말로만 그러는 것이 아니라 실제로 식사가 주어지지 않은 적도 셀 수 없이 많았으므로, 좋든 싫든 일을 익히는 수밖에 없었다. 그때 할멈이 철저하게 가르친 것은 히가미 일족을 대할 때의 예법이었다.

"수고 많아. 고맙다."

하지만 그런 요키타카의 노고를 치하해준 사람은 조주로뿐이고, 효도와 히메코는 쳐다보지도 않았다. 어차피 하인이자 어린애라는 인식밖에 없는 것이다.

이치가미 가의 당주인 효도의 태도는 그의 아버지이자 히가미 일족의 장인 후도 옹을 그대로 빼닮았다. 그래도 후도 옹은 자주 앓아눕기는 해도 최소한 입장에 걸맞은 관록을 갖추고 있었다. 그러나 당주에게는 애석하게도 그것이 없었다. 필사적으로 아버지를 흉내내고 있을 뿐이었다. 아버지와 마찬가지로 병약하다 보니 그 허세가

보고 있기에 측은했다. 게다가 속에서는 언제까지고 자신의 머리를 짓누르는 아버지에 대한 반항심이 부글부글 끓고 있었다. 요키타카조차 알 수 있을 정도였다. 후도 옹에게는 없고 효도에게 있는 것은 기껏해야 바람둥이라는 것뿐일지 모른다. 그러니 화도 나지 않았다.

 그러나 아직 어린애라고 할 수 있는 히메코가 그런 태도로 나오면, 서운한 것 같기도 하고 분한 것 같기도 한, 뭐라 말할 수 없는 기분이 들었다. 아무리 자기 주인이라 해도…….

 다만 요키타카가 히메코에게 느끼는 이런 감정은 조주로에 대한 그의 감정의 역(逆)이라 생각할 수도 있었다. 아닌 게 아니라 어린 주인은 하인인 그를 다정하게 대해주었지만, 쌍둥이 여동생에게는 그 이상으로 마음을 써주었다. 두 사람이 받는 대우의 차이가 워낙 큰 탓에 그녀에게 죄책감을 느끼는 걸까. 그러나 그런 오빠에 대한 동생의 반응은 지극히 냉담했다. 그것이 또 요키타카를 심란하게 했다.

 '히메코 님이 안 계시면 조주로 님은 좀 더 나를 봐주실지도 모른다.'

 요키타카는 이따금 대담한 생각을 품을 때가 있었다.

 이란성 쌍둥이라 그런지, 두 사람은 닮은 점이 거의 없었다. 조주로 쪽이 살빛이 희고 세련된 아름다움이 느껴지는 용모인데다 목소리도 부드럽고 맑았다. 그야말로 미소년이라는 표현이 어울리는 용모였다. 그렇다고 히메코가 못생긴 것은 아니었다. 길게 늘어뜨린 검은머리는 여자답고, 오빠와는 다른 단정한 이목구비도 보통 같으면 충분히 미인으로 칭찬 받았을 것이다. 그런데도 조주로와 나란히 서면 아무리 해도 모든 면에서 불리했다. 이 대비는 그녀에게 불행이라 하지 않을 수 없었다.

두 사람의 차이는 외견뿐 아니라 성격에서도 나타났다. 얌전하고 차분한 조주로에 비해 히메코는 주장이 강하고 소란스러웠다. 똑같이 선이 가늘다 보니, 전자는 호감이 느껴지고 후자는 신경질적이라는 인상을 받았다.

"오빠와 동생이 아니라 누나와 동생이었더라면 그나마 조금은 나았을 텐데."

하인이나 마을 사람들이 곧잘 그렇게 수군거리며 흉을 보곤 했다. 그러나 아들이 연약하고 딸이 기가 세다는 성질의 차이가 바로 히가미 가, 그중에서도 특히 이치가미 가에서 대대로 나타나는 저주받은 특징이었다. 그렇기에 아들은 조주로라고 이름을 지음으로써 그 지벌을 물리칠 필요가 있었다. 딸에게 히메코(妃女子)라는 이름을 붙인 것 뒤에는 십중팔구 아오쿠비 님의 재앙이 전부 그쪽으로 몰리게 하려는 의도가 있었다고 보인다. '妃女'가 '媛'(둘 다 '히메')를 나타낸다고 보면, 꼭 비틀린 해석만은 아닐 것이다.

즉, 대를 이을 오빠가 탈 없이 건강하게 자라기를 바라는 마음에서 원래라면 그를 향할 아오쿠비 님의 관심을 되도록 동생에게 돌리기 위해 '히메코'라고 이름을 지었다는 것을 마을 사람들도 어렴풋이 눈치 채고 있었던 것이다.

실제로 히메코가 병약한 것은 이 이름 때문이라 여겨졌다. 왜냐하면 이치가미 가의 남자아이가 약하고 여자아이가 기가 세다는 성격 차이는 그대로 신체의 차이와도 연결되어 있었기 때문이었다. 그런데도 그녀가 건강하지 못한 것은 원래라면 조주로가 짊어져야 할 질병과 상처 중 다수를 그녀가 대신 넘겨받기 때문이었다. 요는 '히메코'라는 이름이 주술적 장치로서 훌륭하게 작용하고 있다는 증거라 할 수 있었다. 그런 생각이 두 사람이 성장함에 따라 자연히 마을에 퍼지기 시작해 오늘에 이른 것이었다.

"자, 어두워지기 전에 얼른 돌아가라."

조주로의 다정한 미소를 넋 놓고 멍하니 바라보고 있노라니 가네 할멈이 재촉했다. 꾸물거리면 꿀밤이라도 한 대 맞을 듯했다.

요키타카는 황급히 조주로에게만 다시 한 번 고개를 꾸벅 숙인 다음 밖으로 나왔다. 그러나 시키는 대로 돌아가지는 않고, 북쪽 도리이 왼쪽에 선 커다란 석비 뒤에 몸을 숨긴 채 그곳에서 제사당을 꼼짝 않고 망보기 시작했다.

가네 할멈 말대로 캄캄한 밤이라면 조주로의 뒤를 밟는 것도 어렵지 않으리라고 생각했다.

그때, 기타모리 주재소의 다카야시키 하지메 순사가 나타났다. 오늘밤에 중요한 십삼야 참배가 있다는 것을 알고 상황을 보러 온 모양이었다. 그러나 순사가 제사당에 있었던 것은 잠깐뿐이었다. 나오더니 바로 도리이 주위를 얼쩡거리기 시작했다.

'순사님, 얼른 가주면 좋겠는데.'

석비 뒤에 숨어 있던 요키타카는 당장에라도 들키는 것이 아닐까 안절부절못했다. 그렇지 않아도 당시의 어린아이에게 경찰관은 매우 무서운 존재다. 하물며 히가미의 이치가미 가에서 그 무엇보다도 중요시하는 의례를 시작하려는 이때, 수상한 인물로 발각되는 우는 절대 범하고 싶지 않았다. 나중에 가네 할멈에게 벌 받을 생각을 하면 더 말할 것도 없었다.

'설마 이대로 눌러앉을 생각인 건……'

그러면 조주로의 뒤를 밟지 못하게 된다. 그러나 다행히 이 걱정은 기우로 끝났다. 주위를 한차례 둘러본 다카야시키는 빠른 걸음으로 그곳을 벗어났다. 이때 석비 뒤도 들여다보았지만, 요키타카는 순사가 다가오는 것을 깨닫고 상대방과는 반대 방향으로 석비 주위를 이동해 무사히 위기를 넘겼다.

다행이라고 안도하던 그는 주위가 급속히 어두워진 것을 깨달았다. 삽시간에 희미한 석양빛도 구름이 잔뜩 낀 하늘에서 완전히 사라지고 마을에 칠흑 같은 어둠이 내렸다.

'그나저나 조주로 님은 왜 이렇게 늦으시지······.'

십중팔구 제사당을 나서려는 그에게 가네 할멈이 주의에 주의를 기울여 주문을 외우는 것이 틀림없다. 가네 할멈이라는 사람은 좌우지간 조주로의 인생에서 때마다 상황에 맞는 특별한 주문을 외움으로써 보호를 더욱 강고히 하지 않으면 성이 풀리지 않았다.

'오늘밤은 십삼야 참배니까 특히 오래 걸리겠지.'

요키타카가 약간 긴장을 늦춘 그때였다.

제사당 현관으로 누군가 나왔다. 흰 저고리에 갈색 하카마를 입고 손에는 불 밝힌 초롱을 들고 있었다.

'조주로 님이다.'

십삼야 참배에서 남녀가 겹쳤을 때, 우선되는 것은 남자였다. 이치가미 가에서 의례를 올릴 자가 여자고 후타가미 가가 남자인 경우에도 이는 지켜졌다. 즉, 삼삼야 참배에 한해서는 이치가미 가, 후타가미 가, 미카미 가라는 격의 차이보다 참배를 드리는 자가 남자냐 아니냐가 중요했다. 따라서 가장 중요시되는 것은 당연히 이치가미 가의 적자다. 장차 히가미 일족의 장이 될 자이기 때문이다. 이번에 그 자리에 있는 것이 바로 조주로였다.

　북쪽 도리이 앞에서 절을 드리고 계단을 오르기 시작한 조주로의 초롱 불빛을 눈으로 좇으며 요키타카는 궁리했다.

　'바로 뒤를 밟는 편이 나을까? 아니면 좀 더 기다려야 하나?'

　문제는 히메쿠비 산 중심의 히메카미 당으로 가는 그의 뒤를 히메코가 어느 정도 거리를 두고 따라올지, 그것을 모른다는 점이었다.

　물론 그로서는 곧바로 조주로를 따라가고 싶었다. 계단을 올라가 참배길을 따라가서는 우물에서 정화 의식을 행하고, 히메카미 당에서 의례를 거행한 다음 소라 탑에서 혼사(婚舎)로 들어가기까지 십삼야 참배를 처음부터 끝까지 지켜보고 싶었다.

　요키타카는 십삼야 참배의 준비를 거들며 적당한 때를 틈타 가네 할멈에게 의례에 관해 궁금한 점을 물었다. 그러나 너무 세세하게 꼬치꼬치 캐물은 탓에 "네가 그렇게 자세하게 알 필요가 없다!" 하고 가네 할멈에게 야단맞고 더는 질문할 수 없는 분위기가 되고 말았다.

　'어쩌지……'

　요키타카는 계단을 올라가는 초롱 불빛을 바라보며 주저했다. 이대로 뒤를 밟을 것인가, 아니면 히메코가 나오기를 기다렸다가 그녀의 뒤를 따를 것인가.

　'하지만 그럼 조주로 님을 지켜볼 수 없는데……'

　그렇게 생각하고 그는 더듬더듬 계단을 올라갔다. 중간에 몇 번씩 뒤를 돌아보고 제사당에서 히메코가 나타나지 않는지 주의하며.

　요키타카가 계단 끝까지 올라가자, 앞쪽 어둠 속에 흐릿한 초롱 불빛이 흔들리며 멀어져가는 것이 보였다. 흡사 어둠 속에 춤추는 도깨비불처럼 보였다. 이따금 훅 사라지는 것은 포석이 깔린 참배길이 나무들 사이로 굽이굽이 감돌기 때문에 양쪽으로 늘어선 나무들이 불빛을 가리는 탓일 것이다.

그 희미한 불빛을 제외하면 주위는 온통 캄캄한 어둠뿐이었다. 계단을 올라오기 전에는 도리이 양옆으로 늘어선 석등의 희미한 불빛과 제사당에서 흘러나오는 따스할 것만 같은 빛이 가까스로 주위를 밝혀주었다.

그런데 히메쿠비 산에 발을 들여놓은 순간, 하계의 불빛을 완전히 차단하는 사위스럽고 시커먼 어둠의 세계가 펼쳐져 있는 것이 아닌가.

'이, 이렇게 어둡구나.'

앞쪽에 마치 먹물처럼 농후한 어둠이 가라앉아 있는 것을 보고 요키타카는 발걸음을 멈추었다. 그러나 그러는 사이에도 초롱 불빛은 점점 멀어졌다. 조주로와의 거리가 계속 벌어졌다.

앞서가는 작은 불빛을 의지해서 칠흑같이 어두운 히메쿠비 산에 들어선다.

그런 생각을 하는 것만으로도 평소의 요키타카 같으면 분명 발길을 돌렸을 것이다. 하지만 이때 그는 조금이라도 조주로에게 보탬이 되고 싶었다. 그 마음만으로 그는 이 무서운 암야 행로에 임할 결심을 했다.

비명(非命)에 죽은 두 여자가 모셔져 있고 사람들이 지금도 그 지벌을 두려워하는, 불길하고 꺼림칙한 히메쿠비 산의 한가운데로 발을 들여놓을 비장한 각오를 한 것이었다.

2 다카야시키 순사

 기타모리 주재소의 다카야시키 하지메 순사가 북쪽 도리이 입구 앞 제사당을 찾아간 것은 십삼야 참배가 거행되는 날 저녁 6시 50분이었다. 그날 저녁 7시부터 의례가 시작된다는 것은 전부터 알고 있었으므로, 무슨 이상은 없는지 살펴보러 간 것이었다. 그 나름의 어떤 생각에 의거해 오늘밤은 경계가 필요하리라 판단했기 때문이었다.
 그러나 그렇게 느낀 사람은 그뿐인 듯, 제사당에서는 자기를 그리 환영하지 않는다는 인상을 받았다. 문제의 쌍둥이는 옷을 갈아입는 중이라 해서 만나지 못했고, 이치가미 가의 당주 효도는 노골적으로 외부인의 개입을 꺼리는 태도였다. 평소에는 붙임성 있는 구라타 가네도 쌍둥이를 보살피느라 바쁜지 얼굴도 비치지 않았다. 가정교사인 미나토리 이쿠코는 그 아름다운 얼굴에 여전히 차갑고 무표정한 가면을 쓴 채, 효도가 다카야시키를 상대하는 동안에도 두 사람을 무시하는 듯한 태도로 일관했다. 이치가미 가를 위해 얼굴을 내민 것이건만 대접은 형편없었다.

그래도 다카야시키는 제사당과 도리이 사이를 중점적으로 조사하고는 조금 서둘러 히가시모리 주재소로 자전거를 몰았다.

'후타미 씨가 제대로 순찰을 돌고 있으면 좋겠는데……'

원래 그는 자신이 북쪽 도리이 입구 앞을 벗어나선 안 된다고 생각하고 있었다. 그러나 동쪽 도리이 입구를 맡긴 후타미가 과연 자기 부탁을 순순히 들어주었을지 심히 불안했다. 다행히 제사당에는 효도와 구라타 가네와 미나토리 이쿠코가 있었다. 쌍둥이를 내보내고 나면 세 사람의 주의도 바깥으로 쏠리리라. 그렇게 생각하고 자신은 우선 히가시모리 주재소의 상황을 살피러 가기로 했다.

히메카미 촌의 지형은 동서로 기름한 타원을 그리는데, 그 남북의 거의 중심에 히메쿠비 산이 있다. 산의 맨 서쪽에 해당되는 히카게 고개가 그대로 마을 경계와 인접한 탓에, 마을의 토지는 산 북쪽, 동쪽, 남쪽 크게 셋으로 나뉜다. 이 세 지역은 순서대로 기타모리, 히가시모리, 미나미모리라 불리고, 대대로 이 마을의 지주인 히가미 일족 중에서도 이치가미 가가 북쪽을, 후타가미 가가 동쪽을, 미카미 가가 남쪽을 맡아서 다스린다.

마을의 이런 구분에 맞춰 주재소도 각 지역에 하나씩 있었다. 기타모리 주재소에는 다카야시키가, 히가시모리 주재소에는 후타미 순사부장이, 미나미모리 주재소에는 사에키 순사가 근무했다. 경시청 쓰이카이치 경찰서에 소속된 주재소로서는 세 곳 모두 동격이다. 그런데도 이미 여러 차례 문제의 원인이 된 것이 세 사람의 계급 차이였다.

'내 부탁이라면 후타미 씨도 순순히 들어주지 않으니 말이야.'

시간을 신경 쓰며 다카야시키는 필사적으로 페달을 밟았다.

아닌 게 아니라 상대는 순사부장이다. 하지만 그것은 공다운 공을 세우지는 못했을망정 주재소 순사로서 오랜 세월 우직하게 직무를 다해온, 근속 연한에 따른 승진이었다. 그것은 누가 봐도 명백했다. 나이로 보더라도 이번이 처음이자 마지막 승진이리라.

'아니, 그건 별로 상관없는데…….'

후타미만 세 주재소에 경찰 조직 내의 상하관계가 전혀 없음을 인식해주면 되는 것이다. 그러나 자신은 순사부장이고 다카야시키와 사에키는 순사라는 사실에 그는 집착했다. 마을 목수에게 따로 주문해 만든 경찰봉(보통보다 훨씬 굵다)을 허리춤에 달고 다니는 것도 두 사람과의 차별화를 꾀하겠다는, 응석받이 어린애 같은 소망의 표현이리라. 그런 개인적인 경찰봉 따위는 경찰관의 복무규정에 위반되는 것이 분명했지만, 다카야시키와 사에키도 구태여 상부에 보고해 일을 복잡하게 만들 생각은 눈곱만큼도 없었다.

'게다가 분명히 히가미 일족의 이인자인 후타가미 가가 다스리는 지역이 자기 담당 구역이라는 사실도 마음에 들지 않겠지.'

즉, 순사부장인 자신이 이치가미 가의 땅인 기타모리를 담당해야 한다고 생각하는 것이다. 1년쯤 전에 부임한 다카야시키처럼 아직 타지 사람이라 해도 무리가 없을 평범한 순사가 아니라 말이다.

'마을 내에 있는 세 주재소를 순사부장 자신이 지휘한다…… 그런 꿈을, 아니 무의미한 야망을 갖고 있는 거지.'

다카야시키 하지메 순사가 사전에 각 주재소에 공문을 보내 부탁한 내용은 담당 지역의 히메쿠비 산 출입구인 도리이 주변을 십삼야 참배가 시작되는 오늘 저녁 7시 전부터 충분히 경계해달라는 것이었다.

그가 걱정한 것은 물론 아오쿠비 님의 지벌이 아니다. 그보다 현실적인 위협, 즉 이치가미 가의 조주로를 누군가 노리지 않을까 하는 지극히 사실적인 염려였다. 삼삼야 참배는 표면상으로는 히가미 가의 아이가 건강하게 성장하기를 기원하는 의례다. 그러나 실제로는 대를 이을 후계자를 수호해 무사히 일족의 장으로 앉히기 위한 장치였다. 즉, 신사(神事) 같은 의식도 전부 구가(舊家)의 후계자 다툼의 일환에 불과한 것이다.

'이치가미 가에게는 조주로 군의 성장을 기원하는 의례다. 하지만 후타가미 가나 미카미 가의 입장에서는, 무슨 사고라도 생겨준다면…… 하는 마음이 들지도 모르는 일.'

후타미는 지나친 생각이라고 비웃었다. 그러나 다카야시키가 그런 걱정을 하는 것도 그리 엉뚱한 일은 아니었다.

실은 메이지 초두에 십삼야 참배 중 이치가미 가의 대를 이을 남자아이가 우물에 떨어져 목이 부러져 죽은 **사고**가 일어난 적이 있었다. 당시 마을 사람들은 아오쿠비 님의 지벌이라고 믿어 의심치 않았지만, 다카야시키는 후타가미 가나 미카미 가의 누군가가 행한 살인이 아닐까 생각하고 있었다. 그러나 결국 죽은 남자아이의 이복동생이 대를 이었으므로 이치가미 가의 안녕이 흔들리는 일은 없었다. 지벌이건 살인이건 의미가 없었던 것이다.

'하지만 이복동생과 관계가 있는 **이치가미 가 내부의 누군가**가 범인이었을 가능성도 생각할 수 있으니, 그렇게 되면 의미가 있었던 셈이지.'

진상을 밝혀낸다 한들 무슨 공이 되는 것도 아니건만, 과거의 사건을 조사하는 것을 좋아하는 그는 어느새 그런 생각에 푹 빠지고 말았다. 범인이 이치가미 가 내부에 있지 않을까 하는 탐정소설적인 발상이 몹시 재미있게 느껴졌던 것이다.

 '어이쿠, 아니지! 지금은 과거의 사건을 생각하고 있을 때가 아니야.'

 어느새 느려진 자전거를 다카야시키는 기세 좋게 페달을 밟아 허둥지둥 내달렸다. 그리고 마음을 바로잡고 히가시모리로 서둘러 갔다.

 히메카미 촌의 중심지인 그곳은 마을 안에서 가장 발전된 곳이었다. 그렇지만 마을에서 유일하게 번화가라 할 수 있는 거리에는 촌 사무소, 소방단 대기소, 주재소, 우체국, 일용잡화를 취급하는 상점, 여관, 식당 등이 모여 있을 뿐이라 보기에 따라서는 황량한 풍경일지도 모른다.

 뜻밖에도 후타미는 집에 없었다. 부인에 따르면 7시 넘어서 히메쿠비 산 동쪽 도리이 입구로 갔다고 했다. 주재소를 나선 시간이 조금 늦기는 해도 일단은 다카야시키의 의뢰를 받아들여준 셈이었다.

 '내 오해였나.'

 내심 반성하며 동쪽 도리이 입구로 가는 길을 따라가니 앞쪽에 흔들거리는 손전등 불빛이 보였다. 가까이 다가가자 후타미가 후타가미 가의 고이치와 서서 이야기를 나누는 중이었다.

 "후, 후타미 씨. 이런 데서 뭘 하시는 겁니까?"

 "오오, 다카야시키 순사로군. 아니, 동쪽 도리이 입구로 가려고 하는데 그쪽에서 고이치 군이 오잖나. 그래서 무슨 이상이 없었는지 잠깐 묻던 참이네."

그러나 시간은 벌써 7시 20분이었다. 주재소를 나선 것이 7시 넘어서라면 최소한 10분 가까이 이야기를 하고 있었다는 뜻이다.

"그쪽에서 뭐 알아차리신 일이라도 있습니까?"

후타미에게 고언을 하고 싶은 것을 꾹 참고 다카야시키는 고이치에게 물었다. 상대가 히가미 가 사람이면 말투가 정중해지지 않을 수 없다. 게다가 고이치는 조주로와 마찬가지로 히가미 일족의 남성 치고는 보기 드물게 예의 바른 청년이었으므로, 그도 호감을 갖고 있었다.

"아뇨, 딱히 별다른 일은…… 없었던 것 같습니다만."

올해 성인식을 치른 후타미 가의 맏아들은 조금 생각하는 표정을 짓더니 구김살 없고 차분한 어조로 대답했다.

"그렇습니까. 그럼 전 지금부터 동쪽 도리이 입구로 가보겠습니다."

다카야시키는 애써 냉정한 태도로 후타미에게 형식적인 경례를 붙인 다음 서둘러 자전거를 출발시켰다.

"음, 수고가 많군. 나도 곧 가겠네!"

뒤에서 즉각 후타미의 거들먹거리는 목소리가 날아왔다. 물론 다카야시키는 돌아보지 않고 그대로 달려갔다.

'젠장, 역시 처음부터 동쪽 도리이 입구를 살펴볼 생각 따위는 전혀 없었던 거군.'

잠깐이라도 후타미에게 미안하게 생각했던 자신에게까지 화가 나 견딜 수 없었다.

이윽고 어둠 속에 동쪽 도리이의 윤곽이 어슴푸레 떠올랐을 때, 계단 밑에 누가 우두커니 서 있는 것이 보였다.

"거기 누구냐!"

즉시 자전거를 갖다 대고 훌쩍 뛰어내려 상대방의 도망을 저지하듯 가로막고 손전등을 비추었다.

"응? 고지 군이잖아."

손전등 불빛에 눈이 부신 듯 실눈을 뜨고 있는 사람은 조금 전에 마주친 고이치의 두 살 아래 동생이자 후타미 가의 둘째아들인 고지였다.

"이런 데서 뭘 하는 거지?"

"산책……."

형과는 달리 퉁명스러운 어조였다.

"이런 시간에? 게다가 산책하기엔 어울리지 않는 곳 아닌가."

"집에서 나올 때는 환했어. 지금 돌아가려던 참이야."

"어디까지 갔었지?"

"……미, 미나미모리의 우마노미 못 부근이야."

"그럼 집으로 돌아갈 때 이 길을 지나진 않을 텐데."

"그, 그건…… 내가 어디에 들렀다 가든 무슨 상관이야. 게다가 나만이 아냐. 형도 좀 전까지 이 부근을 얼쩡거렸다고."

그때 생각보다 빨리 후타미가 나타났다.

"무슨 일인가? 오, 뭐야. 고지 군이잖나."

후타미는 고지가 집으로 돌아가는 길이라는 말을 듣자, 다카야시키에게 물어보지도 않고 즉각 그에게 가도 좋다는 허가를 내렸다.

"그럼. 헹."

고지는 후타미에게 고개만 까닥하더니, 이어서 다카야시키에게 깔보듯 웃어 보이고는 바로 가버렸다.

"후타미 씨!"

그런 고지를 노려보던 다카야시키는 상대가 등을 돌리자마자 항의했다.

"뭔가?"

그러나 후타미는 주눅이 들기는커녕 오히려 흥분한 다카야시키를 싸늘한 눈초리로 쳐다보았다.

"왜 수상한 인물을 그대로 돌려보낸 겁니까?"

"수상한 인물? 어이, 오늘밤에 이치가미 가의 후계자가 십삼야 참배를 한다는 건 마을 사람이라면 다 아는 사실 아닌가. 산책 나온 김에 잠깐 도리이 앞을 지나는 것쯤은 누구든 할 법한 일이네. 후타가미 가의 형제라면 더 말할 것도 없지."

"형한테 사정을 물으려 했다면 동생한테도 확인했어야 하는 게 아닙니까?"

고이치와 그냥 잡담을 하고 있었던 것뿐임을 알면서도 일부러 그렇게 말했다.

"고이치 군이 아무 이상 없다고 했네. 그럼 됐잖나."

"오늘 십삼야 참배는 마을에서 매년 하는 제사(祭事)하곤 다르단 말입니다."

"그게 뭐 어쨌단 말인가? 후타가미 가의 형제라면 의례의 어엿한 관계자라고도 할 수 있다고."

"예, 그러니까 더 경계가 필요하다고 말씀드린 겁니다. 후타미 씨도 오늘 밤 의례가 히가미 가의 후계자 문제에서 얼마나 중요한 건지 잘 아실 텐데요."

"그래, 그런 건 나도 아네. 그럼 뭔가! 후타가미 가의 형제가 이치가미 가의 조주로를 죽이려고 동쪽 도리이 입구 주변을 얼쩡거렸다는 말인가?"

"아뇨…… 본관도 그렇게까지 단정적으로 말할 생각은 없습니다. 다만 후계자 다툼이 어떤 사건을 야기할 가능성이 있다고……."

"그 이야긴 그렇게 말한 거나 다름없잖나. 네 이놈, 후타가미 가의 후계자한테 그런 근거 없는 용의를 씌우고도 무사할 줄 알았냐!"

"그럼 이치가미 가 후계자의 신변 안전을 전혀 괘념치 않는 것은 무사하지 못할 일 아닙니까?"

다카야시키가 저도 모르게 쏘아붙이자, 후타미는 천천히 기분 나쁜 웃음을 지었다.

"그런데 귀관은 오늘 밤 경계 태세를 취하면서 당연히 그에 대한 합당한 허가를 받았을 테지, 응?"

"그, 그건……."

약점을 찔린 다카야시키는 우물쭈물하고 말았다.

세간의 눈에 십삼야 참배라는 의례는 분명 미신이다. 게다가 이런 비상시국에 그런 것을 거행하다니 언어도단이요, 국민으로서 온당치 못한 행동이라 비난받고 중한 벌을 받아도 할 말이 없을 것이다. 그런데 그런 의식을 다른 사람도 아니고 현직 경찰관이 경비했다면 물론 큰 문제가 될 것이다. 그 점은 다카야시키도 충분히 알고 있었다.

하지만 도시의 파출소에 근무하는 것과는 달리 주재소에 가족과 함께 옮겨와 거주하는 그들 같은 존재는 경찰관인 동시에 그 지역

사람이 될 필요가 있었다. 아니, 오히려 먼저 그곳 사람이 되어야 한다. 그런 상당히 특수한 입장에 놓이는 것이 바로 주재소 근무이다. 도시에서는 부임지에 도착하자마자 바로 근무를 시작하면 그만일지 몰라도, 여기 히가미 촌 같은 곳에서는 우선 스스로 마을 사람이 되려는 노력을 해야 한다. 그러지 않으면 주재소 순사 따위는 하지 못한다.

즉, 마을의 문제는 자기들의 중대사이기도 했다. 그 점은 누구보다도 후타미 본인이 가장 잘 알고 있을 것이다. 만약 이치가미 가에는 후계자가 될 아들이 없고 후타가미 가에는 있는데 그 십삼야 참배가 오늘 밤 거행된다면, 후타미는 분명히 다카야시키와 똑같은 의뢰를(그의 경우에는 명령이겠으나) 다른 두 사람에게 했을 것이다.

그러나 여기서 가정을 이야기해봤자 소용없었다. 상대가 부정하면 그것으로 끝인데다, 후타미의 말은 어디까지나 정론이니까.

"뭐, 상관없겠지. 젊을 때는 원래 헛발질도 하는 법이니까."

입을 다물어버린 다카야시키에게 후타미는 관대한 척 말했다. 젊다고는 하나 벌써 서른한 살이고 당연히 그 나름의 경험도 쌓은 경찰관에게 할 말은 아니었다.

게다가 후타미는 곧이어 학생에게 훈계하는 교사 같은 태도로 말했다.

"하지만 젊음의 소치로 부족한 부분은 경험 풍부한 연장자한테 조언을 구하고 신속하게 개선해야 하는 법! 알겠나? 그런 절차탁마를 하지 않는 한 언제까지고 경찰관으로서 성장하지 못하는 거네. 뭐, 이번 일은 나만 알고 넘어가기로 하지. 하지만 앞으로는 언동에 주의하도록."

후타미는 거만하게 제 할 말만 하더니, "어디, 아무것도 모르고 일하고 있을 성실한 사에키 순사한테라도 가볼까."라고 내뱉고는 남쪽 도리이 입구 쪽으로 자전거를 타고 가버렸다.

"후……."

그때까지 꾹 참은 것을 뱉어내듯 다카야시키의 입에서 한숨이 흘러나왔다.

'그나저나 이 마을에서 히가미 가, 특히 이치가미 가의 세력이 얼마나 강한지 자기도 잘 알면서 왜 순순히 협조하지 않는 걸까.'

그 근저에는 사에키에 비해 다카야시키가 후타미에게 필요 이상의 경의를 표하지 않기 때문이라는, 참으로 시시한 이유가 깔려 있음은 알고 있었다. 이번 일도 의뢰 공문을 보내기 전에 상의하고 거짓으로라도 그의 허가를 구하는 척했다면, 이런 식으로 시비를 걸지도 않았을 것이다. 순사부장으로서의 체면만 세워주었다면.

'그건 알지만…… 아니, 저 사람의 생각이 그렇다는 건 알지만…….'

다만 아무리 후타가미 가 파라고는 해도(후타미가 그 집에서 백중이나 설 등에 선물을 받는 몸이라는 것은 다카야시키도 알고 있었다) 히가미 일족 전체에게 중요한 의례인 십삼야 참배를 소홀히 하는 태도가 그는 영 이해가 가지 않았다.

그래도 후타미가 그에게 빈정거리기만 하고 물러난 것은 자기가 십삼야 참배 경비를 방해했다는 소리가 만의 하나 후도 옹의 귀에 들어갔다가는 큰일이라고 생각했기 때문일 것이다.

'즉, 이치가미 가는 충분히 인정하고 있다. 그러나 십삼야 참배에 관해서는 별로 관심이 없다. 혹은 연관되지 않도록 의도적으로 피하

는 것이든지⋯⋯.'

그렇게 생각했을 때, 다카야시키의 뇌리에 터무니없이 무서운 생각이 문득 떠올랐다.

'아니, 잠깐. 어쩌면 후타미 씨는 십삼야 참배에서 어떤 변고가 벌어지기를 은근히 기대하는 게 아닐까.'

물론 최대의 변고란 과거에도 있었던 후계자의 변사이리라. 만약 정말로 그런 재앙이 조주로를 덮친다면⋯⋯.

'후타가미 가의 고이치 군이 히가미 가의 후계자가 되고 자동적으로 후타가미 가는 이치가미 가로 승격될 것이다. 그리고 후타미 씨는 마을의 최고 권력자가 다스리는 지역을 관할하게⋯⋯.'

다카야시키는 너무나도 무서운 발상에 허둥지둥 고개를 흔들었다.

'아, 아니. 아무리 그래도 있을 수 없는 일이지. 명색이 경찰관인데 그런 바보 같은 생각을 할 리가 없어. 후타미 씨도 그렇게까지는⋯⋯.'

그렇게 부정하면서도 어느새 시커먼 불안이 다카야시키의 가슴속에 퍼지기 시작했다.

어떤 의미에서 그 걱정은 적중했다. 다만 그것은 그가 생각했던 사건과는 전혀 다른, 깜짝 놀랄 변고가 일어나게 된다.

히메쿠비 산

 히메쿠비 산은 이름은 산이지만 실제로는 거대한 언덕 같은 존재였다. 봉긋하게 솟은 거북이 등딱지를 좌우(동서)로 늘린 듯한 타원형의 형태도 그렇고, 울창한 숲으로 전체가 뒤덮인 모양새도 그렇고, 오히려 광대한 삼림지대라고 해야 할 그것이 마을 한가운데 솟아난 것처럼 자리 잡고 있다.

 산 거의 중앙에 모셔진 히메카미 당으로 가는 길은 세 개가 있었다. 첫째는 이치가미 가에 면한 산 북쪽으로, 신사를 거행할 때 사용되는 제사당이 있는 이곳은 북쪽 도리이 입구라 불린다. 둘째는 후타가미 가에서 보이는 동쪽에 있으며 동쪽 도리이 입구라 불린다. 그리고 미카미 가와 마주 보는 남쪽에 위치한 셋째가 남쪽 도리이 입구다.

 어느 도리이를 지나건 처음에는 돌계단을 올라가야 한다. 이어서

参배길 안내도

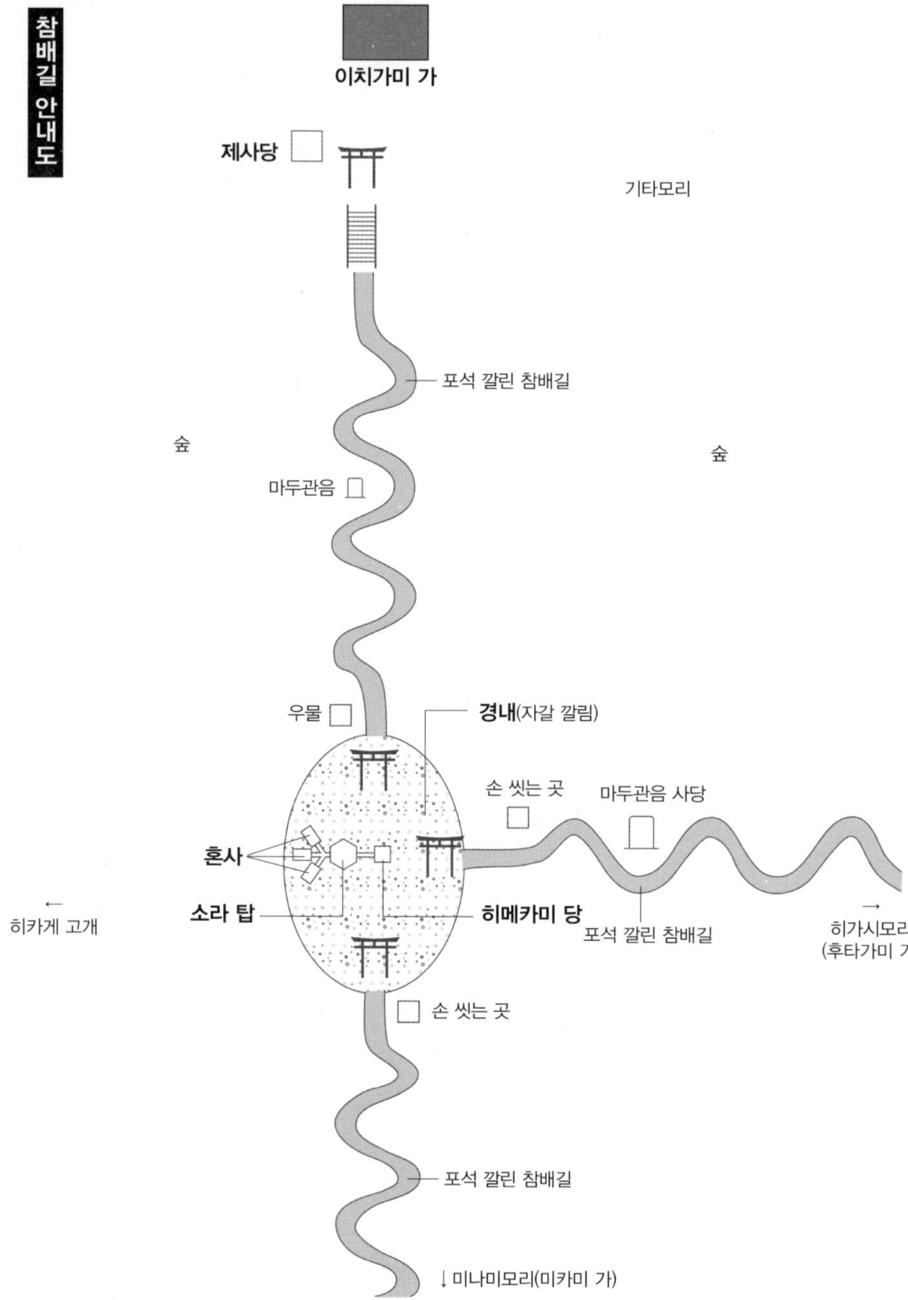

이치가미 가

제사당

기타모리

포석 깔린 참배길

숲　　　　　　　　　　　　　　　숲

마두관음

우물　　　　**경내**(자갈 깔림)

손 씻는 곳　　마두관음 사당

혼사

소라 탑　　**히메카미 당**

← 히카게 고개　　　　　　　포석 깔린 참배길　　→ 히가시모리 (후타가미 가)

손 씻는 곳

포석 깔린 참배길

↓ 미나미모리(미카미 가)

굽이굽이 감도는 포석이 깔린 참배길을 따라 한없이 가다 보면 우물이 나타난다. 다만 이 우물은 북쪽 참배길로 갔을 때만 만날 수 있다. 동쪽과 남쪽에는 신사에서 흔히 볼 수 있는 손 씻는 곳이 만들어져 있다. 우물과 손 씻는 곳 곁에는 각각 불제(祓祭)의 신을 모신 사당이 보인다. 참배자는 이곳에서 부정함을 씻고 그 앞에 선 작은 도리이를 통과하는 것이다.

두 번째 도리이를 지나면 자갈이 깔린 경내가 나오고, 그 중앙에 북쪽으로 격자문이 배치된 히메카미 당이 있다. 내부에는 히메쿠비 무덤이라 전해지는 커다란 석비가 있고, 그 뒤에는 오엔 공양비라 불리는 작은 석탑이 모셔져 있다.

이 두 제신(祭神)이 바로 대대로 히가미 가를 수호하고 그와 동시에 지벌을 내려온, 아오쿠비 님이라 불리는 무시무시한 존재의 정체였다.

히메쿠비 무덤에 관한 최초의 전승은 덴쇼 18년(1590년)으로 거슬러 올라간다. 그해 7월에 히메카미 향의 히메카미 성은 도요토미 군의 공세를 받았다. 그 결과, 성주인 우지히데는 자결, 그 자식인 우지사다는 히메쿠라(媛鞍) 산을 지나 서쪽 히카게 고개를 통해 간신히 이웃 영토로 달아났다. 그러나 우지사다를 따라 달아나던 아오 히메는 산속에서 도요토미 군의 추격자가 쏜 화살을 목에 맞고 쓰러져서는 목이 잘려 죽었다고 한다.

이 아오 히메라는 인물에 관해서는 전부터 묘한 소문이 돌았다. 기분 내키는 대로 시녀를 고문해 죽인다, 짐승의 날고기를 먹는다, 수상한 비술(秘術)에 심취해 있다, 아무 사내나 닥치는 대로 침소로 끌어들인다 등등. 그렇기에 마을 사람들도 우지사다가 무사히 달아난 것은 기뻐해도 아오 히메의 무참한 죽음을 애도하는 자는 아무도 없었던 모양이다.

그런데 히메카미 성이 함락되고 얼마 뒤부터 무서운 체험을 하는 사람이 나타나기 시작했다.

어느 숯쟁이가 숯가마에서 히메쿠라 산의 원목을 써서 숯을 굽는데, 가마가 영 이상했다. 이상하게 여겨 가마 안을 들여다보니 원목이 사람의 뼈처럼 보였다. 게다가 살점이 타는 불쾌한 냄새까지 주위에 감돌기 시작했다.

숯쟁이가 혼비백산하는데, 돌연히 부슬비가 내리더니 엄청난 한기가 엄습했다. 주뼛주뼛 뒤를 돌아본 그의 눈앞에 녹슨 갑옷을 입은 피투성이 패주 무사가 서 있었다. 게다가 무사는 다시 한 번 가마를 보라고 턱짓을 했다. 공포에 부들부들 떨면서도 가마 안을 다시 본 숯쟁이는 여자의 잘린 머리가 활활 타오르는 불길에 휩싸여 섬뜩한 웃음을 띤 채 지글지글 소리를 내며 뭉개지는 처절한 광경을 목격했다.

숯쟁이가 절규하며 얼굴을 돌리자, 뒤에 있던 패주 무사는 어느새 사라지고 상반신이 피로 물든 머리 없는 여자가 자기에게 덤벼들려 하고 있었다. 그는 간신히 마을로 도망쳐 돌아왔으나, 곧바로 고열로 쓰러져 며칠 뒤에 죽고 말았다.

한번은 마을 사람 하나가 자욱한 안개비 속에 히메쿠라 산을 북에서 남으로 지나려 할 때였다. 어느 순간 괴상한 차림을 한 낯선 여자가 자기 앞을 걷고 있었다. 기모노를 어깨에 아무렇게나 걸쳤을 뿐인데, 바람도 불지 않건만 옷자락이 부풀어 오르는 것이었다.

이런 산속에서 희한한 일이 다 있다고 생각한 순간, 그 마을 사람은 겁이 더럭 났다. 발길을 돌리려고 몸을 틀자, 그곳에도 이상한 차림새를 한 여자가 있었다. 머리에는 사초풀로 엮은 삿갓과 두건을 썼는데 그 밑에는 얇은 속옷만을 길게 걸치고 있었다. 아무리 봐도 정상이 아니었다.

마을 사람이 황급히 앞을 돌아보자, 앞쪽 여자의 기모노가 두둥실 떠오르는 것이 보였다. 그런데 그 밑에 아무것도 없는 것이었다. 그냥 머리만 허공에 떠 있었다. 그 머리가 천천히 이쪽을 돌아보았다. 마을 사람이 도망치려고 몸을 돌리자, 뒤쪽에 선 여자의 삿갓과 두건이 스르르 풀렸다. 그 밑에도 아무것도 없었다. 머리 없이 몸통만 걷고 있는 것이었다. 앞에서는 잘린 머리가, 뒤에서는 머리 없는 몸통이 그에게 다가왔다.

그는 순간적인 판단으로 자기를 향해 날아오는 여자의 머리를 향해 곧바로 돌진했다. 그러고는 머리와 충돌하기 직전에 몸을 굽히고 그 밑을 지나 뒤도 돌아보지 않고 산 남쪽까지 도망쳐 그럭저럭 목숨을 건졌다. 그러나 그 후 밤이면 밤마다 산에서 잘린 머리가 온다고 헛소리를 되풀이하더니 한 달쯤 뒤에 훌쩍 종적을 감추었다.

그런 기괴한 체험을 하는 자가 마을에 속출했다고 한다. 뒤늦게나마 마을 사람들이 아오 히메의 시신을 찾아내 장사를 치르려 하자, 몸뚱이는 짐승에게 뜯어 먹히고 부패했는데도 머리만은 상처 하나 없이 멀쩡했다고 전해진다.

새삼 겁에 질린 마을 사람들은 아오 히메의 시신을 정중히 장사지내고 석비를 세워 히메카미(媛神) 님으로 받들기로 했다. 히메쿠라 산은 어느새 히메쿠비 산으로 불리고, 히메카미 님도 자연히 '媛首'로 표기되기 시작했다.

또 하나, 오엔 공양비의 이야기는 아오 히메의 전승에서 200년쯤 내려온다.

호레키 시대(1751~63년)에 히가미 가 당주 도쿠노신이 볼일이 있어 집을 비운 사이에 겨우 반년 전에 후처로 들어온 오엔이 하인과 눈이 맞아 달아났다. 그때 그들의 도주 경로가 약 200년 전에 아오 히메가 가려 했던, 동서로 히메쿠라 산을 통과해 서쪽 히카게 고개로 내려가는 길이었다는 사실은 참으로 섬뜩한 우연의 일치가 아닐 수 없다.

다만 오엔의 경우는 고개를 넘는 데 성공했다. 정부(情夫)와 손을 잡고 히메카미 촌으로부터, 히가미 가로부터, 그리고 남편으로부터 도망치는 데 성공한 것이다. 집으로 돌아와 아내와 하인의 부정을 안 도쿠노신은 불같이 화를 냈다. 비용이 얼마가 들든 상관하지 않고 사방팔방으로 사람을 풀어 두 사람의 행방을 찾게 했다. 그 보람이 있어 몇 달 뒤에 두 사람을 찾아냈다. 그러나 시간이 지나면서 심경의 변화가 있었는지, 도쿠노신은 강제로 두 사람을 끌고 오려 하지는 않았다. 반대로 전부 없었던 일로 하고 용서할 테니 좌우지간 돌아오라고, 부정을 불문에 붙이는 듯한 말을 전하게 했다.

도쿠노신의 전갈을 듣고 두 사람은 놀랐다. 그리고 상의한 결과, 결국 오엔만 돌아가기로 했다. 하인은 주인을 배신하고 마님을 가로챈 마당에 이제 와서 무슨 낯짝으로 돌아가겠느냐고 생각했으리라.

몇 주 뒤, 오엔을 태운 가마가 히가미 가에 도착했다. 가마가 집 정면에 서고 오엔이 내리려 했을 때였다. 그때까지 숨어 있던 도쿠노신이 즉각 칼을 들고 덤볐다. 그녀가 가마에서 머리를 내민 순간, 그 목을 치려 한 것이다.

그런데 도쿠노신이 내리친 칼이 오엔의 머리 장식에 맞는 바람에 단칼에 목을 베지 못했다. 칼이 어중간하게 목에 박혀 그녀는 숨이 끊어지기까지 고통에 몸부림치며 뒹굴었다.

오엔은 몸부림치며 미친 듯이 부르짖었다고 한다.

"반드시…… 반드시 손자 대까지, 칠 대 뒤까지 저주해주마…….''

고통 끝에 죽은 오엔은 도쿠노신의 명령으로 마을의 무연묘지에 묻혔다. 매장에 입회한 사람은 무료사 승려와 사미승뿐이었다고 한다.

그로부터 얼마 뒤에 도쿠노신의 전처가 낳은 맏아들 도쿠타로가 칠엽수 열매로 만든 떡을 먹다가 떡이 목에 걸려 질식사했다. 이어서 둘째아들 도쿠지로가 말벌에 목을 쏘여 급사했다. 도쿠노신이 새로 얻은 후처는 뇌수가 없는 아이를 연이어 둘을 낳고는 발광해서 자해했다. 그 밖에도 집안에서 목이나 손목, 발목에 이상이 생기는 자가 속출했다.

겁에 질린 도쿠노신은 마을 무연묘지에서 오엔의 유체를 파내 히가미 가의 묘소에 정중히 다시 매장했다. 그래도 괴이는 잠잠해질 줄 몰랐으므로, 도쿠노신은 드디어 히메카미 당 안에 오엔의 공양비를 세웠다. '엔(淡)'이라는 이름에서 아오 히메(淡媛)와의 사이에 어떤 깊은 인연 같은 것을 그 나름대로 느꼈는지 모른다. 이윽고 히가미 가를 덮쳤던 공포는 서서히 가라앉았다고 전해진다.

당초에 아오 히메가 히메카미(媛首) 님이라 불린다는 이유로 오엔은 엔카미(淡首) 님이라 불렸으나, 발음이 어려운데다 또 신분의 차이는 있을지언정 받들어 모시는 이상 똑같이 신이라는 의식 때문인지, 마을 사람들은 자연히 두 사람을 합쳐 아오쿠비(淡首) 님으로 부르기 시작했다. 아오 히메와 오엔에게 공통되는 '淡'자를 채용한 것이리라. 그것을 '아오'라고 읽은 것은 '엔'이 읽기 힘들다는 이유 외에 결국은 신분의 차이를 고려한 것인지도 모른다.

하지만 신으로 받들어도 아오쿠비 님은 히가미 가에, 그중에서도 특히 이치가미 가에 지벌을 계속해서 내리고 있다는 생각이 지금도 마을 사람들 사이에 존재한다. 아오 히메가 목에 화살을 맞고 목이 베인 뒤로 약 400년, 오엔이 목을 베인 뒤로 약 200년이라는 세월이 지났는데도 아오쿠비 님에 얽힌 지벌과 화에 관한 이야기는 사라질 줄 몰랐다.

히메카미 촌에 예로부터 전해지는 아이들 노래에 다음과 같은 기묘한 동요가 있다.

    이기면 기쁜 꽃 한 돈
    지면 분한 꽃 한 돈
    히가미의 후계자 잠깐 와봐라
    몸이 피곤해 못 간다
    히가미의 며느리 잠깐 와봐라
    머리가 아파서 못 간다
    그건 됐다 됐다, 어느 애 가질래
    사내애 가질래
    그건 금세 가 계집애는 어때
    계집은 건강, 하지만 이치가미는 끊어져
    그건 됐다 됐다, 어느 애 가질래
    사내애 가질래

그건 금세 안 와 계집애는 어때
계집은 장수, 하지만 이치가미는 남지 않아
그건 됐다 됐다, 어느 애 가질래
의논하자 그 애에게 묻자 그러자

아이들은 이 노래를 부르며 '꽃 한 돈' 비슷한 놀이를 한다(우리나라의 '무궁화 꽃이 피었습니다'와 유사한 일본의 아이들 놀이). '사내애'와 '계집애' 부분에 같이 노는 아이의 이름을 넣어 부르며 양편에서 아이를 주거니 받거니 하는 것이다.

가사를 보면 히가미 가에서는 사내아이보다 계집아이가 건강하고 장수한다는 것을 알 수 있다. 하지만 사내아이가 '금세 가'고 '금세 안 온다'는 말의 의미를 잘 알 수 없어 당혹하게 되는데, 이는 원래 가사가 고쳐졌기 때문이다. 원래는 둘 다 '금세 죽어'였다는 것이다. 또 '몸이 피곤해 못 간다'는 '몸이 약해 못 간다', '머리가 아파 못 간다'는 '머리가 무서워 못 간다'였으며, '그 애에게 묻자'는 '머리에게 묻자'였다고 한다. 물론 이 경우의 '머리'는 아오쿠비 님을 가리키나 그렇게 쓰기는 곤란하므로 자연히 현재의 가사로 바뀌었다는 해석이 있다.

그런 히메카미 촌 사람들의 마음(아니, 두려움이라 해야 할까)도 결코 근거 없는 것이 아니었다. 히가미 가 대대로 사내아이가 무사히 자라지 못하는 경향이 있다는 것은 마을 사람이면 누구나 다 아는 사실이었기 때문이다. 그 때문에 어느새 아이들 입에서 참으로 섬뜩한 동요가 불리게 된 것이리라.

히가미 가에서는 오래전부터 당주의 적자인 맏아들이 가독을 승계하고 가문을 존속시켜온 역사가 있다. 나중에 분가가 생겨 일족이 크게 셋으로 나뉘고 이치가미 가, 후타가미 가, 미카미 가라는 옥호를 사용하게 된 뒤로도 그 규율은 지켜졌다. 이치가미 가의 맏아들이 히가미 일족의 장이 된다는 것이 히가미 가에 전해지는 불문율이었다.

그런데 문제의 이치가미 가에서는 아들이 좀처럼 성장하지 못하고 대개 어렸을 때 죽고 말았다. 설사 소년기나 청년기까지 자란다 해도 병약하다든지 부상이 끊이지 않는다든지 했다. 그나마 건강하게 성장하는 아들이 있어도 역시 선이 가늘다는 인상은 지울 수 없었다. 반대로 딸은 내버려둬도 무사히 자랐다. 그렇기에 조주로와 히메코에 관해 하인들이 뒤에서 수군거리는 험담도, 마을 사람들의 히메코 명명에 얽힌 해석도 결코 단순한 야유나 농담, 무책임한 발언만은 아니었다.

이치가미 가에서 대를 이을 아들이 자라지 못했을 경우, 히가미 일족의 장은 후타가미 가와 미카미 가의 맏아들 중에서 선택하게 된다. 만약 그 권력을 후타가미 가에서 가지면 이치가미 가와의 입장이 뒤바뀐다. 즉, 그때까지 후타가미 가였던 집안이 이치가미라는 옥호를 쓰게 되고, 이치가미 가는 후타가미 가로 강등되는 것이다. 이는 미카미 가가 일족의 장이 됐을 때도 마찬가지다.

다만 히가미 일족의 긴 역사 속에 이런 극적인 권력 교체가 벌어진 적은 단 한 번도 없다. 이제는 정말 대를 이을 아들이 없다는 위태로운 상황을 몇 번씩 맞이하면서도 늘 가까스로 이치가미 가의 자리를 유지해온 것이다. 몸은 약해도 건재한 후도 옹이 그 가장 큰 증거일지 모른다. 물론 효도도 마찬가지다.

히가미 일족에서 이치가미가 갖는 위치를 대대로 적자에게 물려주기 위한 장치로서 기능하는 것이 삼삼야 참배라는 의례였다.

삼삼야 참배는 아이가 태어났을 때, 이어서 세 살과 열세 살, 그리고 성인이 된 뒤로는 스물세 살과 서른세 살이 되는 해 중추에 히메카미 당에 참배하고 탈 없이 성장하기를 기원하는 히가미 가 특유의 의식이다. 아들딸 구별 없이 그 대상이 되고 또 후타가미 가와 미카미 가의 아이도 마찬가지로 식을 거행하므로, 그런 의미에서는 일족 전체의 의례라 할 수 있다. 그러나 그 은혜를 가장 많이 받는, 또는 반드시 필요로 하는 대상이 이치가미 가의 적자라는 사실은 틀림없다. 딸의 경우는 대개 삼야 참배와 십삼야 참배뿐이고 후타가미 가나 미카미 가의 맏아들은 이십삼야 참배로 끝내는 데 비해, 이치가미 가의 후계자만은 삼십삼야 참배까지 다 하는 것을 보더라도 그것을 잘 알 수 있다.

그러나 그렇게까지 아오쿠비 님에게 예를 다 갖춰도 이치가미 가의 아들은 어느 날 느닷없이 죽어버리곤 했다. 이십삼야 참배를 거행한 시점에서 자동적으로 가독의 지위가 승계되건만 어째서 삼십삼야 참배라는 의례가 존재하는가? 그것을 생각하면 대대의 후계자들이 돌연한 죽음을 얼마나 두려워했는지, 그 공포가 생생히 전해지지 않는가.

이 삼삼야 참배 중에서도 특히 중요시되는 것은 소년기에서 청년기로의 이행이라 여겨지는 십삼야 참배. 오늘 밤 조주로가 치르게 될 바로 그 의식이다.

'조주로 님은 무섭지 않나…….'

까딱하면 자기가 겁에 질린 나머지 캄캄한 참배길 도중에 얼어붙을 것만 같은 것을 필사적으로 참으며 요키타카는 자신의 공포를 조주로의 기분으로 치환시켰다. 그렇게라도 하지 않으면 당장에라도 엉엉 울며 포석 위에 주저앉을 것만 같았다.

밤의 히메쿠비 산은 상상했던 것 이상으로 무섭다는 것을 그는 지금 체감하고 있었다. 낮에 온 적은 여러 번 있었다. 게다가 북쪽 도리이에서 히메카미 당에 이르는 길도 결국은 외길에 불과하다.. 눈을 감고도 갈 수 있으리라 여겼기에 캄캄한 밤 따위는 무서울 것 없다고 만만히 봤다.

하지만 해 저문 히메쿠비 산은 분위기가 너무나도 달랐다. 완전히 다른 곳이라 생각하고 그 나름의 각오를 갖추고 임했어야 할 곳이었다. 적어도 어린아이가 아무 생각 없이 혼자 발을 들여놓을 공간은 아니었다.

그뿐만이 아니다. 밤의 히메쿠비 산은 한산한 탓에 포석으로 포장된 길을 걸으면 아무래도 발소리가 났다. 따라서 들키지 않으려면 어느 정도 거리를 두고 따라갈 수밖에 없었다. 그런데도 조주로는 십삼야 참배라는 특별한 의례에 흥분한 탓인지 평소보다 걸음이 빨랐다. 계단을 올라갈 때나 참배길을 걸을 때나 평소의 차분한 걸음걸이와는 전혀 달랐다. 그렇지 않아도 흐릿하게 보이는 초롱 불빛과의 사이가 걸핏하면 벌어져, 자칫하다가는 캄캄한 어둠 속에 홀로 남겨질지 모른다는 두려움에 사로잡혔다.

그런데 그렇게 애를 태우면서도 그는 걸음을 빨리하려 하지 않았다. 간신히 초롱 불빛을 놓치지 않을 정도로 뒤를 쫓아가기만 했다. 처음에는 '조주로에게 좀 더 가까이 가고 싶다, 적어도 그의 뒷모습이 보이는 위치까지 거리를 좁히고 싶다'고 생각했으면서도……

왜냐하면 먹물이 가득 찬 듯한 어둠 속에 흐릿하게 떠오른 불빛만을 응시하며 나아가다 보니, '저게 정말 초롱 불빛일까' 하는 생각이 문득 머리를 스쳤기 때문이었다. '그것치고는 좀 둥글지 않나, 너무 흐릿하지 않나' 하고 생각하기 시작하니 겁이 더럭 났다. 앞쪽 어둠 속에 흔들거리는 것이 당장에라도 딱 멈춰 섰다가 이쪽으로 다가올 것만 같았다.

'혹시 쿠비나시 아냐……?'

히메카미 촌에서 가장 큰 공포의 대상은 뭐니 뭐니 해도 아오쿠비 님이다. 그렇지만 과거에 히메카미 향이라 불리던 이 지역에 마을 사람들이 기피하는 대상은 아오쿠비 님 외에도 위패산(위패 모양으로 생긴 산으로 이곳의 나무를 베면 사람이 죽는다고 했다)이나 산마(山魔)를 비롯해 예로부터 다수 존재했다. 그리고 그중에서도 마을 사람들이 가장 꺼리는 것이 쿠비나시라 불리는 정체를 알 수 없는 귀신이었다.

'하하, 아무리…….'

요키타카는 억지로 웃으려 했지만 입매가 굳어 웃을 수가 없었다.

아오쿠비 님의 경우에는 예만 충분히 갖추면 마을 사람들까지 화를 입지는 않는다는 것이 공통된 인식이었다. 그러나 쿠비나시는 달랐다. 마주치기만 하면, 씌기만 하면, 도망칠 방도가 없었다. 그야말로 압도적인 공포감이 있을 뿐이었다.

쿠비나시가 무엇인지, 어떻게 생겼는지, 왜 이 지역에 나타나는지 등에 관해서 실은 아무것도 알려진 것이 없었다. 그 정도로 두려워하는 존재이면서 정작 중요한 정체에 관해서 충분히 설명할 수 있는 사람이 아무도 없었다.

'머리가 없다(首無)'라는 점에서 아오 히메나 오엔에 얽힌 괴이한 일과 결부시키는 자도 있었다. 주인과 함께 참수당한 아오 히메의 시동이 바로 쿠비나시의 정체로, 지금도 아씨 곁에 있는 것이라는 전승도 남아 있다. 또 노인들 중 다수는 쿠비나시와 아오쿠비 님을 동일시하기도 한다. 하지만 일체가 수수께끼에 싸여 있는 것은 변함이 없다. 예로부터 그 존재가 전해진다, 몇몇 괴담이 남아 있다, 할아버지의 아는 사람 중에 본 자가 있다는 식으로 히메카미 촌의 일부로서 마을 사람들의 생활 속에 완전히 녹아들어 있는 것이 쿠비나시였다.

그 증거로 지금도 설명이 되지 않는 기분 나쁜 사건이 발생하면 "쿠비나시의 소행이 틀림없군." 하고 소문이 돌았다. 아무리 그래도 어디어디서 봤다더라, 엇갈려 지나쳤다더라, 씌었다더라 하는 이야기는 이제 별로 들리지 않았지만, 그래도 완전히 사라진 것은 아니었다. 어른조차도 그 모양이니, 캄캄한 어둠 속에서 신경이 예민해진 어린아이가 겁에 질리는 것도 무리는 아니었다.

게다가 그 문제의 둥글고 흐릿한 것이 갑자기 정지하더니 좌우로 흔들거리기 시작하는 바람에 요키타카는 순식간에 등골이 오싹해졌다.

앞쪽에 보이는 그것이 당장에라도 이쪽으로 날아오지 않을까 생각한 찰나, 그는 하마터면 몸을 돌려 도망칠 뻔했다. 그러나 용기를 전부 그러모아 이럭저럭 버텼다. 얼마간 그쪽을 응시하자, 정지 상태에서 흔들거리던 것이 오른쪽으로 스윽 움직이는 것이 보였다.

'그렇구나, 우물에 도착했구나.'

둥글고 흐릿한 것은 초롱이 맞고, 그 불빛이 묘하게 움직인 것은 조주로가 주위를 확인했기 때문이었다.

저도 모르게 안도의 한숨을 내쉰 요키타카는 한층 더 발소리를 죽이고 남은 거리를 슬금슬금 조심스럽게 나아갔다. 기억으로는 우물까지 거의 다 가서 왼편에 몸을 숨길 수 있을 만큼 큰 석비가 있을 터였다. 이윽고 점찍었던 석비를 발견한 그는 숨기 전에 무심코 우물 쪽을 보다가 놀랐다. 조주로의 벌거벗은 뒷모습이 느닷없이 시야에 들어왔기 때문이었다.

우물 옆에 놓인 초롱 불빛에 희미하게 떠오른 실오라기 하나 걸치지 않은 나체…….

'어, 어, 어째서?'

의례로 인한 긴장이 과한 나머지 주인의 머리가 이상해졌나 싶어 걱정이 되었다. 그러나 이내 몸을 정결히 하기 위해 목욕재계를 하는 것임을 깨달았다. 그냥 참배만 하는 것이라면 손만 씻어도 되지만, 십삼야 참배쯤 되면 역시 다를 것이다.

그런데도 요키타카는 조주로의 나체를 봤을 때 받은 충격에서 좀처럼 벗어나지 못했다. 알몸을 본 것 때문에 동요한 것이 아니었다. 그 알몸이 의외로 다부지게 느껴진 것이 충격이었다.

물론 평소에 집안일을 거드는 마을 아이들에 비하면 조주로의 몸은 아직 빈약하다 할 수 있었다. 그렇기는 해도 지금까지 그에 대해 갖고 있던 인상, 남성으로서가 아닌, 그렇다고 여성도 아닌, 말하자면 중성적인 매력이 별안간 산산조각 날 정도로, 남성이라는 성을 충분히 의식시키는 신체였다.

'하지만 십삼야 참배니까 당연한 걸까…….'

소년에서 청년이 되는 의식의 의미를 요키타카는 똑똑히 본 듯한 기분이 들었다. 이것이 히가미 일족 이치가미 가의 후계자에게 중요한 통과 의례라는 사실은 그도 충분히 이해하고 있었다. 그러나 이대로 조주로가 평범한 어른이, 그것도 아버지인 효도처럼 시시한 사내가 될지도 모른다고 생각하니 뭐라 말할 수 없이 서운했다.

요키타카에게 조주로는 매우 특별한 존재였다. 세상 사람들 눈에 조주로는 주인이요, 요키타카는 그를 섬기는 하인이다. 그 점은 잘 알고 있었고, 또 그 역할을 게을리할 생각도 없었다. 그것은 조주로뿐 아니라 히메코에 대해서도 마찬가지였다. 이치가미 가에서 자기를 먹여주고 재워주는 데 대한 대가이니까. 그런 도리는 이치가미 가에 처음 왔을 때부터 가네 할멈이 확실하게 가르쳤다.

다만 어린 마음에도 요키타카는 할 일만 하면 개인에 대해 어떤 감정을 갖든 그건 본인의 자유라고 생각했다. 아마도 그의 특수한 입장이 그런 생각을 낳았을 것이다.

하인이라는 입장을 떠난 요키타카에게 조주로는 이치가미 가에서 유일하게, 아니 히메카미 촌에서 단 한 사람, 그가 따르는 인물이었다. 그렇다고 나이 차가 많이 나는 형으로 여기는 것은 아니었고 물론 아버지로 보는 것도 아니었다. 당연한 이야기지만 어머니나 누나도 아니었다. 친구와도 달랐다. 굳이 말하자면 그 모든 것을 한데 섞은 듯한 존재랄까. 하지만 그렇게 말해서는 설명이라 할 수 없다.

요키타카는 훗날 어린 시절에 품었던 조주로에 대한 이 감정을 주체하지 못하게 된다. 그때 그 감정은 흡사 첫사랑이 아니었던가. 그런 식으로 과거의 감정을 상기한 사춘기의 그는 고민했다. 하지만 여섯 살의 그가 자신의 복잡한 감정을 이해할 리가 없었다. 그가 아는 것은 그저 자기에게 조주로는 매우 소중한 사람이라는 것뿐이었다.

바로 그렇기 때문에 여기까지 혼자 올 수 있었던 것이다. 그러니 요키타카에게는 자기가 좋아하는 조주로가 변해버리는 것이, 그 편린을 목격하는 것이 몹시 고통스러운 일이었다.

'조주로 님이 어른이 되신다니…….'

또다시 그의 아버지인 효도의 오만한 모습이, 그리고 할아버지인 후도 옹의 거만한 태도가 뇌리에 떠올라 조주로와 중첩되었다.

'아, 아냐! 조주로 님만은 절대 그렇게 되실 리 없어!'

그런 상상은 그에 대한 모독일 뿐이라고 즉각 부정했다. 하지만 그의 모습을, 그 나체를 그 이상 보고 있을 수 없었다.

'내가 지켜볼 필요가 전혀 없었는지도 몰라…….'

요키타카가 속으로 중얼거리며 그래도 석비 뒤에 숨으려던 찰나였다. 참배길 위에 흩어져 있던 자갈을 그만 차고 말았다.

그 즉시 둥근 자갈이 포석 위를 구르는 메마른 소리가 주위에 울려 퍼졌다.

"누구냐!"

곧바로 조주로의 목소리가 경내에 울리는가 싶더니 이쪽으로 다가오는 발소리가 들려왔다.

이 힘찬 목소리도, 발소리도 요키타카가 잘 아는 조주로의 것 같지가 않았다. 이미 어엿한 성인이 된, 이치가미 가의 후계자임을 자각한, 이윽고 히가미 일족의 장이 될 남자의 것처럼 느껴졌다.

그 순간, 요키타카는 자신이 매우 중요한 의례를 방해하고 있음을 깨달았다. 그리고 지금의 조주로는 이런 행위를 결코 용서하지 않으리라는 사실도…….

'어, 어쩌지…….'

머릿속이 새하얘진 요키타카는 반사적으로 가까운 나무 뒤에 숨었다. 처음에 숨을 작정이었던 석비까지 갈 여유는 없었다.

그러나 그러기를 잘했다. 초롱을 들고 주위를 살피던 조주로가 갑자기 석비 쪽으로 가는 것이 아닌가. 그러고 보면 참배길이 끝나는 언저리에서 맨 먼저 누가 숨어 있을 것처럼 보이는 곳이 그 석비였다.

'다, 다행이다…… 저기 숨었으면 큰일 날 뻔했잖아.'

안도의 한숨을 내쉬려다가, 그랬다가는 자기가 지금 있는 이 나무도 의심받을지 모른다는 것을 바로 알아차리고 참았다.

그런데 조주로는 석비 뒤를 확인하고는 안심했는지 얼마 동안 초롱으로 주위를 비춰보기만 하고 우물 쪽으로 돌아가버렸다. 다카야시키와 마찬가지로, 아무리 그래도 여섯 살 먹은 어린애가 숨어 있으리라고 생각지는 않았을 것이다. 그렇기 때문에 도저히 어른이 몸을 숨길 수 있을 성싶지 않은 나무 뒤를 일부러 볼 필요가 없었으리라.

물론 요키타카는 왜 조주로가 이 나무 뒤를 살피지 않는지 알지 못했다. 그저 들키지 않은 것을 단순히 기뻐할 뿐이었다. 그러나 그 안도감은 나무 곁을 지나 우물로 돌아가는 조주로를 지켜보려고 얼굴을 살짝 내밀었을 때 순식간에 사라져버렸다.

수건으로 대충 가리기만 한 조주로의 하복부를 느닷없이 보고 말았기 때문이었다.

그는 벌거벗은 뒷모습을 봤을 때 이상의 충격을 받았다. 조주로가 아직 열세 살밖에 되지 않았다는 사실조차 이미 머릿속에 없었다. 뇌리에 떠오르는 것은 장성한 그가 히가미 일족 이치가미 가의 후계자가 되고 이윽고 아버지 효도처럼, 그리고 할아버지 후도 옹처럼 거만하고 오만하고 여색을 밝히는, 그런 추악한 어른이 된 모습뿐…….

'싫어…… 그런 건 싫어…….'

이윽고 쏴쏴 하고 우물물을 끼얹는 소리가 들려왔다.

그러나 요키타카는 그 소리를 떨쳐내듯, 그런 것을 듣지만 않으면 조주로가 언제까지고 지금 그대로 있을 수 있다고 생각하는 양, 두 손으로 귀를 틀어막고 쪼그리고 앉았다.

'십삼야 참배 같은 거 그만 하면 좋을 텐데.'

의례를 지켜보겠다는 처음의 기분은 깨끗하게 사라지고 없었다.

얼마 있으니 자갈 밟는 소리가 어렴풋이 들렸다. 그 소리로 조주로가 히메카미 당으로 갔음을 짐작했다. 그 순간,

'아, 안에 들어갈 때까지 지켜봤어야 했는데…….'

그렇게 생각한 자신을 깨닫고 요키타카는 놀랐다. 겉모습이 어떻게 달라지든 자신은 역시 조주로를 좋아한다는 것을 인정하지 않을 수 없었다.

그러나 얄궂게도, 기껏 생각을 고쳐먹었건만 그 이상 나아가려야 나아갈 수 없음을 알았다. 귀를 틀어막고 있던 두 손을 내리니 자그락자그락 하고 발소리가 크게 들리는 것이었다.

히메카미 당으로 가려면 경내에 깔린 자갈을 밟지 않을 수 없다. 소리를 내지 않고 경내를 걷기란 불가능하리라. 히메카미 당에 가까이 가기만 해도 조주로가 눈치 챌 것이다.

'이 이상은 무리인가…….'

요키타카는 상실감 비슷한 기분을 맛보며 나무 뒤에 주저앉았다.

그대로 아무 일도 없었다면 그는 이튿날 아침까지 그곳에 있었을지도 모른다.

그런데 무슨 소리가 들린 것 같았다. 순간 조주로가 히메카미 당에서 나왔나 했지만, 그 소리는 반대쪽에서 들렸다.

'아, 히메코 님이다!'

조주로 생각만 하느라 그녀의 존재를 까맣게 잊고 있었다.

'들키면 어쩌지……'

들켰다가는 무사하지 못할 것이 뻔하기 때문에 요키타카는 겁에 질렸다. 좌우지간 그녀가 조금이라도 빨리 히메카미 당에 들어가주기를 바랄 뿐이었다.

이윽고 오른쪽 참배길 쪽에서 흐릿한 초롱 불빛이 다가왔다. 들키면 큰일이라는 생각이 들기도 했지만 한편으로는 몰래 엿보고 싶은 마음도 있었다. 요키타카는 땅바닥에 납작 엎드렸다가 상대가 지나치기 직전에 나무 뒤에서 얼굴을 살짝 내밀었다.

때마침 히메코의 붉은 하카마가 지나갔다. 그는 황급히 머리를 움츠렸다.

'드, 들켰나?'

심장이 엄청난 속도로 움직였다. 얼마 동안 꼼짝 않고 있었지만, 그녀의 모습을 제대로 보고 싶다는 호기심에 이끌려 이번에는 나무 왼쪽에서 내다보았다.

'앗……'

그의 눈에 띈 것은 히메코의 나체였다. 우물에서 재계를 하는 것을 생각하면 충분히 예상할 수 있는 광경이었다. 그런데도 요키타카는 혼비백산했다. 게다가 충격은 조주로 때보다도 훨씬 더 컸다.

왜냐하면…….

'아, 아름답잖아…….'

조주로의 알몸에서 생각지도 못했던 남성을 느끼고 눈을 크게 떴던 것처럼, 히메코에게서는 여태껏 한 번도 느껴보지 못한 여성을 보고 가슴이 철렁 내려앉았다.

우물 옆에 놓인 흐릿한 초롱 불빛 속에 어슴푸레 떠오른 히메코의 나체는 뭐라 형언할 수 없는 환상적인 아름다움을 발하고 있었다.

아직 완전히 발달되지는 못했어도 어렴풋이 탄력이 느껴지는 엉덩이와 약간 봉긋하게 부푼 가슴, 그리고 무엇보다 탐미적이라 할 만큼 요염하고 섬세한 피부…… 요키타카가 무의식중에 아름답다고 느끼며 히메코에 대한 그때까지의 인식을 수정하고 한동안 넋을 놓고 바라본 것도 이해할 수 있는 광경이었다.

다만 그가 본 것은 그녀의 전체가 아니었다. 그 사실을 깨달은 순간, "아악!" 하고 그 입에서 소리 죽인 비명이 터져 나왔다.

흐릿한 불빛에 비추인 하얀 다리, 어린 나이에도 이미 요염한 엉덩이와 가슴, 그것을 가리려고도 하지 않는 양팔, 그리고 어둠처럼 캄캄할 뿐 아무것도 없는 목 위…….

그랬다. 그녀는 머리가 없었던 것이다.

4
동쪽 도리이 입구

 후타미의 진의가 어디에 있는지 골똘히 생각하던 다카야시키는 자신이 무엇 때문에 동쪽 도리이 입구까지 왔는지를 생각해내고 황급히 주위를 순찰하기 시작했다.
 '남쪽 도리이 입구는 사에키 순사에게 맡겨두면 되겠지.'
 북쪽 도리이 입구에는 이치가미 가의 세 사람이 있다. 당사자의 가족이니 주의를 게을리하지는 않을 것이다.
 '역시 문제는 여기로군.'
 후타미가 도움이 되지 않을 뿐더러, 뭐니 뭐니 해도 이곳은 후타가미 가에 면해 있다. 남쪽 도리이 입구는 사에키가 있기도 하지만, 미카미 가에는 현재 후계자가 될 아들이 없다. 후계자 다툼에 참가하고 싶어도 할 수 없는 상황인 것이다. 즉, 세 출입구 중에서 가장 경계해야 할 곳은 동쪽이라 할 수 있었다.
 실제로 후타가미 가의 형제 모두가 도리이 주변을 얼쩡거리는 수상한 움직임도 있었다. 고이치라면 별일 없겠지만, 고지 쪽은 방심할 수 없다. 그 증거로 형은 도리이 근처에 있었음을 순순히 인정했지만, 그 자리에서 추궁한 동생은 잡아떼려 하지 않았나.

'그런데도 후타미 씨는……'

또다시 순사부장 생각이 날 듯해서 다카야시키는 황급히 머리를 내저었다.

'안 되지, 안 돼. 우선은 석비 뒤부터 살펴볼까.'

손전등 불빛 속에 도리이 좌우로 석판이 여러 장 보였다.

히메카미 촌을 돌다 보면 가장 눈에 띄는 것이 다양한 석비와 마두관음상이다. 그 석비 중에서 많은 것이 판도파(板堵婆)다. 소위 공양비인데, 납작한 석판 표면에 아미타여래 등 부처의 이름이 범자로 조각되어 있고 이어서 계명과 몰년, 고인의 사적(事績) 등이 새겨져 있다.

마을에 남아 있는 판도파는 대개 간토 무사의 것이라 여겨졌다. 그것도 신분이 있는 무사가 아니라 농병이나 향병 등 공양비라도 남아 있지 않으면 그 존재가 역사의 어둠 속에 파묻힐 뻔한 자들뿐이라 뭐라 말할 수 없는 비애가 그곳에서 느껴졌다.

하기야 그런 것은 지금의 다카야시키와는 무관한 감정이었다. 이런 데 숨어 있을 틈이 있으면 지체 없이 히메카미 당으로 갔을지 모른다고 생각하면서도 그는 석비 뒤를 확인하는 데 여념이 없었다. 자신의 자전거 불빛을 보고 순간적으로 몸을 숨겼을지도 모르고, 터무니없는 복병이 미리부터 숨어 있을 가능성도 충분히 있기 때문이었다.

도리이 주변을 빠짐없이 확인하고 나서 계단을 올라간 다카야시키는 꼭대기에 이르러 뒤를 돌아보았다.
"오늘밤은 정말 섬뜩할 정도로 캄캄한……."
저도 모르게 그렇게 중얼거릴 정도로 히가시모리 촌락은 짙은 어둠 속에 가라앉아 있었다. 다만 지금 그가 응시하는 것은 그런 풍경이 아니라 아무리 짙은 어둠이 마을을 뒤덮어도 압도적인 존재감을 자랑하는 후타가미 가의 장대한 저택이었다.
'가즈에 부인으로서는 손자인 고이치 군을 어떻게 해서든 장차 히가미 가의 장 자리에 앉히고 싶을 테지. 그러기 위해서는 그 사람이라면 다소 난폭한 일도 마다하지 않을 거야.'
지금은 후타가미 노마님이라 불리는 가즈에 부인은 후도 옹의 하나뿐인 누나다. 그러나 후도 옹이 마을에서 유일하게 거북하게 생각하는 상대가 이 친누나였다. 게다가 가즈에 부인은 예전부터 동생에 대해, 나아가 이치가미 가 자체에 대해 무시무시한 증오심을 품고 있었다.
'미움의 대상일 이치가미 가의 옥호를 자신의 귀여운 손자가 물려받기를 바라다니…… 불행한 일이야.'
그 발단이 된 것은 이치가미 가의 관습이었다. 즉, 대를 이을 아들은 철저하게 우대하고 딸은 완전히 무시하는, 현재의 조주로와 히메코에게까지 연면히 이어지는 남존여비 풍습이다.
가즈에는 이치가미 가에서 성장하는 동안 어느새 남자라는 이유만으로 무엇이든 허용되는 동생에게 강한 질투심과 뿌리 깊은 증오심을 느꼈다. 거기에 자신의 혜택 받은 환경에 푹 빠져 연장자인 누나에게도 안하무인으로 행동한 후도의 언동이 더욱 부채질했다. 이윽고 후타가미 가로 시집간 가즈에는 언젠가 시댁에서 이치가미 가의 옥호를 사용하겠다고 호언해 마지않았다. 실제로 오직 그것만을 삶의 목표로 여기며 오늘날까지 살아왔노라고 본인이 거리낌 없이 말하고 다닐 정도이니 대단한 일이다.

'친남매인데도······.'

두 사람의 엄청난 관계를 알았을 때, 다카야시키는 구가 특유의 복잡한 인간관계에 간담이 서늘해졌다.

후도(富堂) 옹은 아들이 셋 있었다. 맏아들 고쿠도(國堂), 둘째아들 시도(强堂), 그리고 셋째아들 효도(兵堂)다. 자기까지 넣어 '부국강병'이 되도록 후도 옹이 생각한 이름이었다. 당시 일본 사회를 반영하는 명명이라고도 할 수 있지만, 한편으로는 아들들이 건강하게 자라기를 바라는 후도 옹의 마음이기도 했다. 그러나 먼저 고쿠도가 일곱 살에 병사하더니, 이어서 시도가 다섯 살에 또 병에 걸려 죽었다.

이때만은 마을 사람들도 아오쿠비 님의 지벌을 말하기 전에 가즈에 부인의 집념이 아닐까 두려워했다고 한다. 히메카미 당에서 열심히 참배를 드리는 그녀의 모습을 목격한 마을 사람이 한둘이 아니었기 때문이었다. 도대체 무엇을 기원했을까······.

누나의 심상치 않은 동태를 안 후도 옹은 유모인 구라타 가네에게 어떻게든 효도만은 살리라고 엄명했다. 그녀도 목숨을 걸고 갓난아기를 길러 내겠노라고 맹세했다. 당시 상황을 아는 노인에 따르면, 두 사람은 농담이 아니라 거의 주술 싸움이나 다름없는 격한 응전을 벌였던 듯하다. 그런 의미에서는 가네의 부적이 더 위력이 셌다고 봐야 하리라.

효도는 대대로 내려오는 후계자가 그랬듯이 병과 부상에 잇따라 시달리기는 했지만, 죽지 않고 무사히 성장해 십삼야 참배와 이십삼야 참배를 거행한 뒤 이치가미 가를 상속받을 수 있었다. 그뿐 아니라 9년 전에는 삼십삼야 참배도 무사히 마쳐, 이치가미 가의 남자로서는 후도 옹에 이어 일단 한시름 놓게 되었다.

'가즈에 부인은 분명히 불만이겠지.'

실제로 그녀가 히메카미 당에서 삼형제의 죽음을 빌었는지 아닌지는 차치하더라도, 고쿠도와 시도 둘이 죽었을 때 효도까지 죽기를 바란 것은 틀림없을 것이다.

'아니, 그 사람이라면 처음부터 삼형제의 죽음을 기원했을 테지…….'

그렇게 생각한 순간, 다카야시키는 오싹했다. 아오쿠비 님의 지벌에 대항할 수 있는 사람은 실은 가즈에 부인이 아닐까 하는 생각마저 들었다. 구라타 가네의 힘은 어디까지나 지키기 위한 것이라고 들은 적이 있다. 그러나 가즈에 부인이 가진 것은 공격하는 힘이 아닐까. 만약 그렇다면 히가미 일족이 힘을 합쳐 단결하기만 하면 대대로 이어지는 지벌의 연쇄를 끊을 수 있을지도 모른다.

'뭐, 무리겠지.'

이제 와서 그 두 사람이 사이좋게 지낼 것 같지는 않았다. 분명 마을 사람 전원이 그렇게 말할 것이다.

'게다가 애초에 지벌 같은 게 있을 리 없잖아.'

그렇게 생각하면서도 히메쿠비 산 동쪽 도리이 입구에 발을 들여놓고 그곳에서 어둠에 가라앉은 후타가미 가를 바라보다 보니, 이 히메카미 촌에서라면 어떤 일이든 일어날 수 있다는 생각이 들기 시작했다.

'터무니없는 생각을…….'

다카야시키는 속으로 부정하며 후타가미 가에 등을 돌리고 참배길을 걷기 시작했다.

여담이지만, 후도 옹에게는 누나 외에 여동생이 둘 있었다. 물론 남자 형제도 있었지만, 말할 것도 없이 전부 어렸을 때 죽어 지금은 없다.

첫째 여동생인 후타에는 미카미 가로, 둘째 여동생인 미쓰에는 히가미 가의 먼 친척뻘 되는 고리 가로 시집갔다. 후타에는 동생이라 그런지, 또는 미카미 가에 대를 이을 아들이 없는 탓인지, 가즈에 부인만큼 후도 옹에게나 이치가미 가에게나 그리 특별한 감정은 없는 듯 보였다. 단 그런 동생이 한심한지, 가즈에 부인이 뒤에서 후타에를 부추기고 있다는 소문도 심심치 않게 들려왔다.

'전 재산을 세 집안이 사이좋게 나누는 건…… 이제 와서 어렵겠지.'

다카야시키는 포석이 깔린 참배길을 걸으며 자신이 그런 구가에 태어나지 않아 다행이라고 진심으로 생각했다. 작기는 해도 기타모리 주재소라는 집을 가질 수 있었던 것만 해도 자신에게는 충분했다.

이윽고 오른편에 커다란 마두관음 사당이 보였다. 참배길을 한 3분의 2쯤 왔다는 뜻이다. 혹시나 싶어 그 주위와 내부를 살펴보았다.

마을 안팎으로 마두관음이 많은 것은 이 지역에서 인간이 이동하기 위해, 또 다수의 물품을 유통시키는 수단으로서 말이 없어서는 안 되는 존재이기 때문이다. 실제로 인간보다 말을 소중히 여겨온 역사가 있다. 그 정도로 소중한 말이 조난을 당해 뜻하지 않게 죽은 곳에 마두관음을 모셨다. 또 통행이 어려운 곳에도 세워 사람과 말의 안전을 기원했다. 히메쿠비 산 산중에 있는 것은 십중팔구 양쪽 모두의 의미가 있으리라.

'자, 어디까지 조사해야 하려나.'

마두관음 사당을 들여다본 다카야시키는 이대로 가다가는 히메카미 당까지 갈 것 같아 주저했다.

'자칫 얼굴을 비쳤다가 의례를 방해하는 일이 있어서는 안 되고 말이지.'

그는 십삼야 참배가 구체적으로 어떤 의식인지 아는 것이 전혀 없었다. 히메카미 당 근처까지 가지는 말고 두 번째 도리이에서 바라보는 것도 생각해보았지만, 그 행위가 의식에 결례가 될 가능성도 있었다. 함부로 행동할 수는 없는 노릇이었다.

'내 역할은 동쪽 도리이 입구로 수상한 자가 들어가지 못하게 경계하는 것이다.'

그렇게 생각을 고친 그는 참배길 앞쪽에 히메카미 당으로 보이는, 꺼멓게 웅크린 그림자를 본 지점에서 순순히 발길을 돌리기로 했다. 물론 주위에 대한 경계는 여전히 게을리하지 않으면서.

그때였다. 말소리가 들린 것은.

멈춰 서서 귀를 기울였지만, 아무것도 들리지 않기에 다시 걸음을 뗐다. 그러자 역시 누가 이야기하는 듯한 기분이 드는 것이었다.

'경내 쪽인가…….'

그렇게 생각하니 신경 쓰였지만, 곧바로 조주로나 히메코가 의례를 위해 축사라도 읊는 것이리라고 생각했다. 하지만 왠지 불안했다. 경내에서 뭔가 이변이 일어나고 있는 듯한…….

'하지만 만에 하나라도 십삼야 참배를 방해하는 결과가 된다면' 하고 생각하니 무작정 경내로 달려갈 수도 없는 노릇이었다. 게다가 문제는 의례의 특수성만이 아니라는 점이 성가셨다. 오늘밤의 경비가 현직 경찰관이 아니라 개인으로서의 판단에 의해 하는 것이고 더군다나 이치가미 가 사람들이 환영하지 않는 분위기였다는 사실이 무엇보다도 그의 걸음을 무겁게 했다.

'역시 참배길 경비로 그치자.'

다카야시키는 이때의 판단을 두고두고 후회하게 된다. 그때 자신이 현장으로 달려갔더라면 하고.

5
히메카미 당

'쿠, 쿠비나시다…… 아, 아니. 아오쿠비 님이다…….'
요키타카는 다시 나무 뒤에 몸을 숨기고 머리를 싸안은 채 몸을 떨기 시작했다.
'아니지…… 저, 저건…… 쿠비나시…… 아니, 아, 아니면…….'
그의 머릿속에서는 방금 자신이 본 것이 아오쿠비 님인가, 아니면 쿠비나시인가 하는 의문이 맴돌고 있었다.
'아오쿠비 님인가…… 쿠비나시인가…… 아오쿠비…… 쿠비나시…… 쿠비나시…… 쿠비나시…….'
그러는 사이에 '쿠비나시'라는 네 글자만 떠오르게 되었다. 그와 동시에,
찰박, 찰박, 찰박…….
그것이 우물에서 이쪽으로, 그가 있는 쪽으로 다가오는 기척을 알아차리고 등골이 오싹했다.
'아아…… 아, 안 돼…… 이리 오지 마! 저리 가! 저리 가!'

고함을 지르고 싶은 것을 필사적으로 참았다. 자신이 나무 뒤에 숨어 있는 것을 그것은 아직 모를지도 모른다. 그렇다면 그가 일부러 알려줄 필요가 없다. 그런 냉정한 판단을 하는 한편으로…….

찰박, 찰박, 찰박, 찰박, 찰박…….

더욱 가까이 다가오는 그것의 기척에 전율한 그는 모든 소리를 차단하려고 또다시 두 손으로 귀를 틀어막고는 그 자리에서 몸을 한층 더 작게 움츠렸다.

등골을 훑은 오한은 바야흐로 온몸에 퍼져 소름이 돋았다. 이 오싹하는 감각이 언제까지고 계속됐다가는 이제 곧 닭살로 뒤덮인 온몸의 피부가 스르르 벗겨질 것만 같은 그런 공포마저 느껴졌다. 게다가 귀를 틀어막고 있으니 소리는 완전히 차단된 상태일 텐데도…….

찰박, 찰박, 찰박…… 찰박.

어째선지 그것이 나무 반대편에 이르러서는 이쪽을 꼼짝 않고 살피고 있었다.

'저리 가! 이리 오지 마! 저리 가…… 이리 오지 마…….'

주문을 외우듯 속으로 똑같은 말을 되풀이하는데, 뭔가가 나무 뒤에서 쑤욱 하고 엿보는 것이 느껴졌다. 얼굴이 없는, 머리가 없는, 아무것도 없는 그것이…….

'으아아아아악!'

요키타카는 소리 없이 절규해 사위스러운 것을 떨쳐내려 했다. 적어도 바로 등 뒤에서, 어깨너머로 느껴지는 불길한 느낌을, 온몸의 털이 쭈뼛 곤두서는 듯한 시선을 지우려 했다. 그러기 위해서 머릿속을 자신의 고함소리로 채운 것이었다.

그래도 등에 느껴지는 그것의 존재는 사라질 줄 몰랐다…….

얼마만큼 시간이 지났을까. 어느새 소리 죽여 흐느껴 울던 요키타카는 문득 어디선가 귀에 익은 소리가 들리는 것 같아 조심조심 귀를 틀어막았던 두 손을 뗐다.

'어?'

그 순간, 바로 등 뒤까지 다가와 있던 그것의 기척이 깨끗이 사라지고 없음을 깨달았다.

'사, 살았다…….'

안도해도 되는 건지 망설이고 있는데, 기침 소리가 또렷이 들려왔다. 게다가 그 인물은 참배길 오른쪽에서 다가오고 있었다.

'누, 누구지?'

자신을 압도적으로 지배하고 있던 공포심을 밀어내고 호기심이 고개를 내밀었다. 누군지 알 수 없는 사람이 나무 곁을 지나치기 직전까지 기다렸다가 참배길을 살짝 엿보았다.

그 순간, 그는 강렬한 기시감에 사로잡혔다. 전에 본 적이 있는 광경이다. 아니, 자신은 방금 전에 이것과 똑같은 광경을 보았다. 그렇게 느끼면서도 그것이 워낙 있을 수 없는 일인 탓에 그의 머리는 심한 혼란에 빠졌다.

왜냐하면 눈앞으로 초롱 불빛과 더불어 붉은 하카마가 흐르듯 지나갔기 때문이었다.

'말도 안 돼…….'

저도 모르게 몸을 돌리고 나무 반대쪽에서 몰래 내다보았다.

흰 저고리와 붉은 하카마를 입은 히메코가 초롱을 들고 주위를 살피는 뒷모습이 보였다. 머리에 수건 같은 것을 감은 것은 우물에서 재계를 올릴 때 검은 머리가 젖지 않게 하려는 걸까.

그녀는 바로 우물을 발견한 듯 천천히 참배길을 벗어났다.

'히메코 님은 지, 지금 온 건가? 그럼 아까 그건……'

요키타카는 얼마 동안 천치처럼 우두커니 서 있다가 그 자리에 비실비실 주저앉고 말았다. 그 뒤로는 눈앞의 어둠 속에서 우물 옆에 놓인 초롱 불빛이 어슴푸레 비추는 히메코의 동작을 그저 물끄러미 응시할 뿐이었다.

하지만 그녀가 옷을 벗고 우물물을 길어 몸에 끼얹는 소리가 주위에 울려 퍼지고 재계가 시작되어도, 그의 눈에 비친 것은 실은 다른 것이었다. 아름다우면서도 요염한, 숭고하면서도 무시무시한 그 나체였다.

'아냐! 그건 히메코 님이 아니었어.'

그렇게 부정하는데도, 머리가 없는 소녀의 나체는 그의 눈동자 속에서 어린아이답지 않은 요염함이 더욱 짙어져만 갔다. 공포를 느껴야 마땅한, 머리가 없는 비정상적인 형상조차 어느새 무척 탐미적으로 느껴졌다. 이제는 그것이 히메코였는지 아니었는지조차 전혀 관계없었다. 아니, 그뿐 아니라 그것과 눈앞의 그녀가 어느새 겹쳐져 구별할 필요도 없다는 생각마저 들었다.

그런 상황의 요키타카와는 대조되게 재계를 마친 히메코는 서슴없는 동작으로 재빨리 몸을 닦은 다음 흰 저고리와 붉은 하카마를 입고 눈 깜짝할 새에 복장을 갖추었다.

곧 자갈을 밟는 소리가 경내에 울려 퍼졌다. 여기서 요키타카도 간신히 정신을 차렸다.

공포와 혼란, 흥분과 허탈. 오늘밤 자신을 덮친 온갖 것을 떨쳐 내듯 이럭저럭 일어선 요키타카는 십삼야 참배를 지켜보는 것은 이것으로 끝이라는 생각으로 그녀를 배웅하기로 했다. 조주로를 생각해 산에 들어온 것은 분명하지만, 지금은 두 사람이 무사히 의례를 마칠 수 있기를 진심으로 빌고 있었다.

요키타카는 나무 뒤에서 슬며시 나왔다. 히메카미 당을 향해 경내를 걸어가는 히메코의 모습이 흐릿한 초롱 불빛에 비추어 어둠 속에 떠 있었다. 반쯤은 어둠에 녹아든 듯 보이는 흰 저고리와 붉은 하카마, 그리고 초롱의 위치를 따져볼 때 그녀가 초롱을 오른손에 들었음을 알 수 있었다.

'저게 뭐지?'

그런데 그녀의 왼손에도 뭔가가 늘어져 있었다. 어둠에 묻혀 거의 보이지 않았지만, 검고 둥근 것처럼 보였다. 그래, 마치······.

'머, 머리······.'

그것을 움켜쥐고 걷는 것 같았다.

'그, 그, 그럴 리가······.'

그런 일은 있을 수 없다고 생각했지만, 사실 자신은 그녀를 계속해서 바라보면서도 실제로는 막연히 봤을 뿐이 아니던가. 즉, 우물 뒤에 미리 감추어두었던 머리를 그녀가 들고 걷기 시작했다 해도 자신은 보지 못했을 것이 분명하다. 그도 그럴 것이 불빛이라고는 흐릿한 빛을 발하는 초롱밖에 없으니까.

'아니······ 하지만 **누구 머리?**'

그런 생각을 한 순간, 요키타카는 아까 봤던 쿠비나시가 다시 나타났을지도 모른다는 생각이 불현듯 들어 엉덩방아를 찧을 듯 겁에 질렸다.

'저, 저게 아오쿠비 님이나 쿠비나시라면 늘어뜨린 건 자, 자기 머리······.'

순간적으로 참배길을 달려가 도망칠 뻔했다. 그러나 자세히 보니 멀어져가는 사람은 머리에 하얀 수건을 두른 것처럼 보였다. 너무 어두워 잘 보이지는 않지만, 적어도 두부(頭部)는 있는 듯했다.

'머, 머리가, 모, 모, 목 위가······ 있잖아.'

마침 그때 그림자가 히메카미 당에 다다랐다. 이어서 좌우로 열리는 격자문을 열고 안으로 들어간 듯 불빛이 깜박거렸다. 초롱의 움직임이 격자 너머로 보이기 때문일 것이다.

요키타카가 이럭저럭 용기를 쥐어짜 그 자리에 머물러 있으려니 금세 밤바람에 실려 무슨 소리가 희미하게 들려왔다. 귀를 기울여 들으니 가락을 붙여 뭔가를 읊는 소리였다. 그녀가 제단을 마주보고 있음이 틀림없었다.

'역시 히메코 님이었구나······.'

그렇게 생각해도 전혀 마음이 놓이지 않았다. 어쩌면 '어디선가, 재계 의례 중에 히메코와 쿠비나시가 뒤바뀌지 않았을까' 하는 무서운 상상이 떠올랐다. 사람과 사람이라면 절대 불가능하겠지만, 상대가 마물이라면 조금도 어렵지 않으리라.

어쨌든 히메카미 당에 들어갔으니 이제 자기가 여기 우두커니 서 있을 필요가 없다고 생각하는데도 발이 꿈쩍도 하지 않았다. 곧이어 몸이 와들와들 떨리기 시작했다.

한편, 히메카미 당 안에서는 초롱 불빛이 이동하기 시작했다. 히메카미 당의 오른쪽, 즉 서쪽으로 움직이고 있었다. 그곳에는 소라탑이라 불리는 기괴한 건물이 있었다. 그곳에서 서쪽으로 조금 더

가면 건물 세 채가 혼사(婚舍)로, 북쪽부터 남쪽으로 외(外)혼사, 중(中)혼사, 내(內)혼사의 순서대로 늘어서 있었다. 그중 외혼사에서 조주로가, 중혼사에서 히메코가 하룻밤을 보내는 것이었다.

요키타카는 이 기묘한 건물들 안에 들어간 적이 딱 한 번 있었다. "아무한테도 말하면 안 돼"라고 하면서 올봄에 조주로가 미소 띤 얼굴로 안내해주었다.

북쪽의 좌우로 열리는 격자문을 통해 히메카미 당으로 들어가면 정면에 제단이 있고 그 너머에 히메쿠비 무덤이 보인다. 오엔 공양비는 무덤 오른쪽으로 조금 들어간 곳에 모셔져 있다. 온갖 봉헌물이 놓인 제단 오른쪽에는 미닫이문이 있는데, 그곳으로 나가면 짤막한 복도가 나온다. 복도를 따라가 막다른 곳에 있는 또 다른 미닫이문을 열면 그 안이 소라 탑이다. 이 건물이 기묘한 것은, 오른편 위쪽으로 곡선을 그리는, 촘촘하게 디딤판이 박힌 널빤지 경사로를 빙빙 돌아 올라가 겨우 꼭대기에 이르렀나 하면 이번에는 반대로 나선을 그리며 내려가게 되는 특이한 구조 때문이었다. 즉, 기껏 올라갔다가는 도로 내려오는 것이다. 내려온 곳에 미닫이문이 있어, 그 문으로 들어가면 이번에는 짤막한 복도가 세 갈래로 뻗어 있다. 오른쪽으로 가면 외혼사, 한가운데를 선택하면 중혼사, 왼쪽으로 나아가면 내혼사가 나온다. 각 혼사는 바깥쪽에 다다미 넉 장 반 크기의 다실이, 안쪽에 다다미 여섯 장짜리 방이 있는 동일한 구조로, 작은 가옥 같은 분위기였다.

이 일군의 건물들 중에서 뭐니 뭐니 해도 재미있는 것은 소라 탑의 올라가고 내려오는 구조였다. 예컨대 요키타카가 히메카미 당 쪽에서, 조주로가 혼사 쪽에서 올라가도 두 사람은 꼭대기에 이르기

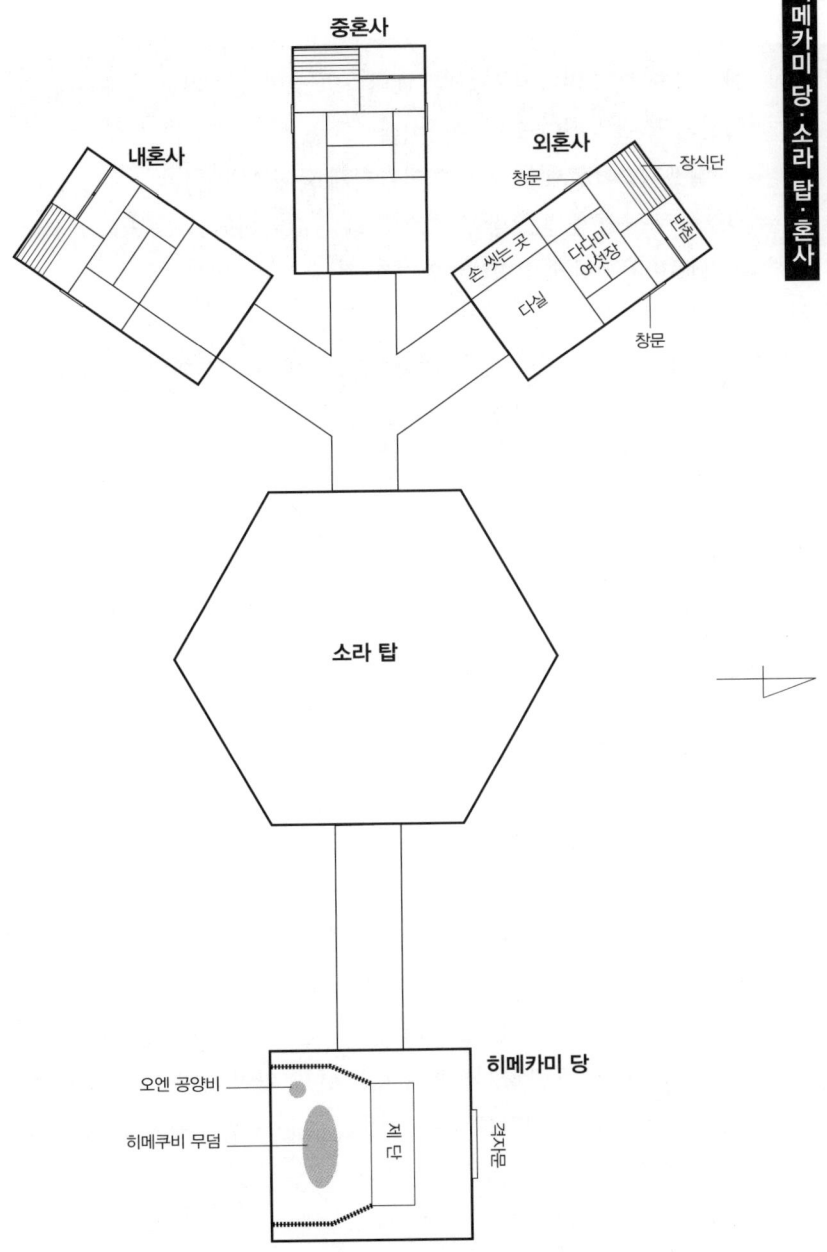

전까지는 결코 만나지 못한다. 왜냐하면 소라 탑이라는 건물이 이중 나선의 구조로 되어 있기 때문이다.

"알겠니? 이렇게 두 통로가 엇갈리게 되어 있는 거야."

조주로는 눈을 동그랗게 뜨고 놀라는 요키타카를 즐거운 얼굴로 바라보며 자세하게 설명해주었다.

"하지만 왜 이렇게 이상한 걸 만들었지요?"

조주로는 둘만 있을 때는 격식을 차리지 않아도 된다고 했다. 하지만 능숙하게 구별해 쓰지 못하는 요키타카는 저도 모르게 정중한 어조가 되곤 했다.

"그건 말이지, 이 소용돌이 속을 지나는 데 액막이의 뜻이 있기 때문이야."

타인을 대하듯 다소 딱딱한 요키타카의 말씨에 쓴웃음을 지으면서도 조주로는 건물의 놀라운 기능을 가르쳐주었다.

아오쿠비 님은 히가미 가의 남자에게, 그것도 특히 이치가미 가의 후계자에게 지벌을 내린다고 여겨졌다. 그렇다면 여자에게는 전혀 화가 없느냐 하면 그렇지는 않았다. 이치가미 가에서 태어나는 여자 중에 드물게 미치광이가 나올 때가 있었다. 일상생활은 보통으로 영위하는데 그 언동에 이따금 광기가 비치곤 하는 것이다. 그것이 기행(奇行)이 잦았다고 전해지는 아오 히메와 겹쳐져, 어느새 아오쿠비 님의 지벌이라고 생각되기 시작했다. 하인들을 비롯해 마을 사람들이 히메코를 기이한 시선으로 보는 것은 본인의 거친 언동 때문이기도 했지만, 이 대대로 출현하는 광녀의 존재 탓이 컸다. 그녀가 미쳤다고까지 생각하는 사람은 아무도 없었지만, 언제 그렇게 될지 모른다는 공포심은 누구나 늘 품고 있었다.

미친 여자가 이치가미 내부의 지벌이라면, 외부의 지벌을 받기 쉬운 것은 신부였다. 물론 이는 대를 이을 아들과 결혼하는 여자를 말한다. 후계자에게 지벌을 내린다는 부정적 감정을 뒤집어 생각하면, 그곳에는 극히 비틀린 애정이 포함되어 있다고 볼 수도 있다. 즉, 자기가 죽일 상대방의 마음을 다른 여자가 빼앗아버리는 결혼이라는 의례가 아오쿠비 님의 노여움을 산다는 생각이다. 그런 해석이 완전히 받아들여지게 된 계기에 대한 이야기가 이치가미 가에 전해진다.

간세이 시대(1789~1800년)에 다른 지역에서 시집온 이치가미 가 후계자의 아내가 히메카미 당 참배를 소홀히 했다. 보통 혼례 전에 얼굴을 검댕으로 더럽히든, 두건을 쓰든, 초라한 의복을 입든 하고 어디까지나 정체를 감춘 채 먼저 참배를 한 뒤, 모든 의례가 끝난 다음에 이치가미 가의 정식 마님으로 다시 한 번 화려하게 참배하는 것이 수순이었다. 그것은 식에서 초야에 이르기까지, 요는 신부가 타지 사람에서 이치가미 가의 사람이 되기까지의 그사이가 아오쿠비 님의 지벌을 받기가 가장 쉽다고 여겨졌기 때문이다. 그것을 그 신부는 무시하고 말았다.

이치가미 가의 별채에서 초야를 치른 뒤, 신랑은 신부가 잠자리에 없음을 깨달았다. 놀라서 온 집 안을 찾으니, 왜 그런지 헛방의 널문 한복판이 갈라져 있고 그곳에 머리가 낀 시체로 발견되었다.

그 이래로 신부가 히메카미 당에 참배를 해도 괴이한 일이 계속된 탓에 이치가미 가의 후대 당주가 여러 종교가와 상의한 결과, 히메카미 당과 인접한 곳에 소라 탑과 혼사를 세웠다. 그때부터 히가미 일족의 남자가 처를 얻을 때는 초야에 반드시 혼사를 쓰기 시작했다. 그 풍습이 어느새 삼삼야 참배에도 도입된 것이라 한다. 여담이지만, 혼사가 셋 있는 것도 아오쿠비 님에게 혼동을 주기 위한 장치인 모양이다.

　이 혼사는 그 용도에서도 명백히 알 수 있듯, 히가미 일족이 며느리를 들일 때 쓰는 것이었다. 그러나 그 존재와 위력은 일부에서 일찍부터 유명해, 마물에 씐 가계에서 꼭 며느리를 들이고 싶을 때 히메쿠비 산 히메카미 당에서 초야를 치르면 그 어떤 마물도 쫓아낼 수 있다는 소문이 몇몇 지방에 돌았다. 그러다 보니 이치가미 가에서는 내밀한 문의를 받을 때가 이따금 있었다. 그런 경우 상대의 신원만 확실하면 거의 대부분 혼사를 제공했다. 똑같이 성가신 지벌에 시달리는 동지라는 의식이 이치가미 가에 있기 때문이리라.

　'아, 맨 위에 도달했구나.'

　요키타카가 조주로와의 추억에 젖어 있는 사이에 초롱 불빛은 소라 탑을 빙빙 돌아 꼭대기에 이르렀다.

　그런데,

　'어?'

　그곳에서 어째선지 갑자기 초롱 불빛이 꺼졌다.

　오르막과 내리막이 이중 나선을 그리는 구조 탓에 히메코가 꼭대기에서 내리막 경사로에 접어들어도 불빛은 마찬가지로 보인다. 요키타카가 볼 때 뒤쪽이 되는 남쪽을 지날 때는 별도로 치더라도, 북쪽에도 반드시 나오게 되기 때문이다. 그런데 벽에 난 격자창으로 불빛이 전혀 흘러나오지 않는 것은 꼭대기에서 초롱이 꺼졌다고밖에 생각할 수 없었다.

　'하지만 어째서?'

　바람이 그렇게 센 밤은 아니었다. 게다가 그녀는 건물 안에 있었다.

'스스로 끌 리도 없고…….'

 널빤지 경사로는 명백히 올라갈 때보다 내려갈 때가 까다롭다. 일부러 불을 끄고 내려갈 것 같지는 않았다.

 요키타카가 고개를 갸웃거리면서도 뭐라 형언할 수 없는 불안을 느끼는데…….

'아!'

 외혼사의 다실에 불이 들어왔다. 이어서 초롱처럼 보이는 등불이 혼사에서 소라 탑으로 이어지는 짤막한 복도를 이동하는가 싶더니 경사로를 오르기 시작했다.

'조주로 님인가?'

 한 발 앞서 외혼사에 들어갔던 그가 왜 그런지 도로 나온 것처럼 보였다. 대체 어떻게 된 일일까 당황하는데, 그 불빛이 소라 탑 꼭대기에 이르렀을 때 좌우로 흔들거리기 시작했다. 꼭 뭔가를 찾는 것처럼…….

 이윽고 등불은 소라 탑 경사로를 내려오기 시작했다. 그리고 히메카미 당으로 이어지는 짤막한 복도를 지나 히메카미 당으로 들어오더니 얼마 동안 안에서 우왕좌왕했다.

'서, 설마…… 나오려는 건 아니겠지? 이, 이대로 가다간 들킬 텐데.'

 그렇게 조바심을 내는데도 여전히 발이 움직여주지 않았다. 발바닥에서 참배길의 포석과 포석 틈새로 뿌리가 내린 양 그 자리에서 꼼짝도 할 수 없었다. 그러는 사이에 불빛이 격자문으로 다가오더니 마침내 정면의 문이 열리고 사람이 나왔다.

그 인물은 잠깐 주위를 둘러보더니 이윽고 곧장 참배길로 걸어오기 시작했다.

'조주로 님…… 맞지?'

분명하다고 생각하면서도 요키타카는 일말의 불안에 휩싸였다. 필사적으로 눈을 크게 뜨고 보는데, 초롱은 허리 아래 발밑만 비출 뿐이라 정작 중요한 얼굴이 보이지 않았다.

'하지만 머리는…… 있는 거지?'

어둠 속에 둥근 머리통이 어슴푸레 보이는 것 같았다…… 아마. 그것이 서서히 다가왔다. 점차 커졌다. 그러더니 중간에 초롱만이 갑자기 앞으로 쑥 나왔다. 순간적으로 무엇을 하는지 알 수 없었으나, 곧 저쪽에서도 자신의 존재를 알아차렸음을 깨달았다.

상대는 순간 움찔해서 멈춰 섰다. 그러나 곧바로 자갈을 밟는 발소리가 빨라졌나 싶더니 단숨에 그림자가 닥쳐들었다.

요키타카는 한결같이 그 시커먼 얼굴 부분만 응시하고 있었다. 물론 그 정체를 한시라도 빨리 확인하기 위해서.

"요키둥이…….”

어둠 속에서 나타난 것은 놀라 눈을 크게 뜬 조주로의 얼굴이었다. 안심한 것도 잠깐, 요키타카는 곧바로 호되게 야단맞지 않을까 싶어 위축되었다.

'요키둥이'는 가네 할멈이 '요키타카'를 줄여 '요키'로 부르는 데 대해 조주로가 자기 나름대로 생각해낸 이름이었다. 하지만 곁에 집안사람이 있을 때는 하인을 친근하게 부른다고 야단맞기 때문에 그도 둘만 있을 때가 아니면 그렇게 부르지 않았다.

"네가 어째서 이런 데에…….”

조주로는 놀람과 의아함이 뒤섞인 표정으로 요키타카의 얼굴을 찬찬히 뜯어보았다. 그러나 그가 대답하지 못하고 와들와들 떨기만 하는 것을 보더니 얼굴이 흐려졌다.
"괜찮니? 나 누군지 알겠지? 무서워할 것 없어. 걱정 안 해도 돼. 알았지?"
조주로의 상냥한 위로에 요키타카는 간신히 고개를 끄덕였다.
"그렇구나, 몰래 따라왔구나."
다시 한 번 고개를 끄덕였다. 야단맞으리라 생각하고 긴장했건만, 조주로는 쓴웃음마저 띠고 있었다. 그런 표정을 보고 요키타카도 무심코 마음이 놓여 "역시 그때는 모르셨군요."라고 물어 놓고 후회했다. 조주로의 나체를 봤다는 것을 구태여 가르쳐준 셈이었기 때문이다.
'아뿔싸.'
조주로는 자신이 병약하다는 것을, 남자답지 않게 신체가 빈약하다는 것을 무엇보다도 신경 썼다. 아니나 다를까, 그의 표정에 당황한 빛이 스쳤다.
"아, 하, 하지만…… 저, 저 안 봤어요. 바로 딴 데로 시선을 돌렸거든요……."
요키타카가 황급히 부정하자, 조주로의 표정이 조금 누그러졌다.
"아니, 괜찮아. 누가 숨어 있을 줄, 그것도 네가 있을 줄은 몰랐기에 놀랐을 뿐이야."
"정말 죄송합니다."
그래도 요키타카가 머리를 깊이 수그리고 사과하자, 조주로는 약간 다급한 어조로 말했다.

"그보다 히메코 못 봤어? 이리로 왔을 텐데."

"예, 조주로 님 뒤에 오셨어요."

"그렇지? 그래서 우물에서 재계를 올리고 히메카미 당으로 들어가던?"

"계, 계속 빤히 쳐다보고 있었던 건…… 아니고요."

요키타카는 저도 모르게 얼굴을 숙였다. 자기가 조주로와 히메코의 재계를, 즉 두 사람의 알몸을 훔쳐봤노라고 조주로가 생각할 것 같아 견딜 수가 없었다.

"응, 그건 알아. 우리가 걱정돼서 와준 거지?"

두 사람 다가 아니라 조주로만이라고 하고 싶었지만 여기서는 순순히 고개를 끄덕였다.

"그래서 히메코는 히메카미 당에 들어간 거지?"

"예. 하, 하지만……."

"하지만?"

"쿠, 쿠, 쿠비나시가…… 나왔어요!"

"뭐?"

요키타카는 횡설수설하면서도 흥분된 어조로 맨 처음 지나간 히메코가 쿠비나시로 변했다는 이야기를 했다.

"자, 잠깐. 무슨 말인지 잘 모르겠어. 흥분을 좀 가라앉히고 차례대로 이야기해줘야…… 음, 어쩌지? 그럼 네가 제사당에서 나온 데서부터 어떻게 움직였고 그때 뭘 봤는지, 천천히 기억을 되살려가면서 조급하게 서두르지 말고 이야기해줄래?"

조주로가 차분히 타이르듯 말했다. 요키타카는 북쪽 도리이 옆 석비 뒤에 숨어 있었던 것부터 순서대로 자신의 행동과 목격한 광경을 이야기했다. 조주로의 재계 장면에서는 머뭇거렸으나, 몇 번씩 격려를 받고 또 이야기를 독려하는 듯한 질문을 받고 이럭저럭 넘겼다.
"그렇구나, 그 나무 뒤에 있었단 말이지."
조주로는 결코 비난하는 어조가 아니라 어린 동생의 장난을 대하듯 쓴웃음을 지었다. 그러나 첫 번째 히메코, 즉 쿠비나시의 이야기가 되자, 즉각 심각한 얼굴이 되었다.
"으음…… 그 나무 뒤에서 잠이 들어버린 건 아니고?"
"아, 아니에요!"
은근히 꿈을 꾼 것이 아니냐고 하는 말을 듣고 요키타카는 즉각 부정했다.
"똑똑히…… 아, 아니, 어렴풋이 보였을지도 모르지만, 분명히 쿠비나시를…… 그, 그러니까 머리가 없는 여자를 봐, 봤어요."
"게다가 그 사람은 벌거벗었다고?"
"예……."
잠시 생각에 잠겨 있던 조주로가 말했다.
"첫 번째 히메코에 관해선 일단 넘어가자."
그러면서 두 번째 히메코 이야기를 독촉했다.
'믿지 않으시는구나.'
요키타카는 충격과 동시에 크나큰 쓸쓸함을 느꼈다. 그러나 지금은 어찌 됐든 히메카미 당으로 들어간 히메코에 관해 이야기하는 것이 먼저라고 생각했다. 둘을 비교하면 역시 두 번째가 진짜 히메코라고 그 나름대로 판단했기 때문이었다.
"그러니까 요키둥이는 초롱을 든 히메코가 히메카미 당에 들어가는 걸 분명히 봤단 말이지?"

요키타카가 이야기를 마치자, 조주로는 자신을 설득하듯 중얼거렸다.

"그게 쿠비나시…… 아니, 아오쿠비 님이 아니라면……."

두 번째가 히메코라고 생각하면서도 요키타카는 어렴풋이 남아 있는 그 무서운 의심을 말하지 않을 수 없었다.

그런데 그의 이야기를 검토하는지 까다로운 표정을 하고 있던 조주로가 또다시 쓴웃음을 지었다.

"그건 아닐걸."

"어째서요?"

"아오쿠비 님이시라면 히메카미 당에 들어간 뒤에 히메쿠비 무덤으로 돌아가시지 않을까?"

"아, 그렇구나. ……하, 하지만 쿠비나시라는 건요?"

"그것도 아닐 거야. 아오쿠비 님이건, 쿠비나시건 저 소라 탑엔 못 들어가니까 말이야."

방금 전에 그 건물이 액을 막아주는 장치라고 조주로 본인에게 설명을 들었던 것을 떠올려 놓고도 요키타카는 그것을 까맣게 잊어버리고 있었다.

그러나 그렇게 부정하면서도 조주로는,

"아니면 소라 탑을 올라갈 순 있는 걸까? 하지만 혼사 쪽으로 내려가진 못해. 그러니까 재액을 물리칠 수 있는 거거든. 그렇게 생각하면 초롱이 탑 꼭대기에서 꺼진 것도……."

나지막한 어조로 자문자답하듯 말하며 문제의 소라 탑 쪽으로 시선을 돌렸다.

"조주로 님……."

"아, 미안. 그 일은 역시 넘어가자. 가네 할멈하고 의논하는 게 좋겠어. 게다가 네 이야기에 따르면 히메코가 참배길로 와서 우물에서 재계를 마치고 히메카미 당으로 가기까지 네가 한순간도 눈을 떼지 않고 지켜봤다는 걸 알 수 있단 말이지. 아니, 아닌 게 아니라 멍한 상태였을지는 모르지만, 혹시 도중에 히메코가…… 그게 아오쿠비 님인지, 쿠비나시인지는 일단은 넘어가고, 누군가랑 뒤바뀌었다면 아무리 그래도 알아차리지 않았겠어?"

"그건…… 그렇겠네요."

요키타카는 아오쿠비 님이나 쿠비나시라면 눈앞에서 자기가 모르게 그녀와 뒤바뀔 수 있을지도 모른다고 생각했지만 그런 말은 하지 않았다.

"즉, 히메카미 당에 들어가서 소라 탑을 올라간 사람은 역시 히메코라고 보는 게 맞다고 생각해."

"저, 조주로 님은 왜……."

"응? 아, 왜 나왔느냐고? 난 외혼사 안쪽 방에서……."

이야기를 하면서 그는 고개를 돌려 불이 켜진 외혼사를 가리켰다.

"여기선 저 큰 나무에 가려져 안 보이지만, 안쪽 방에서 히메코를 기다리고 있었어. 그 애는 중혼사에 묵지만, 아직 자긴 이르니까 이야기라도 할까 해서. 그랬더니 자갈 밟는 소리가 들리더라고. 왜, 밤의 경내는 원체 조용하잖아? 분명한 소리는 아니지만, 그 기척은 충분히 전해지지."

역시 히메카미 당을 엿보러 가지 않기를 잘했다고 요키타카는 생각하며 가슴을 쓸어내렸다.

"그래서 한동안 귀를 기울이고 잘 들어봤더니, 역시 소라 탑 쪽에서 무슨 소리가 들리는 거야. 그래서 히메코가 왔구나 생각했거든. 그런데 어쩐지 이상하더라고."

"올라오는 기척은 있었는데 아무리 기다려도 내려오는 소리가 들리지 않아서…… 그러신 거죠?"

"그래, 맞아. 그래서 무슨 일인가 싶어서 소라 탑까지 가서 불러봤어. 그런데 대답이 없는 거야. 이상하다 싶어서 꼭대기까지 올라갔더니 아무도 없지 뭐야. 불 꺼진 초롱만 바닥에 떨어져 있고…… 말이야."

마지막의 '말이야'라는 목소리를 들었을 때, 요키타카는 왜 그런지 오싹했다.

"뭐 깜빡 잊고 온 게 있어서 히메카미 당으로 돌아갔나 했지만, 그렇다면 반대편으로 내려가는 기척이 있어야 하잖아? 하지만 난 올라왔을 때 소리밖에 못 들었단 말이지. 게다가 초롱을 버리고 가다니 이상해. 성냥은 갖고 있을 테니까 혹 불이 꺼졌다 해도 다시 켤 수 있었을 텐데."

"그렇네요."

"그래도 혹시 모르는 일이니까 히메카미 당까지 가봤어. 하지만 역시 아무도 없는 거야. 이렇게 되면 경내를 찾아보는 수밖에 없겠다 싶어서 우선 우물로 가보려고 하는데, 참배길에 사람 그림자가 보여서 얼마나 놀랐는지 몰라."

거기서 조주로는 요키타카를 찬찬히 뜯어보았다.

"설마 요키둥이일 줄은 몰랐으니까 말이야, 솔직히 무서웠어. 아무리 봐도 그림자가 작잖아. 그러니까 아오 히메랑 똑같이 목이 베여 죽었다는 어린 시동…… 그 왜, 일부에서 쿠비나시의 정체가 아닐까 하는 그게 나온 건가 해서…….."
"죄, 죄송합니다."
"아냐, 괜찮아. 이거 어쩐지 뭐가 뭔지 알 수 없는 상황이 됐지만, 네가 있어준 덕분에 나도 마음이 든든하니까."
여섯 살짜리 어린아이의 존재가 실제로 어느 정도 위안이 되는지는 의문이었지만, 요키타카는 그런 말을 듣고 떨 듯이 기뻐했다. 두려움에 떨면서도 여기까지 오기를, 그것도 달아나지 않고 남아 있기를 정말 잘했다고 생각했다.
그런 생각이 드니 조주로에게 보탬이 되고 싶은 마음이 더욱 커졌다.
"히메코 님은 창문으로 나가신 게 아닐까요?"
"창문? 소라 탑이나 히메카미 당 말이야?"
"예."
제법 좋은 생각이라고 속으로 자화자찬한 것도 잠깐뿐.
"음, 그건 아닐걸."
조주로에게 가차 없이 부정당하고 말았다.
"소라 탑 꼭대기에서 내려와 복도를 지나 히메카미 당에 이르기까지 사람이 드나들 만한 창문은 어디에도 없어. 전부 창살이 끼워져 있거든. 소라 탑에서 혼사 쪽으로 가는 방향도 마찬가지고. 즉, 히메카미 당에서 혼사까지 그 건물 전체에서 출입구는 단 하나, 히메카미 당 정면의 그 좌우로 열리는 격자문뿐이야."
"……."
"히메코가 히메카미 당으로 들어가서 내가 나올 때까지 넌 히메카미 당 정면에서 눈을 뗀 적이 없고?"

"예, 그건 틀림없어요."

"그럼 히메코는 그 건물 안에서 사라졌다는 뜻이 돼. 좀 더 정확하게 말하면 소라 탑 꼭대기에서지만."

"그 소라 탑 꼭대기 말씀인데요, 거기 창엔 창살이 없는 것 같은데……."

요키타카의 지적에 조주로가 무심결에 소라 탑을 올려다보았다. 그러나 금세 그를 다시 돌아보고 말했다.

"응, 북쪽과 남쪽에 창문이 있고, 둘 다 창살이 없는 건 맞아. 하지만 그렇게 높은 데서 밖으로 나오면, 그러고 어떻게 한단 말이지?"

소라 탑 바깥쪽에는 내부의 경사로에 맞춰 흡사 뱀이 휘감긴 것처럼 경사진 지붕이 빙빙 돌아가고 있었다. 그 때문에 언뜻 보면 경사로 꼭대기 부분의 창문을 통해 밖으로 나오면 지붕을 타고 땅으로 내려올 수 있을 것 같다. 하지만 지붕의 폭이 별로 넓지 않은데다 경사도 가파르기 때문에 그쪽으로 내려오기는 여간 쉽지 않으리라는 것을 알 수 있다.

조주로는 요키타카도 이해할 수 있게 그것을 설명해준 다음 말했다.

"게다가 혹시 히메코가 네가 있는 걸 알아차리고 북쪽 창문으로 나오면 들킬 걸 의식해서 남쪽 창문으로 나온다 해도, 지붕이 탑 밖으로 뱅뱅 돌고 있으니 북쪽으로 모습을 드러내지 않고 내려오는 일은 절대 불가능해. 아무리 캄캄한 밤이라도 그렇지, 소라 탑 지붕 위를 지나는 사람이 있었다면 여기서 히메카미 당을 보고 있는 네가 못 볼 리가 없지 않겠어?"

"다른 혼사들은 어떨까요? 히메코 님이 소라 탑 꼭대기에서 발소리를 죽이고 조용히 내려와서 중혼사나 내혼사에 숨으셨다면요?"

"혹시나 싶어서 그쪽도 들여다봤지만 없었어."

"하지만 예를 들어 히메코 님이 내혼사에 계셨다 치고, 조주로 님이 중혼사에 들어가 계시는 사이에 외혼사로 이동하면 들키지 않고 넘길 수 있지 않을까요? 중혼사 다음에 내혼사를 살펴본 조주로 님이 이어서 소라 탑에 올라가시리라는 건 히메코 님도 예상하실 수 있을 테니까요."

"요키둥이, 넌 정말 똑똑하구나. 내가 네 나이 때는 그런 식으로 생각하지 못했는데."

"아, 아뇨…… 무슨 그런……."

별안간 쑥스러워하는 요키타카에게 조주로는 미소를 지으면서 말했다.

"하지만 설사 히메카미 당 안에서 내 눈에 띄지 않게 숨어 있을 수 있었다 쳐도, 또 밖으로 빠져나오는 방법이 있었다 쳐도, 이 자갈길을 소리 내지 않고 걷는 건 무리 아닐까?"

"아……."

"내가 나오기 전에 그런 발소리가……."

요키타카는 고개를 힘차게 흔들며 말했다.

"처음에 조주로 님이 히메카미 당으로 가셨을 때와 이어서 히메코 님이 가셨을 때, 발소리는 그 두 번밖에 안 들렸어요."

"즉, 히메코가 그 건물에서 밖으로 나오려면 요키둥이의 시선과 자갈길이라는 이중의 벽을 돌파해야 했다는 말이지."

조주로는 그렇게 쐐기를 박았다. 그러나 곧바로 "뭐, 그래 놓고 경내를 찾는 것도 이상한 이야기지만……." 하고 나지막이 말한 것은,

있을 수 없는 일이라 생각하면서도 그녀가 건물 밖으로 나왔다고 볼 수밖에 없기 때문이었다.

조주로가 찜찜한 기분이리라고 짐작한 요키타카는 즉각 제안했다.

"어떻게 하시겠어요? 히메카미 당에서 소라 탑까지 한 번 더, 이번에는 저와 같이 찾아보시겠어요? 저희 둘이 같이 찾으면 세 혼사를 전부 확인할 수도 있을 테니까요."

참으로 기괴하고 기분 나쁜 상황의 한복판에 있다는 것은 알고 있었고, 정체를 알 수 없는 공포도 느꼈다. 하지만 조주로와 단 둘이 히메카미 당으로 들어갈 생각을 하니 이내 가슴이 두근거리기 시작했다.

"아니, 역시 먼저 경내를 살펴보자. 빠뜨린 데가 있을지도 모르지만, 히메카미 당과 탑은 일단 봤고, 정면 격자문에는 밖에서 자물쇠를 걸어놨으니까 아무도 드나들 수 없거든. 그러니까 나중에 찾아도 충분해."

하지만 조주로의 그런 대답을 듣고 요키타카는 낙담했다. 스스로도 이런 때에 점잖지 못하다고 생각하지만, 본심을 속일 수는 없었다.

"그럼 어디서부터 찾아볼까요?"

그래도 금세 마음을 다잡았다. 십삼야 참배에서 조주로가 처한 입장을 생각하면 한시라도 빨리 히메코를 찾아내야 했다.

"우선은 우물이겠지. 설마 그럴 리야 없겠지만 예전에 사고도 있었고."

조주로는 메이지 초기에 십삼야 참배 중에 대를 이을 아들이 우물에 떨어져 목뼈가 부러져 죽었다는 이야기를 들려주었다.
"물론 히메코는 재계 뒤에 히메카미 당으로 갔으니 그럴 리는 없겠지만."
조주로는 가볍게 고개를 내저으면서도 우물 쪽으로 걷기 시작했다. 요키타카는 그 뒤를 허둥지둥 따라갔다.
"그쪽은 젖었으니까 이쪽으로……."
두 사람이 물을 끼얹었던 우물 북쪽을 피해 동쪽으로 다가간 조주로가 초롱을 늘어뜨려 깊은 구멍을 비추었을 때였다.
"보면 안 돼!"
그는 곧바로 초롱을 끌어당기고 부르짖었다.
그러나 바로 곁에서 같이 우물을 들여다보던 요키타카는 그 잠깐 사이에 **그것**을 보았다.
기다랗고 캄캄한 구멍 밑 우물물에서 이쪽을 향해 삐죽 튀어나온 하얀 두 다리를…….

십삼야 참배 중 관련자의 움직임

　이치가미 가의 히메코가 십삼야 참배 중에 사고로 우물에 떨어져 죽었다는 놀라운 소식을 다카야시키가 들은 것은 의례 다음 날 오후였다.
　그는 즉각 후회에 사로잡혔다. 전날 밤, 동쪽 도리이 입구에서 참배길을 가다가 불안을 느꼈을 때, 역시 경내까지 살펴보러 갔어야 했다.
　그런데 자책하며 이치가미 가로 달려간 다카야시키를 기다리던 것은 그런 경찰관으로서의 회한을 순식간에 잊어버릴 만큼 충격적인 광경이었다. 사망한 지 얼마 되지도 않은 히메코의 장례가 이미 치러지고 있었던 것이다.
　듣자 하니 어젯밤 임시 경야를 마치고 오늘은 본 장례라고 했다. 한여름에 사람이 죽어도 보통 이렇게까지 빨리 매장하지는 않는다. 게다가 지금은 중추고, 지난 며칠간의 날씨를 생각해도 하루 이틀 정도로 시신이 부패할 것 같지는 않았다. 아니, 그보다 문제는 히메코가 명백히 의심스러운 상황에서 죽었다는 사실이었다.
"자, 잠깐만 기다려주십시오. 장례를 치르기 전에 먼저 사인을 조사해야 합니다."
관이 안치된 방으로 안내된 다카야시키는 너무나도 기이한 광경에 얼마 동안 넋을 놓고 우두커니 서 있다가 금세 정신을 차리고 장례의 중지를 요구했다.
그러나······.
"뭘 조사한다는 건가? 히메코는 우물에 떨어져 죽었네. 즉, 사고사 아닌가."
그것도 후도 옹의 일갈로 간단히 거부되고 말았다. 물론 다카야시키는 검시로 그것을 확인해야 한다, 그 절차를 건너뛰고 마음대로 장례를 치르면 안 된다고 설득했으나, 후도 옹은 들은 척도 하지 않았다.
"자네가 그런 걱정을 하지 않아도 되네. 쓰이카이치 경찰서에는 내가 설명해둘 테니까. 그럼 문제없을 것 아닌가?"
그래도 다카야시키가 물고 늘어지자, 후도 옹은 성가시다는 듯 흡사 자꾸만 들러붙으려는 파리를 쫓는 것 같은 손짓을 했다.
"하지만······."
그런 억지도 히가미 일족의 이치가미 가라면 통할 것이 분명하다는 생각은 들었다. 하지만 자신은 히메카미 촌 기타모리를 담당하는 주재소 순사다. 이 지역에서 발생한 사건에 관해서는 완벽하게 파악할 책임이 있는 이상 순순히 물러날 수는 없는 노릇이었다.
그는 표현을 조심스럽게 골라가며 왜 검시가 필요한지 설명하기 시작했다. 그 순간, 쿨룩거리면서도 박력 있는 후도 옹의 노성이 방 안에 울려 퍼졌다.

"네, 네, 네놈 같은 일개 순사한테 지, 지도 받을 생각 없다! 하, 하, 할 말이 있거든 서, 서장을 불러와!"

찬물을 끼얹은 듯 조용해진 방 안을 둘러본 다카야시키는 그곳에 이치가미 가의 주요 인물들밖에 없다는 사실을 뒤늦게 깨달았다. 히메코의 장례라는 있을 수 없는 광경에 놀란 나머지 주위 사람들에까지 주의가 미치지 못했다.

'후타가미 가, 미카미 가 양가 모두 한 사람도 와 있지 않군. 아마 알리지 않았겠지. 이, 이건 너무 이상한데……'

그가 멍하니 이치가미 가 사람들을 응시하는데, 구라타 가네가 울먹이는 목소리로 말했다.

"순사 나리, 어젯밤에 히메코 아가씨가 뜻하지 않게 돌아가시는 바람에 큰나리도 얼마나 비통해하셨는지 몰라요. 물론 나리랑 마님도 마찬가지시고요. 안 그래도 슬프고 괴로운 일이건만, 그게 십삼야 참배 중에 일어난 일이니 말이죠."

"예, 그건 정말이지 뭐라 위로의 말씀을 드려야 할지 알 수 없는 딱한 사건입니다만…… 다만 갑작스러운 죽음이라는 점에서도……"

다카야시키는 후도 옹에게도 영향력이 있는 가네 할멈을 설득하려 했다. 그러나 가네 할멈은 그의 말이 들리는지 안 들리는지 이렇게 말하는 것이었다.

"예, 그래요. 하필이면 십삼야 참배 중에 그런 불행한 일이 벌어졌으니, 한시라도 빨리 히메코 아씨의 명복을 빌어주고 싶으신 큰나리의 심정을 마음씨 고우신 다카야시키 씨라면 충분히 이해하실 테죠."

"물론, 그건 이해할 수 있습니다만……."

"아이고, 감사합니다. 큰나리, 역시 기타모리 지역을 지켜주시는 순사 나리는 다르시네요. 이치가미 가를 정말 많이 생각해주시는 분이세요."

"아뇨, 전……."

결국 구라타 가네의 청산유수 같은 말솜씨와 눈물로 다카야시키의 입은 완전히 봉해지고 말았다. 게다가 무료사 주지의 독경이 끝나는 즉시 부랴부랴 출관해 날이 저물기 전에 화장을 마치고 납골단지까지 돌아왔다. 실로 신속한 처리가 아닐 수 없었다.

'아무리 그래도 이건 좀 이상한데.'

처음에는 이치가미 가의 태도에 분개했던 다카야시키도 점차 오싹해지기 시작했다.

아닌 게 아니라 십삼야 참배 중에 그 당사자가 우물에 빠져 죽었다면 큰 소란이 일어날 것이 틀림없다. 특히 후타가미 가나 미카미 가에서는 기회를 놓칠세라 갖은 말로 비아냥거릴 것이다. 그러니 밀장(密葬)에 가까운 형태를 취한 것은 이치가미 가의 입장에서는 당연하다 할 수 있다. 그것은 다카야시키도 충분히 이해할 수 있었다.

'그건 그렇지만…….'

너무 이상하지 않나. 꼭 시신을 조금이라도 빨리 집 밖으로 내보내고, 한시라도 빨리 화장하고 싶어 하는 것처럼 보였다.

'맞다, 왜 화장을 했지?'

이 근방에서는 기본적으로 토장을 한다. 화장을 하는 것은 전염병에 걸려 죽은 이의 시신 정도가 아닐까. 아니, 또 한 사례가 있었다. 뭔가에 씌거나 지벌이나 주술에 의해 죽었다고 여겨져 그대로 두면 유족에게까지 화가 미친다고 생각되는 사람도······.

'서, 설마.'

이치가미 가 사람들이 두려워하는 것의 정체를 생각하고 다카야시키는 뭐라 형언할 수 없이 찝찝한 기분에 사로잡혔다.

'하지만 그런 이유로······.'

순간적으로 부정할 뻔했지만, 십삼야 참배의 의미가 생각나 도중에 그만두었다. 무엇보다도 중요한 시신이 이미 화장된 마당에 지금 와서 무슨 말을 해도 소용없었다.

'지금 내가 할 수 있는 직무는 의례 중에 무슨 일이 있었는지를 확실히 밝혀내는 것이다.'

장례 이튿날, 이치가미 가로 간 다카야시키의 가슴속에 있는 것은 그런 결의뿐이었다. 이대로 아무 일도 없었던 것처럼 보고도 못 본 척할 수는 없었다. 이런 상황을 인정하면 기타모리 주재소의 존재 자체를 부정하는 꼴이 된다.

하지만 말은 그렇게 해도 상대가 후도 옹이다 보니 다카야시키의 심중도 편안하지는 않았다. 후도 옹이 한 마디만 하면 그의 목쯤은 간단히 날아가버리기 때문이었다. 그래도 그는 어디까지나 자신의 직무에 충실하려 했다. 그 때문에 상당히 비장한 결의를 다지고 이치가미 가로 간 것이었다.

그런데 다카야시키를 만난 후도 옹은 "아, 그건 상관없네. 납득이 갈 때까지 충분히 조사해봐. 다들 협조하도록 일러두지."라고 하며 선선히 그의 말에 응했다. 호통을 들으리라 생각했던 다카야시키는 맥이 빠지는 동시에 이때도 뭐라 말할 수 없는 섬뜩함을 느꼈다.
"가, 감사합니다."

그래도 정중히 감사의 뜻을 표한 다음, 효도를 비롯해 조주로, 구라타 가네, 미나토리 이쿠코, 그리고 현장 근처에 숨어 있었던 요키타카라는 예상외의 목격자, 또 히메코의 시신을 우물에서 끌어올린 하인들에게 십삼야 참배 날 밤에 있었던 일을 물었다. 다카야시키는 또한 미나미모리 주재소 사에키 순사의 증언과 자기가 히가시모리에서 마주친 후타미 순사부장 및 후타가미 가 형제와 주고받은 대화도 거기에 덧붙였다.

그 결과, 십삼야 참배 중 주요 관련자들의 움직임을 다음과 같이 정리할 수 있었다.

십삼야 참배 중 관련자의 움직임

6시 반	북쪽 도리이 입구 옆 제사당에 이치가미 가의 효도, 조주로, 히메코, 구라타 가네, 미나토리 이쿠코, 요키타카가 들어감.
6시 50분	다카야시키가 제사당을 찾아감. 사에키가 미나미모리 주재소에서 남쪽 도리이 입구로 출발.
6시 55분	다카야시키가 북쪽 도리이 입구 주변을 살핌.
7시	다카야시키가 히가시모리 주재소로 향함.
7시~9시	사에키가 남쪽 도리이 입구에서 히메쿠비 산으로 들어가 참배길 중간까지 돌아보고 계단으로 돌아오는 순찰을 반복.
7시 넘어	조주로가 제사당에서 나와 히메쿠비 산으로 들어감. 요키타카가 조주로를 쫓아 히메쿠비 산으로 들어감. 후타미가 히가시모리 주재소에서 동쪽 도리이 입구로 출발.

7시 10분	다카야시키가 히가시모리 주재소에 도착, 후타미의 부재를 확인하고 동쪽 도리이 입구로 향함.
7시 15분	조주로가 우물에 도착, 재계를 거행. 요키타카가 경내의 나무 뒤에 숨음. 히메코가 제사당에서 나와 히메쿠비 산으로 들어감. 미나토리 이쿠코가 제사당 창문으로 북쪽 도리이 입구를 망보기 시작함.
7시 20분	조주로가 히메카미 당으로 들어감. 다카야시키가 동쪽 도리이 입구로 가는 길에 후타미와 후타가미 가의 고이치를 만남.
7시 30분	다카야시키가 동쪽 도리이 입구에서 후타가미 가의 고지를 만남. 곧바로 후타미가 합류. 히메코(첫 번째)가 우물에 도착하나 얼마 있다 사라짐.
7시 35분	히메코(두 번째)가 우물에 도착, 재계를 거행.
7시 40분	다카야시키가 동쪽 도리이 입구에서 히메쿠비 산으로 들어감. 히메코가 히메카미 당으로 들어감.
7시 45분	혼사에 있던 조주로가 누군가 소라 탑으로 올라오는 것을 알아차림.
7시 50분	조주로가 소라 탑 꼭대기에 도착.
7시 55분	조주로가 소라 탑에서 히메카미 당으로 들어감.
8시 전	조주로가 히메카미 당의 조사를 마침.
8시 넘어	조주로가 히메카미 당 밖으로 나와 요키타카와 마주침.
8시 10분 넘어	조주로와 요키타카가 우물에 빠진 히메코를 발견함.
8시 20분	요키타카가 제사당으로 돌아가 히메코의 사고 소식을 전함.
8시 40분	효도, 조주로, 구라타 가네, 미나토리 이쿠코, 이치가미 가 하인인 다메키치와 다쿠조가 우물에 도착.
9시	히메코의 시신을 끌어올림.

전원이 항상 시계를 보고 있었던 것은 아닌 탓에 정확한 시각은 알 수 없었다. 따라서 조금이라도 이해하기 쉽도록 5분 단위로 표시하니 생각 외로 그럴 듯하게 정리됐으므로 다카야시키는 만족했다. 하지만 자기가 작성한 시간표를 보면 볼수록 대체 어떻게 생각해야 할지, 히메쿠비 산에서 무슨 일이 있었던 건지 알 수 없어져 머리를 싸안지 않을 수 없었다.

　장례를 치르고 사흘째 되는 날 저녁, 일과인 순찰을 끝내고 주재소로 돌아온 다카야시키는 우선 일지를 기입했다. 그러고는 시간을 들여 석간을 훑어보고 아내인 다에코와 저녁식사를 했다. 거기까지는 여느 때와 똑같은 일과였다. 다른 것은 그가 밥상에 '십삼야 참배 중 관련자의 움직임' 시간표를 펴놓고 생각에 몰두한 것이었다.

　"마을 사람들도 아직 불안해하는 것 같던데요."

　남편의 그런 모습을 본 다에코가 상에 찻종을 놓으며 넌지시 마을 분위기를 전했다. 십삼야 참배 중 **사고**에 관해서는 다카야시키에게 대략 이야기를 들어 알고 있었다.

　아내가 됐든 뭐가 됐든 가족에게 일 이야기는 일절 하지 않는다는 후타미 같은 주재소 순사도 있지만, 다카야시키는 그 반대였다. 물론 무슨 말이든 다 하지는 않지만, 지장이 없는 범위 내에서라면 오히려 적극적으로 이야기했다. 왜냐하면 자기보다 다에코 쪽이 마을에 녹아들어 있다고 생각되는 일이 전에도 여러 번 있었기 때문이다. 즉, 그는 아내가 주는 마을의 정보가 결코 만만히 볼 게 아니라는 것을 지난 1년간의 경험으로 학습한 것이었다.

　"마을 사람들한테는 십삼야 참배 중에 그런 일이 일어났다는 것만으로도 무서울 텐데, 히메코의 장례까지 그렇게 치렀으니 그럴 만도 하지."

"죽은 사람이 히메코 씨가 맞을까요?"

다에코가 조심스럽게 밥상 옆에 앉았다.

다카야시키가 일 이야기를 하는 해도, 그녀 쪽에서 적극적으로 이야기를 청한 적은 없었다. 어디까지나 남편이 입을 열었을 때만 듣는다는 자세를 취했다. 아마 그녀 나름대로 주재소 순사의 아내라는 입장을 고려한 것이리라.

"그건 분명할 거야."

아내가 질문하는 일은 좀처럼 없는 일이었으므로 다카야시키도 놀랐다. 그러나 지금의 그는 사건에 관해 다른 사람과 이야기하고 싶었다. 그렇게 해서 그 불가해한 일의 진상에 다가갈 실마리를 찾아내고 싶은 기분이 강했다.

"히메코가 죽었을 뿐 아니라 동시에 조주로 군도 없어졌다면, 후도 옹을 비롯해 그 집 사람들의 증언도 믿을 수 없었겠지만."

"그건…… 사실은 조주로 씨가 죽었는데 이치가미 가가 그 사실을 감추기 위해 히메코 씨가 죽었다고 마을 사람들, 특히 후타가미 가와 미카미 가 사람들을 속일 가능성이 있기 때문인가요?"

"응, 뭐니 뭐니 해도 이치가미 가한테 히가미 가의 후계자 문제는 대대로 그 어떤 것보다도 중요한 사항이니까. 어떻게든 시간을 벌어 대책을 마련하려 했겠지."

"그러게요. 하지만 두 사람은 쌍둥이라곤 해도 별로 닮지 않았으니까, 히메코 씨가 조주로 씨 행세를 하는 건 무리일 것 같은데요……."

"게다가 조주로 군은 처음부터 내내 모습을 보이고 있었어. 없어진 사람은 히메코뿐이야."

"역시 죽은 사람은 히메코 씨……."

"그렇게 되겠지."

"석연치 않으세요?"

"시신을 본 사람이 이치가미 가 사람들뿐…… 아니, 그보다 실제로는 효도 씨와 가네 씨, 이 두 사람밖에 없어. 그게 마음에 걸린단 말이지."

그러자 다에코는 의아한 표정을 지으며 말했다.

"우물에서 시신을 끌어올린 두 사람은 전혀 못 봤다는 이야기네요?"

"다메키치가 우물에 내려가긴 했지만, 그 녀석은 시신의 양발에 밧줄을 묶었을 뿐 얼굴까지 보진 않았어. 뭐, 무릎 아래만 물 밖으로 나와 있는 상태였으니 우물 안에서 신원을 확인하기는 무리였겠지."

"하지만 끌어올렸을 때는 싫든 좋든 얼굴이 보일 텐데요."

"다쿠조하고 다메키치 둘이 두레박을 이용해서 밧줄을 끌어당겼는데, 효도 씨가 딸의 알몸을 보지 말라고 야단쳤다나 봐. 그래서 눈을 감고 있었던 모양이야. 이제 눈을 떠도 된다는 소리를 들었을 때는 이미 거적으로 시신을 만 다음이었다는군."

"효도 씨의 심정은 이해가 돼요."

"그 부분에서야 그렇지. 하지만 경찰에 알리지도 않고 서둘러 장례를 치른 건, 아무래도 의혹이 남아."

"왜 시신을 아무에게도 보이지 않았나, 그 말씀인가요?"

다카야시키는 팔짱을 끼고 천장을 우러르며 말했다.

"생각할 수 있는 건, 히메코의 죽음은 사고가 아니라 살인이었던 탓에 시신을 보면 죽임을 당했다는 게 밝혀지기 때문이란 거겠지. 하지만 그렇게 되면 어째서 피해자 측인 이치가미 가가 그걸 감추려 하느냐는 새로운 수수께끼가 생기거든."

"게다가 조주로 씨라면 그럴 수도 있지만, 제 생각에 히메코 씨가 살해될 동기는 어디에도 없는 것 같은데요."

"그날 밤이 워낙 캄캄했기 때문에 두 사람을 헛갈렸나 하는 생각도 해봤는데, 역시 그런 일은 있을 수 없어. 십삼야 참배를 자세히는 몰라도 남자가 먼저 의례를 거행한다는 건 마을 사람이라면 누구나 다 아는 사실이니까. 즉, 조주로 군을 노렸다면 잠복하고 있다가 맨 처음에 온 사람을 덮치면 그만이야."

"두 사람을 혼동했다는 건 생각할 수 없다고요?"

"그래…… 게다가 피해자는 전라였으니, 명백히 히메코라는 걸 알고 죽였다는 이야기야."

"역시 살인일까요?"

다에코의 물음에 얼굴을 들고 있던 다카야시키는 시선을 밥상으로 되돌렸다.

"하지만…… 적어도 히가미 가 사람들은 전원이 알리바이가 성립된단 말이지."

"네?"

"용의자가 없는데다 어째서 히메코가 살해됐는지, 그 동기가 전혀 보이질 않아. 그렇다고 사고라고 하기엔 수상한 점이 너무 많고."

다카야시키는 당혹한 표정으로 다에코를 보며 말했다.

"게다가 현장은 당신이 좋아하는 탐정소설에 나오는 것 같은 일종의 밀실 상태였으니 말이야."

7
우물 속에서

조주로의 전갈을 지니고 제사당으로 달려간 요키타카가 안으로 뛰어들자, 효도와 가네 할멈은 어리둥절한 표정으로 그를 빤히 쳐다보기만 할 뿐 좀처럼 말이 나오지 않는 듯했다. 늘 냉정하고 침착한 미나토리 이쿠코마저 조금 놀랐는지 눈을 크게 떴다.

그래도 맨 먼저 정신을 차린 사람은 역시 가네 할멈이었다.

"저런, 애도 참. 뭐 하러 돌아왔을꼬?"

가네 할멈은 책망하는 눈초리로 그를 노려보았다. 그러나 금세 이변이 있음을 눈치 챘는지, 평소 같으면 이치가미 가로 돌아가라고 호통을 쳤을 텐데도 그를 물끄러미 살펴보고만 있었다.

"저, 이거…… 조주로 님께서……."

요키타카도 야단맞고 쫓겨나기 전에 얼른 조주로가 준 쪽지를 가네 할멈에게 내밀었다. 문학을 좋아하는 그가 늘 들고 다니는 공책에 역시 갖고 있던 만년필로 쓴, 아버지와 유모에게 보내는 전갈이었다.

"조주로 님이?"

가네 할멈은 황급히 쪽지를 낚아채서는 효도도 볼 수 있게 폈다. 이쿠코는 두 사람의 어깨너머로 쪽지를 들여다보았다.

'히메코가 우물에 빠졌음. 요키둥이를 보냄. 거짓말도 농담도 아님. 조주로.'

쪽지에는 이렇게 쓰여 있었다. 요키타카가 느닷없이 제사당에 나타나는 부자연스러움을 고려해 순간적으로 생각한 문장이리라. 결코 요키타카가 장난치는 것이 아님을 확실하게 알리려면 어떻게 하면 좋을까, 그 나름대로 지혜를 짜냈음이 틀림없다.

"히이이익."

맨 먼저 가네 할멈이 비명을 질렀다.

"우, 우물에 빠졌다고…… 그, 그것도 히메코가……."

이어서 효도가 창백한 얼굴로 입술을 바르르 떨며 말했다.

"십삼야 참배를 무사히 마치기 전에 두려워했던 사태가 벌어진 모양이네요."

이쿠코가 감정이 섞이지 않은 목소리로 말했다. 그녀만이 조주로의 전갈을 담담히 받아들이는 듯 보였다.

제사당 안에 정적이 감돌았다. 가네 할멈은 다리 힘이 풀린 듯 주저앉아버리고, 효도는 망연자실한 상태였다. 그런 두 사람을 이쿠코가 냉랭하다고도 할 수 있는 눈초리로 바라보고, 요키타카가 세 사람을 차례대로 살폈다.

"젊은 사람을 데리고 우물로 가는 편이 낫지 않을까요? 조주로 씨가 혼자 산속에 남아 있는 걸 생각해도……."

이윽고 이쿠코가 효도와 가네 할멈, 둘 중 누구에게랄 것도 없이 조용히 말했다.
"어? 아, 그, 그렇습니다, 나리. 아, 아직 조주로 님이 계십니다."
"응? 조주로가……."
효도는 흡사 이치가미 가 후계자의 이름을 처음 듣는 양 흐리멍덩한 반응을 보였다. 그러나 그것도 잠시뿐, 벌떡 일어났다.
"그, 그렇지. 조주로는 무사한 거지. 조, 좋아. 어찌 됐든 우물에서 히메코를 끌어올려야지. 다메키치와 다쿠조한테 준비를 시키게."
"알겠습니다. 요키, 지금 당장 이치가미 가로 달려가서……."
가네 할멈의 지시대로 요키타카가 움직인 결과, 등잔과 밧줄, 양동이 등을 든 다메키치와 다쿠조가 제사당으로 달려왔다. 그런 뒤에 일행은 히메쿠비 산 우물로 갔다.
다만 요키타카만은 얌전하게 집에 돌아가 있으라고 가네 할멈이 단단히 일렀다. 물론 그는 그 말에 따르는 척하고 몰래 다른 사람들의 뒤를 쫓았다. 전원이 참배길 앞쪽에만 주의를 기울이고 있었던 덕에 뒤따르기도 대단히 쉬웠다. 우물 근처까지 와서 처음에 숨을 생각이었던 석비 뒤에 몸을 감추고 다른 사람들을 은밀히 살필 수도 있었다.
일행을 맞은 조주로는 우선 효도와 가네 할멈에게 사정을 설명하는 듯했다. 그로부터 이쿠코를 포함해 넷이서 얼마 동안 우물을 들여다보았다. 이어서 가네 할멈이 참으로 준비성 좋게 챙겨온 보퉁이에서 향과 초를 비롯해 염주, 향로, 화병, 촛대, 불자(拂子) 같은 것까지 꺼내고는 그 자리에서 먼저 간단히 명복을 빌었다.
가네 할멈의 염불이 끝나기를 기다려 효도가 다메키치와 다쿠조를 불렀다. 우물로 내려가 히메코의 양발에 밧줄을 묶고 끌어올리라고 지시하는 듯했다.

다쿠조와 다메키치가 서로의 몸을 밧줄로 묶자, 우물을 둘러싸고 있던 네 사람이 뒤로 물러나고 두 사람이 앞으로 나섰다. 다메키치가 우선 우물 테두리에 걸터앉았다. 이어서 다쿠조가 우물 외벽과 땅바닥이 만나는 부분에 발 안쪽을 대고 버틸 태세를 취했다. 다메키치는 다쿠조가 고개를 끄덕이기를 기다려 밧줄을 꽉 쥐고 우물에 두 발을 넣었다. 다쿠조가 밧줄을 조금 풀면 그 길이만큼 우물을 내려가는 과정을 반복해, 다메키치가 천천히 우물 속으로 모습을 감추었다.

얼마 있다가…….

"으아아악!"

우물 속에서 다메키치가 소리 질렀다. 그 소리가 기다란 우물의 내벽에 메아리쳐 섬뜩한 음색으로 요키타카에게까지 들렸다.

"무, 무슨 일이야!"

다쿠조가 저도 모르게 소리쳤다. 자기가 잡고 있는 밧줄을 내려다보더니 효도를 보고 고개를 흔든 것은 밧줄에 확실한 반응이 있음을 알린 것이리라.

"어이, 다메! 왜 그래? 괜찮나?"

다쿠조가 다시 소리쳐도 우물 속에서는 아무런 대답도 들려오지 않았다.

"나, 나리…….'

구명줄을 잡아당겨도 되는지 알 수 없는 듯, 다쿠조가 효도에게 지시를 청했다. 그러나 그의 주인도 다메키치의 섬뜩한 비명을 듣고도 사위스러운 것이라도 보듯 우물을 꼼짝 않고 쳐다볼 뿐이었다. 아무도 우물로 다가가려 하지 않았다. 하물며 들여다볼 마음은 더욱 없음을 알 수 있었다.

"오, 올려줘! 어, 얼른! 올려줘!"

우물 속에서 다메키치가 부르짖었다. 몹시 초조한, 지금 있는 곳에서 한시라도 빨리 달아나고 싶은 듯한, 그런 공포와 혐오감 어린 어투였다.

"아, 알았어! 바로 끌어올려줄 테니까. 다, 당긴다!"

다쿠조는 동료의 심상치 않은 반응에 놀라면서도, 예삿일이 아니라고 생각했는지 온 힘을 다해 밧줄을 당기기 시작했다.

이윽고 우물 테두리에 한 손이 나타나나 싶더니 다메키치가 자신의 팔 힘으로 기어올라왔다. 그리고 그야말로 털썩 떨어지듯 바닥에 엎어져 거친 숨을 몰아쉬었다.

"어, 어이, 다메…… 대체……."

다쿠조가 말을 걸어도 상대는 힘없이 머리를 흔들 뿐 입을 열지 못했다. 그래도 몸만은 일으키려고 지면에 두 손을 짚고 상반신을 일으킨 순간,

"히이이익!"

다메키치는 여자같이 비명을 지르며 두 손을 마구 치고 비비고 휘두르기 시작했다.

"뭐, 뭐야. 어이, 다메! 정신 차려!"

다쿠조가 몸부림치는 동료의 두 어깨를 잡고 힘껏 흔들었다. 그러자 다메키치는 흡사 들렸던 귀신이 빠져나간 양 얌전해져 그 자리에 주저앉았다.

"왜 그러는데, 응? 무슨 일이 있었던 거야?"
"터, 터, 터……."
"터? 무슨 말이야?"
"터, 털…… 머리털…… 그, 그것도 여자의…… 기, 긴 머리가…….."
"여자 머리털?"
"그래…… 수면이 묘, 묘하게 거뭇하게 보이기에 소, 손을 넣어봤더니 무, 무수한 긴 머리털이 내, 내 손에 자, 잔뜩 들러붙어서……."

다메키치와 눈이 마주친 다쿠조는 등골이 오싹한 듯했다. 그러나 효도 앞에서 수선을 피울 수는 없는지 그에 대해서는 아무 말도 하지 않았다.

"그, 그래서 발목에 밧줄은…….."
"아, 그, 그건 묶었어. 괘, 괜찮아. 문제없어."

다메키치는 휘청휘청 일어나서는 효도에게 정식으로 보고했다. 그 뒤로 우물의 도르래에 시신의 양 발목에 묶은 밧줄의 반대쪽 끄트머리를 꿰어 끌어올릴 준비를 갖추었다.

"재계 중에 빠졌다면 히메코는 알몸일지도 모른다. 네놈들, 내가 신호할 때까지 눈을 감고 있어라. 알겠느냐?"

효도는 거만하게 명령한 다음, 두 사람에게 밧줄을 당기라고 몸짓으로 지시했다.

효도가 눈을 감으라고 요구한 사람은 다쿠조와 다메키치이건만, 효도의 입에서 나온 말이라는 사실만으로 요키타카는 자기도 따라야 할 것 같은 생각에 사로잡혔다. 어린 나이에도, 아니 어린 나이부터 일하기 시작한 탓에 몸에 밴 하인의 습성일지도 모른다.

하지만 이때만은 달랐다. 효도의 말을 거스르겠다는 기분이 아니라 순수하게 호기심에서, 그것도 무서운 것을 보고 싶은 마음에 요키타카는 반대로 눈을 감지 않을 수 있었다. 그러면서도 밧줄이 점차 올라옴에 따라 '아아, 안 되겠다, 더는 안 되겠다. 얼른 눈을 감아야 하는데, 안 그러면 엄청난 것을 보게 돼' 하는 공포도 느꼈다.

제사당에서는 냉정했던 이쿠코도 그와 비슷한 심정인지, 도중에 얼굴을 다른 데로 돌렸다. 효도도 시신을 보고 싶지 않은지, 부자연스러울 정도로 우물에서 멀리 떨어져 있었다. 현실과 정면으로 대치하고 있었던 사람은 두 손으로 거적을 펴든 가네 할멈뿐이었다.

이윽고 밧줄에 묶인 발목이 나타났다. 기둥 두 개에 각각 매단 등잔 불빛에 그 발목이 소름 끼치게 창백하게 보였다. 이어서 정강이, 무릎, 허벅지, 엉덩이가 나타났을 때, 요키타카는 저도 모르게 눈길을 다른 곳으로 돌렸다. 시신의 피부에 무수히 많은 긴 머리카락이 흡사 기괴한 흡혈충처럼 빽빽하게 들러붙어 있었기 때문이었다.

'저, 저게 뭐지?'

너무나도 무시무시한 광경에 그는 속까지 메슥거렸다.

'히메코 님 머리에서 빠졌나?'

하지만 자연히 빠졌다고 하기에는 너무 양이 많았다. 그렇다고 본인이 잘랐을 것 같지도 않다.

'누가 잘랐나? 하지만 일부러 머리를 자르다니……'

거기까지 생각했을 때, 터무니없는 발상이 떠올랐다.

'머리를 자른 게 아니라, 어쩌면 목을 베면서 머리카락까지 잘린 건……'

석비 뒤에서 바들바들 떨고 있는데, 우물 쪽에서 술렁거리는 소리가 들려왔다. 그쪽을 보니 시신은 이미 거적에 싸여 운반할 준비를 하는 중이었다.

'먼저 돌아가 있어야지, 안 그러면 이번에야말로 정말 가네 할멈한테 벌을 받을 거야!'

그렇게 생각한 순간, 몸의 떨림이 멎었다. 다른 사람들이 참배길로 나오기 전에 잽싸게 석비 뒤를 빠져나와 몰래 계단을 내려갔다. 어느 정도까지는 발소리를 죽이고 움직이다가 이제는 괜찮으리라 판단되는 데서부터는 죽어라 뛰었다.

그날 밤, 요키타카는 히메쿠비 산의 참배길을 걷는 꿈을 꾸었다. 혼사에서 조주로가 기다리고 있을 터였다. 그러니 캄캄한 밤중에 산속을 걸어도 그의 발걸음은 가벼웠다. 그런데 뒤에서 뭔가의 기척이 느껴졌다. 소름이 쫙 끼친 동시에 찰박, 찰박, 찰박…… **그것이 다가왔다.** 순간적으로 돌아본 그가 본 것은 몸 여기저기에 긴 머리털이 무수히 자라고 머리가 없는 전라의 여자가 두 손을 앞으로 뻗고 이쪽으로 달려오는 모습이었다. 방금 물을 끼얹은 것처럼 온몸이 젖어 있었다. 요키타카는 허둥지둥 달리기 시작했으나, 아무리 뛰어도 히메카미 당이 나오지 않았다. 눈앞에는 포석 길만이 끝없이 이어졌다. 이따금 오른쪽에 우물이 보였다. 그런데도 그 앞에는 두 번째 도리이도, 자갈을 깐 경내도 보이지 않았다. 그저 포석이 깔린 참배길이 뻗어 있을 뿐이었다. 게다가 왜 그런지 그 우물에 절대 가까이 가서는 안 된다는 생각이 들었다. 그래서 매번 무시했다. 하지만 내내 뛰다 보니 지쳤다. 게다가 목까지 마르기 시작해, 점차 참을 수 없어졌다. 그래서 드디어 다음번 우물이 보였을 때, 저도 모르게 달려가 우물 속을 들여다…….
 그 뒤의 기억이 없었다. 우물 속에서 **뭔가**가 나온 것 같은…… 그것이 자기를 우물 속으로 끌고 들어간 것 같은…… 아니, 몸에는 그 감촉이 분명히 남아 있었지만, 요키타카는 구태여 기억해내려 하지는 않았다.
 '하지만 어째서 히메코 님이…….'
 이튿날, 서둘러 장례를 준비하는 가네 할멈을 거들면서도 요키타카의 머릿속에는 그런 의문이 소용돌이치고 있었다. 하기야 쿠비나시의 출현부터 시작해서 소라 탑에서 히메코가 사라진 것, 그리고 우물에서 발견된 것 등 도무지 영문을 알 수 없는 일뿐이었다. 그러나 가장 큰 수수께끼는 죽은 사람이 조주로가 아니라 히메코였다는 사실일 것이다.
 '물론 조주로 님이 무사해서 정말 다행이지만…….'
 그런 기쁨을 덮어버릴 만큼 찜찜하고 시커먼 뭔가가 요키타카의 마음속에서 서서히 크게 자라나고 있었다.
 '역시 스즈에 씨가 한 그 기묘한 이야기가 무슨…….'
 관계가 있는 것이 틀림없다고 새삼스레 생각했다.
 십삼야 참배 전날에 있었던 일이다. 점심을 먹은 뒤에 그녀가 집 뒤쪽의 딴채 곳간('열어서는 안 되는 곳간'이라고도 한다)으로 불러냈다. 이름 그대로 낡은 곳간이 외따로 떨어져 있기 때문에 평소에도 가족이나 하인이 거의 오지 않는 곳이었다.
 "나, 오늘로 여기 그만둘 거야."
 천연덕스러운 말투 때문인지, 요키타카는 그 의미를 이해하는 데 약간 시간이 걸렸다. 그러고는 서서히 놀라 하치오지에 있는 본가로 돌아가느냐고 물었다.

"전에 이치가미 가에 드나들던 사람이 자기한테 오지 않겠느냐고 했어. 거기로 갈 거야."

요키타카가 조금만 더 컸더라면 상대가 어디에 살고 무엇을 하는 사람인지 물었을지 모른다. 그러나 이때의 그는 스즈에가 그만두고 나간다는 사실을 받아들이는 것만으로도 벅찼다. 게다가……

"아, 다른 사람들한텐 이 얘기, 절대 하면 안 돼? 이치가미 가 사람들한테는 본가로 돌아간다고 했으니까."

스즈에가 그렇게 못을 박는 통에 더더욱 자세한 질문을 할 수 없어졌다.

"더는 이런 곳에 있기 싫어."

그녀는 찌푸린 얼굴로 말하고는 요키타카의 얼굴을 잠깐 응시하더니,

"넌 남자니까 괜찮겠지만, 이 집 나리…… 효도 말이야."

느닷없이 주인을 이름으로 불러 그를 간 떨어지게 했다. 전에는 뒤에서 흉을 보는 일은 있어도 히메코와 고지 외에 그녀가 히가미 가 사람을 무례하게 부른 적은 한 번도 없었다.

"그 인간은 바람둥이인데 최근엔 나한테도 집적거리는 거야. 지금까지 당하고도 암 말 못한 하녀가 여러 명 있었던 모양인데, 난 절대 사양이야! 이런 집 나가주겠어. 물론 챙길 건 다 챙겨서 말이지."

지기를 싫어하는 스즈에답게 흥분해서는 다른 하인들 같으면 생각도 못할 열변을 토하기 시작했다.

"너도 나리한테 대항하는 게 가능하겠느냐고 생각하겠지만, 누구나 약점은 있단 말이지. 효도의 경우엔 물론 후키 마님이 약점이야.

겉으로 보면 이치가미 가의 당주지만, 사실 마님한테 꼼짝도 못하거든. 게다가 큰나리도 있고. 겉으로는 순종하는 척하지만, 효도는 큰나리한테 불만이 많아. 하지만 절대 거스르지는 못해. 알겠니? 나리 따위를 무서워할 필요가 없는 거야."

요키타카는 그녀가 어째서 자기에게 그런 이야기를 하는지 알 수 없었다. 한 1년 전부터 스즈에는 이따금 자기를 으슥한 곳으로 끌고 가서는 히가미 일족, 또는 이치가미 가에 관해 여러 가지 이야기를 해주었다. 하지만 그것은 타지 사람에 대한 친절이라기보다, 단순히 그녀가 수다 떨기를 좋아하고 자기가 아는 정보에 순순히 놀라는 사람이 자기밖에 없기 때문이라고 이해하고 있었다. 그렇다고 그녀가 싫어지지는 않았다. 좋아한다고까지 할 수는 없어도, 그래도 그녀는 몇 안 되는 자기 편 같은 존재였다.

'하지만 지금까지 했던 이야기와는 어째 좀 다른데…….'

요키타카가 당혹스러워하는 것을 깨달았는지, 스즈에는 별안간 입을 다물더니 한동안 그를 빤히 바라보다가 말했다.

"너, 조주로 님 좋아하지?"

생각지도 못한 말에 순식간에 얼굴이 붉어졌다.

"그야 너 같은 사정으로 이 집에 와서 가네 할멈처럼 악독한 할망구한테 혹사당하면 조주로 님 같은 존재를 동경하게 되는 것도 무리는 아니지만……."

'아냐! 그런 게 아냐!'

요키타카는 반사적으로 소리칠 뻔했다가 당황했다. 그렇다면 조주로에 대한 이 감정은 무엇인가. 그렇게 자문해도 뭐라 대답할 수 없었기 때문이었다.

"왜 그렇게 얼굴이 빨개졌니? 딱히 이상한 뜻으로 한 말이 아닌데. 뭐, 어쨌든 너한테는 아직 이른 이야기지만."

스즈에는 히죽거리며 재미있어하는 표정으로 요키타카를 바라보았다. 그녀가 자기를 못살게 굴고 있다는 느낌은 없었지만, 이따금 장난감처럼 갖고 논다는 기분이 들 때가 있었다. 이때도 바로 그랬다.

그러나 웬일인지 스즈에는 금세 정색했다.

"히가미 일족 중에서 이 이치가미 가가 어떤 입장에 있는지, 또 이치가미 가의 대를 이을 아들이 얼마나 중요한지는 전에도 이야기했지?"

그 표정과 음색의 변화에 놀라면서도 요키타카가 순순히 고개를 끄덕이자 그녀는 말을 이었다.

"그러니까 조주로 님도 장차 이치가미 가의 당주가 되고 히가미 일족의 수장이 될 거라고 생각할지 몰라도, 그때가 되면 터무니없는 사태가 벌어질지 몰라."

그런 말을 들어도 무슨 뜻인지 전혀 알 수 없는 요키타카는 그저 스즈에의 얼굴만 쳐다볼 뿐이었다. 그러자 그녀는 주위에 아무도 없는데도 목소리를 낮추고 말했다.

"효도가 바람둥이라고 했잖니. 그 녀석, 하필이면 후타가미 가의 후에코 마님하고도 꽤 오래전부터 밀통하는 모양이지 뭐야. 저쪽이 연상이지만, 한 세 살 차이니까…… 있지, 고이치 님이랑 고지, 잘 보면 형제인데도 참 안 닮지 않았니? 물론 외모뿐 아니라 성격까지 말이야. 고이치 님은 후타가미 가의 나리, 즉 고타쓰 님을 닮아 신사지만, 고지는…… 그렇잖아? 그 나이에 계집 궁둥이만 쫓아다니는 것도 누구랑 똑같단 생각 안 들어?"

엄청난 폭탄 발언이었다. 하기야 요키타카에게 그녀의 표현은 다소 지나치게 완곡했던 듯, 잘 이해가 되지 않는 부분도 있었다. 그래도 뭔가 들으면 안 되는 말을 들었다는 의식은 있었다.

"조주로 님 때도 그랬지만, 후키 마님은 큰아드님을 출산하셨을 때 산후가 좋지 못했거든. 그 때문에 병치레가 잦아지셔서 분명히 부부관계도……."

거기서 스즈에는 새삼 상대의 나이를 고려했는지, 갑자기 말을 얼버무렸다.

"뭐, 그래도 쌍둥이가 태어났으니 효도가 타고난 호색한이라는 게 입증된 셈이지."

하지만 금세 그렇게 비아냥거리고는 이어서 요키타카도 이해할 수 있게 말해주었다.

"마님은 널 음험하게 괴롭히잖니? 자기 마누라가 그런 성격이 되면 대부분의 남편은 다른 여자한테 마음이 쏠리는 법이야."

'알고 있었구나.'

그러나 요키타카는 효도가 후키에게 정이 떨어져 후타가미 가의 후에코와 정을 통했다는 이야기보다, 자기가 후키에게 호되게 구박받고 산다는 것을 스즈에가 알면서도 그냥 두고 보기만 했다는 사실에 더 놀랐다.

'하지만 당연한 일일지도…….'

그녀도 결국은 하인에 불과했다. 후키에게 주의를 줄 수 있을 리가 없고, 누구에게 의논하는 것도 무리일 것이다. 아니, 소용없을 것이 분명했다. 자칫 잘못하면 그녀에게까지 불똥이 튀기나 할 것이다.

"이 집에서 십삼 년 동안 살면서 나도 여러 가지를 알았어. 물론 멍청하게 아무 생각 없이 살면 안 돼. 게다가 그때는 의미를 몰라도 나중에 깨닫는 일도 있으니까 말이야. 뭐가 좀 이상하다, 묘하다는 생각이 들면 우선 기억해두는 거야."

그런 요키타카의 생각을 알 리 없는 스즈에는 의미심장하게 말을 꺼내더니 더욱 놀라운 기억을 이야기하기 시작했다.

"조주로 님이랑 히메코가 태어난 날 이야기는 전에 자세하게 해줬지? 별채 안에는 후키 마님이랑 가네 할멈이, 밖에는 효도가 있었고, 나는 으슥한 곳에서 훔쳐보고 있었다고. 그때 말이야, 실은 아주 기묘한 걸…… 아니, 소름끼치는 걸 봤지 뭐야."

"뭐, 뭔데요?"

요키타카가 무심결에 경계할 정도로 그녀의 말투에서 사위스러운 분위기가 느껴졌다.

"처음에 히메코가 태어나고 가네 할멈이 '딸입니다!' 했을 때, 효도가 웃더라고. 그야말로 만면에 추잡한 웃음을 띠고…… 얘, 이상하지 않니?"

자신의 눈을 똑바로 쳐다보는 스즈에의 표정과 '얘, 이상하지 않니?' 하고 묻는 어조의 기이함에 요키타카는 팔에 소름이 돋았다.

"대를 이을 아들이 태어나기를 학수고대하고 있을 이치가미 가의 당주가 딸이 태어났다는 말을 듣고 웃은 거야."

뭔가 알아서는 절대 안 되는 일을 안 기분이었다. 하지만 스즈에가 하는 이야기의 불가해함은 요키타카도 이해할 수 있었다. 가네 할멈에게서도 히가미 가의 대를 이을 후계자의 중요성에 관해서는 여러 번, 그야말로 귀에 못이 박힐 정도로 들었다.
"나 말이야, 내가 잘못 본 줄 알았어. 하지만 아무리 뚫어지게 봐도 효도는 웃고 있는 거야…… 그러고 나서 조주로 님이 태어나고 가네 할멈이 '아들입니다' 한 순간, 그 웃음이 슥 사라지더라. 내가 봐서는 안 되는 걸 봤구나 하는 생각이 든 순간 등골이 오싹했어. 그러고서 효도한테 들키기 전에 허겁지겁 도망쳤지."
당시 생각이 났는지 스즈에는 몸서리를 쳤다.
"효도의 반응이 뭘 의미하는지 줄곧 수수께끼였어. 으음, 지금도 완전히 알아낸 건 아니지만…… 이치가미 가의 후계자 문제에 큰 그림자가 드리워진 건 분명하다고 생각해. 내 생각엔 효도가 뒤에서 큰나리한테 반항하려는 게 아닐까 싶거든. 물론 후키 마님도 배신하고 말이지. 게다가 최근에 장차 히메코를 고지랑 결혼시키자는 이야기를 효도가 큰나리한테 하는 걸 들었어. 알겠니? 이게 얼마나 무서운 조합인지를……."
애석하게도 요키타카는 이해하지 못했다. 다만 본능적으로 그것이 몹시 꺼림칙한 일이라는 것은 막연히 깨달을 수 있었다.
"이 집에는 잊어버릴 만하면 미친 여자가 태어난다고 하지만, 효도도 머리가 이상하지. 그 인간이 하려는 짓은 짐승만도 못한 일이야."
그렇게 내뱉듯 말하는 스즈에의 눈초리가 요키타카에게는 무섭게 느껴졌다. 그녀야말로 약간 머리가 이상하다는 생각이 들었다.
"알겠니? 이건 너한테만 하는 이야기야."
거기서 스즈에는 갑자기 얼굴을 바짝 들이댔다.
"왜냐하면 넌 조주로 님을 소중히 생각하는 것 같으니까. 그리고 앞으로도 한동안은 이치가미 가에서 살 게 틀림없으니까. 그러니까 너한테 이야기해두기로 한 거야. 알겠니? 표면만 보면 안 돼. 사물에는 반드시 이면이 있는 거야. 특히 거창하고 성가신 관습이 대대로 내려오는 이런 구가는 어느 날 갑자기 그것들이 붕괴해서……."

스즈에가 별안간 조용해졌다. 요키타카가 올려다보자 창백한 얼굴로 그의 뒤를 응시하고 있었다. 뒤를 돌아보니 곳간 그늘에서 사람 그림자가 스윽 사라지는 것이 한순간 보인 것만 같았다.

"너, 넌 이제 가보는 게 좋겠어. 가네 할멈이 찾으면 곤란하니까. 난 좀 있다가 갈게. 아, 이거 부적이야. 너 줄게. 방금 한 이야기, 의미를 몰라도 기억해두는 거야. 네가 크면 자연히 이해할 수 있을 테니까. 그럼 잘 있어."

스즈에는 작은 부적 주머니를 주며 빠른 말투로 말하고는 요키타카를 본채 쪽으로 떠밀었다.

그로부터 한 시간쯤 뒤에 스즈에는 친했던 하인들의 배웅을 받으며 이치가미 가를 떠났다. 마지막으로 요키타카 쪽을 쳐다본 듯한 느낌이 든 것은 기분 탓일까. 다만 불현듯 그녀를 두 번 다시 보지 못할 것 같은 기분이 들었다.

그 이튿날, 십삼야 참배 중에 히메코가 우물에 빠져 죽었다.

우연이라 한다면 우연이겠지만, 요키타카는 거기서 뭐라 말할 수 없는 섬뜩한 우연의 일치를 느꼈다. 어째서 죽은 사람이 히메코였나? 그 무시무시한 대답이 스즈에의 이야기에, 아니 이야기 속 깊은 곳에 감추어져 있다는 생각이 자꾸만 들었다.

게다가 히메코의 죽음이 이제부터 일어날 진짜 재앙의 시작이 아닐까, 이윽고 엄청난 재화가 히가미 가를 덮치고 그가 좋아해 마지 않는 조주로가 그에 말려들지 않을까 하는 예감마저 들었다.
 그런 걱정은 다행히도 바로 적중하지는 않았다.
 그러나 요키타카는 십삼야 참배의 기괴한 사건이 있은 뒤로, 왜 그런지 이목을 피해 '열어서는 안 되는 곳간'으로 상을 나르는 가네 할멈의 수상한 모습을 목격하기 시작했다. 아니, 그뿐 아니라 그 사위스러운 것까지 보게 될 줄은…….

4중 밀실

기타모리 주재소 안방에서 아내와 밥상을 마주하고 앉은 채, 다카야시키는 생각하다 지쳐 입을 다물어버렸다. 그러자 다에코가 확인하듯 물었다.

"즉, 이치가미 가, 후타가미 가, 미카미 가의 관련자라 해도 될 분들은 십삼야 참배 중 내내 알리바이가 있었다는 말씀인가요?"

질문으로 자극을 주어 막다른 골목에 부닥친 남편의 사고를 재개시키는 것이 목적임을 짐작한 그는 감사히 그녀의 의도에 맞춰주기로 했다.

"봐봐. 범인이 있을 경우, 녀석은 북쪽, 동쪽, 남쪽 도리이 입구 중 어느 하나를 통해 히메쿠비 산으로 들어갔다는 뜻이지. 게다가 그 시각이……."

그는 시간표를 가리켰다.

"만약 북쪽을 통해 들어갔다면, 이치가미 가 일행이 제사당으로 들어간 여섯시 반보다 먼저거나, 그 여섯시 반에서 내가 제사당에 간 여섯시 오십분 사이일 가능성이 일단 가장 높아. 내가 도리이 주위를 조사하고 조주로 군과 요키타카가 히메쿠비 산으로 들어간 일곱시 전후에서 히메코가 제사당에서 나와 미나토리 이쿠코가 도리이 입구를 망보기 시작한 일곱시 십오분 사이도 있지만, 그 시간대는 워낙 사람이 많아서 좀 위험하다는 생각도 들거든."

"그렇죠. 하지만 확실한 건 범인이 북쪽 도리이 입구를 이용했다면 늦어도 일곱시 십오분 전이었다는 뜻이네요."

"그렇지. 동쪽 도리이 입구일 경우에는 내가 거기 도착한 일곱시 삼십분 전이고. 그건 그렇고, 이 시간은 요키타카가 첫 번째 히메코를 목격한 시간이기도 해. 남쪽 도리이 입구였다면, 일곱시부터 사에키 순사가 순찰을 돌고 있었으니 히메쿠비 산으로 들어가려면 그 전에 들어갔어야 하고."

"즉, 여섯시 반 전부터 일곱시 반까지 거의 모든 분들께 알리바이가 성립된다는 말씀인가요?"

"그뿐만이 아냐. 히메쿠비 산에서 나올 수 있었던 시각은 언제인가 하는 점도 있어. 북쪽에선 일곱시부터 요키타카가, 어떤 의미에서 줄곧 참배길을 망보고 있었던 셈이지. 뭐, 나무 뒤에 숨고 했으니 완전하지는 않지만, 본인은 누가 지나갔으면 알 수 있었을 거라고 하니까. 게다가 일곱시 십오분부터는 미나토리 이쿠코가 도리이 입구를 망보기 시작했고, 여덟시 반 넘어서는 조주로 군이 요키타카하고 합류했어. 그리고 히메코의 시신을 우물에서 끌어올린 아홉시까지 여섯 사람이나 참배길 부근에 있었고. 동쪽에선 내가, 남쪽에선 사에키가, 각각 아홉시까지 참배길을 순찰하고 있었어. 그 말은 곧 범인이 히메쿠비 산에서 나올 수 있었던 건 아홉시 이후라는 소리지."

"그런데 아홉시 이후의 알리바이도 모두들 있으시군요?"

"그래. 고지 같은 경우엔 일곱시 반에 동쪽 도리이 입구에서 놓치고 나서 아홉시 넘어서까지 알리바이는 없는데 말이야. 바로 범행 시간에 해당되는 시간대의……."

"하지만 그 시간대엔 얄궂게도 히메쿠비 산에 들어가는 일이 불가능했다……."

"그래. 당신이 좋아하는 탐정소설 풍으로 말하자면 히메쿠비 산은 일종의 밀실 상태였다는 뜻이 돼."

"히카게 고개로 빠지는 서쪽 경로는 어때요?"

"그쪽엔 아닌 게 아니라 지키는 사람이 없었어. 하지만 어느 쪽에서 가든 엄청나게 멀리 돌아서 가게 되는데다 그렇게 지형이 험준해서야 그리 간단히 지나지는 못할걸."

"쓸데없이 시간이 걸리는 셈이군요. 게다가 여분으로 걸리는 시간까지 알리바이가 없는 게 되고요."

"그래. 게다가 그렇게까지 몇 시간씩 자기가 어디에 있었는지 만족스럽게 설명하지 못하는 인간도 없으니 서쪽 경로는 사용되지 않았다고 생각해야겠지."

"숲 속을 통과하는 건 어떨까요?"

다에코의 물음에 다카야시키는 약간 득의양양한 표정으로 대답했다.

"바깥에서 산에 들어간 경우, 그 지점을 구체적으로 밝히기는 물론 무리일 거야. 하지만 그게 누가 됐든 간에, 어쨌든 참배길로 나와야 한단 말이지. 나하고 사에키가 조사한 결과, 참배길 어디에도 그런 흔적은 없었어. 요키타카가 숨어 있던 나무 뒤에는 그 자국이 분명히 남아 있었는데."

"당신이 조사한 건 히가미 가 분들이죠? 마을 분들에게까지 범위를 넓히면 또 다르지 않을까요?"

"으음, 그건 그렇지만……."

"하지만 그렇게 되면 동기가 더더욱 알 수 없어지네요."

다에코는 자기가 말해놓고 일찌감치 부정하듯 말했다.

"히가미 가의 자제 분들, 그중에서도 특히 조주로 씨와 히메코 씨는 마을 사람들과 교류가 많지 않았으니까요. 그런 살인으로까지 발전할 만큼 누군가와 친하게 지낸 적도 없을 테죠."

"나도 그렇게 생각해. 한때는 후타가미 가의 사주를 받은 누군가의 소행이 아닐까 하는 생각도 했지만, 살인쯤 되면 역시 무리가 있으리라고 생각을 바꿨어."

"저……."

그때 다에코가 뭔가 하고 싶은 말이 있는 듯 머뭇거리는 기색을 보였다.

"왜? 뭐 알아차린 게 있으면 말해줘, 뭐든 좋으니까."

"범행이 일어난 걸로 여겨지는 시간대에 히메쿠비 산이 밀실 상태였다면, 그때 산에 들어가 있던 사람을 우선 의심할 수 있지 않을까 해서요."

"뭐?"

"세 주재소 경관이 산의 세 도리이 입구를 순찰한다는 걸 아무도 몰랐잖아요?"

"그렇지."

"그럼 산에 있던 사람은 분명히 출입이 자유롭다고 생각했겠죠. 만의 하나 이게 살인이라는 게 들통 난다 해도, 경찰은 범인이 밖에서 왔다고 생각하겠지…… 하고요."

"잠깐, 산에 있었던 사람이라면 조주로 군과 히메코, 그리고 요키타카밖에 없잖아."

"히메코 씨는 피해자고, 요키타카에게 범행은 무리 아니겠어요?"

"그럼 조주로 군이……."

다카야시키가 놀라자 다에코는 말했다.

"물론 저도 조주로 씨가 히메코 씨를 죽였다고 생각하고 싶진 않아요. 하지만 일련의 상황을 검토하면 아무래도 불리해지지 않나요?"

요키타카를 조사하면서 몇 번인가 그를 주재소로 데려온 적이 있었다. 이치가미 가에서는 구라타 가네의 시선이 신경 쓰여 질문을 편하게 할 수가 없었을 뿐더러, 요키타카도 이야기하기 거북한 듯했기 때문이다. 그러면서 다에코는 그가 마음에 쏙 든 모양이었다.

"당신한테 자세한 이야기를 안 해서 그런데, 실은 말이야……."

다카야시키는 히메카미 당에 들어간 히메코가 소라 탑 꼭대기에서 사라졌다는 이야기를 했다.

"조주로 군만의 증언이었다면 반대로 조주로 군을 의심했을지도 몰라. 하지만 요키타카가 그 증언을 뒷받침하고 있거든. 아닌 게 아니라 조주로 군이라면 히메카미 당이나 소라 탑, 아니면 혼사에서 히메코를 살해할 수는 있어. 하지만 그 뒤에 요키타카 앞에 모습을 드러냈고, 우물 속에서 히메코를 발견할 때까지 두 사람은 줄곧 같이 있었으니, 조주로 군이 시체를 우물에 떨어뜨릴 수 있을 리가 없었다는 말이지."

"일단 혼사에 들어갔던 조주로 씨가 요키타카 몰래 빠져나와서 우물 옆에 숨어 있다가 뒤따라온 히메코 씨를 살해하고 시체를 우물에 던져……."

"이봐, 무리가 너무 많다고. 우선 경내엔 자갈이 깔려 있었으니 아무리 발소리를 죽이고 걸었다 해도 소리가 안 날 수 없어. 하지만 요키타카는 조주로 군이 히메카미 당으로 갔을 때와 히메코가 히메카미 당으로 갔을 때, 이 두 번밖에 자갈 밟는 소리를 못 들었어. 그리고 세 번째는 조주로 군이 히메카미 당에서 나와서 요키타카 앞에 모습을 드러냈을 때고."

"즉, 조주로 씨는 혼사에 있었다는 어엿한 알리바이가 성립되는 거로군요?"

"게다가 요키타카는 히메코가 우물에서 재계를 올리고 히메카미 당으로 들어갈 때까지 한 번도 눈을 떼지 않았다고."

"히메카미 당에 들어간 히메코 씨가 소라 탑 꼭대기에서 사라졌다는 말이죠?"

"그래. 그때 히메카미 당하고 소라 탑, 혼사 또한 일종의 밀실 상태였다는 뜻이지. 조주로 군이 범행을 하는 건 불가능해."

"그렇네요. 건물과 요키타카의 감시, 게다가 주위를 둘러싼 자갈로 히메카미 당은 삼중 밀실 상태였던 셈이니까요. 그렇다고 외부에서 범인을 찾으려고 하면 산을 넣어서 사중 밀실이 되고요."

"아니, 잠깐. 그나저나 대체 어째서 조주로 군이 범인일지도 모른다고…… 아니 산이 밀실 상태였기 때문에 조주로 군을 의심한 건 알겠어. 하지만 동기가 없잖아."

"조주로 씨는 그렇죠."

"음? 그게 무슨 소리야?"

다에코의 의미심장한 어조에 다카야시키가 의아한 표정으로 되묻자, 그녀는 엄청난 말을 했다.

"히메코 씨에게는 동기가 있지 않을까 해서요."

"뭐? 뭐라고?"

"조주로 씨가 히메코 씨를 죽이려 한 게 아니라, 히메코 씨에게 죽임을 당할 뻔했기 때문에 조주로 씨는 말하자면 정당방위로 히메코 씨를 살해하고 말았다. 당황한 조주로 씨는 옛날에 있었던 사고가 생각났다. 십삼야 참배 중에 우물에 빠진 남자애 말이에요. 그래서 순간적으로 시체를 우물에 던졌다. 혹시 살인이라는 게 밝혀지더라도 범인은 밖에서 왔다고 여겨질 거라 생각하고."

"그렇군. 조리는 서긴 하지만 히메코의 동기는?"

"후도 옹과 가즈에 부인을 보면, 전 그 두 사람의 관계가 자꾸만 장차 조주로 씨와 히메코 씨의 관계로 보이더군요. 물론 조주로 씨는 후도 옹과는 달리 히메코 씨를 함부로 대하진 않겠죠. 하지만 히메코 씨는 이치가미 가의 너무나도 심한 남존여비에 대해 꽤 격한 노여움을 느끼지 않았을까요?"

"그게 십삼야 참배 중에 폭발했다? 뭐, 있을 수 없는 일은 아니지."

"그러면 어째서 살해된 사람이 히메코 씨인지도 설명이 되죠."

"이치가미 가의 후계자 문제는 아니어도, 이치가미 가가 안고 있는 또 다른 문제가 동기라는 소리로군."

"아들만 우대되는 게 대를 이을 후계자이기 때문이라는 걸 생각하면 별개의 문제라고도 할 수 없지만요."

"그렇군. 하지만 시신을 아무한테도 보이지 않았다는 부자연스러운 태도는 그 진상으로도 설명이 안 되는데."

다카야시키가 맨 처음의 커다란 수수께끼로 돌아가자, 다에코는 남편의 표정을 살피며 말했다.

"그 시신에 관해 마을에서 돌고 있는 기분 나쁜 소문을 아세요?"

"그래, 머리가 없었다는 것 말이지? 후도 옹한테 확인했더니 어찌나 화를 내던지. 게다가 그런 소문을 퍼뜨린 자가 누군지 조사해서 체포하라는 말까지 하더군. 그래서 그 소문의 출처가 이치가미 가인 듯하다는 말은 안 했지만."

"다메키치 씨와 다쿠조 씨, 둘 중 한 사람이 몰래 봤을까요?"

"나도 그렇게 생각해서 물었는데, 둘 다 절대 안 봤다고 부정하는 거야. 하긴 그놈들도 진짜 봤다고 시인할 정도로 바보는 아닐 테지."

찻종이 빈 것을 깨달은 다에코는 찻주전자에 뜨거운 물을 부으며 말했다.

"요키타카가 본 첫 번째 히메코 씨는 그 애 말에 따르면 쿠비나시라는 소리인데, 그에 관해선……."

"그래 봤자 여섯 살 먹은 어린애니까 공포심에서 환각이라도 봤겠지."

"다른 부분에선 나이에 비해 증언이 또렷하다고 생각하지 않으세요?"

"음? 뭐, 그건…… 그럼 뭐야, 당신은 정말 쿠비나시가 출몰하기라도 했다는 말인가?"

다에코는 주전자를 가볍게 흔든 다음 차를 따라 찻종을 내밀었다. 그리고 반대로 다카야시키에게 이렇게 물었다.

"요키타카가 말한 두 번째 히메코 씨는 본인이 분명하다고 생각하세요?"

"그건 틀림없겠지. 수상한 움직임은 전혀 없었고, 적어도 머리는 있었으니 말이야. 그에 비해 첫 번째는, 아니 그런 인물이 실제로 있었다면 말이지만, 머리가 없었을 뿐더러 사라지기까지 했잖아. 어느 쪽이 진짜냐고 한다면 그야 두 번째가 진짜겠지."

"그렇겠죠? 하지만 그럼 두 번째를 히메코 씨로 인정한 시점에서, 첫 번째를 쿠비나시나 요키타카의 환각이라고 하기보다 미지의 누군가라고 해석하는 편이 낫지 않을까요?"

"뭐, 뭐? 하, 한 사람이 더 있었다는 뜻인가?"

"요키타카가 조주로 씨의 뒤를 쫓아 히메쿠비 산에 들어간 뒤로 히메코 씨가 제사당을 나설 때까지 십 몇 분 사이에 누군가 북쪽 도리이 입구를 통해 산에 들어갔다고 생각하면 일단 설명은 되는데요."

"요키타카, 또 한 사람의 누군가, 히메코의 순서로 참배길을 걸었다면 요키타카의 목격 증언과 일치하는 건 확실하지만…… 그런 녀석이 정말 있었는지 아닌지 알 수 없는 일이지. 무엇보다도 그게 누군데?"

"히가미 가 사람들을 대상으로 수사를 진행하는 건, 주제넘은 소리지만 저도 옳다고 생각해요."

"뭐? 아아……."

"다만 거기에 히가미 가의 하인들도 좀 포함시켜야 하지 않을까 싶거든요……."
"하인…… 서, 설마 스즈에 말인가!"
"십삼야 참배 전후로 마을을 떠난 젊은 여자는 제가 알기로 이치가미 가의 스즈에 씨밖에 없어요. 게다가 스즈에 씨가 그만둔 건 의례 전날이에요. 그리고 열아홉 살치고는 몸집이 작죠."
"그, 그 말은…… 우물에 빠져 죽은 건 히메코가 아니라 스즈에였다, 그걸 효도 씨와 구라타 가네는 히메코라고 속였다, 다만 시신을 보면 거짓말이 들통 날까 봐 아무한테도 보이지 않았다, 그 말인가?"
"그럼 일단 조리는 서니까요."
"으음, 하지만 어째서 스즈에를 히메코라고 속일 필요가 있지? 아니, 그전에 왜 스즈에는 십삼야 참배에 쳐들어간 거야? 그것도 히메코로 변장하고?"
"모르죠."
다에코가 서슴없이 고개를 흔드는 바람에 다카야시키는 다소 맥이 빠졌다. 한심한 이야기지만, 아내라면 자기가 생각지도 못했던 착상을 할지도 모른다고 무의식중에 기대했기 때문이리라.
그래도 순식간에 어떤 해석이 떠올랐다.
"우물 속의 시체가 만약 스즈에였다면 히메코가 범인일지도 모르겠군. 그걸 숨기기 위해 엉겁결에 히메코를 피해자로 만들고 말았다면……."
"두 분이 히메코 씨를 감싸고 있다고요? 하지만 어쩌면 두 분은 시신이 정말 히메코 씨라고 믿고 있을지도 몰라요."
"무슨 소리지?"

"시신에 머리가 없었다는 소문이 사실이었을 경우, 히메코 씨가 자기를 대신하게 스즈에 씨를 살해했을 가능성이 있기 때문이에요. 즉, 자기가 살해된 것처럼 위장하기 위해서요. 물론 동기는 몰라요. 자기말살을 꾀하면서까지 이치가미 가에서 도망치고 싶었는지……."

"그거야말로 탐정소설에 자주 나오는, 가해자와 피해자가 뒤바뀌는 진상이잖아."

"네. 머리 없는 시체의 진상으로서는 지극히 기본적인 거죠."

생각지도 못한 전개에 당혹하던 다카야시키는 흠칫한 표정이 되었다.

"하지만 말이야, 첫 번째 히메코가 스즈에였다 친다면, 스즈에가 우물에 도착했을 때 문제의 히메코는 아직 참배길을 걷는 중이잖아. 게다가 조주로 군은 이미 혼사에 들어가 있었지. 즉, 스즈에는 혼자였다는 이야기야. 스즈에를 우물에 빠뜨리는 일은 그야말로 아무도 할 수 없었어."

"그러게요. 게다가 요키타카의 증언을 믿는다면, 머리가 없었고 게다가 사라져버렸다고 했으니까요."

"뭐, 사라진 건 우물에 빠졌기 때문이라고 볼 수도 있겠지. 하지만 그렇게 되면 사고라고 생각할 수밖에 없어. 게다가 왜 그런지 옷을 벗고 재계를 하려고 했다지."

"이상하죠."

"그래, 도대체가 십삼야 참배에 스즈에가 끼어들었다는 게 무엇보다도 기묘하잖아."

"저, 사라진 건 우물에 빠졌기 때문이라는 가설 말씀인데요……."

"그래, 그게 왜?"

"만약 요키타카가 다른 데를 보는 틈에 스즈에 씨가 우물에 빠졌다면, 그 뒤에 우물에 도착한 히메코 씨가 알아차리지 않았을까요? 재계를 할 때."

"그렇군. 두레박으로 우물물을 길어 올릴 테니 물에서 두 발이 쑥 빼져나와 있으면 아무리 어두워도 알 테지. 이렇게 되면 시체가 히메코건 스즈에건 간에 언제 우물에 빠졌는지, 또는 던져졌는지, 그게 문제가 되겠군."

"가능성이 있는 건 히메코 씨가 떠난 뒤, 요키타카가 히메카미 당에서 소라 탑으로 이동하는 히메코 씨의 초롱 불빛에 정신이 팔려 있는 틈이 아닐까요?"

"그때 조주로 군과 히메코는 건물 안에 있었던 셈이지. 그 뜻은 새로운 인물이, 아니면 또 다른 누군가가 그날 밤 히메쿠비 산에 있었다는 말인가? 그 녀석이 진범이라고?"

"하지만 관련자 전원에게는 확실한 알리바이가 있다. 그러니까 그런 인물이 있었을 리 없다, 그런 말씀이죠?"

"아아, 정말 뭐가 뭔지 모르겠군!"

다카야시키는 다다미에 벌렁 드러누울 뻔했다. 그러나 간신히 참고 말했다.

"맞아. 요키타카의 이야기에 젖은 긴 머리카락이 시체에 무수히 들러붙어 있었다는 증언이 있었는데."

"네. 다메키치 씨와 다쿠조 씨에게서는 들을 수 없었던 섬뜩한 이야기였어요."

"그 두 사람은 최소한의 이야기만 했으니 말이야."

"요키타카라는 목격자가 있어서 정말 다행이네요."

"그 덕분에 불가해한 상황에 골치를 썩는 신세도 됐지만."

"그건…… 그렇다고 그 애를 책망하는 건 너무해요. 그보다도 머리칼이 왜요?"

"아니, 그 이야기를 들은 뒤에 우물 주위를 조사해봤거든. 그랬더니 분명히 여자 머리로 보이는 긴 머리카락이 나왔지 뭐야."

"아!"

"왜?"

"스즈에 씨는 머리가 별로 길지 않았어요."

"그럼 역시 히메코의 머리인가……."

"그렇다면 시신도……."

"하지만 머리칼은 분명히 잘린 거였어."

"즉, 히메코 씨는 자기가 살해된 것으로 위장하기 위해서 스즈에 씨의 목을 벴다. 그리고 자기 머리칼을 잘라 우물에 뿌려 시신이 이치가미 가의 히메코임을 강조하려 했다. 그렇게 생각할 수도 있는 거네요?"

"물론 피해자는 히메코고, 그 목을 벨 때 머리칼까지 잘렸다고 보는 것도 가능하지."

다카야시키는 크게 한숨을 내쉬었다.

"아무튼 내일 스즈에의 소식을 확인해봐야겠군."

"그러게요. 스즈에 씨의 안부만 확실해지면, 시신은 히메코 씨였다고 생각해도 거의 문제없을 테니까요."

"그렇게 되면 십삼야 참배에서 무슨 일이 있었는지 밝혀낼 방도도 있겠지."

짐짓 힘주어 말하긴 했으나, 우물 속의 시체가 히메코가 됐건, 스즈에가 됐건 간에 이 섬뜩한 괴사를 둘러싼 상황이 수수께끼투성이라는 사실에는 변함이 없었으므로 다카야시키는 어떻게 해야 할지 알 수 없었다.

그로부터 사흘 뒤, 하치오지에 있는 스즈에의 본가, 덴쇼 잡기단에 관해 현지 경찰에 조회한 데 대한 회답이 왔다. 다만 그것은 스즈에가 돌아오지 않았으며 아무런 연락도 없었다는 내용이었다.

이 회답을 기다리는 동안, 그는 지난 열흘간 히메카미 촌의 주된 출입구인 히가시모리의 큰문을 드나든 사람들을 조사했다. 그 결과, 스즈에로 보이는 인물이 마을에서 나간 기미가 없음을 밝혀냈다. 하지만 그것이 사실인지 아닌지는 매우 불명확했다. 그녀가 정체를 감출 의사만 있으면, 아무도 모르게 마을에서 나갈 수 없는 것도 아니었기 때문이다.

다카야시키는 다시금 관련자를 조사하는 동시에 스즈에의 행방에 관해서도 여기저기 묻고 다녔다. 그러나 전자에서 새로운 정보를 아무것도 얻지 못했고, 후자도 다들 그녀는 본가로 돌아갔다고 생각할 수밖에 없다고만 할 뿐이라 수확은 전혀 없었다.

이 단계에서 그는 그 이상 손쓸 방법이 없어졌다. 사고사로 처리된 사건인 탓에 정식 수사는 일절 할 수 없었다. 게다가 후도 옹이 두 번째 조사를 기껍게 생각하지 않는다는 것은 그도 감지하고 있었다. 이 이상 이치가미 가 안팎을 얼쩡거렸다가는 쓰이카이치 경찰서 서장에게 항의가 들어올 것이 틀림없었다.

'그렇게 되면 어디, 여기보다 더 외지고 규모가 작은 촌으로 쫓겨나려나.'

그게 무서운 것은 아니었다. 자기가 움직여서 새로운 사실을 밝혀낼 수만 있다면 그는 후도 옹의 노여움을 사든 말든 혼자서 수사를 계속했을 것이다.

'하지만 여기까지로군……'

사건을 둘러싼 상황에 관해 밝혀낼 수 있는 것은 모두 밝혀냈다는 알 수 없는 확신이 있었다. 그러나 기타모리 주재소의 순사라는 입장의 한계 내에서라는 조건이 붙어 있었으므로 당연히 성취감은 없었다. 오히려 자기는 찾아낼 수 없는 **뭔가**가 아직 있다고 느껴졌다. 이치가미 가 사람이면서도 타지 사람인 스즈에나 요키타카 같은 존재만이 알 수 있는 **뭔가**가…….

저녁을 먹고 밥상에 '십삼야 참배 중 관련자의 움직임' 시간표를 펴놓고 침사묵고하는 것이 다카야시키의 일과가 되었다. 처음에는 다에코에게도 의견을 묻곤 했지만, 점차 혼자만의 세계에 틀어박히기 시작했다.

이윽고 다카야시키에게도 촌 사무소 징병계에서 소집 영장이 배달되었다.

히가미 가를 비롯해 마을의 주요 인사들에게 부랴부랴 인사를 마치고 내일이면 히메카미 촌이 총출동해 출정식을 열기 전날 밤, 그는 히가시모리 주재소의 후타미를 찾아갔다. 미나미모리의 사에키는 이미 소집됐기 때문에 이제 마을에 남은 주재소 순사는 후타미뿐이었다. 나이를 봐서도 그에게 소집 영장이 나올 것 같지는 않았으므로 뒷일을 부탁할 생각이었다. 가능하면 십삼야 참배 사건에 관해서도.

어차피 소용없으리라 생각해서 지금까지 후타미에게는 아무 말도 하지 않았으므로 자신의 조사 결과와 여러 수수께끼를 처음부터 세세하게 설명했다. 아무리 담당 구역이 아니라지만 같은 촌에 주재하는 경찰관으로서 이렇게 불가해한 사건에 관심이 없을 리 없다. 다카야시키는 그런 생각에 희망을 건 것이었다.

그러나 후타미는 그다지 관심이 있어 보이지 않았다. 듣고는 있는 건지 의심스러울 정도로 담배를 피우며 허공을 멍하니 바라볼 뿐이었다.

'역시 이 사람한테 뒷일을 맡기는 건 무리였나.'

충분히 예상할 수 있는 일이었다고는 하나 다카야시키는 낙심했다.

"너무나도 기괴한 사건이로군."

그런데 뜻밖에도 후타미가 흥미가 동한 듯 대답했다.

"그, 그렇죠? 사고사라 하기에는 영 석연치 않은 점이 너무 많다고 생각되지 않으십니까?"

"뭐, 그야 정치적 판단이 개입했으니까. 우리 입장에선 어쩔 도리가 없어."

다카야시키가 기뻐한 것도 잠깐뿐, 후타미답기 그지없는 견해가 돌아왔다. 그래도 평소와는 다른 것이 느껴졌으므로 물었다.

"순사부장님은 대체 그날 밤 히메쿠비 산에서 무슨 일이 벌어졌다고 생각하십니까?"

"기묘하다고 느끼는 건 사람들의 증언을 곧이곧대로 믿기 때문이야."

"무슨 말씀이죠?"

"히메코가 우물에 빠졌다고 생각되는 시간대에 아무도 히메쿠비 산에 들어가 있지 않았다고 한다면, 그건 어떻게 생각해도 사고사지."

"하, 하지만 요키타카가 본……."

"머리 없는 여자하고 사라지는 히메코 말인가? 그런 건 당연히 어린애 거짓말 아닌가. 십삼야 참배에 몰래 숨어든 게 들통 나니까, 야단맞지 않으려고 사람들의 관심을 다른 데로 돌리기 위해서 되는 대로 말한 거야."

"아뇨, 요키타카만이 아니라 조주로 군도 누군가 경내의 자갈을 밟는 소리를 들었고 소라 탑으로 올라오는 기척도 느꼈답니다. 전후 상황으로 볼 때 그건 히메코라고 여겨집니다만, 그 히메코가 탑 꼭대기에서 사라진 건 두 사람의 증언으로도 확실하다고 할 수 있지 않……."

"그건 조주로 군이 의식 때문에 긴장해서 들은 환각이네. 그런 산속, 그런 괴상한 건물에서 동생이 오는 걸 기다리다 보면, 그 기척을 느낀 것 같은 생각이 들어도 이상할 것 없잖나."

"네, 뭐…… 하, 하지만 요키타카는 거짓말을 할 애가……."

"그럼 꿈을 꿨거나 환각을 봤겠지. 이거 봐, 여섯 살짜리 어린애라고. 캄캄한 밤중에 산속에서 정상적인 상태였다고 하는 게 더 이상하지."

결국 후타미에게는 사건도 뭐도 아니라는 것을 통감했을 뿐이었다. 다만 의외였던 것은 그것이 결코 히가미 가의 눈치를 봐서가 아니라 경찰관으로서 그런 판단을 내린 것이라는 점일까.

'후타미 씨답다고 할 순 있겠군.'

그렇기 때문에 다카야시키도 딱히 불쾌하지는 않았다. 물론 거짓말이나 환각이라 단정하는 말투는 문제라고 생각했다. 그러나 어디까지나 합리적이면서 단순하게 사건을 파악한 후타미의 해석은 '쿠비나시가 나왔다, 인간이 사라졌다, 현장은 밀실 상태였다' 하고 호들갑을 떠는 것보다 훨씬 현실적이기 때문에 간단히 부정할 수는 없었다.

다카야시키가 이렇게 되자 인사만 하고 얼른 가자고 생각하는데,
"다만 말이지……."
후타미가 뭔가 할 말이 있는 듯한 눈치를 보였다.
"예?"
"아니, 다만…… 다카야시키 순사, 자네 생각은 나하고 다를 테지?"
"예에…… 아닌 게 아니라 가장 현실적인 해석이라곤 생각합니다만, 조주로 군이나 요키타카의 이야기를 전부 없었던 걸로 치는 데 약간 저항이 있어서……."
"흐흐, 그렇게 사양할 것 없네. 내 설명이 너무 무사주의적이라고 분명하게 말해도 돼. 그 편이 자네답잖나."
"아, 아뇨, 무슨 그런……."
후타미의 진의를 알 수 없으니 다카야시키는 어떻게 대응하면 좋을지 몰라 난처했다.
"타인의 의견을 납득할 수 없다면 자기가 직접 조사하고 생각하면 되지 않나."
"예?"
"그러니까 이런 식으로 나한테 뒷일을 맡기지 말고, 자네가 살아서 히메쿠비 촌으로 돌아와 다시 한 번 이 사건을 조사하면 된다는

말이야."

"……."

"경찰관이라면 더더욱 나라를 위해 목숨을 바치고 장렬하게 죽어서 돌아와라! 원래라면 그렇게 말할 장면이겠네만…… 뭐, 자네처럼 특이한 순사가 하나쯤은 있는 편이 세상 살기도 재미있을 테니 말이야."

"옛?"

"그러니까 살아서 돌아와!"

"아, 옛!"

후타미는 처음으로 주재소 밖까지 다카야시키를 배웅하러 나와서는, 그곳에서 마지막 경례를 붙이는 그에게 천천히 답례를 했다.

"이런 사건은 나한테는 짐이 너무 무겁네. 하지만 나도 그냥 오랫동안 히메카미 촌의 주재소 순사 노릇을 한 게 아니야."

"예."

"그래서 말이네만, 난 이 십삼야 참배의 괴사건이 장차 일어날 어떤 엄청난 참극의 서막 같다는 생각이 자꾸만 든단 말이지."

"……."

"그걸 미연에 방지하기 위해선 자네가 생환해 십삼야 참배 사건에 얽힌 수수께끼를 푸는 수밖에 없다는 생각이 드는군."

"알겠습니다. 반드시 살아 돌아와서 이 사건을 해결하겠습니다."

그러나 다카야시키가 지킬 수 있었던 약속은 하나뿐이었다.

3년 후, 다카야시키의 소집 해제를 진심으로 기뻐해준 후타미는 후배가 십삼야 참배 사건의 진상을 밝혀내는 모습을 보지 못하고 그로부터 1년도 채 못 되어 타계했다. 주문 제작한 경찰봉을 다카야시키에게 유품으로 남기고. 요키타카가 남자아이다운 관심에서 갖고 싶어 하는 것 같았지만, 물론 줄 수는 없는 노릇이었으므로 기타모리 주재소 선반 안쪽에 고이 모셔놓았다.

다만 놀랍게도, 후타미는 다카야시키가 출정해 있는 사이에 은퇴하고도 마을에 남아 개인적으로 수사를 진행한 듯했다. 거절한 모양새가 되기는 했어도 다카야시키가 자기에게 뒷일을 부탁하려 했다는 사실이 후타미 나름대로 마음에 걸렸는지 모른다. 하기야 새로운 단서를 아무것도 얻지 못했다는 것이 그답기는 했지만.

그리고 7년 후, 십삼야 참배로부터 계산해 10년 뒤의 히메쿠비 산에서 후타미 전 순사부장의 우려는 보기 좋게 적중되었다.

그것은 피해자의 신원은 처음부터 확실한데도 머리가 잘려 사라져버린다는 대단히 기괴한 살인사건으로 막을 올리게 된다.

막간 1

 이 지역에 돌아온 뒤로 저는 그때까지 밤에 집필하던 생활습관을 바꿔 아침부터 집필하기로 마음먹었습니다. 처음에는 오랜 습관을 그렇게 쉽게 버릴 수 있을지 불안했지만, 일출과 더불어 일어나 원고지 앞에 앉고 해가 지면 만년필을 내려놓는 생활이 이런 시골에서는 가장 적합하다는 것을 몸으로 느꼈기 때문이었습니다.
 그래서 이 글을 쓰는 데 즈음해, 저는 그날 아침 일찍 북쪽 도리이 입구로 히메쿠비 산에 들어가 포석이 깔린 참배길을 걸어 히메카미 당까지 가보기로 했습니다. 전쟁 중에 남편과 함께 히메카미 촌으로 옮겨와 10년 전에 이 땅을 떠나기 전까지 산 자체에 발을 들여놓은 기억이 거의 없는 저에게 그것은 대단히 두려운 체험이었습니다. 바로 그렇기에 집으로 돌아와 '1장'을 쓰기 시작할 수 있었는지도 모릅니다. 참배길을 걸으며 저는 30년 전에 이치가미 가의 십삼야 참배에 침입했던 요키타카와 어느새 동화된 듯한 기분까지 맛보았으니까요.
 하지만 경내를 걷다가 자갈에 발이 걸려 넘어질 뻔했던 것이, 스스로도 바보 같다고 생각하면서도 약간 마음에 걸렸습니다. 왜냐하면 그 때문에 오른쪽 발목을 다쳤기 때문입니다. 발목…… 아뇨, 역시 지나친 생각이겠지요. 이런 원고를 씀으로써 아오쿠비 님의 노여움을 산다면, 그 지벌은 당연히 머리 자체에 나타날 것이 틀림없습니다. 발목 정도로 호들갑을 떠는 것은 역시 너무나도 부끄럽고 어리석은 일이었습니다.

그렇게 생각하고 앞장까지 썼습니다만…… 실은 이 '막간1'을 시작하기 전에 머리도 식힐 겸 슬슬 뒷마당을 갈아놓을까 하고 괭이질을 하는데, 이번에는 왼손을…… 네, 그렇습니다. 왼쪽 손목을 다치는 바람에…… 물론 익숙지 않은 밭일을 했기 때문이라는 것은 알지만, 솔직히 어쩐지 섬뜩한 기분이 들었습니다.

그러고 보면 오엔 씨가 도쿠노신에게 참수된 뒤 전처와의 사이에 태어난 두 아이가 잇따라 급사하고, 새로 얻은 후처가 뇌수가 없는 아이를 연이어 둘 낳은 뒤 미쳐 죽었을 때 집안에 목뿐 아니라 손목이나 발목의 이상을 호소하는 자가 속출했다는 이야기가 있었습니다.

머리만이 아니라 손목과 발목도…….

터무니없는 문장으로 시작하고 말았군요. 방금 한 10분 동안 밖을 거닐며 마음을 진정시키고 들어왔습니다. 저의 하잘것없는 부상보다 본래 하려던 이야기를 진척시키기로 하지요.

그나저나 전쟁이 끝나고 수년간, 미군의 점령 하에 1천만 명에 달하는 아사자가 발생했다는 혼란기에 남편인 다카야시키 하지메가 무사히 소집해제됐을 뿐 아니라 기타가모리 주재소 순사로 다시 근무할 수 있었던 것은, 그 굶주림의 시대를 돌아보면 대단히 고마운 일이었노라고 지금도 감사하게 생각합니다. 국민 병역에 동원된 미카미 가의 당주 가쓰키 씨나 학도병으로 징병된 후타가미 가의 고이치 씨를 비롯해 적지 않은 마을 남자들이 전사한 상황을 생각하면 더욱 그런 생각이 들었습니다. 특히 고이치 씨는 십삼야 참배가 있고 얼마 되지 않아 출정했기 때문에, 홉사 히가미 가의 후계자 후보 중 하나로서 그 괴사를 끌고 전장으로 간 것 같아 전사 소식을 들었을 때는 뭐라 말할 수 없는 기분이 들었습니다.

다만 다카야시키 하지메에게 그것이 정말 좋은 일이었는지 생각하기 시작하면, 저는 늘 답이 나오지 않습니다. 물론 전지에서 살아 돌아올 수 있었던 일이 아니라 이 마을의 주재소 순사로서 다시 취임한 것 말입니다.

소집해제 뒤 어느 정도 자리가 잡히자, 남편은 이따금 한 권의 공책에 열중하는 모습을 보이기 시작했습니다. 전쟁 중에 일어났던 이치가미 가의 십삼야 참배 사건에 관해 관련자들의 증언을 정리한 것으로, 남편이 작성한 '십삼야 참배 중 관련자의 움직임' 시간표도 붙어 있었습니다. 처음에는 저녁식사 뒤에 밥상에 펴놓는 정도였지만, 어느새 근무 중에도 그런 모습을 종종 볼 수 있었고, 히가시모리 주재소의 후타미 순사부장님이 돌아가신 뒤로는 박차가 가해진 듯 더욱 몰두했습니다.

이때 남편은 아직 요키타카가 스즈에 씨에게 들었다는, 히메코 씨에 관한 기묘한 이야기들을 몰랐습니다. 따라서 어째서 죽은 사람이 조주로 씨가 아니라 그녀였는지, 그 수수께끼에 머리를 썩였습니다. 물론 현장의 밀실 상태나 관련자의 알리바이 등 알 수 없는 일투성이였습니다만, 가장 고개를 갸웃거리던 것은 피해자의 **선택**에 관한 문제였습니다.

술이 별로 세지 않은 다카야시키는 취하면 이런 말을 자주 하곤 했습니다.

"십삼야 참배 사건이 살인이건, 또는 설령 지벌이었다 하더라도 어째서 죽은 사람이 조주로 군이 아니라 히메코였을까. 어쩌면 그 사건은 이치가미 가의 후계자 자리를 둘러싼 히가미 가의 후계자 다툼에 요인이 있다고 생각하는 한 절대 해결되지 못할지도 몰라."

그러나 추리가 그 이상 진전되는 일은 없었습니다. 전후에 단 한 번, 이치가미 가에서 수사를 재개하려다가 후도 옹의 역린을 건드린 이후 다카야시키는 겉으로 드러나게 십삼야 참배 사건을 쫓는 것을 중단했습니다. 새로운 정보와 증인을 입수할 수 없는 셈이니 남편의 추리가 막다른 골목에 부닥친 것도 무리는 아닙니다. 남편의 명예를 위해서 씁니다만, 독신이었다면 분명 후도 옹에게 반발해서라도 수사를 계속했을 것입니다. 그러지 않은 것은 일자리를 잃어 저에게 누를 끼치고 싶지 않았기 때문이겠지요.

하기야 이 무렵에는 요키타카가 저희 부부, 아니 전후에는 특히 저를 많이 따라 주재소에 드나들었기 때문에 그 아이에게서 이치가미 가에 관한 이야기는 얼마든지 들을 수 있었을 것입니다. 다만 남편은 십삼야 참배 날 밤에 있었던 일을 한차례 물은 뒤로는 어디까지나 아이를 낳지 못한 저희 부부의 자식 같은 존재로서만 요키타카를 보았던 것 같습니다. 그렇게 어렵게 생각할 것 없이 저처럼 어디까지나 잡담의 일환으로 이치가미 가에서 요키타카가 생활하는 이야기를 들을 수도 있었을 텐데요.

지방의 구가이기 때문에 있을 수 있는 여러 흥미로운 이야기를 요키타카에게 곧잘 듣곤 했습니다. 하지만 그중에서 가장 재미있었던 것은 역시 구라타 가네 씨가 쌍둥이에게 행했다는 온갖 액막이 주술의 내용이었습니다. 물론 히메쿠비 촌에도 예로부터 전해지는 풍속은 있었지만, 그런 종래의 마을 풍습으로는 아오쿠비 님에게 당할 수 없다고 생각한 후도 옹이 그 실적을 높이 사서 불러들인 사람이 가네 할멈입니다. 즉, 그녀는 산파 및 육아 전문가이자, 이치가미 가에게는 조주로 씨를 수호하는 경호인 같은 존재였음이 분명합니다.

요키타카는 이치가미 가의 남존여비에 놀란 것 같지만, 예전에는 어디나 그랬습니다. 긴키의 어느 지방에서는 아들이 태어나면 '저 집은 천 냥을 벌었다'고 하고 딸이 태어나면 '절반이다' 하고 유감스러워했다고 할 정도입니다.

가네 할멈은 태어난 직후 목욕시키는 것부터 남녀를 차별했습니다. 조주로 씨의 경우 따뜻한 물로 적신 칼을 목덜미에 갖다 대고 마를 쫓아낸 데 비해, 히메코 씨는 그냥 목욕만 시켰습니다. 목을 의식한 것은 물론 아오쿠비 님의 존재가 있었기 때문이겠지요. 또 목욕물도 여자는 그냥 따뜻한 물이었던 데 비해, 남자의 목욕물에는 잉걸불을 부젓가락으로 집어 담그고 옻나무 잎을 넣었다고 합니다. 전자는 화상을 피하기 위한 것이고, 후자는 액막이라는 것은 저도 알 수 있습니다만, 그것을 조주로 씨에게만 하다니 철저하구나 싶어 그런 의미에서는 감탄했습니다. 한편 지방에 따라서는 옻나무 잎 대신 쑥이나 창포를 넣기도 합니다.

가네 할멈은 그밖에도 다양한 액막이 주술을 행한 모양입니다. 히메카미 당 경내의 자갈을 히메코 씨 머리맡에만 갖다 놓고 조주로 씨 곁에는 얼씬도 못하게 한 것, 히메코 씨의 배내옷은 오래전부터 붉은색으로 아름다운 옷을 준비했으면서 조주로 씨에게는 출산하기 일주일쯤 전에 가네 할멈이 적당히 지은 누런색 누더기를 입힌 것,

처음 바깥 외출을 시킬 때 그녀의 얼굴은 깨끗하게 그냥 두었으면서 조주로 씨 얼굴에는 솥바닥에 들러붙은 검댕으로 가위표를 그린 것 등등.

이것을 제 나름대로 해석하자면, 경내에 있던 자갈은 히메카미 당에 속한다고 여겨지니 아오쿠비 님의 주의를 계집아이에게만 돌리려는 의도가 있지 않았을까요. 히메코라는 이름과 마찬가지로 사내아이를 지키기 위한 장치입니다. 배내옷도 보통은 출산 직전에 대충 지은 누더기를 입히는 것이 당연한 일이고, 미리 준비하면 불길하다고 여겨졌습니다. 게다가 옷이 아름다우면 공연히 마물의 시선을 끌게 된다고 기피되었지요. 외출 시에 얼굴을 더럽히는 것은 아야쓰코라고 해서, 이 역시 귀신으로부터 갓난아기의 몸을 지키기 위한 액막이 주술입니다.

즉, 가네 할멈은 조주로 씨를 수호하는 장치를 몇 겹으로 마련하는 데 그치지 않고 그를 대신할 희생양으로 히메코 씨를 이용한 것입니다. 매우 심한 처사이지요. 히메코 씨가 이치가미 가의 여자치고는 병약했던 것도, 커서는 언동이 조금 이상해진 것도 납득할 수 있을 것 같습니다. 아무리 어린 시절의 기억이 남지 않는다고 하지만, 이렇게까지 철저하면 영향이 있을 수밖에 없을 테니까요.

그중에서도 가장 심한 것은 쌍둥이가 처음으로 맞은 삼삼야 참배(요는 삼야 참배이군요)에서 가네 할멈이 이때만은 두 사람을 뒤바꾼 행위겠지요. 조주로 씨에게 계집아이 옷을 입히고, 히메코 씨를 사내아이처럼 꾸민 것입니다. 물론 만일의 경우, 아오쿠비 님의 지벌이 대를 이을 아들 대신 딸에게 향하도록 한 결과로 보입니다. 의례가 끝난 뒤에 원래대로 되돌린 것을 봐도 분명합니다.

이처럼 가네 할멈은 기회만 있으면 조주로 씨를 지키려 했습니다. 그리고 그때마다 반드시, 원래라면 이치가미 가의 후계자에게 미칠 재앙을 히메코 씨가 짊어지게 한 것입니다. 쌍둥이가 어머니 뱃속에서 나와 처음 목욕을 한 이래로, 그 성장의 전 과정에서 말입니다.

지금에 와서 돌이켜 보면, 역시 이치가미 가의 그 과도한 남존여비에 히메코 씨의 죽음과 그 뒤에 벌어진 무서운 머리 없는 살인사건의 수수께끼를 풀 열쇠가 들어 있지 않았을까 하는 생각이 자꾸만 듭니다.

하지만 당시 남편은 요키타카의 이야기를 듣는 둥 마는 둥 하고 자신이 기록한 공책과 눈싸움만 계속했습니다.

그런 남편을 걱정하면서도, 그 무렵 저는 탐정소설 집필이라는 꿈을 향해 조금씩 노력하기 시작했습니다. 그렇기 때문에 전쟁 중처럼 넌지시 남편의 의논 상대가 되어줄 여유가 없었습니다. 제 눈은 완전히 마을 바깥을 향하고 있었습니다.

전후에 탐정소설 잡지의 창간 붐이 일었습니다.

우선 쇼와 21년(1946년) 3월에 쓰쿠바 서림이 《록》을, 이와타니 서점이 《보석》을 창간합니다. 이것을 시초로 5월에는 톱 사(社)가 《톱》을, 7월에는 프로필 사(교토)가 《프로필》을, 11월에는 신일본 사가 《신일본》 별책으로 《탐정 이야기》를 냅니다.

그리고 이듬해 쇼와 22년에는 4월에 이브닝스타 사의 《검은 고양이》, 탐정공론 사의 《진주》, 신탐정소설 사의 《신탐정소설》, 5월에 가모메 서방의 《소설》, 7월에 올로맨스 사의 《요기(妖奇)》, 탐정 신문사의 《탐정 신문》, 10월에 G멘 사의 《G멘》, 11월에 범죄과학 연구소의 《후더닛》, 극동 출판사의 《윈드밀》 등 활황을 맞이합니다.

쇼와 23년에는 2월에 프로필 사(도쿄)가 《가면》을 창간한 것을 필두로 동인지 및 연구지까지 속속 탄생하는, 전전과 전쟁 중의 탐정소설 발금 처분을 아는 몸으로서는 정말이지 꿈만 같은 시대를 맞이한 것입니다.

다만 수가 워낙 많다 보니, 이들 잡지는 그야말로 옥석혼효라 할 수 있었습니다. 그중에서도 제가 가장 주목한 것은 《보석》과 《록》이었습니다. 왜냐하면 요코미조 세이시 선생님이 전자의 창간호부터 〈혼징 살인사건〉을, 후자의 제3호부터 〈나비부인 살인사건〉을 연재하셨기 때문입니다. 그때까지 저에게 요코미조 세이시라고 하면 〈광 속〉이나 〈신기루 이야기〉의 탐미성과 〈도깨비불〉의 기괴성으로 대표되는, 요기가 감도는 시적 작품을 쓰는 작가라는 인상이 강했습니다. 그런 분이 갑자기 본격 탐정소설을 쓰기 시작하셨으니, 독자로서 주목하는 것과 동시에 제 글에 대한 창작 의욕까지 자극받았습니다.

그 결과, 에가와 란코 씨가 데뷔한 지 2년 뒤에 히메노모리 묘겐이라는 필명으로 《보석》에 처녀작을 발표했습니다. 필명인 히메노모리(媛之森)는 히메쿠비 산에서 착상을 얻었고, 묘겐(妙元)은 남편과 제 이름을 조합한 것입니다.

남편은 무척 기뻐했습니다. 보아하니 자기 이름이 들어간 필명에도 감격한 듯했습니다. 제 데뷔를 계기로 탐정소설 읽기라는 결혼 후 취미를 다시 시작했을 정도였습니다. 만약 그대로 아무 일도 일어나지 않았더라면, 남편은 분명 십삼야 참배 사건으로부터 자연히 거리를 두게 되고 이윽고 기억의 밑바닥에 넣어두었을 테지요.

그런데 과거에 요키타카가 어린 마음에 불안하게 생각했듯이, 또 후타미 순사부장이 경찰관으로서의 직감에 따라 예언했듯이, 10년의 세월이 지나 또다시 재앙이 이치가미를 덮치게 됩니다.

그럼 다음 장부터 전후의 사건으로 옮겨가고자 합니다.

아니, 그전에 또다시 '탐정소설의 귀신'이라 불리는 일부 독자 분들께 한 말씀 드리겠습니다.

지극히 1인칭에 가까운 3인칭 서술의 소설로 이 글을 쓰는 것은 실은 일련의 사건을 일으킨 진범이 다카야시키 하지메라는 진상을 은폐하기 위한 장치가 아니냐고 조금이라도 의심하신다면, 그것은 전적으로 착각입니다.

이렇게 쓰면, 아무리 아내라지만 본인도 아닌데 어떻게 단정할 수 있느냐고 독자 여러분은 의심하실지도 모릅니다. 하지만 이것은 사실입니다. 제가 남편을 믿기 때문이 아니라 그렇지 않다는 것을 알기 때문입니다.

덧붙여 말하자면, 앞 문장의 표현에는 서술적인 속임수 따위는 조금도 들어 있지 않음을 이 자리에서 명언해두겠습니다. 그래도 의심하시는 독자께는 이렇게 말씀드릴 수밖에 없군요.

'결국은 법률이 정했을 뿐인 남녀 한 쌍의 조합에 불과하지만 오랫동안 함께 살아온 부부란 본래 그런 것입니다'라고 말이지요.

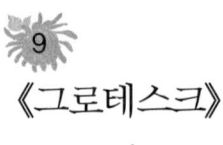
《그로테스크》

"늦었습니다. 요키타카입니다."

문을 노크하고 복도에서 부르자 "들어오렴." 하고 짤막하면서도 따스함이 느껴지는 목소리가 대답했다.

"실례하겠습니다."

요키타카는 이치가미 가에서도 많지 않은 서양식 방문을 열고 절을 꾸벅한 다음 조주로의 방으로 들어갔다.

"무슨 일이야? 또 가네 할멈한테 붙들린 거야?"

처음에는 쓴웃음을 짓더니 금세 난감한 일이라는 표정으로, 조주로는 나뭇결이 아름다운 책상 앞에서 몸을 비스듬히 돌려 요키타카를 돌아보았다.

"이젠 요키둥이가 가네 할멈을 돌보는구나."

"이 댁에 왔을 때부터 계속 신세를 졌으니 그쯤은 당연하죠."

상대방의 미소에 뭐라 말할 수 없이 가슴이 아팠지만 요키타카는 진지하게 대답했다. **특별한 날**이 될 내일을 생각하면 더욱 가슴이 욱신거렸다.

"넌 정말 순박하다니까."

조주로의 어조에서 그의 성격을 칭찬하면서도 동시에 답답하게 생각하는 것이 느껴졌다. 가네 할멈이 요키타카에게 한, 결코 상냥하다고는 할 수 없는 처사를 지금까지 실컷 봐왔던 탓에 역시 이것저것 생각하게 되는 모양이었다.

"할멈을 돌보는 일은 다른 사람한테 맡길 수도 있는데."

"아뇨, 괜찮습니다. 게다가 아마 제가 아니면 여간 힘든 게 아닐 겁니다. 그러니까 저, 양쪽 다……."

"아, 그렇구나."

"죄, 죄송합니다. 전 원래 조주로 님의 시중을 들어드려야 하는데……."

"아니, 그건 상관없어. 하지만 가네 할멈을 보살피는 일이 너한테 고통이 아닐까 싶어서. 그냥 그뿐이야."

"감사합니다. 정말 괜찮습니다. 은혜를 갚을 수 있어서 오히려 기쁜데요."

"그래, 그럼 괜찮지만."

실제로 요키타카는 가네 할멈에게 고마워하고 있었다. 물론 벌을 받은 적은 많았지만, 그것은 교육을 위한 것이라고 이해하고 있었다. 무엇보다도 가네 할멈은 말씨는 험악해도 막상 벌을 줄 단계에 이르면 별안간 소극적이 되곤 했다. 다른 하인들을 대하는 태도에 비해 자기는 어느 정도 봐주는 듯한 눈치였다.

요키타카는 그런 가네 할멈보다 실은 조주로의 어머니인 후키 쪽이 훨씬 무서웠다. 그녀는 쌍둥이를 출산한 뒤 산후가 좋지 못했던 듯, 오랫동안 병치레가 잦았다고 한다. 그런 환자 특유의 정신 상태 때문인지 종종 그녀에게 믿기지 않을 만큼 심한 일을 당하곤 했다.

긴긴 복도를 걸레로 다 닦고 안도하고 있으면 하녀 우두머리에게 혼쭐이 났다. 처음에 닦은 복도에 흙발자국이 점점이 찍혀 있다는 것이다. 당황해서 가보면 아닌 게 아니라 발자국이 있었다. 비 내린 뒤의 마당에서 복도로 올라온 발자국은 후키의 방으로 이어졌다. 당연히 우연이라고 생각했다. 그러나 얼마 가지 않아 그녀가 고의로 그런다는 것을 알아차렸다. 그 순간, 이치가미 가에 온 이래로 저지른 많은 실수 중에 후키의 공작에 의한 것도 분명히 있었으리라는 것을 깨달았다.

그녀는 요키타카가 눈치 챘다는 것을 알았는지 그 이래로 노골적으로 못살게 굴기 시작해 오늘에 이르렀다. 심할 때는 그의 밥에 바늘이 든 적도 있었다. 물론 후키가 직접 한 짓은 아니고 심복인 하녀에게 시켰으리라. 요키타카는 한때 외아들인 조주로가 하인에게 상냥하게 대하는 것을 질투해서 자기를 괴롭히는 것이 아닐까 생각했다. 하지만 아무리 그래도 밥에 바늘을 넣는 것은 너무나도 상궤를 벗어난 일이었다. 히메코에게 광기의 그림자가 어른거렸던 것은 이 어머니의 피를 이어받았기 때문이 아닐까. 자꾸만 그런 생각이 들었다.

그런 후키 정도는 아니지만, 요키타카는 가정교사인 미나토리 이쿠코 또한 편하지 않았다. 귀한 과자를 준다든지 하며 다정하게 굴다가도 별안간 차가운 태도로 돌변하곤 하는 것이었다. 왜 그러는지 이유를 전혀 알 수 없었다. 처음에는 자신이 무심코 한 언동이 기분을 상하게 했나 싶어서 그녀 앞에서는 주의해서 다른 사람 이상으로 신경을 썼다. 그러나 얼마 되지 않아 까닭 따위는 없음을 깨달았다. 그냥 변덕이었다. 그때그때의 기분에 따라 이쿠코는 그에게 온화했다 냉혹했다 하는 것이었다.

음습한 괴롭힘을 반복하는 후키, 태도가 끊임없이 바뀌는 이쿠코, 대놓고 멸시하던 히메코. 그런 세 사람에 비하면 가네 할멈은 흡사 보살처럼 보였다.

그렇다고는 하나, 요키타카는 가네 할멈이 자기를 봐준 것이 다섯 살 어린 나이에 이치가미 가의 일꾼으로 들어온 어린애를 측은하게 여겼기 때문이라거나, 세 여자에게 몹쓸 대우를 받는 그를 동정했기 때문이라고는 생각하지 않았다. 단지 그의 진짜 주인이 조주로와 히메코라 그런 것이라고 현실적으로 이해하고 있었다.

그 증거라 해도 좋을 것이다. 히메코가 죽은 뒤 요키타카의 잡무는 서서히 줄어들고 대신 조주로의 상대를 하는 일이 많아졌다. 요키타카는 이 변화에 관해 조주로를 음으로 양으로 지키라는 뜻이라고 이해했다. 가네 할멈도 조주로와 연관된 일이 있다는 것을 알면 반드시 그 일을 우선하게 했다. 그 후로 요키타카는 점차 조주로의 시중만을 들게 되었다.

다만 몸시중은 태어났을 때부터의 습관으로 여전히 가네 할멈이 맡았다. 자기 앞가림도 제대로 할 수 없게 된 지금도 그녀는 완강하게 조주로를 보살피려 했다.

'힘든 일이나 불쾌한 일도 조주로 님을 돌보는 행복에 비하면 아무것도 아니야. 얼마든지 참을 수 있어.'

예상대로 중성적인 매력을 지닌 미청년으로 성장한 조주로를 바라보며 요키타카는 속으로 중얼거렸다. 사실은 소리 내어 말하고 싶었지만 그럴 수는 없었다. 조주로는 분명 기뻐해줄 테지만, 자신의 본심을 들킬 것 같아 무서웠다.

'내 본심…….'

요키타카는 성장하면서 어느새 조주로에 대한 자신의 기분을 주체할 수 없게 되었다. 그 결정적인 계기는…….

"아니, 특별히 급한 일은 아니었어.《그로테스크》최신호가 도착했거든. 그걸 보여주려고."

바로 조주로의 오른손에 들려 있는, 활판 인쇄된 A5판 괴기 환상 동인지《그로테스크》를 읽었을 때였다. 과장해서 말하자면, 요키타카는 이 동인지를 알고 난 뒤 자신의 성적 취향이라는 것을 처음으로 인식했을 뿐 아니라 그에 대해 흥미와 의문과 두려움을 품게 되었다.

《그로테스크》는 작가 에가와 란코가 발행인, 편집자 고리 마리코가 편집인이 되어 1년에 네 권씩 발행하는 계간 동인지인데, 업계에서의 평가도 높다고 한다.

에가와 란코는 전후에 창간된 탐정소설 전문지《보석》의 공모로 데뷔해 눈 깜짝할 사이에 인기를 얻은 작가이면서도, 사람을 싫어하는 성격 탓에 결코 남들 앞에 모습을 드러내지 않는 별종인 듯했다. 듣자 하니 구(舊) 화족 출신으로 전후의 화족제도 폐지로 많은 동족이 몰락의 길을 걸은 데 반해 지금도 상당한 재산을 보유하고 있다는 소문이었다. 다만 가족은 모두 공습으로 죽는 바람에 혈혈단신이라고 했다.

"옛날 같으면 후작님이라니까. 원래라면 전전의 하마오 시로의 뒤를 잇는 귀족 탐정 작가가 됐을 사람이야. 다만 에가와 란코는 아마 필명일 거야.《신청년》에〈에가와 란코〉라는 소설이 쇼와 5년(1930년) 9월부터 이듬해 2월까지 6회에 걸쳐 연재됐는데, 이게 여섯 작가에 의한 연작이었거든."

조주로는《그로테스크》의 창간호를 보여주며 그런 정보를 알려주었다.

"그 여섯 명이 또 엄청나단 말이지. 제일회의 에도가와 란포를 시작으로 요코미조 세이시, 고가 사부로, 오시타 우다루, 유메노 규사쿠, 모리시타 우손 등 당대의 인기 작가들뿐이니까."

"에가와 란코라는 이름은 에도가와 란포와 좀 비슷하지 않습니까?"

"그래, 요키둥이는 예리하구나."

조주로는 기쁜 표정으로 그렇게 말하고는 쇼와 6년에 하쿠분칸에서 간행된《에가와 란코》를 책꽂이에서 꺼냈다.

"제일회를 담당한 에도가와 란포가 붙인 제목이〈에가와 란코〉였어. 세이시는〈교수대〉, 고가는〈파도에 춤추는 마녀〉, 오시타는〈사구(砂丘)의 괴인〉, 규사쿠는〈악마 이상(以上)〉, 우손은〈하늘을 나는 마녀〉하는 식으로 각자 자기가 담당한 회에 제목을 붙였거든. 즉, 란포 한 사람의 판단으로 연작 전체의 제목이 결정된 거야. 편집부로서는 그 정도로 란포에게 글을 받고 싶었겠지. 통속 장편의 경우에도 란포는 작가 발굴에 능한 걸로 정평이 나 있었으니."

"저런, 역시 대단한데요."

"여담이지만, 란포의《공포왕》과 연작《악령 이야기》엔 '오에 란도'라는 탐정 작가가 나오지. 또《음울한 짐승》엔 '오에슌데이'가,

《푸른 옷을 입은 귀신》에는 '오에 핫코'가 역시 탐정 작가로 등장하고. 게다가 《인간 표범》에선 피해자의 이름으로 '에가와 란코'를, 《눈 먼 짐승》에선 '미즈키 란코'를 썼으니, 란포는 '오에'라는 성하고 '란'자가 들어가는 이름이 어지간히 좋았던 모양이야."

"이 사람은 란포의 애독자라, 그 란포가 좋아하는 이름 중에서 자기에게 맞을 만한 필명을 골랐을까요?"

"분명히 그럴 테지. 창간호에 실린 〈그림자〉라는 단편을 봐도 란포의 작풍에 영향을 받았다는 걸 알 수 있는 데다, 뭐니 뭐니 해도 동인지에 《그로테스크》란 이름을 붙였으니 말이야."

"그것도 란포와 무슨 관계가 있는 건가요?"

"응. 란포는 작가가 되기 전 다이쇼 9년(1920년)에 친구와 '지적 소설 창간회'를 만들어서 《그로테스크》라는 잡지를 간행할 계획을 세웠거든. 그 꿈은 실현되지 못했지만, 이 사람은 필명뿐 아니라 잡지명까지 빌린 거지."

조주로는 기쁜 얼굴로 그렇게 설명했다.

"작가가 되고 나서도 동인지를 낼 정도로 활동적인 여성이 어째서 남들 앞에 모습을 드러내는 걸 싫어할까요?"

그러나 요키타카가 문득 떠오른 의문을 말하자, 조주로는 조금 쓸쓸한 목소리로 대답했다.

"화족 출신이라든지, 전쟁으로 가족을 전부 잃었다든지 하는 등등의 처지가 분명히 점점 더 사람을 싫어하는 성격에 박차를 가했겠지. 재산이 있다는 소문도 실은 이런 동인지를 도락으로 낼 정도니 오죽하겠나 하고 사람들이 시샘하는 게 아닐까."

조주로는 상대방의 심정이 이해된다는 듯 형언할 수 없는 표정을 짓고 있었다.

'조주로 님은 어딘가 자기와 비슷한 데가 있다고 느끼는지도 몰라.'

하지만 그 때문에 조주로가 에가와 란코라는 작가에 대해 잘 아는 것은 아니었다. 적어도 란코의 개인적 사정에 관한 정보는 《그로테스크》의 편집인인 고리 마리코가 준 것이고, 그녀가 있기 때문에 조주로는 그 동인지를 구독하는 것이었다. 아니, 구독만이 아니라 동인으로 참가해 어느 정도 출자까지 하고 있었다.

맨 처음 계기는 조주로가 《보석》 편집부를 통해 에가와 란코에게 보낸 편지였다. 그녀의 작품에 감명을 받은 그는 작품 평을 상세히 적어 보냈다. 물론 답장을 기대하고 한 일이 아니라, 어디까지나 훌륭한 괴기와 환상의 세계로 초대해준 데 대한 감사 인사였다.

그런데 얼마 뒤에 답장이 왔다. 게다가 답장을 보낸 사람은 본인이 아니라 고리 마리코라는 인물이었다. 기우(奇偶)라는 것은 이런 만남을 일컫는지도 모른다.

후도 옹의 둘째 여동생인 미쓰에가 시집간 히가미 가의 먼 친척이 고리 가요, 마리코는 그녀의 손녀였다. 가족에게 물으니 아닌 게 아니라 고리 가에 마리코라는, 조주로의 육촌이 있다고 했다. 다만 히가미 일족은 아닌데다, 그녀가 열여섯 살 때 고리 가를 뛰쳐나가 도쿄의 아마추어 극단에 들어가 연극에 미쳐 지낸 탓에 히가미 가에서는 상대할 가치가 전혀 없는 바보로 간주되는 듯했다. 말하자면 완전히 내놓은 자식이었다.

그런 그녀가 연극을 인연으로 에가와 란코와 알게 되어(처음에는 란코가 배우인 마리코의 팬이 된 모양이다), 이번에는 문예 활동에 눈을 떠서는 《그로테스크》의 편집인이 되고(이어서 마리코가 작가인 란코의 팬이 됐다고 한다), 그 결과 하고 많은 사람 중에서 이치가미 가의 후계자와의 교류가 시작됐으니 재미있는 일이 아닐 수 없다.

마리코의 답장에는 에가와 란코와 함께 살고 있다는 것, 그녀의 비서 역할을 맡고 있다는 것, 요리와 빨래, 청소 같은 몸시중도 자기가 들고 있다는 것, 현재 《그로테스크》라는 동인지의 창간을 계획하고 있다는 것, 괜찮다면 조주로도 동인으로 참가해달라는 것 등이 적혀 있었다. 히가미 가와 고리 가에는 자기에 관해 이야기하지 말라는 애원과 함께.

그 후 조주로와 마리코는 편지를 주고받기 시작했고, 동시에 그는 《그로테스크》를 금전적으로 지원하게 되었다. 그녀는 그에게도 창작을 해보라고 권하는 모양이었지만, 그 방면에는 관심이 없는지 조주로가 펜을 드는 것은 현재 서평뿐이었다. 하기야 탐정소설을 다양한 각도에서 연구하는 논문 비슷한 글을 준비 중이므로 조만간 아마추어 평론가로서 활약할지도 모른다.

이대로 아무 일도 일어나지 않았으면, 에가와 란코와 고리 마리코, 히가미 조주로, 이 세 사람은 언제까지고 《그로테스크》를 매개로 한 작가와 편집자, 서평가라는 관계를 이어갔을 것이다. 아니면 후에 동인에 참가하는 이토나미 고리쿠의 등장에 의해 조주로만 빠지고, 그 후로 《그로테스크》는 히가미 가와 일절 관계가 없는 채로 폐간을 맞는 날까지 계속되었을지도 모른다. 그러나 몇 달 전에 고리 가가 마리코를 찾아내면서 조주로와의 관계가 드러나…….

아니, 그 이야기로 옮겨가기 전에 요키타카와 《그로테스크》의 만

남을 이야기해야겠다.

조주로와 다카야시키 다에코의 영향으로 요키타카도 어느새 탐정소설을 읽게 되었다. 두 사람은, 특히 조주로는 꽤 많은 장서를 소유하고 있었으므로 읽을 책이 부족하지는 않았다. 오히려 '재미있다, 대단하다' 하면서 두 사람이 권해주는 책을 다 소화하기가 벅찰 지경이었다. 물론 요키타카에게 그것은 매우 즐겁고 기쁜 일이었다.

그런 행복한 독서 체험을 쌓아가던 몇 년 전, "으음, 요키둥이한테는 아직 좀 이르려나." 하고 망설이며 조주로가 내민 것이 《그로테스크》 창간호였다.

"이 기자와 긴조의 〈혼령 사는 사람〉과 가고이케 아즈키의 〈공포를 환시하는 여자〉와 젠몬 나나미의 〈고양이 할멈〉이 괴기 단편이고, 이쪽 덴잔 아마구모의 〈정신병원 살인사건〉이 중편 탐정소설인데, 네 편 다 재미있으니까 읽어봐. 특히 〈정신병원 살인사건〉은 트릭이 정말 기상천외하다니까. 아, 하지만 그 밖의 탐미계열 작품은 취향이 아니면 읽지 않아도 돼."

조주로가 권해준 세 단편과 중편은 그가 말한 대로 재미있었다. 다른 작품들은 그저 그런 것이, 심지어 조주로가 쓰는 편이 훨씬 나을 것 같다는 생각까지 들었다. 그런 독서의 즐거움과 개인적인 공상이 어디론가 날아가버릴 정도로 충격을 준 작품이 고리 마리코의 〈규방의 그늘〉이었다. 이 작품으로 그는 난생처음 동성애의 존재를 알게 되었기 때문이었다.

이 당시 10대 소년에게는 성에 관한 모든 것이 야릇한 금단의 화제였다. 그것도 요키타카처럼 어린 나이에 지방의 구가에 들어와 바깥 세계를 거의 모르고 하인으로 살아온 몸이라면, 동성애를 모르는 것도 당연하다 할 수 있었다.
'여자들끼리 이런 일을······.'
작중의 두 여자(구가의 사촌지간이라는 설정이었다)가 에가와 란포와 고가 마리코로 보이고, 나아가 조주로와 자기 자신처럼 보였다.
'아, 아냐. 난 그런 게······.'
아니라고 소리치고 싶었지만, 어렸을 때부터 시달려온 정체를 알 수 없는 개운치 않은 감정에 이름이 붙여진 것 같아서 한편으로는 마음이 놓이기도 했다.
'조주로 님을 좋아하고 있는 걸까.'
그는 새삼 자문해보았다. 물론 좋아한다고 그 즉시 대답했지만, 그것이 〈규방의 그늘〉에서 묘사된 것처럼 동성애인지 아닌지 아무리 생각해도 알 수 없었다. 분명한 사실은 자신은 결코 여성보다 남성을 좋아하는 것이 아니라 **조주로만**을 좋아한다는 것이었다.
'하지만 그게 이 소설에서 그려진 것 같은 성적 취향 때문이라면······.'
자신은 분명히 동성애자라는 뜻이다.
'만약 조주로 님이 그걸 아신다면······.'
자신을 꺼리고 멀리하지 않을까. 요키타카는 그것이 걱정이었다.
그 이래로 그는 지금까지 해온 이상으로 정중하게 조주로를 대하려고 노력했다. 상대가 아무리 친밀한 태도를 보여도, 불현듯 어리광을 부리고 싶은 마음이 들어도, 자신을 억누르고 어디까지나 하인으로서 일관하도록 주의했다. 솔직히 괴로웠지만, 이윽고 아픔을 동반한 감미로움이라는, 요키타카로서는 믿기지 않는 감정이 느껴지기 시작했다. 처음으로 맛보는 이 일그러진 감정의 기복이 무엇인지, 그것도 그는 무의식중에《그로테스크》를 통해 배웠다. 흡사 그가 어른이 되는 데 필요한 여러 가지 지식(그것도 배덕적인)을 주기 위해 존재하는 잡지 같았다.

요키타카의 이런 변화를 행인지 불행인지 조주로는 조금도 눈치채지 못했다. 어렸을 때부터 그가 내내 성실하고 정중한 태도인 것을 알기 때문이리라. 오히려 조주로에게는 요키타카가《그로테스크》에 열중하는 것이, 그것도 고리 마리코의 작품에 관심을 보이는 것이 더 놀라웠던 모양이다. 그에게 동인지를 가르쳐준 것을 약간 후회하는 태도마저 보였을 정도였다.

그래도 젊은 주인은 요키타카가 매번 잡지가 배달되기를 학수고대하고 조주로가 훑어볼 때까지 참을성 있게 기다렸다가 숙독한다는 것을 알고는, 그를 위해 창간호부터 최신호까지 갖추어주고 다음 호부터는 자기 것과는 별도로 한 권을 더 동봉하게 했다.

고리 마리코는 괴기스러운 내용이나 추리를 포함하는 작품을 쓸 때도 여성 간의 애정을 소재로 선택하는 경향이 있었다. 그러면서도 노골적인 애욕의 묘사는 피하고 굳이 따지자면 정신적 연애에 가까운 관계를 그리는 편이었다. 오히려〈규방의 그늘〉은 예외적인 작품이었다. 그래서 조주로도 요키타카에게 줘도 괜찮을 것이라고, 이 정도면 용인할 수 있다고 생각을 바꾼 것이 분명했다.

그런데 1년쯤 전부터 이토나미 고리쿠라는 동인이 들어오자마자, 조주로는 또다시 요키타카에 미칠 영향을 걱정하기 시작했다. 고리쿠의 작품 대부분이〈규방의 그늘〉처럼 육체적 성애 묘사를 중심으로 한 탐미적인 내용이었기 때문이다. 그 다수가 여학교 교사와 학생, 피서지에서 여름을 보내는 영양(令孃)과 가정교사, 피아노나 바이올린 교사와 제자 등 여성 사제 간의 관계를 적나라하게 그린 것으로, 요키타카는 얼굴을 붉히지 않고는 끝까지 읽을 수 없는 묘사가 대부분이었다. 게다가 그 작품들이 괴기소설이나 탐정소설이 아닌 것은 분명했으므로, 조주로는 무엇보다 그 사실이 불만인 모양이었다.

실제로 이토나미 고리쿠의 등장으로 조주로는 한때 진지하게《그로테스크》에서 탈퇴할 생각까지 했던 것 같다. 요키타카를 생각해서 그런 것도 있었지만, 뭐니 뭐니 해도 가장 큰 원인은 괴기 환상 및 탐정소설로부터 방향이 너무 멀어진 탓이 분명했다. 란코와 마리코, 두 사람도《그로테스크》에서는 탐미적인 작품을 발표하기는 해도, 본래 란코는 괴기 환상소설을, 마리코는 본격 탐정소설을 지향한다는 배경이 있었다. 그런데 고리쿠의 과격한 작품에 촉발됐는지, 최근 들어 특히 마리코의 작풍이 탐정소설의 형식을 가까스로 유지하고 있다고는 하나 고리쿠에 부쩍 가까워졌다. 조주로는 그것을 한탄하는 것이었다.

그대로《그로테스크》의 방향이 변화를 계속하고 조주로가 그에 정이 떨어져 동인에서 탈퇴해 고리 마리코와의 관계가 끊어졌더라면, 그런 사건은 벌어지지 않았을지 모른다. 그러나 운명은 그 두 사람을 떨어뜨려 놓지 않았다.

앞에서 말한 것처럼, 몇 달 전에 고리 가에서 집을 나간 마리코의 행방을 찾아냈다. 그렇지만 내내 열심히 찾았기 때문이 아니라 우연한 기회에 발견됐을 뿐인 듯했다. 그러나 어디 있는지 알게 된 이상, 친척들에 대한 체면 때문에 목에 동아줄을 걸어서라도 끌고 올 필요가 있었다. 그러나 마리코는 동거 중인 수상한 소설가도 같이 가지 않으면 싫다는 조건을 내걸고, 또 관계하던 몹쓸 잡지의 편집실을 본가에 둘 것을 요구하며 앞으로는 자기도 작가로서 활동하겠다고 선언했다고 한다.

미쓰에를 비롯해 고리 가 사람들이 격노한 것은 말할 필요도 없다. 그러나 그것도 몹쓸 잡지의 동인 중에 이치가미 가의 후계자가 있었다는 사실을 알기 전까지였다. 그 순간, 고리 가의 태도는 확 달라졌다. 돌아오기 싫으면 돌아오지 않아도 된다, 에가와 란코와 동거하는 것도 허락하겠다, 듣자 하니 원래는 화족이라 하지 않나, 뭐라더라 하는 잡지도 계속해도 된다, 작가가 되겠다면 그것도 네 자유다, 그렇게 모든 것이 그녀 뜻대로 되었다.

여담이지만, 이 소동을 자세히 알게 된 것은 마리코가 조주로에게 유쾌하게 써서 보낸 편지에 의해서였다.

그런 식으로 마리코의 주장을 모두 받아들이면서 고리 가가 내건 조건은 하나뿐이었다. 조주로의 이십삼야 참배 사흘 뒤에 열리는 이치가미 가의 혼사 모임에 그녀가 고리 가의 딸로서 참가하는 것이었다.

혼사 모임은 이치가미 가의 대를 이을 후계자의 신부를 결정하는 일종의 맞선 자리였다. 신부 후보인 아가씨들 쪽에서 보자면, 히가미 일족의 정점에 설 장의 부인 자리를 노리는 싸움의 장이었다.

어쨌든 요키타카에게는 도저히 평온한 마음으로 있을 수 없는 날이 이미 내일로 다가와 있었다. 하기야 평정을 유지할 수 없다는 점에서는 마을 사람 전원이 그렇게 될 운명이었다.

그런 무서운 피의 참극이 벌어질 줄은 누구도 예상치 못했으니까.

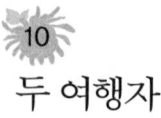
10
두 여행자

쓰이카이치 경찰서에 갔다 돌아오는 열차 안에서 다카야시키 하지메는 내일 열릴 이치가미 가의 혼사 모임에 관해 이런저런 생각을 하고 있었다.

앞좌석에는 흡사 탐험대의 일원 같은 복장을 한 뚱뚱하고 덩치 큰 남자와 호리호리한 미청년이라 해도 좋을 남자(다만 서부극에 나오는 카우보이 같은 바지를 입고 있었다) 둘이 앉아서 아까부터 난해한 이야기를 하고 있었다. 처음에는 사기꾼이나 다름없는 흥행사인가 했는데, 대화 내용으로 보아 대학의 연구자가 아닐까 하고 생각을 고쳤다. 하지만 이야기의 내용이 고약하다고 할지, 무시무시하다고 할지 좌우지간 괴상했다.

'수상한 녀석들이로군.'

그렇게 경계했으나 얼마 동안 관찰한 끝에 무해한 작자들이라고 판단한 다카야시키는 내일 일을 생각하기 시작했다.

'이십삼야 참배가 무사히 끝나서 일단 안심이긴 한데…….'

이틀 전에 있었던 조주로의 이십삼야 참배는 히가시모리 및 미나미모리 주재소에도 의뢰해 의례가 시작되기 세 시간 전부터 히메쿠비 산의 세 출입구를 순찰하는 태세를 갖추고 임했다. 그 결과(그는 그렇게 자부했다), 이치가미 가의 후계자는 아무런 변고 없이 이십삼야 참배를 순조롭게 마칠 수 있었다.

그러나 안도할 수 있었던 것은 잠깐뿐, 혼사 모임이 어느새 내일로 다가와 있었다. 물론 대대로 계속되어온 히가미 가의 후계자 다툼에 비하면, 세 명의 여성이 조주로와 맞선을 보는 것뿐이니 무슨 일이 생길 리는 없으리라고 다카야시키는 예상하고 있었다. 설마 여성들이 머리끄덩이 잡고 싸울 것 같지도 않다.

'다만 그 면면은 문제라고 할 수 있으니 말이지.'

오래전부터 후보에 올라 있던 첫 번째 여성은 후타가미 가의 다케코다. 고타쓰와 후에코 사이에 태어난 맏딸이자, 고이치와 고지의 동생이었다. 조주로보다 한 살 많지만, 이런 지방에서는 바람직하게 여겨지는 나이 차다. 후타가미 노마님의 핏줄을 이어받은 그녀는 벌써부터 남편을 꽉 쥐고 살 것이라는 평판이 자자했다.

물론 가즈에 부인도 손녀를 통해 조주로를 확실하게 틀어잡아 후타가미 가에 있으면서도 이치가미 가를 지배하려는 야심이 있음이 틀림없었다. 자기가 총애했던 고이치는 전사하고 남은 고지는 불량아로 전락해가는 지금, 다케코가 후도 옹에 대항할 수 있는 최후의 수단이니까.

'그나저나 고지는 어째서 조주로 군에게 접근하기 시작한 걸까.'

종전 이후로 후타가미 가의 고지가 이치가미 가의 조주로에게 묘하게 친근하게 구는 모습이 종종 보이기 시작했다. 당연히 가즈에 부인은 노발대발했으나, 당사자는 경박하게 헤실헤실 웃을 뿐 여전히 조주로에게 아첨하는 듯한 태도를 그치지 않았다.

그런 광경을 목격한 마을 사람들이 장차 히가미 일족의 장이 될 조주로의 비위를 지금부터 맞추는 것이냐고 뒤에서 비웃는데도 말이다.

이런 식으로 마을 사람들의 입을 통해 퍼지는 소문은 막는다고 막아지는 것이 아니다. 얼마 되지 않아 가즈에 부인의 귀에도 들어가, 이 일을 계기로 가즈에 부인은 고지에 대한 기대를 완전히 접고 말았다. 즉, 전후의 후타가미 가는 다케코에게 집안의 장래를 맡길 수밖에 없는 상황에 처해 있었던 것이다.

그런데 비록 뒤에서 수군거리는 것이라고는 하나, 고지는 마을 사람들이 아무리 자기를 업신여기고 멸시해도 아무렇지도 않은 듯했다. 그전 같으면 금세 싸움을 벌였을 텐데. 다만 그는 마을 모임에서 술에 취했을 때 단 한 번 알 수 없는 말을 뱉었다고 한다.

"어디 두고 보라고, 최후에 웃는 자가 누군지."

이 말을 전해 들었을 때, 다카야시키는 10년 전 동쪽 도리이 입구에서 고지를 만났을 때가 생각났다.

'설마 그 녀석, 그때 뭘 본 건…… 그것도 이치가미 가에게, 조주로 군에게 불리한 뭔가를…….'

그래서 은밀히 고지의 주변을 조사한 다카야시키는 그가 조주로에게 접근하기 시작한 것은 전후부터가 아니라 형인 고이치가 출병한 직후쯤이라는 사실을 알아냈다. 전쟁 중에는 그래도 이목을 피하더니, 전후부터 대놓고 접근하기 시작한 듯했다.

'역시 십삼야 참배 중에…….' 하고 생각하려던 다카야시키는 곧바로 그날 밤 히메쿠비 산에는 누가 됐든 들어갈 수 없었다는 사실에 부닥쳤다. 게다가 만약 고지가 조주로의 약점을 잡았다고 한다면 오히려 태도가 반대가 되어야 하는 게 아니냐고 고개를 갸웃했다. 고지라면 그런 상황에서 좀 더 거만하고 위압적인 태도를 취하는 것이 자연스러울 것이다.

'생각할 수 있는 가능성은, 어차피 그 녀석은 일인자가 될 그릇이 못 되고 본인도 그걸 자각하고 있다는 건데.'

즉, 고지는 히가미 가의 장이라는 권좌에 충분한 매력을 느끼기는 하나, 그곳에 앉았을 때 뒤따를 온갖 의무와 책임, 중압감 등 번거로운 것은 사양하고 싶은 것이다. 그런 의미에서는 틀림없이 전사한 형 고이치가 그 자리에 앉고 자신은 2인자로서 단물만 빨아먹는 생활을 꿈꾸고 있었을 것이다.

'설마 그 녀석, 고이치 군이 전사할 가능성을 예측하고 만일을 위해 조주로 군에게 접근한 건…….'

순간적으로 섬뜩한 생각이 떠오르고 말았다. 그러나 고지라면 있을 수 있는 일이라고 느껴지는 것이 무섭고 또 착잡했다.

'어쨌든 그 녀석은 어째 찜찜한데…….'

이십삼야 참배가 끝나고 긴장을 풀었던 다카야시키는 갑자기 흠칫했다.

'내일도 히메쿠비 산 주위를 순찰해야 할지 모르겠군. 동생 다케코를 조주로 군과 결혼시키기 위해 고지가 방해가 되는 미카미 가의 하나코와 고리 가의 마리코한테 손을 대지 않는다는 보장이 없어.'

조주로에 대한 회유적인 태도는 이치가미 가나 다카야시키 등을 방심시키기 위한 방편이고, 조만간 모종의 사악한 행동에 나서기 전까지의 위장인지도 모른다.

'이십삼야 참배가 무사히 끝난 것도 안심시키기 위한 방편이라면…… 정말로 노리는 게 혼사 모임이라면…… 어, 어쩌면 모든 게 후타가미 노마님의 계략인 건…….'

요는 고지가 조주로에게 접근한 것도, 그에 대한 가즈에 부인의 격노도 전부 연극이 아닐까. 모두 다케코를 조주로와 결혼시켜 후타가미 노마님이 뒤에서 히가미 일족을 지배하기 위해 꾸민 장대한 계획의 일환인 것은 아닐까.

'으음, 그 노마님이라면 전혀 불가능한 일도 아니지.'

그렇게 생각하니 무엇을 믿어야 좋을지 알 수 없어졌다.

여담이지만, 조주로의 신부 후보 중 두 번째는 미카미 가의 둘째 딸인 하나코였다. 전사한 가쓰키와 그의 아내 아야코는 스즈코, 하나코, 모모코 등 딸뿐이었다. 그중에서 스즈코는 이미 마을 밖으로 시집갔고 모모코는 이제 갓 열아홉 살이 된 터라, 조주로보다 한 살 어린 하나코를 선택한 것으로 여겨졌다. 설사 이번 혼사 모임이 잘 되지 않더라도 모모코가 아직 있다는 속셈이 있으리라. 그런 의미에서는 아들이 없는 미카미 가가 이번 혼사 모임에서 후타가미 가보다 우위에 있다 할 수 있으니 재미있는 일이다.

그리고 세 번째 후보인 고리 마리코는 겨우 몇 달 전에 새로이 부상한 후보로, 여기에는 마을 사람들도 기절초풍했다.

대대로 후계자의 신부는 후타가미 가와 미카미 가, 그리고 히가미 가의 먼 친척뻘인 집안들을 하나로 묶어 이 세 집안에서 후보를 선택한다. 혼사가 외, 중, 내 이렇게 세 곳이 있기 때문인지도 모른다.

물론 각자 자기 집안에 유리한 처녀를 추천한다. 어느 집안이나 자기 집안, 또는 영향력을 행사할 수 있는 자의 딸을 본가에 들여보내려 한다. 때에 따라서는 이치가미 가 스스로 후보를 내세우는 경우도 있었지만, 히가미 일족 내에 불만을 일으킬 수 있는 위험한 행위이기 때문에 어지간한 경우가 아니면 드문 일이었다.
 그런데 조주로의 신부에 관해서는 일찍부터 이치가미 가에서도 움직였다는 것이다. 파문을 일으킬 것을 알면서 후계자의 신붓감을 직접 찾는 기색이 있었던 모양이다. 조주로 대에 후타가미 가 및 미카미 가와의 차이를 확연히 벌려놓으려는 속셈인지도 모른다.
 그러나 당연한 일이지만 금세 가즈에 부인이 나섰다. 그 결과, 최종적으로 후타가미 가와 미카미 가의 두 후보로 좁혀지는 분위기가 흐르기 시작했다. 세 번째 후보를 내세울 먼 친척의 참가가 없었던 것은 경쟁 상대를 하나라도 줄이기 위해 후타가미 노마님이 손을 쓴 것이리라고 마을 사람들은 수군거리고 있었다.
 그런데 그곳에 세 번째 신부 후보가 등장했다. 게다가 그것이 히가미 가의 먼 친척뻘인 고리 가의 딸이었으니 출신에 관해서는 흠을 잡으려 해도 잡을 수가 없었다. 문제는 그 소행에 있었다. 보아하니 가즈에 부인은 도쿄에서 탐정을 고용해 조사를 시킨 듯, 맨 먼저 마리코는 이치가미 가의 며느리로 어울리지 않는다며 반대하고 나섰다. 그러나 그녀가 예상치도 못한 반응이 놀랍게도 조주로에게서 나왔다.
 "고리 마리코 씨도 정식으로 혼사 모임에 참가하시기를 바랍니다."
 주위에서 모든 준비를 한다고는 하지만, 최종적으로 신부를 고르는 일은 신랑에게 일임된다. 당연히 할아버지 및 아버지가 이것저것 타일러 보내고 손자 또는 아들도 귀 기울여 듣기는 하지만, 그래도 결정권은 본인에게 있었다. 그렇기 때문에 생각지도 못했던 반전도 있을 수 있는 셈이다.

'후타가미 노마님도 분명히 전전긍긍하고 있겠지.'

그 모습을 상상하니 다카야시키는 슬며시 웃음이 나려 했다.

하기야 요키타카의 이야기에 의하면 조주로가 실제로 마리코를 신부로 선택할지는 아직 미지수인 듯했다. 어디까지나 《그로테스크》라는 동인지를 같이 만드는 동지로서 그녀를 초대한 것인지도 모른다. 신부 후보 운운은 이를테면 연막이다. 그 증거가 되는지 아닌지는 몰라도, 에가와 란코라는 괴짜 작가도 함께 오는 모양이었다.

'아무래도 내일은 만만치 않은 인간들이 마을에 모여들 것 같군.'

다카야시키는 기타모리 주재소 순사로서 자기가 어디까지 관여해야 할지 고민이었다. 적어도 이십삼야 참배 때 순찰에 관해서는 후도 옹이나 효도도 반겨주었다. 10년 전 사고를 생각하면 당연한 일일지 모르지만, 솔직히 그는 기뻤다.

'하지만 경사스러운 맞선 자리 주위를 경관이 얼쩡거려도 될지 모르겠단 말이지.'

그렇게 고민하던 다카야시키는 집에서 나올 때 아내가 싸준 귤이 남아 있는 것이 생각나 가방에서 꺼내서는 껍질을 까기 시작했다. 잠깐만이라도 머리를 비우고 휴식을 취하고 싶었다.

그때, 앞쪽에서 시선이 느껴졌다.

고개를 드니, 뚱뚱하고 덩치 큰 남자 쪽이 꼼짝도 하지 않고 그의 손을 응시하는 게 아닌가. 흡사 눈앞에 난생처음 보는 먹을 것이 있기라도 한 양.

'어, 뭐지? 귤을 보는 건가?'

무심코 밑을 내려다보았지만, 반쯤 껍질을 깐 귤은 어디에도 이상한 데가 없었다.

"잠깐만요, 선배. 그러지 좀 마세요."

옆에 앉은 남자가 작은 목소리로 나무라듯 뚱보에게 말했다. 그러나 당사자는 들리지 않는지 계속해서 뚫어지게 귤을 쳐다볼 뿐이었다.

"드, 드시죠."

상대방의 뭐라 형언할 수 없는 눈초리에 다카야시키는 귤을 반 쪼개 이미 껍질이 벗겨진 쪽을 내밀었다.

"오! 어이쿠, 이거 정말 죄송합니다."

뚱뚱한 남자는 그렇게 말하기 바쁘게 엄청난 기세로 귤을 낚아채더니 입에 넣었다.

"아, 정말이지, 내가 창피해서."

그 모습을 본 호리호리한 청년은 어쩔 줄 몰라 하는 표정으로 한탄하고는, 반듯하게 잘 자란 듯 보이는 하얀 얼굴을 들고 다카야시키에게 머리를 숙였다.

"죄, 죄송합니다. 이 사람은 눈앞에 먹을 게 있으면 그…… 이상 반응을 보이기 때문에요. 아, 아뇨. 그렇다고 위험한 인간은 아닙니다만."

"그야 당연하지."

즉각 뚱뚱한 남자가 한 마디 했다.

"아, 예…… 아, 당신도 드시죠."

그 자리의 묘한 흐름에 의해 다카야시키는 나머지 반을 청년에게 내밀었다.

"아, 아닙니다. 무슨 그런 당치 않은 말씀을. 그럼 당신이 드실 몫이……."

"하하, 이거 참 감사합니다그려."

후배의 말을 가로막고 뚱뚱한 남자가 끼어들었을 때, 귤은 이미 다카야시키의 손을 떠나 상대방의 입으로 향하고 있었다. 껍질째로 먹었나 싶어 기겁했으나, 어느새 벗겼는지 뚱보의 손에는 귤껍질이 남아 있었다.

"아아, 참. 이래서 구로 선배하고 여행하기 싫다는 겁니다."

호리호리한 청년은 어이가 없다기보다 정나미가 떨어졌다는 얼굴이었다.

"여행 오신 겁니까? 이 근방엔 등산 아니면 계류에서 낚시하는 정도일 텐데요."

다카야시키는 기회를 놓칠세라 두 사람의 신원을 탐색하기로 했다.

구로 선배라 불린 남자의 차림새는 등산객으로 보이지 않을 것도 없었다. 동행한 청년도 낚시하러 왔다고 볼 수 있는 복장이기는 했다. 그러나 다카야시키의 경찰관으로서의 직감은, 두 사람이 자아내는 분위기로 보건대 그런 목적으로 온 것이 아니라고 속삭였다. 그렇다면 이런 간토 변두리에 무슨 볼일이 있단 말인가. 그것을 넌지시 캐낼 생각이었다.

"이 녀석은 도조 겐야라고, 괴기소설이나 변격 탐정소설만 쓰는 변변치 못한 괴짜 글쟁이입니다. 한편 저로 말씀드리자면, 아부쿠마가와 가라스라고, 이렇게 말씀드리긴 뭐합니다만, 교토에서도 유서 있는, 이름만 들으면 누구든 '오오!' 하고 숭앙하는 신사의, 뭐, 장래가 촉망되는 소중한 맏아들이죠."

그런데 똥보는 만면에 미소를 띠고는, 비록 내용은 상당히 비뚤어졌을지언정 선뜻 자기소개를 하는 게 아닌가.

"아아, 가라스 씨라서 별명이 구로('가라스'는 까마귀, '구로'는 검정이라는 의미)시군요."

"오! 날카로운 분이시군요. 혹시 경찰쯤 되십니까?"

당황한 다카야시키가 순간적으로 떠오른 대로 말하자, 그냥 들어 넘길 수 없는 대답이 돌아오는 바람에 단번에 경계심이 강해졌다.

'이 녀석, 여간내기가 아닌 게……'

그러나 아부쿠마가와의 다음 말로 그것도 깨끗이 사라지고 말았다.

"그리고 혹시, 그 가방 안에 귤이 더 들어 있는 건 아닙니까?"

"저희는 민속학에 흥미가 있어서 말이죠……."

그 이상 선배에게 맡겨놓을 수 없다고 판단했는지, 도조가 여행 목적을 설명하기 시작했다.

그의 말에 따르면, 두 사람은 일본의 각 지방에 전해지는 괴이한 전승과 습속, 신비스러운 전설과 인습 같은 것을 찾아 민속 탐방을 하는 중이라고 했다.

"평소에는 거의 개별 행동을 합니다만, 이번엔 선배가 동행하겠다고 나서는 바람에……."

"네가 혼자 가기 무서우니까 제발 같이 가달라고 했잖냐."

"무, 무, 무섭다니 누가 그런……."

"괴기소설을 쓰는 주제에 정말이지 한심한 녀석이죠?"

아부쿠마가와가 동의를 구했지만, 다카야시키는 순순히 고개를 끄덕일 마음이 들지 않았다. 아무리 봐도 제대로 된 사람은 도조 겐야 쪽이 틀림없기 때문이었다.

"무섭다고 하셨는데, 혹시 아오쿠비 님 말씀입니까?"

"그, 그렇습니다."

다카야시키가 아부쿠마가와를 무시하고 도조를 보고 묻자, 갑자기 그의 눈에 생기가 돌기 시작했다. 후배의 변화를 알아차린 아부쿠마가와는 어이없다는 얼굴이었다. 그러나 다카야시키는 무심코 자기까지 표정이 누그러질 듯한, 그런 어린아이의 웃음을 보는 듯한 호감을 느꼈다.

"어느 정도는 아시는 것 같습니다만, 아오쿠비 님이란 건……."

청년의 웃음에 넘어간 그는 그답지 않게 아오쿠비 님의 전승부터 마을 사람들은 오늘날까지도 히가미 가가 지벌에서 풀려나지 못했다고 믿는다는 이야기까지 도조에게 들려주었다. 물론 어디까지나 상대방이 좋아하는 괴담으로 이야기했을 뿐이고, 예컨대 10년 전의 십삼야 참배에 사건이 있는 것으로 여겨진다는 말 등은 하지 않았다.

"좀 적어도 될까요?"

도조는 허락을 구하더니 다카야시키의 이야기를 필기하기 시작했다. 그 모습이 공부에 열심인 학생 같아 절로 미소가 피어올랐다.

그러자 그런 화기애애한 분위기에 자기를 끼워주지 않는 것을 시샘하듯 아부쿠마가와가 말 안 듣는 악동 같은 얼굴로 후배를 노려보았다. 지금 당장이라도 몹쓸 말을 할 듯했다.

'어이구야. 얌전히 입 다물고 있게 할 필요가 있겠군.'

조금 망설여지기는 했어도 다카야시키는 어쩔 수 없이 아내에게 주려고 산 센베이 과자 봉지를 가방에서 꺼내주고는 하던 이야기로 돌아갔다. 그때부터 아부쿠마가와는 입도 벙긋하지 않고 오로지 과자를 와작와작 씹어 먹는 소리만 냈다.

"이야기를 여쭙기로, 아오쿠비 님은 히가미 가의 터주라고도 할 수 있는 존재 같군요."

열심히 경청하던 도조는 다카야시키의 이야기가 일단락되자 그런 말을 했다.

"호오, 부지 내에 모신 것도 아닌데?"

다카야시키는 어느새 자신도 모르게 말을 놓고 있었다.

"네. 뭉뚱그려서 터주라고 하긴 하지만 원래는 몇 가지로 분류할 수 있거든요. 첫째는 촌락에서 특정 구가나 본가만이 모시는 경우, 히메카미 촌 같으면 요컨대 이치가미 가가 되겠죠. 둘째는 그런 터주를 동족들이 같이 모시는 사례인데, 즉 마을에서 말하는 이치가미 가, 후타가미 가, 미카미 가 등 히가미 일족이 모시는 겁니다. 그리고 셋째로 마을의 각 가정에서 각자 터주를 모시는 경우가 또 있고요."

"그렇군. 히메카미 촌은 두 번째 요소가 강하지만, 보기 나름으론 첫째이기도 하고, 마을 사람들도 신앙한다고 볼 수 있지."

"그런 것 같군요. 아마 히메카미 당의 입지 때문이 아닐까 합니다만."

"허허, 히메쿠비 당은 세 집안이 자리한 위치에서 볼 때 중앙에 있기 때문인가?"

"터주를 모시는 곳으로는 그 집의 부지 내 한구석, 부지와 붙어 있는 곳, 부지 뒷산, 부지에서 조금 떨어진 집안 소유의 산이나 전답 등이 있습니다. 일률적으로 말할 순 없지만, 부지에 가까운 경우는 그 집안이나 일족만 받들고 부지에서 멀리 떨어질수록 마을 전체가 모시는 경향이 없지 않거든요. 그런 의미에선 히메카미 당은 마을 안에서도 참으로 절묘한 위치에 있다고 할 수 있죠."

"'기왕 말 나온 김에'라고 하긴 뭐하네만, 자네는 아오쿠비 님에 관해 어떻게 생각하나?"

눈앞의 청년에게 호감뿐 아니라 만난 지 얼마 되지도 않았건만 친근함마저 느끼기 시작한 다카야시키의 입에서 그런 물음이 저절로 나왔다.

"터주는 대개 선조나 일족과 관련이 있는 사람인 경우가 많습니다. 물론 자연신이나 일반적인 신을 모시는 경우도 많습니다만, 터주의 성립을 생각하면 역시 조령(祖靈) 신앙이 열쇠일 것 같죠."

도조는 괴담을 들려준 데 대한 보답인지, 싫어하는 내색도 하지 않고 다카야시키의 질문에 대답해주었다.

"아닌 게 아니라 오엔은 이치가미 가의 선조에 해당되지만······ 하지만 아무리 아오 히메도 모셔져 있다곤 해도, 그 마을 터주는 지벌이 너무 지나친 게 아닌지······."

"네. 터주는 역시 수호신적인 성격이 가장 강하긴 하죠. 하지만 그런 한편으로 지벌이 세다는 것도 현저한 특징이거든요."

"저런, 전국적으로 그런 특징이 있다는 말인가?"

"네. 모신 방법이 나쁘다든지, 소홀히 했다든지 했을 경우는 물론이고, 저택 개축이나 주변의 수목 채벌 등에 기인한 화 등 일상생활

중에 주의해야 할 점이 아주 많답니다."

"하지만 아오쿠비 님의 경우는 뭐니 뭐니 해도 아오 히메하고 오엔의……."

"그렇죠. 일종의 작은 신 신앙이라고 할 수 있을까요. 아, 작은 신 신앙이란 건, 그런 지벌을 내리는 난폭한 원령 등을 그보다 상위의 큰 신격 밑에 모심으로써 진노를 가라앉히는 걸 말합니다. 하기야 히메카미 당에 그런 큰 신격이 있는지 없는지는 모르겠습니다만."

평소 아오쿠비 님의 지벌 따위는 신경 쓴 적도, 믿은 적도 없는 다카야시키였지만, 그런 말을 들으니 이상하게 불안한 마음이 들었다.

"원령을 모시는 경우는 원래 그 거센 분노를 밖으로 향하게 하고 안에선 반대로 은혜를 기대하는 겁니다. 외부로 움직이는 힘은 방어력이 되어주고, 정중히 모심으로써 내부에선 복을 바라는 거죠. 그게 아무래도 히메카미 당에선 잘 기능하지 않는 것 같기도 합니다만."

"그래서 화가 생긴단 말인가?"

"민속학적 견지에서 지벌을 해석했을 때는 그렇다는 거죠. 다만 소라 탑과 혼사의 존재가 있으니, 거기서 아오쿠비 님의 힘을 완화, 또는 흡수한다고 볼 순 있습니다."

"음, 그건 묘한 탑이지."

"아마 그 원형은 소라 당이 아닐까요. 소라 당이란 건 사이코쿠 삼십삼 개소나 시코쿠 팔십팔 개소의 관음상 사본을 한곳에 모아놓은 곳인데, 그 안을 돎으로써 참배를 한번에 할 수 있다는, 이를테면 순례를 위한 장치거든요."

"원래가 종교적인 건물이로군."

"네. 다만 그걸 지벌을 끊어놓는 장치로서 개량한 셈이니…… 그분은 여간내기가 아니시군요."

"세운 사람의 이름을 들어 본 것 같기도 한데…… 기억이 안 나는군."

"순례라는 건 한 번으로 끝내는 게 아니라 몇 번이고 반복하는 데 의의가 있습니다. 그러니 소라 당의 이중 나선은 안성맞춤이라 할 수 있어요. 또 동시에 모태회귀나 윤회전생을 유사 체험한다는 의미도 있죠. 즉, 원초로 돌아간다는 뜻이고, 영원한 생을 반복한다는 뜻이기도 합니다. 이 세상에 원한을 남기고 죽은 이에게 최상의 진혼인지도 모릅니다."

"흠, 그렇군. 그런 의미가 있었을 줄이야."

"물론 계속 같은 자리를 맴돌게 함으로써 상대방을 혼란에 빠뜨리는 장치이기도 하겠지만, 어쨌든 잘 만들었군요."

"혼사는 어떻습니까?"

연하라고는 하나 도조 겐야에 대해 호감뿐 아니라 존경심마저 품기 시작한 다카야시키의 말투는 어느새 다시 존댓말로 변해 있었다.

"혼사는 그 성격을 기준으로 분류할 때 크게 셋으로 나눌 수 있습니다. 첫째는 배우자를 선택하기 위한 만남의 자리를 제공하는 것. 둘째는 마을 청년단 등 같은 젊은 세대에게 인정받고, 또 부모의 허락도 받은 단계에서 둘이 지내는 것. 셋째는 정식 혼례에 사용하는 것."

"히메카미 당의 혼사는 어떻습니까?"

"말씀을 듣기로는 맞선을 보기 위한 곳이니 첫째에 가깝습니다만, 그 상대방이 사전에 정해져 있다는 점을 고려하면 둘째 요소도 찾아볼 수 있군요."

"그렇겠군요."

"또 혼사의 위치로 보자면, 처가 혼사, 시가 혼사, 숙소 혼사로 나뉩니다. 남자가 데릴사위로 들어가는 경우엔 처가 혼사를, 여자가 시집가는 경우엔 시가 혼사를 이용하기 때문입니다. 숙소 혼사는 마을에서 공동으로 소유하는 경우가 많기 때문에 어느 쪽이든 사용할 수 있습니다. 즉, 히메카미 당은 전형적인 시가 혼사입니다만, 마물에 씐 집안에서 혼인할 때처럼 특수한 경우엔 누구든 이용할 수 있다는 점에선 숙소 혼사이기도 하죠."

"역시 특수한 곳이군요, 히메카미 당을 비롯해서."

"말하자면 모든 게 이치가미 가의 대를 이을 아들을 위해 존재한다고 할 수 있을지도 모르죠."

"대를 이을 아들은 어디서든 원하게 마련이니, 그런 구가 같으면 더 말할 것도 없겠지만……."

"각지에 전해지는 공놀이 노래에도 태어난 아기가 아들이냐 딸이냐에 따라 매우 큰 차이가 있다는 걸 알 수 있는 예가 있답니다. 시가 현에선 아들이면 '상경시켜 학문을 시키자'고 하는 데 반해 딸이면 '강변에 갖다 버리자'라는 가사가 있고, 아이치 현에선 아들이면 '땅바닥에 내려놓지도 않는다'면서 딸은 '거지와 한패'라고 노래하고, 도야마 현에선 아들은 '보물 같은 자식'인데 딸은 '밟아 뭉개라'라는 말까지 듣는단 말이죠."

"저런, 그런 몹쓸 소리까지……."

"물론 실제로 하는 건 아니고, 어디까지나 특정 지방에 전해지는 노래일 뿐입니다."

"하지만 그런 예하고 비교해도 이치가미 가는 너무 거창하지 않습니까. 게다가 다른 집에 비해도 심하다 할 수 있는 남존여비까지 있으니 말이죠."

"아이를 무사히 길러내기 위해서 온갖 액막이 주술을 행하는 건 옛날부터 흔히 해온 일입니다. 그걸 구라타 가네 씨라는 사람은 남존여비와 잘 결합시켰군요. '잘'이란 표현은 문제입니다만."

"즉, 아오쿠비 님처럼 특별한 대상이 없어도 아이에게 주술은 으레 따르는 것이란 말씀입니까?"

다카야시키는 평소 히가미 가의 후계자에 대한 여러 습속은 아무리 그래도 너무 심하다고 생각했다. 하지만 그것도 아오쿠비 님이라는, 다른 곳에는 없는 존재 탓이라고 이해하고 있었다.

"네, 그런 부정한 대상이 딱히 없어도, 갓 태어났을 때부터 철이 들 무렵까지 어린애는 마물에게 잡아먹히기 쉽다고 생각됩니다. 지방에 따라 그게 일고여덟 살까지라든지, 열 몇 살까지라든지 다양합니다만."

"어린이의 사망률은 옛날부터 높았으니 말이죠."

"그러니 출산도 여간 큰일이 아니죠. 고생해서 낳은 애가 눈 깜짝할 새에 죽어버리는 겁니다. 부모로선 역시 견디기 힘든 일이 아닐 수 없어요. 그렇기 때문에 태어난 아기에게 곧바로 '이런 똥 덩이 같은 게 태어났다'라느니 '새끼 개다'라느니 '밉살스러운 애가 태어났다' 하고 욕설을 퍼붓기도 합니다. 이 세상에 태어난 순간부터 그런 사악한 것에 홀릴 염려가……."

"네? 자, 잠깐만요. '그렇기 때문에'라니 이해가 잘 안 되는데요."

"아, 그러니까 칭찬하지 않고 욕을 함으로써 마물로부터 갓난아기를 지키는 겁니다. 이 애는 귀여운 인간 아기가 아니라고 선언해서 말이죠."

"아아, 그렇군요. 하지만 아무리 그래도……."

"네, 어머니의 기분을 생각하면 어떨까 싶죠. 하지만 그런 풍습이 예로부터 있는 지방에선 반대로 그렇게 욕을 안 하면 걱정이 되는 겁니다."

"으음, 참으로 흥미롭고, 또 심오하군요."

"그렇습니다. 그래서 제가 흥미를 가진 게……."

"그게 뭐라고 했죠?"

그때 별안간 아부쿠마가와가 끼어들었다. 다카야시키가 무심코 시선을 돌리니 자기 쪽을 응시하고 있었다. 밑을 내려다보니 텅 빈 과자 봉지가 보였다.

'버, 벌써 다 먹었다고? 그것도 혼자서?'

심히 불길한 예감에 휩싸이면서도 다카야시키는 도조 겐야와는 또 다른, 아부쿠마가와 특유의 흡인력 때문에 무심결에 대답했다.

"그거라뇨?"

"그 왜요, 이 일대 산들에 출몰한다고 하는 괴물인데, 온몸의 털이 주뼛 설 것 같은 소리로 웃는다는……."

"아아, 산마 말이군요?"

다카야시키가 반사적으로 그렇게 대답했을 때였다.

"사, 사, 사, 산마라고요! 그, 그, 그게 뭡니까?"

별안간 낯모르는 무례한 작자가 대화에 끼어든 줄 알았으나, 그 사람은 뜻밖에도 다름 아닌 도조 겐야였다.

"네? 아, 아뇨……."

돌연한 변모에 기겁한 다카야시키가 횡설수설하기만 하고 대답을 하지 못하자, 도조는 몸을 앞으로 불쑥 내밀었다.

"산에 출몰한다는 이야기로 짐작컨대, 산의 마물인 산마(山魔)인 모양이군요. 산이란 존재는 예로부터 신앙의 대상이었으니까요. 인간은 죽으면 산으로 돌아간다고 생각하는 조령 신앙을 비롯해서 봄이 되면 산에서 신이 마을로 내려와 밭의 신이 됐다가 가을에 추수가 끝나면 다시 산으로 돌아가 산의 신이 된다는 전승 등을 전국에서 찾아볼 수 있죠. 다만 그런 신앙 중엔 강의 신인 갓파(물가에 살고 머리 위에 물이 담긴 접시를 이고 있다는 상상 속의 동물)가 봄가을의 피안(춘분, 추분을 전후한 7일간)을 경계로 산의 신이 된다든지, 산의 신이 천구(天狗)의 별칭이라고 생각한다든지, 그런 괴이한 사건과 연결시키는 사고도 뿌리가 깊거든요. 그건 늑대, 원숭이, 뱀 같은 동물을 산신의 심부름꾼으로 본다든지, 또는 산신 그 자체라고 보는 것과도 맥락이 같습니다. 물론 거기에는 산할멈이라든지, 산할아범, 산꼬마, 산도깨비, 산남, 산녀, 깜둥이 등 산에 사는 요괴들도 관계합니다만, 산마라는 말은 방금 처음 들었군요. 좀 전에 하신 이야기엔 그 이름이 한 번도 안 나왔는데 이유가 뭐죠? 왜 그런 진기한 존재를 이야기하지 않으신 겁니까? 으음, 이해할 수 없군요. 아니, 잠깐. 이 근방에선 그 정도로 흔해 빠진 거라……."

"아, 아니, 그런 게 아니라…… 게다가 나도 사, 산마에 관해 아, 아는 게 있는 건 아니고, 그냥 산에 사는 요괴라는 것밖에…… 모, 모르기 때문에……."

노도처럼 몰아치는 도조의 박력에 겁을 먹은 다카야시키는 이 기이한 공격을 피하기 위해서는 자기에게 산마에 관한 지식이 없음을 이해시키는 것이 선결 문제라고 판단했다.

"앗, 선배! 저한텐 산마 이야기를 숨기고 말 안 했죠?"

그런 그의 의도가 들어맞았는지, 도조의 공격은 아부쿠마가와를 향했다.

그런데 당사자는 후배의 비난 따위는 어디서 개가 짖느냐는 듯 무시하고는 기분 나쁘게 히죽거리며 다카야시키를 보고 말했다.

"하하, 이거 미안합니다. 이 녀석은 자기가 모르는 괴이한 이야기를 들으면 갑자기 주위 상황이 눈에 안 들어오면서 그걸 아는 사람한테 사나운 멧돼지처럼 덤벼드는 난감한 버릇이 있어서 말입니다. 나 원 참. 이래서 너하고 여행하기 싫다는 거다. 정말이지, 창피해서."

말은 그렇게 해도 조금도 창피한 기색 없이, 오히려 눈앞에 벌어진 소동을 즐기는 것이 뻔히 보이는 표정이었다.

"그런 것보다 구로 선배! 대체 어느 근방에 그 산마 전승이 있는 겁니까?"

하지만 어쩌면 도조 쪽이 한 수 위인지도 모른다. 아부쿠마가와가 비아냥거리는 말을 듣고도 전혀 아랑곳하지 않고 되레 산마에 관해 그에게 질문을 퍼붓기 시작했기 때문이다.

"아아, 이거야 원 시끄러워서. 내가 이 분한테 네 녀석의 결례를 사과하는 걸 모르겠나?"

"사과는 나중에 몇 번이라도 할 테니까 그보다······."

"알았다, 알았어. 젠장."

자기가 방아쇠를 당겨놓고 그 결과에 조금 후회하는 듯한 표정을 보이면서 아부쿠마가와는 지도를 꺼내 설명하기 시작했다.

'이, 이 녀석들 뭐지……'

다카야시키는 역시 자신의 첫인상이 옳았다고 후회했다.

'뭐, 아부쿠마가와보다는 도조 쪽이 그나마 나은 건 사실이지만, 그래도 유유상종이라고 할지, 초록은 동색이라고 할지……'

머뭇머뭇 두 사람을 훔쳐보며 자리를 옮길까 생각하는데 열차가 속도를 줄이기 시작했다. 보아하니 다음 정거장에 도착하는 모양이었다.

"선배, 내려요."

도조가 느닷없이 일어서는가 싶더니 선반에서 짐을 내리기 시작했다.

"엥? 아직 종점이 아니잖아."

"산마 전승의 중심지로 보이는 산에 가려면 여기가 가까울 것 같단 말입니다."

"뭐야? 이봐, 히메카미 촌은 어쩌고?"

"물론 그 뒤에 갈 겁니다."

"그 뒤라니…… 계획이 틀어지잖아. 겐, 그렇게 제멋대로 굴면 안 되지."

아부쿠마가와가 기분 나쁜 간지러운 목소리로 말하는 통에 다카야시키의 팔에 소름이 돋았다.

"계획도 중요하지만, 임기응변으로 움직여야 비로소 생동하는 민속 탐방이 가능한 겁니다."

"하, 하지만……"

"자요, 선배 짐. 잘 챙기세요."

"이거 봐라, 아직 도리쓰키 섬에도 안 갔잖아. 가가구시 촌에도 가고 싶다며? 도대체가 그 밖에도 엄청나게 많은……."

"그건 그거고 이건 이겁니다. 눈앞에 미지의 괴이가 있는데 어떻게 모른 척합니까. 자, 다 왔습니다. 앗, 이, 이거 죄송합니다."

도조는 별안간 다카야시키를 돌아보았다.

"저, 저희는 여기서 내리려고요. 여러 모로 실례가 많았습니다. 귤하고 과자, 잘 먹었습니다. 그럼 가시는 곳까지 안녕히 가시길 바랍니다."

정중히 머리를 숙여 인사하고는 툴툴거리는 아부쿠마가와를 다그쳐 문 쪽으로 몰았다. 내리기 전에 아부쿠마가와가 사뭇 동정을 청하는 듯한 표정으로 돌아보기에, 다카야시키는 만면에 웃음을 띠고 손을 흔들어주었다.

'자업자득이지, 뭐.'

이윽고 열차가 천천히 출발했다.

그러자 정거장에서 열차를 배웅하던 도조 겐야가 별안간 다카야시키가 앉은 창가 쪽으로 뛰어오더니 열차와 나란히 달리며 소리쳤다.

"그나저나 아오 히메는 왜 목이 베였을까요?"

그러고는 아연해하는 다카야시키에게 손을 흔들어 작별을 고했다.

신부 후보 세 사람

"모두 모이셨습니다."

후타가미 가의 다케코와 미카미 가의 하나코, 그리고 그에 뒤처져 고리 가의 마리코가 하녀의 안내를 받아 각각 방으로 들어가자, 요키타카는 후도 옹과 효도, 그리고 후키에게 그렇게 보고했다.

마침내 그날을 맞이한 것이다.

요키타카의 보고를 듣고 "오냐." 하며 의젓하게 고개를 끄덕인 사람은 히가미 가의 장이고, "호, 어디 한번 볼까." 하고 세 사람의 얼굴을 엿보러 간 사람은 쉰 살이 넘도록 여전히 여색을 밝히는 이치가미 가의 당주였다. 기본적으로는 조주로가 신부를 고르기 전까지 이치가미 가 사람은 처녀들을 만나지 않는다. 실제로 시집올 처녀만이 중요하고 나머지 후보는 볼 필요도 없다는 이치가미 가다운 오만함의 표현이다.

그래도 두 사람은 관심을 보였으니 그나마 나았다. 후키는 여전히 노려보는 듯한 시선으로 요키타카를 쳐다보기만 할 뿐, 무표정한 얼굴로 아무런 반응을 보이지 않았으니 말이다.

'조주로 님이 누구와 결혼하든 마님은 마음에 들어 하실 것 같지도 않고, 그 신부 후보가 모였다는 소식을 하필이면 내가 갖고 왔으니 재미도 없을 테고.'

후키의 오싹하고도 차가운 시선에서 벗어나고자 요키타카는 절을 하고 서둘러 그녀의 방에서 나왔다.

"신부가 드디어 다 모였다고?"

이제 어떻게 할지 지시를 청하기 위해 가네 할멈의 방으로 가려는데, 미나토리 이쿠코가 불러 세웠다. 마흔이 목전일 텐데도 여전히 젊고 아름다웠다. 하기야 냉철한 분위기도 그대로라 후키와는 또 다른 싸늘함이 느껴졌다.

"예, 좀 전에 고리 가의 마리코 님이 도착하셨습니다."

마을 사람들의 호기심 어린 시선을 차단하기 위해 커튼을 친 이치가미 가의 자가용이 가쓰마오 역까지 마중 나가 마리코를 태우고 막 돌아온 참이었다.

"그래서 방금 큰나리, 나리, 마님께 그렇게 전해드렸습니다만."

요키타카는 이쿠코가 어째서 자기에게 말을 걸었는지 알 수 없었지만, 어디까지나 히가미 일족 사람들을 대할 때와 똑같이 절도 있게 대답했다.

"그래. 네가 세 사람 중에 결혼 상대를 고른다면 누구를 택하겠니?"

상대방은 터무니없는 질문을 하는 것이 아닌가.

"예? 제, 제가요?"

"그래. 너도 이젠 충분히 여성에게 흥미를 가질 나이잖아?"
"……."
조주로에 대한 일을 비아냥거리는 것이 아닐까 싶어 요키타카는 동요했다. 그러나 이쿠코가 그의 감정을 알아차릴 리 없었다. 저쪽에서 변덕을 부려 다가오지 않는 한 그가 그녀와 부딪칠 일은 많지 않았기 때문이다.
"서, 선생님, 놀리지 마십시오. 그분들은 조주로 님의 상대이신데, 저 같은 놈이 감히 그런 분들과 어울릴 리가 없잖습니까."
"똑같은 말을 저 세 아가씨한테도 할 수 있겠네."
무난하게 넘기려는 그의 대답에 이쿠코는 뜻밖의 말을 내뱉고는 가버렸다.
'후키 마님뿐 아니라 이쿠코 선생님도 조주로 님의 결혼을 반기지 않으시는 걸까.'
히메코가 죽은 뒤 이쿠코의 학생은 조주로 한 명으로 줄었다. 그 때문에 그녀가 교사로서 가지는 애정은 전부 조주로를 향하게 되었다. 실제로 그녀가 제자를 자랑스럽게 여기고 매우 아낀다는 것은 요키타카도 알 수 있었다. 쌍둥이가 어렸을 때부터 후키가 거의 자식을 돌아보지 않았던 데 비해, 이쿠코는 그야말로 어머니처럼, 또 나이 많은 큰 누나처럼, 그리고 때로는 연인인가 싶을 정도로 조주로를 보살펴왔다.
그녀가 옛날부터 은밀히, 그리고 열심히 히메카미 당에 참배를 드리는 듯하다는 소문은 요키타카도 들어 알고 있었다. 처음에는 그 이유를 몰라 의아했으나, 분명 조주로가 무사히 성장하기를 기원하기 위해서였을 것이다.

'누가 조주로 님의 신부가 되든지 고생깨나 하겠는걸.'

생각하면 이쿠코는 조주로가 별탈없이 성인이 된 단계에서 내보내져도 이상할 것 없었다. 그런데도 여전히 집에 두는 것은 가네 할멈과 마찬가지로 오랜 노고에 대한 치하의 뜻이리라. 그것은 좋은 일이라 쳐도 신부의 입장에서는 시어머니가 후키와 이쿠코, 둘씩이나 있는 셈이 되지 않을까.

'생각만 해도 무서운 일이네.'

요키타카로서도 결코 감정이 좋을 리 없는 세 아가씨에 대해 동정심이 느껴질 정도였다.

미나토리 이쿠코와 이야기를 하느라 쓸데없이 시간을 잡아먹은 모양이었다.

"어디서 뭘 하고 있었냐."

가네 할멈의 방에 들어가자 곧바로 잔소리가 날아들었다.

"세 분께 말씀 올리는 데 대체 얼마나 걸리는 거냐!"

최근에는 눈에 띄게 노쇠해진 가네 할멈이었지만, 혼사 모임에는 여러 가지 관습이 따르는 탓에 자신이 나서지 않으면 안 된다는 생각이 있어서인지 근래 보기 드물게 팔팔했다.

"저, 조주로 님은……."

"벌써 제사당에서 옷 갈아입으시고 세 분을 기다리고 계신다."

가네 할멈은 그것을 거든 다음 곧바로 본가로 돌아온 듯 아직 약간 숨을 몰아쉬고 있었다.

'괜찮을까.'

지금부터 세 사람이 옷을 갈아입는 것도 시중을 들어야 한다. 하지만 괜찮겠느냐고 걱정이라도 했다가는 '다른 늙은이들하고는 마음가짐이 다르다!' 하고 화를 낼 것이 뻔했다.

"그럼 지금부터 세 분을 제사당으로 안내하겠다."

요키타카가 염려하는 것을 알 까닭이 없는 가네 할멈은 당장 그렇게 말했다.

"하지만 정면으로 나갈 순 없는 노릇이니 요키타카, 세 분의 신을 뒤쪽 툇마루에 갖다놓고 모셔 와라."

"예."

"안내해드릴 차례를 틀리면 안 돼."

"예. 처음에 후타가미의 다케코 님, 다음이 미카미의 하나코 님, 마지막으로 고리의 마리코 님이시죠?"

"그래."

"저, 할머님은요?"

"난 툇마루 쪽에서 세 분을 기다리마."

요키타카는 지시대로 행동하며 지난 몇 달 동안 벌어진 신부 후보 선택 소동을 돌아보았다.

후타가미 가의 다케코와 미카미 가의 하나코, 이 두 사람은 꽤 오래전부터 정해져 있었다. 기껏해야 거기에 미카미 가의 모모코를 추가하느냐 마느냐로 싸우는 정도였다. 물론 모모코의 참가는 후타가미 노마님인 가즈에 부인에 의해 저지되었다. 후타가미 가가 한 사람인데 미카미 가가 두 사람이라니, 그런 차이가 있어서는 절대 안 된다는 이유에서였다. 여기에는 미카미 가도 마지못해 따르지 않을 수 없었던 것 같다. 그대로 아무 일도 없었더라면 신부 선택은 후타가미 가와 미카미 가의 일대일 승부가 되었을 것이다.

그런데 뜻밖에 고리 가에서 나섰다. 게다가 마리코가 후보라는 게 아닌가. 히가미 일족은 삽시간에 시끌시끌해졌다. 맨 먼저 반대한 사람은 후타가미 노마님이었으나, 후도 옹과 효도도 반기지는 않았다. 분명히 먼 친척이기는 했지만 집안의 격이 다르다고 화를 낸 것이었다.

원래라면 이것으로 마리코 이야기는 없었던 일이 됐을 것이다. 그러나 조주로가 그녀의 참가를 원했다. 그뿐만이 아니라 이쿠코까지 끌어들여 할아버지와 아버지, 게다가 가네 할멈까지 설득했다. 이렇게 되면 가즈에 부인도 뭐라 하지 못한다. 그 결과, 신부 후보는 원래대로 세 사람이 되었다.

'조주로 님이 마리코 씨의 참가를 고집하신 건 어디까지나 혼사 모임에 대한 반항심 때문이 아닐까.'

즉, 처음부터 그녀를 신부 후보로 부를 마음은 조금도 없었고 반대로 의례를 혼란에 빠뜨려달라고 부탁한 것이 아닐까. 요키타카는 그런 생각까지 했다.

'조주로 님은 혼사 모임을 내켜하시지 않는 게 역력했어. 그런데 마리코 씨의 참가가 결정된 뒤로 이상하게 즐거워 보이신단 말이지. 그렇다고 만나본 적도 없는 그 사람과 진심으로 결혼하실 생각일 것 같지도 않고 말이야. 그 말은 둘이서 혼사 모임을 엉망진창으로 만들어놓을 작정인 건……'

그런 생각은 요키타카의 마음을 어느 정도 설레게 했다. 그러나 설령 그런 소동을 일으킨다 한들 결혼이 일시적으로 늦춰질 뿐이라는 것은 그도 알고 있었다. 이치가미 가의 후계자인 한 혼사 모임을 허투루 하는 일은 절대 용납되지 않는다.

'설마 조주로 님께 좋아하시는 사람이 있는 건……'

한순간 그런 생각이 머리를 스쳤으나 금세 지워버렸다. 자기가 그런 일이 없기를 바라기 때문이 아니라, 후보가 될 만한 여자가 주위에 없기 때문이었다. 그야말로 생각나는 사람이라고는 후타가미 가의 다케코나 미카미 가의 하나코와 모모코 정도였다. 마을 처녀일 가능성은 그의 일상생활로 보건대 거의 없을 것이다. 애초에 만날 기회가 없기 때문이다.

'그런 게 아냐. 분명히 결혼 자체에 아직 생각이 없으신 거야.'

그의 곁에 있는 일이 많은 요키타카는 막연히 그런 느낌을 받고 있었다.

"오래 기다리셨습니다. 이쪽으로 오시지요."

세 사람의 신을 갖다놓고 다케코부터 차례대로 가네 할멈이 말한 뒤쪽 툇마루로 안내했다.

세 사람 다 데려간 곳이 안마당인데, 그곳에서 수상한 노파가 날카로운 눈초리로 쏘아보니 놀랐는지 흠칫한 표정이었다. 그러나 다케코는 곧바로 상대방을 깔보는 듯한 눈초리로 맞받아치고, 하나코는 수줍어하듯 눈을 내리깔고, 마리코는 반대로 흥미진진하게 가네 할멈을 요모조모 뜯어보며 관찰하기 시작했다. 그야말로 3인 3색이었다.

이목구비는 조주로의 신부 후보들답게 모두 단정했지만, 그 인상은 전혀 달랐다. 다케코는 강한 성격이 뚜렷이 드러나는 미인이었고, 하나코는 부드러운 아름다움이 느껴졌고, 마리코는 흡사 여배우 같은 일면이 있었다.

다만 겉모습만으로 따지면 두 사람과 한 사람으로 나뉘었다. 두 사람이란 다케코와 하나코, 한 사람은 마리코를 가리킨다. 두 사람이 기모노를 입은 데 비해 마리코는 양장을 했기 때문이었다. 하기야 하나코는 화장이 옅은 데 반해, 다케코는 짙게 화장했을 뿐 아니라 향수 냄새까지 풍기고 손톱에는 요키타카도 처음 보는 매니큐어라는 물건을 발랐다. 여성의 화장에 관해 아무것도 모르는 그가 봐도, 다케코의 화장이 기모노와 어울리는 것 같지는 않았다. 어쩌면 도회지에서 온 마리코에게 경쟁심을 불태운 결과 그렇게 됐을지도 모른다. 그 때문에 이목구비가 다른 것을 제외해도, 똑같이 기모노를 입었지만 다케코와 하나코의 인상은 전혀 딴판이었다.

그러나 역시 기모노와 양장의 차이만큼 확연한 것은 없다 보니, 아무래도 2대 1로 나뉘었다. 게다가 마리코의 양장이 색과 무늬가 워낙 화려한 탓에, 그녀가 종점인 가쓰마오 역에 내렸을 때부터 이미 튀는 존재였으리라고 짐작할 수 있을 정도였다. 복장뿐 아니라 여자치고는 짧은 머리도, 다케코와는 종류가 또 다른, 무대 배우처럼 짙은 화장도, 양쪽 귀에 반짝이는 큼직한 귀걸이도 퍽이나 눈에 띄었을 것이다. 흡사 마을 사람들을 도발하는 듯한 분위기가 복장 전체에서 강렬하게 뿜어져 나오는 것 같았다.

'아니, 정말 그럴지도 몰라.'

아마 어렸을 때부터 이치가미 가를 비롯해 히메카미 촌의 히가미 일족에 관해 실컷 들었을 것이다. 게다가 친족 일동이 이치가미 가에 모일 때는 고리 가라는 입장 탓에 기를 펴지 못했으리라는 것은 상상할 수 있다. 그런 감정은 어린아이인 탓에 잊을 수 없는 응어리로 맺혀, 아무리 시간이 흘러도 사라지지 않는 법이다. 마리코의 할머니인 미쓰에가 과연 가즈에 부인처럼 후도 옹과 이치가미 가를 나쁘게 말했는지는 알 수 없지만, 그렇다고 칭찬했을 성싶지는 않았다. 어쨌든 '잘하면 우리 집 아이를 이치가미 가의 후계자에게 시집을 보내서' 하는 야심만은 분명히 계속 갖고 있었을 것이다. 이번 마리코의 참가가 그 가장 큰 증거였다.

'게다가 마리코 씨가 반발하지 않을 리 없지.'

요키타카는 당연히 그녀를 직접 알지는 못했다. 그러나 조주로와 《그로테스크》활동을 통해 인품 같은 것은 막연히 알 수 있을 것 같았다.

'여성이라고는 해도 행동력이 있고, 자기 생각이 확고하고, 괴기적이며 환상적인 것과 탐정소설을 사랑하고, 특히 탐미적인 것에 애착을 갖고 있다.'

그런 의미에서는 다카야시키 다에코와 비슷할지 모른다. 요키타카는 그녀가 히메노모리 묘겐이라는 필명으로 소설을 쓴다는 것을 절대 다른 사람에게 발설하지 않는다는 조건으로 들어 알고 있었다. 작가로서는 작풍에 차이가 있기는 해도 자립한 여성이라는 인상은 같았다. 다만 그것을 다에코는 겉으로 드러나지 않게 주의하는 데 반해 마리코는 일부러 그런다는 생각이 들 정도로 공공연히 드러냈다.

'히메카미 촌과 도쿄라는 주거 장소의 차이, 그리고 주재소 순사의 아내와 가출한 여자라는 입장의 차이도 있겠지만.'

그보다는 역시 타고난 성격의 차이라는 생각이 들었다.

"예끼, 요키타카. 너 지금 뭘 하고 있는 거냐. 얼른 못 올까!"

마리코에 관해 너무 열심히 생각한 나머지 발걸음이 늦어져 그만 다른 사람들로부터 뒤처지고 말았다. 그는 가네 할멈에게 야단맞고 허둥지둥 걸음을 재촉했다.

그런 요키타카를 다케코와 하나코는 철저하게 무시하고 걷는 데 비해 마리코만은 돌아보고 재미있다는 표정으로 바라보았다. 그도 그렇지만, 상대방도 아마 이것저것 하고 싶은 이야기가 많은 듯 보였다. 그러나 그것도 혼사 모임이 끝나기 전까지는 무리였다. 조주로조차도 세 사람을 만나는 것은 각각에게 할당된 혼사에 들어간 다음이다. 주인보다 요키타카가 먼저 신부 후보와 허물없이 말을 주고받을 수 있을 리가 없었다.

'다케코 씨와 하나코 씨는 그야말로 히가미 일족이란 느낌인걸.'

등을 돌리고 묵묵히 걷는 두 사람을 보며 요키타카는 새삼 생각했다. 그들에게 하인의 언동 따위는 아무래도 상관없는 일인 것이다. 분명 필요할 때 곁에 있다가 볼일을 신속하게 처리해줄 수 있기만 하면 나머지는 투명인간이나 다름없는 존재이리라. 그 증거로 두 사람의 반응은 완벽하게 똑같았다. 물론 그렇다고 두 사람의 성격까지 같은 것은 아니다. 아니, 오히려 정반대라는 생각이 들었다.

'후타가미 노마님의 핏줄이라 그런지, 다케코 씨가 엄청나게 드세다는 건 마을 사람이면 누구나 다 아는 사실이니까. 지금은 저렇게 내숭을 떨고 있지만, 만약 조주로 님과 결혼했다가는…….'

마을 사람들이 뒤에서 수군대듯 남편을 꽉 쥐고 살 것이다.

'그에 비하면 하나코 씨는 매우 얌전해 보이지. 하지만…….'

무슨 생각을 하는지 전혀 알 수 없는 으스스한 느낌이 있었다. 청초한 양가집 규수라는 말이 어울릴 것 같지만, 그것이 가면이라는 생각이 자꾸만 들었다.

'만약 하나코 씨가 조주로 님하고 결혼하면, 어느 날 갑자기 그 가면을 벗고…….'

엄청난 정체를 드러낼지도 모른다는 상상을 하고 말았다.

'아니, 내가 두 사람을 특히 더 나쁘게 생각하는지도 몰라.'

조주로의 맞선 상대다 보니 아무래도 색안경을 끼고 보는 것 같기는 하지만, 세 사람 중에서 소행에 문제가 있다는 말을 듣는 마리코가 가장 정상이 아닐까 싶었다. 그 다음이 좋게 말하면 겉과 속이 다르지 않다고도 할 수 있는 다케코고, 하나코는 맨 마지막일 듯했다.

'마을 사람들의 평가하고는 정반대네.'

마을에서는 신부로 선택될 가능성이 가장 높은 사람이 하나코, 다음이 다케코, 그리고 마지막이 마리코라고 예상하고 있었다. 다만 여기에는 마을 사람들의 희망이 포함되어 있는데다, 하나코와 다케코는 근소한 차이로 여겨졌다. 즉, 조주로는 하나코를 선택하겠지만, 다케코가 타고난 드센 성격으로 밀어붙여 신부 자리를 획득할지도 모른다고 보는 것이었다. 마리코는 처음부터 도외시하는 분위기였다.

'마을 사람들은 조주로 님과 마리코 씨의 관계를 잘 모르니 말이지.'

두 사람이 어떤 잡지에 관계하고 있다는 것은 알아도, 그게 《그로테스크》라는 동인지고 작품과 비평을 통해 친밀한 교류가 있다는 것까지는 모를 터였다.

"자, 다 왔습니다. 여기가 제사당입니다. 이 안에서 준비하시는 겁니다."

요키타카가 세 처녀의 뒷모습을 차례대로 보며 이런저런 생각을 하는데, 가네 할멈이 다소 숨을 몰아쉬며 말했다.

퍼뜩 정신이 든 요키타카는 황급히 네 사람 앞으로 나가 제사당의 현관을 열었다. 처음에 가네 할멈이 들어가고, 이어서 다케코, 하나코, 마리코를 들여보낸 뒤에 그도 들어갔다.

현관 안쪽에 서니 바깥쪽 다섯 평짜리 방 왼쪽으로 칸막이가 보였다. 칸막이는 부자연스럽게 벽에서 떨어져 세워져 있었다.

'기묘한 위치에 있는걸.'

그러나 그렇게 머리를 갸웃거린 것도 잠깐뿐, 그 뒤에 조주로가 앉아 있음을 바로 깨달았다.

혼사 모임이 시작되기 전까지 남자는 신부 후보들과 얼굴을 마주하면 안 된다는 규칙이 있다. 혼사로 가는 것도 세 사람이 떠난 다음이다. 그렇기 때문에 처녀들이 옷을 갈아입고 제사당에서 나갈 때까지 그렇게 몸을 감추고 있는 것이리라.

보아하니 중간에 가네 할멈에게서 그런 설명을 들은 듯한 세 사람은 되도록 왼쪽을 보지 않고 안쪽 네 평짜리 방으로 들어갔다.

"넌 여기서 대기해라."

방을 가르는 샛장지를 닫으며 그 앞에 놓인 다다미를 가네 할멈이 가리켰다. 젊은 처녀가 옷을 갈아입는 방에 같이 들어갈 수는 없는 노릇이고, 그렇다고 조주로와 이야기할 수도 없기 때문에 그런 곳에서 기다리라고 지시한 모양이었다.

요키타카는 샛장지에 비스듬히 등을 돌리고 정좌했다. 칸막이를 흘깃 보니, 마찬가지로 정좌하고 있는 조주로의 오른손과 오른쪽 무릎이 겨우 보였다. 꼼짝도 하지 않는 팔다리를 바라보던 요키타카는 그가 지금 무슨 생각을 하고 있는지 몹시 궁금했다.

그때, 안쪽 방에서 다케코의 성난 목소리가 들려왔다.

"이런 옷으로 갈아입으란 말인가요?"

"어이구, 꼭 죄수복 같네. 뭐가 이렇게 수수해."

마리코의 어딘지 모르게 재미있어하는 듯한 목소리가 뒤를 이었다.

"그런 예쁜 기모노를 입고 히메카미 당에 참배 가셨다간 당장 아오쿠비 님의 화를 입을 겁니다."

"아아, 아오 히메랑 오엔의 지벌 말이군요?"

"그렇다고 이런 옷을……."

가네 할멈의 설명에 또다시 마리코가 흥미로운 듯 응한 데 비해 다케코는 주어진 옷을 납득할 수 없다는 어조였다.

"오늘은 참아주십시오. 조주로 님께 선택을 받으시면 화사한 새색시 옷을 입으실 수 있으니까요."

그렇게 설득하는 가네 할멈의 말투는 어딘지 모르게, 그런 자격이 너희들에게 있기는 하느냐고 도발하는 것처럼 들리기도 했다.

"저기, 색은 여기 있는 게 전부인가요?"

그런데 가네 할멈의 빈정거림을 아무렇지도 않게 넘기고 그렇게 되물은 사람은 뜻밖에도 하나코인 듯했다.

"에? 아, 그렇군요. 회색, 감색, 흑색, 갈색, 보라…… 그쯤 되겠군요."

가네 할멈이 잠깐 당황했다가 성실하게 대답하자, 여전히 화가 나 있는 듯한 다케코가 즉각 하나코에게 덤벼들었다.

"이봐요, 지금 색이 문제가 아니잖아요. 아닌 게 아니라 수수한 색뿐이지만."

"하지만 색상에 따라선 나름대로 소화해낼 수 있을 것 같은데요."

"소화해내다니……."
"이 옷을 입고 조주로 님을 만나 뵙는 거니까요."
"……."
하나코의 대답에 다케코는 말문이 막힌 듯했다. 죄수복 같은 기모노를 하나코가 선뜻 받아들인 것 이상으로, 그것을 어떻게 효과적으로 소화해내서 조주로에게 좋은 인상을 줄 것인지를 상대방이 생각하고 있음을 알고 놀란 것이리라.
'역시 하나코 씨는 그냥 얌전하기만 한 사람은 아닌 것 같은데.'
샛장지 너머로 두 사람이 주고받는 말을 들은 요키타카는 순간적으로 그런 생각이 들었다.
"아이 참, 이런 걸 대체 어떻게 소화해내라는 거야?"
이윽고 다케코의 짜증 어린 목소리가 들려왔지만, 곧바로 가네 할멈이 달래면서 옷 입는 것을 도와주는 듯했다. 동시에 세 사람의 시중을 들어야 하기 때문인지, 가네 할멈도 애를 먹는 것 같았다.
그런데 간신히 방 안이 평온을 되찾고 얼마 동안 옷자락 스치는 소리만 나더니, 또다시 다케코의 목소리가 들려왔다.
"뭐, 뭐야. 이게?"
다만 이번에는 화를 낸다기보다 어처구니없어하는 듯했다.
"어머, 점점 더 죄수 같은걸."
"저, 이건 조주로 님 앞에서도 계속……."
이어서 마리코와 하나코가 각자 반응을 보였을 때, 가네 할멈이 드디어 소리를 꽥 질렀다.
"이걸 쓰지 않는 분은 히메쿠비 산에 한 발짝도 발을 들여놓지 못합니다!"

안쪽 방이 단숨에 조용해졌다.

"자, 얼른 쓰십시오."

가네 할멈이 여전히 무뚝뚝한 어조로 세 사람을 재촉했다.

"요키, 샛장지를 열어라."

곧바로 그렇게 지시를 내리는 목소리가 들려, 요키타카는 황급히 오른손으로 장지를 옆으로 밀었다.

"앗!"

안쪽 방에서 나온 세 사람을 보고 숨이 멎을 듯 놀랐다.

맨 앞은 감색, 두 번째는 회색, 마지막은 갈색으로 색만 다를 뿐, 세 사람 모두 기이할 정도로 수수한 기모노를 입고 있었다. 마리코가 적절하게 표현했듯 마치 연행되는 죄수 같은 복장이었다. 게다가 각자 눈구멍만 뚫린 기묘한 두건을 쓰고 있었기 때문에 순간적으로 누가 누군지 판단이 되지 않았다. 아마 모습을 드러낸 순서에서 감색은 다케코, 회색은 하나코, 갈색은 마리코라고 짐작되기는 했지만, 확실히는 알 수 없었다.

"지금부터 한 사람씩 감색 분, 회색 분, 갈색 분 순서대로 히메카미 당으로 가시는 겁니다."

다섯 평짜리 방의 안쪽 샛장지에서 현관까지 일렬종대로 놓인 방석에 앉은 세 사람에게 조주로와는 반대편에 앉은 가네 할멈이 말했다.

"그 동안 한 마디도 하셔서는 안 됩니다. 물론 두건을 벗어서도 안 되고요. 우물에 이르면 손을 씻고 불제의 신께 참배 드리십시오. 그러고 나서 히메카미 당으로 들어가, 방법은 각자 알아서 하셔도 됩니다. 그리고 제단에서 예배를 드리세요. 다만 겸허한 마음을 잊지 말 것, 그리고 아오쿠비 님께 결례를 범하지 말 것, 이것만은 각별히 주의하셔야 합니다. 이 의례를 함부로 여겼다간 엄청난 벌을 받을 겁니다. 아오쿠비 님이 가장 싫어하시는 건 이치가미가 후계자의 신부라고 예로부터 이야기되니까요."

이야기하다가 가네 할멈 쪽이 흥분했는지 중간부터 간사이 사투리로 변했다.

"후우."

가네 할멈도 그것을 알았는지 크게 한숨을 내쉬었다.

"히메카미 당에서 참배가 끝나면 소라 탑으로 올라가 각각의 혼사로 들어가십시오. 그때 두건을 벗어 자기가 들어가는 혼사 문 앞에 걸어놓으시는 겁니다. 여러분이 출발하신 뒤에 조주로 님이 가실 테니 혼사에 들어간 다음에는 얌전히 기다리십시오."

차츰 표준말로 돌아가 세 사람에게 설명을 계속하던 가네 할멈은 침착한 말투로 끝을 맺었다.

제사당의 괘종시계가 3시 15분을 가리켰을 때 맨 첫 사람이 나가고, 그 5분 뒤에 두 번째가, 또 그 5분 뒤에 세 번째가 히메카미 당으로 갔다. 여기서부터 히메카미 당까지는 약 15분이 걸린다. 드디어 조주로가 칸막이 뒤에서 나타난 것은 맨 마지막 처녀가 히메카미 당에 도착했을 즈음인 3시 40분경이었다.

하오리 하카마로 정장을 한 조주로가 어찌나 늠름한지, 요키타카는 가슴이 두근거렸다. 연보라색 보퉁이를 안은 모습은 난해한 학문 서적을 가지고 이제부터 입학식에 임할 학생처럼 보였다. 그런 인상이 그에게 어찌나 잘 어울리는지, 요키타카는 자랑스러운 기분마저 들었다.

그러나 그런 흥분도 오래가지는 못했다. 금세 이와는 너무나도 차이가 나는 세 처녀의 복장이 생각나 어쩐지 소름이 쫙 끼쳤기 때문이었다. 믿기지 않을 만큼 상궤를 벗어난 맞선에 이제 와서 겁을 먹었는지도 모른다.

조주로는 말없이 가네 할멈에게 고개를 가볍게 숙이고, 요키타카에게도 고개를 끄덕인 뒤 제사당을 나갔다. 요키타카는 가네 할멈과 함께 현관 앞에서 그가 북쪽 도리이를 지나 계단을 올라가서는 참배길 저편으로 사라질 때까지 배웅했다.

"여기까지 올 줄이야……."

그 뒷모습을 지켜보며 가네 할멈이 감개무량한 듯 중얼거렸다. 산파로서 조주로를 받은 그날부터 오늘까지 있었던 온갖 일이 지금 그녀의 뇌리를 스치는 중이리라.

이윽고 조주로가 보이지 않게 되자 자신이 맡은 역할을 끝낸 안도감에 피로가 와락 몰려왔는지, 가네 할멈은 방에 방석을 늘어놓고 눕더니 눈 깜짝할 새에 가볍게 코를 골기 시작했다.

'뒤를 밟아야 할까.'

10년 전 십삼야 참배가 문득 떠올랐다. 덧붙여 말하자면, 이십삼야 참배 때는 걱정할 필요 없다는 조주로의 명령에 따라 요키타카는 제사당에 남았다. 무엇보다도 후도 옹과 효도, 가네 할멈의 눈이 있으니 뒤를 밟으려야 밟을 수가 없었다.

그러나 지금 같으면 장애가 전혀 없었다. 다만 문제는 조주로를 히메카미 당까지 배웅할 것인지, 아니면 혼사 안까지 엿볼 것인지, 대체 자기가 어떻게 하고 싶은지 알 수 없다는 것이었다.

'하지만 십삼야 참배 때 위험이 있었다면 혼사 모임도…….'

결국은 조주로의 호위라는 명목으로 뒤를 밟게 될 듯했다. 스스로를 속이는 것뿐이라는 생각이 들었지만 달리 어떻게 할 도리가 없었다.

'괜찮아. 경우에 따라선 안까지⋯⋯.'

히메카미 당 안까지 들어가겠다고 생각하고, 요키타카는 가네 할멈을 깨우지 않도록 주의하며 제사당을 나왔다.

그러나 도리이 앞에서 고개를 숙여 절하고, 계단을 올라가 참배길을 걸어⋯⋯ 경내에 이르렀을 때 발이 딱 멎었다. 눈앞의 히메카미 당에서 소라 탑으로, 그리고 혼사로 시선만 옮길 뿐 그곳에서 한 발짝도 발을 내딛을 수가 없었다.

'혼사 모임⋯⋯.'

그것이 이치가미 가에게, 조주로에게 얼마나 중요한 의례인지를 알다 보니, 어느새 지켜봐야겠다는 생각보다 방해해서는 안 된다는 생각 쪽이 앞섰다. 게다가 까맣게 잊고 있었지만, 눈앞의 경내에는 자갈이 깔려 있었다. 밤에 비해 낮에는 숲 속이 소란스럽기 때문에 다소 발소리가 들려도 괜찮을지 모른다. 하지만 들키지 않으리라는 보장은 전혀 없었다.

요키타카는 하는 수 없이 발길을 돌렸다. 도리이가 보이고 계단 꼭대기에 이르자, 도로 경내로 들어갔다. 하지만 절대 자갈을 밟으려 하지는 않았다. 그 뒤로는 계속 그 반복이었다. 그렇게 몇 차례 왕복을 하고 또다시 계단으로 돌아왔을 때였다.

"어이, 요키타카!"

별안간 자신의 이름을 부르는 소리가 들려 움찔했다. 소리가 아래쪽에서 들려왔기에 밑을 내려다보자, 석비 뒤에서 다카야시키가 나타났다.
"순사님······."
우연찮게도 그곳은 10년 전에 요키타카 자신이 숨어 있던 곳이었다.
"망을 보고 계셨습니까?"
"그래, 이십삼야 때와 마찬가지로 동쪽 도리이 입구는 이루마 순사가, 남쪽 도리이 입구는 사에키 순사가 순찰을 돌고 있지."
이루마는 후타미 순사부장의 후임 순사가 올봄에 전근을 간 뒤로 히가시모리 주재소에 새로 부임해온 순사였다. 사에키는 다카야시키와 마찬가지로 전후에도 미나미모리 주재소에 근무하고 있었다. 경찰관은 으레 전근이 따르게 마련이지만, 자기들은 이 땅에 뼈를 묻게 될 것 같다고 두 사람은 만날 때마다 말하는 모양이었다. 다에코에게 그런 말을 여러 번 들었다.
"또 조주로 군을 지켜보는 거냐?"
"아, 아뇨, 그건······."
계단을 올라온 다카야시키가 물었다. 결코 힐문조가 아닌데도 요키타카는 우물쭈물하며 고개를 떨어뜨리고 말았다.
"네가 걱정하는 마음은 이해한다만, 이렇게 세 도리이 입구를 지키고 있으니 수상한 사람이 숨어들 염려는 없어. 괜찮다. 게다가 혼사 모임은 뭐니 뭐니 해도 맞선이니 말이다······ 그 뭐냐, 그, 방해하면 안 되지."
다카야시키는 그런 뜻으로 한 말이 아니었겠지만, 마치 자기가 혼사를 엿보려던 것을 들키기라도 한 것 같아서 요키타카는 얼굴을 붉혔다. 고개를 숙이고 있어서 그나마 다행이었다.

"하지만 뭐, 참배길을 순찰하는 것쯤은 괜찮겠지."
"예?"
놀라 고개를 들자, 다카야시키가 웃으며 요키타카를 재촉했다. 요키타카는 설마 경찰관과 동행하게 될 줄은 몰랐으므로 주저했다.
"자, 가자."
그러나 다카야시키가 매우 느린 걸음으로 앞장서서 참배길에 들어섰으므로 요키타카도 자연히 그 뒤를 따르게 되었다.
"어때? 네가 보기에 누가 제일 낫냐? 세 사람 중에 누가 신부로 제일 낫겠어?"
"저, 전 모릅니다."
다에코와는 이미 꽤 허물없는 말투로 이야기할 수 있었지만, 다카야시키 앞에서는 아무래도 긴장됐다. 아마 경찰관이라는 직업을 의식하게 되기 때문이리라.
"마을 사람들은 다케코 파하고 하나코 파로 갈라진 것 같더라만. 물론 히가시모리 주민이 다케코 파, 미나미모리가 하나코 파고."
"기타모리는 하나코 파 같던데요."
"그야 그렇겠지. 다케코가 이치가미 가로 들어가면, 앞으론 무슨 일이 있을 때마다 후타가미 노마님이 참견할 테니까. 자칫 잘못하면 후타가미 가가 이치가미 가를 장악할지도 몰라. 그건 동시에 기타모리와 히가시모리의 문제이기도 하니 말이다."
"후도 옹이 정정하신 동안엔 괜찮지 않을까요?"
"음. 하지만 몇 년 전부터 후타가미 노마님의 건강이 별로 좋지 않잖아?"
"예, 그런 소문은 이치가미에서도 들었습니다."

"후도 옹보다 세 살 많다곤 하지만 보통은 여자가 장수해. 히가미 가에선 그런 경향이 한층 더 두드러진다는 건 말할 것도 없겠지. 그런데 병약한 동생보다 가즈에 부인 쪽이 먼저 죽을 가능성도 생긴 거야."

"그래서 후타가미 노마님이 무슨 강행 수단을 쓰지 않을까 한다는 말씀입니까?"

"그러기 위해선 무슨 일이 있어도 다케코가 이지가미 가에 시집가야 해."

"결과가 어떻게 되든 소동이 벌어질까요?"

"그러게. 우리가 개입할 만한 사건인지는 모르지만, 일족 내의 분쟁은 피할 수 없지 않을까."

"……."

"그러고 보니 마리코의 친구로, 조주로 군하고도 교류가 있는 작가가 와 있다지?"

"……아, 예. 에가와 란코 선생님이십니다. 마리코 씨와 같이《그로테스크》란 동인지를 발행하는 분인데, 조주로 님도 동인에 참가하고 계시죠."

"어쩌면 소동의 씨앗이 외부에서 유입될지도 모른단 말이로군."

"예? 란코 선생님 말씀이신가요?"

"사람을 싫어하는 성가신 별종이라고 들었는데."

"예, 뭐. 그렇긴 하죠. 아, 조주로 님 말씀에……."

"뭔데?"

다카야시키가 무심코 멈춰 서서 요키타카를 보았다.

"아, 아뇨. 별일은 아닐지 모르지만, 마리코 씨 편지에 란코 선생님의 방문은 이것저것 놀랄 일이 많으리라고 쓰여 있었다고 합니다."

"무슨 뜻이지?"

"글쎄요. 구체적인 말은 아무것도 없었다고 하시던데요."

"음. 괴짜 작가가 실은 엄청난 미인이라든지, 성인인 줄 알았더니 실은 조숙한 미소녀라든지, 그런 건가."

아무래도 다카야시키는 멋대로 에가와 란코의 이미지를 그리고 있는 듯했다.

"하지만 그렇게 되면 예상외의 전개도 생각할 수 있겠군."

"무슨 말씀입니까?"

"아니, 혹시 대단한 미인일 경우 조주로 군의 관심이 세 신부 후보에서 그쪽으로 옮겨갈 염려도 있지 않을까……."

"조주로 님은 그런 분이 아닙니다!"

요키타카는 저도 모르게 강한 어조로 다카야시키의 말을 가로막았다. 말해놓고 스스로 놀랐을 정도였다.

"죄, 죄송합니다."

"웬걸. 내가 공연한 소리를 해서 그렇지. 네가 사과할 필요는 없다."

다카야시키가 아무렇지도 않게 넘겼을 때 참배길 오른편에 조그만 마두관음상이 보였다. 그곳이 참배길의 거의 중간 지점이었다.

"벌써 여기까지 왔나. 너무 빨리 걸으면 너처럼 몇 번씩 왕복하게 되겠는걸."

다카야시키는 그렇게 중얼거리고는 걸음걸이를 더욱 늦추었다. 그때부터는 특히 앞쪽에 주의를 기울이며 남은 참배길을 나아갔다.

'괜히 그런 말을 했어.'

방금 그 한 마디로 조주로에 대한 감정을 들키리라고는 생각하지 않았지만, 요키타카는 일시적인 감정을 그대로 말하는 게 아니었다고 후회했다.

'어쩌면 다에코 아줌마는 이미 눈치 챘을지도 몰라.'

주재소에 놀러갔을 때, 그녀에게는 기회가 있을 때마다 이치가미 가에서의 생활 이야기를 했다. 돌이켜 생각해보면, '조주로 님이 이런 말씀을 하셨다, 이런 것을 가르쳐주셨다, 이런 생각을 갖고 계신다' 하고 그의 언동에 관해 이야기할 때가 많았다. 다에코가 다른 화제를 꺼내지 않는 한 조주로 이야기만 끝도 없이 늘어놓지 않았던가.

'역시 이상할 테지.'

요키타카가 머리를 수그리고 조용해져도, 다카야시키는 묵묵히 걷기만 할 뿐 신경 쓰는 것 같지 않았다.

이윽고 구불구불한 참배길이 꺾어지는 곳에 이르렀을 때 그 앞쪽이 확 트여 있는 기미가 느껴졌다. 반사적으로 고개를 들자 자갈이 깔린 경내와 그 중심에 자리한 히메카미 당이 보였다.

"자, 여기서 돌아갈까."

그 자리에 멈춰 서서 한동안 히메카미 당을 쳐다보던 다카야시키는 이윽고 온 길을 다시 돌아가기 시작했다. 두 사람은 다시 자연스럽게 이야기를 시작했다.

요키타카는 의도적으로 조주로의 이야기를 피하려 했지만, 다카야시키가 마리코와 란코, 나아가 《그로테스크》의 내용에 흥미를 보인 덕분에 그런 걱정은 할 필요가 없었다. 분명히 그도 아내가 작가가 됐으니 관심이 없을 수 없는 것이리라. 게다가 뭐니 뭐니 해도 란코와 다에코는 같은 《보석》 출신이다.

"이러다 요키타카, 너도 소설을 쓰는 거 아니냐?"

슬렁슬렁 걷고 있었으므로 아직 경내에서 그리 멀리 떨어지지 않은 곳에서 다카야시키가 그렇게 물었을 때였다. 뒤쪽에서 말소리가 들렸다.

"누구지? 어째서 경내에서?"

곧바로 다카야시키가 반응을 보였다.

"다들 혼사 안에 계실 텐데요. 가보죠."

요키타카는 다카야시키가 말리기 전에 서둘러 발길을 돌려 전속력으로 경내로 달려갔다. 그러나 다카야시키는 말리기는 고사하고 즉각 뒤를 따라왔다.

"앗, 다케코 님과 하나코 님…… 그리고……."

히메카미 당 앞에는 초라한 감색 기모노를 입은 다케코, 비슷한 회색 기모노를 입은 하나코, 그리고 낯선 양복 차림의 남자가 서 있었다.

"당신은?"

다카야시키가 앞으로 나서 말을 걸자, 다케코가 그를 발견하고는 소리를 지르며 달려왔다.

"순, 순사님! 크, 큰일 났어요! 마, 마, 마리코 씨가 사, 살해됐어요!"

"뭐, 뭐, 뭐라고?"

참배길 끝부분과 히메카미 당의 중간쯤에 다케코는 다카야시키를 와락 끌어안을 듯한 기세로 말했다.

"호, 혼사, 중혼사의 안쪽 방에서……."

"마리코가 살해됐다고?"

다케코가 세차게 고개를 끄덕였다.

"조주로 군은? 설마 조주로 군도……."

이번에는 세차게 고개를 좌우로 흔들었다.

"그럼 조주로 군은 지금 어디 있지?"

그러나 다카야시키가 재차 그렇게 물었을 때는 고개를 계속 좌우로 흔들기만 했다.

"무슨 뜻이지? 없어졌나?"

상황이 파악되지 않아 조바심이 난 듯, 다카야시키는 곧바로 히메카미 당으로 가려 했다. 그러자 다케코는 그에게 매달리며 말했다.

"마, 마, 마리코 씨의 머, 머리가 없단 말이에요……."

히메쿠비 산 살인사건

"뭐, 뭣이!"

히메카미 당으로 가려던 다카야시키는 저도 모르게 몸을 돌려 다케코에게 바짝 다가섰다.

"머, 머리가 없다고? 그럼 그 머리 없는 시체가 마리코라는 걸 어, 어떻게?"

"히메카미 당 안엔 우리밖에 없었잖아요."

정신없이 허둥거리던 다케코가 별안간 흥분이 식은 모양이었다. 타고난 오만함이 고개를 내밀었는지 비아냥거리는 어투로 말했다.

"으, 음. 그건 그렇다만……."

그녀의 어투에 다카야시키도 기가 죽은 듯했다.

"하지만 지금 단계에선 아직 단정할 수 없어."

그래도 가까스로 반론했으나, 이어지는 다케코의 발언에 이번에는 놀라고 말았다.

"도대체가 그런 석비 뒤에 숨어서 우리를 지킬 수 있겠어요?"
'저런, 들켰던가.'
입 밖에 내지는 않았지만, 안색은 달라졌을지 모른다.
"하나코 씨도 알고 있었죠?"
다케코가 쐐기를 박으려는 듯 하나코에게 물었으나, 그녀는 모호한 표정으로 긍정도 부정도 하지 않았다. 하지만 그러한 태도는 다케코의 말을 인정하는 것처럼 보였다.
"아가씨들의 신변이 위태로울 사정이라도 있었단 말인가?"
이대로 가다간 형세가 자신에게 불리하겠다고 생각한 다카야시키는 그렇게 물었다.
"어머! 아오쿠비 님의 지벌이 있잖아요!"
"뭐야, 그런 것 말인가. 바보 같은 소리를."
"바보 같은 소리가 아니죠. 실제로 마리코 씨가 머리 없는 시체가 됐잖아요."
단번에 형세가 역전됐다고 생각했던 그는 다케코가 그렇게 대꾸하는 통에 말문이 막히고 말았다.
"어이, 거기. 넌 누구지? 마을엔 어떻게 왔나? 여기엔 어떻게 온 건가?"
그것을 얼버무리기 위해 다카야시키는 순간적으로 아까부터 마음에 걸렸던 중절모를 멋지게 쓴 양복 차림의 남자에게 힐문했다.
두 사람을 흥미롭게 바라보던 그 인물은 도회풍의 차림새가 가히 청년 신사라는 말이 어울릴 듯했다. 조주로와는 또 다른 수려한 용모는 양복을 벗고 여장을 해도 잘 어울릴 성싶었다.
'어째 허약해 보이는 녀석이로군.'

다만 어딘지 모르게 귀족적이라고도 할 수 있는 인상이 다카야시키의 눈에는 그리 좋아 보이지 않았다. 장소가 장소이다 보니, 게다가 살인이 벌어졌을지도 모르는 상황에서는 남자의 모든 것이 수상쩍게 보였다.

'이 녀석, 아무래도 수상한데.'

히메카미 촌에서는 본 적이 없는 얼굴인데다, 그 복장이나 발치에 놓인 커다란 보스턴백도 그렇고, 타지에서 온 사람이 분명했다.

"어이, 너 말이다!"

그런데 남자는 다카야시키는 거들떠보지도 않고 엉뚱한 방향만 보는 게 아닌가. 다카야시키는 노여움에 떨며 상대방에게 다가가 그 정면에 서려다가 퍼뜩 그 시선이 향한 곳을 보았다. 그러자 뜻밖에도 그곳에는 요키타카가 있었다.

'왜 이 녀석이 요키타카를 보지?'

아는 사람인가 싶어 요키타카를 보니, 그의 의문이 전해졌는지 요키타카가 어쩔 줄 몰라 하는 표정으로 고개를 흔들었다.

'역시 아닌가.'

영문을 알 수 없어 또다시 남자를 다그치려는데 당사자가 입을 열었다.

"처음 뵙겠습니다. 에가와 란코라고 합니다."

"뭐……."

목소리는 낮지만 그 음색으로 다카야시키는 상대방이 여자임을 알았다. 여장이 어울릴 성싶은 것이 아니라, 반대로 남장이 그럴 듯한 것이었다.

'그렇군. 남장미인이로군.'

란코가 오면 놀라리라고 한 마리코의 말은 그런 뜻이었던 것이다. 그렇다면 만난 적은 없어도 란코는 아마 요키타카의 존재를 알고 있을 것이다.

그렇게 생각하고 다카야시키가 다시 소년에게 시선을 돌리자, 이번에는 요키타카가 란코를 빤히 쳐다보고 있었다. 상대방의 정체를 알고 놀란 모양이었다. 그의 머릿속에는 십중팔구 남장미인이라는 개념이 없었던 듯, 그 때문에 더 놀랐으리라.

"버스 종점인 노도보토케 입구에 내려서……."

란코가 말을 이었으므로 다카야시키는 그녀를 돌아보았다. 보아하니 어디서 왔느냐는 두 번째 질문에 대답할 생각인 듯했다.

"히가시모리 큰문이라 불리는 마을 경계를 지나 마을 중심가일까요, 그곳을 통과해서 동쪽 도리이 입구라는 히메쿠비 산 입구까지 왔을 때 경관 한 분이 불러 세우시더군요. 하지만 히가미 조주로 씨에게 초대받아 왔다는 사정을 설명했더니 선뜻 보내주시기에……."

'젠장. 아무도 통과시키지 말라고 엄중하게 주의를 줄걸 그랬군.'

마을에 온 지 이제 겨우 반년 조금 넘은 이루마가 조주로에게 초대받았다고 하면 문제없다고 판단하는 것도 무리는 아니었다. 그렇게 생각은 해도 역시 후회는 되었다. 상대방의 경험 부족을 고려해 사전에 그것을 보완할 조언을 해주는 것이 선배인 자신의 역할이 아니던가.

하지만 그는 금세 란코의 설명에서 의문을 느꼈다.

"잠깐. 조주로 군은 댁한테 혼사 모임 중에 히메카미 당으로 오라고 지시했다는 소리인가?"

"아뇨."

그러나 란코는 화장기 없는 맨얼굴에 살짝 웃음을 띠고 대답했다.

"그건 마리코 씨 계획입니다. 제가 별안간 나타나서 맞선 중인 조주로 씨를 놀래준다는······."

"그래서 댁은 그 마리코를······."

그 순간, 그녀의 웃음이 슥 사라졌다.

"아직 못 만났습니다. 히메카미 당이 보이는 데까지 왔을 때 여기 이 두 분이 계시더군요. 사람이 죽었다느니, 머리가 없다느니 하는데, 저도 워낙 갑작스러운 일이라······ 그러다가 순사님이 오셔서······."

"시신을 본 건 아니라고?"

란코가 허둥지둥 고개를 흔든 뒤에, 다케코가 이런 데서 느긋하게 이야기하고 있을 때가 아니라고 소란을 피우기 시작했다.

"알았다, 알았어. 지금부터 확인한다니까."

다카야시키는 히메카미 당의 격자문 앞까지 갔다가 돌아보고 요키타카에게 말했다.

"너도 다른 사람들하고 여기 남아 있어라."

암암리에 세 사람을 감시하라고 부탁한 것이었는데, 다행히 그 뜻을 알아들은 듯 요키타카는 의미심장한 눈초리로 고개를 끄덕였다.

"여러분도 내가 돌아올 때까지 절대 움직이면 안 됩니다."

만일을 위해 세 여자에게도 지시하고, 히메카미 당 안으로 발을 들여놓았다.

'어둑어둑하군.'

제단에는 촛불이 밝혀져 있었지만, 환한 바깥에 비하면 너무나도 불빛이 약했다. 창문은 격자가 되어 있는데다 수가 많지 않기 때문에 비쳐드는 볕의 양은 보통 가옥의 반도 채 못 될 듯했다.

'그나저나 뭐가 이렇게 많은지⋯⋯.'

제단의 앞과 좌우에는 온갖 물건이 무질서하게 놓이고 쌓여 혼돈을 이루고 있었다.

그래도 차근차근 자세히 살펴보니, 대를 엮어 만든 잠박과 명주실을 뽑는 물레 등 양잠업에서 사용하는 물건, 대저울과 대키, 쇠갈고리 등 숯 굽기에 필요한 깃, 지게와 도롱이 등 일상적으로 쓰는 물건 등등 마을 사람들의 생업과 일상생활에 없어서는 안 될 기구와 도구류가 다수 바쳐져 있었다.

그런 어수선한 제단 너머에 히메쿠비 무덤과 오엔 공양비가 있었다.

'이런 상황에서 보니 역시 섬뜩한데.'

다카야시키는 히메카미 당에 들어와본 적이 거의 없어 손으로 꼽을 정도였다. 물론 지금처럼 찬찬히 이 무덤과 공양비를 바라볼 기회도 없었으므로 더 그렇게 느껴질 것이다.

'아니, 이런 데 서 있을 때가 아니지.'

그는 허겁지겁 오른쪽에 보이는 미닫이문을 열고 짧은 복도를 지나 다시 미닫이문을 통해 소라 탑으로 들어갔다.

복도에도 탑 내부에도 조명은 전혀 없었다. 다만 복도는 양옆으로 창살 간격이 넓은 격자창이 이어졌기 때문에 당집보다는 환하게 느껴졌다. 그에 비해 탑 안은 왼쪽 벽을 타고 대각선 위쪽으로 이어지는, 창살이 촘촘하고 형태가 일그러진 창문으로 가까스로 가느다란 햇살이 비쳐들 뿐이라 장소에 따라서는 명암의 차가 상당히 컸다. 그 어중간함에 시야가 더욱 어둡게 느껴졌다.

'꼭 태내를 통과(재계를 위해 불상의 몸 속 등을 지나는 것)하는 것 같군.'

창문의 경사와 동조하듯 뻗은 경사로를 올라가는데, 어째선지 땅 밑으로 내려가는 어둠 순례가 생각났다. 소라 탑에는 오랜만에 들어온 것이었다.

'하여튼 언제 봐도 기묘한 건물이란 말이야.'

빙빙 돌아 위로 올라가 겨우 꼭대기에 다다랐나 싶으면 곧바로 이번에는 반대 방향으로 돌아 내려가야 하니, 쓸데없는 것으로 말하자면 이만큼 쓸데없는 건조물도 또 없을 것이다.

'뭐, 액막이란 게 원래 죄 실용적이지 못한 행위뿐이긴 하지.'

꼭대기에 이르렀을 때, 다카야시키의 시선은 자연히 격자가 없는 북쪽 창문을 통해 우물 쪽을 향했다. 중간쯤 되는 부근 왼쪽에 탑과 높이가 같은 삼나무가 있을 뿐 시야를 가로막는 것은 아무것도 없었다.

'십 년 전에 히메코는 대체 여기서 우물까지 어떻게 이동했지?'

한순간 다카야시키는 자신이 왜 소라 탑에 올라와 있는지 그 목적을 잊어버렸다. 뇌리에는 십삼야 참배의 괴사건이 되살아날 뿐…….

'어이쿠, 아니지!'

그래도 바로 퍼뜩 정신을 차리고는 경사로를 단숨에 뛰어 내려갔다. 널빤지 경사로 표면에는 디딤판이 박혀 있어 그나마 다행이었지, 자칫 잘못하면 굴러 떨어졌을지도 모른다. 그 정도로 그는 잠깐이나마 정신이 해이해졌던 자기 자신을 반성했다.

반대편으로 내려가 눈앞의 미닫이문을 열자, 좁다란 정사각형 공간이 있고 그곳에서 짤막한 통로가 세 갈래로 뻗어 있었다.

'분명히 당집 정면 쪽, 소라 탑을 끼고 오른쪽에 보이는 혼사가 외혼사였을걸. 빙빙 돌기만 했지, 방향은 바뀌지 않았으니까 이 오른쪽 복도 끝이 외혼사일 테지. 그럼 가운데가 중혼사, 왼쪽이 내혼사로군. 그리고 마리코는 중혼사에……'

머리 없는 시체가 되어 누워 있다고 다케코는 말했다.

다카야시키가 가운데 복도를 보니, 막다른 곳 널문 앞에 뭔가가 떨어져 있었다. 회색 천처럼 보였다. 반사적으로 나머지 두 곳도 확인하니, 오른쪽에는 감색, 왼쪽에는 갈색으로 비슷한 물건이 널문 손잡이에 걸려 있었다.

'무슨 표시인가.'

그런 생각을 하며 가운데 복도를 끝까지 나아갔다. 널문을 열기 전에 문제의 천을 집어 들고 살펴보니, 눈구멍만 뚫린 두건이었다.

'그렇군. 제사당에서 여기까지 여자들이 쓰고 온 거로군.'

북쪽 도리이 입구 옆 석비 뒤에서 계단을 올라가는 그들을 지켜봤을 때, 세 사람 모두 두건을 쓰고 있었다.

그런데 뭔가가 마음에 걸렸다. 어쩐지 찜찜한 것이다. 왜 그런지 그 이유를 곰곰이 생각할 뻔하다가 정신을 차렸다.

'아니, 그런 건 나중 일이야. 우선 현장을 확인해야지.'

솔직히 여기까지 와서도 다카야시키는 아직 반신반의 상태였다. 다케코가 거짓말을 했다고 생각하지는 않아도, 정말 마리코가 죽어 머리가 없어졌는지 직접 자기 눈으로 보지 않는 한 믿을 수 없었다.

미닫이문을 잡은 상태에서 우선 크게 심호흡을 했다. 마음을 진정시킨 다음 문을 확 열자……

아무것도 없었다. 두 평이 조금 넘는 다실이 눈앞에 나타났을 뿐이었다.

'마, 맞다. 다케코가 분명히 안쪽 방이라고 했지.'

순간적으로 맥이 빠졌지만, 이내 더 긴장되고 말았다. 바깥방에 발을 들여놓고 천천히 안쪽 샛장지로 다가가는 동안 다시 한 번 마음을 진정시켰다. 샛장지 손잡이에 살짝 손을 얹고 이번에도 단숨에 문을 확 열자…….

"헉!"

안쪽 방에는 아닌 게 아니라 머리 없는 여자 시체가 있었다. 다만 다케코가 깜빡하고 말하지 않은 것이 하나 있었다. 시체가 알몸이라는 사실이었다.

세 평짜리 안쪽 방은 샛장지를 열고 들어가면 정면 벽 왼쪽에 장식단을, 오른쪽에 반침을 둔 구조였다. 좌우 벽에는 바깥쪽에 격자가 박힌 장지창이 각각 하나씩 있을 뿐, 맞선을 보는 곳치고는 참으로 살풍경한 방이었다.

시체는 장식단과 반침 사이에 선 가느다란 기둥 쪽으로 두부가 없는 목을, 출입구인 샛장지 쪽으로 두 발을 향한 자세로 누워 있었다. 다만 다행이라고 해야 할지, 하반신의 음부에 해당되는 부분에는 연보라색 보자기가 덮여 있었다. 그러나 시신의 목을 절단하는 잔학 행위에 대해 여성의 성기를 가려주는 조신함이 뭐라 말할 수 없이 불균형하게 느껴지는 것이, 머리 없는 시체의 그로테스크함을 한층 돋보이게 하는 듯했다.

"잠깐. 이 보자기는 다케코나 하나코가 덮어준 걸지도 모르지. 이건 확인해볼 필요가 있겠는걸."

일부러 소리 내어 말하면서 머릿속으로 메모한 다카야시키는 장식단 쪽에서 시신에 다가가서는 한쪽 무릎을 꿇고 우선 목의 절단면을 조사했다.
"……도끼 같은 걸로 여러 번 내리친 게 틀림없군."
기둥과 목의 절단면 사이가 딱 머리 하나의 길이만큼 떨어져 있었다. 또 베인 목 밑 다다미에는 큼직한 날붙이로 여러 번 찍은 듯한 흔적이 남아 있었다. 다다미 겉면의 골풀이 찢어져 속에 든 지푸라기가 드러나 있고, 보풀이 인 곳에 끈끈한 피가 뒨 것이 참으로 처참한 광경이었다.
"히메카미 당 제단에 있던 도끼 같은 도구를 썼겠지."
목을 벤 날붙이는 십중팔구 그곳에서 가져온 것이리라.
"몸에 상처는…… 없나."
대강 시신을 눈으로 살펴보았지만, 맞거나 찔린 자국은 보이지 않았다. 혹시나 싶어 시신을 살짝 들어올려 등도 확인했으나, 그럼직한 흔적은 역시 없었다.
"그 말은 두부를 구타당했을지도 모른다는 뜻이로군."
이 방에 들어와서부터 자신이 계속 혼잣말을 중얼거리고 있다는 것은 알고 있었지만, 소리 내서 말하기라도 하지 않으면 견딜 수 없는 기분이었다.
"신원을 확인할 필요는 있겠지만, 이 시신은 마리코라고 봐도 되겠지. 하지만 피해자가 마리코라면 죽인 사람은……."
조주로라는 뜻이 된다. 다카야시키는 고개를 내저었다.
"아니, 조주로 군은 아닐 거야. 게다가 동기가……."
동기가 없다고 단정하려다가 두 사람을 잇는 《그로테스크》라는 동인지가 생각났다. 거기에 생각지도 못한 동기가 숨어 있을 가능성도 부인할 수 없었다. 게다가 다케코와 하나코는 있는데 조주로만이 어디론가 사라졌다면, 역시 그가 수상하다고 할 수밖에 없었다.

"우선 지금 할 수 있는 일은 이 정도인가."

반침을 열어본 뒤 마지막으로 방을 빙 둘러본 다카야시키는 다실도 확인한 다음 혼사에서 나왔다. 그리고 이 또한 만일을 위해 나머지 두 혼사에도 들어가봤지만, 조주로는커녕 단서가 될 만한 것도 발견하지 못했다.

다카야시키는 히메카미 당으로 돌아와 봉헌물을 훑어보았다.

"역시 도끼가 안 보이는군."

물론 원래 있었는지 아닌지는 알 수 없었지만, 이 마을 사람들의 생업이 숯 굽기와 임업임을 생각하면 도끼가 한 자루도 없는 것은 부자연스러웠다.

다카야시키가 격자문을 열고 밖으로 나오니, 다케코와 하나코가 히메카미 당과 기타모리로 이어지는 참배길 중간쯤에 붙어 서 있는 것이 보였다. 아니, 붙어 서 있다기보다 하나코가 일방적으로 다케코에게 매달린 모양새였다.

'요키타카와 란코는?'

황급히 당집 주위를 돌아보니, 요키타카는 히가시모리 참배길 부근에서 북쪽과 남쪽을 번갈아 지켜보고 있었다. 그리고 남쪽에는 란코가 주위를 슬렁슬렁 돌아다니고 있기에 일단 안심했다.

"왜 넷이 같이 안 있는 거냐?"

자기를 발견한 요키타카를 손짓으로 불러 물어보니, 다케코와 하나코 두 사람과 란코, 이렇게 둘로 나뉘어 따로 행동하더라고 투덜거렸다.

'하긴 후타가미와 미카미의 딸과 도쿄에서 온 남장미인이 맞을 리 없겠지.'

저도 모르게 쓴웃음을 지으려다가 그런 일은 지금 아무래도 상관없다고 고개를 흔들었다.

다카야시키는 요키타카를 데리고 히메카미 당으로 가서 현장의 상황을 간단히 설명했다. 당연히 소년은 기겁했으나, 곧바로 자기 역할을 깨달았는지 소란 피우지 않고 잠자코 들었다. 사건을 대강 이해시킨 다음, 그것을 남쪽 도리이 입구에서 순찰 중인 사에키 순사에게 알리고 쓰이카이치 경찰에 그 내용을 연락하도록 전할 것, 이세하시 의사에게도 연락해 동쪽 도리이 입구에서 히메카미 당으로 와달라고 부탁할 것, 사에키가 담당 구역을 떠나면 요키타카가 대신 남쪽 도리이 입구를 지킬 것, 다만 사에키에게 청년단에 지원을 부탁해달라고 해서 누구 대신할 사람이 오면 이리로 돌아올 것, 북쪽 도리이 입구에도 지킬 사람을 보내게 할 것 등을 재빨리 이르고 복창시켰다.

"저, 조주로 님은……."

다카야시키가 지시를 모두 내릴 때까지 기다렸는지, 요키타카가 머뭇머뭇, 하지만 무슨 일이 있어도 알아야겠다는 의지가 느껴지는 어조로 물었다.

"이 당집을 비롯해서 혼사에도 소라 탑에도 없더구나."

"사, 산에서 나가셨을까요?"

"그럴지도 모르고, 아직 어딘가에 숨어 있을 가능성도……."

"그, 그럼 조주로 님이 마, 마리코 님을 주, 죽였단 말씀입니까?"

"아니, 아직 그렇다는 말은 아니고…… 그건 이제부터 조사해봐야…….."
 '알겠지'라고 말하려다가 다카야시키는 어물거렸다. 상황으로 보건대 그가 범인이라고 생각할 수밖에 없었다.
 "가보겠습니다."
 요키타카가 별안간 그렇게 말하더니 당집에서 뛰쳐나갔다.
 "……부, 부탁한다!"
 다카야시키는 그의 뒷모습을 향해 소리쳤다. 요키타카의 심경을 생각하면 다른 말을 해주고 싶었지만, 전령 역할을 맡길 사람은 그밖에 없었다.
 '자, 그럼.'
 잠깐 동안 숙고하다가 히메카미 당에서 나온 그는 우선 란코에게 역에서 여기로 오기까지 대략적인 시간 경과를 물었다. 그 결과, 세부적인 검증은 필요할지 몰라도 현재로서 그녀가 범행을 하는 것은 불가능했으리라고 판단을 내렸다.
 "여기 잠깐 좀 모여봐요."
 그는 세 사람을 모아놓고 다케코에게는 기타모리로 통하는 참배길을, 하나코에게는 미나미모리로 이어지는 참배길을, 그리고 란코에게는 히메카미 당 출입구를 중심으로 소라 탑과 혼사 전체를 각각 망봐달라고 부탁했다. 물론 다케코와 하나코가 완전히 결백하다고 단언할 수는 없었지만, 이 상황에서는 두 사람에게 협력을 구하는 수밖에 없었다.
 "호, 혹시 누굴 보면……."
 터무니없는 역할을 자기들에게 떠맡긴다고 생각했는지, 그렇게 묻는 다케코의 어조에는 패기가 없었다.

"저, 저희는 괘, 괜찮을까요?"

하나코는 완전히 겁에 질려 있었다.

"순사님은 어떻게 하실 거죠?"

냉정한 사람은 란코뿐인 듯했다. 생각해보면 그녀만은 머리가 없는 전라의 시체를 보지 않았으니 당연하다면 당연했다.

"방금 전에 애를 동료한테 보냈어. 이제 곧 쓰이카이치 경찰서에 연락이 갈 테니 비로 지원이 오겠지."

마을 내에서 일어난 사건은 마을 주재소에서 해결할 수 있는 권한을 갖는다. 그러나 이번처럼 불가해한 엽기 살인사건의 경우에는 생각하나마나 이야기가 달라졌다.

"설마 경찰서에서 올 때까지 여기서 기다리란 소리예요? 지금 당장 당신이 책임지고 우리를 무사히 바래다줘야죠!"

그 즉시 다케코가 농담 말라는 듯 다카야시키에게 삿대질을 해가며 덤벼들었다. 기운을 되찾은 모양이었다.

'젠장, 하여튼 성가신 여자로군.'

다행히 다케코는 그에게 들이댄 손가락의 손톱에 바른 매니큐어가 무참하게 벗겨진 것을 깨달은 순간, 그리로 주의가 쏠렸는지 별안간 조용해졌다.

"그래서 순사님은요?"

그 틈을 타듯 란코가 질문을 되풀이했다.

"난 이쪽 히가시모리로…… 왜, 댁도 만난 순사가 있잖나."

"아, 젊은 순사님 말이죠?"

"이루마 순사라고 하는데, 그 친구를 부르러 갈 걸세. 둘이 같이 돌아오면 이루마를 호위로 붙여서 댁들을 이치가미 가까지 바래다

줄 테니까, 거기서……."
 "왜 이치가미 가로 가는데요? 난 후타가미 가로 바래다줘요. 하나코 씨도 미카미 가로 돌아가고 싶죠?"
 다케코는 다카야시키에게 항의한 뒤, 하나코에게 동의를 구했다.
 "저, 저, 전…… 여기서 나갈 수만 있으면 어디든……."
 그녀는 행선지가 어딘지는 중요하지 않은 듯했다.
 "그렇게 하고 싶은 마음은 굴뚝같지만 이루마 혼자선 무리려니와, 이제 곧 댁들한테 한 사람씩 이야기를 들어야 하니 우선 한 곳에 모여 있어줘야겠어."
 "알겠습니다. 그럼 저희는 여기서 기다릴 테니 어서 다녀오시죠."
 다케코가 또 뭐라 하기 전에 란코가 나서 그를 보내려는 협조적인 자세를 보였다.
 "아, 음…… 그럼 되도록 빨리 돌아오지."
 왜 그런지 순간적으로 란코에게 경례를 붙일 뻔했다. 다카야시키는 허둥지둥 중간까지 올라간 오른손을 상당히 부자연스럽게 흔들어 얼버무렸으나, 란코뿐 아니라 뒤에 선 두 사람까지 의아한 표정을 지었다.
 '왜 그런지 저 에가와 란코란 여자 때문에 쩔쩔맬 것 같은 불길한 예감이 드는군.'
 빠른 걸음으로 참배길을 걸으며 고개를 갸웃한 순간, 다카야시키는 전날 열차에서 만난 여행자들 생각이 나 진저리를 쳤다.
 '그러고 보니 그 도조 겐야라는 남자도 작가랬지. 역시 글쟁이는 죄 별난 족속일지도 몰라.'
 자기 아내도 그중 하나라는 사실을 무시하고 그는 그렇게 생각하고 납득했다.
 '한시라도 빨리 돌아가야지…….'
 여자라고는 해도 셋이 함께 있으니 그들이 누군가에게 습격당할 걱정은 없으리라고 생각했다. 하지만 역시 현장 부근에 남겨두었다는 게 자꾸만 마음에 걸렸다.
 '아니, 누군가라기보다 그 상황에선 아무래도 조주로 군이 범인이라고 생각할 수밖에 없어. 하지만 설사 그렇다 쳐도 조주로 군은 대체 그 당집에서 어디로 도망쳤다는 거지?'
 요키타카와 똑같은 의문이 고개를 들었다. 북쪽 도리이 입구에서 경내까지는 자신과 소년이 내내 왔다 갔다 하고 있었다. 동쪽에서는 이루마가, 남쪽에서는 사에키가 소임을 다하고 있었을 것이다.
 '아직 산속에 숨어 있다는 뜻인가.'
 그렇게 생각하니 참배길 한쪽에 이따금 불쑥 얼굴을 내미는 석비 뒤쪽이 공연히 신경 쓰이기 시작했다.
 '북쪽 참배길은 아닌 게 아니라 나와 요키타카가 여러 번 왕복했어. 하지만 그걸 알아차린 조주로 군이 우리 뒤를 몰래 따라오다가 중간에 적당한 석비 뒤에 숨었다면. 그리고 우리가 돌아오기를 기다렸다가 우리가 지나간 다음에 빠져나와 북쪽 도리이 입구로 도망쳤다면…….'
 이미 오래전에 마을 밖으로 나갔을 가능성이 높다.
 그러나 그에 관해서는 나중에 얼마든지 확인할 수 있을 것이다. 그 하오리 하카마 차림으로는 눈에 띌 뿐더러, 설사 이치가미 가에서 아무도 모르게 옷을 갈아입는다 해도 조주로의 얼굴을 모르는 사람은 아무도 없다. 게다가 오늘이 혼사 모임이라는 것은 마을 사람 모두가 알고 있다. 만약 히가시모리 큰문으로 나갔다면 분명히 누가 봤을 것이다.

'조주로 군의 행적을 알아내기는 그리 힘든 일이 아닐 테지.'

그렇게 생각해도 참배길 곁에 석비가 나타나면 '어쩌면 이 뒤에⋯⋯.' 하는 의혹에 자꾸만 사로잡혔다.

'아무튼 지금은 이루마와 합류하는 게 먼저야.'

다카야시키는 길 양옆의 석비에 신경 쓰기를 그만두고 동쪽 도리이 입구를 향해 달리기 시작했다.

그러나 왼쪽에 커다란 마두관음 사당이 보였을 때, 걸음이 느려졌다. 아무리 봐도 몸을 숨기기에 안성맞춤인 장소다. 물론 그렇기 때문에 이런 곳에는 숨으려 하지 않는 것이 당연한 심리일지는 몰라도 궁지에 몰린 인간은 생각지도 못한 실책을 범하는 수도 있다.

'잠깐 보기만 하는 데는 얼마 안 걸리니까.'

다카야시키는 자신을 그렇게 납득시키고 곧바로 사당 안을 들여다보았다.

그런데⋯⋯.

놀랍게도 그곳에서 그가 본 것은 머리가 없는 남자의 알몸 시체였다.

13
쿠비나시

'조주로 님이 마리코 씨를 죽였다고?'

남쪽 도리이 입구로 이어지는 참배길을 달려가는 요키타카의 머릿속에서는 똑같은 말만 꽝꽝 울리고 있었다.

'하지만 오늘 처음 만났을 텐데.'

만나자마자 싹트는 살의가 과연 있을 수 있을까. 역시 조주로를 범인으로 보기는 무리가 있다. 그런 생각도 잠깐뿐, 그녀를 죽일 동기가 사전에 발생했고 얼굴을 마주 대한 탓에 살의가 단숨에 심화됐을 가능성이 있음을 깨달았다.

'마리코 씨는 직업 작가가 되고 싶어 했다. 하지만 란코 선생님은 마리코 씨가 독립하는 데 반대했다. 마리코 씨가 《그로테스크》 편집에서 손을 떼거나 자기의 비서 노릇을 해주지 않게 되면 곤란하기 때문이다. 게다가 사실 직업 작가가 된다고 먹고 살 수 있다는 보장은 없다. 즉, 란코 선생님은 마리코 씨가 자기 비호 아래서 벗어나는 걸 원치 않았다. 이 두 사람 사이에 조주로 님이 개입해 어떻게든 해보려고 했다.'

그런 상황이 지난 몇 달 동안 계속됐다는 것은 그도 잘 알고 있었다.

'하지만 그렇다고 조주로 님이 마리코 씨에게 살의를 품는다는 건

역시 이상해. 있을 수 없는 일이야.'

 물론 조주로가 모든 사정을 요키타카에게 알려주었다는 보장은 없지만, 이 세 사람의 관계로 보건대 그런 감정을 다른 두 사람에게 가장 가질 성싶지 않은 사람이 그 아닌가.

 '마리코 씨가 자신의 독립을 방해하는 란코 선생님에게 점차 몹쓸 생각을 갖게 됐다면 또 몰라. 또 반대로 란코 선생님이 자기를 떠나려는 마리코 씨를 보고 배은망덕하다고 화가 나서, 그게 살의로까지 발전했다는 건 알 수 있어. 하지만 조주로 님이 마리코 씨를 죽일 이유는 어디에도 없단 말이지.'

 그렇게 확신하고 나니, 애초에 마리코는 왜 혼사 모임에 왔을까 하는 의문이 다시금 떠올랐다.

 '고리 가가 강력하게 바란 건 분명하겠지만, 마리코 씨는 집을 뛰쳐나갔으니 자기와는 상관없는 일이라고 버티는 게 자연스럽지 않나. 가장 큰 이유로 조주로 님이 열심히 권했기 때문일 가능성은 있지만, 그럼 시기를 약간 달리하면 그만인 걸 구태여 혼사 모임에 연연해할 필요는 없지.'

 그렇다면 고리 가의 요망을 받아들여 혼사 모임에 참가함으로써 마리코가 얻는 것은?

 '우선 고리 가의 경제적 원조를 기대할 수 있겠지. 이건 작가로서 독립하려는 마리코 씨에게 가장 든든한 후원이 될 거야.'

 그것이라면 가장 큰 동기가 될 성싶다.

 '하지만 그 이상으로 확실한 건 이치가미 가에 시집가는 걸지도 몰라. 보통 같으면 후계자의 아내가 글쟁이라니 언어도단이라고 할지 몰라도, 조주로 님은 틀림없이 이해해주실 테고 대를 이을 아들

만 낳으면 후도 옹을 비롯해서 아무도 뭐라 하지 않을 테니까.'

즉, 마리코는 진지하게 혼사 모임에 참가한 게 아닐까. 하지만 조주로에게는 그런 생각이 조금도 없었다. 어디까지나 《그로테스크》 동인으로서 초대한 것이었다.

'음, 그렇게 되면 조주로 님이 마리코 씨를 죽였을 리가 점점 없어지는데. 설사 마리코 씨가 강력하게 결혼을 졸랐다 해도 죽일 필요까지는 없으니 말이야. 게다가 조주로 님이라면 마리코 씨의 사정을 이해하고 경제적인 원조를 제안했을걸. 즉, 결혼 문제 때문에 관계가 틀어져 살인사건으로 발전할 여지는 전혀 없었다는 뜻이야.'

하지만 조주로가 혼사에서 홀연히 사라지고 그 뒤에는 마리코의 머리 없는 시체만 남아 있다는 현실이 엄연히 존재한다.

'다케코 씨나 하나코 씨가 경쟁 상대를 처치했을 가능성은······.'

원래라면 고리 가의 딸 따위는 처음부터 격이 다르다고 문제 삼지도 않았을 것이다. 그러나 뭐니 뭐니 해도 마리코에게는 《그로테스크》 동인이라는 연관이 있었다. 이미 조주로와 친한 관계가 아닐까 하고 둘 중 누군가가 염려했다 해도 부자연스럽지 않았다.

'그럼 조주로 님은 왜 없어졌지?'

거기서 요키타카는 어떤 생각이 나서 속으로 '앗!' 하고 소리쳤다. 조주로가 제사당을 나설 때, 가네 할멈이 주문을 외우지 않았던 것이다. 십삼야 참배 때 요키타카로 하여금 밖에서 한참 기다리게 했던, 조주로를 지키기 위한 중요한 주문인데.

'역시 노망난 거 아냐?'

그렇게 걱정했을 때, 이십삼야 참배 때도 주문을 외우지 않았다는 것을 깨달았다. 삽시간에 전율이 등줄기를 훑었다.

'서, 설마 그 영향이 지금 나타난 건가?'

마리코가 머리 없는 알몸 시체가 된 것도, 조주로가 사라져버린 것도 모두 아오쿠비 님의 지벌 탓이 아닌가. 가네 할멈의 주문으로 그것은 막을 수 있었다. 그런데…….

'아니, 그런 터무니없는 일이 있을 리 없어. 마리코 씨는 살해된 거야. 인간의 손으로. 즉, 범인이 존재하는 거야.'

그는 생각을 고쳤다. 그런 식으로 사고하라고 일부러 강하게 자기 자신을 타일렀다.

'동기로 볼 때 역시 다케코 씨나 하나코 씨, 둘 중 하나가 범인이려나.'

그러나 둘 중 누군가가 마리코에게 살의를 품고 그것을 행동에 옮겼다 해도 목까지 절단할 이유가 있을까.

'하지만 그건 조주로 님도 마찬가지지.'

그래, 어째서 범인은 일부러 고리 마리코의 머리를 잘라내 들고 갔을까?

'쿠비나시…….'

그 말이 떠오른 순간, 요키타카는 10년 전 그날 밤, 십삼야 참 배 중에 겪었던 끔찍한 체험이 생각났다. 우물 옆에서 본 머리 없는 알몸의 여자를. 그와 동시에 그 뒤에 이치가미 가에서 겪은 어떤 체험도.

이치가미 가에 온 지 얼마 되지 않았을 무렵, 요키타카는 이따금 이부자리에 오줌을 지리곤 했다. 하치오지에서는 이미 오래전에 오줌을 가렸으므로 그 자신이 가장 놀랐다. 아마도 생활환경의 극적인 변화가 원인일 텐데, 그냥 놀라는 것만으로 끝나지 않았다. 가네 할멈이 펄펄 뛰었기 때문이었다. 그래도 두어 번은 투덜거리면서도 침구와 잠옷을 갈아주었던 기억이 있지만, 이내 방치하기 시작했다. 노인에게는 수면을 취하는 것처럼 중요한 일이 없으니 그것을 방해하지 말라면서. 할멈은 밤중에 그를 보살피기 귀찮았던 것이다.

요키타카는 직접 잠옷을 찾아 갈아입고 젖은 요 옆에 이불을 둘둘 말고 누워 생각하곤 했다.

'겨울이 되도록 계속 오줌을 쌌다간 분명히 얼어 죽을 거야.'

지금 생각하면 우스운 이야기지만, 당시는 진지하게 고민했다. 그것이 결과적으로 좋게 작용했는지, 이윽고 오줌이 마려우면 잠에서 깼다. 목숨이 걸려 있다고 진심으로 걱정한 것이 수면 중인 그의 무의식에 영향을 미쳤으리라.

그것은 기쁜 일이었으나, 또 다른 시련이 그를 기다리고 있었다. 왜냐하면 하인의 뒷간은 뒷마당 구석에 있기 때문이었다.

그때는 이미 밤이 되면 조금 선선한 계절이었다. 만약 무더운 여름밤이었다면 뒷간에 가는 것 자체는 무서워도 그 오싹한 느낌을 납량이라고 생각할 수 있었을지 모른다. 물론 가네 할멈에게 들은 뒷간에 얽힌 괴담들(그녀는 그의 반응을 즐기며 이야기하곤 했다)이 생각나는 요키타카에게 그런 여유는 눈곱만큼도 없었겠지만, 정신적인 고통만 참으면 오가기는 비교적 편하지 않았을까.

여름은 공기가 건조한 탓인지 밤이 되어도 어딘지 모르게 산뜻했다. 캄캄한 밤에도 청량한 분위기가 감돌아 몸을 움직이기도 편했다. 그러나 여름이 끝나고 가을이 깊어지자 건조한 공기가 서서히 음울한 밤공기로 변해가는 것이 피부로 느껴질 뿐 아니라 그 냉기에 몸을 노출시킬수록 움직임이 산만해지는 듯했다. 이 지방에만 현저한 기후 풍토일지도 모른다.

처음 밤중에 뒷간에 가려고 했을 때, 요키타카는 툇마루에 나온 순간 겁을 먹었다. 그 때문에 순간적으로 툇마루에 선 채 재빨리 볼 일을 보려 했다. 그러나 지면에 떨어지는 자신의 오줌 소리가 뜻밖에 큰 데 놀라 도중에 허겁지겁 바지춤을 올리고 하는 수 없이 뒷간까지 달려가야 했다. 누가 소리를 듣고 잠이 깨서 들켰다가는 야단맞는 것으로 끝나지 않고 가네 할멈에게 고자질할 것이다. 그렇게 되면 벌을 받을 게 뻔했다. 이치가미 가에 와서 요키타카가 배운 것이 '위험한 다리는 좌우지간 건너지 말 것'이라는 표현이었다. 말은 스즈에에게 들었지만 그 의미는 체험을 통해 깨달았다.

하기야 뭐가 다행으로 작용하는지 알 수 없는 일이라, 누가 일어나 자기를 발견하지 않을까, 마당에서 소변 봤다고 야단맞지 않을까만 생각한 덕택에 무서워할 겨를도 없이 툇마루와 뒷간을 왕복할 수 있었다. 결과적으로는 덕을 본 셈이었다.

문제는 그 다음이었다. 며칠 뒤, 마찬가지로 오줌이 마려워 눈을 뜬 그는 절망적인 기분에 사로잡혔다. 도저히 뒷간까지 갈 수 있을 성싶지 않았다. 그래서 어떻게든 참으려 했다. 이부자리에 오줌을 싸지 않으려고 일어났건만, 밤에 뒷간 가기가 무서워 다시 잠들려 한 것이다. 당연히 그런 방법이 먹힐 리 없었으므로, 점점 참을 수 없는 요의에 등 떠밀려 방에서 나와 툇마루를 통해 뒷마당으로 나갔다.

거기서 용기를 쥐어짜 뒷간으로 가는 데 익숙해지기까지 얼마나 걸렸을까. 아니, 익숙해지는 일은 끝내 없었다. 그저 뭔가 다른 생각을 한다든지, 또 거꾸로 머릿속을 텅 비워서 이럭저럭 해낸 것이었다.
 이윽고 밤중에 오줌이 마려운 일이 줄어들고 아침까지 푹 자게 되었다. 물론 이부자리에 오줌을 싸지도 않고.
 그런데 십삼야 참배가 있고 며칠 뒤, 요키타카는 문득 잠에서 깼다. 처음에는 자기가 왜 깼는지 알 수 없었다. 그러나 곧바로······.
 '쉬하고 싶은 거구나.'
 그것을 깨달은 순간, 오랜만에 그 절망감이 몰려왔다.
 '어쩌지.'
 망설이기는 했으나, 오줌이 점점 마려워오니 뒷간에 가는 것 외에는 달리 방법이 없을 듯했다.
 하는 수 없이 기분 좋은 잠자리에서 빠져나온 요키타카는 웃옷을 걸치고 복도로 나와서는 살금살금 뒷마당 툇마루까지 갔다. 댓돌에 놓인 조리 중에서 크기가 적당한 것을 골라 신고, 몇 달 만에 뒷마당에 내려섰다.
 그때, 별안간 찬 밤바람이 불기 시작했다. 이미 늦가을이라 해도 좋을 시기였으므로 저도 모르게 고개를 움츠리고 웃옷을 여몄다.
 하늘은 찌뿌드드하고 달빛이 거의 없는 밤이었다. 그래도 여러 번 다닌 뒷간이라, 찾아가지 못할 염려는 없었다. 다만 캄캄한 어둠 속에 혼자서 선뜩할 정도로 찬 밤공기를 쐬며 뒷마당을 가로지를 생각을 하니 역시 기분이 좋지 않았다. 과거에 느꼈던 공포심이 되살아나 자꾸만 발걸음이 느려졌다.
 '음, 전엔 어떻게······.'
 이렇게 밤중에 뒷간에 갈 때는 어떻게 했던가를 생각하다가 요키타카는 경악했다. 깨끗이 잊어버린 것이다. 뭔가 즐거운 생각을 해서 필사적으로 주의를 다른 데로 돌리려 했을 텐데, 그 방법이 전혀 생각나지 않았다. 고생해서 분명히 비결 같은 것을 얻었건만, 완벽하게 망각하고 말았다. 어쩌면 좋을지 몰라 쩔쩔맬 뿐이었다.

조심조심 뒷간 쪽을 보니, 뒤쪽 대숲에서 버석버석하는 소리가 바람에 실려 들려왔다. 흡사 정체를 알 수 없는 뭔가가 대숲 속에서 꿈틀거리는 소리 같았다. 게다가 그것이 대숲에서 나와서는 뒷간 바로 뒤에 숨어 요키타카가 가까이 다가오기를 꼼짝 않고 기다리는 것만 같았다.

소변을 보는 칸 쪽에는 문이 없었다. 즉, 소변을 보는 동안에는 등을 무방비하게 드러내는 것이다. 그사이에 그것이 자기 뒤로 돌아와…… 무슨 일이 벌어질지 생각하는 것만으로도 그 자리에서 꼼짝도 할 수 없을 지경이었다.

'시, 싫어…….'

이내 온몸이 와들와들 떨리기 시작했다. 찬 밤공기 때문이 아니라 뒷간으로 가는 것에 몸이 거부반응을 보이는 것이었다. 아니, 그 속에 요의도 포함되어 있음을 금세 알았다. 그것도 점점 강해졌다.

'싸, 싸겠어.'

요에 오줌을 싸지 않기 위해 일어났건만 옷에 쌌다가는 아무런 의미도 없다. 머리로는 그렇게 이해하는데 발이 움직여주지 않았다. 게다가 성가시게도 뒷간에 가고 싶지 않다는 마음이 강해지면 강해질수록 요의도 강해졌다. 본채 벽 앞에서 소변을 본다는 해결책은 생각나지도 않았다.

바야흐로 요키타카는 몸이 떨리는 것이 밤공기 때문인지, 공포감 때문인지 알 수 없어졌다.

'그, 그래. 내가 만약 소년 탐정단 단원이라면……'
문득 그런 생각이 떠올랐다.
조주로가 짬날 때마다 몇 번에 걸쳐 이야기해준 에도가와 란포의 《괴인 이십면상》《소년 탐정단》《요괴 박사》《대금괴》를 생각해낸 것이었다. 물론 당시 요키타카는 그런 작품이 존재한다는 것을 몰랐지만, 그래도 소년 탐정단의 활약에 가슴 설레며 자기도 단원이 되고 싶다는 꿈을 꾸곤 했다.
다만 이야기 자체는 약간 무서운 내용도 있었으므로, 지금 여기서 생각해낸다는 것은 당치도 않은 일이었다. 어디까지나 자기가 용감한 소년 탐정단의 일원이고, 뒷간까지 가는 것이 고바야시 요시오 단장의 명령이라고 자기 자신에게 이른 것이었다.
이게 거짓말처럼 효력이 있었다. 생각하면 요키타카에게 고바야시 소년은 조주로였으니, 그 효과가 절대적인 것은 당연했을지 모른다.
뒷마당에 있는 뒷간까지 가서 대숲에 숨어 있는 단원에게 비밀 신호를 보낼 것. 그것이 요키타카에게 주어진 임무였다.
요키타카는 공상 세계 속의 조주로 단장에게 기운차게 대답하고 마당을 가로지르기 시작했다. 아니, 그곳은 이미 이치가미 가의 뒷마당이 아니라 큰 저택이 늘어선 거리의 일면이었다. 앞쪽에 어슴푸레하게 보이는 네모난 그림자도 뒷간이 아니라, 감시 중인 단원과 연락을 취하기 위한 비밀 오두막이었다.
마당을 반쯤 가로질렀을 때, 요키타카는 이미 완전히 자신의 공상 세계의 주민이 되어 있었다. 중간에 주운 자갈 몇 개를 단원이라면 누구나 갖고 있는 BD(Boy Detective. 소년 탐정) 배지라고 생각하고 걸어가면서 하나씩 떨어뜨렸다. 그는 이미 어엿한 소년 탐정단의 일원이었다.

그 묘한 소리만 듣지 않았으면 그는 분명 뒷간에서 볼일을 보고 방으로 돌아와 다시 편안히 잠들었을 것이다.

쏴…….

요키타카의 의식이 현실로 조금 돌아왔다.

쏴…… 찰싹…….

요키타카의 걸음이 약간 느려졌다.

쏴아…… 찰싹찰싹…… 쏴…….

요키타카는 멈춰 서서 그 기묘한 소리가 들려온 쪽을 돌아보았다. 뒷간으로 가던 그에게는 대각선으로 오른쪽 뒤, 본채 맨 끄트머리에 위치한 곳으로, 그곳에는 욕탕이 있었다.

'누가 목욕 중인가?'

그렇게 생각한 순간, 오싹오싹한 한기가 등줄기를 훑었다. 아궁이의 불도 이미 오래전에 꺼졌을 텐데, 이런 오밤중에 목욕을 하는 별난 인간이 있을 리가.

그런데…….

쏴 하고 욕조에서 물을 떠 몸에 끼얹는 듯한 소리가 분명히 들리는 것이다.

'누구지?'

이때 요키타카는 자기가 만들어낸 소년 탐정단이 활약하는 공상 세계는 말할 것도 없고 오줌이 마려운 것조차 잊어버릴 정도로 욕탕에 정신이 팔렸다.

불현듯 엿볼까 했다가 또다시 오싹했다. 뒷간에 가기가 무서운 것은 어쩌면 자신의 상상력 때문인지도 모른다. 하지만 욕탕에 있는 누군가, 아니면 뭔가는 어쩌면 현실적인 위협이 될 수 있음을 깨달은 것이다.

그런데도 요키타카는 어느새 욕탕으로 가고 있었다. 공포심보다 호기심이 앞섰는지, 단순히 무서운 것을 보고 싶은 마음이 동했는지, 아니면 실은 **뭔가**가 **부른** 건지 본인도 전혀 알 수 없었지만 거의 180도로 방향을 틀었다.

그때는 이미 소리가 그친 뒤였다. 하지만 꼼짝 않고 귀를 기울이니 물이 찰랑이는 듯한 기척이 느껴졌다.

욕조에 몸을 담그고 있는지 모른다. 귓가에서 윙윙거리는 밤바람 때문에 아무리 욕탕의 낌새를 살피려 해도 확실한 것은 알 수 없었다. 그저 상상할 뿐이었다. 불도 켜지 않은 채 캄캄한 욕탕에서 욕조에 들어앉아 있는 **그것**의 모습을…….

욕탕에 가까워질수록 그곳에 누가 있을까 하는 의문은 무엇이 도사리고 있을까 하는 공포심으로 바뀌어갔다. 그래도 요키타카는 걸음을 멈추지 못했다. 아니, 이제는 돌아갈 수도, 나아가는 방향을 수정할 수도 없었다. 하물며 멈춰 서는 것은…….

"앗!"

그때 오른발이 뭔가를 밟았다. 메마른 소리가 나는 바람에 순간적으로 나지막이 소리를 지르고 말았다. 밑을 보니 나뭇가지를 밟은 모양이었다.

저도 모르게 얼굴을 들고 욕탕의 낌새를 살폈다.

자기도 모를 감정에 떠밀려, 자신의 의사로는 어떻게 할 수 없음을 인식하며, 그래도 상대방이 모르게 엿볼 테니 괜찮다는 식으로 겁에 질린 마음을 가까스로 달래며 여기까지 온 것이었다. 그런데 욕탕에 있는 뭔가가 만약 자기 존재를 알아차린다면.

쏴아.

그때 새로운 소리가 났다. 흡사 욕탕에서 그것이 나오려고 하는 듯한 기척이 느껴졌다.

꾸물대고 있다가는 그것이 목욕을 마칠 것이다. 다급해진 요키타카는 앞뒤를 가리지 않고 욕탕으로 달음질쳐서는 널벽 밑의 작은 환기용 격자창을 살짝 열고 웅크리고 앉아 안을 들여다보았다.

처음에는 캄캄해서 아무것도 보이지 않았다. 그러나 곧 왼쪽에서 뭔가가 자기 눈앞을 천천히 가로지르는 것을 알았다.

다리였다. 두 다리가 번갈아 움직이는 것이 어렴풋하게 보였다. 눈을 드니 물기에 흐릿하게 빛나는 음모에 싸여 야릇한 구릉이 보이는 게 아닌가.

'여자?'

시선을 더 위로 옮기자 작기는 해도 봉긋하게 솟은 가슴이 보였으므로 그것이 여자임을 알 수 있었다.

하지만 대체 누구인지 아무리 생각해도 알 수 없었다. 이런 밤중에 목욕을 할 사람이 이치가미 가에 있을 성싶지 않았다. 단숨에 정점에 달한 호기심을 충족시키기 위해 요키타카는 상대방의 얼굴을 보려 했으나…….

머리가 없었다.

캄캄한 욕탕을 윤곽이 흐릿하기는 해도 분명히 머리가 없는 전라의 여자가 가로질렀다.

비명을 삼킨다고 삼켰는데 실제로는 어땠을지 모른다. 웅크린 자세 그대로 천천히 뒷걸음쳤다. 충분히 떨어졌다고 생각되는 곳까지 와서 살며시 일어섰다. 그러고는 발소리가 나지 않게, 그러나 가급적 빠른 속도로 달아났다. 하지만 댓돌을 딛고 툇마루로 올라선 순간, 뒤도 돌아보지 않고 자기 방까지 뛰어갔다. 그 소리를 듣고 누가 깨든, 그래서 야단을 맞든, 설령 벌을 받는 한이 있어도 그런 것은 아무래도 상관없었다.

방으로 뛰어든 요키타카는 이부자리 속으로 파고들어 거북이처럼 몸을 움츠리고 숨을 죽였다. 지금 당장에라도 쿠비나시가 쫓아오지 않을까, 자기를 찾아 방을 하나씩 하나씩 뒤지지 않을까, 그래서 이 방으로 들어와 자기를 이불 속에서 끌어내지 않을까 싶어 제정신이 아니었다.

얼마 동안 그렇게 부들부들 떨고 있었을까.

요키타카는 문득 기이한 느낌에 사로잡혔다. 그것이 무엇인지 처음에는 전혀 알 수 없었다. 그러다가 이불이 이상하게 무겁다는 생각이 들기 시작했다. 그와 동시에 별안간 방 안 공기가 답답해졌다. 이불 속의 얼마 되지 않는 공기만 깨끗하고 바깥은 탁한 것 같았다. 그러던 그때……

직, 직.

뭐라 말할 수 없는 기분 나쁜 소리, 아니 기척 같은 것이 방 안에서 느껴졌다.

직, 직, 직.

뭔지는 알 수 없지만 그것은 움직이는 듯했다. 이유는 알 수 없지만 조금씩 이동한다는 생각이 들었다.

직, 직, 직, 직.

그것이 이불 바로 근처, 이불 바로 옆에서 꿈틀거리는 듯한······.

직, 직.

아니, 이불 주위를 돌고 있는 듯한······ 요 주위 다다미 위를 그것이 기고 있는 듯한······.

이때, 요키타카의 뇌리에는 터무니없는 영상이 떠올랐다.

쿠비나시의 머리가 그 절단면을 다다미에 스치면서 달팽이나 지렁이가 지나간 자국처럼 핏줄기를 그리며 자기 이불 주위를 조금씩 조금씩 돌고 있는 광경이었다. 긴 머리카락을 질질 끌며 머리통이 다다미를 기어간다.

그런 소름 끼치는 장면을 환시했을 때였다.

삭, 삭.

바깥의 기척이 미세하게 달라진 것 같았다. 그러자 요키타카의 뇌리에는 또다시 불쾌한 영상이 떠올랐다.

요키타카가 자기 존재를 깨달았음을 안 쿠비나시가 그때까지 앞을 향하고 있던 얼굴을 90도 각도로 돌려 이불 속에 숨어 있는 그를 물끄러미 바라보는 상태로 다다미를 기는, 뭐라 말할 수 없이 사위스러운 광경이었다.

삭, 삭, 삭.

결국 온몸의 털이 곤두서는 소리는 밤새껏 계속되었다. 중간부터는 삭, 삭 소리와 직, 직 소리가 뒤섞여 인간의 말로는 표현할 수 없는 추잡한 소리가 되어 요키타카의 뇌리를 연달아 직격했다.

'으, 으, 으으······.'

이 세상 것 같지 않은 소리에 사로잡혀 있던 그는 이내 자신의 목에 이변이 일어났음을 느꼈다.

'아, 앗. 모, 목이······.'

묘하게 목덜미가 당기는 것이다. 이내 자기 의사와는 상관없이 목이 오른쪽으로, 또 왼쪽으로 굽더니, 이어서 앞으로, 또 뒤로 멋대로 움직이기 시작했다.

"으, 으으으. 아······."

그 움직임이 점차 격해져 어느새 요키타카는 이불 속에서 미친 듯이 머리를 전후좌우로 흔들어대다가······.

"아, 으아. 으아악!"

두개골 속에 뚝 하는 엄청난 소리가 울려 퍼진 순간, 목이 쑥 빠지고 머리가 떨어지는 감각을 맛보았다.

"아아악!"

요키타카의 절규가 이불 속에 울려 퍼진 순간, 샛장지 문이 열렸다.

"언제까지 처자고 있을 거냐!"

가네 할멈의 고함 소리에 그는 날이 이미 오래전에 밝았음을 알았다.

황급히 목덜미에 손을 대고 몇 번씩 쓸었다. 머리를 좌우로 흔들어보고, 앞뒤로 움직여보았다. 빙빙 돌려보았다.

'괘, 괜찮구나.'

안도한 것도 잠깐뿐, 별안간 오줌이 급해졌다. 허둥지둥 뒷간으로 달려가니, 용케 요에 싸지 않았다 싶을 정도로 오줌이 많이 쏟아졌다.

이튿날 밤, 또다시 오줌이 마려워 잠에서 깬 요키타카는 망설이지 않고 실내에 있는 가족용 뒷간에서 볼일을 보았다. 물론 들켰다가는 혼쭐이 날 테지만, 쿠비나시와 조우하는 공포에 비하면 아무것도 아니었다.

그래도 캄캄한 복도를 걸어가려면 용기가 필요했다. 특히 모퉁이를 돌 때는 그 너머에 쿠비나시가 서 있지 않을까, 자기를 기다리고 있지 않을까 진심으로 두려워했다. 그래도 아무에게도 들키지 않게 세심한 주의를 기울였으므로, 그 뒤로도 다행히 들키는 일 없이 밤중에 오줌이 마려울 때는 본채에서 볼일을 볼 수 있었다.

'그나저나 쿠비나시는 물을 좋아하는 걸까.'

십삼야 참배 때는 히메쿠비 산 우물가에 나타났다. 그 며칠 뒤에는 이치가미 가의 욕탕에 나타났다. 공통되는 것은 그곳이 물을 쓰는 데라는 점이었다.

그러나 대체 언제부터 그랬던 걸까. 요키타카는 우물에서 쿠비나시를 목격한 것이 그날 밤이 십삼야 참배 날이었기 때문이라고 이해하고 있었다. 하지만 이치가미 가 욕탕의 경우는 그가 몰랐을 뿐, 전에도 나타났다고 생각하는 편이 자연스럽지 않을까. 전에는 그가 밤중에 뒷간에 갔을 때와 쿠비나시의 출현이 일치하지 않았거나, 실은 출몰했는데 그가 몰랐거나, 두 가지 가능성을 생각할 수 있었다.

하지만 만약 그대로 아무 일도 없었더라면, 욕탕에서 본 쿠비나시는 우연히 그때만 나온 것이거나 자신이 잘못 본 것이라고 생각했을지 모른다.

그런데 며칠 뒤 저녁이었다. 그는 행주로 덮은 어떤 물건을 두 손으로 든 가네 할멈이 흡사 이목을 피하듯 본채 뒤쪽으로 사라지는 것을 보았다. 일주일쯤 전에 스즈에가 비밀 이야기를 하기 위해 그를 데려간 장소였다. 거의 사용되지 않는 딴채 곳간을 제외하면 아무것도 없고, 다른 곳으로도 통하지 않는 으슥한 곳이었다.
　'열면 안 되는 곳간에 무슨 볼일이…….'
　순간적으로 뒤를 쫓아간 요키타카는 곳간 안으로 들어가려는 가네 할멈을 목격했다. 게다가 돌풍이 불어와 행주를 들추자, 식사가 차려진 밥상이 보이는 게 아닌가.
　'앗!'
　곧바로 그의 머릿속에서 두 가지 사건이 연결되었다.
　이치가미 가의 '열어서는 안 되는 곳간'에는 쿠비나시가 살고 있고 밤중에 욕탕에서 몸을 씻는다.
　물론 그가 성장하면서 이 생각은 수정되었다. 단, 더욱 사실적인 방향으로 바뀌었다. 즉, 이치가미 가의 '열어서는 안 되는 곳간'에는 미쳐버린 히메코가 살고 있고 밤이 되면 욕탕에서 몸을 씻는 건지 모른다는, 그런 현실적인 해석을 하게 된 것이었다. 어째서 그녀의 머리가 없는지, 그것까지는 설명할 수 없었지만.
　하지만 쿠비나시의 수수께끼와는 별도로, 요키타카는 히메코의 의혹에 관해서도 조사해보려 하지 않았다. 가네 할멈이 매일 상을 나르는지, 그것조차 확인하지 않았다. 정말 히메코가 '열어서는 안 되는 곳간'에서 살고 있다면 그것은 이치가미 가에게 너무나도 큰 비밀이고, 그런 비밀에 관여해봤자 자신이 파멸할 뿐이기 때문이었다.
　스즈에는 말했다.
　'그때는 의미를 몰라도 나중에 깨닫게 되는 일도 있으니까 말이야. 뭐가 좀 이상하다, 묘하다는 생각이 들면 우선 기억해두는 거야.'

'표면만 보면 안 돼. 사물에는 반드시 이면이 있는 거야.'

그러나 스스로 나서서 그런 것에 관여하라고는 한 마디도 하지 않았다. 나이는 어렸어도 요키타카는 스즈에의 말에 든 언외의 의미까지 분명히 이해했던 건지 모른다.

'설마 히메코 님이…….'

조주로의 맞선 상대인 마리코를 살해하고 목을 베지 않았을까. 과거의 회상에서 현실로 돌아온 요키타카는 생각했다.

즉, 십삼야 참배 때 우물에서 끌어 올려진 머리 없는 시체는 스즈에였다. 그리고 최소한 후도 옹, 효도, 조주로, 가네 할멈은 히메코가 범인이라는 것을 알고 있고 지난 10년간 그녀를 숨겨주었다. 그렇게 생각해본 것이었다.

물론 모든 것은 상상에 불과하다. 분명한 사실은 가네 할멈이 밥상을 들고 '열어서는 안 되는 곳간'에 들어갔다는 것뿐이었다. 하지만 만약 히메코가 살아 있고 마리코를 죽였다면, 어째서 조주로가 사라졌는지가 설명된다. 아마도 그녀를 피신시키기 위해 같이 행동하는 중일 것이다.

'열어서는 안 되는 곳간 이야기를 순사님한테 해야 할까.'

고민하는 사이에 참배길 앞쪽에 남쪽 도리이 입구가 보이기 시작했다.

그러나 고민하나마나, 다카야시키에게 부탁받은 전갈을 정확하게 사에키에게 전하고 상대방의 질문에 대답하느라 바빠 히메코에 관해 언급할 여유가 전혀 없었다.

사에키에게 전갈을 전하고 남쪽 도리이 입구를 잠시 지키는 역할을 끝낸 요키타카는 곧바로 히메카미 당을 향해 달리기 시작했다.

마리코를 살해한 사람은 누구인가, 왜 그녀의 목을 절단했나. 궁금한 것은 산더미 같았지만, 역시 무엇보다도 조주로의 안부를 한시라도 빨리 확인하고 싶었다.

그러나 무참하게도 그를 기다리고 있었던 것은 조주로로 보이는 남성의 머리 없는 시체가 발견됐다는 충격적인 소식이었다.

14 밀실산

 동쪽 도리이 입구로 이어지는 참배길 중간의 마두관음 사당에서 머리가 없는 남자의 알몸 시체가 발견된 뒤, 다카야시키는 여간 바쁜 것이 아니었다.

 히메카미 촌에서 살인사건과 조우한 것은 10년 전 괴사건이 살인이 아니라면 이번이 처음이건만, 피해자의 시체를 본 지 10분도 되기 전에 두 번째 희생자를 발견해 삽시간에 연쇄 살인으로 발전하고 말았으니 바쁠 만도 했다. 게다가 양쪽 다 머리 없는 시체라는 기괴함까지 더해진 탓에 머릿속은 벌써부터 물음표로 끓어 넘쳤다.

 처음에는 벌거벗은 남자가 옷가지에 머리를 처박은 상태로 똑바로 누워 있다고 생각했다. 그러나 바로 두부가 있어야 할 옷 밑이 묘하게 꺼져 있다는 것을 깨달았다. 그래서 경찰봉으로 조심조심 옷자락을 들추어 보니 머리가 없었다.

 또 다른 머리 없는 시체의 출현에 다카야시키는 얼마나 놀랐는지 모른다.

그래도 처음 생각했던 대로 이루마에게 사건이 발생한 것을 알리고 동쪽 도리이 입구를 청년단이 지키게 한 뒤, 때마침 도착한 마을 의사 이세하시와 셋이서 마두관음 사당으로 돌아갔다. 그곳에서 이세하시가 시신을 조사하는 동안, 이루마를 먼저 히메카미 당으로 보내 여자들을 보호하게 했다. 역시 여자들만 남겨두고 온 것이 걱정되었다. 다만 새로운 피해자가 발견됐다는 사실은 아무에게도 말하지 말라고 못을 박았다.

이세하시가 본 바로는 죽은 지 얼마 되지 않은 시신이라고 했다. 기껏해야 사후 30분에서 40분 정도라는 말을 듣고 다카야시키는 아연했다.

'에가와 란코가 이 참배길로 히메카미 당으로 갔던 시간대 아닌가. 역시 그 여자가 수상하군.'

그렇게 의심했으나, 곧바로 란코가 마리코를 살해하는 일이 절대 불가능했다는 것을 기억해냈다.

'아니, 그 판단은 알리바이를 완전히 확인한 다음에 해야지.'

"으음, 이 시체는······."

수순을 밟아 수사를 진행시켜야 한다고 자신을 다잡는데, 갑자기 이세하시가 신음하기 시작했다.

"무슨 일이십니까?"

"아니, 아무래도 숨이 끊어지기 전에 목이 베인 것 같은데······."

"뭐, 뭐라고요?"

"어깨 위로······ 하카마 같네만, 이걸 덮어씌운 건 피가 튀지 않게 조심한 거겠지."

"그때 피해자는 아직 살아 있었단 말씀입니까?"

"뭐, 머리라도 맞아 기절한 상태였으리라고는 생각하네만, 적어도 움직일 수는 없었을 거야. 하지만 죽지는 않았었어. 목의 절단면에서 흘러나온 피의 양을 봐도 틀림없네."

가공할 사실에 다카야시키는 저도 모르게 몸서리를 쳤다. 그러나 여기서 꾸물댈 수도 없는 노릇이었다. 본격적인 검시는 쓰이카이치 경찰서 수사반이 도착한 다음에 하기로 하고, 이세하시를 독촉해 히메카미 당으로 갔다.

경내가 가까워오자, 세 처녀가 이루마를 에워싸고 있는 광경이 보였다. 요키타카도 그 틈에 끼어 있었다.

그 순간, 다카야시키는 불길한 예감을 느꼈다. 그 예감이 유감스럽게도 적중한 듯, 그를 본 다케코가 맨 먼저 소란을 피우기 시작했다.

"조주로 씨도 죽었다는 말이 사실이에요?"

이루마를 노려보았지만, 눈을 내리깐 그의 표정이 모든 것을 이야기하고 있었다. 아마 세 사람에게, 그중에서도 특히 다케코에게 추궁을 받고 그만 불어버렸을 것이다. 다만 아무 일도 없는데 그녀가 순사를 추궁할 리는 없으니 분명히 이루마의 태도가 이상했으리라. 그래서 빌미를 잡힌 것이 분명했다.

"그런 건 아직 모르네."

"하지만 그 머리 없는 시체는 남자라면서요?"

거기까지 말했나 싶어 다카야시키는 또다시 이루마를 노려보며 퉁명스럽게 대답했으나, 다케코는 집요하게 확인하려 들었다.

"그것도 젊은 남자라면서요?"

"그건 맞지만, 그렇다고 조주로 군이라고는…….'
"달리 또 누가 있다는 거예요?"
"그걸 이제부터 수사하려는 것 아닌가. 자, 여러분. 협조를 부탁드립니다. 이루마 순사와 함께 바로 이치가미 가로 가십시오."
이어서 다카야시키는 이루마에게 이치가미 가에 수사반을 맞이할 준비를 해줄 것을 후도 옹과 효도에게 요청하라고 지시했다. 그리고 사건에 관해 이야기해야겠지만 지금은 최소한의 이야기만 하라고 다시 한 번 못을 박았다.
"요키타카, 넌 이루마 순사를 도와서…….'
다카야시키는 그렇게 말하다 말고, 요키타카가 줄곧 한 마디도 하지 않고 자기 얼굴만 응시하고 있음을 그제서야 깨달았다.
그가 흠칫해서 말을 어물거리자, 요키타카는 보일 듯 말 듯 고개를 끄덕이더니 이윽고 보일 듯 말 듯 고개를 흔들고, 그리고 질문을 던지듯 고개를 갸웃했다. 즉, 벌거벗은 남자의 머리 없는 시체가 조주로인지 아닌지, 그 단순한 몸짓만으로 물은 것이었다.
다카야시키는 순간적으로 모르는 척하려 했으나, 소년의 진지한 눈초리에 자연히 고개를 가볍게 끄덕였다. 하지만 완전히 확인된 것이 아님을 알리기 위해 직후에 고개를 갸웃했다.
다행히 요키타카는 전부 알아들은 듯, 다카야시키에게 고개를 크게 끄덕였다. 그러고는 이루마에게 "안내해 드리겠습니다."라고 하고, 사양하는 란코에게 "괜찮습니다."며 그녀의 보스턴백을 들고 북쪽 도리이 입구로 이어지는 참배길을 앞장서서 걷기 시작했다.
다케코는 그래도 다카야시키에게 맞서려 했으나, 뒤늦게나마 이루마가 끼어들어 말리고, 또 란코가 재촉한 덕분에 이럭저럭 순순히 이치가미 가로 발걸음을 옮겼다.

'어이구야. 조사할 때가 걱정되는군.'

다섯 사람을 배웅하며 다카야시키는 속으로 한탄한 뒤, 이세하시와 함께 히메카미 당에 들어갔다.

의사는 말로는 들어 알고 있었던 모양이나 직접 소라 탑을 보고 놀란 듯, 연달아 이것저것 질문을 던져 다카야시키를 난처하게 했다. 나이는 그보다 열 살은 더 많은 쉰 전후로 보이지만, 전후에 마을에 온 탓인지 이세가미는 히가미 가에 관한 지식이 별로 없었다. 그 덕분에 다카야시키는 상대방의 호기심을 만족시켜주느라 애를 먹었다.

그러나 그것도 중혼사 안쪽 방으로 들어가기 전까지였다. 머리 없는 시체를 본 순간, 이세하시는 입을 딱 다물고 시신을 조사하는 데 열중했다.

"선생님, 어떻습니까. 사후 얼마나 됐을까요?"

"글쎄, 한 한 시간 반쯤 됐겠군."

"네시 사십분 전후로군요."

다카야시키는 손목시계를 보며 중얼거렸다.

"이쪽 여자는 아마 사망 후에 머리가 잘렸을 걸세. 아까 그 남자도 그랬네만, 두 사람 다 외상이 보이지 않으니 두부를 맞았거나 목을 졸렸거나 했겠지."

"그럼 범인은 남자일까요?"

"으음. 살해 방법을 아직 알 수 없으니 뭐라 말하기 어렵네만, 목을 베는 건 여자라도 가능할 거야. 아까 사당에 피 묻은 도끼가 있었는데, 그거라면 여자도 쓸 수 있을 테니까. 게다가 두 피해자 모두 단번에 목이 베인 게 아니야. 도끼를 여러 차례 휘둘러서 목을 절단한 걸세."

이세하시의 말대로 마두관음 사당 안에는 머리 없는 시체를 만드는 데 쓰였다고 여겨지는 도끼가 남아 있었다. 즉, 범인은 첫 번째 살인이 벌어진 중혼사 범행 현장에서 두 번째 살인을 저지른 마두관음 사당까지 도끼를 들고 이동했다는 뜻이다.

"그러니까 처음부터 머리 없는 연쇄 살인을 벌일 작정이었다는 겁니까?"

"음. 두 번째 현장에 도끼를 그냥 방치했으니, 범인은 사전에 그 사당에서 도끼가 필요할 걸 알고 있었다고 볼 수 있지. 물론 도끼를 흉기로 사용하기 위해서 갖고 갔다고 생각할 수도 있지만, 자칫 잘못하면 다량의 피를 뒤집어쓸 위험이 있으니 말일세."

"이 방의 시체나 사당의 시체나 혈흔은 목을 벤 주위에만 있습니다. 즉, 도끼로 머리를 내리친 건 아니라는 말이죠."

"그런 것 같군."

"그런데 도끼를 일부러 사당까지 들고 갔다는 건, 범인은 처음부터 피해자의 목을 베는 게 목적이었던 듯한……."

"음? 살해는 나중 문제였단 뜻인가?"

어지간히 놀랐는지, 시체를 살펴보던 이세하시가 얼굴을 번쩍 치켜들었다.

"물론 목을 베면 그 사람은 죽는 셈입니다만……."

"그렇군. 터무니없는 표현이지만, 범인은 목을 절단한 뒤에 설사 피해자가 살아 있더라도 상관없고, 피해자의 머리를 잘라 들고 갈 수만 있으면 그걸로 만족이었다. 목적을 달성하는 셈이었다. 그런 말인가."

"네…… 역시 미치광이 같은 생각이군요."

"글쎄, 모르겠군. 최소한 남자 쪽은 피해자가 숨을 거두기를 기다릴 시간도 아깝다는 듯이 성급하게 목을 잘랐으니 말이지."

그러면서도 이세하시는 그제야 처음으로 섬뜩한 듯한 표정을 지어 보였다. 머리 없는 시체를 두 구나 조사하면서도 아무것도 느끼지 못하다가, 범인의 광기 어린 심리를 그려본 순간 별안간 두려워졌는지 모른다.

일단 이세하시가 지금 할 수 있는 일을 마치기를 기다렸다가, 다카야시키는 마두관음 사당으로 돌아가 이상이 없는지 확인했다. 그러고는 동쪽 도리이 입구를 지키고 있는 청년단에게 지원을 요청해 사당 앞에도 지킬 사람을 두고 히메카미 당에도 사람을 보냈다. 의사에게 교대할 사람이 올 때까지 마리코 옆을 지켜달라고 부탁해두었던 것이다.

'쓰이카이치 서 수사반이 마을에 도착하려면 아직 멀었으니, 그사이에 시신의 신원을 확인해둘 필요가 있어. 관련자의 움직임도 정리해두고.'

현장 보존을 위한 수배를 마친 그는 숨 돌릴 겨를도 없이 이치가미 가로 갔다.

예상했던 일이라고는 하나, 이치가미 가에서 다카야시키를 맞이한 후도 옹과 효도, 가네 할멈, 그리고 미나토리 이쿠코까지 흥분을 감추지 않고 그에게 질문을 퍼부어댔다. 진정시키려고 했으나, 다른 방에 있던 다케코까지 그 소리를 듣고 가담하는 바람에 수습이 되지 않았다.

"여러분, 제 말을 들으십시오!"

그는 소리를 버럭 질러 전원의 입을 일단 막은 뒤 누가 다시 말하기 전에 큰 목소리로 천천히 차근차근 말했다.

"피해자가 누군지 알기 전에는 경찰도 어떻게 손 쓸 도리가 없습니다. 그러니 그걸 확인할 필요가 있습니다. 조주로 군과 마리코 씨를 확인할 수 있는 분은 누굽니까?"

"조주로 님의 알몸을 보고 알아볼 수 있는 사람은 저겠죠."

가네 할멈이 나지막이 대답하자, 후도 옹과 효도가 말없이 고개를 끄덕였다.

"유모였던 구라타 씨라면 아닌 게 아니라 그렇겠군요."

그렇게 대답하기는 했지만, 여든 살이 훨씬 넘은 노파에게 그 머리 없는 시체를 보여줘도 되는지 조금 망설여졌다. 하지만 아무리 생각해도 달리 적임자가 없다는 생각이 들었을 때, 요키타카가 눈에 띄었다.

'그래, 이 애도 조주로 군과 가장 가까운 위치에 있었던 인물 아닌가.'

그렇게 생각한 다카야시키가 요키타카에게도 확인을 시키려고 했을 때, 가네 할멈이 격앙된 표정으로 소리치다시피 단호하게 말했다.

"조주로 님의 마지막은 제가 지킬 겁니다!"

다카야시키의 걱정과 생각을 표정과 시선의 움직임으로 재빨리 알아차린 모양이었다.

"순사 선생, 가네 할멈 말을 들어주면 안 되겠나."

뜻밖에도 후도 옹이 그에게 머리를 숙여 부탁했다. 가네 할멈을 불러들인 목적을 생각해내고 그 역할을 마지막까지 수행케 하고자 한 것인지 모른다.

"알겠습니다. 그럼 조주로 군의 확인은 구라타 씨에게 부탁드리기로 하고······."

"마리코 씨는 제가 하죠."

란코가 손을 슥 들었다. 시선이 일제히 그녀에게 쏠렸다.

"으음, 당신이······."

현 시점에서 유력한 용의자인 에가와 란코에게 신원 확인이라는 중대한 역할을 맡겨도 되는지 다카야시키는 고민했다. 그러자 후도 옹이 또다시 입을 열고 말했다.

"일부러 고리 가에서 누굴 불러와봤자 가출했던 딸을 알아볼 수 있을지 모르는 일일세."

"그건 그렇습니다만······."

"순사님은 절 의심하셔서요."

란코의 숨김없는 말에 모두들 술렁거렸다.

"아니, 그런 건······."

"괜찮습니다. 그게 일이시니까요. 마리코 씨는 왼쪽 가슴 한구석에 점이 세 개 있는데, 그게 이등변 삼각형을 그리고 있어요. 그리고 오른쪽 허리뼈 위엔 점이 네 개 있는데······ 아, 종이에 그릴게요. 그 밖에도 마리코 씨라고 알아볼 수 있는 특징이 있거든요."

다카야시키가 뭐라 하기도 전에 란코는 수첩을 꺼내 한 장 찢어서는 마리코의 신체적 특징을 상세히 적기 시작했다.

그녀의 그런 언동을 보고 가네 할멈은 숨을 훅 들이마신 듯했다. 아무리 같은 여자라 해도 그렇지, 란코가 마리코의 신체를 구석구석까지 너무 잘 아는 것을 보고 놀란 것인지도 모른다. 아니, 가네 할멈만이 아니라 다카야시키도 마찬가지였지만, 그의 경우는 전혀 다른 의미에서였다.

'역시 이 두 사람은 예사 관계가 아니었나.'

아내인 다에코가 《그로테스크》라는 동인지를 보여주며 에가와 란코와 고리 마리코는 동성애자가 아닐까 하는 소문이 문단에 퍼져 있다고 이야기해주었다. 하기야 다에코는 두 사람이 남의 이목을 피해 동거하는 것과 그 작풍 때문에 그런 추문(그녀는 오해라는 표현을 썼다)이 날조됐을 것이라 했다. 《그로테스크》의 활동을 응원하는 아내로서는 그렇게 생각하고 싶은 심정이 강하리라.

'뭐, 둘이 공중목욕탕에 갈 기회는 분명히 많기야 하겠지만…… 하지만 보통 상대방의 몸을 이렇게까지 구석구석 잘 아나?'

순간적으로 다에코의 나체를 떠올린 다카야시키는 나잇값도 못하고 얼굴을 붉혔다.

'잠깐, 만약 여자의 머리 없는 알몸 시체가 아내인지 아닌지 확인하라고 하면…… 난 자신 있게 그걸 판단할 수 있을까.'

그러다 금세 진지하게 생각해보니, 알 수 있을 것 같기는 하지만 단언까지는 무리일지도 모른다는 생각이 들었다.

'아니면 여자들은 원래 동성의 몸매가 신경 쓰이나? 그래서 평소 무의식중에 관찰하기 때문에 점의 위치와 모양까지 아는 건가?'

그렇게 해석해보려 했지만, 란코가 건넨 메모를 훑어보고 그는 생각을 고쳤다.

'아니, 역시 너무 자세해.'

그는 두 사람의 사이가 정상이 아님을 확신했다. 거기에 마리코를 살해한 동기가 숨어 있는 게 아닐까. 그녀가 혼사 모임에 참가해 조주로와 맞선을 보는 것을 란코가 질투한 게 아닐까.

다카야시키는 그런 의심을 겉으로 드러내지 않도록 주의하며 에가와 란코를 다시금 살펴보았다. 그리고 효도와 가네 할멈, 미나토리 이쿠코, 란코에게 동행을 청해 이세하시와 함께 히메쿠비 산으로 돌아갔다.

이미 날이 저물어 어둠에 싸인 참배길을 따라 머리 없는 시체가 기다리는 히메카미 당의 혼사와 마두관음 사당을 돌고 신원을 확인하는 행위는 말로 표현할 수 없을 만큼 섬뜩했다. 여섯 명씩이나 되는 어른이 함께 움직이고 현장을 청년단이 지키고 있는데도, 다카야시키는 산의 어둠이 무서웠다. 물론 태도에 드러내지는 않았지만, 만약 자기 혼자였다면…… 하고 생각하니 그것만으로도 팔에 소름이 돋았을 정도였다.

'요키타카는 여섯 살밖에 안 됐을 때 용케 이런 데에 들어왔군그래.'

새삼스럽게 감탄하는 것과 동시에, 그의 조주로에 대한 애정이 얼마나 깊은지를 생각하니 갑자기 신원 확인 작업을 하기가 괴로웠다. 하지만 이것은 직무라고 스스로를 타일렀다.

중혼사에 간 다카야시키는 란코의 메모를 들고 머리 없는 시체를 이세하시와 함께 자세히 살펴보았다. 그 결과, 거의 모든 특징이 메모에 적혀 있는 대로임을 알 수 있었다. 양쪽이 일치한 셈이었다. 만일을 위해 란코에게 직접 확인하게 하자, 그녀는 고리 마리코가 분명하다고 딱 잘라 말했다.

"허……."

그 순간, 가네 할멈은 한숨을 크게 내쉬더니 두 손으로 염주를 굴리며 염불을 외기 시작했다. 그 자리에 있던 전원이 그녀를 따라 시신을 향해 합장했다.

일행은 이어서 마두관음 사당에 갔는데, 시체의 신원을 확인하는 데 의외로 애를 먹었다. 왜냐하면 가네 할멈이 단언하지 않았기 때문이었다.

"어떻습니까? 잘 보시죠."

다카야시키는 머리가 있던 언저리에 거적을 덮은 시신 옆으로 그녀를 불러 확인할 부분이 있으면 가르쳐달라고 했다.

시신은 남자치고는 살빛이 하얀 데다 체격도 가냘픈 것이 도무지 스물세 살 먹은 남자처럼 보이지 않았다. 최소한 육체노동을 했던 몸은 아니었다. 그렇기 때문에 이 마을에서 해당하는 인물이라고는 조주로밖에 없다는 것이 명백했다. 무엇보다도 사건이 일어났을 당시 히메쿠비 산의 상황을 생각해도 피해자가 될 수 있는 남자는 조주로뿐이었다.

그렇기 때문에 가네 할멈이 시신의 목덜미에서 발끝까지 훑어보기만 하고 "조주로 님이십니다."라고 했을 때, 다카야시키는 '역시나' 하며 신원 확인은 그것으로 끝났다고 여겼다.

"틀림없습니까?"

그렇게 재차 확인한 것도 어디까지나 형식적인 질문이었다. 당연히 대답은 '네'이리라 생각하고 있었다.

그런데 왜 그런지 가네 할멈은 별안간 자신 없는 어조로 이렇게 대답하는 것이 아닌가.

"그런…… 것 같군요."

"네? 무슨 말씀입니까? 이 시신은 조주로 군이 맞죠?"
"예…… 아마……."
"자, 잠깐만요. 그럼 조주로 군이 아닐 가능성도 있다는 말씀입니까?"
"아뇨, 그런 건……."
"하지만 조주로 군이라고 단정할 수는 없다고요?"
"예…… 그도 그럴 게 머리가 없잖습니까, 순사 나리."
"아, 아니. 그러니까 시신을 잘 보시고 조주로 군인지 아닌지 확인해주셨으면 하는 겁니다."
"예, 그건 그렇게 했죠."
"그랬더니 그 결과는?"
"조주로 님이라고 생각했습니다."
"즉, 이 시신은 히가미 조주로 씨라고 봐도 틀림없는 거죠?"
"예…… 제 생각엔 그렇지 않을까 싶은데……."

계속 이런 식이었다. 난처해진 다카야시키는 효도에게 도움을 청했으나, 가네 할멈이 확인할 수 없으면 자신은 무리라고 했다. 미나토리 이쿠코에게도 물어봤지만, 조주로처럼 보인다고만 할 뿐 역시 단언하기는 망설여지는 듯 보였다.

'이 두 사람은 어쩔 수 없다 쳐도.'

어째서 가네 할멈은 명확히 단언하기를 거부하는지 도무지 이해가 되지 않았다. 조주로의 유모였던 그녀라면 그야말로 점의 개수와 위치를 비롯해 다른 특징까지 알 것 아닌가.

'혹시 조주로 군의 죽음을 인정하기 싫은 건가.'

그런 생각도 해봤지만, 가네 할멈은 아무리 봐도 완전히 체념한 얼굴이었다. 최소한 조주로가 죽었다는 사실은 틀림없이 받아들인 것처럼 느껴졌다.

'그럼 이유가 뭐지?'

그 이상 가네 할멈에게 물어봤자 만담 같은 대화가 이어질 뿐이라고 판단한 다카야시키는 이치가미 가로 돌아가기로 했다.

"여러분, 수고 많으셨습니다."

그가 철수할 기색을 보이자, 가네 할멈은 노골적으로 안도한 표정을 짓고 당장에라도 그 자리를 떠날 것처럼 행동했다.

'대체 어떻게 된 일이지?'

중혼사보다도 간단히 끝나리라고 생각했던 사당의 시신 확인이 예상과 완전히 다르게 전개된 탓에 다카야시키는 당혹했다. 차라리 조주로가 아니라고 했으면 분명하고 좋았으리라는 생각까지 들 정도였다.

그러나 얼마 되지 않아 그는 가네 할멈이 어째서 머리 없는 시신을 조주로라고 완전히 인정하지 않았는지, 그 경악을 금치 못할 이유를 알게 된다. 그야말로 간담이 서늘해질, 도저히 믿을 수 없는 그 기이한 까닭을.

하지만 그때 그는 할 일이 많았다. 우선 신원 확인은 지금 상태로 놔두기로 하고, 이치가미 가로 돌아가자마자 서둘러 관련자 조사에 착수했다. 수사반이 도착하기 전에 혼사 모임의 진행 상황에 맞춰 주요 인물들의 움직임과 시간의 흐름을 명확히 밝히고 정리, 기록해 두고 싶었다.

그 결과, 완성된 것이 옆의 시간표였다.

십삼야 참배 중 관련자의 움직임

2시	후타가미 가의 다케코와 미카미 가의 하나코가 이치가미 가에 도착. 다카야시키가 히메쿠비 산의 북쪽 도리이 입구를, 이루마가 동쪽 도리이 입구를, 사에키가 남쪽 도리이 입구를 순찰하기 시작.
2시 반	고리 가의 마리코가 이치가미 가에 도착.
2시 45분	세 신부 후보가 제사당으로 들어감.
3시 15분	감색 두건을 쓰고 감색 기모노를 입은 다케코가 제사당에서 나와 히메카미 당으로 감.
3시 20분	회색 두건을 쓰고 회색 기모노를 입은 하나코가 제사당에서 나와 히메카미 당으로 감.
3시 25분	갈색 두건을 쓰고 갈색 기모노를 입은 마리코가 제사당에서 나와 히메카미 당으로 감.
3시 반	동쪽 도리이 입구에 나타난 고지를 이루마가 돌려보냄.
3시 45분	조주로가 제사당에서 나와 히메카미 당으로 감.
3시 50분	요키타카가 히메쿠비 산으로 들어감.
4시	조주로가 히메카미 당으로 들어감. 에가와 란코가 철도 종점인 가쓰마오 역에 내림.
4시 10분	조주로가 내혼사에 들어가 다케코에게 차를 대접.
4시 20분	조주로가 외혼사에 들어가 하나코에게 차를 대접.
4시 30분	조주로가 중혼사에 들어갔다고 여겨짐.
4시 40분	이 시각 전후에 마리코가 살해되어 목이 절단됐다고 보여짐. 에가와 란코가 목탄 버스 종점인 노도보토케 입구 정류장에 내림. 히메카미 촌 동쪽 큰문을 통과해 히메쿠비 산 동쪽 도리이 입구로 감.
5시 전	요키타카와 다카야시키가 합류.
5시	이루마가 동쪽 도리이 입구에서 에가와 란코를 통과시킴.

5시 넘어	다케코가 중혼사로 들어가 여성의 머리 없는 알몸 시체를 발견. 그때 조주로를 찾아 소라 탑에서 히메카미 당까지 갔으나 아무도 보지 못함.
5시 10분	다케코가 외혼사에서 하나코와 합류해 둘이 중혼사로 들어감.
5시 15분	이 시각 전후에 조주로가 살해되어 목이 절단됐다고 보여짐. 에가와 란코가 마두관음 사당 앞에서 전방에 인기척을 감지.
5시 20분	다케코와 하나코가 히메카미 당 밖으로 나옴.
5시 25분	에가와 란코가 히메카미 당에 도착, 다케코와 하나코를 만남. 다카야시키와 요키타카가 그에 합류.
5시 40분	다카야시키가 히메카미 당과 소라 탑을 조사한 뒤, 여성의 머리 없는 알몸 시체를 중혼사에서 발견.
5시 50분	다카야시키가 동쪽 도리이 입구로 이어지는 참배길 중간의 마두관음 사당 안에서 남성의 머리 없는 알몸 시체를 발견.

 그 뒤, 쓰이카이치 경찰서 수사반이 도착했다. 다카야시키는 오에다 경부보의 지시에 따라 히메쿠비 산의 세 출입구를 청년단의 협조를 얻어 이튿날 아침까지 지켰다. 이어서 아침 일찍 산을 수색했으나, 수상한 인물은 발견하지 못했다. 또 세 참배길 어디에도 양옆으로 사람이 지나간 흔적이 없음이 판명되었다. 서쪽 히카게 고개로 이어지는 길도 마찬가지였다.
 물론 범인이 히카게 고개에서 히메쿠비 산으로 들어와서는 서쪽 길을 통해 히메카미 당에 침입해 마리코를 죽이고, 이어서 마두관음 사당에서 조주로를 죽인 다음 온 길을 되돌아갔을 가능성은 있었다.
 그러나 고개의 험준한 지형과 오가는 전 과정을 검토한 결과, 지나치게 수고가 드는 데다 만약 그랬다면 사당에서 돌아올 때 다케코와 하나코, 또는 에가와 란코의 눈에 띄었을 것이라는 점에서 그 가능성은 당분간 수사 대상에서 제외했다. 고개 부근에 사람이 지나간 흔적이 전혀 없었다는 것도 그런 결정을 뒷받침했다.

 즉, 사건 당시 히메쿠비 산은 또다시 거대한 밀실 상태였던 것이다. 10년 전 십삼야 참배 때 그랬던 것처럼.

히가미 가 사람들

히메쿠비 산에서 머리가 잘린 2중 살인사건이 발생한 이튿날 오후, 이치가미 가의 안방에는 히가미 일족이 모였다.

너무나도 기이한 광경이었다. 왜냐하면 경찰에 제공된 다른 방에서는 쓰이카이치 경찰서 수사반 사람들이 대기하고 있고, 또 현장 검증을 비롯해 히메쿠비 산 전체에서 수사가 진행 중이며, 머리 없는 두 구의 시체는 대학병원으로 옮겨져 해부되려고 하는 마당에, 이치가미 가에 모인 사람들의 목적은 효도의 뒤를 이을 히가미 가의 후계자 문제를 논의하는 것이기 때문이었다.

'조주로 님이 돌아가신 지 얼마나 됐다고……'

가네 할멈에게 말석에 앉으라고 지시를 받은 요키타카는 불만스러운 표정을 감출 수 없었다.

자신의 손자와 아들을 일족의 후계자로서만 봤던 후도 옹이나 효도, 자기 자식이건만 젖먹이 아기를 전적으로 유모에게 맡기고 어미

다운 행동을 아무것도 하지 않았던 후키. 그런 어딘가 제정신이 아니라고 생각할 수밖에 없는 사람들은 별개로 쳐도, 가네 할멈만은 조주로의 죽음을 진심으로 슬퍼하리라고 생각했다. 그런데도 어제부터 그녀에게서 그런 감정의 발로가 거의 보이지 않았다.

'혹시 너무 슬퍼서?'

또는 가네 할멈의 성가신 성격으로 볼 때, 남 앞에서 우는 모습을 보이기 싫어한다고 보는 것도 가능하다.

'시신이 조주로 님이 맞는다고 단정하지 않은 것도 그 죽음을 인정하기가 괴로워서 그랬던 게 아닐까.'

어제 다카야시키가 으슥한 곳으로 불러내서 가네 할멈의 이상한 행동에 관해 이야기하기에, 순간적으로 떠오른 감상을 솔직하게 말하자 다카야시키도 일단 납득한 듯하기는 했다. 그렇기는 해도 그녀의 반응을 실제로 보고 이것저것 질문을 했던 순사로서는 그 외에 어떤 숨겨진 의미가 있다고 느껴졌던 모양인지, 짚이는 데가 없느냐고 물었다. 하지만 아무리 생각해도 알 수 없었다.

그러나 그때 요키타카는 이제 곧 자신이 그 진짜 이유를, 엄청난 연유를 알게 되리라고는 당연히 생각지도 못했다.

"이걸로 전원이 모였나."

상석 중앙에 앉은 후도 옹이 모여 있는 사람들의 얼굴을 훑어보며 말했다.

"그렇습니다. 히가미 가의 주요한 사람은 모두 모였습니다."

요키타카가 볼 때 후도 옹의 왼편에 앉은 효도가 즉각 맞장구를 쳤다.

그 두 사람이 나란히 앉은 상석의 좌우부터 요키타카가 있는 말석까지 히가미 가 사람들은 두 줄로 나뉘어 앉아 있었다. 자리 순서를 두고 다툼이 벌어지기도 했지만, 마지막에는 후도 옹의 한 마디로 결정되었다.

우선 후도 옹의 왼쪽에는 효도의 아내인 후키, 이어서 가네 할멈, 그리고 후도 옹의 첫째 여동생이자 미카미 노마님인 후타에, 후타에의 전사한 아들 가쓰키의 아내 아야코, 그 둘째 딸이자 혼사 모임에 참가했던 하나코, 셋째 딸 모모코 등 여섯 명이 앉았다. 하인인 가네 할멈이 미카미 가 사람들보다도 상석에 앉은 것으로 보아 이치가미 가에서 그녀가 차지하는 지위를 자연히 알 수 있었다.

그 맞은편에는 효도의 오른쪽으로 후도 옹의 누나이자 후타가미 노마님인 가즈에 부인, 그 아들인 고타쓰, 그의 아내 후에코, 두 사람의 둘째아들인 고지, 맏딸이자 혼사의 모임에 참가했던 다케코, 그리고 에가와 란코가 앉았다.

이 두 줄이 끝나는 지점에서 두 사람쯤 간격을 두고 줄과 줄 사이에 해당되는 자리에 미나토리 이쿠코와 요키타카가 나란히 앉아 있었다. 요키타카는 후도 옹과, 이쿠코는 효도와 마주 앉은 모양새였다.

즉, 2대 6의 짧은 변과 긴 변으로 직사각형을 그리는 셈이었다.

"후도 씨, 이야기를 시작하기 전에 먼저 묻지요. 어째서 다른 분이 이 자리에 계시지요?"

사람들이 모이기 시작했을 때부터 불만이었던 듯한 가즈에 부인이 말씨는 정중하지만 내뱉는 듯한 말투로 그렇게 말했다. 그녀에게 후도는 동생이지만 히가미 가의 장이라는 입장 때문에 평소에도 높여 부르곤 했다.

"아아, 에가와 란코 씨 말입니까? 아니, 듣자 하니 고리 가의 마리코와 친했다고 하기에, 말하자면 대리인 같은 입장으로 참석해달라고 한 거요."

"그런 것이라면 고리 가에 시집간 미쓰에와 마리코의 부모를 불러야……."

"불러오는 데만도 시간이 걸리지 않소. 게다가 이런 자리에 고리 가를 꼭 부를 필요가 없다는 것쯤은 누님도 알 텐데."

"그럼 대리인 같은……."

"나도 여느 때 같으면 구태여 대리인 따위를 세울 생각을 않소. 하지만 마침 에가와 란코 씨가 와 있으니, 그 사람이 이 자리에 참석했다가 후일 그 내용을 고리 가에 전달해주면 좋을 것 아니오."

"하지만 후도 씨, 이런 타지 사람을……."

"시끄럽소! 누님은 옛날부터 내가 하는 일을 사사건건 반대하는데……."

"그것과 이건……."

"매한가지 아니오!"

후도 옹의 일갈로 에가와 란코의 참석은 인정되고 말았다. 물론 가즈에 부인은 납득하지 못한 듯했지만, 그 이상 물고 늘어져봤자 소용없다고 단념했는지 말없이 고개를 홱 돌렸을 뿐이었다.

'후타가미 노마님이 화낼 만도 하지.'

결코 가즈에 부인에게 호감을 갖고 있다고 할 수 없는 요키타카였지만, 여기서는 그녀의 주장이 옳다고 생각했다.

'아무리 마리코 씨와 친했다고 해도 그렇지. 란코 선생님은 완전히 국외자잖아.'

게다가 정작 마리코와의 관계도 얼마 전부터 위태로웠을 터였다. 무엇보다도 이 자리에서 이야기한 결과를 그녀가 고리 가에 전한다는 보증은 전혀 없었다. 그녀에게 그럴 의무는 없으니까.

'란코 선생님이 후도 옹을 회유했나.'

그러나 금세 아무래도 아닌 것 같다고 짐작이 갔다. 효도가 엉큼한 눈초리로 란코를 흘끔거리고 있었기 때문이었다.

'그렇군, 나리가 주선한 거야.'

남장미인을 보고 효도의 나쁜 버릇이 발동한 것이리라. 조금이라도 오래 이치가미 가에 붙들어두기 위해 그녀를 끌어들인 건지도 모른다. 효도라면 충분히 하고도 남는다.

남편의 한심한 모습을 후키가 사나운 눈초리로 노려보고 있었다. 아니, 그녀만이 아니었다. 스즈에가 효도의 간통 상대로 거론했던 후타가미 가의 후에코도 예전 정부의 태도를 차가운 시선으로 보고 있었다. 하지만 당사자인 효도는 아내와 옛 간통 상대가 노려보거나 말거나 란코에게서 눈을 떼려 하지 않았다.

그런데 자세히 관찰하니, 란코에게 의미심장한 눈길을 던지는 사람은 효도만이 아니었다. 조금 전부터 후타가미 가의 고지도 그녀를 묘한 시선으로 보는 것이 아닌가.

'성가신 상황이 벌어지지 않으면 좋겠는데.'

요키타카가 불안해하던 때였다.

"저, 역시 전 자리를 뜨는 편이…… 여기는 히가미 가 분들끼리……."

"무슨 말씀을. 그런 걱정은 안 하셔도 됩니다. 그 히가미 가의 장이 허락했으니까요. 그냥 계십시오."

란코와 효도가 그의 생각을 뒷받침하는 듯한 말을 눈앞에서 주고받았다.

"암, 이런 경우엔 제삼자의 냉정한 의견이 필요한 게야."

지금까지 타인의 의견에 귀를 기울여본 적이 없는 후도 옹이 그런 말을 하며 웃었다. 자신이 아들의 호색을 만족시키기 위해 이용당하고 있다는 것은 알 리가 없겠으나, 몇몇 출석자는 요키타카처럼 바로 사정을 눈치 챈 듯했다. 다만 그것을 증명하기는 불가능할 뿐더러, 공연히 후도 옹의 노여움을 살 뿐이라 모두들 아무 말도 하지 않았다. 속으로 비웃기는 할지언정…….

'어쩐 불쾌한 느낌인걸.'

에가와 란코를 둘러싼 소동이 없어도 방 안 공기는 처음부터 나빴을 것이다. 하지만 그녀로 인해 분위기가 더욱 이상해진 것은 분명했다.

"그럼 후도 씨, 히가미 가의 후계자 말인데……."

란코 따위는 무시하면 그만이라고 생각했는지, 가즈에 부인이 느닷없이 핵심을 찔렀다.

"조주로 씨가 무서운 일을 당해 이치가미 가의 대를 이을 수 없게 된 지금, 히가미 세 집안의 남자는 일족의 장인 후도 씨, 이치가미 당주 효도 씨, 그리고 후타가미 당주 고타쓰, 그 아들인 고지, 이 넷뿐입니다."

가즈에 부인은 후도 옹을 보고 있었지만, 그 자리에 있는 전원에게 네 사람의 이름을, 그중에서도 특히 뒤의 두 사람의 이름을 말하고 있다는 것은 누가 봐도 명백해 보였다.

"물론, 전 효도 씨와 비슷한 나이니……."

고타쓰가 즉각 가즈에 부인의 말을 받았다.

"지금부터 후계자가 될 생각은 없습니다. 게다가 후도 옹께서 워낙 정정하시니까요. 그 덕분에 히가미 가도 이렇게 평안합니다. 다만 그렇다고는 해도 언젠가는 대를 물려줘야겠지요. 역시 젊은 사람에게 뒤를 맡겨야 합니다. 그렇게 생각하면 모자란 자식이나마 여기 있는 고지가……."

"누님."

고타쓰의 말을 잠자코 듣고 있던 후도 옹은 흡사 그 말을 한 사람이 가즈에 부인이라는 듯 그녀에게 말했다.

"누님은 거기 있는 고지가 장차 이 히가미 가의 장이 될 만한 그릇이라고 생각하오?"

"그릇이고 뭐고, 후계자를 생각하면 달리 누가……."

"아니, 그 문제는 잠시 내버려두기로 하고, 내가 묻는 건 고지가 이치가미 가의 당주가 되고 장차 히가미 가의 수장이 되는 게 과연 우리 일족의 영화에 어떤 효용을 가져올 것인지, 아니면 화를 불러올 것인지 하는 이야기요. 그야말로 히가미 가의 존망이 위급하다고 할 수 있지 않겠소."

"뭐……."

고지의 얼굴색이 단번에 변했다. 지적받지 않아도 본인이 이미 잘 아는 사실이라고는 하나, 친척들 앞에서 대놓고 업신여김을 당해 화가 난 모양이었다. 당장에라도 뛰쳐나가 후도 옹에게 덤벼들 기세였다.

그때 가즈에 부인이 의연한 목소리로 말했다.

"유감스럽게도, 아닌 게 아니라 이 애는 의지가 안 되겠지요."

"어, 어머니! 무슨 말씀을!"

그녀가 선선히 인정하자, 고타쓰가 당황해서 끼어들려 했다.

"꼴사납게 허둥대는 것 아니다."

그러나 가즈에 부인은 엄한 표정으로 아들을 질타하고는, 이번에는 엷은 웃음을 띠며 말을 이었다.

"하지만 후도 씨. 히가미 가에선 대대로 아들에게 대를 물린 역사가 있습니다. 그것도 이치가미 가 직계의 아들이 대를 잇고 일족을 다스린다는 관습이지요."

"그렇소, 누님."

"그런데 이치가미 가에 아들이 없을 경우, 그 역할을 맡는 건 후타가미 가, 미카미 가예요. 하지만 미카미 가는 유일한 남자였던 가쓰키가 나라를 위해 전사했습니다. 가쓰키와 아야코 사이엔 스즈코, 하나코, 모모코 등 딸만 태어났지, 아들은 없지요. 한편, 후타가미 가는 덕분에 당주인 고타쓰가 건재합니다. 손자 고이치가 나라를 위한 일이라고는 하나 전사한 게 참으로 애석한 일입니다만, 다행히 그 동생인 고지가 있으니까요. 구태여 설명할 필요도 없이, 현재 히가미 가의 후계자를 둘러싼 상황은 너무나도 명명백백하지 않습니까?"

"그렇군. 즉, 앞으로는 이치가미 가와 후타가미 가의 입장이 바뀌어야 한다, 얌전히 다 내놔라, 그런 뜻인가."

빈정거리는 가즈에 부인에게 후도 옹은 노골적인 표현으로 맞받아쳤다.

"아니지요, 고타쓰 말대로 후도 씨는 아직 정정하시니, 필요에 따라 곁에서 조언이라도 해주시면 저희도 마음이 든든하겠습니다."

가즈에 부인도 지지 않고 여전히 비아냥조로 명백히 은퇴를 촉구하는 발언을 했다. 그 순간, 방 안이 술렁거리고, 말로 표현되지 않은 각자의 심중이 어지럽게 교차하는 듯 보였다.

그런데도 당사자인 후도 옹은 일부러 그러는 것처럼 보일 정도로 태연하게 말했다.

"그나저나 가네 씨. 마두관음 사당에서 발견됐다는 머리 없는 시체가 조주로라고 확실하게 알겠던가?"

"아닙니다, 큰나리. 그럴 것 같다고 순사 나리께 말씀드리긴 했지만, 조주로 님이 분명히 맞는다고는 전 한 마디도……."

"그렇지. 조주로는 살아 있을 가능성도 있다는 이야기야."

웅성거리던 방 안이 삽시간에 조용해졌다. 요키타카의 눈에는 효도를 제외한 전원이 대체 무슨 말을 하느냐는 표정으로 후도 옹과 가네 할멈을 뚫어지게 쳐다보았다.

"조주로 씨가 살아 있다고요?"

이윽고 가즈에 부인이 혼잣말처럼 중얼거리나 싶더니 금세 말했다.

"그럼 산에서 발견된 머리 없는 시신은 대체 어디의 누구란 말이지요? 세 도리이 입구는 세 명의 순사가 지키고 있었다고 들었습니다. 산에 들어간 남자는 이 댁의 조주로 씨 한 사람뿐이란 뜻이에요. 아무리 생각해도 시신은 조주로 씨가 아닙니까. 도대체가 가네 씨는……."

"그러니까, 그 가네 씨 본인이 머리 없는 시신은 조주로였다고 단언할 수 없다 하지 않소."

"그래요, 그러니까 그럼 그 시신은 대체 누구냐는……."

"내가 알 게 뭐요! 시신의 신원을 밝혀내는 건 경찰이 할 일 아니오. 조주로냐고 묻기에 가네 씨는 그런 것 같다고 대답했소. 절대 틀림없느냐고 확인하기에 그렇게까지 자신이 있지는 않다고 대답했소. 당연한 일 아니오."

후도 옹이 호통을 친 것은 처음뿐, 그 어조에는 점차 불쾌한 냉소가 어리기 시작했다.

'그렇구나, 가네 할멈이 신원 확인을 확실하게 안 한 건 이 후계자 소동을 예상하고 그런 거였구나. 만의 하나라도 조주로 님이 살아 계실 가능성이 있다고 하면, 생사가 분명해질 때까지 히가미 가의 후계자 문제는 결정이 유보될 테니까.'

통상적이라면 생각할 수 없는 동기였지만, 조주로가 살해됐을지도 모르는데 그 다음 날 이렇게 일족이 모여 다음 후계자 후보를 논하는 현실을 보면, 본의는 아니지만 가네 할멈의 조심성도 수긍이 갔다.

"그러니까 이런 겁니까?"

가즈에 부인은 사정을 재빨리 눈치 챈 듯 사나운 어조로 물었다.

"시신이 조주로 씨라고 확실하게 밝혀질 때까지 후계자 문제는 다루지 않는다? 전혀 건드리지 않는다? 그런 말씀입니까?"

"그렇게 되겠군. 하지만 누님, 어쩔 수 없는 일 아니오."

"후도 씨, 그런 식으로 시간을 벌려 들다니 꼴사납다는 생각 안 듭니까!"

드디어 가즈에 부인이 화를 냈다.

"어제 상황을 생각하면 시신은 조주로 씨가 틀림없다고 생각하는 게 보통 아닌가요. 그리고 가네 씨, 아무리 머리가 없어도 그렇지,

댁이 조주로 씨를 알아보지 못할 리가 없습니다. 안 그런가요? 뭐, 댁은 후도 씨를, 이 이치가미 가를 생각해서 그런 말을 하는 거겠지만…… 하지만 말이죠, 그런 짓을 하고 있다간 언제까지고 조주로 씨를 죽인 가증스러운 범인을 잡지 못해요."

"그건 경찰이 할 일이오. 우리는 조주로의 무사를 기원할 뿐이고……."

"아직도 그런 속이 보이는 뻔한 말을 합니까."

"그럼 뭐요. 누님은 조주로가 죽은 편이 낫다는 말이오? 아아, 그렇군. 후타가미 가에게는 그 편이 훨씬 편리하겠지."

"대, 대체 무슨 그런…… 잘도 그런 소리를 하는군요. 알겠습니까? 문제를 바꿔치기하는 건 용납하지 않겠어요. 조주로 씨의 시신이 맞다고 확인할 수 있는데도, 히가미 가의 후계자 문제를 질질 끌고 결정을 유보하는 건 그쪽이니까요."

"누명도 그런 누명이 없소만, 뭐, 됐소. 조주로의 사망이 확인될 때까지 이야기를 진행시킬 수 없다는 건 자명하니까."

후도 옹과 후타가미 노마님이 서로를 노려보는 가운데, 방 안은 또다시 고요해졌다. 하기야 소리만 나지 않을 뿐, 공기는 팽팽하게 긴장되어 정전기처럼 따끔따끔하게 살갗에 느껴질 정도였다.

"저……."

그때 란코가 조심스럽게 입을 열었다.

"오오, 뭐지? 뭐 의견이라도 있으신가?"

때마침 다행이라는 듯 후도 옹은 앙숙인 누나에게서 시선을 떼고 사람 좋은 노인 같은 웃음을 띠며 란코를 돌아보았다. 그러나 그 웃음도 그녀의 다음 말로 슥 엷어졌다.

"머리 없는 시신이 조주로 씨인지 아닌지는 아마 내일모레쯤 알 수 있지 않을까 싶습니다만."

"뭐, 뭣이? 그게 무슨 소리인가?"

"실은 오늘 아침에 요키타카 군에게 부탁해서 조주로 씨의 방을 봤는데, 그때 그 순사님이 오셔서……."

"기타모리 주재소의 다카야시키 씨입니다."

질문을 받기 전에 요키타카가 보충해서 설명했다.

"그래서 조주로 씨의 지문이 묻어 있을 만한 물품을 몇 점 가져가시겠다고 하기에 조주로 씨가 읽던 책과 조주로 씨가 애용하던, 전에 제가 보내드린 만년필 등 지문 채취에 유효할 만한 것들을 찾는 걸 도와드렸습니다. 이쪽에 찾아뵙기 직전까지 조주로 씨와 편지를 주고받았기 때문에 뜻하지 않게 제가 도움이 돼드릴 수 있었던 셈입니다……."

란코의 말을 듣고 후도 옹과 가네 할멈의 표정이 순식간에 흐려졌다. 효도조차 그녀를 보는 시선이 엉큼한 눈초리에서 공연한 짓을 했다는 비난 어린 눈초리로 바뀌었다.

"어머, 그 지문이라는 걸 경찰이 조사하면 조주로 씨의 시신인지 아닌지 분명해지는 건가요?"

가즈에 부인은 란코를 완전히 돌아보지 않고 오른쪽으로 비스듬히 시선만 돌려 물었다.

"네. 시신의 지문과 조주로 씨 방에 있던 서적이나 만년필에 남아 있던 지문, 이 둘이 일치하면 유감스럽게도 목이 잘린 시신은 조주로 씨가 됩니다. 늦어도 모레 오전 중에는 그 결과가 나올 거라고 들었어요."

"그래요, 작가는 역시 재미있는 지식을 갖고 계시는군요."

가즈에 부인은 에가와 란코가 동석하는 것을 노여워했던 사실 따위는 없었던 양 온화한 웃음을 띠고 줄 맨 끝에 앉아 있는 그녀를 물끄러미 보았다.

여담이지만 조주로가 읽던 책은 '수탉사 추리 총서'의 《오구리 무시타로》와 신주샤에서 나온 밴 다인의 《주교 살인사건》 두 권이었다.

"그럼……."

후도 옹에게 시선을 되돌린 가즈에 부인은 의기양양한 목소리로 말했다.

"모레 오후에 기타모리 주재소 순사님도 동석해서 오늘과 똑같은 모임을 갖기로…… 하지요, 후도 씨?"

그녀는 히가미 가의 수장인 동생을 아랫사람 대하는 듯한 어조로, 허가를 구한다기보다 확인을 재촉하는 태도를 노골적으로 드러내고 말했다.

그에 대해 후도 옹은 벌레 씹은 표정으로 "음……" 하고 그냥 목소리를 낸 것 같은 대답을 했다.

그래도 가즈에 부인은 흡족한 표정으로 전원을 둘러보며 말했다.

"그럼 여러분, 오늘은 이만……. 모레 다시 뵙지요."

그러나 그날 모임에서 히가미 가 사람들에게는 머리 없는 2중 살인사건 따위는 단숨에 어디론가 날아가버릴 정도로 경악스러운 사실이 폭로되리라고는 요키타카조차도 예상치 못했다.

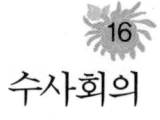

수사회의

히가미 가 사람들이 이치가미 가에 모여들기 시작했을 무렵, 다카야시키는 쓰이카이치 경찰서 수사반에게 주어진, 객실 둘을 터서 만든 넓은 방에서 책임자인 오에다 경부보와 이와쓰키 형사, 두 사람과 얼굴을 맞대고 있었다.

다른 수사원들은 오전 중에 이어 히메쿠비 산에 있었다. 세 사람만 남은 것은 전날 그가 작성해둔 '혼사 모임 중 관련자의 움직임' 시간표를 토대로 사건을 처음부터 차근차근 정리하고 향후의 수사 방침을 정하기 위해서였다.

이야기는 세 명의 신부 후보가 혼사로 들어가고 조주로가 각 방에 얼굴을 내민 시점까지 나아간 참이었다.

"실제 판단은 해부 결과를 기다렸다가 내리게 되겠네만."

오에다 경부보는 풍채 좋은 몸집에 어울리는 참으로 점잖고 중후한 목소리로 말했다.

"이 표와 이세하시 의사의 견해로 보건대, 첫 번째 살인과 목 절단은 네시 반에서 다섯시 사이에 벌어진 게 되겠군."

"네. 다만 범행에 걸린 시간은 약 이십 분일 것이라 여겨집니다."

이와쓰키가 즉각 덧붙여 말했다.

"그러니 첫 번째 범행을 끝낸 범인이 범행 현장인 중혼사에 다케코가 들어오기 전에 히메카미 당을 떠나는 건 충분히 가능했던 셈입니다."

"그렇군. 하지만 그 부분을 검토하기 전에 우선 다카야시키 순사가 알아차린 두건의 모순에 관한 이야기를 들어볼까."

"옛!"

상대의 경부보라는 직위와 중량감 넘치는 체격 때문인지, 위압감에 긴장하면서도 다카야시키는 열심히 설명을 시작했다.

"좀 전에도 말씀드렸다시피 본관은 북쪽 도리이 입구의 석비 뒤에 숨어 있었습니다. 이윽고 제사당에서 세 처녀가 나왔는데, 그때 두건과 기모노의 순서가 감색, 회색, 갈색이었습니다."

"두건 때문에 얼굴은 보이지 않았고?"

"예. 다만 세 사람 집안의 격을 생각하면, 맨 처음 감색이 후타가미 가의 다케코, 다음 회색이 미카미 가의 하나코, 마지막 갈색이 고리 가의 마리코라는 건 알 수 있습니다. 구라타 가네 씨에게도 확인해봤는데, 그게 세 사람이 선택한 색이 맞는다고 합니다."

"그 가네 할멈 말이네만, 여기는 멀쩡한가?"

이와쓰키가 자기 머리를 가리키며 엷은 웃음을 띠고 말했다. 조주로의 신원 확인을 둘러싼 소동에 관해 다카야시키가 오에다에게 한 보고를 들었기 때문이리라. 나이는 다카야시키보다 열 살쯤 아래인 것 같았지만, 이와쓰키는 노골적으로 시골 주재소 순사를 무시하는 듯한 태도였다. 물론 계급은 상대방이 높기 때문에 다카야시키는 어디까지나 정중하게 대답했다.

"예, 그야 나이가 많다 보니 착각을 한다거나 잘못 기억하는 일은 있을지 모릅니다. 하지만 다케코와 하나코도 각각 자기가 감색과 회색을 골랐고 마리코가 갈색이었다고 증언했습니다."

"허, 확인은 했다 이 말인가."

거만하고 어딘지 모르게 업신여기는 듯한 이와쓰키의 어조에 오에다가 한마디 하고 싶은 듯했으나 결국은 잠자코 다카야시키를 돌아보았다.

"좋아, 그 점은 확인했다 치고. 이야기를 계속하게."

"옛! 이 세 사람의 순서는 당연히 혼사에도 해당됩니다. 즉, 외혼사에는 다케코가, 중혼사에는 하나코가, 내혼사에는 마리코가 들어가는 겁니다. 그 순서대로 남자가 돌기 때문에 역시 처음이 유리하리라는 생각 때문인 것 같습니다."

"두 번째와 세 번째는 기다리기만 하다가 끝날 가능성도 있다는 소리로군."

이와쓰키가 중얼거리자, 오에다가 고개를 크게 끄덕이며 말했다.

"다케코라는 여자는 보아하니 만만치 않을 것 같던데, 조주로가 자기 혼사에 들어오면 무슨 수를 써서라도 붙들지 않았을까."

"아마 조주로도 그 점은 충분히 예상했으리라고 생각합니다. 다만 다케코가 한 수 위였던 거죠."

"맨 먼저 혼사에 들어간 다케코가 일부러 집안의 격을 무시하고 내혼사를 선택했기 때문인가?"

"예. 조주로는 다케코가 외혼사에, 하나코가 중혼사에, 마리코가 내혼사에 있으리라고 생각했을 겁니다. 그 상황에서 조주로가 누구를 신부로 선택할 생각이었는지 이제는 알 길이 없습니다만, 최소한 맨 먼저 만나려 했던 사람은 마리코였던 것으로 여겨집니다."

"그 근거는?"

"조주로가 관습을 무시하고 맨 먼저 내혼사에 들어갔기 때문입니다."

"그런데 내혼사에서 기다리고 있었던 건 뜻밖에도 다케코였다?"

이와쓰키가 확인하는 듯한 어조로 끼어들었다.

"그렇습니다. 조주로는 분명히 크게 놀랐겠죠. 집안의 격으로 따지면 당연히 그곳엔 마리코가 있어야 합니다. 게다가 문손잡이엔 마리코가 썼을 갈색 두건이 분명히 걸려 있었으니까요."

"잠깐."

오에다가 한 손을 들어 말을 막았다.

"분명히 제사당에선 조주로가 칸막이 뒤에 있어 세 처녀의 모습을 볼 수 없었다고 하지 않았나?"

"그런 배려는 있었습니다. 하지만 조주로가 내혼사, 외혼사, 중혼사 순으로, 즉 정확히 다케코가 의도한 대로 움직였다는 사실에서 실은 칸막이 뒤에서 은밀히 세 사람을 살펴보고 있었다는 추측이 가능합니다. 히메카미 당으로 가는 순서에서 어느 색이 누군지는 간단히 짐작할 수 있겠죠."

"그럼 다케코가 있는 내혼사에서 나온 조주로가 이어서 외혼사로 들어간 건……."

"다케코의 감색 두건이 거기 있었기 때문입니다. 조주로는 이런 식으로 생각하지 않았을까요. 두 번째인 하나코는 그런 다케코의 속셈 따위는 모르고 자기에게 주어진 중혼사를 선택했다. 그리고 마지막으로 마리코가 유일하게 남은 외혼사로 들어갔다. 그런데다 세 사람이 자리 잡기를 기다렸다가 다케코는 자신의 감색 두건과 마리코의 갈색 두건을 바꿔치기했다…… 이렇게 말이죠."

"그럼 다케코는 조주로가 칸막이 뒤에서 자기들을 엿보고 있었던 것까지 눈치 채고 있었던 건가?"

"그렇게 보이더라고 하더군요. 하지만 설사 잘못 본 것이었어도 만일을 위해 두건을 바꿔치기했을 거라고 증언했습니다."

"그럼 실제로는 이렇게 된 건가. 다케코가 내혼사에 들어갔다는 걸 알아차린 하나코는 이거 잘됐다 하고 중혼사가 아닌 외혼사를 선택했다. 그러나 다케코는 하나코가 그러리라는 것까지 예측하고 있었다. 그래서 자기가 있는 내혼사에 갈색을, 하나코가 있는 외혼사에 감색을, 마리코가 있는 중혼사에 회색 두건을 걸어놓음으로써, 처음엔 외혼사에 자기가, 중혼사에 하나코가, 내혼사에 마리코가 있는 것처럼 보이게 했다 그거지?"

"예, 그렇습니다."

"그렇게 해서 조주로가 맨 먼저 자기에게 오게 꾀를 썼다. 그런데다 혹시 조주로를 놓쳤을 경우에도 바로 마리코를 만나지는 못하게 획책했다. 자기 감색 두건을 하나코가 있는 외혼사에 걸어놓음으로써 마리코가 있는 것처럼 꾸몄다. 누구라도 단순히 두 개의 두건이 바꿔치기 됐다고만 생각할 테니까. 이게 **두 번째** 속임수였다."

"다케코는 만의 하나 자기가 조주로의 신부가 될 수 없을 경우, 고리 가의 마리코보다는 미카미 가의 하나코가 그나마 낫다고 생각한 것 같습니다. 하나코의 행동까지 예측하고."

"무, 무서운 여자로군."

이와쓰키가 또다시 혼잣말처럼 중얼거렸으므로, 다카야시키는 무심코 쓴웃음을 지었다.

"속았다는 걸 안 조주로는 차를 달이면서 얼버무렸겠죠. 우선 처음에 전원에게 차를 대접하는 게 관습이라면서 말입니다."

"아아, 그래서 겨우 십 분 만에 다케코의 마수에서 달아날 수 있었던 거로군."

이와쓰키의 머릿속에서 다케코는 완전히 마녀 같은 존재로 변한 모양이었다.

"내혼사에서 나온 조주로는 남은 두 혼사 문을 확인하고 외혼사에서 감색 두건을 발견합니다. 그리고 경부보님께서 말씀하신 것처럼 다케코가 자신의 감색 두건과 마리코의 갈색 두건을 바꿔치기했다고 단순히 생각해서 하나코와 맞닥뜨리게 된 겁니다."

"하는 수 없이 이번에도 차를 달이고 역시 십 분 만에 나왔다?"

오에다의 확인에 다카야시키는 "예." 하고 대답했다.

"조주로가 외혼사에서 나와 중혼사로 들어갔다고 생각되는 시각이 네시 반경입니다. 사망 추정 시각이 네시 사십분 전후이니, 공교롭게도 이곳에서도 십 분이 소요된 걸 알 수 있습니다. 다만 중혼사에서 차를 달인 흔적은 전혀 없었습니다."

"조주로는 곧바로 마리코와 이야기를 하고 싶었다?"

"그렇게 보입니다."

"그런데 이야기가 틀어졌기 때문에 마리코를 죽였을 가능성은 있겠군요."

이와쓰키가 오에다에게 자신의 생각을 말했으나, 경부보는 한 손을 들어 그것을 제지했다.
"용의자를 검토하기에 앞서, 다케코와 하나코는 중혼사의 이변을 몰랐나?"
"두 사람 말로는 옆 혼사의 말소리가 전혀 들리지 않는다고 합니다. 다만 하나코의 증언에 따르면 조주로가 외혼사에서 나간 지 십 분쯤 지났을 때 중혼사 쪽에서 쿵 하고 둔탁한 소리가 들렸던 것 같다고 하더군요. 다케코에게 확인하자, 그러고 보니 아닌 게 아니라 이상한 소리가 들렸다고 합니다."
"그 소리는 한 번만 들렸나?"
"예, 이건 어디까지나 제 견해입니다만……."
"자네가 생각한 것, 떠오른 것, 뭐든 좋으니 가르쳐주게. 뭐니 뭐니 해도 자네가 이 집에 관해서건 마을에 관해서건 가장 잘 아니 말이지. 자네가 있어서 참 든든하군."
"옛, 감사합니다. 기대에 부응할 수 있도록 본관도 최선을 다하겠습니다."
"다카야시키 순사, 그렇게 긴장하지 말고……."
"옛, 죄송합니다."
"아닐세. 그래서 자네의 견해란 게 뭔가?"
"예. 중혼사에서 발견된 시신의 위치로 보건대, 피해자는 밀쳐지든 뭐든 해서 장식단과 반침 사이의 기둥에 뒷머리를 부딪쳐 그 때문에 사망한 게 아닐까요."
"하나코가 들은 건 그 소리인가."
"그럼 사고란 말인가?"

이와쓰키가 뜻밖이라는 어조로 말했다.

"그럴 가능성도 있다고는 생각합니다만, 그 뒤에 피해자의 목을 벤 것으로 볼 때 죽이려고 몸싸움을 벌이다가 그렇게 됐다고 보는 편이 나을지도 모릅니다."

"피해자가 기둥에 머리를 부딪쳤다면 흔적이 남아 있을지도 모르겠군. 뭐, 조만간 감식의 보고로 알게 되겠지."

오에다는 그렇게 말을 맺고 물었다.

"그래서 그 피해자 말이네만, 고리 마리코가 맞나?"

"글쎄요. 어제 히메쿠비 산에 드나든 여자는 후타가미 가의 다케코, 미카미 가의 하나코, 고리 가의 마리코, 에가와 란코 이 네 명뿐입니다. 그중에 마리코를 제외한 세 사람은 건재하고, 애초에 란코는 피해자가 살해됐다고 보이는 시간에 목탄 버스 종점인 노도보토케 입구 정류장에 막 내린 참이었으니까요."

"거기에는 증인이 있습니다."

이와쓰키가 설명을 보충했기 때문인지, 오에다는 형사에게 에가와 란코의 행적을 먼저 설명하도록 지시했다. 마리코와 란코는 외지에서 왔다는 이유로, 어제 마을까지 두 사람이 이동한 경로는 특히 꼼꼼하게 조사한 듯했다.

"에가와 란코가 종점인 가쓰마오 역에 내린 건 어제 오후 네시입니다. 이건 역무원들에게 확인된 사실입니다."

이와쓰키는 수첩을 꺼내 팔랑팔랑 넘겼다.

"에…… '처음엔 이 근방에선 보기 힘든 세련된 중절모를 쓰고 멋진 양복을 입은 남자가 있구나 싶었는데 영 이상했다. 남자치고는 머리도 좀 길었다. 자세히 보니 옅게 화장을 했기에 기절초풍했다.

남창인가 싶어 자세히 봤는데, 그런 것치고는 예쁘게 생겼다. 묘한 녀석이라고 고개를 갸웃거렸더니만, 설마 여자가 남장을 하고 있었을 줄이야…… 아니, 그런 건 생각도 못 해봤다' 하고 란코를 목격한 역무원 대다수가 무척 놀란 듯했습니다."

"그야 그렇겠지."

"목탄 버스 운전사와 차장도 마찬가지였습니다. 똑같은 복장을 한 다른 여자가 있었다고는 생각할 수 없으니 에가와 란코의 행적은 확실합니다. 또 에가와 란코와 고리 마리코 외에 어제 이 히메카미 촌에 들어온 타지 여자의 존재는 확인된 바 없습니다."

"다섯 번째 여자가 히메쿠비 산에 들어온 흔적은 없다……라."

"나이가 비슷한 마을 여자 중에 행방불명이 된 자도 없습니다."

이번에는 다카야시키가 덧붙여 말했다.

"그런 상황에서 히메쿠비 산 자체에 드나들기도 쉽지 않았을 뿐더러, 마리코와 친했던 란코가 신원을 확인한 셈이로군."

"그것과 관련해서입니다만, 란코는 도쿄로 돌아가는 대로 마리코의 지문이 묻었을 법한 물건을 경찰에 보내겠다고 합니다."

"좋아. 지문 조회는 그렇게 하기로 하고, 머리 없는 여자의 시체는 고리 마리코로 봐도 문제없겠지. 하지만 그렇게 되면 알 수 없는 게, 범인은 왜 피해자의 목을 절단했느냐 하는 것이로군."

"사건 당시 히메쿠비 산의 상황은 범인도 잘 알고 있었다고 생각합니다. 즉, 아무리 머리를 잘라 숨겨도 피해자가 마리코라는 것은 누가 봐도 짐작할 수 있습니다."

"그 범인 말입니다만……."

이와쓰키가 수첩을 넣으며 오에다에게 말했다.

"범행 시간대에 히메쿠비 산이 일종의 밀실이었다면, 그 내부에 있었던 다케코, 하나코, 조주로 세 사람과 외부에서 들어간 란코, 그리고 주위를 얼쩡거리던 후타가미 가의 고지, 이렇게 다섯 사람이 용의자가 아닐까 싶은데, 어떻습니까?"

"그렇군. 하지만 그중에 동기 면에서 가장 혐의가 짙다고도 할 수 있는 고지는 히메쿠비 산에 들어갈 수 없었으니 알리바이가 성립되지 않나."

"십 년 전과 똑같습니다."

다카야시키가 혼잣말처럼 말했다.

"자네 이야기에 나왔던 십삼야 참배 사건 말이로군. 아닌 게 아니라 수상한 일치라고 할 수 있겠지. 하지만 과거든 현재든, 그자의 알리바이를 허물기는 불가능하지 않나?"

"예, 무리일 것 같습니다."

"고지는 일단 용의 선상에서 제외하기로 하고……."

"문제는 란코입니다, 경부보님."

이와쓰키가 덤벼들 듯한 기세로 말하자 오에다는 쓴웃음을 지었다.

"아무래도 자네 생각을 들어볼 때가 된 것 같군."

"마리코 살해에 관해선 분명히 란코한테 알리바이가 있습니다. 하지만 조주로 살해에 관해선 아슬아슬하게 가능하단 말이죠."

오에다의 말에 이와쓰키는 더욱 기세등등해서는 생기 넘치는 어조로 말했다.

"신부 자리를 둘러싸고 다툼이 있었다곤 하지만, 다케코와 하나코한테 마리코를 죽일 동기가 있었다곤 생각되지 않습니다. 그럼 남는 건 조주로밖에 없습니다. 아마 조주로와 마리코 사이에, 이유는 알 수 없지만 말다툼이 벌어졌습니다. 그 결과 조주로가 마리코를 밀치는 바람에, 마리코는 기둥에 머리를 부딪고 죽었습니다. 놀란 조주로는 도망쳤지만, 중간에 히메카미 당으로 오던 란코와 마주칩니다. 그때 발작적으로 마리코를 살해했다고 고백했기 때문에 란코가 조주로를 죽여 복수했다는 게 이 사건의 진상이 아닐까요. 연쇄 살인으로 보이지만 실은 불연쇄 살인이었던 겁니다."

"그렇군. 하지만 이와쓰키, 방금 그 해석은 무슨 일이 있어도 에가와 란코를 범인으로 내세우기 위해 억지로 하나의 흐름을 만들려는 것처럼 보인단 말이지."

오에다에게 그런 지적을 받고 흠칫한 사람은 이와쓰키가 아니라 다카야시키였는지 모른다.

'나 역시 어느샌가 란코를 범인 취급하고 있었지.'

그것도 이와쓰키처럼 불연쇄 살인 설도 아니고 더욱 막연한 의심이었으니, 그런 의미에서는 형사보다 질이 더 나빴을지 모른다.

'역시 란코가 타지 사람이라서, 게다가 남장미인이라는 이단자라서, 처음부터 그런 색안경을 끼고 봤을지도 몰라.'

그런데 실제의 란코는 수사에 매우 협조적이었다. 오히려 다케코가 얼마나 애를 먹였는지 모를 정도다.

'하지만 란코에게선 뭐라 형언할 수 없는 불안감이 느껴져. 이 마을에 와서 살인사건에 말려든 걸 사실은 환영하고 있고 탐정 놀이를 시작할 기회를 노리는 것 같은…….'

다카야시키가 새로운 에가와 란코 상을 그리는 옆에서 이와쓰키는 여전히 자기 의견을 고집하고 있었다.

"하지만 경부보님, 그렇게라도 생각하지 않으면 이 사건은 설명이 안 된단 말입니다."

"그래, 그걸세. 그 전제부터가 잘못된 거야. 사건을 그런 식으로 대하는 게 얼마나 위험한 일인지 전에도 여러 차례 주의를 주지 않았나."

"아, 아뇨…… 그건……."

"실은 나도 다케코와 하나코를 용의 선상에 올려놓는 건 동기 면에서 약하지 않나 싶었네. 하지만 히가미 가에서 이치가미 가, 후타가미 가, 미카미 가, 그리고 고리 가 등 각 집안이 갖는 관계, 이치가미 가의 후계자 문제, 삼삼야 참배, 십 년 전의 십삼야 참배 사건, 그리고 혼사 모임이란 의례의 의미를 알고 났더니 세 신부 후보는 아마 우리가 생각하는 맞선과는 전혀 다른 기분으로 혼사에 가지 않았을까 하는 생각이 들더군."

"즉, 다케코나 하나코도 마리코를 살해한 용의자가 충분히 될 수 있다는 말씀입니까?"

"그래. 다만 두 사람은 마리코를 살해할 순 있었어도 조주로까지는 무리지. 다케코가 하나코와 합류한 다섯시 십분부터 란코가 두 사람을 본 다섯시 이십오분까지 두 사람은 서로의 알리바이를 확인해주는 입장에 있어."

"조주로의 사망 추정 시각인 다섯시 십오분경에 두 사람은 아직 혼사에 있었습니다."

다카야시키가 시간표를 가리키자, 이와쓰키가 또다시 열띤 어조로 말했다.

"두 사람이 공범이라면 어떨까요? 한쪽이 조주로를 히메카미 당에서 데리고 나가는 사이에 나머지 한쪽이 마리코를 살해하고 목을 절단합니다. 그 뒤 도끼를 들고 앞서 나간 두 사람을 쫓아갑니다. 그리고 마두관음 사당에서 기다리는 공범자 및 조주로와 합류해 이번엔 둘이서 조주로를 살해하고……."

"뭣 때문에 말인가?"

오에다가 날카롭게 물었다.

"예?"

"두 사람이 공모해서 마리코를 죽이는 것까지는 그렇다 치고, 어째서 조주로까지 죽이지? 기껏 경쟁 상대를 줄여놓고 중요한 신랑까지 죽이는 건 이상하지 않나?"

"조주로가 범행을 눈치 챈 탓에 입을 막기 위해서……."

"그럼 일부러 두 사람의 목을 벤 건?"

"그건…… 하지만 경부보님, 다케코와 하나코의 공범이든, 조주로와 란코의 불연쇄 살인이든, 둘 중 하나가 아니면 이 사건은 설명할 수 없습니다. 아뇨, 그런 사고방식이 잘못됐다는 지적은 저도 충분히 이해하고 있습니다. 하지만 이런 기묘한 사건에 관해선 그런 식의 검토도 필요하지 않겠습니까?"

이와쓰키의 호소를 들으면서도 오에다는 시간표를 보며 말했다.

"조주로가 돌아올 생각을 않자 참다못한 다케코가 중혼사에서 마리코의 시신을 발견하고 하나코와 합류해서 란코를 만나기까지, 아닌 게 아니라 시간이 좀 너무 걸린 것 같기도 하군."

"마, 맞습니다!"

흥분하는 이와쓰키를 무시하고, 오에다는 설명을 구하듯 다카야시키를 보았다.

"본인은 동요해서 현장에 한동안 우두커니 서 있었다고 합니다. 또 하나코와 합류한 뒤로는 상대방이 심히 겁에 질려 있어서 그걸 달래느라 애를 먹었다는군요."

"흠. 머리 없는 알몸 시체를 봤으니 뭐, 그럴 만도 하겠지."

"하, 하지만 경부보님……."

"한편, 란코는 도리이 입구에서 히메카미 당까지 한 십오 분 걸리는 거리를…… 이십오 분이나 걸렸다."

"그, 그겁니다, 경부보님! 그게 바로 란코가 범행을 저질렀다는 분명한 증거 아닙니까!"

"그 점에 관해선 뭐라 설명하던가?"

더욱 흥분하는 부하를 진정시키기 위해선지 오에다는 담담한 어조로 다카야시키에게 물었다.

"참배길 중간에 있는 석비 중에서 관심이 가는 걸 하나씩 살펴봤기 때문이랍니다."

"그건 거짓말이야. 젊은 여자가 그런 석비에 관심이 있을 리 없잖나."

"그런데 석비에 새겨져 있던 글을 수첩에 베껴놨지 뭡니까."

"뭐?"

"게다가 란코는 작가이다 보니, 그런 데 관심을 보이는 것도 반드시 이상하다고 할 수만은 없는 부분이 있어서……."

"그, 그건 사전에 준비해두면……."

"하지만 란코가 마을에 온 건 이번이 처음이기 때문에…… 아, 물론 변장이라도 하고 몇 달 전에 마을에 잠입해서는 석비의 글자를 베꼈을 가능성까지 부정할 순 없습니다만."

"아니, 거기까지 생각할 필요는 없겠지."

두 사람의 이야기에 오에다가 끼어들었다.

"그렇게 되면 계획적인 범행이 되니, 이와쓰키의 불연쇄 살인이라는 해석 자체가 성립되지 않지."

"그럼 란코는 처음부터 조주로가 마리코를 죽이게 하고 그새 자신의 알리바이를 만든 다음, 조주로와 합류한 뒤 살해할 계획을 세웠을……."

"동기는 뭔가? 내 말은, 란코가 마리코와 조주로를 살해할 이유도 그렇네만, 혼사 모임이라는 의례 중에 그런 복잡한 계획을 세워 두 사람을 죽일 필요가 뭐냐는 동기 말일세. 두 사람을 죽이고 싶으면 조주로를 도쿄로 불러내 거기서 이것저것 수를 쓰는 편이 훨씬 나을 것 아닌가. 물론 어째서 피해자의 목을 절단했는가 하는 동기의 수수께끼도 거기 포함되네."

"……."

"게다가 목의 절단면에 관해 마음에 걸리는 이세하시 의사의 소견이 있었지."

입을 다물어버린 이와쓰키를 무시하고 오에다가 책상 위의 자료를 뒤적이기 시작했다. 다카야시키는 즉각 말했다.

"예. 마리코와 조주로의 목을 절단한 건 십중팔구 동일 인물의 소행이라는 게 이세하시 선생님의 견해입니다. 절단면의 특징으로 볼 때 거의 틀림없다고 하셨습니다."

"범인은 중혼사에서 마리코를 살해한 뒤 목을 베고, 그런 다음 마두관음 사당에서 조주로를 죽이고 마찬가지로 목을 절단했다 그런 이야기인가."

오에다가 사건의 흐름을 재정리했을 때, 다카야시키는 가슴 속에 맺혀 있던 의문을 말했다.

"중혼사에 들어간 뒤로 조주로의 움직임을 경부보님은 어떻게 생각하십니까?"

"으음, 바로 그거야. 조주로에게 무슨 일이 있었는지를 생각하면, 이와쓰키의 해석도 초반은 맞을지도 모른다는 생각이 든다는 말이지."

"어, 어느 부분 말씀입니까, 경부보님?"

별안간 이와쓰키가 활기를 되찾고 기대 어린 눈으로 오에다를 보았다.

"조주로와 마리코 사이에 말다툼이 벌어져, 조주로가 실수로 마리코를 죽였다는 부분 말일세."

"기둥에 머리를 부딪힌 게 마리코의 사인이라는 것 말씀이군요?"

"현장에서도 추측이 가능한 해석이니 말이야. 다만 정말 그 때문에 죽었을지 의문은 남거든."

"기절했을 가능성도 있다는 말씀입니까?"

"어쨌든 상대를 죽였다고 생각한 조주로는 당황한 나머지 발작적으로 히메카미 당에서 달아났네. 심리적으로 이치가미 가가 있는 북쪽으로 가지 않고 동쪽 참배길로 들어섰어. 왜 동쪽을 택했는지는 몰라. 하지만 앞쪽에서 누가 오는 걸 알아차리고 반사적으로 마두관음 사당에 숨었어."

"그게 란코였군요? 그렇군요. 거기까지는 자연스러운데요."

"그래, 거기까지는 그렇지. 하지만 여기서부터 기이한 범인이 등장해. 그 범인은 중혼사에 죽어 있는 마리코의 머리를 잘라, 또 아직 살아 있었을 경우에는 숨통을 끊은 다음 머리를 잘라, 흉기인 도끼를 갖고 마두관음 사당으로 달려갔어. 그리고 이어서 조주로를 살해하고 이번에도 목을 베어 두 사람의 머리를 들고 사라졌다는 게 된단 말이지."

"그 경우, 범인의 이상 행동도 수수께끼지만, 그 이전에 중혼사에 마리코가 쓰러져 있고 마두관음 사당에 조주로가 숨어 있다는 걸 어떻게 알았는지, 그걸 알 수가 없군요."

"꼭 우연히 발견하고…… 하는 것 같지."

오에다의 '기이한 범인'이라는 표현에 다카야시키의 뇌리에 히메코의 모습이 떠올랐다.

'말도 안 돼…… 히메코는 십삼야 참배 때 죽지 않았나.'

즉각 부정했지만, 히메카미 촌에 기이하다고 할 수 있는 인물이 달리 없다는 사실이 다카야시키를 뭐라 말할 수 없이 불안하게 했다.

'아니, 히메코의 어머니 후키가 있군. 그리고 가정교사 미나토리 이쿠코도…… 요키타카의 이야기론 이 두 사람도 꽤 위험한 것 같으니까.'

그렇게 고쳐 생각했지만, 그렇다고 굳이 오에다에게 알릴 정도로 중요한 일은 아니라고 판단했다. '하인 아이를 집요하게 괴롭히기 때문에, 아오쿠비 님을 이상할 정도로 신앙하기 때문에'라는 이유만으로 히메쿠비 산에서 벌어진 연쇄 목 절단 살인사건의 용의자가 될 성싶지는 않았다.

'게다가 마리코는 어찌 됐든, 두 사람이 조주로를 살해할 것 같지는 않지. 후키는 모친다운 애정이 없었는지 모르지만, 이치가미 가의 안녕을 위해선 조주로가 필요했을 터. 이쿠코는 그와는 정반대로 조주로에 대한 애정이 넘쳤으니, 역시 범인으로 보기는 무리가 있어. 하물며 조주로의 목을 베는 건…….'

다카야시키가 골똘히 생각에 잠겨 있으려니, 오에다가 흥미진진한 얼굴로 물었다.

"뭐 짚이는 데라도 있나?"

"아, 아뇨…… 그런 건……."

허둥지둥 부정했지만, 상대는 납득하지 못한 듯했으므로 다카야시키는 말했다.

"제가 말씀드릴 필요도 없는 일이지만, 이 사건을 해결하려면 '범인은 누군가, 범행은 어떻게 저질러졌는가, 살해 동기는 무엇인가' 하는 점을 추구하기보다 '범인은 어째서 피해자의 머리를 잘라 갖고 갔는가' 하는 수수께끼를 풀어야 할지도 모른다는 생각이 문득 들었던 겁니다."

"목을 절단할 필연성을 발견하는 게 사건 해결로 이어지는 지름길일지도 모른다?"

"예. 한 사람만이면 광기에 사로잡혀 저지른 범행이라고 볼 수도 있겠지만, 두 사람이 똑같이 목이 절단된 셈이니 어떤 확고한 동기가 있는 게 아닐까요."

"설마 아오쿠비 님인가 하는 신의 소행이라는 말인가?"

이와쓰키가 사뭇 깔보는 듯한 어조로 대꾸했다.

"아, 아닙니다. 그런 건 절대……."

"그런 건 단순한 마을의 전설이잖나. 그 석비만 해도 존재감은 있지만 뒤로 돌아가 보면 그냥 이끼 끼고 지저분한 돌에 불과하던데."

"예? 제, 제단 뒤로, 무덤 근처까지 들어가신 겁니까?"
"수사를 위해서인데, 어디든 발을 들여놓는 게 당연하지 않나."
"구, 구둣발로 말씀입니까?"
"그런 데서 신발을 벗으란 말인가?"
"이봐, 이와쓰키."

오에다가 끼어들었다.

"미신 자체를 검토할 필요는 없네만, 특수한 신앙과 연관된 광신적인 범행일 가능성이 있으니 덮어놓고 업신여기는 건 좋지 못해."
"예, 예에……."
"이치가미 가 후계자의 신부 선택을 둘러싼 소동도 시야에 넣을 필요는 있지만, 혼사 모임 자체가 그런 신앙의 일부이니 말이지."
"……예, 죄송합니다."
"그리고 그런 이야기를 믿느냐 안 믿느냐와는 별개로, 신앙의 대상을 대할 때는 설사 수사를 위해서일지라도 그 나름의 예를 다할 필요가 있는 걸세."
"예…… 앞으로 주의하겠습니다."
"오에다 경부보님. 오전에 히메쿠비 산을 수색했을 때 두 사람의 머리는 역시 발견되지 않았습니까?"

발견됐으면 이미 자기에게도 알렸으리라고 생각하면서도 다카야시키는 내내 마음에 걸렸던 것을 물었다. 물론 이와쓰키와의 거북한 분위기를 얼른 불식시키고 싶었기 때문이기도 했다. 게다가 사건을 검토하는 것이 뭐니 뭐니 해도 가장 시급한 일이다.

"오, 그렇군. 아직 자네에겐 오늘 아침 수사 결과를 말 안 했군. 유감스럽게도 아직 발견하지 못했네. 참배길에서 숲으로 들어간 흔적은 없지만 내던지는 일은 얼마든지 가능하지. 가장 성가신 건 히카게 고개에서 눈 아래 펼쳐진 삼림 지대에 투기했을 경우야."

"만약 그런 경우라면 수색은 상당한 난항을 겪으리라 사료됩니다."

"다만 머리는 발견 못했네만, 이상하게도 책 몇 권이 흩어져 있었단 말이지."

"책……이 말씀입니까?"

"그것도 하나같이 뭐라 하는 출판사의 탐정소설이야. 이와쓰키, 다카야시키 순사에게……."

오에다의 지시에, 이와쓰키가 내키지 않는 표정으로 수첩을 펴고 내밀며 말했다.

"그 요키타카라는 소년의 말로는 조주로의 장서가 아니라고 하네만……."

수첩에는 '수탉사 추리 총서'라는 이름 아래 에도가와 란포, 오시타 우다루, 아쿠타가와 류노스케, 모리 오가이, 기기 다카타로, 고지마 마사지로, 우미노 주조 등 일곱 작가의 이름이, 그리고 '수탉 미스터리'라는 이름 아래 E. C. 벤틀리의 《트렌트 마지막 사건》, E. 필포츠의 《빨강머리 레드메인즈》, F. W. 크로프츠의 《통》 등이 적혀 있었다.

"이 '수탉사 추리 총서'라는 건 한 작가에 한 권씩이야. 아쿠타가와 류노스케와 모리 오가이도 들어 있는 건 좀 놀랐네만, 에가와 란코 말로는 원래 이 뒤로 외국 작가 일곱 명의 장편이 간행될 예정이었는데 나오지 못하게 됐다는군. 그래서 그중 몇 권은 '수탉 미스터리'라는 다른 묶음으로 나중에 간행됐다던데."

"란코에게도 확인하신 겁니까?"

이와쓰키의 보고를 듣고, 다카야시키는 그녀가 역시 사건에 간섭하려는 것이 아닐까 싶은 뭐라 형언할 수 없는 불안감에 또다시 사로잡혔다. 그러나 상대는 그것을 비난으로 받아들인 모양이었다.

"물론 처음엔 요키타카한테 물어봤어. 하지만 조주로 것 같긴 한데 자기는 처음 보는 책도 있는 것 같다면서 확실하게 말을 못 하는 걸세. 자네는 그 애의 증언을 중요하게 생각하는 것 같은데……"

"어이, 이와쓰키. 그런 건 됐고, 이야기를 계속하지."

오에다가 즉각 질타했다.

"아, 예…… 그래서 조주로의 서재에 가보니, 란코가 거기서 무슨 원고 같은 걸 쓰고 있더군. 이런 때 일을 하는 건가 싶어서 어이가 없었지만, 메모를 보여주니 '수탉사 추리 총서' 일곱 권은 자기가 전에 조주로한테 보내준 책이라고 증언했어. 거기에 오구리 무시타로라는 작가를 넣어서 모두 여덟 권이었다나."

"지문 확인을 위해 제출한 그 두 권 중 하나로군요."

"그래. 아마 조주로는 자기가 읽던 책만 빼고……"

"거기에 본래 들어갔을 외국 작품을 자기 장서에서 추가해 동호인인 마리코에게 보여주려고 한 겁니까?"

다카야시키가 저도 모르게 이와쓰키의 말을 가로채자, 그는 노골적으로 울컥한 표정을 지었다.

"마리코의 시신 하복부를 덮었던 보라색 보자기에 책을 쌌으리라는 게 우리 견해일세. 보자기에 어렴풋이 사각형 자국이 남아 있는 건 이미 확인된 사실이야."

"그 보자기 말씀입니다만…… 죄송합니다. 이야기가 약간 곁길로 샙니다만, 다케코에게 확인했더니 시신을 발견했을 때 이미 하복부에 덮여 있었다고 하더군요."

"범인이 그런 건가…… 하지만 그 섬세함은 목을 베는 잔학성하고는 영 들어맞지 않는걸."

오에다가 큰 소리로 신음했다.

"범인은 마리코를 살해하고 옷을 벗겨 머리를 절단했으면서 굳이 하복부를 보자기로 가렸다는 뜻이 돼. 이 행동은 심리적으로 모순된다고 생각하지 않나?"

"아닌 게 아니라 그렇군요."

다카야시키를 노려보던 이와쓰키는 오에다의 말에 맞장구를 쳤다.

"범인은 목을 베는 것만으로는 충분치 않다는 양 마리코도 조주로도 벌거벗겼습니다. 보통은 피해자를 능욕하고 싶다는 동기가 있곤 합니다만, 마리코에게는 하반신을 보자기로 가려주는 모순된 행동을 했죠. 한편, 조주로는 그대로 두었습니다. 대체 왜 그런 일을 했는지, 뭘 하고 싶었던 건지, 이래선 도저히 알 수가 없죠."

"두 사람이 입었던 옷은 숲에서 발견되지 않았습니까?"

다카야시키가 묻자 오에다가 대답했다.

"경내에서 히가시모리로 가는 참배길, 그것도 마두관음 사당까지 가기 전의 길이네만, 양쪽 숲 속에 마리코와 조주로의 것으로 보이는 속곳과 버선, 조리 등이 흩어져 있는 게 발견됐네. 아까 말한 책들도 그 부근에 흩어져 있었고."

"그럼 조주로가 중혼사로 가져와 마리코에게 보여준 책을 범인이 들고 나와 참배길에서 숲으로 던졌다는 뜻입니까?"

"조주로 자신이 그렇게 했다고는 생각할 수 없는 이상 그런 셈이지."

"정말 영문을 모르겠습니다."

이와쓰키가 두 손 들었다는 듯한 어조로 말했다.

"결국 범인은 마리코의 갈색 기모노와 조주로의 하오리를 들고 도망친 게 됩니까?"

"아직 찾지 못한 건 그 두 점이로군."

오에다가 고개를 끄덕이는 것을 보고, 다카야시키는 원색적인 광경을 상상하며 말했다.

"머리를 각자의 옷에 쌌을까요?"

"숲 어딘가에 버리더라도 그냥 운반할 수는 없는 노릇 아니겠나. 다만 버렸는지 아닌지, 그 부분에 의문이 생기는 흔적도 발견됐네만."

"무슨 말씀입니까?"

"실은 히가시모리로 통하는 참배길의 손 씻는 곳에서 마리코의 머리를 씻은 게 아닐까 싶거든."

"예? 그, 그게 정말입니까?"

"수반 테두리에 희미한 핏자국과 화장품이 녹은 것으로 보이는 얼룩이 남아 있었네. 분석 결과를 기다릴 필요는 있겠네만, 감식반 친구들은 십중팔구 화장품이라고 보고 있어. 그것만이라면 참배하러 온 여성의 것이라고도 생각할 수 있겠네만……."

"하지만 마을 사람들 중에 히메쿠비 산의 손 씻는 곳에서 화장을 할 여자는 없습니다."

"그렇겠지. 덧붙여 말하자면, 다케코와 하나코 둘 다 자기들은 짚이는 데가 전혀 없다고 하더군. 그렇게 되면 바로 옆에 핏자국도 있었고 하니 마리코의 머리를 씻었을 가능성이 나오는 셈이야."

석비 뒤에서 얼핏 봤을 뿐이지만, 아닌 게 아니라 그녀의 화장이 짙었던 것은 다카야시키도 똑똑히 기억났다. 그것을 지우려면 히메쿠비 산에서는 우물이나 손 씻는 곳이 아니면 무리이리라.

"범인은 대체 왜 그렇게 성가신 일을 했을까요?"

"모르지. 화장과 핏자국 때문에 뭔가가 더러워지는 걸 원치 않았을 가능성도 있지만, 머리를 본인의 기모노로 쌌다면 딱히 문제가 있었을 것 같지도 않고."

"단순히 깨끗이 하고 싶었다는 건 어떻겠습니까?"

"으음, 어쩌면 범인은 두 사람의 머리 자체가 목적이었다는 뜻인가. 그걸 손에 넣었으니 일단 씻고 봤다?"

이와쓰키가 즉흥적으로 내놓은 의견에도 오에다는 뜻밖에 부정하지 않았다.

"목을 절단한다는 행위는 잔학할 뿐더러 책이나 속곳을 흩어놓은 것도 정상은 아닙니다만, 범인은 한편으로 마리코의 하반신을 보자기로 가려주는 배려도 보였습니다."

"모든 건 두 사람의 머리를 원한 결과라는 뜻인가."

"예. 물론 책과 속곳을 흩어놓은 이유는 알 수 없고, 왜 두 사람의 머리를 원했는지 현재로선 짐작도 되지 않습니다만……."

경부보에게 지적받기 전에 서두르는 건지, 이와쓰키는 황급히 덧붙였다. 하지만 오에다는 골똘히 생각하더니 이렇게 중얼거리듯 말했다.

"그게 만약 범행의 진짜 동기라면, 이 사건의 기저에는 상당히 성가신 게 숨어 있을 것 같군."

그러고는 말을 맺었다.

"어쨌든 히메쿠비 산에서 머리가 발견되느냐 아니냐에 따라 다르겠지. 비교적 간단히 발견되면, 범인은 피해자의 머리에 집착한 건 아니라는 걸 알 수 있겠지. 반대로 나오지 않으면 범인은 머리를 반드시 갖고 갈 필요가 있었다고 볼 수 있어."

이는 매우 명료한 해석이었다. 그러나 사건이 있고 사흘 후, 다카야시키를 놀라게 할 어떤 발견에 의해 그 근저부터 어이없이 무너지고 만다.

이런 식으로 쓰면 오해하실지 모르지만, 다카야시키는 히메쿠비 산의 2중 목 절단 살인사건이 발생하자 몹시 기뻐했습니다. 환호작약했다고는 저도 생각하고 싶지 않지만, 그에 가까운 흥분 상태였던 것은 틀림없습니다. 말할 것도 없이 10년 전에 십삼야 참배 사건을 충분히 수사할 수 없었던 회한을 단번에 해소할 수 있으리라고 생각했겠지요.

하지만 수사 책임자인 오에다 경부보님께 십삼야 참배 사건 이야기를 하기는 했지만, 남편은 그것을 히메쿠비 산 연쇄 살인사건과 억지로 연결시키려고 하지는 않았습니다. 어디까지나 하나의 정보로 알렸을 뿐, 판단은 경부보님께 맡긴 모양입니다. 눈앞에서 진짜 살인사건이, 그것도 2중 살인사건이 일어난 셈이니, 그 해결에 전력을 다하려고 생각했을 것입니다.

사건의 상황은 앞장까지 서술한 바와 같습니다만, 이야기를 진행시키기에 앞서 그 뒤로 판명된 몇 가지 사실과 경찰의 견해를 독자 여러분께 제시하고자 합니다.

물론 저도 실제 수사의 진전에 맞춰 그때그때 그 시점에서 새로이 판명된 사실을 전하는 것이 옳다고 생각합니다. 하지만 그런 수법을 취하면 다카야시키의 장만 쓸데없이 길어질 우려가 있습니다. 처음에 말씀드렸듯 이 글은 남편의 시점만으로는 성립될 수 없습니다. 사건이 발생했다고 해서 경찰의 동향만을 쫓아서는 이 무시무시한 참극을 해결하기 쉽지 않으리라고 저는 생각합니다.

하지만 경찰의 수사에 의해 밝혀진 사실이 역시 중요한 단서가 될 가능성은 큰 셈이니, 그것을 아래에 정리해둘까 합니다.

1. 중혼사에서 발견된 여자의 머리 없는 시체의 신원에 관해

앞장에서 이미 고리 마리코 씨라고 판명됐지만, 도쿄로 돌아간 에가와 란코 씨가 쓰이카이치 경찰서에 보낸 물품(마리코 씨가 쓰던 일용품)의 지문을 조사한 결과, 본인임이 재확인됐습니다. 한편, 고리 가의 부모님도 신원을 확인했는데, 후도 옹이 지적했듯 '딸인 것 같다' 하는 정도였고 단정까지는 무리였던 듯합니다. 또 그녀의 혈액형은 A형으로, 시신과도 일치했습니다.

2. 고리 마리코 씨의 사인에 관해

중혼사 안쪽 방 기둥에 미량의 핏자국(혈액형은 A형)이 묻어 있었던 데서 최소한 머리를 부딪혔으리라는 것은 확인할 수 있었습니다. 물론 그것이 사인인지 아닌지는 확실치 않습니다. 다만 목 아래로는 어디에도 상처가 보이지 않았으므로 두부의 타박으로 인해 사망했을 가능성이 높다고 보인 듯합니다.

3. 피해자가 고리 마리코라는 사실에 관해

본래 중혼사에는 하나코 씨가 있었어야 했다는 것, 또 중혼사 문에 걸려 있었던 두건이 그녀의 회색 두건이었다는 것. 이 두 가지 사실에서 범인이 원래 노린 사람은 하나코 씨요, 마리코 씨는 실수로 살해된 것이 아닌가 하는 문제도 논의되었습니다. 그때 범인이 세 처녀의 두건 색깔을 알 수 있었을지, 그 점을 의문시하는 의견이 많았다고 합니다. 하지만 그렇게 되면 범인은 하나코 씨의 얼굴을 몰랐다는 뜻이 됩니다. 따라서 '그런 소원한 관계에도 불구하고 범인이 그녀를 죽이려 했다고 생각하는 데는 무리가 있다, 즉 마리코 씨는 결코 착오로 살해된 것이 아니다'라고 결론이 내려졌다고 합니다.

4. 마두관음 사당에서 발견된 머리 없는 남자 시체의 신원에 관해

앞장에서 일단 히가미의 조주로 씨가 거의 틀림없다고 판단되기는 했지만, 구라타 가네 씨의 모호한 증언 탓에 석연치 않은 느낌이 남고 말았습니다. 그러나 가네 씨의 진의를 알고, 또 뒷장에서 서술할 예정인 이치가미 가의 터무니없는 소동 뒤에 그녀가 다시 '그 시신은 조주로 님이 틀림없다'고 증언하면서 드디어 신원이 확인됐습니다. 또 그의 혈액형도 A형인데, 물론 시신과도 일치했습니다.

5. 히가미의 조주로 씨 사인에 관해

머리를 얻어맞았거나 목을 졸렸거나, 둘 중 하나이리라는 추측뿐입니다. 또 마리코 씨와 마찬가지로 목 아래 몸에서는 상처가 발견되지 않았습니다. 다만 조주로 씨의 사인에 관해서는 뒷장에서도 매우 기묘한 수수께끼가 새로 또 등장하게 됩니다.

6. 목 절단에 관해

마리코 씨는 사후에 절단되고 조주로 씨는 생전에 잘린 것이 다시금 확인됐습니다. 또 부검 결과, 두 사람의 목을 벤 방식으로 볼 때 동일 인물의 소행으로 거의 단정할 수 있다고 합니다. 즉 동일범에 의한 연쇄 살인사건으로 판명된 셈입니다.

7. 목 절단에 사용된 도끼에 관해

마을 사람들에게 물어본 결과, 히메카미 당에 봉헌됐던 도끼임이 밝혀졌습니다. 묻어 있던 피는 A형이고 지문은 검출되지 않았습니다.

8. 히가시모리의 손 씻는 곳에서 발견된 핏자국에 관해

핏자국은 A형 혈액으로 판명됐습니다. 그러나 피해자가 두 사람 다 A형인 탓에 어느 쪽의 혈액인지까지 판정할 수는 없었습니다. 다만 또 다른 흔적에서 여러 종류의 화장품 성분이 검출되었으므로, 처음 견해대로 범인은 이곳에서 마리코 씨의 머리를 씻었을 거라는 해석이 유력시된 듯합니다.

9. 범인이 갖고 간 것으로 보이는 물품에 관해

피해자 두 사람의 머리, 마리코 씨의 갈색 기모노, 조주로 씨의 하오리. 이것은 각자의 옷가지로 머리를 쌌으리라고 추정됐습니다. 또 두 사람의 머리는 히메쿠비 산 어딘가에 감춰져 있거나 유기됐을 가능성도 염두에 넣고 며칠에 걸쳐 산을 샅샅이 뒤졌으나 끝내 발견되지 못했습니다. 물론 광대한 삼림 지대를 구석구석 빼놓지 않고 수색하는 것은 무리이니, 두 사람의 머리가 산에 없었다고 단정할 수는 없습니다.

10. 히메쿠비 산에서 발견된 것에 관해

경내에서 히가시모리를 향해 참배길을 따라 가다가 마두관음 사당에 이르기 전 숲 속에서 남녀의 속곳과 버선 등 속옷과 조리, 탐정소설 몇 권이 발견됐습니다. 의류는 마리코 씨와 조주로 씨 것으로 확인됐습니다. 탐정소설에 관해서는 앞장에서 서술한 바와 같습니다.

11. 범행 시간대에 히메쿠비 산의 밀실 상태에 관해

혼사 모임이 열린 날 오후 2시에 세 주재소의 세 순사가 세 출입구를 순찰하기 시작한 뒤로 이튿날 오전 중에 수사반과 마을 청년단이 산을 수색하기까지 히메쿠비 산에 출입하는 사람은 완전히 파악되고 있었으며, 이는 다카야시키가 정리한 '혼사 모임 중 관련자의 움직임' 시간표와 일치한다는 것이 확인되었습니다. 다만 경찰에서는 범인밖에 모르는 출입구(예컨대 짐승이 다니는 산길 등)의 존재를 의심하기도 했다고 합니다.

12. 용의자에 관해

용의 선상에 올렸던 인물이 차례차례 무혐의로 판명된 탓에 오에다 경부보님도, 다카야시키도 곤혹스러워 했던 것 같습니다. 관련자 조사 결과로는 후타가미 가의 고지 씨가 가장 유력한 용의자라는 데 모든 사람의 의견이 일치했다고 합니다. 그 정도로 질문에 답하는 태도가 수상했다는 뜻일까요. 그러나 그는 당일, 히메쿠비 산에 발을 들여놓지 않았다는 어엿한 알리바이가 있었기 때문에 경찰도 그 이상 어떻게 할 수 없었던 듯합니다. 경부보님은 그래도 히메쿠비 산 주위를 철저하게 수색해 숨겨진 출입구를 찾아내라고 지시를 내렸다고 합니다만, 헛수고로 끝나리라는 마을 사람들의 말처럼 아무런 수확도 거두지 못했습니다.

13. 동기에 관해

이치가미 가 후계자의 신부 자리를 둘러싼 사리사욕과 그에서 비롯된 남녀간의 불화로 인한 치정 범죄라는 것이 경찰의 최종적인 견해였습니다. 다만 그와는 별도로, 아오쿠비 님 신앙과 관련된 광신적 범행이라는 측면도 함께 고려한 것 같습니다.

14. 에가와 란코 씨에 관해

12번 '용의자에 관해'에 포함될지도 모르지만, 경찰은 에가와 란코 씨의 신원을 조사한 모양입니다. 후작 집안 출신이다 보니, 조사는 대대로 일해온 고문 변호사를 통해 신중히 진행되었다고 합니다. 물론 이 글에도 그녀의 본명은 적지 않습니다. 다만 뜻밖에도 '란코'라는 이름은 본명임이 밝혀졌습니다. 전화(戰禍)로 돌아가신 아버님이 난초를 좋아하셨기 때문에 그녀의 오라버님도 '란도(蘭堂)'라는 이름이었다고 합니다. 그 란도 씨가 누이동생인 그녀를 매우 예뻐했다는데, 괴기소설이나 탐정소설도 원래는 란도 씨의 취미였던 것 같습니다. 란코가 사람을 싫어하게 된 것은 보아하니 오라버님이 돌아가신 다음이었던 모양입니다. 하기야 그녀가 작가가 된 것은 오라버님의 죽음 때문인 듯, 이름만은 본명을 그대로 사용한 것도 두 사람에게 공통되는 '란'자가 있기 때문이었노라고 훗날 수필에서 분명하게 밝힌 바 있습니다.

이상, 히메쿠비 산의 2중 살인과 관련된 수사 상황을 정리해보았습니다.

지금 이렇게 다시 써보니 얼마나 불가해하고 기괴한 사건인지를 분명히 인식할 수 있었습니다. 직무라고는 하나 다카야시키가 열중한 것도, 또 사건의 한복판에 있었다고는 하나 에가와 란코 씨가 구경꾼 근성(아니, 탐정 근성이라고 해야 할까요)을 발휘해 관여하려 한 것도 이해가 되고 남습니다.

끔찍하고 무서운 사건이기는 합니다만, 그 독특하다고도 할 수 있는 불가해함에 저 또한 흡사 마물에 홀린 양 매료되고 말았으니까요.

하지만 이것으로 끝난 것이 아닙니다. 앞에서도 언급했지만, 놀라운 사실의 폭로와 또 다른 살인과 새로운 수수께끼가…… 등장합니다.

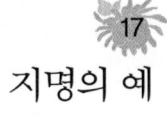

지명의 예

히가미 가의 친족 회의가 이치가미 가에서 열린 그 다음 날, 히메쿠비 산의 2중 살인사건이 발생한 지 이틀째 되는 날, 요키타카는 아침에 일어난 후 할 일이 없었다. 과장된 표현일지 몰라도 어쩔 줄 몰라하고 있었다. 이런 일은 이치가미 가에 온 이래로 처음이었다.

주인이었던 조주로가 죽은 지금, 그가 할 일이라곤 아무것도 없었다. 하지만 가네 할멈이 금세 다른 일을 시키겠거니 했다. 지금까지 그녀에게 수도 없이 들어온 '요키야, 알겠느냐. 일하지 않는 자는 먹지도 말아야 하는 것이야'라는 말이 뼛속 깊이 배어 있기 때문이었다.

그런데 오늘 아침, 당분간 무슨 일을 하면 좋겠느냐고 요키타카가 묻자 가네 할멈의 입에서 믿기지 않는 대답이 나왔다.

"아, 딱히 없다."

"그럼 누구 다른 사람 일을 거들……."

"그럴 필요는 없어. 조주로 님 시신은 내일에야 돌아온다고 하니까 그때까지 편히 쉬어라."

그가 당연하다는 듯 되묻자, 잘못 들은 게 아닌지 의심되는 말을 또다시 내뱉는 것이 아닌가. 놀란 요키타카가 무심결에 어물거리자, 가네 할멈은 바쁜 듯 빠른 걸음으로 가버렸다.

실제로 전날 친족 회의 이후로 그녀는 효도와 함께 후도 옹의 별채에 몇 번씩 걸음을 하고 있었으니 정말 바쁘기는 했을 것이다. 내일 두 번째 친족 회의를 앞두고 후타가미 노마님을 어떻게 회유할지 그 대책을 마련 중이라는 것쯤은 요키타카도 짐작할 수 있었다.

그러나 그렇다고 자기에게 일거리를 주지 않으면 곤란하다.

'편히 쉬라니……'

다섯 살 때 이치가미 가에 들어온 뒤로 오늘까지 요키타카는 실질적으로 '휴일'이라는 것을 가져본 적이 없었다. 가네 할멈이 그를 부려먹기만 하고 휴가를 주지 않았던 것은 아니다. 그 점에서는 다른 하인들과 비교해도 매우 공평한 대우를 받았다고 생각한다. 특히 조주로의 시중을 들게 된 뒤로는 일도 상당히 편해졌다.

하지만 다른 하인이 백중과 연말에 휴가를 얻어 고향으로 돌아갈 때도 요키타카만은 평소와 똑같이 일했다. 돌아갈 집이 없기 때문이기는 했지만, 처지가 같은 사람도 휴가는 어김없이 받았으니 역시 그만이 특수한 경우였으리라. 그러다 보니 별안간 오늘은 아무 일도 하지 말고 쉬라고 하니 요키타카의 입장에서는 곤혹스러울 뿐이었다.

'어쩌지……'

고민하다 보니 자신이 생판 낯선 집에 있는 듯한 생각이 들었다.

물론 그에게 이치가미 가는 남의집살이를 하는 집이고, 본래 자신과는 아무 관계도 없는 곳이다. 하지만 여기서 이미 11년을 살아 온 것이다. 아무리 그래도 어느 정도는 익숙해졌다고 생각한다. 그런데도 오늘은 자유롭게 지내도 된다는 말을 듣는 순간, 이 집에는 자기가 있을 곳이 존재하지 않음을 알았다.

우두커니 서 있던 요키타카는 이윽고 흠칫했다.

'맞아, 한 군데 있었지. 나한테 편안한 곳이⋯⋯.'

그가 간 곳은 조주로의 서재였다. 지난 11년간 자기가 가장 많은 시간을 보낸 공간일지도 모른다. 무엇보다도 조주로와의 추억이 가득한 곳이었다.

그렇게 생각하니 가슴이 무거워졌다. 그것은 서재에 가도 이제 조주로를 두 번 다시 만날 수 없다는 사실을 새삼 깨닫고 쓰라림으로 바뀌었다. 주인이 없는 서재에 감돌 적막감을 상상하니 뭐라 형언할 수 없는 기분이 들어, 서재까지 다 와서도 차마 문을 열 수 없었다.

그때⋯⋯.

'어? 조주로 님?'

서재 안에서 어떤 기척이 느껴졌다. 조주로가 책상 앞에 앉아 열심히 원고를 쓰고 있을 때 느껴지는 일종의 독특한 분위기로, 그것은 복도에서도 감지할 수 있었다. 그럴 때는 그가 부른 것이 아닌 한 살며시 자리를 뜨곤 했다.

그런, 이미 그립기까지 한 기척이 눈앞의 문 안에서 느껴지는 것이었다.

'서, 설마⋯⋯.'

공포와 비슷한 감정을 느끼면서도 요키타카는 천천히 문을 열었다.

'앗!'

하마터면 소리를 지를 뻔했다. 한순간 정말로 조주로가 책상 앞에 앉아 원고를 쓰는 것처럼 보였기 때문이었다. 그러나 그곳에 있는 것은 에가와 란코였다.

'그러고 보니 어제부터 선생님이 여기 내내 틀어박혀 계셨지.'

어제 아침식사 뒤에 조주로의 안내로 이곳에 온 란코는 흡사 자기 서재인 양 조주로의 방을 쓰고 있었다. 다만 이상하게도 불쾌감은 그리 느껴지지 않았다. 평소 같으면 별 뻔뻔한 사람이 다 있다고, 그 막무가내에 오만한 태도에 화낼 만도 하건만, 그녀의 기묘한 사람됨에 영향을 받았는지 오히려 적극적으로 써주면 좋겠다는 생각이 들 정도였다.

'조주로 님도 그쪽을 더 기뻐하시지 않을까.'

문득 그런 생각을 한 요키타카는 어느새 자신이 조주로와 란코를 동일시하고 있었음을 깨닫고 동요했다. 남장미인이라는 에가와 란코의 특수성이 조주로가 지니고 있던 중성적 매력과 어딘지 모르게 닮은 탓에 그런 식으로 느끼는 게 틀림없다. 그는 애써 냉정하게 그렇게 분석하려 했다.

확실히 그녀는 매우 매력적인 인물이었다. 그러나 아무리 그래도 조주로를 대신할 수 있을 리가 없지만도 않은 것인가. 그가 죽은 지 얼마 되지도 않았는데 에가와 란코라는 인물에게, 그것도 동성애자에게 매료된 것이 아닐까 생각하니 요키타카는 심란해졌다.

서재 문을 살그머니 닫고 밖으로 나왔다. 갈 곳이야 없었지만, 요키타카의 발은 자연히 히메쿠비 산의 북쪽 도리이 입구로 향했다.

히메카미 당에 참배를 드린 뒤, 마두관음 사당에서 조주로 님의 명복을 빌자. 그런 막연한 생각이 있었다.

참배길을 걷는데 곳곳에 경관과 마을 청년단이 보였다. 모두 숲 쪽을 보며 뭔가를 찾고 있었다. 요키타카에게 주의를 기울이는 사람은 아무도 없었다. 물론 그도 굳이 말을 붙이지는 않았다. 방해가 될까봐 발소리를 죽이고 되도록 빠른 걸음으로 지나치려 했다.

이윽고 경내가 보이는 곳까지 왔을 때, 히메카미 당 앞에 그에게 등을 돌리고 서 있는 여자가 보였다. 그 너머에는 남자가 있었다. 보아하니 두 사람은 실랑이를 벌이고 있는 듯했다.

'누구지? 뭘 하는 걸까?'

고개를 갸웃거리며 다가가 보니 여자는 미나토리 이쿠코였고, 그 상대는 쓰이카이치 경찰서에서 나온 형사였다. 이쿠코가 히메카미 당으로 들어가려는 것을 형사가 막는 모양이었다.

더욱 가까이 다가가자 형사인 듯한 남자가 눈치 빠르게 요키타카를 발견하고 호통쳤다.

"어이, 거기 너! 멋대로 들어오면 안 돼지!"

그러면서도 이쿠코에게 저리 가라고 몸짓으로 독촉하기 시작했다. 하지만 그녀는 형사에게 내몰리면서도 말했다.

"참배를 드릴 뿐인데, 왜 안 된다는 거죠?"

"여기는 범행 현장이라고. 수사가 끝날 때까지 출입 금지야."

"마리코 씨가 살해된 건 중혼사일 텐데요. 히메카미 당 제단은 상관없지 않습니까?"

"목을 절단하는 데 사용된 도끼는 그 제단에 있던 거지. 게다가 이 당집과 그 이상한 탑과 안쪽 건물과는 셋이 하나나 다름없지 않나."

"전 옛날부터 여기서……."

"아무튼 안 되는 건 안 되는 거야. 아니, 애초에 이 산에 들어오는 것조차……."

"그럼 도리이 입구에 보초를 세우시든지요."

"그렇게 인원이 남아도는 줄 알아? 지금 이 일대를 샅샅이 수색하는 중이라고. 한 사람이라도 더 동원하고 싶을 지경이니, 댁도 수사를 방해하지 마!"

결국은 형사의 호통에 떠밀려 요키타카는 이쿠코와 함께 히메카미 당을 뒤로 했다.

"선생님도 조주로 님의 명복을 빌러 오신 겁니까?"

어쩌다 보니 그녀와 함께 돌아가게 된 요키타카는 긍정하는 대답이 돌아오리라 생각하고 가벼운 마음으로 물었건만, 왜 그런지 이쿠코는 침묵할 뿐이었다.

'아닌가? 그냥 일과인 참배를 할 생각이었던 건가?'

하지만 설사 그렇다 해도 조주로의 명복을 비는 것은 지극히 자연스러운 일 아닌가? 뭐니 뭐니 해도 그렇게까지 아끼던 제자가 살해당했으니.

그런데 이쿠코의 입에서 나온 말은 참으로 놀랄 내용이었다.

"아니, 아오쿠비 님께 감사 인사를 드리려고."

"가, 감사요? 뭘 말씀입니까?"

예상치도 못했던 대답에 놀라 요키타카는 간신히 물었다.

"물론 내 기도를 들어주신 데 대한 거지."

"선생님의 기도라니, 아오쿠비 님께 뭘 비셨는데요?"

"글쎄…… 궁금하니?"

"아, 예…… 아, 아뇨. 상관없으시면…….."
"괜찮아."
 이쿠코는 별안간 멈춰 서더니 여전히 무표정한 얼굴로 요키타카를 물끄러미 바라보며 엄청난 고백을 했다.
"가장 최근의 기도는 말이지, 조주로 군의 죽음이야."
 실제로 요키타카는 처음에 자기가 무슨 말을 들었는지 알 수 없었다. 그러나 그것도 얼마 가지 않았다. 그 자리에 그를 남겨둔 채 혼자 돌아가는 이쿠코의 뒷모습을 눈으로 쫓는 사이에 서서히 의미가 파악되었다.
'하, 하지만 왜……? 왜 선생님이 조주로 님의 죽음을, 그것도 하필이면 아오쿠비 님께 빌어야 했지?'
 생각하면 생각할수록 머리가 아팠다.
 어느새 북쪽 도리이 입구 계단 위까지 와 있었다. 이쿠코는 아무 데도 보이지 않았다. 분명히 이치가미 가로 돌아갔으리라. 그렇게 생각하니 돌아갈 마음이 나지 않았다.
'신사에 가볼까.'
 계단에 주저앉으려다가 히메가미 신사의 존재가 생각났다. 정말 손으로 꼽을 정도밖에 경험이 없지만, 그는 어렸을 때 신사 경내에서 마을 아이들과 몇 번 논 기억이 있었다. 어떻게 하다 그런 기회를 얻었는지는 기억에 없었지만, 어린아이답게 놀았던 몇 안 되는 추억 중 하나였다.
'그래, 신사에 가자.'
 히메쿠비 산 중심에서 볼 때 북동쪽에 위치한 히메가미 신사는 기타모리와 히가시모리 두 지역의 경계에 봉긋이 솟은 작은 산 위에서 있었다. 그리 높은 산은 아니었지만 계단이 가파른 탓에 올라갈 때나 내려갈 때나 조금 고생해야 한다.
'그렇게 어렸을 때인데 용케 이 계단을 올라갔네.'
일직선으로 정상까지 이어지는 계단을 따라 새소리 외에는 정적에 싸인 숲 속을 걸으며 요키타카는 어린 시절의 자기 자신에게 감탄했다. 아마 또래 아이들과 놀 수 있다는 기쁨 때문에 가파른 계단 따위는 장애가 되지 못했을 것이다.
'그나저나 왜 이렇게 조용하지?'
경내에서 아이들의 환성이라도 들려올 줄 알았건만 쥐 죽은 듯 고요했다.
'이제는 일부러 이 계단을 올라가면서까지 경내에 가는 애가 없는 걸까.'
같은 마을 안에서도 연대에 따라 아이들이 노는 장소가 조금씩 달라진다는 것을 요키타카는 알고 있었다. 자기가 그 틈에 낄 수 없기 때문에 그런 변화를 더욱 민감하게 인식할 수 있었으리라. 다만 어느 시대나 아이들이 절대 놀러가지 않는 장소가 존재했다. 예를 들면 히메쿠비 산 같은…….
'히메가미 신사도 인기가 없어졌구나.'
그렇게 생각하니 어쩐지 웃음이 났지만, 지금은 조용한 편이 나을지도 모른다고 생각을 바꾸었다. 앞으로 자신이 어떻게 해야 할지에 관해 이 기회에 숙고해야 하지 않을까 싶었기 때문이었다.
누가 조주로를 죽였는지, 어째서 조주로가 죽어야 했는지, 그것을 알고 싶은 마음은 당연히 강했다. 10년 전 십삼야 참배의 괴사건도, 이번 마리코 살인도, 그 밖의 이치가미 가를 둘러싼 여러 변사도 마찬가지였다. 하지만 조주로의 죽음에 얽힌 수수께끼만 풀린다면 다른 것은 어찌 돼도 좋았다. 그때까지 히메카미 촌을 떠날 생각은 전혀 없었다. 그러나…….

'쫓겨나면 어쩌지…….'

조주로가 없는 지금, 이치가미 가에서 요키타카의 존재 가치도 없어졌다. 실제로 오늘 아침도 가네 할멈은 그에게 일거리를 주지 않았다. '주인의 갑작스러운 죽음을 슬퍼하는 그에게 일을 시키려니 가엾어서' 하는 자비 넘치는 이유는 가네 할멈에 한해 절대 있을 수 없었다.

'무슨 기술이 있는 것도 아니고, 그렇다고 장사 경험도 없어. 힘쓰는 일은 자신이 없지, 학교도 제대로 못 다녔으니 공부도 못 하지…….'

그래도 공부는 조주로 덕분에 실은 중학교 중간쯤 되는 학력이 있었다. 쌍둥이가 이쿠코에게 수업을 받는 동안, 요키타카도 나이에 맞는 공부를 할 수 있게 조주로가 후도 옹에게 부탁해준 덕택이었다. 물론 두 사람과 똑같은 시간 동안 배울 수 있었던 적은 많지 않았지만, 이쿠코의 개인 수업을 체험한 것은 사실이다. 뜻밖에 그녀도 그 역할을 싫어하지 않았다. 다만 기분파다 보니 가르치는 태도는 그때그때 달랐지만, 요키타카는 충분히 기뻤다.

'하지만 그런 정도로 공부한 게 사회에 나갔을 때 도움이 될 턱이 없겠지.'

그런 현실적인 생각이 계단을 올라가는 발걸음을 무겁게 하고 있음을 깨달았다. 그가 멈춰 서지 않은 것은 히메가미 신사 경내에 가자고 일단 마음먹었기 때문에, 오직 그 이유뿐이었다. 그곳까지 간다고 뭐가 있을 리 없다는 것은 잘 알고 있었지만, 달리 갈 데도 없고 할 일도 없으니 어쩔 수 없었다.

그런데 그렇지 않았다.

이윽고 계단을 거의 다 올라와 경내로 이어지는 참배길이 보이기 시작했을 때, 요키타카는 오른쪽 관목 덤불에 누군가 서 있는 것을 알아차렸다.

'어라? 다케코 씨……..'

분명히 후타가미 가의 다케코이기는 한데, 거동이 이상했다. 덤불 뒤에서 경내 쪽을 연방 엿보는 것이다.

'뭘 보는 거지? 누가 있나?'

그가 계단을 끝까지 다 올라가지 않고 참배길 앞쪽을 살펴보니, 작은 본당 오른편에 남자의 뒷모습이 보였다.

'아니, 한 사람 더 있잖아.'

남자 너머로 그와 대치하듯 서 있는 또 다른 남자가 보였다.

'저건…… 후타가미 가의 고지 씨?'

이쪽으로 등을 돌리고 선 사람은 그 모습을 훔쳐보고 있는 다케코의 오빠임을 알아차렸다.

'남매가 뭘 하는 거지? 게다가 안쪽에 있는 사람은…….'

정체를 알아내려고 요키타카가 계단을 올라갔을 때였다. 그 인물이 고지 뒤에서 모습을 드러냈다.

'앗, 란코 선생님이다!'

그가 히메쿠비 산에 가 있는 사이에 산책이라도 나온 걸까. 하지만 어째서 같은 장소에 후타가미 가 남매가 있는지 알 수 없었다. 우연히 이 히메가미 신사에 들렀다고 보기에는 무리가 있었다.

'혹시 란코 선생님을 불러낸 건…….'

어제 가즈에 부인이 갑자기 끝낸 친족 회의 뒤에 고지가 이목을 피해 란코에게 다가가는 장면을 요키타카는 목격했다. 여색을 밝히는 효도가 란코를 점찍었듯 고지도 그녀를 흘끔거렸던 것을 요키타카도 알고 있었다. 그렇기 때문에 고지가 란코에게 접근해도 그리 뜻밖은 아니었다. 하지만 어제 그것이 오늘 이 자리에서 만나자는 약속을 하기 위해서라면…….

'밀회?'

그런 말이 떠올라 허둥지둥 고개를 흔들었다. 설사 고지가 바란다 해도 란코가 상대할 성싶지 않았다.

'동성애자니까…….'

하기야 고지가 그런 사실을 알 리 없다고 요키타카가 생각할 즈음 란코가 본당 앞을 걷기 시작했다. 란코가 이쪽을 돌아보았으므로 황급히 몸을 굽혔다. 그 갑작스러운 움직임 때문에 다케코가 자기를 알아차린 듯했다.

'아차!'

그렇게 생각했을 때는 이미 계단을 돌아본 다케코에게 들킨 뒤였다.

'어쩌지…….'

그는 몹시 동요했지만, 습관이란 무서운 것이라 자기도 모르게 엉거주춤하게 일어나 인사를 했다.

순간, 다케코는 무시무시한 형상으로 요키타카를 노려보았다. 그러더니 금세 애초에 그를 발견하지도 못한 양, 그 존재를 인정하지도 않는다는 듯이 완전히 무시하고 계단을 내려가버렸다. 그 엄청난 기세에 밀려 요키타카는 그녀를 피하려다가 하마터면 굴러 떨어질 뻔했다.

자존심 강한 다케코가 남을 몰래 훔쳐보는 장면을 하필이면 이치가미 가의 하인에게 들켰으니, 지극히 자연스러운 반응이라 할 수 있었다. 게다가 요키타카도 이제 와서 그녀에게 어떤 취급을 받든 아무렇지도 않았다. 그보다 문제는 란코와 고지였다.

요키타카는 다케코가 숨어 있던 관목 덤불 뒤에 숨어 두 사람을 살폈다.

'무슨 이야기를 하는 거지?'

다만 말을 하는 사람은 고지뿐인 것 같았다. 란코는 그의 말을 듣는지 안 듣는지, 느긋하게 본당 앞을 왔다 갔다 하고 있었다. 그 태도에 인내심이 바닥났는지, 고지의 목소리가 점차 높아졌다. 그러더니 급기야 그녀에게 바짝 다가들었을 때였다.

"아하하하."

란코의 명랑한 웃음소리가 경내에 울려 퍼졌다.

고지가 움찔해 엉겁결에 경계한 것처럼 보였다. 그런 그에게 란코가 뭐라고 하자, 이번에는 놀란 표정을 지었다. 다만 그녀에게 가려진 탓에 그 다음의 변화는 볼 수 없었다.

그런데 다음 순간, 요키타카는 기절초풍했다. 고지가 뒤도 돌아보지 않고 이쪽으로 달려온 것이다.

'아, 아차! 들켰네!'

반사적으로 머리를 쑥 집어넣고 도망치려 했으나, 그리 길지 않은 참배길이다 보니 그의 기척은 이미 바로 앞까지 와 있었다.

'얻어맞겠어!'

그렇게 각오를 굳혔건만, 고지는 관목 덤불 앞을 그냥 지나쳐 눈 깜짝할 새에 계단을 달려 내려가 모습을 감춰버렸다.

'어? 어떻게 된 거지?'

뭐가 어떻게 된 건지 종잡을 수 없었다. 그러나 금세 란코가 궁금해져 요키타카는 다시 본당 쪽을 엿보았다.

그러자 여전히 느긋한 걸음걸이로 그녀가 계단 쪽으로 다가오는 것이 보였다. 게다가 좌우의 나무들을 보며 산책을 즐기듯 여유 있게 걸어왔다. 흡사 방금 전에 후타가미 가의 고지가 있었던 것도 깨끗이 잊어버린 듯한 분위기였다.

'이대로 가다간 란코 선생님에게 들키고 말 거야.'

그렇게 애를 태워도 지금부터 계단을 내려가기에는 너무 늦었다. 하는 수 없이 참배길에 등을 돌리고 그녀가 자기를 발견하지 못하고 지나가기만을 기도했다.

"어머, 요키타카 군?"

그러나 기도는 효과가 없었던 듯, 뒤에서 그녀가 말을 걸었다. 겸연쩍은 심정으로 돌아보니 란코가 어딘지 모르게 히죽거리는 듯한 표정으로 서 있었다.

"흠, 언제부터 있었니?"

"아, 예. 오 분쯤 전…… 아, 아뇨. 좀 더 됐습니다."

"그래서 우리가 밀회하는 걸 봤구나?"

"아, 아뇨. 안 봤습니다! 훔쳐본 게……."

필사적으로 부정하면서도 요키타카는 란코가 '밀회'라고 한 데 대해 몹시 동요했다. 그래서 저도 모르게 대담하게도 묻고 말았다.

"여기서 고지 씨와…… 저, 저기, 고지 씨를 만날 약속을……."
 란코의 얼굴에서 웃음기가 슥 사라지는가 싶더니, 그녀는 곧바로 파안대소했다.
 "어머, 참. 요키타카 군, 그런 식으로 생각한 거야? 아, 내가 밀회란 말을 써서 그런가? 하지만 날 염려해준 걸까? 그런 거라면 아주 기쁜걸."
 바보 같은 소리를 했다는 생각에 창피해진 요키타카는 란코의 얼굴을 똑바로 보지 못하고 고개를 숙이고 말았다. 하지만 그녀는 그런 그의 얼굴을 들여다보며 말했다.
 "고마워. 걱정해줬구나."
 "아뇨, 그, 그런 건……."
 "뭐, 하긴 저쪽은 밀회였을지도."
 참으로 신경 쓰이는 말에 요키타카는 반사적으로 고개를 치켜들었다.
 "여, 역시, 고지 씨가……."
 "그래, 불러낸 거야. 그래 놓고 말을 빙빙 돌리기만 하더라고. 그래서 나도 지겨워져서 적당히 들어 넘겼더니 글쎄……."
 "예."
 "청혼하지 뭐야."
 "예?"
 "그 사람이 말하고 싶었던 건 즉, 이런 거였나 봐. 나는 장차 이치가미 가의 당주가 되고, 이윽고 히가미 일족의 장이 될 사람이다. 하지만 혼사 모임 같은 관습 탓에 원래의 이치가미 가와 미카미 가와 고리 가의 온갖 속셈이 얽혀 있는 신부 후보들과 맞선을 봐서 그중에서 신부를 고를 생각을 하니 소름이 끼치고 싫어 죽겠다."

 란코는 생긋 웃더니 자기를 가리켰다.

 "하지만 너라면 내 신부로 합당하다. 너도 나하고 결혼하면 호사하며 살 수 있다. 여자 주제에 소설 나부랭이나 쓰는 너로서는 봉 잡은 거 아닌가. 뭐, 그런 이야기였나 봐."

 어제 란코를 빤히 보던 고지의 시선에 그런 의미까지 들어 있었을 줄은 요키타카도 상상하지 못했다.

 "그래서 뭐라고 대답하셨습니까?"

 "대답하기 전에 웃어버리는 바람에……."

 그것이 그 호쾌하기 그지없는 웃음소리였음을 안 순간, 어째서 고지가 도망치듯 가버렸는지 충분히 이해했다. 다케코를 닮아 자존심이 세고, 그런데다 이치가미 가의 후계자로 거의 결정된 것이나 다름없는 고지에게 란코의 반응은 너무나도 굴욕적이었을 것이다.

 '다행이다…….'

 그녀가 승낙할 리가 없다고 생각하면서도 한편으로는 거절했음을 알고 요키타카는 안도했다.

 "그런데 넌 여기에 왜 왔지?"

 란코의 물음에, 요키타카는 히메쿠비 산에 가서 이쿠코를 만난 것부터 장래에 대한 불안까지 전부 이야기했다.

 "이쿠코 선생님도 참 과감한 말을 하네."

 그녀도 역시 놀란 모양이었다. 다만 그 진의를 알아내려는지 골똘히 생각하는 표정이었다.

 "아닌 게 아니라, 조주로 씨 편지에서도 가정교사와의 관계가 그리 좋지 못하다는 느낌을 받기는 했지만……."

"그, 그게 언제쯤입니까?"

"조주로 씨가 어른이 된 다음이겠지. 일 년 전부터는 특히…… 왜, 뭐니 뭐니 해도 이십삼야 참배가 가까워왔으니까."

"그건 왜죠?"

"학생이 어른이 되면 선생님은 당연히 할일이 없어지지 않겠어? 게다가 이십삼야 참배가 끝나면 바로 혼사 모임이 열리고 조주로 씨는 결혼할 거 아냐. 그때까지 애정을 쏟아 길러왔다고는 해도 어차피 타인이고, 이런 식으로 말하면 실례겠지만 어차피 고용된 교사에 불과하지. 오랜 세월 절대적인 애정을 쏟아왔던 만큼 미움도……."

"하지만 그렇다고 조주로 님의 죽음을 빌다니……."

"그러게, 아무리 생각해도 너무 과하지."

맞장구를 친 뒤 혼잣말처럼 중얼거린 란코는 느닷없이 요키타카의 얼굴을 빤히 보았다.

"게다가 그런 엄청난 이야기를 왜 갑자기 너에게 했을까."

"서, 선생님은 그 이유를 그…… 아시겠습니까?"

"어머, 란코 씨라고 불러도 돼. 난 요키타카 군이라고 부르니까."

딱딱하게 선생님이라고 부르는 그에게 그녀가 티 없는 웃음으로 답했을 때, 정오를 알리는 무료사의 종소리가 바람에 실려 들려왔다.

"벌써 점심때구나. 히가시모리에 가면 뭔가 있을까?"

요키타카가 고개를 끄덕이자, 란코는 점심을 같이 먹자고 했다.

"예? 하, 하지만 전……."

"물론 내가 살게."

"그, 그래도……."

"가네 할멈도 오늘은 편히 쉬라고 했다며? 그럼 좋은 기회니까 식사도 밖에서 해. 양식이든 뭐든 먹고 싶은 걸로 골라도 되니까. 겸사겸사 나랑 같이 먹자."

요키타카는 결국 란코의 호의를 받아들이기로 했다. 다만 유감스럽게도 외식을 한다고 해봤자 히메카미 촌에서는 선택의 범위가 너무나도 좁았다. 그것은 히가시모리에 있는, 마을의 유일한 번화가라고 할 수 있는 거리까지 나갔을 때 란코도 짐작한 모양이었다.

"아무래도 양식집은 없을 것 같구나."

"저, 전 아무거나 자, 잘 먹습니다."

"또 그런 소리를 하네. 아아, 하지만 이래서는 식사를 대접하기가……."

다시 한 번 거리를 둘러본 란코는 가장 큰 식당으로 요키타카를 끌고 갔다.

요키타카는 망설인 끝에 카레라이스를 주문했다. 란코도 거기에 맞췄다. 식후에 그는 물론 사양했지만, 그녀는 단팥죽뿐 아니라 주스까지 주문했다. 요키타카에게는 그야말로 백중과 설이 한꺼번에 찾아온 듯한 호사였다.

그가 단팥죽을 다 먹고 주스를 마시기 시작했을 때였다.

"어때, 작가의 비서로 일해보지 않을래?"

별안간 란코가 그런 말을 하는 바람에 하마터면 주스를 내뿜을 뻔했다.

"실은 말이지, 마리코가 지금까지 편집자와의 접촉, 필요한 취재 활동, 참고 자료 찾기와 정리, 원고 정서까지 정말 온갖 일을 다 해줬거든. 난 밖에 나가서 사람들을 만나는 걸 싫어하지만 마리코는 그 반대였기 때문에 아주 좋았었어."

"저…… 전혀 그렇게 안 보이시는데요……."

"아, 도쿄에서 그렇다는 이야기야. 특히 출판업계, 그리고 문단이 거든, 사람을 싫어하는 내 버릇이 발동하는 건."

"하, 하지만 제가 작가의 비서 같은 걸……."

"일은 조금씩 배워 나가면 돼. 물론 나도 경험자가 편할지 모르지만, 내 경우는 무엇보다도 궁합 문제가 있으니까."

"……."

"요키타카 군이랑은 만난 지 얼마 되지 않았지만, 사람됨은 조주로 씨한테 들어서 오래 알고 지낸 듯하거든."

"예?"

"조주로 씨는 편지에 네 이야기를 곧잘 썼었어."

요키타카의 심장이 별안간 쿵쿵 뛰기 시작했다.

"빈말로 하는 이야기가 아니라, 조주로 씨는 네 칭찬을 많이 하더라. 주위에 신경을 쓸 줄 아는 애라고. 그것만이 아냐. 너한테 소설을 쓰는 재능이 있을지도 모른다고 생각했던 것 같아."

"제, 제가요?"

"응. 그런 의미에서도 네가 나한테 오면 도움이 될 수도 있지 않을까 싶거든. 뭐, 서로 상부상조하는 관계가 될 수 있지 않을까. 물론 그렇다고 무급인 건 아냐. 급료는 따로 줄게."

란코의 갑작스러운 제안에도 놀랐지만, 요키타카에게는 그보다 조주로가 자신을 그런 식으로 봤다는 사실을 안 것이 몇 십 배는 더 놀랍고, 또 감격스러운 일이었다.

"아, 지금 당장 대답하지 않아도 돼."

조주로가 생각나 멍하니 있는 요키타카를 보고 고민한다 생각했는지, 란코는 다소 허둥대며 말했다.
"다행히 이치가미 가에서 당분간 있어도 된다고 해줬거든. 내일이 조주로 씨 경야고 내일모레가 장례잖니? 그 뒤로도 이 마을에 며칠 더 있을 작정이니까 천천히 생각해볼 시간도 있고, 내가 도쿄로 돌아간 뒤에 대답해도 별로 상관없어."
"감사합니다. 좀 생각해볼게요."
지금의 자신을 둘러싼 상황을 생각할 때 주저할 요소는 전혀 없지 않나 싶으면서도 요키타카는 엄청난 불안에 휩싸여 있었다.
'도회지로……'
작가의 비서라는 일을 과연 자기가 할 수 있을까 걱정도 컸지만, 실은 그 이상으로 이치가미 가를 떠난다고 생각한 순간 형언할 수 없는 상실감에 사로잡혔다. 바로 오늘 아침에 자기가 있을 곳은 없다고 통감했으면서.
오후에는 란코에게 기타모리를 중심으로 마을을 안내했다. 석비에 새겨진 글에 관심이 있는 듯했으므로 히메쿠비 산 말고 다양한 석비를 볼 수 있는 곳으로 데리고 갔는데, 본인은 그보다 양잠과 숯굽기 등 마을 사람들의 일상생활을 견학하고 싶어 했다. 그러나 예상할 수 있는 일이었다고는 하나, 어디를 가든 기이한 시선과 맞닥뜨렸다. 마을 사람들에게는 요키타카도 어차피 타지 사람일 뿐더러, 뭐니 뭐니 해도 란코가 너무 튀었기 때문이다.
그래도 두 사람은 굴하지 않고 이튿날도 아침 일찍부터 나섰다. 먼저 미나미모리까지 갔다가 히가시모리를 돌아 이치가미 가로 돌아올 계획이었다.

"있지, 얼핏 들었는데, 십 년 전 십삼야 참배 때 조주로 씨의 쌍둥이 여동생인 히메코 씨가 수상한 상황에서 죽었다면서? 괜찮으면 그 이야기 좀 들려주지 않을래?"

미나미모리로 가는 길에 란코가 단도직입으로 말을 꺼내는 바람에 요키타카는 놀랐다.

"예? 그건…… 벼, 별로 상관없는데요."

"그리고 아오쿠비 님에 관한 걸 포함해서 요키타카 군이 이치가미 가에서 보고 들은 것 중에 뭔가 이상하다 싶었던 것도 전부 자세히 이야기해주면 좋겠는데."

어느새 요키타카는 란코가 묻는 대로 히메카미 촌에 온 이래로 자기가 체험한 기괴한 사건을 이야기하고 있었다.

"으음, 그렇구나."

긴 이야기가 끝나자, 그녀는 크게 한숨을 쉬며 신음했다.

"아무래도 이번의 그 극히 엽기적인 연쇄 목 절단 살인사건 뒤에는 터무니없이 깊은 뭔가가 숨어 있을 것 같은걸."

점심은 요키타카가 아침부터 준비한 도시락(그래 봤자 주먹밥뿐이지만)을 히메쿠비 강변에서 먹었다. 그것이 어제 점심을 얻어먹은 데 대한 답례로서 그가 할 수 있는 최선이었다.

"맛있네. 이 주먹밥, 요키타카 군이 직접 만들었어? 그렇구나. 네가 비서가 되면 우리 둘이서 매일 맛있는 음식을 만들 수 있겠는걸."

겨우 주먹밥일 뿐인데 참 거창하기도 하다고 생각하면서도 요키타카는 무척 기뻤다. 생각해보면 조주로를 제외하고 이런 식으로 칭찬해준 사람은 란코가 처음인 듯했다.

얼마 동안 강변에서 이런저런 잡담을 하다가 란코가 말했다.

"그만 돌아가자. 히가미 가의 친족 회의가 시작되기 전에 그 방에 가 있어야지. 나나 너나 국외자지만, 그렇기 때문에 더 지각하지 않는 편이 좋아. 전원이 모이지 않았다느니 뭐니 하면서 협의를 하지 않는 핑계로 이용당하는 건 사양이니까."

이미 후도 옹의 성격을 파악한 듯 란코는 요키타카를 재촉해 바로 이치가미 가로 향했다.

도중에 후타가미 노마님이 탄 자가용이 두 사람을 지나쳤다. 그러나 얼마 안 가서 차가 서더니 가즈에 부인이 란코에게 타라고 했을 때는 요키타카는 깜짝 놀랐다. 아마 그저께 지문 건으로 그녀가 의도하지 않게 후타가미 가의 편을 든 것이 작용했으리라.

그런데 란코는 그 제안을 정중히 거절했다.

"왜 안 타셨습니까?"

요키타카는 차가 떠나기를 기다렸다가 물었다.

"너도 타라고 안 했으니까."

두 사람이 이치가미 가로 가자, 후도 옹과 효도를 제외한 전원이 이미 모여 있는 상태였다.

"모두 모이셨다고……."

가네 할멈이 말을 채 끝내기도 전에 요키타카는 일어나 두 사람을 부르러 갔다.

그에게 그런 지시를 내린 가네 할멈의 표정에는 이런 중대한 시기에 대체 어디 가 있었느냐는 비난의 빛이 어려 있었다. 다만 여느 때 같으면 잔소리라도 한 마디 할 법한데, 이상하게 아무 소리도 하지 않았다. 자기가 오늘은 자유롭게 지내라고 한 체면이 있어서 그런가 싶었지만, 가네 할멈이 그렇게 기특한 생각을 할 리가 없었다. 아마 달리 신경 쓰이는 일이라도 있으리라.

심부름을 마친 요키타카가 서둘러 방으로 돌아왔을 때, 마침 다카야시키가 하녀의 안내를 받아 나타났다. 이윽고 히가미 일족의 장과 이치가미 가의 당주도 방으로 들어와 드디어 두 번째 친족 회의에 참가할 전원이 모였다.

앉은 순서는 그저께와 같았다. 상석 중앙 오른쪽에 후도 옹이, 왼쪽에 효도가 앉았다. 후도 옹 왼쪽으로 효도의 아내 후키, 가네 할멈, 후도의 첫째 여동생인 미카미 노마님 후타에, 후타에의 전사한 아들 가쓰키의 아내 아야코, 그 둘째 딸인 하나코, 셋째 딸 모모코 여섯 명이 일렬로 앉아 있었다.

그 맞은편에 앉은 사람은 효도의 오른쪽으로 후도의 누나인 후타가미 노마님 가즈에 부인, 그 아들인 고타쓰, 그의 아내인 후에코, 두 사람의 둘째아들인 고지, 맏딸 다케코, 그리고 에가와 란코 여섯 명이었다.

그리고 이 두 줄이 끝나는 지점에서 두 사람쯤 간격을 두고 미나토리 이쿠코와 요키타카가 나란히 앉은 것도 그저께와 마찬가지였다. 유일한 차이는 요키타카 옆에 다카야시키가 있다는 것뿐이었다.

즉, 6대 6의 긴 변은 그대로인데 짧은 변은 2대 3이 된 탓에 직사각형이 다소 사다리꼴로 변화된 형태였다.

"흠, 모두 모인 것 같군."

후도 옹은 사람들의 얼굴을 훑어보고는 다카야시키에게 시선을 돌렸다.

"그래서 시신의 지문 조사 결과가 나왔소?"

"예, 오늘 아침에 보고가 들어왔습니다."

방 안에 감도는 기이한 공기를 감지했는지, 다카야시키도 긴장한 듯했다.

"그럼 어디, 그 결과를 들어볼까."

"알겠습니다."

전원이 몸을 내민 듯했지만, 특히 이치가미 가에서는 후도 옹과 효도, 가네 할멈, 이 세 사람이, 후타가미 가에서는 가즈에 부인과 고타쓰, 후에코, 고지, 이 네 사람이 다른 사람보다 강한 반응을 보였다.

"전문적인 설명은 생략하기로 하고 판명된 사실만 말씀드리자면, 조주로 씨 방에서 나온 서적 및 만년필에 묻은 지문과 마두관음 사당에서 발견된 머리 없는 시체의 지문은 완전히 일치했습니다. 따라서 그 시신은 히가미 조주로 씨가 분명합니다."

"호오……."

가네 할멈이 크게 한숨을 쉬고, 그에 호응하듯 효도가 양 어깨를 축 늘어뜨리고, 마지막으로 후도 옹이 소리 없이 신음했다. 그런 모습은 보기에 따라 마침내 체념한 것 같기도, 또 지금까지 져온 무거운 짐을 간신히 내려놓은 것 같기도 했다.

그런 이치가미 가 세 사람과는 대조적으로 후타가미 가 사람들은 기쁨을 감추려고도 하지 않고 웃음을 띠고 있었다.

"순사님, 수고 많았습니다."

가즈에 부인은 당장 후도 옹을 대신해 다카야시키의 노고를 치하하고는 말했다.

"괜찮으시면 이대로 이치가미 가의 다음 후계자를 지명하는 의례에 입회해주시지요."

"아, 예……."

다카야시키로서는 반갑지 않은 말이 틀림없었다. 상의라도 하듯 자기 쪽을 보기에, 요키타카도 어쩔 수 없이 남는 것이 현명하리라는 뜻으로 보일 듯 말 듯 고개를 끄덕였다. 그로서도 다카야시키가 곁에 있어주는 편이 안심이 되고 좋기 때문이었다.

"그럼 후도 옹. 히가미 가의 장으로서 우리 일족에게 이치가미 가의 다음 후계자를 알려……."

가즈에 부인이 동생을 '후도 옹'으로 부르는 것을 요키타카는 처음 들었다. 게다가 그녀는 지금 동생에게 머리까지 정중히 숙이고 있었다. 당사자인 후도 옹은 또다시 전원을 둘러보더니 이어서 허공을 응시하는 듯한 눈초리를 하고 말했다.

"지금부터 나는 히가미 가의 장으로서 여기 효도의 뒤를 이어 이치가미 가의 다음 후계자가 될 자를 이 자리에서 밝히고, 그 자가 적자가 되는 가계를 다음 이치가미 가로 인정함을 선언하겠다. 본인 및 그 가계의 일족은 이 소임을 엄숙히 받아들이고 히가미 가의 더 나은 발전을 위해 매진할 것을 명심하도록."

후타가미 노마님이 배례를 하듯 인사를 하는가 싶더니, 고타쓰와 후에코 부부도 가즈에 부인을 따라 바로 머리를 숙였다. 그뿐 아니라 고지까지 얌전히 고개를 떨어뜨리고 준수의 뜻을 표한 데는 요키타카도 놀라 눈을 크게 뜨지 않을 수 없었다.

'자기가 이치가미 가의 후계자가 되고 후타가미 가가 이치가미 가로 승격할 생각을 하면 고지 씨조차도 자연히 태도가 달라지는구나.'

다만 그것이 원래는 조주로의 역할이었음을 생각하면 슬픔보다 분한 마음으로 가슴이 벅차올랐다.

"잘 들어라. 이치가미 가의 다음 후계자는……."

거기까지 말하고 후도 옹은 왜 그런지 입을 다물었다. 일부러 애를 태우는 건가 싶었는데, 어딘지 모르게 묘한 표정이었다.
"후도 옹, 그래서 그 후계자가 누굽니까?"
가즈에 부인이 재촉하고 싶은 마음을 필사적으로 억누르는 듯 소름이 끼칠 정도로 부드러운 어조로 물었다. 그 순간, 무표정하던 후도 옹의 얼굴에 히죽거리는 웃음이 번졌다.
"요키타카다."
전원이 일제히 무시무시한 기세로 그를 돌아보았다. 그 움직임으로 방 안에 정말 한 줄기 바람이 분 것처럼 느껴졌다. 상석에서 자기가 있는 말석을 향해.
"후, 후도 씨. 대체 무, 무슨 농담을 하는 겁니까?"
맨 먼저 정신을 차린 사람은 역시 가즈에 부인이었다.
"아무리 우리에게 이치가미 가의 지위를 넘겨주기 싫어도 그렇지, 하필이면 이런 하인이 후계자라니…… 후도 씨, 실례되는 말씀입니다만 정신은 말짱합니까? 효도 씨! 이게 대체 어떻게 된……."
"요키타카는……."
가즈에 부인의 공격이 효도를 향하자, 후도 옹은 요키타카를 똑바로 가리키며 말했다.
"저기 앉은 요키타카는 효도와 저기 가정교사와의 사이에서 태어난 아이요."
후타가미 노마님뿐 아니라 전원이 말문이 막힌 가운데, 요키타카는 눈앞이 새하얘지고 귀가 멍멍해졌다.
그러나 바로 머리에 둔통이 느껴지더니 이번에는 캄캄한 세계로 깊이 가라앉고 말았다.

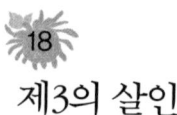
제3의 살인

"이이이익!"

후도 옹이 요키타카의 출생의 비밀을 폭로한 순간, 인간의 목소리 같지 않은 고함 소리가 방 안에 울려 퍼졌다.

그 예사롭지 않은 음색에 전율을 느끼고 다카야시키는 몸서리를 쳤다. 소리가 난 쪽을 보니, 이를 드러낸 후키의 입에서 나온 소리였다. 차가운 분위기가 있기는 해도 본래 단정한 이목구비다 보니, 일그러진 표정은 그저 무시무시할 따름이었다.

그러나 기가 눌린 것은 잠깐뿐, 다카야시키는 금세 경계 태세를 취했다. 그녀의 고함 소리 속에서 경찰관으로서의 경계심을 자극하는, 터무니없이 상궤를 벗어난 것이 느껴졌기 때문이었다.

그러나 아차 했을 때는 이미 늦었다. 후키는 자기 앞에 놓여 있던 찻종을 요키타카에게 냅다 집어 던졌다. 그가 손을 내밀어 막기 전에 찻종은 소년의 이마에 명중하고 말았다.

"어, 어이. 자네……."

엉거주춤 일어나려던 효도는 아내의 무시무시한 형상에 기가 죽었는지 도로 주저앉고 말았다.

"요키타카, 괜찮냐?"

다카야시키는 뒤로 쓰러질 뻔했던 그를 부축하며 불렀다. 그러나 반응이 없었다. 기척을 느끼고 얼굴을 들었다가 자기 자식을 꼼짝 않고 보고 있는 미나토리 이쿠코와 눈이 마주쳤다.

"의, 의사를…… 이세하시 선생님을 불러주십시오."

"걱정 없습니다."

"예? 뭐, 뭐가 걱정 없다는 겁니까?"

"이 아이는 아오쿠비 님의 가호를 받고 있으니까요."

요키타카를 안은 다카야시키의 양팔에 소름이 좍 돋았다.

'이 여자가 요키타카의 생모…….'

무심코 상대의 얼굴을 빤히 바라보고 말았다. 그러나 바로 그러고 있을 때가 아니라는 것을 깨닫고, 이세하시를 불러달라고 다른 사람에게 부탁하려다가 그것이 무리임을 알았다. 히가미 일족 사이에서는 이미 요란하게 싸움이 벌어지고 있었기 때문이었다.

"효도 씨, 아무리 후타가미 가에 지금의 지위를 넘겨주기 싫어도 그렇지, 잘도 뻔뻔하게 그런 거짓말을 하는군요."

"거짓말은 무슨. 요키타카는 분명히 효도와 저 여자의 자식이오."

"아뇨, 날조입니다!"

"어이, 이 녀석의 계집 버릇은 누님도 잘 알 것 아니오."

일족 앞에서 자신의 나쁜 버릇이 이야기되는데도 효도는 창피해하는 눈치가 조금도 없이 오히려 히죽거리고 있었다. 다만 후키가 무시무시한 눈초리로 자기를 노려보고 있다는 것을 깨닫고는 황급히 웃음을 거두고 표정을 바로잡았다.
"그런 계집 버릇 따위가 저것이 효도 씨의 적자라는 증거는 되지 않지요."
가즈에 부인이 즉각 대들었다.
"요키타카라는 이름은 말이지, 효도에서 따온 것이오. 효도의 '효(兵)'는 '손도끼를 두 손으로 들다'라는 뜻이 있고, '도(堂)'는 '흙을 쌓은 높다란 장소'란 뜻이 있거든. 그래서 각각 '도끼'와 '높다'라는 자를 따서 요키타카(斧高)라고 이름을 지은 것이오."
"그건…… 나중에 억지로 갖다 붙인 핑계 아닙니까."
"가네 씨, 그걸……."
후도 옹은 흥분한 가즈에 부인을 향해 의젓하게 고개를 끄덕이고는 구라타 가네 쪽을 돌아보며 한 손을 뻗었다. 가네 할멈은 품에서 향낭처럼 생긴 조그만 주머니를 꺼내, 그것을 받쳐 들듯 하고 후도 옹에게 내밀었다.
"이 안에 탯줄과……."
후도 옹은 주머니를 열고 손가락을 넣으며 말했다.
"저 애가 누구와 누구 사이에 생긴 아이고, 몇 년 몇 월 며칠에 어디에서 뭐라 하는 산파의 손으로 태어났는지, 그런 것을 기록한 증서가 들어 있소."
"그, 그런 건 며칠 새에 얼마든지 준비할 수 있지 않습니까. 이치가미 가에 다행히 어디서 굴러먹던 말 뼈다귀인지 모를 애가 있으니, '실은 이 애가 이치가미 가의 후계자입니다' 하고 재주를 부릴 수 있겠다고 당신이 계략을 꾸민 게 틀림없어요."

어디까지나 요키타카의 존재를 인정하지 않으려는 가즈에 부인의 태도에, 다른 후타가미 가 사람들뿐 아니라 미카미 가 사람들까지도 찬동하기 시작했다.

"그렇군."

그런데 후도 옹은 조금도 난처한 기색을 보이지 않았다.

"뭐, 누님의 의혹도 지당하다고는 생각하오. 하지만 내 이야기는 아직 끝나지 않았거든. 그 증서엔 부친, 모친, 그리고 갓난아기의 손도장이 찍혀 있소. 지문은 태어났을 때부터 변함없지. 안 그렇소, 누님?"

"……."

후타가미 노마님이 대꾸를 못하자, 뜻밖에도 후키가 입을 열었다.

"가즈에 님, 인정하고 싶지는 않지만 저 하인이 저희 집 양반과 저 여자 사이에서 태어난 아이인 건 사실입니다."

여기에는 가즈에 부인도 상당히 동요한 듯했다. 이치가미 가에 시집온 여자라고는 하나, 그 뒤의 복잡한 결혼 생활에서 후키가 결코 효도 편이 아니라는 것을 그녀가 가장 잘 알고 있었기 때문이리라.

"조주로가 죽은 뒤로 저에게는 이치가미 가건 그 후계자 건 아무래도 상관없는 일입니다. 여러분은 제가 아이를 별로 돌보지도 않았으면서 그런다고 생각하실지 모르지만, 돌보게 해주지 않았던 거예요. 하지만 저도 어미입니다. 조주로가 훌륭한 후계자가 되는 모습을 이 눈으로 직접 보고 싶다는 희망을 안은 채 살아왔습니다."

"후키 씨가 하고 싶은 말은 알겠어요. 하지만……."

"저희 집 양반이 저 여자에게 애를 배게 한 건 세 번입니다."

가즈에 부인도 후키의 이 고백에는 할 말을 잃고 말았다.

"첫 번째는 저 애입니다. 두 번째와 세 번째는 유산됐습니다. 그야 그렇겠죠. 제가 아오쿠비 님께 기도를 드려서 두 사람 사이에 생긴 애가 떨어지게 했으니까요! 아하하하!"

처음에는 차분하던 어조가 점차 광기 어린 고함이 되더니 마지막에는 요란한 웃음소리로 변했다.

그것이 어찌나 소름 끼치는지, 다카야시키의 등에 뭐라 형언할 수 없는 오한이 들었다. 물론 후키의 미친 듯한 웃음소리를 들었기 때문만이 아니라 이야기의 내용 때문이기도 했다. 실제로 그녀가 입을 열고 나서는 방 안 공기는 한층 더 답답해졌다. 처음부터 감돌던 긴장이 더욱 고조되고, 그곳에 기이한 기색이 흘러든 듯했다.

그러자 가즈에 부인이 그 사위스러운 분위기를 휘저어놓는 듯한 터무니없는 발언을 했다.

"그러고 보니 조주로 씨 머리가 아직 발견되지 않았지요. 지문이라는 감정 방법이 있는 것 같습니다만, 저는 후타가미 가의 장으로서 그런 것은 납득할 수 없습니다. 따라서 조주로 씨의 머리가 발견되고 사망이 확인되기 전까지는 설사 이치가미 가의 후계자가 될 권리를 가진 자가 나타나더라도 절대 인정할 수 없습니다."

"누, 누님. 그런 건 억지 아니오!"

"뭐가 억지라는 것이지요?"

"지문이 뭔지, 조주로의 신원 확인을 통해 누님도 알았을 테지. 그래서 증서에 갓난아기의 손도장이 있다는 말을 듣고 이젠 인정하는 수밖에 없다고 생각했소. 그렇기 때문에 그런 억지 요구를……."

"억지를 부리는 건 그쪽 아닙니까! 처음부터 조주로 씨의 사망을 인정하려고 들지 않고!"

"아니! 그건 틀림없이……."
"순사님."
후도 옹과 가즈에 부인의 싸움에 완전히 넋이 나가 있던 다카야시키는 자기를 부르는 목소리에 정신이 들었다. 자신을 부른 사람은 에가와 란코였다. 어느새 요키타카의 뒤에 있었다.
"우선 요키타카 군을 제가 있는 손님방으로 옮기죠. 그 뒤 의사에게 연락을 해야겠어요."
"그, 그렇군."
황급히 요키타카를 안아든 다카야시키는 란코를 따라 밖으로 나갔다. 마지막에 방 안을 흘끔 돌아보니, 격하게 말다툼을 벌이는 후도 옹과 가즈에 부인이 보였고, 두 사람을 제외한 전원이 요키타카를 꼼짝 않고 보고 있었다.
자기를 향한 시선도 아니건만 다카야시키는 몸이 오싹했다. 전에도 요키타카의 처지를 동정하곤 했지만, 지금 이 순간부터 그가 처할 운명을 생각하니 뭐라 말할 수 없는 절망적인 기분이 들었다.
'이 애에게는 천애고아 하인인 편이 더 낫지 않았을까.'
'최소한 조주로가 살아 있었더라면' 하고 생각했다가, 애초에 그가 있었다면 요키타카의 출생의 비밀은 밝혀지지 않았을 것이라고 자신의 우둔함을 부끄러워했다.
"잠깐만요. 바로 자리를 펴겠습니다."
방에 이르자, 란코는 우선 책상을 구석으로 밀어놓고 반침에서 요를 꺼내 다다미에 폈다.
"요키는 좀 어떻습니까?"
가네 할멈이 나타났다. 두 사람을 쫓아온 모양이었다.

"아, 구라타 씨……."

"이세하시 선생님께 연락드리라고 시켰습니다. 어디……."

가네 할멈은 미리 앞질러 대답을 하고는 자리에 눕힌 요키타카의 이마에 손을 대고 머리 곳곳을 비비기 시작했다.

"흠흠, 괜찮겠군. 별안간 그런 말을 듣고 놀랐겠지. 거기에다 마님이 찻종을 던지셨으니, 분명 기겁해서 정신을 잃은 게야."

"정신적인 충격과 육체적인 충격이 겹쳤으니…… 그나저나 구라타 씨, 후도 옹께서 하신 말씀은……."

"예, 사실입니다."

흥분한 다카야시키에 비해 가네 할멈은 담담한 어조로 대답했다.

"서, 설마 요키타카를 데려온 건 이번 일 같은 후계자 문제를 예상하고……."

"순사님, 아무리 그래도 그건 아니죠. 이쿠타 가가 그리 되지만 않았으면 요키타카는 지금도 하치오지에 살고 있었을 겁니다."

"그럼 요키타카의 아버지가 전사하고 어머니가 형과 누나를 죽이고 자살했기 때문에 하는 수 없이 이치가미 가에서 데려왔다는 뜻입니까?"

"예. 다른 데로 보내려고 해도 이미 철이 든 뒤였으니까요. 하지만 이렇게 되고 보니 이 애가 이 집에 온 것도 눈에 보이지 않는 어떤 힘이 작용했기 때문일지도……."

"운명이었다는 말씀입니까?"

"예, 아오쿠비 님이 정하신……."

이세하시가 오기 전에 다행히 요키타카는 의식을 되찾았다. 의사의 진단 결과도 가네 할멈과 똑같았다. 다만 별 이상이 없기는 해도 내일 아침까지는 누워 있으라고 했다.

이세하시에게 진찰을 받는 동안, 요키타카는 얌전히 있었다. 그러나 의사가 돌아가자마자 가네 할멈에게 자신의 출생에 관해 자세히 들려달라고 졸랐다. 그리고 란코에게 자기가 기절한 뒤로 방에서 어떤 일이 있었는지 설명해달라고 했다.

물론 두 사람과 다카야시키는 지금은 안정을 취해야 한다고 했지만, 요키타카는 고집을 꺾지 않았다. 어른의 의견에 이렇게까지 강하게 반발하는 그를 다카야시키는 처음 보았다. 아니, 가네 할멈조차 놀랐을 정도였다. 하는 수 없이 세 사람이 의논한 끝에, 이대로 두면 진정되지 않을 테니 우선 그가 만족하고 잘 수 있을 정도로 이야기를 들려주기로 했다. 다만 요키타카에게는 누워서 조용히 이야기를 듣기만 하라고 못 박는 것을 잊지 않았다.

다카야시키도 곁에 있고 싶었지만, 오에다에게 특별히 허락을 받아 친족 회의에 출석한 것이었으므로 그만 돌아가야 했다. 뒷일은 두 사람에게 맡기고 전날에 이어 대규모 수색이 진행되고 있는 히메쿠비 산으로 향했다.

새로운 진전도 없이 이틀째 수색이 끝난 그날 밤, 이치가미 가에서는 조주로의 경야가 열렸다. 오에다 및 이와쓰키와 함께 찾아간 다카야시키는 관 앞에 모인 히가미 일족 사이에 뭐라 말할 수 없이 기이한 공기가 흐르는 것을 피부로 느꼈다.

그것은 경부도 마찬가지였던 듯, 이치가미 가에서 나와 걸음을 떼자마자 말했다.

"영 마음에 들지 않는 분위기던걸. 꼭 지금 당장에라도 제삼의 살인이 벌어질 것 같은 그런 불쾌한 기운이 그득했어, 그 집은……."

유감스럽게도 그 이튿날, 오에다의 말이 적중했다.

다음 날 아침, 다카야시키는 쓰이카이치 경찰서의 수사관들이 묵고 있는 모모히메 장으로 가, 사흘째 수색을 앞두고 열린 회의에 참석했다. 범인의 유류품 및 도주 경로의 발견에 주력하는 동시에 특히 두 피해자의 머리를 찾는 데 총력을 기울이라고 오에다가 전원을 독려했다.

오늘 다카야시키가 담당할 구역은 히메카미 당에서 히카게 고개로 이어지는 참배길의 남쪽 일대였다. 지난 이틀 동안에도 청년단의 협력을 얻어 오전과 오후로 인원을 교대해가며 꼼꼼하게 수색을 진행했다. 그것이 오늘로 사흘째니, 어떻게 해서든 한 사람의 머리만이라도 발견하면 좋겠다고 모두 생각하고 있을 터였다.

북쪽 도리이 입구에서 히메쿠비 산으로 들어온 다카야시키는 담당 구역으로 가는 길에도 결코 주위 확인을 게을리하지 않았다. 이제 와서 참배길에 뭐가 있을 성싶지는 않았지만 만일의 경우도 있는 법이다. 산에 들어와서부터는 단 한순간도 그냥 허비하고 싶지 않았다.

다카야시키의 이런 자세도 그날 맡은 구역 수색에서는 보답을 받지 못하고 끝났다.

그러나 날이 저물고 이제 철수하라는 지시에 따라 경내로 돌아왔을 때, 그가 히메카미 당을 주의 깊게 살펴본 배경에는 그런 마음가짐이 있었다.

'어라?'

처음에는 알아차리지 못했으나, 다시 보니 히메카미 당 격자문에 걸린 자물쇠가 조금 기울어져 있었다.

'어제 안을 조사하고 나서 자물쇠를 잘 안 걸었나.'

당집 안은 첫날 철저하게 조사했으니 이틀째는 모든 요원을 산 수색에 동원했을 터였다. 게다가 수사관이 당집에서 나올 때 자물쇠를 제대로 걸지 않고 확인조차도 하지 않았다는 것은 있을 수 없다.

'어째 불안한데.'

그 순간, 심장이 쿵쿵 뛰기 시작했다.

'침착해라. 아무 일도 아닐지 몰라.'

그러나 그렇게 자신을 달래면서도 히메카미 당에 가까이 다가갈수록 뭔가 이상이 생겼다는 느낌이 확실해졌다.

당집의 격자문 앞에 서서 자물쇠에 손을 댄 순간, 자물쇠가 벗겨졌다.

'누가 억지로 비틀어 땄구나!'

격자문을 천천히 열고 어둑어둑한 실내를 들여다본 다카야시키의 눈에 띈 것은 제단 앞에 누워 있는 남자의 머리 없는 알몸 시체였다.

'아아, 젠장! 역시……'

다만 중혼사 및 마두관음 사당에서 발견된 머리 없는 시체 두 구와는 다른 점이 딱 하나 있었다. 머리가 제단 위에 놓여 있었다.

'어, 어째서 이 머리는 가져가지 않았지?'

새로운 희생자가 발생한 것보다 굳이 자른 머리를 범인이 남겨놓고 갔다는 사실에 다카야시키는 충격을 받았다.

'아, 아니, 그보다 희생자는……'

그는 뒤늦게나마 누구인지를 확인하려고 안으로 들어갔다.

'마, 마, 말도 안 돼!'

믿기지 않는 얼굴을 보고 하마터면 비명을 지를 뻔했다.

"겨, 겨, 경부보님! 오에다 경부보님! 어디 계십니까! 다, 당장 히메카미 당으로 와주십시오."

허둥지둥 밖으로 뛰쳐나간 다카야시키는 수색에 참가 중일 오에다 경부보에게 알리기 위해 당집 주위를 뛰어다녔다. 그러면서 세 참배길을 향해 목청껏 소리를 질렀다. 소식은 경관에서 청년단으로, 그리고 다시 경관을 통해 전해져 순식간에 오에다가 미나미모리 참배길에 나타났다.

"세 번째 희생자인가……."

제단 앞에 기이하게 몸을 비틀고 누운 머리 없는 시체를 보고 오에다가 중얼거렸다. 그 표정에는 경악보다 새로운 피해자를 내고 말았다는 참회가 어려 있었다.

"억지로 옷을 벗기고 나서 그냥 내버려뒀다고 생각할 수밖에 없는 모양새군요."

이와쓰키의 지적대로 시체의 몸통도, 팔다리도 부자연스럽게 비틀려 있었다.

"마리코가 거의 흐트러짐이 없는 상태로 똑바로 누워 있었고, 조주로는 약간 흐트러져 있기는 해도 역시 똑바로 누워 있었던 데 비해, 이 시체는 다소 거칠게 취급됐군. 좋아, 시체의 상황을 포함해 현장에서 찾아볼 수 있는 특이점은 일단 공표하지 말기로 하지."

"경부보님, 절단된 머리가 현장에 남아 있는 상황도 포함되는 겁니까?"

"이런 바보가 있나! 잘 생각해봐. 그런 중대한 사실을 숨길 수 있겠나? 좀 더 세부적인…… 아니, 그보다 대체 이건 누구지?"

오에다가 돌아보자 다카야시키는 쥐어짜는 듯한 목소리로 대답했다.

"이치가미 가의…… 조주로입니다."

"뭐, 뭐야? 이, 이 머리가 조주로 것이란 말인가?"

경악에 찬 목소리는 이내 곤혹스러운 목소리로 변했다.

"그, 그럼. 마두관음 사당에서 발견된 머리 없는 시체는 누, 누가 되는 겁니까?"

이와쓰키의 어쩔 줄 모르는 목소리가 이어졌지만, 오에다는 역시 정신을 차리는 것이 빨랐다. 게다가 우수한 관찰안까지 지닌 듯했다.

"잘 봐. 저 머리는 잘린 지 최소한 수십 시간은 지났어."

"예? 그럼……."

"이 머리 없는 시체는 역시 고리 마리코와 히가미 조주로의 뒤를 잇는 세 번째 피해자라는 뜻이네."

"아니…… 그, 그럼 이 시체의 머리는?"

이와쓰키는 그렇게 말하자마자 주위를 둘러보고 이어서 제단 뒤를 들여다보더니, 다카야시키가 말릴 겨를도 없이 히메쿠비 무덤과 오엔 공양비가 모셔진 구역으로 발을 들여놓았다.

"젠장, 석비 뒤에도 없습니다."

"어이, 거긴 옆에서도 들여다볼 수 있잖나."

오에다가 주의를 주었지만, 이와쓰키는 제3의 살인이 벌어진 탓에 흥분했는지 들은 척도 하지 않았다.

"설마 범인은 피해자의 목을 잘라 이 뭐라더라 하는 존재의 지벌 탓인 척 꾸미려는 속셈은 아니겠죠? 그런 수법이 경찰에 통할 거라고 생각하나!"

뒤에 한 말은 범인을 향한 말인 듯했다. 다만 그는 노여움을 가당 찮게도 눈앞에 있는 히메쿠비 무덤을 걷어참으로써 발산했다.
"이와쓰키, 소라 탑과 세 개의 혼사를 조사해봐. 세 번째 피해자의 머리를 찾는 것과 동시에 이상한 점이 없는지 확인하도록."
오에다의 명령을 수행하기 위해 이와쓰키가 소라 탑으로 간 것을 보고 다카야시키는 몰래 한숨을 쉬었다. 자기도 경찰관인 이상 지벌 따위는 믿지 말아야 한다고 생각하지만, 그렇게까지 혐오하는 것도 문제가 아닐까.
'아무도 안 보는 데서 무슨 천벌 받을 짓을 하고 있을지 모르는 일이겠군.'
만의 하나 그의 그런 행위를 히가미 가 사람들을 비롯해 마을 사람들이 목격하기라도 했다가는 심각한 사태가 벌어질지 모른다.
이윽고 이와쓰키가 돌아왔다.
"머리는 아무데도 없었습니다. 그 밖에 이상한 점도 확인되지 않았습니다."
흥분이 채 가시지 않은 표정인 이와쓰키와는 대조적으로 오에다는 침착하게 말했다.
"그래, 그럼 범인은 세 번째 희생자의 머리를 잘라 가져가는 대신, 왜인지는 모르나 지금까지 숨겨두었던 조주로의 머리를 두고 갔다는 뜻이로군."

아오쿠비 님의 의사

　히가미 가의 두 번째 친족 회의에서 요키타카가 자신의 출생에 관한 깜짝 놀랄 비밀을 안 다음 날, 조주로의 장례가 치러졌다.
　이치가미 가 후계자(설사 전 후계자라 해도)의 장례치고는 너무나도 간소한 의식이었다. 그래도 히메코 때처럼 밀장 같지는 않았으나, 암암리에 조문객을 막는 분위기가 이치가미 가에 가득해 히가미 일족 사람들만으로 장례를 치렀다. 하기야 새 후계자의 출현으로 발생한 이치가미 가와 후타가미 가 및 미카미 가의 갈등 탓에, 일족 간에조차 서먹한 분위기가 감도는 지경이었다. 원래부터 사이가 좋았다고는 할 수 없지만, 장례식에서까지 그런 것은 역시 예삿일이 아닐 것이다.
　그러나 요키타카는 주위의 그런 상태에 마음을 쓸 여유가 없었다. 어제 친족 회의에서 받은 충격은 란코의 손님방에 눕혀져 이세하시의 진찰을 받고 란코와 가네 할멈에게 궁금했던 이야기를 일단 들은 덕에, 그런데다 아침까지 잔 덕에 상당히 완화되어 있었다. 요키타카 때문에 현재 유일하게 비어 있는, 뒷마당에 면한 별채 손님방으로 옮겨간 란코가 밤새 걱정돼서 여러 번 와준 것도 비몽사몽이기는 했으나 막연히 기억하고 있었다. 그녀의 그런 배려가 그의 회복을 도와준 것도 분명했다.

그런데 오늘 조주로의 장례식에 참석한 순간, 모든 사람의 시선이 따가울 정도로 자신에게 쏠려 있는 것을 알고 단숨에 궁지에 몰린 기분이 들었다. 게다가 히가미 가 사람들만이 아니라, 어제까지 같은 입장(아니, 그보다 이치가미 가에서는 그가 제일 밑이었을 것이다)에 있던 하인들까지 뭐라 말할 수 없는 시선으로 그를 쳐다보는 것이었다.

'지금까지 이치가미 가에서 제일 하위로 여겼던 인간이 별안간 자기들 주인이 될지도 모르니까······.'

하인들의 눈에 어떤 마음이 깃들어 있는지 생각하기도 싫었다.

'스즈에 씨가 있었으면 뭐라 했을까?'

문득 그런 생각이 들었을 때, 마음이 조금이나마 따뜻해졌을 정도였다.

장례는 지극히 신속하게 진행되었으므로, 점심 전에 화장터로 관이 운반되고 저녁에는 무량사 묘지에 납골되어 저녁식사가 장례 후의 식사를 겸할 정도로 일찍 끝났다. 그것은 히가미 가뿐 아니라 히메카미 촌의 장송 의례를 생각해도, 있을 수 없을 만큼 비정상적인 상황이었다. 아직 토장 습관이 남아 있는 이 지역에서 일부러 화장한 것도 포함해서.

'히메코 씨 때와 똑같아······.'

요키타카는 그 사실에 뭐라 말할 수 없는 전율을 느꼈다.

다만 이 기이하게 짧은 장례는 그에게 다행일 수도 있었다. 가네 할멈이 후타가미 가와 미카미 가 사람들을 제쳐놓고 후도 옹과 효도 다음으로 그에게 향을 피우라고 했기 때문이었다. 점심식사 때의 자리 순서도 완전히 그가 이치가미 가의 후계자임을 이야기하는, 또는 세간에 그의 존재를 확고히 하려는 것이었다. 말할 것도 없이 그에게는 바늘방석일 뿐이었다.

"잠깐 나갈까?"

그렇기 때문에 점심 뒤에 란코가 말을 걸었을 때, 요키타카는 바로 고개를 끄덕였다.

어디 가느냐고 묻는 가네 할멈에게 해 질 녘까지는 돌아오겠다고 하고 두 사람은 다시 히메가미 신사로 갔다. 그곳이라면 누구에게도 방해받을 염려가 없었다.

"그나저나 왜 이렇게 서둘러서……."

"장례를 마치려 하느냐고?"

이치가미 가를 나서자마자 요키타카가 입을 열자, 란코도 똑같은 생각을 하고 있었던 듯 대답했다.

"한시라도 빨리 상을 벗고 후계자 문제를 처리해버리고 싶기 때문이야."

"상중엔 움직일 수 없기 때문입니까?"

"후타가미 노마님이 분명 그걸 빌미로 훼방을 놓으려 들지 않겠어? '지금은 그런 것보다 조주로 씨의 명복을 빕시다' 하면서. 그사이 후타가미 가에선 어떻게든 대책을 마련하려 하겠지. 가즈에 부인이라면 그러고도 남을 거야."

"그, 그렇군요. 그렇겠죠, 아마⋯⋯."

"물론 후도 옹은 친누나를 잘 알아. 그러니까 조금이라도 빨리 상을 벗고 후계자 문제를 처리하고 싶어 한 거지. 개인적으로는 그 증서가 있으면 괜찮을 거라고 생각하지만, 후타가미 가에게, 또 가즈에 부인에게 시간을 주지 않는 편이 나으니까."

요키타카는 다시금 에가와 란코가 얼마나 대단한지 깨달았다. 마을에 와서 오늘로 기껏해야 닷새째인데, 이렇게까지 히가미 가 사람들의 성격을 파악하고 있다니 관찰력이 대단했다. 역시 작가란 인간을 보는 눈이 다른 걸까.

"저, 란코 씨 비서 이야기 말인데요."

신사 계단이 보이는 곳까지 왔을 때, 요키타카가 말을 꺼냈다.

지금의 그에게 도회지로 나가는 것은 이치가미 가에서 달아난다는 의미가 강했다. 그것은 란코에게 결례라고 생각했다. 그러나 갑자기 두 개의 대조적인 가능성이 눈앞에 놓이자, 그의 마음은 한쪽으로 크게 기울었다.

그런데 란코는 착각한 듯했다.

"아, 그건 이제 됐어. 어디까지나 어제 낮까지의 이야기니까."

"예? 하지만⋯⋯."

"네가 신경 쓰지 않아도 돼. 지금은 자기 생각만 해야지. 이치가미 가의 자식이라는 걸 알게 된 거잖아? 지금까지 하인이었는데 갑자기 주인이라고 하니 당혹스럽겠지만, 일은 생각하기 나름 아니겠어? 전혀 다른 지역, 다른 집에서 별안간 히메카미 촌의 이치가미 가에 와서 후계자 자리에 앉는 걸 생각하면, 넌 이미 십일 년씩이나 이 마을에서, 이치가미 가에서 살았으니까 그 경험을 살릴 수 있는 거잖아."

"예······."

"물론 몇 대씩 이어져온 구가의 후계자라니, 여간 힘든 일이 아닐 거라고는 생각해. 하지만 요즘 세상에 그 정도로 훌륭한 자기 집이 있기도 쉽지 않다고. 뭐, 친척을 포함해서 그 안에 사는 사람들이 죄다 특이······ 아, 미안. 그러니까 만만치 않을 것 같긴 하지만, 그런 사람들도 넌 지금까지 하인으로서 충분히 대하고 살아온 셈이잖아?"

"예, 그야······."

"그럼 괜찮아. 이번엔 가족의 일원이 되는 거니까. 어떤 사정이 있든 간에 역시 가족은 같이 살아야 한다고 생각해······ 내가 할 말은 아니지만."

요키타카는 란코가 천애고아라는 사실이 생각났다. 그런 그녀로서는 가족이 생긴 그에게 같이 살아야 한다고 하는 것이 당연할지 모른다. 그러나 그에게는 마음에 걸리는 점이 있었다.

"왜 그래? 별로 내키지 않아?"

계단을 올라가는 그의 발걸음이 느려진 것을 깨달았는지, 란코는 멈춰 섰다.

"혹시 지금까지 받은 취급에 대해······."

"아뇨, 그건······ 괜찮습니다. 딱히 앙심을 품고 있다든지 그런 마음은 없는데······ 뭐라고 하면 좋을지 모르겠지만, 그······ 제 입으로 말하기도 이상하지만, 오히려 냉정하게 보고 있을지도······."

"어머, 그건 뜻밖이네. 아니, 그 편이 나아. 네가 너무 상처 받을 염려가 없는 편이 당연히 낫지. 다만 내 근거 없는 인상일지 모르지만, 네가 엄청난 충격을 받고 얼마 동안 일어서지 못할 것 같았거든."

"분명히 저도 모르는 사이에 이치가미 가에서 이모저모로 단련됐을 겁니다."

요키타카가 그렇게 말하며 쓴웃음을 짓자, 란코는 안심한 표정을 짓더니 몸짓으로 그에게 계단을 올라가도록 재촉했다.

이윽고 꼭대기에 이르자, 그녀는 자기 발을 내려다보며 말했다.

"아이 참…… 크기는 작아도 남성용 신발이라 좀처럼 익숙해지지 않지 뭐야. 실은 남장미인도 여간 힘든 게 아니란 말이지. 아, 여기서 보이는 전망은 역시 좋다니까."

그녀는 눈앞에 펼쳐진 풍경에 시선을 빼앗긴 듯했다. 그러나 그런 느긋한 말도 잠깐뿐, 바로 요키타카를 돌아보더니 말했다.

"그래서 뭐가 그렇게 마음에 걸리는데?"

"란코 씨는 아오쿠비 님의 지벌을 믿으십니까?"

뜻밖의 질문이었던 듯, 그녀는 한순간 말을 잇지 못했다.

"그러게…… 어려운 질문인걸."

일단은 그렇게 말해놓고 그사이에 어떻게 대답하면 좋을지 생각하는 듯했다.

"소설과 현실은 물론 다르겠지만, 란코 씨 작품엔 괴이한 사건들이 등장하기도 하죠?"

"그래. 하지만 네가 말한 것처럼 내가 쓰는 건 어디까지나 이야기니까. 괴기소설을 쓰는 작가라도 유령을 일소에 부치는 사람은 많거든. 하지만 그건 또 왜…… 아니, 이 마을에서 자랐으니 그런 생각을 하는 건 이해할 수 있지만, 왜 이제 와서 그런 걸……."

요키타카는 자기가 다섯 살 때, 하치오지의 이쿠타 가에서 벌어진 어머니의 동반자살 사건에 관해 란코에게 이야기했다.

"그래…… 그런 일이 있었구나. 조주로 씨도 거기까진 가르쳐주지 않았어."

"오늘 아침에 잠에서 깼을 때, 문득 그런 생각이 들었습니다."

"어떤?"

"그날 저녁 집을 찾아온 건 아오쿠비 님이 아니었을까……."

"……."

"그날은 맑았는데 저녁이 되면서 갑자기 비가 오기 시작했어요. 우물도 그렇고, 욕탕도 그렇고, 아오쿠비 님은 물을 좋아하거든요."

"자, 잠깐만. 비가 왔다고 그렇게……."

"가장 마음에 걸린 건 제가 이치가미 가에 온 지 일 년 뒤에 십삼야 참배가 있고 히메코 님이 죽었다는 사실입니다. 왜 우물에 빠진 사람이 히메코 님이었는지, 다카야시키 씨는 지금도 의아하게 생각하시거든요. 즉, 조주로 님이었다면 납득할 수 있지만……."

"그러니까 이런 거야? 조주로 씨가 십삼야 참배 때 죽을 운명이었기 때문에 그 일 년 전에 네가 이치가미 가로 오도록 아오쿠비 님의 의사가 작용했다. 그런데 착오가 있어서 또는 사고로, 정작 죽은 사람은 히메코 씨였다. 하지만 그로부터 십 년 뒤, 조주로 씨는 결국 운명을 피하지 못했고, 그뿐 아니라 마리코까지 거기에 말려들어 살해되고 말았다?"

말없이 고개를 끄덕이는 요키타카를 얼마 동안 바라보던 란코는 입을 열었다.

"그 아오쿠비 님의 지벌이 이번엔 자기한테 내리지 않을까, 그런 생각을 하는 거야?"
 "모, 모르겠습니다. 지벌이 무섭다든지, 그런 이야기까지는 아니지만…… 뭐랄까, 꼭 뭔가에 조종당하는 것 같은, 제 인생이 멋대로 다뤄지는 것 같은, 그런 섬뜩한 느낌이 아침부터 계속 들어서요……."
 "그렇구나. 하지만 그렇게 느끼는 것도 무리는 아닐지 몰라."
 "그렇게 생각하십니까?"
 "응. 다만 나 같으면 분명히 집을 뛰쳐나가…… 아니, 그런 무책임한 말은 하면 안 되지. 아까는 같이 살아야 된다고 해놓고."
 "예……."
 "있지, 설사 아오쿠비 님의 지벌이 정말 있다 쳐도 넌 아마 괜찮을 거야."
 "예? 왜, 왜요?"
 "이건 그냥 막 생각해내서 적당히 하는 말이 아니야. 조주로 씨를 통해 히가미 가의 역사를 알고, 또 어제 너에게 여러 사건과 변사 이야기를 들은 결과, 알아차린 게 하나 있거든."
 "그게 뭡니까?"
 "이치가미 가에선 대대로 남자들이 병약해서 성장하지 못해. 거의 대부분이 어렸을 때 죽고 말지. 하지만 그렇다고 대를 이을 아들이 한 사람도 성인이 되지 못했던 적이 있었어? 이치가미 가가 한 번이라도 대가 끊긴 사례가 있었어? 후타가미 가와 바뀐 역사가 존재해? 없잖아, 단 한 번도?"
 그러고 보니 그랬다. 이제 틀렸다, 대가 끊기겠다 싶은 위기를 몇 번이나 맞이하고도 결국은 오늘날까지 히가미의 이치가미 가로서

면면히 이어져왔다.

"그거 봐, 이상하지? 아오쿠비 님이 진심으로 지벌을 내리고 있다면 왜 얼른 멸망시키지 않는데? 아들만이 아니라 태어나는 애를 성별과 상관없이 족족 죽여버리면 그만이잖아?"

"그, 그럼 지벌이란 건 역시 미신……."

"그런 해석도 가능하지만, 지금은 아오쿠비 님의 지벌이 존재한다는 전제 하에 이야기하는 거야."

"예? 그럼……."

"진심으로 지벌을 내리는 거라면 멸망시키면 그만 아니냐고 했지만, 만약 그 지벌이 엄청난 거라면 반대로 그 집이 무사히 존속될 수 있게 하지 않을까 싶거든."

"왜, 왜요?"

자기도 그 답을 안다는 생각이 들면서도 요키타카는 묻지 않을 수 없었다.

"물론 영원히 지벌을 내리기 위해서지……."

대답을 들은 순간, 예상하고 있었던 답이었는데도 찬물이 등줄기를 흘러내린 양 오한이 들었다.

"지금의 이치가미 가에서 만약 너한테 무슨 일이 생겼다간…… 그 집은 확실하게 대가 끊기고 말아. 물론 다른 집에서 양자를 들여 재건할 순 있겠지만, 그사이에 이치가미 가로서의 지위는 후타가미 가에게 빼앗기겠지."

"……."

"나도 괴이한 사건과 관련된 일에 논리고 뭐고 없다고는 생각해. 하지만 아오쿠비 님은 아무나 가리지 않고 지벌을 내린다기보다,

건드리지만 않으면 히가미 가에게만, 그중에서도 이치가미 가에게만 지벌을 내리는 거잖아? 말하자면 조리는 선다고 볼 수 있지 않겠어?"

그런 식으로 생각한 적이 한 번도 없었기 때문에, 요키타카는 충격을 받았다.

"뭐, 그건 그렇다 치고……."

그녀는 정색을 하고 그를 물끄러미 쳐다보았다.

"어제도 말했지만 천천히 생각해봐. 비서 일은 너만 그럴 마음이 있으면 난 언제든 좋으니까. 다만 이치가미 가의 후계자라는 중압감에서 벗어나려는 이유 때문이라면 좀 그렇지만."

속마음을 들킨 것 같아서 흠칫한 요키타카는 저도 모르게 고개를 수그렸다.

"하지만 이치가미 가에서 후계자로 살아가는 생활이 너무나도 상궤를 벗어나 더는 참을 수 없을 때 피난처를 찾아 나한테 오는 건 괜찮아."

요키타카가 반사적으로 고개를 쳐들자 란코는 생긋 웃었다. 이에 용기를 얻은 그가 말했다.

"하지만 제가 마리코 씨를 대신할 수 있을까요?"

"어? 비서 말이야? 응, 괜찮아. 마리코가 완벽하긴 했지만, 에가와 란코란 작가는 거기에 지나치게 의존했던 것 같아. 알겠니? 즉, 나한테 너무 편한 환경이었던 게 되레 나한테 좋지 않았다는 뜻이야. 아마 마리코에겐 작가가 될 재능이 있었겠지. 그럴 기회가 없었을 뿐. 아니, 에가와 란코가 기회를 빼앗은 거야. 마리코의 싹을 잘라버린 거지. 그대로 두 사람의 관계가 이어졌더라면 더 험악해졌을지도 몰라……."

어느새 란코는 먼 곳을 바라보는 듯한 시선이 되었다.

"마리코 씨는 그걸 조주로 님과 상의했던 거로군요."

"그래…… 조주로 씨가 중재해주었더라면, 원 상태로 돌아가진 못할망정 우리 관계도 달라져서 각자 자기 갈 길을 갔을 거야."

란코는 다시 요키타카에게 시선을 돌렸다.

"그런 경험이 있으니까 너랑은 잘 해나갈 수 있을 것 같거든. 하지만 우선은 이치가미 가에서 산다는 걸 잘 생각해보면 좋겠어. 뭐니 뭐니 해도 거긴 네 집이니까."

그 뒤 두 사람은 히메가미 신사 본당으로 가 나무 단에 걸터앉아서는 《그로테스크》의 향후 활동 등 사건과는 무관한 이야기를 했다.

이윽고 조금 선득해지자 이치가미 가로 돌아왔다.

그러나 두 사람을 기다리고 있었던 것은 후타가미 가의 고지가 히메카미 당에서 머리 없는 시체로 발견되었다는 놀라운 소식이었다. 그것도 조주로의 머리와 함께.

네 개의 잘린 머리

히메카미 당에서 발견된 세 번째 머리 없는 시체는 후타가미 가의 고지로 추정되었다.

어젯밤, 가즈에 부인 및 부모와 함께 조주로의 경야에서 돌아와 모두가 취침하기까지 그는 후타가미 가에 있었다. 그러나 오늘 아침에 좀처럼 일어나지 않기에 어머니 후에코가 하녀를 보내자 '방에 안 계십니다. 이부자리에도 주무셨던 흔적이 없습니다' 하며 허둥지둥 돌아왔다. 그 뒤로 그가 보이지 않아 슬슬 걱정되려던 차에 경찰이 행방을 알 수 없는 자가 없는지 물으러 왔으므로, 후타가미 가는 순식간에 벌집을 쑤셔 놓은 듯했다.

머리 없는 시체의 대략적인 사망 추정 시각은 새벽 1시에서 3시 사이라는 것이 이세하시의 소견이었다. 즉 피해자가 고지라면, 가족과 하인이 잠든 뒤에 집에서 빠져나와 히메카미 당까지 갔다는 뜻이다.

"범인은 그 여자예요!"

다케코가 즉각 에가와 란코의 범행이라고 소란을 피웠다. 다카야시키가 이유를 묻자, 그저께 오전 중에 히메가미 신사에서 두 사람이 은밀히 만나는 장면을 봤다고 했다. 어젯밤에도 만났다가 다툼이 벌어져 그녀가 그를 죽였을 게 틀림없다는 것이 다케코의 주장이었다.

곧바로 이치가미 가로 가서 란코에게 사정을 물으려 했으나, 요키타카와 어디론가 나갔다고 했다.

"현 상황에선 우선 그 시체가 고지가 맞는지 후타가미 가 사람에게 확인시키는 수밖에 없겠군."

오에다가 그렇게 판단했을 때 히메가미 당을 중심으로 수색하던 수사반에서 머리를 발견했다는 보고가 들어왔다.

다카야시키도 경부보와 함께 발견 현장으로 달려가 보니, 그곳은 조주로와 마리코의 속옷 및 조리, 탐정소설 등이 발견됐던, 경내에서 히가시모리로 참배길을 가다가 마두관음 사당에 이르기 전의 왼쪽 숲 속이었다. 고지의 머리는 옷가지에 싸인 상태로 아무렇게나 던져져 있었던 모양이다. 게다가 그 옷가지는 조주로의 하오리일 것이라 추측하고 있었다. 뿐만 아니라 주위에는 고지의 것으로 보이는 의복이 겉옷부터 속옷까지 아무렇게나 흩어져 있었다.

"즉, 이렇게 된 걸까요."

어둠이 빠른 속도로 깔려가는 숲 속에서 이와쓰키는 구겨진 하오리 위에 뒹구는, 뒤통수가 석류처럼 쪼개진 머리통을 내려다보며 말했다.

"범인은 하오리에 싸두었던 조주로의 머리를 들고 히메가미 당으로 갔다. 거기서 고지를 살해하고는 목을 뱄다. 그리고 조주로의 머리를 현장에 남겨 놓고 대신 고지의 머리를 하오리에 쌌다. 고지의 옷을 전부 벗긴 다음 머리와 함께 근처에 버렸다."

"당집과 이 숲의 상황으로 보면 그렇겠지."

오에다가 대답하자, 이와쓰키는 바로 말했다.

"범인은 왜 기껏 갖고 갔던 조주로의 머리를 돌려 놓았을까요? 또 왜 고지의 머리를 일부러 잘라 놓고 금세 버렸을까요?"

"그 조주로의 머리 말씀입니다만······."

다카야시키가 조심스럽게 끼어들자, 오에다가 고개를 가볍게 끄덕였으므로 그저께 이치가미 가의 친족 회의에서 있었던 소동을 간략히 보고했다.

"후타가미 가의 가즈에가 조주로의 머리가 발견되기 전에는 사망했다는 걸 절대 인정할 수 없다고 했단 말이지."

"그래서 범인은 조주로의 머리를······."

이와쓰키는 오에다에 이어 그렇게 말하다 말고 고개를 갸웃거렸다.

"하지만 그럼 애초에 머리를 잘라 들고 간 이유는 뭐지? 게다가 갑자기 태도를 확 바꿔 고지의 머리를 이렇게 함부로 다룬 이유는?"

"흡사 조주로의 머리를 이 세상에 도로 돌려놓기 위한 연출로서 머리 없는 시체가 하나 더 필요했던 것 같군요."

다카야시키가 무심결에 한 말을 듣고, 오에다와 이와쓰키가 경직되었다.

"그러니까 피해자는 남자이기만 하면 누구든 상관없었다는 말인가?"

"아, 아뇨…… 당집과 이 현장을 보니 문득 그런 생각이…… 하, 하지만 바보 같은 생각이죠. 죄송합니다."

머리를 숙여 사과하는 다카야시키를 오에다는 복잡한 눈초리로 쳐다보았다. 무책임한 발언을 책망한다기보다 발언 내용을 음미하는 듯 보였다.

"좋아, 그 검토는 나중에 다시 하기로 하지. 당집에 있던 건 조주로의 머리이고, 이건 고지의 머리라고 다카야시키 순사가 확인했네만, 가족에게 각기 재차 확인을 받을 필요가 있어. 그리고 만일을 위해 후타가미 가에 있는 고지의 물건에 부착된 지문과 시신의 지문을 맞춰보고. 나머지 인원은 이어서 히메카미 당을 중심으로 주위를 수색한다."

오에다의 지시에 따라, 수사반은 각자 자기 맡은 역할을 수행하기 위해 바로 움직였다.

"나와 이와쓰키는 에가와 란코의 이야기를 들어보지. 다케코의 말을 믿는 건 아니지만, 은밀하게 고지와 만났다는 건 좀 마음에 걸리니까. 다카야시키 순사는 그 요키타카라는 소년에게 뭔가 정보가 있는지 한번 이야기를 시켜보도록."

"예…… 요키타카 말씀입니까?"

"이치가미 가의 새 후계자가 되긴 했지만, 그 아이는 히가미 가의 사정에 밝을 것 아닌가. 자네에게라면 경찰에 하기 힘든 이야기도 할지 몰라."

"알겠습니다."

그러나 란코에게서나 요키타카에게서나 고지 살해에 관해 도움이 될 만한 정보는 아무것도 얻지 못했다. 히메가미 신사에서 고지와 란코가 가졌다는 수상한 만남도 아무 근거 없는 다케코의 착각에 불과했고, 요키타카의 냉정한 관찰 덕에 사건과 무관함을 알았다.

모모히메 장의 한 방에서 오에다와 이와쓰키, 다카야시키는 또다시 고민에 빠졌다.

"동기를 생각하면 요키타카가 가장 유력한 용의자 아닙니까?"

다카야시키가 내심 두려워했던, 가장 검토를 피하고 싶었던 해석을 이와쓰키가 말했다.

"손자국이 찍힌 증서가 있으면 요키타카가 이치가미 가의 후계자라는 걸 증명할 수 있긴 하겠지만, 다카야시키 순사의 이야기를 듣건대 후타가미 가의 가즈에가 쉽사리 인정할 것 같지는 않죠. 고지가 정당한 후계자라고 우기면서 물러서지 않았으리라 생각됩니다. 실제로 '조주로의 머리가 발견되기 전에는' 하고 억지를 부렸죠. 즉, 조주로의 머리를 노출시키고 고지를 죽임으로써 가장 이득을 보는 자는 요키타카라는 뜻입니다."

"하지만 그렇게 되면 요키타카는 마리코와 조주로도 살해했다는 소리가 되네. 그 애에게는 두 사람을 죽일 동기가 없지 않나."

오에다의 지적에 이와쓰키는 잠깐 생각하는 척했다.

"사실은 자기가 효도와 가정교사 사이에서 태어난 아이라는 걸 전부터 알고 있었던 게 아닐까요. 미나토리 이쿠코는 뭐니 뭐니 해도 친어머니이니, 평소에 요키타카를 접하면서 무심코 어머니다운 언동을 하는 바람에 그 애가 눈치 챈 겁니다. 그렇게 되면 당연히 이치가미 가의 자신에 대한 처우에 노여움을 느꼈겠죠. 그래서 이치가미 가를 빼앗기로 결심하고 우선 조주로를 죽였습니다. 마리코는 위장을 목적으로, 아니면 말려들어서 살해됐을지 모릅니다."

"그렇군. 그러나 그렇게 되면 조주로의 머리를 잘라 일부러 들고 간 행위 자체가 살해 동기와 모순되지 않나. 조주로가 죽었다는 걸 다른 사람들이 인정하지 않으면 죽인 의미가 없을 것 아닌가."

"그건……."

이와쓰키가 어물거렸다. 다카야시키는 굳은 표정으로 말했다.

"미나토리 이쿠코 말씀입니다만…… 아무래도 그 사람은 흔히 말하는 효도의 첩은 아니었던 것 같습니다."

"무슨 뜻인가?"

"본인과 구라타 가네에게 들은 이야기입니다만, 그…… 처음엔 효도가 억지로……."

"겁탈당했군."

오에다가 한숨을 쉬는 듯한 어조로 대답했다. 그러나 이와쓰키는 납득할 수 없다는 듯 말했다.

"발단은 그랬을지 모르지만, 미나토리 이쿠코는 그 뒤로도 두 번이나 효도의 애를 뱄다면서? 그럼 첩이나 다름없잖나. 이치가미 가에서 도망치지 않고 지금까지 계속 살았으니."

"거기에도 사정이 있었던 모양입니다. 미나토리 이쿠코는 근무하던 사립학교에서 불상사를 일으켜 해고되고 그 소문이 다른 학교에까지 퍼진 탓에 길바닥에 나앉은 상황이었던 걸 이치가미 가에서 거두어주었다는군요. 교사 외에 생계를 이을 수단이 없었던 그 사람으로선 그 집에서 쫓겨나면 갈 데가 없었겠죠."

"그런 건 핑계……."

"이치가미 가에서 미나토리 이쿠코와 요키타카의 관계는?"

이와쓰키의 말을 가로막고 오에다가 현실적인 질문을 했다.

"미나토리 이쿠코는 요키타카에게 다정하게 대했나 싶으면 다음 순간엔 차갑게 대하고…… 태도가 수시로 바뀌었다고 합니다. 구라타 가네는 미나토리 이쿠코가 자기가 어머니라는 걸 밝혔다든지 요키타카가 그 사실을 알아차렸을 가능성은 절대 없다고 단언하더군요."

"그 노파는 그 애 편일 것 아닌가."

"아뇨, 구라타 가네의 머릿속엔 오로지 조주로밖에 없었습니다. 즉, 이치가미 가의 안녕이죠. 요키타카에 관해선 어디까지나 하인으로 보고 있었습니다. 게다가……."

이와쓰키가 좀처럼 납득하려 들지 않았으므로, 다카야시키는 다른 방향에서도 요키타카의 결백을 증명하려 했다.

"고지가 살해됐다고 보이는 시간대에 요키타카는 자고 있었으나 알리바이는 없다고 보입니다. 다만 친족 회의에서 기절했기 때문에 걱정이 된 란코가 여러 번 상태를 살펴보러 갔는데, 그때마다 방에 있었다고 합니다."

"그 보고는 들었지만, 하룻밤 내내 옆에 있었던 게 아니라 간격을 두고 보러 갔을 뿐 아닌가."

"그건 그렇습니다만, 요키타카의 입장에선 란코가 언제 올지 모르는 셈이죠. 히메카미 당까지 가서 고지를 살해하고 목을 절단하고 옷을 벗긴 다음 숲에 던져 놓고 돌아오는 사이에 란코가 방에 왔다가는 끝장입니다. 뒷간에 가서 보이지 않았던 적은 없느냐고 란코에게 물었습니다만, 자기가 방을 들여다봤을 때는 늘 이불 속에서 자고 있었다고 증언했습니다."

"공범일 가능성은? 오늘 오후도 둘이 같이 나갔다며? 요키타카가 이치가미 가의 당주가 되면 상응하는 금전을 지불한다고 약속하고."

다카야시키는 고개를 흔들고는 요키타카의 출생에 얽힌 비밀이 밝혀지기 전에 란코가 비서가 되지 않겠느냐고 제안했다는 이야기를 했다. 또 그녀 자신이 부자이기 때문에 금전적인 동기는 생각할 수 없다는 설명에 이어 마지막으로 덧붙였다.

"이와쓰키 형사께서 증서의 확실성을 말씀하셨는데, 본관도 동감입니다. 확실히 후타가미 노마님은 성가신 존재입니다. 하지만 그 증서가 있는 한, 시간은 걸릴지 몰라도 언젠가는 그 내용을 인정하지 않을 수 없게 되겠죠. 게다가 요키타카는 아직 열여섯 살입니다. 지금 당장 고지를 죽여야 할 정도로 다급한 상황이라곤 생각할 수 없습니다."

"으음……."

불만이라는 듯 신음한 이와쓰키는 판단을 구하듯 오에다를 보더니 말했다.

"하지만 그 밖에 용의자가 있겠습니까?"

"지금은 관계자 전원이 용의자라고 할 수밖에 없겠지. 범행 시각이 심야였던 탓에 알리바이를 가진 사람이 아무도 없으니 말일세."

"그렇군요."

오에다의 말에 동의하는 형사와 마찬가지로 다카야시키도 고개를 끄덕이고는 말했다.

"범인은 그런 상황을 예측하고 심야에 고지를 불러냈을까요? 물론 히메카미 당이라는 장소도 밤중에 누가 올 데가 아니고 말이죠."

"그건 분명하겠지. 불러낸 구실도 이치가미 가의 후계자에 관해 대단히 중요한 비밀을 알고 있다느니 뭐니 했을 테고."

"그렇다면 피해자를 불러내기 가장 쉬운 사람은……."

"이치가미 가 사람이라는 뜻이군요."

이와쓰키의 말을 받은 다카야시키는 상대방이 섣불리 결론을 내리기 전에 말했다.

"하지만 현재 양가의 관계를 생각할 때 심야에, 그것도 하필이면 히메카미 당으로 불러낸다면 고지가 경계하지 않았을까요?"

"일리 있는 말이로군."

오에다도 그 가능성을 인정한 듯 그대로 입을 다물고 생각에 잠겼다. 이와쓰키도 상사를 따라 입을 다물었다.

"그런데…… 실은 요키타카에게 그밖에도 묘한 이야기를 들었습니다."

두 사람이 침묵하는 사이에 다카야시키는 보고할지 말지 망설였던 이야기를 여기서 하기로 결심했다. 개인적으로는 확인되지 않은 불확실한 정보가 아닐까 싶었지만, 그 판단은 역시 오에다에게 맡겨야 한다고 생각을 바꾸었기 때문이었다.

그것은 십삼야 참배 전날에 스즈에가 요키타카를 곳간으로 불러내 했다는 이야기였다.

"당시 스즈에가 한 말을 요키타카가 어느 정도까지 이해할 수 있었을지 알 수 없고, 또 결국은 이치가미 가를 떠나는 아이의 입에서 나온 말이라는 사실을 생각할 때 그리 진지하게 고려할 필요는 없겠지 싶기는 했습니다만……."

요키타카에게 들은 이야기를 두 사람에게 들려준 뒤 다카야시키는 그렇게 덧붙였다.

"하지만 그 말이 사실이라면 이치가미 가의 후계자를 둘러싼 살인일 가능성은 전혀 없게 됩니다."

그래도 이와쓰키는 중대한 문제라는 듯 오에다를 돌아보며 말했다.

"예컨대 이치가미 가에 딸만 태어났을 경우, 또는 조주로만 죽고 히메코는 살아 있었을 경우, 히가미 가의 후계자 문제는 어떻게 되나?"

경부보가 다카야시키에게 물었다.

"후타가미 가의 고지가 대를 이으리라 보입니다. 동시에 지금의 이치가미 가와 후타가미 가는 뒤바뀝니다."

"그때 히메코가 고지와 결혼할 가능성은?"

"글쎄요. 후도 옹은 그걸 바랄 게 틀림없지만, 후타가미 노마님과 고지 자신이 어떻게 생각할지 모르겠군요. 스즈에가 한 말이 사실이라고 치면, 어쩌면 효도는 고지가 아니라 고이치 쪽을 후계자로 생각했던 걸지도 모릅니다. 그리고 남은 고지에게는 히메코를 주면 그만이라고……."

이와쓰키가 끼어들었다.

"하, 하지만 효도와 후타가미 가의 후에코가 그렇고 그런 사이고 고지가 두 사람 자식이라면, 고지와 히메코는 이복 남매가 아닌가? 아무리 그래도 그건……."

"그렇습니다. 스즈에의 이야기를 보고할지 말지 망설였던 것도 실은 그 부분에 이유가 있었습니다만……."

"믿을 수 없다?"

오에다가 몸을 내밀고 말했다.

"거짓말은 아니겠지만, 스즈에의 착각일 수도 있다는 뜻인가."

"예. 효도가 뒤에선 후키에게 꼼짝 못하는 것과 후도 옹이 실권을 쥐고 있는 걸 속으로 불만스럽게 생각한다는 건 분명합니다. 후에코와의 관계도 십중팔구…… 다만 고지가 두 사람의 자식이라는 건 어떨까요. 효도의 호색에 혐오감을 느꼈던 스즈에다운, 악의 어린 시선이었으리라는 생각이 듭니다."

"그렇군. 하지만 효도의 언동을 생각할 때 이치가미 가의 전복, 즉 후타가미 가의 승격을 바라는 것처럼 보이는 건 사실 아닌가."

"거만한 아버지와 쌀쌀맞은 아내에 대한 자기 나름의 복수일지도 모르겠군요."

이와쓰키의 지적에 다카야시키는 머리를 끄덕이며 말했다.

"다만 히가미 일족의 번영은 효도도 바라고 있을 테니까, 원래는 전사한 고이치 군이 이치가미 가의 후계자가 되기를 바랐을 가능성은 있습니다."

"그렇다면 고이치 쪽이 사실은 효도와 후에코의 자식이었던 게 아닌가?"

이와쓰키의 날카로운 해석에 다카야시키는 저도 모르게 신음했다. 스즈에의 의혹을 다르게 볼 수 있다는 것을 부끄럽게도 전혀 깨닫지 못했다. 그러나 일단 그렇게 생각하고 나니, 그녀가 당시 어떻게 생각했을지 분명히 이해되기 시작했다.

"스즈에가 효도의 자식으로 고이치 군이 아니라 고지를 지목한 건 고지의 좋지 못한 소행이 효도와 겹쳤기 때문이 아닐까요."

"고지도 계집 버릇이 나쁜가. 아니, 에가와 란코의 예가 있었군."

"예. 반면에 고이치 군은 하인을 대할 때도 점잖은 청년이었으니까요. 생김새도 동생에 비하면 제법 미남이었고 말이죠."

"스즈에는 그런 고이치에게 반했던 걸지도 모르겠군. 하지만 조주로도 그런 효도의 아들 아닌가?"

다카야시키가 대답하기도 전에 이와쓰키가 말했다.

"젊은 여자가 할 법한 생각입니다. 냉정하게 보면 조주로가 효도의 친아들로 태어났으니까요. 고이치와 고지를 비교했을 때, 고이치가 효도의 자식일 가능성이 높다는 것쯤은 바로 알 수 있죠. 하지만 스즈에는 자기가 반한 남자가 이치가미 가의 호색한 나리의 핏줄일지 모른다는 생각을 거부했습니다. 분명히 무의식중에 그럴 가능성을 차단한 겁니다."

"히메코가 우물에서 죽지 않고, 고이치도 전사하지 않고, 조주로만 죽었을 경우는?"

오에다가 다카야시키에게 물었다.

"고이치가 히가미 가의 장이 되고 지금의 후타가미 가가 이치가미 가가 됩니다. 그때 히메코와 고지의 결혼은 가능합니다."

"왜지?"

"첫째, 두 사람이 양가에게 성가신 존재이기 때문입니다. 어디로 시집을 보내든, 어디서 며느리를 들이든 좌우지간 수월치 않을 테니까요."

"하지만 이치가미 가와 후타가미 가 사이엔 그렇게 간단히 해결될 수 없는 갈등이 있지 않나."

"예. 다만 그렇기 때문에 히메코와 고지의 결혼이라는, 양가의 대세엔 그리 큰 영향을 주지 않을 혼인으로 가볍게 관계를 맺어놓자는 생각을 후도 옹과 가즈에 부인이 할 법합니다. 그 두 사람이라면 어느 한쪽이 문제를 일으켜도 피차 매한가지라고 넘길 수 있으리라는 것까지 예상했으리라 보입니다."

"어이구, 참 무서운 일족이로군."

이와쓰키의 실감 어린 어조와는 달리, 오에다는 굳은 목소리였다.

"후계자 문제는 역시 중요한 동기일지도 모르겠군."

그러더니 이 이야기는 일단 여기서 그만두자는 듯 말했다.

"그런데 고지의 사인을 비롯해 현장의 조사 결과는 어떻게 됐나?"

"아, 그렇군요. 그게……."

이와쓰키는 서둘러 수첩을 꺼내 책장을 넘기기 시작했다.

"고지는 제단에 봉헌돼 있던 쇠망치로 후두부를 맞은 게 치명상으로 보입니다. 목을 절단한 것도 제단에 있던 손도끼를 사용해 사후에 한 것 같습니다. 시신의 상태로 볼 때, 마리코와 조주로에 비해 매우 거칠게 다룬 것 같습니다."

"그렇군. 마리코의 경우엔 똑바로 눕히고 목을 잘랐지. 그녀만큼 정중한 태도는 아니었지만 조주로도 마찬가지였고. 그런데 고지는 억지로 옷을 벗기고 그냥 아무렇게나 목을 절단한 것처럼 보이거든."

"범행을 거듭하면서 범인이 점차 건성이 된 걸까요."

"피해자에 대한 살의의 차이라고도 생각할 수 있겠네만……."

"시간적인 여유가 없었다는 이유는 최소한 고지 살해에는 들어맞지 않죠. 피해자의 사망 추정 시각을 생각하면."

"그렇군. 그럼 목 절단 수법은 어떤가?"

"이세하시 선생님의 견해로는 앞의 두 사람과 동일하다고 합니다. 다른 건 흉기뿐이고 말이죠. 즉, 고지 살해는 동일범에 의한 세 번째 살인이라고 봐도 틀림없습니다."

"범인은 이중 살인으로는 만족하지 못했다는 건가."

"설마 네 번째 살인까지······."

이와쓰키가 문득 떠오른 생각에 경악하는 것을 보고 오에다가 고개를 흔들었다. 그 동작은 부하의 걱정을 부정하는 것 같기도 하고, 지금은 생각할 필요가 없다고 하는 것 같기도 했다.

"조주로의 머리에 관해서는?"

"아, 예······ 조주로의 머리는 절단면을 잠박이라는 기구에 꽉 눌러 쓰러지지 않게 한 상태였습니다. 이 잠박이라는 건 대오리를 그물눈으로 엮어 만든 틀인데, 누에를 사용할 때 쓰는 채반의 총칭인 것 같습니다. 잠가에 얹어놓고 쓰는 모양인데, 그중에 조그만 잠박을 받침대로 삼아 머리를 제단에 세워 놓았더군요. 이건 이세하시 선생님의 의견입니다만, 히메카미 당의 격자문을 열고 들어온 사람이 조주로와 마주 보게 하려던 게 아닐까 싶다고······."

"취미 한번 고약하군."

"조사 결과, 후두부에서 타박상이 발견됐습니다. 이건 생전에 입은 상처인 듯, 이 일격으로 조주로의 자유를 빼앗은 것으로 보입니다."

"흉기는 뭐라고 하던가?"

"일단 겉보기로는 막대 모양의 물건이라고 하더군요."

"그건 이상하군······."

"뭐가 말씀입니까?"

"조주로의 목을 절단한 도끼라는 절호의 흉기가 있는데, 구태여 다른 물건으로 때릴 필요가 있나?"

"그건…… 목을 베기 전에 피를 뒤집어쓸까봐 그런 게 아닐까요?"

"하지만 그럼 도끼날이 아니라 반대쪽으로 때리면 그만 아닌가. 구태여 다른 흉기를 찾아서 쓰느니 그편이 수고도 덜하고 편할 텐데."

"그렇군요. 범인이 날 반대쪽이라도 피가 나올 거라고 생각했다면 자루로도 충분히 때릴 수 있을 테니까요."

"자루는 너무 가늘지 않나?"

"예. 좀 더 굵은 걸로 때렸다고 보입니다."

"그럼 그때 도끼가 없었던 걸까요?"

다카야시키는 순간적으로 떠오른 말을 했다.

"도끼가 아직 현장에, 그 마두관음 사당에 없었기 때문에……."

다만 그것이 무엇을 의미하는지는 전혀 알 수 없었기 때문에 결국 입을 다물고 말았다. 그러나 오에다는 그의 생각을 받아 정리하듯 말했다.

"범인은 마리코를 중혼사에서 살해한 뒤, 그 머리를 잘라 히메카미 당에서 들고 나왔다. 그리고 마두관음 사당에 있던, 또는 사당으로 가는 중이던 조주로와 합류해, 그곳에서 그의 후두부를 막대 같은 것으로 때렸다. 어쩌면 참배길 옆에 떨어져 있던 굵은 나뭇가지일지도 모르지. 핏자국이 좀 묻어도 숲 속에 던져버리면 발견하기 쉽지 않으리라고 예상했을 수도 있어."

"그럼 범인은 도끼를 중혼사에 놔두고 왔다고 할지, 현장에 버리고 온 겁니까?"

이와쓰키의 물음에 오에다는 고개를 끄덕였다.
"그렇게 되면 범인이 정말 목을 베고 싶었던 건 마리코뿐이었을 가능성이 생기는군. 즉, 조주로는 위장이야. 조주로를 때려 쓰러뜨린 뒤에 문득 생각난 거지. 그래서 서둘러 도끼를 가지러 갔네. 그렇기 때문에 범인은 주저 없이 조주로의 머리를 돌려주었어. 후타가미가의 가즈에가 한 말 때문이 아니라, 범인이 교묘하게 그걸 이용했다고도 볼 수 있겠군. 원래부터 원하지 않았던 머리를 계속 갖고 있을 필요는 없으니 말이야. 위장을 목적으로 조주로의 목을 잘랐기 때문에 고지의 목도 마찬가지로 절단했네. 따라서 이 또한 필요 없는 고지의 머리도 즉각 유기한 걸세."

"조리는 서는군요."

이와쓰키가 밝은 목소리로 맞장구를 쳤다. 그러나 금세 표정이 흐려졌다.

"하지만 점점 더 범인이 왜 마리코의 목을 뺐는지 알 수 없어지는데요."

"히메코 때와 어쩐지 비슷하다는 느낌이……."

다카야시키는 문득 그런 생각이 들었다.

"그때도 피해자는 히메코라는 걸 알고 있었죠. 그렇건만 시신에 머리가 없었던 모양이라는 소문이 돌았거든요."

두 사람의 말에 귀를 기울이던 오에다가 말했다.

"과거의 사건과 목을 절단한 동기는 일단 놔둔다 치고……."

그러고는 다카야시키가 작성한 '혼사 모임 중 관련자의 움직임' 표를 가리켰다.

"알겠나? 문제는 이걸세. 범인은 지금까지 도끼를 갖고 당집에서 사당으로 갔다고 생각됐네. 하지만 그럴 수 있는 사람은 이 시간표로 보건대 존재하지 않아. 이와쓰키가 제안한 불연쇄 살인 사건이라면 가능할지 모르지만, 동일 인물이 두 사람의 목을 절단했다는 건 검시 결과를 봐도 분명하지. 요는 명백한 연쇄 살인이라는 걸세."

이와쓰키와 다카야시키가 고개를 크게 끄덕였다. 그러나 오에다는 반대로 고개를 내저었다.

"그런데 이번엔 범인이 당집과 사당을 왕복했을지 모른다는 가능성이 부상했네. 그런 건 절대로 불가능한데 말이야. 이걸 대체 어떻게 생각하면 좋을지……."

21 머리 없는 시체의 분류

히메카미 당에서 고지의 머리 없는 시체가 발견된 다음 날, 요키타카는 아침부터 조주로의 서재에 틀어박혀 있었다.

"범인을 알 때까지 너무 나다니지 않는 편이 좋아."

가네 할멈에게 주의를 받은 탓도 있었다. 그녀는 아마도 이치가미가의 후계자가 된 요키타카의 목숨을 누가 노릴지도 모른다고 걱정한 것이리라.

왜 세 사람이 살해됐는지(히메코를 포함시키면 네 사람이다) 전혀 알 수 없으니, 어쩌면 자신도…… 하는 공포는 요키타카에게도 있었다. 그러나 그가 가네 할멈의 말을 순순히 따른 것은 밖에 나가면 마을 사람들의 시선이 성가시다는 것을 뒤늦게나마 깨달았기 때문에, 또 앞으로 어떻게 할지를 조용히 생각해보기 위해서였다.

그렇건만 머리를 스치는 것은 과거에 있었던 일들뿐. 그것도 후키, 가네 할멈, 미나토리 이쿠코 등 출생의 비밀을 알고 있었던 세 사람이 자신에게 했던 여러 언동이었다.
 '마님은 내내 날 미워하셨구나.'
 그렇게 생각하니 한순간 오싹했다. 다만 어느새 전처럼 후키가 무섭지는 않았다. 물론 자기에 대한 수많은 처사의 연유를 알았기 때문이었다. 동기가 전혀 보이지 않는 부조리한 학대는 몹시 무서웠지만, 상대가 자신을 미워한다는 것을 알게 됐고 그럴 만한 이유가 판명된 지금은 그 정도로 위협을 느끼지 않았다.
 '가네 할멈의 태도는…… 음, 가네 할멈다운걸.'
 편애까지는 아닐지언정 다른 하인을 대할 때에 비해 요키타카에게 약간 물렀던 것은 만의 하나 그가 이치가미 가의 후계자가 될 가능성이 있기 때문이리라. 그러나 그녀는 자신이 조주로에게 건 여러 액막이 주술에 대해 절대적인 자신을 갖고 있었다. 따라서 그가 반드시 이치가미 가의 대를 이으리라고 믿었던 것은 분명했다. 실제로 조주로는 허약했다고는 하나 병치레다운 병치레를 해본 적이 거의 없었다. 이것은 후도 옹과 효도의 예를 볼 것도 없이 이치가미 가의 남자로서는 특필할 만한 일이었다. 그렇기 때문에 가네 할멈은 요키타카에게 그리 비중을 두지 않았다.
 '그래도 약간은 신경 썼구나.'
 그 뭐라 말할 수 없는 미묘한 감정이 요키타카에 대한, 이 또한 미묘한 언동으로 표현된 것이 틀림없다. 어찌나 뻔한지 웃음이 났다.
 '하지만 선생님은…….'
 그 수시로 변모하는 이쿠코의 태도에는 대체 어떤 감정이 깃들어 있었을까. 그것을 생각하면 역시 무서웠다. 처음에는 자신이 어머니임을 밝힐 수 없는 초조함 때문인가 했으나, 바로 그렇지 않다고 부정했다. 그때 퍼뜩 깨달았다. 이쿠코의 대단히 차가운 처사에는 후키와 비슷한 분위기가 있었음을…….

'마님과 마찬가지로 미움이었구나.'

그 순간, 이쿠코는 자기가 태어나는 것을 결코 원하지 않았다는 것을 깨달았다. 호색한 효도의 먹이가 된 탓에 원치 않는 임신을 한 것이리라.

'그래서 선생님은 날 미워했어. 하지만 한편으로 자기 자식이라는 의식도 조금은 있었어.'

그렇게라도 해석하지 않는 한, 이따금 그녀가 보였던 그 부드러운 태도가 설명되지 않았다.

'선생님이 아오쿠비 님께 조주로 님의 죽음을 빌었다는 것도 어머니의 마음에서…… 내가 이치가미 가를 물려받기를 원하는 마음에서…….'

그렇게 생각하려다가 요키타카는 터무니없는 발상을 하고 말았다.

'그때 선생님은 가장 최근의 기도라고 했어. 즉, 그전에도 갖가지 기도를 했다는 뜻이야. 어쩌면 맨 처음 기도는 나를 하치오지에서 이치가미 가로 불러와달라는 내용이 아니었을까…… 그래서 그날 저물녘에 아오쿠비 님이 찾아와서…….'

허둥지둥 고개를 흔들었다. 꺼림칙한 과거의 기억을 내몰듯.

'이미 지난 일은 어쩔 수 없어. 앞으로의 일을 생각해야지.'

필사적으로 자신을 그렇게 타일렀지만, 뇌리에 떠오르는 것은 과거뿐 미래의 자신은 전혀 상상할 수 없었다. 뿐만 아니라 뭐니 뭐니 해도 조주로의 수수께끼 같은 죽음이 눈앞을 떡 가로막고 있는 것이다. 게다가 다카야시키의 말에 따르면, 범인이 갖고 갔을 그의 머리가 고지가 살해된 현장인 히메카미 당 제단 위에 얹혀져 있었다고 했다.

요키타카가 머리를 싸안고 있는데, 노크 소리에 이어 문이 살짝 열렸다.

"잠깐 괜찮아?"

문틈으로 에가와 란코가 얼굴을 내밀었다.

"아, 쓰시겠습니까?"

요키타카는 반사적으로 책상 앞 의자에서 일어섰다. 란코가 일하려 한다고 생각한 것이었다. 그러나 그녀는 서재로 들어오더니 몸짓으로 그에게 앉으라고 했다.

"여기서 제대로 이야기할 수 있는 사람은 너밖에 없으니까, 이야기 상대가 돼달라고 하려고."

그러고는 자기는 그가 늘 앉던 다른 의자에 앉았다.

"아니면, 생각 중인데 내가 방해가 된 건가? 그럼 그렇다고 솔직하게 말해주고."

"아닙니다."

요키타카는 즉각 부정하고는 자연스럽게 세 여자에 대해 들었던 생각을 이야기했다.

"그렇구나. 내가 뭐라 할 문제는 아니지만, 세 사람의 입장에선 당연한 일이라는 생각도 들고. 하지만 네 입장에 서면 그런 세 사람한테 둘러싸여 지금까지 얼마나 힘들었을까, 동정도 되고 그러네. 전에는 히메코 씨가 거기에 가담했던 거잖아. 그 스즈에라는 애가 있었으면 그나마 조금은 달랐을지 모르지만."

"란코 씨 같은 사람이……."
'이치가미 가에 있으면 좋았을 텐데' 하고 무심코 말하려다가 요키타카는 허둥댔다. 무엇보다도 조주로에 대한 배신처럼 느껴졌기 때문이었다.
"어? '내가 이 집 하녀로 일했더라면……' 하는 그런 뜻이야?"
"아, 아뇨. 죄송합니다. 그런 의미가 아니라……."
"그렇구나. '그랬다면 네 편이 됐을 텐데' 하는 말이구나? 하지만 그건 모르는 일이야. 예컨대 내가 히메코 씨의 입장에 있었어도 조주로 씨처럼 너를 대했을까. 스즈에 씨처럼 같은 하인이었다면 난 분명히 나 자신을 보호하는 데만 급급했을걸."
"그, 그렇지……."
"않았을 거라고? 하지만 말이야, 너한테 내 비서가 돼달라고 하는 건 네 처지를 동정해서 그런 게 아니란 말이지. 그야 나도 전혀 아니라고 생각하지는 않지만…… 가장 큰 이유는 너한테 그럴 능력이 있다고 판단했기 때문이고, 게다가 당연한 일이지만 나한테 도움이 될 거라고 봤기 때문이거든. 과거를 돌아보고 그때 주위 사람들의 감정을 풀이해보는 것도 좋지만, 지금은 자기 장래를 생각할 때야. 그것도 너무 감정을 섞지 않고 객관적으로."
"그렇죠. 하지만 제 문제 못지않게 조주로 님의 일이 마음에 걸려서……."
"응, 그럴 만도 해. 나도 지금 뭐가 가장 마음에 걸리느냐 하면 히메쿠비 산의 연쇄 살인사건이니까. 아예 사건이 해결될 때까지 여기 머물까 싶을 정도로."
"그, 그러시면 안 될까요?"

"으음. 며칠 만에 해결되면 좋겠지만, 아마 수사는 난항을 겪을 것 같단 말이지. 그렇게 되면 언제까지고 신세를 지고 있을 수도 없는 노릇이고."

"경찰의 힘으로는 어떻게 할 수 없다는 뜻입니까?"

"탐정소설 속 경찰보다 현실의 경찰이 훨씬 우수하다는 건 말할 것도 없지만, 이 사건은 좀 다르다는 생각이 들거든."

"무슨 말씀이죠?"

"범인은 왜 피해자의 목을 벴나. 이 대답을 찾아내지 못하는 한 사건은 미해결 상태로 남을 거야. 그런데 유감스럽게도 경찰의 통상적인 수사로는 이 수수께끼를 풀 수 없지 않을까 싶어서 말이야."

"범행 현장을 조사한다든지, 관계자를 조사하는 것만으로는 해결에 접근할 수 없다고요?"

"그런 수사가 소용없다는 건 아냐. 필요한 일이라고 생각해. 다만 히메카미 촌을 비롯해 히메쿠비 산, 히메카미 당, 히가미 일족, 그리고 이치가미 가 등 이 사건의 배경을 심층부까지 캐지 않는 한 소용없는 일이 아닐까. 안 그러면 목 절단의 수수께끼는 영원히 풀리지 않을 것 같아."

"구체적으로는 어떤 걸……."

"그걸 알면 좋게."

란코는 쓴웃음을 머금었지만, 요키타카가 창피한 표정을 지었기 때문인지 바로 정색했다.

"그렇기 때문에 캐는 것도 쉽지는 않을 거야. 예컨대 이치가미 가의 후계자 문제와 관련돼 일어났다고 보이는 과거의 사건을 캐내고자 한들, 그 전모를 정말로 밝혀낼 수 있을지…… 이런 지방의 구가에서 자란 너라면 그게 얼마나 쉽지 않은 일인지 실감할 수 있지 않을까?"

"아닌 게 아니라 그렇군요. 특별히 켕기는 데가 없어도 일단 숨기고 보는 체질이 있을지 모릅니다."

"그렇지? 뭐니 뭐니 해도 히가미 가의 경우 후계자를 둘러싼 추악한 싸움과 책략, 게다가 지벌 이야기까지 더해지는 셈이니까."

"그럼 사건의 해결은 거의 절망적이라는……."

"글쎄, 어떨까."

"란코 씨는 뭔가 생각이 있으신 겁니까?"

그녀의 목소리에서 본인은 뭔가 생각하는 데가 있다는 것이 느껴졌다. 어쩌면 착각일지 모르지만, 요키타카는 과감히 물었다.

그러자 란코는 고개를 살짝 갸웃했다.

"그러게. 나라면 그런 배경을 파악하기 쉽지 않을 거라고 판단 한 시점에서, 우선 생각할 수 있는 목 절단의 필연성을 생각해보고…… 그러니까 머리 없는 시체를 분류하고, 그리고 그걸 하나씩 이번 사건에 맞춰보면서 검토해볼 걸."

"머리 없는 시체를 분류……."

"한번 해볼까?"

장난기가 느껴지는 어조였지만, 란코의 표정은 진지했다.

"아, 예. 부탁드립니다."

"여전히 딱딱하네. 조주로 씨한테도 그런 말 듣지 않았어?"

란코는 또다시 쓴웃음을 지으면서, 그래도 요키타카가 그에 대한 대답을 하기 전에 말했다.

"이번 사건은 탐정소설에서 다루는 '얼굴 없는 시체'와 기본적으로 동일하다고 생각해."

"피해자와 가해자가 뒤바뀌는 트릭 말씀입니까?"

"그래, '얼굴 없는 시체'의 진상으로는 그게 가장 많겠지. A와 B라는 적대하는 두 인물이 있고, A가 머리가 없는, 또는 얼굴이 뭉개진 상태로 발견되고 B가 사라진다. 영락없이 B가 A를 죽이고 도망간 게 틀림없다 했는데, 사실은 A가 범인이고 B의 목을 베거나 얼굴을 뭉갠 다음 자기 옷을 입혀서는, 범인인 A가 피해자고 피해자인 B가 범인처럼 보이게 꾸민다는 그 트릭 말이야."

"하지만 그건 이번 사건과는……."

"그러게. 들어맞지 않을뿐더러, 이런 식으로 처음부터 탐정소설식으로 생각했다가는 그 이상 진전이 없기 쉽잖아? 그러니까 우선은 좀 더 넓은 시야로 파악하는 데서 시작해야 해. 알겠니?"

"아, 예……."

구체적으로 무슨 말인지 도무지 알 수 없었지만, 말허리를 끊지 않으려고 고개를 끄덕였다.

"우선 인류의 역사로 볼 때, 소위 머리 사냥 부족이라 불리던 사람들의 머리 사냥 행위가 있었는데……."

"예? 그런 데서부터 시작하는 겁니까?"

그 순간, 요키타카는 놀란 나머지 큰 소리로 말했다.

"있지, 나도 히메카미 촌에 머리 사냥 부족이 있다곤 생각하지 않지만, 이런 검토를 할 때는 이런 식으로 모든 가능성을 열거할 필요가 있는 거야."

"예에……."

"게다가 전혀 관계가 없다고 단언할 순 없을지도 모르고."

"무, 무슨 말씀입니까?"

"목을 베는 이유 중 첫째는 주술적인 동기야. 인류학자가 아니니까 나도 잘은 모르지만, 머리 사냥 부족이 상대(이 경우는 적 전사가 되겠지만)의 머리를 원하는 건 자기가 쓰러뜨린 사내의 혼을 차지하는 게 목적이거든. 상대방이 가진 전사로서의 용맹함, 강한 힘 등을 자기 몸으로 흡수하는 거지. 그러기 위해서는 상대방의 머리가 필요하다고 여겨졌어. 자기가 쓰러뜨린 적의 목을 베는 건 그들의 세계에선 당연한 풍속에 불과해. 그러니까 적을 쓰러뜨리고도 목을 베지 않으면 그 편이 문제였을 거야."

"아아, 그렇군요. 그렇겠네요."

목을 베는 게 자연스러운 세계가 존재했다는 말을 듣고 놀란 요키타카는 전에 조주로가 보여주었던 《내셔널 지오그래픽》 기사를 떠올렸다.

"그러고 보니 말려서 쪼그라든 머리를 주렁주렁 꿴 사진을 잡지에서 본 기억이 있습니다."

"그래. 그 경우는 주술적인 목적에서라고 해도 되겠지. 게다가 일족의 장이 죽었을 경우에도 목을 베서 남은 사람들이 지도자의 힘을 물려받으려고 하는 종족도 있거든. 즉, 아오쿠비 님 신앙이 있는 이 마을에 비슷한 생각을 가진 사람이 없다는 보장은 없다 이 말이야."

그녀가 하려는 말을 이해하기는 했지만 요키타카는 그렇게까지 광신적인 자는 없다고 부정하려 했다. 그러나 그때 문득 후키와 미나토리 이쿠코의 얼굴이 뇌리를 스쳤다.

보아하니 란코도 마찬가지였던 모양이다.

"소원을 빌기 위해 히메카미 당에서 은밀히 백배 기도 같은 걸 드리는 사람이 있어도 이상할 것 없어. 아니, 실제로 이치가미 가의 후키 씨와 미나토리 이쿠코 씨 스스로가 그걸 인정했잖아?"

"그렇군요."

"다만 히메코 씨와 조주로 씨의 머리는…… 이치가미 가 사람이라는 이유로, 특히 조주로 씨는 후계자라는 입장 때문에 주술적 가치가 높다고 볼 수 있지만, 어째서 마리코의 머리까지 원하는지를 생각하면 이 첫째 이유는 들어맞지 않지. 범인은 조주로 씨보다 먼저 마리코의 목을 잘랐으니까."

"게다가 조주로 님의…… 조주로 님은 선뜻 돌려주었고요."

'조주로 님의 머리'라는 표현에 저항감이 들어 요키타카는 고쳐 말했다. 란코는 고개를 힘차게 끄덕였다.

"따라서 주술 운운하는 해석은 성립되지 않아. 알겠지? 이런 식으로 생각해나가는 거야."

란코는 이 '머리 없는 시체의 분류'에 그가 참가하기 시작한 것을 기뻐하는 듯 보였다.

"둘째는 상대방을 죽였다는 증거로서 머리가 필요한 경우. 이건 일본의 전국시대를 생각하면 알 수 있겠지. 특히 적의 대장을 죽였을 때는 그 머리가 가장 큰 증거로 여겨졌어."

"들고 돌아가기 위해서 자른 거죠?"

"증표가 필요했기 때문이야. 그렇게 베어 온 머리엔 '머리 화장'이라고 해서 이를 검게 물들이고 그랬어. 이름표를 붙여 성 천수각에 한 줄로 늘어놓고 말이야."

"목적은 다르지만, 적의 머리를 다루는 방법이랄지, 대하는 방법은 머리 사냥 부족과 비슷하다는 느낌이 드는데요."

"맞아, 양쪽 다 적의 목에 경의를 표하고 있지."

"하지만 이번 사건과는 무관한 것 같은데……."

"응, 동감. 셋째는 처형을 위해 목을 베고 본보기로서 머리를 공개할 필요가 있는 경우."

"처형이라는 건 일본의 참수나 유럽의 기요틴 같은 것 말씀입니까?"

"기요틴은 인도적 처형 방법을 추구한 결과라고 이야기되지만, 그 이야기는 우선 넘어가자. 결국은 기요틴으로 목을 베는 방법이 가장 신속하고 가장 확실했기 때문에 채택된 데 불과하니까. 그때까지 사형 집행인은 일본도 마찬가지지만 어느 정도 기술이 필요했어. 하지만 기요틴에는 그런 전문직이 필요 없었거든. 그것도 기요틴이 도입된 큰 이유였을지도 몰라."

"그냥 처형하는 것뿐이라면 교수형이나 총살형이라도 문제없으니까요. 즉, 참수에는 머리를 공개하는 의도도 있었다는 뜻이겠군요."

"그야말로 일석이조지. 유럽에는 중죄범은 물론, 특히 정치범의 머리를 본보기로서 광장의 기둥이나 다리 난간처럼 왕래가 많은 곳에, 즉 민중의 눈에 띄기 쉬운 곳에 공개한 역사가 있어."

"처형이라고 하면 그 사람의 죄를 벌한다는 의미가 생기지 않습니까? 하지만 이번 사건에선 그런 게 느껴지지 않는데요."

"만약 범인한테 피해자를 처형했다는 의식이 있었다면, 현장을 좀 더 그럴 듯하게 연출했겠지. 게다가 누구의 머리도 공개된 게 아니고 말이야."

"조주로 님은…… 어떨까요?"

"아아, 그렇구나. 하지만 그건 범인의 치기가 아닐까."

"예?"

"아, 미안. 말이 이상했지? 즉, 동기는 알 수 없지만, 범인은 조주로 씨의 머리를 돌려줄 필요가 있었어. 다만 그냥 갖다 놓기만 해서는 심심하다고 생각했어. 자기 범행으로 마을은 난리가 났고 경찰도 정신없이 뛰어다니는 중이잖아. 아마 그런 식으로 재주를 부린 건 범인의 여유라고 할지, 표현은 나쁘지만 장난 같은 게 아니었을까."

"세상에……."

"하지만 범인한테는 적어도 조주로 씨의 머리를 공개할 뜻은 없었다고 생각해. 그럴 마음이 있었다면 당집 안이 아니라 좀 더 눈에 띄는 곳을 골랐을 테니까."

"그건 저도 그렇게 생각합니다."

"그러니 셋째 가능성도 있을 수 없어. 덧붙여 말하자면, 여기까지는 굳이 가리자면 특정 민족의 풍습이나 특정 국가 및 시대의 사회 제도에 기인하는 필연성이라고 할 수 있지만, 여기서부터는 개인적인 동기가 중심이 될 거야."

"이번 사건에 들어맞을 동기는 이제부터 나온다는 뜻인가요?"

"그럴 가능성이 높다고 생각해. 그래서 넷째는 애증일 경우."

"예? 미움 때문에 목을 벤다는 건 이럭저럭 이해할 수 있지만, 애정 때문이라는 건 무슨 뜻입니까?"

"쇼와 십일 년(1936년)에 있었던 아베 사다 사건은 너도 알지? 범인인 여성이 아내가 있는 피해자 남성과 은밀히 밀회를 거듭하다가 상대방을 독차지하고 싶은 마음에 살해하고 사랑하는 남자의 신체 부위를 잘라낸 사건 말이야."

"아, 예…… 압니다. 하지만 그건…… 그, 뭐냐, 잘라낸 부위가 특수하다고 할지…….."

"그래? 그럼 쇼와 칠 년에 나고야에서 벌어진 머리 없는 여자 사건은 어때?"

"머리가 절단됐습니까?"

"밭 가운데 있는 헛간에서 발견된 피해자는 열아홉 살 먹은 처녀였는데, 머리만이 아니라 양쪽 유방이랑 배꼽, 국부가 절단된 상태였어. 범인은 마흔네 살 된 남자로, 피해자가 양재를 배우러 다니던 집 주인이었어. 나이 차이에도 불구하고 두 사람은 그런 사이였던 거지. 다만 원래 남자가 여자를 겁탈한 거였기 때문에 여자한테는 미움밖에 없었어. 그런데 관계가 계속되다 보니 여자 쪽도 남자한테 정이 생긴 거야."

요키타카의 뇌리에는 순간적으로 효도와 이쿠코의 얼굴이 떠올랐다. 그 두 사람의 관계도 그런 것이 아니었을까.

'하지만 그런 것치고는 나리를 대하는 선생님의 태도는 늘 냉랭했는데.'

그렇게 생각한 요키타카는 그런 복잡한 관계의 남녀 사이에 존재하는 애증 따위를 지금의 자기가 이해할 턱이 없다며 체념했다. 게다가 뭐니 뭐니 해도 문제의 두 사람은 자신의 아버지, 어머니이니 그런 것을 생각하고 싶지도 않았다.

"요키타카 군, 괜찮아?"

어느새 험악한 표정으로 고개를 숙이고 있었던 모양이다. 얼굴을 들자 란코가 걱정스레 쳐다보고 있었다.

"아, 예…… 아무 일도 아닙니다. 아, 맞다. 이 분류를 공책에 적어두죠."

자기 세계에 빠져 있었던 것을 얼버무리기 위한 말이었지만, 기록해두는 편이 좋겠다는 것을 뒤늦게나마 깨달은 것은 사실이었다.

"제목은 '머리 없는 시체의 분류'라고 하고, 우선 첫째는……."

넷째까지 모두 적은 다음 요키타카는 란코에게 뒷이야기를 독촉했다.

"그래서 그 아가씨가 목이 베인 것도 아베 사다와 같은 동기였습니까?"

"그래. 다만 이 사건이 굉장한 건 말이지, 얼마 안 가서 여성의 머리가 발견됐는데, 두발이 붙은 채로 두피가 벗겨진 데다 두 눈은 파내졌지, 왼쪽 귀는 잘렸지, 윗입술과 턱도 없어진 시신의 상태거든."

"그, 그거 범인이……."

"응, 범인의 소행이었어. 이윽고 범인은 겨울 동안 닫혀 있었던 휴게소에서 목을 맨 시체로 발견됐는데, 머리엔 여자의 두발을, 그것도 오른쪽 귀가 붙은 채로 쓰고 있었고, 한쪽 주머니에는 두 눈알이 든 부적 주머니가, 또 한쪽 주머니엔 보자기에 싼 왼쪽 귀와 배꼽이 들어 있었어. 휴게소 냉장고에는 유방과 국부가 보관되어 있었고. 남자가 남긴 유서인 듯한 메모엔 여자와 살림을 차리고 싶었다고 쓰여 있었대."

"전혀 이해 못할 건 아니지만, 역시 상궤를 벗어난 행동이네요."

"응, 뭐. 하지만 네 번째 분류에선 이런 사랑과 미움 둘 중 어느 쪽이 됐든 간에 피해자는 한 사람일 가능성이 높잖아? 적어도 연쇄 살인에선 어렵고, 세 사람의 관계를 생각해도 있을 수 없다고 생각해."

"예, 이것도 아니네요."

"다섯째는 시신의 운반, 수납, 은폐 등을 쉽게 하기 위한 경우."
"토막 살인입니까?"
"그렇게 생각하는 게 보통이겠지. 머리만을 절단하는 예는 거의 없을지도 몰라. 대개는 살해 현장에서 시신을 옮겨 다른 곳에 유기하기 위해 토막 내는 거니까. 파묻으려고 준비한 상자나 구멍이 너무 작아서 머리만 잘랐다는 사례는 상상할 수 있겠지만, 이번 사건에선 머리 외의 부분은 전부 남아 있으니 이것도 아니야."
"여섯째는 뭡니까?"
"지극히 탐정소설적인 발상이지만, 범인이 어떤 트릭을 위해 머리 자체를 이용한 경우야."
"무슨 뜻이죠?"
"머리만 있으면 운반하기 편하니까, 그걸 누군가한테 얼핏 보여주고 피해자가 아직 살아 있는 것처럼 보이게 해서 알리바이 공작을 한다든지."
"아, 목 아래는 보이지 않게 하고……."
"응, 그런 거지. 그밖에는 머리를 추나 누름돌로 삼는다, 흉기로 사용한다 등 다양하게 생각할 수 있지만, 이것도 들어맞지 않아. 머리가 아니라 몸 쪽을 쓰는 안도 포함해서. 그리고 일곱째는 피해자의 신원을 숨기는 게 목적일 경우."
"머리 없는 시체라고 하면 맨 먼저 생각나는 동기군요."
"이번 사건도 피해자의 목을 베고 옷까지 벗겼으니 언뜻 보면 그럴 것 같지."
"하지만 옷가지는 일부를 제외하고 숲에 버려져 있었고, 혼사 모임에 참가한 세 여성 중 사라진 사람은 마리코 씨뿐이고, 범행 현장이었던 중혼사도 마리코 씨가 들어갔던 방이라는 걸 알 수 있거든요. 조주로 님에 관해서도 거의 같은 말을 할 수 있고요."

"그리고 지문 문제가 있지. 신원을 감추는 게 목적이라면 목뿐만 아니라 손목도 잘라야 했으니까. 뭐, 범인이 지문에 관해 몰랐을 가능성이 있긴 하지만."

"……."

"다만 중요한 건, 조금만 생각하면 머리를 갖고 가는 것만으로는 피해자의 신원을 숨기는 게 절대 무리라는 걸 누구든 판단할 수 있는 현장이었다는 사실이야. 이 상황에 입각해 다음 여덟째로 가자. 알겠니? 여덟째는 피해자의 신원을 오인하게 만드는 것이 목적일 경우."

요키타카는 란코의 말을 머릿속으로 반추해보고 말했다.

"즉, 그 상황에서 시신이 발견되면 머리가 없어도 피해자는 마리코 씨라고 인정될 것이다, 그런 뜻입니까?"

"응. 물론 범인이 모든 걸 연출해서 그렇게 오인하도록 하는 거지. 만약 행방불명된 사람이 조주로 씨가 아니라 다케코 씨였다면, 실은 마리코가 범인이고 다케코 씨의 시신이 자기인 것처럼 보이게 위장했다는 진상을 생각할 수 있을 거야. 내가 아까 설명했던, 탐정소설에 흔히 등장하는 피해자와 가해자가 뒤바뀌는 얼굴 없는 시체 트릭의 한 예지."

"하지만 사라진 사람은 조주로 님이고……."

"조주로 씨 자신도 머리 없는 시체가 된 데다 나중에 머리까지 나왔으니, 이것도 아니야."

"고지 씨도 바로 머리가 발견됐으니 같은 말을 할 수 있겠군요."

"자, 아홉째는 두부에 남은 어떤 흔적을 감추기 위한 경우."

요키타카가 반사적으로 고개를 갸웃한 탓인지, 란코는 곧바로 구체적인 예를 들어주었다.

"예컨대 범인이 매우 특수한 도구 같은 걸로 피해자의 머리를 때린 탓에 조사하면 사용된 흉기를 알 수 있고 그로부터 범인을 밝혀낼 가능성이 있는 경우야."

"그런 뜻이군요. 하지만 흉기가 히메카미 당에 봉헌돼 있던 도구 중에서 범인이 적당히 고른 거라면……."

"흉기 운운하는 건 어디까지나 한 예야. 요는 피해자의 머리에 범인에게 치명적일 수 있는 증거를 남기고 말았다. 하지만 간단히 없앨 수가 없다. 그래서 하는 수 없이 머리를 잘라 갖고 갔다."

"범인을 지목할 수 있는 증거……."

달리 어떤 예가 있을 수 있는지 요키타카가 고개를 갸웃거리는데, 란코는 또다시 '아홉째에 입각해서'라는 전제를 붙이며 말했다.

"열째도 똑같게 들릴지도 모르지만, 이번엔 피해자의 두부가 조사되면 곤란한 경우."

"예? 같은 게 아닌가요?"

"아홉째는 범인이 남긴 거지만, 이건 피해자 자신과 관계된 거야. 예컨대 가족은 아무도 모르지만 실은 피해자의 뇌라든지 눈, 코, 치아, 즉 두부 어딘가에 무슨 질환이 있어서 그게 알려지면 범행 동기와 결부된다든지, 범인이 밝혀진다든지, 그런 염려가 있을 경우야."

"그, 그건 상당히 특수한 경우일 것 같은데요……."

"그럼 이런 건 어때? 마리코는 마을 사람들이 깜짝 놀랄 만큼 화장이 짙었지?"

"예, 그건 역시······."

"응. 마리코 나름의 도발로 볼 수도 있고, 반대로 갑옷이었다고 볼 수도 있어. 어느 쪽이든 상당한 각오를 하고 왔다고 할 수 있겠지."

"지금까지 여러 가지 일이 있었던 데다, 고리 가의 딸로서 혼사 모임에 참가한 셈이니 말이죠."

"그러게. 하지만 지금은 그런 건 아무래도 상관없고, 경찰의 조사결과 히가시모리의 손 씻는 곳에서 범인이 마리코의 머리를 씻은 흔적이 있다는 거 알고 있어?"

"예, 다카야시키 순사님께 들었습니다."

"만약 그게, 이유는 알 수 없지만 생전에 마리코 자신이 한 거라면? 그리고 그 사실이 밝혀지는 게 범인한테 치명적이었다면?"

"그렇군요. 범인은 똑같게 화장을 시킬 수 없었다. 그래서 목을 베서 머리를 들고 갔다."

"달리 방법이 없었기 때문에 목을 벨 수밖에 없었다."

"마리코 씨가 스스로 화장을 지웠다는 건 물론 한 예죠?"

"응. 실제로는 그런 필요가 있었을 것 같지 않고, 그럴 시간도 없었을걸. 사망 추정 시각을 생각해도 중혼사에서 나올 틈은 없었으니까."

"분류는 이게 다입니까?"

"아니. 마지막으로 피해자의 두부에 포함되는 부위가 필요했다는 동기를 생각할 수 있지만, 이거야말로 너무 특수하지. 이번 사건에도 들어맞지 않잖아."

"예를 들어 어느 부위가 필요했으며 또 무슨 이유로······."

의아한 표정의 요키타카에게 란코는 이 경우는 예가 없다는 듯 손을 내저으며 말했다.

"1930년에 소련의 한 학자가 시신의 각막을 이식할 수 있다는 걸 증명한 이래로 세계 각국에서 각막 이식이 행해지게 됐어. 그러니까 어디까지나 가능성의 문제로서는 그런 동기도 있을 수 있다는 것뿐이야."

요키타카는 11개의 분류 항목을 노트에 기입하고 말했다.

"지금까지 검토한 결과 가장 가능성이 높은 건 아홉째, 피해자의 두부에 남은 어떤 흔적을 감추기 위해서, 그리고 열째, 피해자의 두부가 조사되면 곤란하기 때문에 이 두 가지로 좁혀질 수 있을 것 같은데요."

"즉, 사건의 열쇠는 마리코의 머리에 있다는 거네."

"조주로 님은 그걸 위장하기 위해서?"

"간단히 머리를 돌려준 걸 보면 그렇게 생각하는 게 맞을 거야."

"고지 씨도 그렇겠네요."

"응. 아무래도 절단하고 바로 숲에 버린 것 같으니까."

"마리코 씨의 머리는 어디에 있을까요?"

요키타카가 묻자, 란코는 외국인처럼 어깨를 으쓱했다.

"히메쿠비 산의 숲은 경찰과 청년단이 구석구석 수색했을 테지만, 그 광대한 삼림 지대를 전부 조사하는 건 도저히 무리 아니겠어?"

"그렇겠네요."

"만약 범인이 여기 지리를 잘 아는 사람이라면 더 큰 곤란이 예상되는걸."

"예?"

"너도 이 연쇄 살인이 어쩌다 벌어진 일이라고 생각하지는 않을 거 아냐?"

저도 모르게 우물쭈물하고 만 요키타카를 란코는 얼마 동안 바라보더니 말했다.

"자, 탐정 활동은 이쯤 하고……."

분위기를 바꾸려는지 장난스러운 어조였다.

"아, 그 공책은 다카야시키 순사님한테 보여드려도 돼. 내가 그런 말을 하면 일반인이 나서지 말라고 야단맞겠지만, 네 이야기라면 그 순사님도 들어줄 거 아냐? 그 분류가 사건 해결에 조금이라도 도움이 된다면 나도 기쁘니까."

그녀는 그렇게 말하고는 서재에서 나가려다가 갑자기 돌아보았다.

"하지만 사건만 상관하고 있으면 안 돼. 자기 일도 제대로 생각하도록. 알았지?"

"예. 둘 다 소홀히 하지 않을게요."

요키타카가 약속하자 란코는 겨우 살짝 미소를 짓고는 밖으로 나갔다.

그는 일단 그녀와 함께 정리한 '머리 없는 시체의 분류'를 다카야시키에게 보여줄 생각이었다. 순사가 십삼야 참배 사건에 관해 관련자의 움직임을 표로 작성한 것은 알고 있었다. 다카야시키라면 이 분류를 봐도 무시하지는 않을 것이다.

요키타카의 생각은 옳았다. 그러나 오에다 경부보를 비롯해 수사관들이 충분한 검토에 들어가기 전에 그들의 서가 있는 쓰이카이치 시에서 터무니없는 사건이 벌어진다.

미해결 사건

히메카미 촌의 히메쿠비 산에서 고리 마리코와 히가미 조주로의 2중 살인이 발생한 지 닷새째 되는 날 밤, 쓰이카이치 시 번화가에서 엽기적인 연쇄 살인이 잇따라 벌어졌다.

그날 밤 10시 넘어서부터 다음 날 새벽 2시 반경까지 하룻밤 새에 무려 네 명이나 살해된 것이다. 전원이 남성인 피해자는 하나같이 목을 일자로 찢긴 상태로 눈에 띄지 않는 점포 뒤나 골목 같은 곳에서 발견되었다. 초동수사 단계에서 네 사람 간에 아무런 연관성(연령, 출신지, 직업, 주소, 가족 구성, 병력, 전과, 취미 등 여러 사항에서)을 찾아내지 못했으므로, 일찌감치 무차별 범행이 아닐까 여겨졌다.

이 사건 발생 소식을 듣고 히메카미 촌에 가 있던 쓰이카이치 서 수사원의 태반이 쓰이카이치로 돌아가게 되었다. 당연한 일이지만, 그렇다고 히메쿠비 산의 연쇄 목 절단 살인사건 수사를 포기한 것은 아니었다. 그러나 이튿날 밤, 번화가에서 희생자가 두 명 더 발생하면서 쓰이카이치 경찰서의 전 인원이 '심야의 목 찢는 살인마'를 잡는 데 투입되었다. 게다가 사흘째 밤은 건너뛰고 나흘째에 한 명, 닷새째에도 한 명, 희생자가 계속해서 늘어난 데다 용의자조차 파악하지 못하는 형편이었으므로 수사원들은 눈을 붙일 틈도 없었다.

신문에는 연일 '피에 굶주린 악귀, 또다시 번화가에 출현' '살인마, 또다시 흉행' '무차별 목 가르기 살인, 아홉 번째 희생자가' '심야의 목 찢는 살인마, 용의자 알 수 없어' '목 따기 대장 날뛰다' 등 선정적인 기사가 실려, 바야흐로 쓰이카이치 시는 전국에서 주목 받기에 이르렀다.

히메쿠비 산 사건은 그 여파를 정면으로 받았다. 게다가 목 찢는 살인마 사건이 오래 끌면서 히메쿠비 산 연쇄 살인사건의 수사본부는 명목만이 남았다. 실질적으로는 거의 유명무실하게 되었다고 해야 할지 모른다.

따라서 사건과 관련된 모든 것을 다카야시키가 짊어지게 되었다. 물론 본인으로서는 바라는 바였다. 십삼야 참배 사건 때 맛보았던 쓴맛을 또다시 볼 생각은 없었다.

다카야시키는 연일 관계자를 조사하고 또 히메쿠비 산 현장에도 발걸음을 했다. 쓰이카이치 경찰서와도 빈번히 연락을 취하고 여러 차례 찾아갔다. 오에다 경부보도 바쁜 시간을 쪼개 되도록 다카야시키를 만나주었다. 하지만 서 내의 분위기는 완전히 목 찢는 살인마 사건으로 돌아서 있었다. 목 찢기 연쇄 살인과 관련된 것이 모든 조사와 분석에서 우선되었다.

이윽고 해가 바뀌었다. 목 찢는 살인마는 당초의 기세는 사그라졌을지언정 경찰과 시민이 결성한 자경단의 빈틈을 노리듯 하며 무의미한 범행을 거듭했다.

 이 무렵에 살인 수법이 너무나도 능란한 것, 경비가 강화된 시내에서 쉽사리 범행을 되풀이하는 것, 수상한 인물이 목격되고도 보기 좋게 모습을 감추는 것 등에서 목 찢는 살인마의 정체는 인간이 아닌 존재가 아닐까 하는 소문이 돌기 시작해 순식간에 큰 소동이 벌어졌다. 시내를 떠나는 시민들이 속출했다. 이미 오래전에 한산해졌던 번화가의 불빛이 완전히 꺼졌다. 신문들은 날 저문 쓰이카이치 시의 광경을 흡사 계엄령이 선포된 듯하다고 전했다.

 그러다 드디어 쇼와의 명탐정이라 칭송받던 도조 가조가 경찰에 협조하게 되었다. 그는 마침 그 무시무시한 히코쓰 저택 살인사건을 해결한 참이었는데, 잠시도 쉬지 않고 엽기적인 연쇄 살인 현장으로 달려왔다.

 도조가 쓰이카이치 시에 온 지 이틀 뒤, 다카야시키는 경악할 소식을 들었다. 목 찢기 연쇄 살인사건의 용의자로 이와쓰키 형사가 체포됐다는 것이었다. 본인은 범행을 전면적으로 부인하고 묵비권을 행사하고 있다고 했다. 현재로서 동기는 불분명했다. 그러나 그가 세 들어 사는 아파트에서 피 묻은 작은 낫이 발견되었으므로, 그가 범인임이 거의 확실시된다는 정보가 전해졌다.

 다카야시키가 더욱 놀란 것은 흉기인 낫이 히메카미 당 제단의 봉헌물 중 하나인 듯하다는 사실이었다. 이와쓰키는 오에다 경부보를 비롯한 수사관들 몰래 당집에서 낫을 갖고 나왔다는 뜻이었다.

 체포된 지 사흘 뒤 아침부터 음울한 비가 내리던 그날 오후, 이와쓰키는 취조 중에 몰래 갖고 있던 면도칼로 목을 그어 자해했다. 그러나 면도칼을 어디서 구했는지는 수수께끼였다. 구류 시에 신체검사를 충분히 했을 뿐더러, 그 뒤로 면도칼을 입수할 기회는 절대 있을 수 없었다는 것을 취조를 맡았던 형사들이 가장 잘 알고 있었다.

그런데 약간 기묘한 일이 당일 오전 중에 있었다고 한다.

그날 아침, 한 여자가 이와쓰키를 면회하게 해달라고 신청했다. 직원이 여자의 신원을 확인하려고 했을 때, 누가 부르기에 돌아보았다. 그런데 자기를 부른 자가 아무 데도 없었다. 이상하다 생각하며 다시 고개를 돌리니, 여자가 사라지고 없었다고 한다.

그러나 문제의 여자가 경찰서 내에 침입한 흔적은 없었으려니와 구류 중인 이와쓰키에게 접근할 수 있을 리도 없으므로, 면회자가 관여됐을 가능성은 곧바로 부정되었다. 만일을 위해 이와쓰키의 가족 및 지인을 조사했지만, 해당되는 여자는 아무도 없었다. 하기야 그녀를 만난 직원이 여자였다는 것 외에는 왜 그런지 상대방의 특징을 전혀 기억하지 못하는 데다, 그 방문자를 봤다는 다른 직원이 여자가 아니라 이목구비가 단정한 남자였다고 한 탓에 찾으려야 찾을 방도가 없었다고도 할 수 있다.

결국 찾아온 사람이 누구였는지는 섬뜩한 수수께끼로 남았다.

이렇게 해서 용의자가 범행을 부인하고 사망한 채로 목 찢는 살인마 사건은 막을 내렸다. 이와쓰키가 체포된 뒤로 새 희생자가 나오지 않았으므로, 경찰이나 세간이나 그가 범인이었음을 이럭저럭 인정할 수 있었기 때문이었다. 여러 수수께끼가 남았다고는 하나 사건은 일단 해결된 셈이었다.

그러나 히메쿠비 산 연쇄 살인사건은 아무런 진전도 없는 채 점차 세상 사람들에게 잊혀져…… 이윽고 미해결 사건이 되고 말았다.

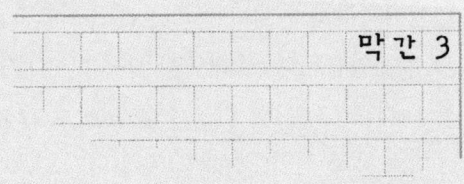

막간 3

　이상으로 전쟁 중과 전후의 히메쿠비 산 사건에 관해 거의 다 이야기한 것 같습니다.
　한편, 쓰이카이치 시의 목 찢는 살인마 사건에 관해서는 이 글에서 다룰 내용이 아니므로, 앞장의 기술로 그치겠습니다. 게다가 해결되지 못한 문제가 많다고는 하나 일단은 범인이 잡혔고 사건은 종결되었으니까요.
　다만 개인적으로는 이 두 사건에서 명암을 가른 것은 열쇠가 되는 인물이 현장에 발을 들여놓았느냐 아니냐의 차이라는 생각이 자꾸만 듭니다. 목 찢는 살인마 사건에서는 말할 것도 없이 도조 가조 씨, 히메쿠비 산 사건에서는 도조 겐야 씨를 말하는 것입니다. 사건이 일어나기 전날에 다카야시키가 열차에서 만났을 때, 원래는 히메카미 촌을 방문하려고 했건만 남편이 이야기한 괴담 때문에 도중하차하고 만 그 인물 말이지요. 이 두 사람이 부자지간이라는 사실에서도 저는 어떤 운명 같은 것을 느끼지 않을 수 없었습니다.
　도조 가조(冬城牙城) 씨의 이름은 본래 '刀城牙升'라고 씁니다. 도조가는 공작으로 서임된 유서 깊은 가문인데, 가조 씨는 젊었을 때부터 이런 특권 계급을 싫어했습니다. 이윽고 장남인 자신이 호주가 되고 공작의 지위를 물려받아야 한다는 현실에 반발해, 거의 집을 뛰쳐나가다시피 해서 오에다 다쿠마라는 사립탐정의 제자로 들어간 과거가 있습니다. 그러면서 도조 가에게 의절 당했는데, 그런 본가를 배려해 '冬城牙城'라는 이름을 쓰게 된 것입니다. 그 가조 씨의 아드님이 도조 겐야(刀城言耶) 씨입니다.

도조 겐야 씨는 도조 마사야(東城雅哉)라는 필명으로 괴기소설 및 변격 탐정소설을 쓰는 작가입니다. 현지 취재 일이 잦아 늘 전국을 여행하는 분인데…… 왜 그런지 가는 곳마다 반드시 기괴한 사건에 말려들어 때로는 죽을 고비를 겪기까지 하는 모양입니다.

다만 역시 핏줄일까요. 본인에게는 그런 생각이 없는 것 같습니다만, 어느새 탐정 역을 맡아 자기도 모르게 사건을 해결하는 일이 많다고 합니다.

만약 도조 겐야 씨가 당초 예정대로 히메카미 촌에 왔더라면. 그런 생각을 하면 오만 생각이 다 듭니다. 그분이라면 틀림없이 히메쿠비 산 연쇄 살인사건을 해결로 이끌었을 테고, 다카야시키의 인생은 달라졌을 것이…… 아뇨, 푸념은 그만두지요.

그보다 저는 원래라면 다카야시키 하지메가 고군분투하는 모습을 독자 여러분께 전해드려야 하겠지요. 그가 어떻게 포기하지 않고 착실하게, 차근차근 사건을 조사했고 죽는 그 순간까지 수사를 그만두지 않았는지를, 그런 그의 모습을…….

하지만 죄송합니다만, 그 부분을 쓸 기력이 나지 않습니다. 소설이라는 것은 알아도 다카야시키가, 남편이 세월이 흐르며 정신적으로 초췌해져가는 모습을 쓰는 게 견딜 수 없는 고통이었기 때문입니다. 사건으로부터 10년째 되는 해 중추에 심부전으로 어이없이 세상을 떠나버릴 때까지 그 세월을 엮어 쓰는 일은 저로서는 도저히 불가능할 듯싶습니다.

 물론 앞장까지 제가 가진 자료를 거의 다 구사해서 한 개의 괴사와 세 개의 연쇄 살인을 실제 일어났던 상황에 근접하게 이럭저럭 재현할 수 있었다는 자부심 탓도 조금 있습니다. 즉, 그 뒤 다카야시키의 수사 과정을 그려봤자 독자 여러분께 그리 새로운 정보나 단서를 제공할 수 없으리라고 판단한 것입니다. 부디 가장 큰 이유는 그런 것이라고 받아들여주시기를.

 다만 세 번째 살인에 관해, 형식적인 확인에 불과한 내용이기는 합니다만 약간 보충하겠습니다.

 1. 히메카미 당에서 발견된 남자의 머리 없는 시체의 신원에 관해

 숲에서 발견된 머리를 비롯해 혈액형 및 지문으로도 히가미 고지 씨가 틀림없다고 확인됐습니다.

 2. 고지 씨의 사인에 관해

 이것도 이세하시 의사의 견해대로 후두부를 쇠망치로 맞은 것이 치명상인 것으로 판명됐습니다. 목 절단도 사후에 행해진 것이 밝혀졌습니다.

 3. 목 절단에 관해

 사법 해부 결과, 고지 씨도 앞의 두 사람과 동일한 수법으로 목을 베였음이 판명됐습니다. 즉, 동일 인물의 소행이므로 연쇄 살인이 틀림없다고 단정된 것입니다.

 자, 여기까지 썼습니다만, 한심하게도 제가 자력으로 이 사건을

해결하기는 무리일 듯합니다. 처음에는 소설로서 쓰다 보면 지금까지 보이지 않았던 단서, 파묻혀 있던 배경, 생각지도 못했던 해석 등이 떠오를 것이 분명하다고 생각했습니다. 아니, 그렇게 기대하고 그렇게 바랐습니다.

그렇건만 얄궂게도 저는 이 글을 쓰기 시작하기 전보다도 더욱 혼란스러워졌습니다. 다만 그 한편으로 눈앞에 진상이 어른거리는 듯한 느낌도 듭니다. 진 것이 분해서 하는 말이 아닙니다. 진상이라는 말이 너무 거창하다면, 정말 아주 가까운 곳에 사건의 수수께끼를 풀 중요한 열쇠가 숨어 있다는 생각에 내내 사로잡혀 있습니다. 그러나 저 혼자 힘으로는 어떻게 할 도리가 없음을 인정하지 않을 수 없습니다.

여기까지 보신 독자 여러분은 대체 이 히메카미 촌에서, 히메쿠비 산에서, 히가미의 이치가미 가에서 무슨 일이 있었는지 아시겠습니까? '들어가기에 앞서'에서도 예고했습니다만, 여기서 독자 여러분께 협조를 부탁드리고 싶습니다.

십삼야 참배 사건과 히메쿠비 산 사건에 관해 의견이 있으신 분은 본지의 판권지에 기재되어 있는 미궁사의 주소로 연락 주시면 감사하겠습니다.

넉 달 전에 쓴 '막간2' 끝머리에서 부탁을 드렸어야 할지 모르겠습니다만, 다음 호에서는 연재를 한 회 쉴 테니 시간은 충분합니다.

독자 여러분의 협조를 진심으로 부탁드립니다.

독자 투고에 의한 추리

　독자 여러분께서 다수의 편지를 보내주신 점, 진심으로 감사드립니다.
　이 장은 본래라면 '막간'이 아니라 '본문'에 해당됩니다만, 이제는 소설 형식을 취하지 않으므로 '막간'의 문체로 진행하겠습니다.
　어제 본지의 발행처에서 여러분이 보내주신 편지와 엽서가 전송되어 왔습니다만, 그 수에 먼저 놀라고 이어서 환희를 느꼈습니다. 이런 서툴고 불완전한 작품에 대해 이렇게까지 답해주실 줄은 감히 꿈도 꾸지 못했습니다. 다시 한 번 감사드립니다.
　그러나 그런 밝은 기분도 오래가지 못했습니다. 오래가기는커녕, 편지를 훑어보는 사이에 선뜩한 것이 목덜미에서 등줄기를 훑고 내려가 참으로 불편한 느낌에 사로잡혔습니다.
　왜냐하면 이 글을 읽는 사이에 자기도 목이나 목구멍, 또는 손목이나 발목을 다쳤다, 삐었다, 아팠다, 상태가 나빠졌다 등 불가해한 체험을 호소하는 내용이 압도적으로 많았기 때문입니다.

 이런 반응이 있을 줄은 저도 전혀 몰랐습니다. 너무나도 뜻밖이라 제가 어떤 의도로 이 글을 집필했는지 한순간 알 수 없어졌을 정도입니다.

 물론 대부분의 분들은 '기분 탓일 것이다, 착각일 것이다'라고 하셨습니다. 하지만 그런 것치고는 수가 너무 많은 데다 단순한 착각으로 치부될 수 없는 사례도 있었으므로 저는 불안해졌습니다. 원래는 여기서 그 몇 가지 사례를 소개할 생각이었습니다만, 역시 그만두겠습니다. 흡사 전염성이 있는 질병을 퍼뜨리는 것과 같은 폭거라는 생각이 문득 들었기 때문입니다. 게다가…….

 실은 저도 지난 회 '막간3'을 쓸 무렵부터 목 상태가 영 좋지 못해서…… 감기겠거니 하고 가볍게 생각했더니만, 어느새 목이 아프기 시작했습니다.

 그것도 처음에는 잠을 잘못 잔 듯한 느낌이었는데 점차 묘한…… 그것을 뭐라 표현하면 좋을까요…… 그렇습니다, 흡사 뭔가가 목을 잡아당기는 듯한, 그런 불쾌한 감각이 드는 것입니다. 인간의 눈에는 보이지 않는 뭔가가 어느새 제 바로 뒤에 서서는 두 손을 살며시 뻗어 제 머리를 잡고 천천히 좌우로 비틀며 빼내려 하는…… 그런 느낌이 자꾸만 듭니다.

 이런 이야기를 쓸 생각은 없었습니다. 장 제목에 썼듯 독자 여러분의 지혜를 빌려 어떻게든 사건을 해결해보려고…….

 방금 누가 찾아온 것 같았는데요.

 역시 착각이었던 모양입니다.

 아아, 안 되겠습니다. 어젯밤에 독자 여러분의 편지를 읽은 뒤로 조금 신경이 예민해진 것일까요. 하지만 정체를 알 수 없는 뭔가가 점차 육박해오는 듯한, 그런 섬뜩한…… 아니, 그만두지요.

그럼 편지와 엽서 중에서 사건의 진상을 언급한 것만을 골라 차례대로 소개하겠습니다.

우선 가장 많았던 것은 '진범은 히메코'라는 의견입니다. 십삼야 참배 때 살해된 것은 히메코가 아니라 하녀 스즈에였고, 시신에 머리가 없었던 것은 피해자를 오인하게 하기 위해서였으며, 범인인 히메코는 '열어서는 안 되는 곳간'에 살고 있었다, 또는 유폐되어 있었다는 해석입니다.

다만 범인의 이름만 지적했을 뿐, 구체적인 범행 방법까지 언급한 분은 거의 안 계셨습니다. 즉, 다수의 수수께끼가…….

죄송합니다. 집필을 계속하기가 너무 고통스러워서 기분도 전환할 겸 뒷마당 손질을 마저 마치고 얼른 씨앗을 뿌려버리려 했습니다만…….

이번에는 오른손을…… 그렇습니다, 오른손목을 다치고 말았습니다. 집필에 지장이 있을 정도는 아니지만, 이제 무사한 것은 왼발목뿐입니다. 아뇨, 농담이 아닙니다. 저는 히메카미 당 경내에서 오른발목을 뺀 것이 시작이었다는 생각이 듭니다. 그때 뭔가가 제 발목을 붙잡아 그곳에 쐰 것입니다. 그것이 점차 몸속을 지나 왼손목에 도달했다가, 다시 올라와 목 주위를 돌고 방금 전에 오른손목에 도달한 것이 아닐까요. 그것은 이윽고 분명 왼발목까지 나아가겠지요. 그렇게 해서 사지의 자유를 빼앗은 다음, 또다시 목으로 올라와 이번에야말로…….

저는 이 히메카미 촌으로 돌아오지 말았어야 했을까요.

십삼야 참배 사건을 파헤치고 히메쿠비 산 사건에 또다시 초점을 맞추어 이런 형태로 발표하지 말았어야 했을까요.

어쩌면 저는 아오쿠비 님의 노여움을 사, 화를 불러들이고 지벌을 입어…….

방금 누가 찾아온 듯한…….

기분 탓일까요.

아아, 비가 오나 봅니다. 아침 일찍부터 날씨가 찌뿌드드하더니 드디어 비가 오기 시작한 모양입니다. 그렇지 않아도 음울한 기분인데 점점 더 음침해…….

아뇨, 빗소리만이 아닌 것 같습니다.

방금 분명히 목소리 같은 것이…….

"실례합니다."

저는 너무 놀라 펄쩍 뛰어올랐습니다. 이 집에 찾아올 분은 거의 없기 때문입니다. 그런데도 분명히 남성분이 바깥에 계십니다.

"예…… 누구신지요?"

순간적으로 집에 없는 척할까 했지만, 작은 집이다 보니 인기척을 들킬 염려가 얼마든지 있었으므로 순순히 대답했습니다.

그러자…….

"갑자기 찾아와 죄송합니다. 실은 《미궁 이야기책》에 연재 중이신 소설을 보고 찾아왔습니다만."

저는 어느 이상한 독자가 조용히 지켜봐주십사 하는 제 부탁을 무시하고 쳐들어온 것이 아닐까 하고 잠깐 겁을 먹었습니다. 그러나 곧바로 방문자의 침착한 어조와 어딘지 모르게 조심스러운 목소리에서 전혀 다른 인상을 받았습니다.

저도 모르게 충동적으로 문을 열었습니다.

"아, 안녕하십니까. 갑자기 이렇게 찾아와서 정말 죄송합니다."

문 앞에는 청색 데님 상의를 걸치고 그보다 옅은 색 청바지를 입은 30대 중반쯤으로 보이는 남성이 수줍게 웃으며 서 있었습니다.

"도조 겐야 씨군요!"

상대가 이름을 밝히기 전에 저는 소리쳤습니다.

"네? 아, 알아보시겠습니까?"

"그 차림새…… 아니, 복장은 유랑하는 괴기 소설가의 증거 아닙니까."

"아, 아뇨. 그렇게 대단한 건……."

듣기 나름으로는 결코 칭찬이라 할 수 없는 제 말을(실제로 실언이었습니다만) 다행히 도조 씨는 좋은 방향으로 해석해주신 듯 매우 쑥스러워하셨습니다.

"대체 어떻게……."

"죄송합니다. 갑작스러운 일이라 놀라셨죠. 실은 제가 《미궁 이야기책》을 애독하는데, 저번 연재를 보고 나서 제가 생각해도 무모하다고 할지, 폐가 되리라고는 생각했지만, 참지 못하고 이렇게 달려오고 말았습니다."

이 뜻밖의 방문에 어떻게 대처하면 좋을지 알 수 없어 저야말로 당황하고 말았습니다.

"저…… 주제넘지만 제 나름대로 수수께끼를 정리해봤거든요."

하지만 도조 씨는 제 곤혹감을 알아차리기는커녕 당장에라도 현관 앞에서 자신의 추리를 전개하려 하셨습니다.

"저, 실은……."

"네? 앗! 호, 혹시 지금 그 작품의 결말을 집필 중이셨습니까? 아이고, 그럼 저 같은 건 전혀 필요 없으시겠군요. 제가 방해를⋯⋯ 이거 참, 부끄럽기 짝이⋯⋯."

"아, 아뇨. 그런 게 아니에요."

"네? 앗, 그럼 점심을 아직 안 드셨습니까?"

도조 씨의 다소 얼빠진(결례가 되는 표현입니다만) 질문 덕에 제 마음은 조금이나마 가벼워졌습니다. 그래서 냉소를 각오하고, 이 사건에 더 이상 관여하지 말아야 하는 것이 아닐까 하는, 조금 전에 실감했던 기분을 솔직하게 털어놓았습니다.

"그렇군요, 그러셨습니까."

그런데 도조 씨는 웃기는커녕 되레 골똘히 생각에 잠기셨습니다.

"아, 그렇다고 도조 씨가 전국을 돌면서 수집하시는 것 같은 그런 괴이한 일이 주위에서 벌어지는 건 아닙니다."

공연한 기대를 하셨다 실망하실까봐 괜히 죄송한 마음이 들어 저는 허둥지둥 말했습니다.

도조 겐야 씨는 일본 각지에 남아 있는 괴이담의 수집이 취미일뿐더러 그것을 소재로 집필하시기 때문에 늘 괴이한 이야기를 찾아 여행을 하십니다. 그 때문에 편집자들 사이에서는 '방랑 작가' 또는 '유랑하는 괴기 소설가'라고도 불리는데, 그분에게 가장 어울리는 것은 '괴이 수집가'라는 호칭일지도 모릅니다.

그러자 도조 씨는 빙긋 웃었습니다.

"그런 일이시라면 본래의 도조 겐야가 나설 차례일지 모르겠군요."

제가 의아한 표정을 짓자, 도조 씨는 말씀하셨습니다.

"주제넘은 소리입니다만, 저도 괜히 괴이담을 수집하는 게 아니랍니다. 그러니 그런 종류의 이야기라면 분명히 도움이 되어 드릴 수 있지 않을까 싶거든요."

"네? 하지만……."

"물론 제 수집벽을 만족시키기 위해서가 아니라, 당신이 실감하고 계신 괴이한 사건에 대해 어떻게 대처하면 좋을지 함께 검토하기 위해서입니다."

도조 씨는 그렇게 말하고는 정중히 머리를 숙여 인사했다.

"그럼 실례하겠습니다."

그러더니 매우 자연스러운 태도로 제 작은 집에 들어오셨습니다.

"조, 좁고 누추한 곳이지만 들어오시죠."

원래 같으면 상대방의 그런 막무가내에 노여움을 표시했을 텐데, 티 없는 그의 언동에 그런 기분이 조금도 들지 않았습니다.

"그나저나 젊으시군요. 사람들이 열 살은 더 밑으로 보지 않나요?"

노여움은 고사하고, 그런 추종하는(아뇨, 실제로 젊어 보이십니다만) 듯한 말을 하는 지경이었습니다.

"아, 네. 감사합니다. 언제까지고 괴담 같은 데 흥미를 느끼는 탓인지, 어린애 같은 분위기가 어딘가에 남아 있는 거겠죠. 하지만 당신이야말로 열다섯 살은 더 젊게 볼 것 같은데요."

"어머나, 도조 씨도 참…… 무슨 그런 입에 발린 말씀을."

실제로 저는 가슴이 두근거렸습니다.

"다만 여성분의 경우는 아무리 젊어 보여도 곤란할 것 없겠지만, 괴담을 들으러 지방에 가거나 할 때 너무 젊어 보이면 남자의 경우는 손해를 보는 편이 더 많거든요."

"그렇겠네요. 젊으면 얕잡아 보일 테니까요. 아, 그렇군요. 괴담이라니 말씀인데, 최근에 마을의 우마노미 못 부근에 무서운 도깨비가 나온다고 애들 사이에 소문이 파다하다던가, 그런 이야기를 얼핏 들었는데요."

"호, 우마노미 못이라고요. 십삼야 참배 때 후타가미 가의 고지 씨가 산책했다고 증언했던 게 그곳이었죠."

"네? 아, 그렇군요. 아차, 그보다 인사가 늦어졌습니다. 새삼스럽습니다만, 히메노모리 묘겐입니다. 처음 뵙겠습니다. 전부터 작품은 잘 보고 있습니다."

"어이쿠, 이런. 정중한 인사 말씀 감사합니다. 오늘은 이렇게 갑자기 그…… 연락도 없이 쳐들어 와서 정말 실례가 많았습니다."

"아뇨, 무슨 말씀을요. 손님이 오시는 일이 좀처럼 없어서 말이죠. 특히 동업자 분이시라니 이보다 더 기쁜 일은 없을 거예요."

"그렇게 말씀해주시니 다행입니다. 하지만 저희, 처음 만나는 건 아니랍니다."

도조 씨는 그렇게 말하고는 장난스러운 웃음을 띠는 게 아니겠습니까.

"그, 그렇습니까? 죄송합니다. 전 완전한 지방 작가라 중앙에 나가는 일이 좀처럼 없거든요. 게다가 도조 씨는 늘 여행을 하신다는 인상이 있기 때문에 문단 모임에도 거의 얼굴을 비치지 않으실 거라고……."

"아뇨, 실제로 그렇습니다. 게다가 저희가 만났던 것도 꽤 오래 전 일이니 너무 신경 쓰지 마십시오."

저는 식은땀을 흘렸습니다. 초면인 줄만 알고 있었기 때문입니다. 하지만 그것도 도조 씨의 말씀을 듣고 마음이 편해졌습니다. 또 최소한 도조 씨 쪽에서는 안면이 있다고 생각해 이렇게 찾아오셨을 것이라고 이해가 됐습니다.

"어머머, 죄송합니다. 손님을 이렇게 세워놓고…… 앉으시죠."

저는 거실(그래봤자 부엌과 겸용입니다만) 테이블의 의자를 도조 씨에게 권하고 차를 준비하기 시작했습니다.

"어떻습니까? 소설에서 그려지는 당시에 비해 마을도 상당히 쓸쓸해진 듯합니다만."

"네, 맞습니다. 마을 사람들의 주요 산업은 양잠과 숯 굽기입니다만, 쇼와 삼십 년대에 누에의 생산량이 전전의 약 절반으로 줄었고, 숯도 서서히 석유로 대체되면서 마을은 예전 같은 활기를 이제 찾아볼 수 없게 됐답니다."

"히가미 가는 그 뒤로 어떻게 됐습니까?"

주전자에 물을 붓고 불에 얹은 뒤 찻잎을 찾아 찬장을 뒤지던 저는 무심코 손이 멎었습니다.

"수십 대를 이어져 내려온 유서 깊은 일족도, 늘 후계자 다툼을 되풀이해온 가계도, 망하는 것은 일대(一代), 눈 깜짝할 새인 모양입니다."

그렇게 말하며 천천히 도조 씨를 돌아보았습니다.

"요키타카 군은 이치가미 가의 대를 잇지 않았습니까?"

"아닙니다. 에가와 란코 씨와 다카야시키, 저도 함께 상의한 결과 결국엔 이치가미 가에 남아 정식으로 그 집 적자로서 생활하기 시작했죠. 다만……."

"무슨 문제가 생겼습니까?"

"성인이 된 해 가을에 홀연히 사라져버려서……."

"사라졌다고요? 행방불명됐다는 말씀입니까? 아니면 문자 그대로 증발했다는 뜻입니까?"

"모르겠습니다. 요키타카를 마지막으로 본 구라타 가네 씨 말로는 북쪽 도리이 입구에서 히메쿠비 산으로 들어갔다고 하더군요."

"저런……."

"다만 그 무렵에 결혼 얘기가 나온 참이었거든요. 분명하게 말씀드려서 정략결혼이었죠. 몰락의 징조가 보이기 시작한 이치가미 가를 재건하기 위해서 후도 옹과 효도 씨가 꾸민 혼인이었던 모양입니다."

"그럼 요키타카 군은 그게 싫어서 집을 나갔을 수도 있는 겁니까?"

"네, 충분히 생각할 수 있는 가능성이죠."

"아오쿠비 님도 설마 히가미 가의 장 자리를 버리고 이 마을을 떠날 이치가미 가의 후계자가 있으리라고는 생각도 못했겠군요."

아오쿠비 님뿐 아니라 히가미 일족 전원이 요키타카의 행동에 혼비백산한 것은 틀림없습니다. 저는 도조 씨께 그렇게 말씀드렸습니다.

"이치가미 가의 후계자이기를 그만두면 아오쿠비 님의 지벌을 벗어날 수 있는 걸까……."

그 말을 듣고 도조 씨는 혼잣말처럼 중얼거렸습니다. 그 순간, 저는 오싹했습니다. 요키타카는 완전히 달아나지 못한 것이 아닐까,

문득 그런 생각이 들었기 때문입니다.

"에가와 란코 씨에게 간 흔적은 없습니까?"

"네. 요키타카는 사건이 있은 뒤에 그분과 자주 편지를 주고받았지만, 아무 소식도 없었던 것 같습니다."

"당신이나 다카야시키 씨와도 요키타카 군은 상의하지 않았고요?"

"아, 네……."

"혼자 살아갈 결심을 했나, 아니면……."

"다만……."

저는 전부터 마음에 걸렸던 이야기를 해야겠다고 생각하면서도 역시 망설였습니다. 너무나도 확실치 않았기 때문입니다. 그러나 도조 씨의 독촉을 받고 결국 입을 열었습니다.

"한 십 수 년 전부터 《보석》을 비롯한 소설 잡지의 신인상 최종 후보에 요키타카가 아닐까 싶은 필명이 몇 차례 눈에 띄어서 말이에요."

"어떤 이름입니까?"

"이쿠모리 주타로(幾守壽多郎)랍니다."

저는 한자를 설명하고 그것이 '이쿠타(幾多)'와 '히가미(秘守)' '조주로(長壽郎)'의 조합이 아닐까 생각된다는 이야기를 한 다음, 도조 씨께도 의견을 여쭤 보았습니다.

"다섯 자 한자 중에서 '이쿠타'는 두 글자 다, '조주로'는 세 글자 중 두 자를 땄군요. 그에 비해 '히가미'는 한 글자뿐이라는 게 요키타카 군의 복잡한 심경을 나타내는 것처럼 느껴지는데요."

"그럼 역시……."

"이렇게까지 일치하는데 우연이기는 힘들지 않겠습니까? 그럼 출판사 쪽에 문의는 해보셨습니까?"

"안 했어요."

"이 이쿠모리 주타로 씨가 신인상을 수상한 적도 없고요?"

"아직…… 없습니다."

"쉽지 않겠는데요. 연락을 취하더라도 어쩌면 수상한 다음이……."

"나을 거라고 생각하시는지요, 도조 씨도?"

"죄송합니다. 솔직히 잘 모르겠군요. 그건 관계없을 거라고 생각합니다만, 요키타카 군이 어떤 심정으로 투고를 계속하고 있는지 그걸 생각하면……."

"그렇죠. 도조 씨도 저와 같은 기분이시라는 걸 알고 조금 마음이 편해졌습니다. 멋대로 드리는 말씀 같지만요."

"아, 아닙니다. 무슨 말씀을. 그래서 히가미 가는 그 뒤로?"

"네. 요키타카가 그렇게 사라지면서 이치가미 가에 불운이 따르기 시작해 그 뒤로는 뭘 해도 잘 되지 않아 쇠퇴 일로를 걸었습니다. 후타가미 가나 미카미 가도 그건 마찬가지입니다. 저도 그리 자세한 이야기는 모릅니다만…… 다만 얄궂게도 고리 가만은 지금도 존속하고 있을 뿐더러 오히려 번성하고 있는 형편이랍니다."

"그렇습니까."

감개가 깊은 듯한 도조 씨에게 다시 등을 돌리고 저는 얼마 동안 차를 끓이는 데 전념했습니다.

"변변치 못한 차입니다만 드시죠. 저…… 마침 과자가 떨어져서……."

"아, 아닙니다. 신경 쓰지 마십시오. 저야말로 그냥 빈손으로 오고 말았군요. 예의도 없이…… 부디 결례를 용서해주십시오."

서로 쩔쩔매며 머리를 숙여 사과한 다음, 다시금 마주 앉았다.

"그래서 말씀입니다만……."

저는 잠시라도 침묵이 흐르는 것이 무서워 곧바로 입을 열었습니다.

"도조 씨는 독자에게서 온 기분 나쁜 편지 내용과 제가 받은 뭐라 말할 수 없는 기이한 느낌을 어떻게 생각하시는지요? 무, 물론 대다수의 독자들이나 저나 기분 탓이라고는 생각합니다만……."

"그런 것치고는 목뿐 아니라 손목이나 발목에까지 이상이 생긴다는 사실이 참으로 기괴하군요."

"아, 네……."

"다만 그것 자체를 해석하기는 쉽지 않을 것 같습니다. 그러니 그런 괴이한 현상은 일단 넘어가고, 우선 사건의 수수께끼를 풀어야 하지 않을까 싶은데요."

"하, 하지만 그 사건에 관계한 탓에…… 그런 일이 생긴 건 아닐까요?"

"네, 아마 맞을 겁니다."

"네? 그럼……."

"즉, 전 그런 현상은 사건의 수수께끼를 풀고 진상을 밝히면 자연히 그친다고 생각하거든요. 다행이라고 말하면 표현이 적합하지 않겠습니다만, 사건과 관련됐던 분들은 이제 대부분 이 마을에 안 계시는 것 같고 말이죠."

"그렇군요."

"괴이한 현상을 발현시키는 존재는 이름을 맞히면 그 즉시 사라져버리는 일이 종종 있습니다. 이번 경우, 사건 해결이 그에 상응한다는 생각이 드는군요."

"알겠습니다. 그럼 어떻게 하실 생각이신지요?"

각오를 굳힌 제가 머뭇머뭇 여쭙자, 직사각형 상자 같은 가방에서 뭔가를 꺼내려던 도조 씨의 얼굴에 '아차, 깜빡했다!' 하는 표정이 떠올랐습니다.

"죄, 죄송합니다만 뭔가 쓸 걸…… 아, 아뇨. 종이를요."

그래서 저는 서재를 여기저기 뒤진 끝에 새 공책을 찾아 도조 씨에게 건넸습니다.

"최종적으로 이렇게 모든 수수께끼와 문제를 적어보지 않으면 생각이 진전되지 않는 성격이라 말이죠."

도조 겐야 씨가 그렇게 말하며 공책에 적은 것이 다음에 열거할 항목이었습니다.

십삼야 참배 사건에 관해

1. 요키타카가 처음에 히메코라고 생각했던 첫 번째 여자(쿠비나시)는 누구인가.
2. 그 여자(쿠비나시)는 왜 십삼야 참배에 나타났나.
3. 히메카미 당으로 간 히메코가 왼손에 들고 있던, 머리 같은 물체는 무엇인가.
4. 히메코가 밀실 상태의 히메카미 당에서 사라진 방법과 이유는 무엇인가.
5. 우물에서 발견된 전라의 시체는 정말 히메코였나.
6. 피해자가 히메코였을 경우, 살해 현장은 히메카미 당인가, 우물 근처인가, 또 다른 장소인가.

7. 우물 안 시체에 머리가 없었다는 소문은 사실인가. 그렇다면 목은 왜 베였나.
8. 우물 안과 주위에서 발견된 대량의 모발은 시신의 것이었나.
9. 범인은 누구이며 동기는 무엇인가. 특히 피해자가 히메코였을 경우, 범인은 왜 그녀를 죽여야 했나.
10. 효도가 우물 안 시체를 하인에게 보여주지 않은 이유는 무엇인가.
11. 이치가미 가가 우물 안 시체의 장례를 서두른 이유는 무엇인가. 왜 시체를 화장했나.
12. 어째서 효도는 후키가 딸을 낳았다는 것을 알고 기뻐했나.
13. 효도가 후타가미 가의 후에코와 불륜을 저질러 태어난 아이는 고이치인가, 고지인가. 그것은 이치가미 가의 후계자 문제와 관계가 있나.
14. 요키타카가 욕탕에서 본 쿠비나시는 십삼야 참배 때 조우한 쿠비나시와 동일한가. 그렇다면 왜 또 나타났나.
15. 십삼야 참배 사건 뒤에 가네 할멈은 어째서 열어서는 안 되는 곳간으로 상을 날랐나.
16. 십삼야 참배 사건 뒤에 후타가미 가의 고지는 어째서 조주로에게 접근했나.

히메쿠비 산 살인사건에 관해

1. 고리 마리코는 왜 살해됐나.
2. 범인은 왜 그녀의 목을 베고 발가벗겼으며, 왜 옷을 숲에 버렸나.
3. 범인은 왜 목을 베고 발가벗기고도 하복부만은 보자기로 가렸나.
4. 왜 그녀의 머리를 씻겨야 했나.
5. 그녀가 살해되고 목이 베이는 동안 조주로는 어디에 있었나.

6. 애초에 혼사 모임에 그리 뜻이 없었던 조주로가 어째서 고리 마리코의 참가만은 환영했는가.
7. 이치가미 가의 조주로는 왜 살해됐나.
8. 범인은 왜 그의 목을 베고 발가벗겼으며 왜 옷을 숲에 버렸나.
9. 왜 범행 현장이 마두관음 사당이었나.
10. 왜 흉기로 도끼가 사용되지 않았나. 또 그 흉기는 무엇인가.
11. 현장에 도끼가 없었을 경우, 범인은 어떻게 사당과 중혼사를 왕복했나.
12. 범인은 왜 탐정소설을 갖고 나와 일부러 숲에 흩어놓았나.
13. 마리코와 조주로의 머리는 어디에 숨겨져 있었나.
14. 후타가미 가의 고지는 왜 살해됐나.
15. 범인은 왜 그의 목을 베고 발가벗겼으며 왜 머리와 목을 숲에 버렸나.
16. 왜 그의 시체만 정돈되어 있지 않았나.
17. 왜 현장에 조주로의 머리가 있었나.
18. 요키타카가 이치가미 가의 후계자임이 판명된 것은 사건에 영향을 주었나.
19. 히메쿠비 산 연쇄 목 절단 살인사건의 범인은 누구인가.
20. 에가와 란코의 '머리 없는 시체의 분류'에, 이 사건에서의 목 절단의 진상은 들어 있나.
21. 아오 히메는 왜 목이 베였나.

"경칭은 생략했습니다."

저는 공책을 끝까지 훑어보고는 그것을 테이블 위에 펴놓았습니다.

"아닌 게 아니라 항목에 따라선 진상을 추측할 수 있을 듯한 단서가 몇 개 있기는 합니다만, 그것만으로는 사건의 핵심에 근접할 수 없다고 할지, 여전히 전모가 보이지 않는데요."

"란코 씨의 '머리 없는 시체의 분류'를 바탕으로 하는 고찰은 대단히 유효한 방법이라고 생각합니다. 다만 이 사건의 경우, 갑자기 분류에 끼워 맞추려 해도 무리일 겁니다. 란코 씨답게 바깥쪽 틀은 훌륭하게 완성되어 있어요. 하지만 중요한 속 알맹이가, 사건 자체 말입니다만, 워낙 뒤죽박죽이라 모든 정보가 정리되지 않았거든요. 그렇기 때문에 바깥쪽에서 틀을 끼우려 해도 틀 밖으로 쑥 삐져나오고 마는 겁니다. 이럴 때는 우선 안쪽의 중심이 어디인가, 안쪽의 핵은 무엇인가를 찾아내고, 거기에 어떤 모순점이 없는지 검토해볼 필요가 있습니다. 그걸 찾아낼 수만 있으면……."

"자, 잠깐만요. 안쪽의 중심? 안쪽의 핵? 모순점의 발견이라고요?"

"앗, 표현이 너무 추상적이었군요. 공책에 적은 수수께끼는 모두 실은 단 **하나의 사실**만 알아차리면 깨끗하게 해결되거든요."

"단 하나!"

저도 모르게 큰 소리를 지르고 도조 씨를 빤히 응시하고 말았습니다.

"네. 그것도 어떤 사람이 어느 장면에서, 원래라면 반드시 뭔가를 해야 했을 텐데 **왜 아무것도 하지 않았나** 하는 문제점을 알아차리고 그 의미만 풀 수 있으면, 단 하나의 사실이 자연히 떠오르죠."

"혹시 구라타 가네 씨가 이십삼야 참배와 혼사 모임 때 제사당에서 히메카미 당으로 가는 조주로 씨에게 주술을 거는 걸 잊어버린……."

"아닙니다. 하지만 생각하는 방식은 맞습니다. 누가 뭘 하지 않았다는……."

"보내기 전에 주술을 외우는 걸 깜박한 정도가 아니라 좀 더 중요한 일이군요."

"네, 아주 중요한 일이죠."

"그 사실을 알면 범인도 판명됩니까?"

"직접 결부되는 건 아니지만, 그 사실을 토대로 사건을 살펴보면 저절로……."

"누, 누구죠. 범인은?"

너무나도 직접적인 제 질문에 도조 씨는 잠깐 말문이 막히신 듯했습니다만, 금세 바로 말씀하셨습니다.

"십삼야 참배 사건의 범인은 후타가미 가의 고지 씨입니다. 그리고 히메쿠비 산 연쇄 목 절단 살인사건의 범인은……."

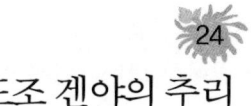

24 도조 겐야의 추리

 지난번에 범인의 이름만을, 그것도 매우 어중간하게 밝히고 아무런 설명도 없이 끝낸 것을 질책하는 편지가 출판사에 적잖이 날아든 모양입니다.
 대단히 죄송합니다. 그러나 저도 어쩔 수 없었습니다. 왜냐하면 그 뒤 도조 겐야 씨가 바로 가버리셨기 때문입니다.
 도조 씨는 마지막 문장을 말씀하신 뒤 웃으며 "잡지 연재니까 이쯤에서 끊는 게 좋겠는데요." 하시더니, 《미궁 이야기책》의 다음 호 ('제23장 독자 투고에 의한 추리'가 실릴 호를 말합니다)가 나오면 다시 찾아오겠다고 하고 아연한 저를 남겨두고 가셨습니다.
 그 이래로 하루하루가 얼마나 답답하고 괴로웠는지요. 도조 씨가 대체 어떤 추리의 결과, 어떤 해석을 이끌어냈는지 그것만 고민하고 살았습니다.
 '어떤 사람'은 누구인가, '어느 장면'은 무엇인가, '원래라면 반드시 뭔가를 해야 했을' 정도로 중요한 사건이란 무엇인가. 원고를 몇 번이나 되풀이해서 읽었는지 모릅니다. 게다가 그런 중대한 때 '아무것도 하지 않았다'는 이야기는 즉, '어떤 사람'이 사람들이 갖고 있는 인상과 실은 전혀 다른 인물이었을 수도 있다는 해석이 가능한 셈이니까요······.

한심한 이야기입니다만, 저는 일단 마을을 떠났습니다. 도조 겐야 씨가 다시 찾아올 때까지 이곳에 머물러 있을 용기가 도저히 없었습니다. 그 사이에 남은 왼발 발목을 다칠지도 모른다는 생각이 들자마자 바로 떠났습니다. 히메카미 촌으로 돌아온 것은 《미궁 이야기책》이 발간된 다음입니다.

그 다음 날, 도조 겐야 씨는 정말이지 일부러 노린 것처럼 지난번과 같은 2시 반경에 훌쩍 나타났습니다. 아침부터 음울하게 비가 내렸습니다. 그런 의미에서는 기괴한 히메쿠비 산 사건의 수수께끼를 푸는 데 안성맞춤의 분위기였는지도 모릅니다.

인사도 주고받는 둥 마는 둥 하고 도조 씨를 거실로 안내한 다음, 저는 재빨리 차를 준비하고 바로 지난번 이야기의 끝머리로 돌아갔습니다.

"십삼야 참배 사건의 범인이 후타가미 가의 고지 씨였다는 말씀은 사실입니까?"

"네, 그렇죠."

성급한 저와는 반대로 도조 씨는 침착하셨습니다.

"하지만 히메코 씨가 살해된 시간에 고지 씨는 히메쿠비 산 밖에 있지 않았던가요? 즉, 산은 고지 씨에게 밀실 상태였던 셈이죠. 따라서 고지 씨에게는 알리바이가······."

"있죠. 다만 저번에 말씀드렸던 단 하나의 사실을 알면, 히메쿠비산은 밀실이 아니게 되고 고지 씨의 알리바이도 사라지게 되거든요."

"그게 뭐죠?"

"당신은 이 일련의 사건의 중심에, 그 핵에 뭐가 있다고 생각하십니까?"

"네? 그, 그건 이치가미 가의 후계자 문제가 아닌가요?"

"그렇군요. 하지만 그냥 그것뿐이라면, 어느 지방의 구가에나 있는, 별 신기할 것도 없는 싸움의 불씨일 텐데요."

"하지만 히가미 가의 경우는 아오쿠비 님의 지벌이 있다, 그 말씀이신가요?"

"그, 그겁니다!"

도조 씨는 다소 흥분한 듯 몸을 내밀더니 바로 냉정한 어조로 돌아갔습니다.

"그렇기는 해도 괴이 그 자체가 문제가 아닐지 모릅니다."

"무슨 뜻이죠?"

"그 괴이한 사건에 대처하는 인간 쪽이 성가신 씨앗을 뿌리고 마는 경우가 종종 있다는 거죠."

"혹시, '어떤 사람'이란 역시 구라타 가네 씨 아닌가요?"

"구라타 씨는 이치가미 가의 후계자인 조주로 씨가 무사히 성장할 수 있도록, 그야말로 이 세상에 태어난 그 순간부터 무슨 일이 있을 때마다 조주로 씨를 지키기 위해 갖은 액막이 주술을 걸었죠."

"네. 조주로 씨의 몸을 온갖 주술적 방어로 둘러쌌을 겁니다."

"그런데 그렇게까지 신경을 쓰고도 구라타 씨는 조주로 씨의 가장 중요한 장면에서 **아무것도 하지 않았다**……."

"가장 중요한 장면이라면, 십삼야 참배 말씀이신가요?"

도조 씨는 고개를 흔들었습니다.

"아, 이십삼야 참배군요."

그는 또다시 고개를 흔들었습니다.

"그럼 남는 건 혼사 모임입니다만……."

그러나 이번에도 그는 부정하는 몸짓을 했습니다.

"하, 하지만 그 외에는…… 설마 삼야 참배인가요? 하지만 그때 가네 할멈은 분명히……."

그런데 제가 설명하기도 전에 그는 네 번째로 고개를 흔들더니 말했습니다.

"삼야 참배보다도 더 전입니다."

"그보다 더 전이라고요? 갓난아기 때?"

"아뇨, 태어난 순간입니다."

"……."

"연재하신 '10장 두 여행자'에서 도조 겐야가 다카야시키 순사한테 그러죠. 어린이의 사망률은 옛날부터 워낙 높은 데다 출산도 여간 힘든 게 아니기 때문에 갓 태어난 아기한테 '이런 똥 덩이 같은 게 태어났다'느니, '새끼 개다'라느니, '밉살스러운 애가 태어났다' 하고 욕설을 퍼부음으로써 애가 귀여운 인간 아기가 아닌 척하여 마물로부터 지킨다고요. 왜냐하면 이 세상에 태어난 순간에 그런 사악한 것에 홀릴 염려가 가장 크기 때문입니다."

"아닌 게 아니라 원고엔 그렇게 쓰여 있었죠."

"그런데 구라타 가네 씨는 이 가장 중대한 탄생의 순간에 **아무것도**

하지 않았거든요. 구라타 씨는 이런 아이의 탄생과 관련된 액막이 주술을 몰랐던 걸까요?"

"그건…… 그럴 리는 없어요."

"저도 그렇게 생각합니다. 오히려 당연히 알아야 마땅하지 않겠습니까?"

"즉, 가네 할멈은 조주로 씨를 수호할 마음이 전혀 없었다는……."

"하지만 그 뒤에 구라타 씨가 얼마나 헌신적이었는지를 생각하면, 그 해석은 도저히 받아들일 수 없겠는데요."

"네. 무엇보다도 이치가미 가에서 가네 할멈을 다시 불러온 건, 후키 씨가 무사히 출산하도록 돕고 태어난 아이가 아들일 경우 유모 역할까지 하게 하는 게 목적이었을 테니까요."

"그런데도 구라타 가네 씨는 후계자의 탄생이라는 중대한 장면을 그냥 보통으로, 아주 담담하게 넘겼습니다. 그야말로 어디에나 있는 평범한 산파처럼 말이죠."

"이유가 뭐죠?"

"아무리 봐도 모순되지 않습니까?"

"네, 영문을 모르겠네요."

"하지만 이렇게 생각해보면 어떨까요? 실은 구라타 씨는 **어떤 것**을 하고 있었습니다. 하지만 그게 너무나도 **자연스럽게** 보였기 때문에 저희는 그 의미를 알아차리지 못했던 겁니다."

"그, 그게 뭐죠?"

도조 씨는 잠시 뜸을 들였다.

"태어난 아이의 **성별**을 반대로 말하는 겁니다. 즉, 처음에 태어난 건 히메코 씨가 아니라 조주로 씨였건만 구라타 씨는 '딸입니다!' 하고 부르짖고, 이어서 히메코 씨가 태어났을 때 '두 번째는 아들입니다' 한 거죠."

"……"

"소식을 전하는 태도도 조금만 주의하면 이상하다는 걸 알 수 있습니다. 모두가 아들이 태어나기를 바라고 있을 텐데, 어째서 '딸입니다!' 하고 부르짖었을까요? 그러면서 고대하던 아들이 태어났을 때는 전혀 흐트러진 데 없이 차분한 목소리였다고 하고 말이죠. 아무리 봐도 반대 아닙니까?"

"그럼 효도 씨가 웃은 것도……."

"물론 바라던 아들이 태어났기 때문입니다. 아마 후도 옹과 효도 씨 두 사람은 사전에 이 액막이 주술에 관해 들어 알고 있었겠죠. 그 두 사람 외에 후키 씨는 당연하다 치고 가정교사인 미나토리 이쿠코 씨한테 가르쳐주었을 뿐 아무한테도 말하지 않았습니다. 주술의 효력을 유지하기 위해서 그런 거겠죠."

"그럼 효도 씨가 후에코 씨에게서 낳은 자식한테 이치가미 가를 이어받게 한다는 계획은……."

"그런 건 처음부터 없었습니다. 히메코 씨를 고지 씨에게 시집보내겠다고 했다는 것 같으니, 후에코 씨에게서 자식을 낳았다면 고이치 씨였으리라는 걸 알 수 있어요. 하지만 아무리 친아들이라 해도 그렇지, 고이치 씨가 히가미 가의 후계자가 됐을 경우 이치가미 가와 후타가미 가의 관계는 역전되고 맙니다. 게다가 후타가미 가에는 후에코 씨의 남편인 고타쓰 씨가 건재하거든요. 후도 옹에게 아무리 반발해도 그렇지, 효도 씨가 그런 상황을 바랄까요?"

"그, 그렇군요."

"효도 씨는 단순히 대를 이을 아들이 태어난 걸 기뻐한 겁니다."

"그렇지만 어떻게 그런…… 그러니까 두 사람은 태어난 순간부터 성별이 뒤바뀐 채로 자랐다는 건가요? 뭘 꼭 그렇게까지……."

"이렇게 말할 수 있지 않을까요. 그 정도로 아오쿠비 님의 지벌은 절대적이었다고."

"네?"

"아니, 적어도 후도 옹과 효도 씨, 그리고 누구보다도 구라타 가네 씨는 그렇게 봤던 겁니다. 게다가 문제는 아오쿠비 님만이 아니었을지 모릅니다. 과거에 후도 옹에겐 아들이 셋 있었는데, 그중 둘이 어렸을 때 죽었죠."

"히메카미 당에서 열심히 참배를 드렸던 가즈에 부인의 일념 탓이 아닐까 하는 소문이……."

"누나의 그런 심상치 않은 동태를 안 후도 옹은 구라타 씨에게 어떻게 해서든 효도 씨만은 죽는 일이 없게 하라고 엄명을 내렸습니다. 구라타 씨도 목숨을 걸고 도련님을 지키겠다고 맹세했습니다. 두 사람 간에 거의 주술 싸움이 벌어졌다는, 당시를 아는 노인의 이야기가 있었죠?"

"후도 옹은 가네 할멈에게 또다시 같은 걸 요구했다. 게다가 이번엔 갓난아기가 태어나기 전부터……."

"그렇습니다. 그리고 아마도 과거의 체험에서, 어지간한 방책으로는 아오쿠비 님의 지벌과 가즈에 부인의 집념에 대항할 수 없다고 생각했습니다. 그래서 구라타 씨는 아이가 태어난 바로 그 순간에 매우 중대한 액막이 주술을 건 겁니다."

"그럼 히메코 씨가 아들이고, 진짜 이치가미 가의 후계자였다는 뜻이군요."

"네. 처음부터 뒤집었으니, 만약 두 번째도 아들이었을 경우엔 둘 다 딸로 키웠겠죠."

"아뇨, 둘 다 아들이었고 둘 다 딸로서 평등하게 자랐으면 문제가 없었을 거라고 생각합니다. 하지만 이치가미 가의 후계자인 아들한테 히메코라는 이름을 붙인 데다, 가네 할멈은 조주로 씨가 입으리라고 여겨지는 온갖 화가 히메코 씨한테 가도록 했죠. 그럼 기껏 성별을 뒤집는 주술을 건 게 의미가 없어지는지……."

"속일 때는 우선 자기편부터, 독으로 독을 친다, 그런 사고방식이었겠죠. 구라타 씨는 좌우지간 어중간한 방법으로는 맞설 수 없다고 작심한 게 아니었을까요. 게다가 처음에 성별을 역전시키는 액막이 주술만 성공하면 그게 가장 큰 방어가 되리라고 판단했을 게 틀림없습니다."

"히메코 씨가 이치가미 가의 여자치고는 병약했던 건 조주로 씨가 입을 화를 전부 넘겨받았기 때문이 아니라, 히메코 씨 자신이 진짜 대를 이을 아들이었기 때문이군요?"

"조주로 씨가 남자치고 선이 가늘었던 건 이치가미 가의 남자라서 그런 게 아니라 진짜 여자였기 때문인 것과 마찬가지입니다. 조주로 씨가 정말 남자였다면, 아무리 히메코 씨라는 대역이 존재해도 그렇지, 어렸을 때부터 병치레다운 병치레를 해본 적이 거의 없다는 사실이 이치가미 가의 후계자로선 너무 부자연스럽지 않습니까?"

"아닌 게 아니라……."

"이렇게 두 사람을 바꿔치기한 것도 어렸을 때는 그나마 괜찮았습니다. 하지만 성장하면서 여러 모로 뒤틀리기 시작한 겁니다."

"히메코 씨한테 어느새 조야하고 거친 행동거지와 기행이 눈에 띄기 시작한 것 말씀이군요?"

"사춘기에 접어들면서 무리하게 성별을 뒤바꾼 영향이 발생한 거겠죠. 하지만 이치가미 가의 딸 중에 이따금 머리가 돈 여자가 나오곤 한다는 사실이 여기서 뜻하지 않은 위장이 되어주었습니다."

"그야 이상해질 만도 하겠죠."

"그래서 구라타 씨는 십삼야 참배에서 두 **사람의 성별을 원래대로 돌려놓기로** 했습니다. 원래는 이십삼야 참배 때까지 기다리고 싶지 않았을까 싶군요. 하지만 히메코 씨를 보고 무리라고 판단한 겁니다. 게다가 과거의 예로 볼 때 십삼야 참배 전에 죽은 경우가 대부분이고 말이죠."

"그럼 십삼야 참배 날 밤에……."

"처음부터 이야기할까요. 아마 이랬으리라고 생각되는 당일의 상황을."

도조 씨는 싸늘하게 식어버린 차를 마셨습니다.

"요키타카 군을 내쫓은 다음, 제사당 안에서 조주로 씨와 히메코 씨는 원래대로 돌아갑니다. 알기 쉽게 조주로(여)와 히메코(남)이 조주로(남)과 히메코(여)가 됐다고 표현할까요."

"이름과 성별이 드디어 일치한 셈이군요."

"하지만 그때가 처음은 아닙니다. 삼야 참배 때도 구라타 씨는 원래대로 돌려놓았죠. 아오쿠비 님께 참배를 드리는 특별한 날이라는 걸 생각하면 참 대담하지 않습니까? 그 정도로 그녀가 자기 주술의 효력을 자인했던 증거겠죠. 따라서 특별한 날인 삼야 참배에 큰 주술을 걸지 않으면 부자연스러워 보일 거라고 생각해서, 꼭 성별을 뒤바꾸는 척하면서 실은 원래대로 돌려놓았던 겁니다. 여기엔 아오쿠비 님도 완전히…… 아니, 말을 조심하는 게 좋겠군요."

본심인지 아닌지는 모르지만 도조 씨가 조금 겁먹은 표정을 짓기에 저는 힘을 북돋워주듯 힘차게 고개를 끄덕이고 이야기를 진행시켰습니다.

"즉, 십삼야 참배 때 제사당에서 처음 나온 사람은 조주로(남)이었군요."

"요키타카 군이 그랬죠. 계단을 올라갈 때나 참배길을 걸을 때나 평소의 차분한 걸음걸이와는 전혀 다른 게, 평소보다 걸음이 빠르더라고요. 게다가 조주로(남)의 나체를 보고 의외로 다부지게 느껴져서 충격을 받았죠. 또 요키타카 군이 들킬 뻔했을 때 누구냐고 소리치면서 근처까지 찾으러 왔던 조주로(남)에 대해 그 힘찬 목소리도, 발소리도 이미 자기가 잘 아는 조주로 씨의 것 같지 않았다고 했고요."

"그때까지 조주로(여)이다가 갑자기 조주로(남)으로 바뀌었으니 그 차가 나타난 거군요."

"게다가 그날은 달빛이 전혀 없는 캄캄한 밤이었습니다. 초롱을 든 상태에선 하반신만 비춰지니 얼굴은 거의 보이지 않다시피 했죠."

"그럼 조주로(남)이 우물에서 재계를 올리고 있을 때……."

"네. 미리 근처에 숨어 있던 고지 씨가 나타나 조주로(남)의 뒤통수라도 때려 우물에 빠뜨린 겁니다. 물론 옛날에 있었던 사고가 다시 일어난 것처럼 꾸미기 위해서 말입니다."

"그때는 다카야시키가 아직 동쪽 도리이 입구에 도착하기 전이죠."
 "따라서 히메쿠비 산은 밀실 상태가 아니고, 고지 씨한테는 알리바이가 없는 게 됩니다. 다카야시키 순사가 동쪽 도리이 입구에서 만났을 때, 고지 씨는 범행을 마치고 산에서 나온 참이었던 겁니다."
 '남편이 생전에 이 사실을 알았더라면' 하고 생각하니, 진상을 알기 전에 저 세상으로 가서 다행이 아니었나 싶기도 했습니다.
 "고지 씨의 동기는 이치가미 가의 후계자 자리에 형인 고이치 씨를 앉히고 장차 동생으로서 단물을 빨아먹는 것이었겠죠. 스스로 책임도 막중한 일인자의 위치에 설 생각은 없지만, 형 밑에서 이인자 정도로 있으면서 편하게 부와 권력을 손에 넣는다는, 그 사람다운 계획이었던 셈입니다."
 "동기는 이해할 수 있어요. 하지만 범행 당시, 근처에 숨어 있던 요키타카는 조주로(남)이 습격당해 우물에 빠졌는데도 전혀 몰랐나요?"
 "요키타카 군은 조주로(남)의 나체를 본 충격으로 나무 뒤에서 귀를 틀어막고 눈을 감은 채 웅크리고 있었죠. 완전히 보지도 못하고 듣지도 못하는 상태였습니다."
 "앗, 그랬죠."
 "이윽고 침착함을 되찾은 요키타카 군은 경내의 자갈을 밟는 소리를 듣고 재계를 마친 조주로(남)이 히메카미 당으로 간 줄 알았습니다. 하지만 실은 범행 현장에서 달아나는 고지 씨의 발소리였던 겁니다."
 "그 뒤에 온 사람은 누구죠?"
 "물론 히메코(여)입니다. 아니, 그 다음에 온 사람도 역시 히메코

(여)였습니다."

"무, 무슨 말씀이죠?"

"히메코(여)는 조주로(남) 다음으로 히메카미 당을 향해 출발해, 우물에 이르러서는 재계를 올리려고 했습니다. 그러다가 우물에 빠진 오빠를 발견했겠죠. 동시에 누가 숨어서 자기를 엿보고 있다는 것도 눈치 챘습니다."

"요키타카가 소리쳤으니 말이죠. 하, 하지만 그 애가 소리를 지른 건……."

"네, 머리가 없었기 때문입니다만, 그건 아마 검은 두건을 써서 그런 게 아닐까요. 혼사 모임에서 세 처녀가 준비했던 것과 같은 거죠."

"어째서 그런 걸 쓰죠?"

"아마 구라타 씨가 지시했을 테죠. 그렇지 않겠습니까. 그때까지 십삼 년씩이나 히메코(여)는 조주로(여)로서 아오쿠비 님을 속여왔던 겁니다. 그러다 원래대로 돌아가 십삼야 참배에 임하는 거니 의식이 무사히 끝날 때까지, 또는 혼사에 들어갈 때까지 두건을 쓰고 있으라고 구라타 씨가 지시했을 게 틀림없습니다. 얼굴만 보면 조주로 씨니까요."

"검은 두건이 어둠에 묻혀 머리가 없는 것처럼 보였다……."

"그렇습니다. 히메코(여)는 나무 뒤에 숨어 있는 요키타카 군을 발견했습니다. 그 애가 어디까지 목격했는지는 알 수 없지만, 보통 겁을 먹은 게 아니라는 걸 알아차렸죠. 자신의 차림새와 주위 상황을 고려하면, 요키타카 군이 쿠비나시를 봤다고 착각한 게 아닐까 짐작하기는 어렵지 않거든요. 설사 그런 게 아니라도, 여기서 소란을 피왔다간 이치가미 가의 비밀이 폭로될 뿐더러 후계자가 죽었다는 사실이 드러납니다. 오랜 고생이 전부 수포로 돌아가는 셈입니다. 그래서 순간적으로 연극을 하기로 했습니다. 짧은 시간 내에, 그것도 궁지에 몰린 상황에서 삽시간에 계획을 세웠으니 대단하죠."

"참배길을 되돌아가 다시 히메코(여)로 등장했다는 말이군요?"

"네. 이번엔 두건을 벗고, 다만 원래라면 머리가 길어야 하니 짧은 걸 감추기 위해 수건을 머리에 감고 말이죠. 그럼으로써 첫 번째는 자기가 아니라 쿠비나시였다고 요키타카 군에게 믿게 하려고 한 겁니다. 상대는 여섯 살짜리 꼬마니까요."

"그리고 재계를 마친 뒤 히메카미 당으로 갔군요."

"요키타카 군이 들은 자갈 밟는 소리, 그게 두 번째 발소리입니다."

"그때 히메코(여)가 왼손에 늘어뜨리고 있었다는, 머리통 같은 건 뭐였죠?"

"조주로(남)가 우물 옆에 놓았던 초롱입니다."

"아!"

"고지 씨가 습격했을 때 불이 꺼졌겠죠. 그대로 뒀다가 요키타카 군이 보면 이상하게 생각할지 모릅니다. 그렇기 때문에 갖고 갈 수밖에 없었습니다. 아마 조주로(남)이 남긴 옷가지로 초롱을 싸지 않았을까요."

"그럼 히메코(여)는……."

"히메카미 당에 들어가 의례를 거행한 뒤, 소라 탑 꼭대기까지 올라가 초롱불을 끄고 그곳에서 히메코(여)에게 무슨 일이 일어난 것처럼 꾸몄습니다. 그리고 서둘러 외혼사로 간 다음 들고 온 조주로

(남)의 옷을 입고 조주로(여)로 돌아간 겁니다."

"그래서 요키타카에겐 히메코(여)가 흡사 소라 탑 안에서 사라진 것처럼 보였군요."

"물론 조주로(여)한테는 밀실 상태에서 인간이 증발하는 걸 연출할 의도는 전혀 없었습니다. 다만 조주로(여)는 요키타카 군이 안 보는 곳에서 히메코(여)에서 조주로(여)로 바뀔 필요가 있었던 겁니다. 그러려면 히메코(여)로서 히메카미 당에 들어가는 수밖에 없었던 거죠."

"요키타카가 당집을 내내 지켜보고 있었던 탓에 기괴한 증발이 되고 만 셈이네요."

"다만 그때 요키타카 군은 재미있는 걸 봤거든요."

"그게 뭐죠?"

"소라 탑 꼭대기에서 초롱불이 꺼진 뒤 외혼사 바깥방에 불이 들어온 일입니다. 이상하죠. 조주로(남)이 앞서 외혼사에 들어가 있었다면 불은 처음부터 밝혀져 있지 않았을까요?"

"안쪽 방에 있었기 때문에 바깥방 불은 꺼져 있었다고도 볼 수 있겠습니다만…… 안쪽 방 불 쪽은 어땠죠?"

"요키타카 군이 있던 북쪽에선 큰 나무에 가려져 보이지 않습니다. 그렇기 때문에 캄캄해도 요키타카 군은 알 수 없었습니다."

"맞아요, 그랬습니다."

"조주로(여)로 돌아간 그 사람은 히메카미 당에서 나옵니다. 그때 수상한 인물(요키타카 군)을 알아차리고도 누구냐고 묻지 않아요. 이상하죠, 우물에선 했는데."

"다른 사람이었기 때문이군요."

"네. 게다가 요키타카 군의 얼굴을 찬찬히 뜯어보고는, 그 애가 대답하지 못하니까 얼굴이 흐려져서 '괜찮니? 나 누군지 알겠지?'라고 물어요. 자기 연극이 들키지는 않았는지 필사적으로 떠본 셈입니다."

"그렇군요."

"그런데다 요키타카 군이 조주로(남)의 재계에 관해 '역시 그때는 모르셨군요'라고 하는 바람에 상당히 동요했어요. 요키타카 군이 착각해서 알몸은 보지 않았다고 부정하자, '누가 숨어 있을 줄 몰랐기 때문에 놀랐을 뿐'이라고 변명하고요. 기이한 일이죠. '누구냐' 하고 찾지 않았던가요?"

"그것도 다른 사람이었기 때문이군요."

"조주로(여)는 아마 당황했을 겁니다. 조주로(남)이 우물에 빠질 때까지 뭘 했고, 요키타카 군이 어디까지 목격했는지 모르니까요. 그래서 제사당에서 나와 지금까지 있었던 일을 전부 이야기하라고 한 겁니다."

"요키타카의 체험담을 듣고 괜찮겠다는 판단을 한 거군요. 하지만 요키타카가 조주로(여)를 따랐던 걸 생각하면, 진상을 털어놓고 협조해달라고 하는 편이 더 간단하지 않았을까요?"

"하지만 상대는 여섯 살 먹은 어린애니까요. 독단으로 이치가미 가의 장래를 맡길 수는 없는 노릇이었겠죠. 그 증거로 조주로(여)는 기묘한 전갈을 요키타카 편에 보냈습니다."

"네? 히메코가 우물에 빠졌다는 걸 알리는 그 메모 말씀입니까?"

"네. '히메코가 우물에 빠졌음. 요키둥이를 보냄. 거짓말도 농담도 아님. 조주로'라고 쓰여 있었죠."

"어디가 기묘한 거죠?"

"구태여 '요키둥이를 보냄'이라고 쓸 필요가 어디 있죠? 전갈을 맡긴 사람은 틀림없이 본인인데."

"이유가 뭡니까?"

"요키둥이라는 이름은 조주로(여)만 썼기 때문입니다. 이 호칭이 들어감으로써 메모에 서명된 '조주로'는 뒤바뀐 조주로(남)이 아니라 지금까지의 조주로(여)다, 즉 우물에 빠진 건 조주로(남) 쪽이라는 걸 효도 씨에게 알린 겁니다."

"그래서 효도 씨와 가네 할멈의 반응이 이상했던 거로군요."

"충격에 휩싸인 두 사람에게 미나토리 이쿠코 씨가 경내에 있는 조주로 씨(물론 조주로(여)입니다)의 존재를 일깨웠을 때, 구라타 씨는 '나리, 아직 조주로 님이 계십니다'라고 입을 잘못 놀리고 말았습니다. 중요한 건 조주로일 텐데 '아직'이라는 표현을 쓰고 만 겁니다. 그렇게 말하려면 '아직 히메코 님이 계십니다'여야 하죠."

"우물에서 시신을 끌어올릴 때 하인들에게 보여주지 못할 만도 하군요."

"그전에 구라타 씨가 준비해온 향과 초로 간단히 명복을 빌었습니다. 하지만 염주를 갖고 있었던 건 지극히 자연스러운 일입니다만, 어째서 불자 같은 것까지 필요했을까요."

"그러고 보니……."

"그건 불자가 아니었습니다. 히메코(남)을 조주로(남)으로 돌려놓기 위해 제사당에서 구라타 씨가 자른 긴 머리채였던 겁니다."

"그렇군요. 요키타카가 조주로(남)을 조주로(남)으로 본 건 조주로(여)와 똑같이 머리가 짧았기 때문이군요."

"네. 얼굴은 어두워서 안 보여도 긴 머리채는 알아볼 수 있을 테니까요."

"가네 할멈은 자른 머리채를 시신이 끌어올려지기 전에 우물에 뿌린 건가요?"

"죽은 사람이 어디까지나 히메코 씨라고 강조하기 위해서죠."

"히메코(남)의 장례를 재빨리 치른 것도, 시신을 화장한 것도, 만의 하나라도 신원을 들키는 일이 없도록 하기 위해서 그랬던 것이었군요?"

"네. 조주로(여)가 원래대로 행동하고 있으니 그렇게까지 걱정할 필요는 없었을 테지만, 당사자로선 역시 만전을 기하고 싶었겠죠."

"그럼 시신의 머리가 없었다는 소문은요?"

"시신을 우물에서 끌어올린 다메키치 씨와 다쿠조 씨는 다카야시키 순사에게 아무 말도 하지 않았습니다. 머리털에 관한 이야기도 순사는 요키타카 군을 통해 들었죠. 즉, 하인인 두 사람은 효도 씨의 지시대로 작업 중엔 눈을 감고 있었고, 그 뒤로도 쓸데없는 말은 한마디도 하지 않았다는 걸 알 수 있는 거죠."

"그렇네요."

"한편 시신 확인을 완강하게 거부했던 후도 옹은 장례가 끝나자마자 다카야시키 순사의 수사를 허용했을 뿐 아니라 협조적인 태도까지 보였습니다. 그런 때 실은 시체에 머리가 없었다는 소문이 돌았습니다. 게다가 출처가 이치가미 가인 듯하다는 소문까지 있었죠."

"아, 설마 후도 옹이……."

"실제로 퍼뜨린 사람은 구라타 씨였겠지만, 물론 후도 옹이 지시한 일입니다. 마을 사람들에 대한 은폐 공작으로서. 정말로 아오쿠비 님의 지벌이라고 믿게 할 필요는 없습니다. 어디까지나 소문으로 유포함으로써, 십삼야 참배 날 밤에 변사가 일어나고 **히메코 씨가 죽었다고** 생각하게 하는 게 목적이었습니다."

"그런데 그 소문 탓에 정말 히메코가 피해자인가 하는 의심을 저와 남편은 품고 말았죠."

"얄궂게도 그렇습니다. 하지만 후도 옹과 구라타 씨는 애초부터 머리 없는 시체의 바꿔치기 트릭 같은 건 염두에 없었거든요."

"그건 그렇겠네요. 저런, 그럼 열면 안 되는 곳간에 가네 할멈이 날랐던 상은 뭐죠?"

"아마 스즈에 씨 것이 아닐까요."

"스, 스즈에! 하지만 어째서……."

"스즈에 씨는 이치가미 가를 떠나는 날, 요키타카 군에게 여러 가지 이야기를 털어놨습니다. 구라타 씨가 그걸 들었겠죠."

"그러고 보니 요키타카가 누군가를 봤다고 했죠."

"본인은 알아차리지 못한 모양이지만, 스즈에 씨의 이야기엔 쌍둥이의 비밀에 관한 대단히 중대한 정보가 들어 있었습니다. 스즈에 씨가 이대로 마을 밖에 나가 하치오지로 돌아가게 놔뒀다가 거기서 스즈에 씨가 입을 나불거리기라도 했다가는 곤란하다고 생각했을 테죠."

"그래서 감금한 건가요?"

"네. 다만 그렇게 오랫동안은 아니었을 겁니다. 스즈에 씨가 본가로 돌아가는 게 아니라는 걸 알고, 또 충분히 위협했다고 판단한 시점에서 몰래 마을 밖으로 내보내지 않았을까요."

"전 또 스즈에 씨가 그대로 계속······."

"네, 그럴 가능성도 전적으로 부정할 수는 없습니다만, 감금하는 기간이 길어지면 아무래도 하인들이 눈치 챌지 모르니까요. 그렇다면 차라리 처리하는 편이······."

"서, 설마!"

"실제로 어떻게 됐는지는 저도 모릅니다. 그렇게까지 절박한 상황은 아니었으니, 아마 입막음을 하고 두 번 다시 마을로 돌아오지 말라고 위협한 다음 풀어주지 않았을까요."

"그, 그렇다고 해두죠."

"십삼야 참배 뒤에 히메코 씨가 우물에 빠져 죽었다는 말을 듣고 조주로(여)를 본 고지 씨는 기절초풍했을 겁니다."

"그야 그렇겠죠. 어두워서 얼굴은 보이지 않았다 해도 남자의 나체를 똑똑히 보고 죽였건만, 자기가 죽인 게 히메코 씨가 되어 있으니 말입니다."

"곧바로 깨달았는지 아닌지는 몰라도, 이윽고 고지 씨는 이치가미 가 쌍둥이의 비밀을 알아차렸습니다."

"알아차린 건 전후(戰後)였을까요? 그래서 고지는 조주로(여)와 접촉하기······."

"아뇨. 전후의 접촉은 고이치 씨가 전사했기 때문입니다."

"무슨 뜻입니까?"

"고지 씨는 형이 제대하고 자리를 잡으면, 적당한 기회를 봐서 쌍둥이의 비밀을 폭로하고 당초 계획을 실행할 생각이었겠죠. 그러나 그 형이 전사하고 말았습니다."

"그렇군요. 어디까지나 자기는 이인자에 머물면서 단물만을 빨아

먹으려던 계획이 틀어졌기 때문에 조주로(여)를 공갈하려고 한 거군요."

"그런데 노골적으로 하면 자신의 살인을 시인하는 결과가 될 수도 있거든요. 조주로(여)를 교묘하게 이용해서 편안히 잘 먹고 잘 살려고 한 결과가 이치가미 가 후계자의 꽁무니를 졸졸 쫓아다니는 기묘한 행동으로 나타난 셈이죠."

"이치가미 가에선 어째서 바로 요키타카의 정체를 밝히지 않았을까요?"

"물론 아오쿠비 님의 지벌을 두려워했기 때문입니다."

"무슨 그런……."

"분명히 요키타카 군이 이십삼야 참배를 할 나이에 도달할 때까지 숨길 작정이었겠죠. 그렇기 때문에 일부러 십삼야 참배도 하지 않았습니다. 여기서 실패하면 끝장이니 후도 옹이나 구라타 씨나 필사적이었을 겁니다. 히메코(남)의 사후에 요키타카 군이 조주로(여)의 전속처럼 되어 일이 많이 편해진 데는 그런 배경이 있었습니다."

"그 욕탕에 나타난 쿠비나시도……."

"조주로(여)입니다. 열 살 정도까지는 하반신만 가리면 얼버무릴 수 있었지만, 점점 가슴이 부풀어 감추기가 쉽지 않아졌겠죠. 일상생활 중에 가장 조심할 필요가 있는 부분이 욕탕입니다. 분명히 느긋하게 욕탕에 몸을 담그고 있을 수 없게 됐을 겁니다."

"그래서 모두들 잠든 밤중에……."

"다만 만일을 위해 검은 두건만은 갖고 들어갔습니다. 그런데 뒷마당 쪽에서 소리가 들렸습니다. 요키타카 군이 마른 나뭇가지를 밟았기 때문입니다. 순간적으로 두건을 쓴 조주로(여)는 황급히 욕탕에서 나오려고 했습니다. 요키타카 군은 그 장면을 보고 만 겁니다."

"그 뒤에 요키타카를 덮친 괴이한 일들은요?"

"그건 어떻게 봐도 요키타카 군의 망상이고 악몽이 아닐까요. 조주로(여)가 앞으로의 일을 생각해, 마침 좋은 기회라 여기고 그 애를 위협했다는 해석도 성립되긴 합니다만, 조주로(여)가 요키타카 군을 귀여워했던 건 사실이니 아무리 그래도 그런 심한 짓은 안 했겠죠. 그보다 여섯 살 먹은 어린애가 맛봤을 공포를 생각하면, 그 뒤로 그 애가 악몽을 꾸었다고 해석하는 편이 훨씬 자연스럽습니다."

"그나저나 용케 요키타카에게 들키지 않았군요. 히메코(남)이 죽은 뒤로 그 애는 조주로(여)의 전속이 되지 않았던가요?"

"하지만 몸시중은 여전히 구라타 가네 씨가 맡았으니까요. 즉, 여자라는 게 들통 날 장면에는 요키타카 군이 가까이 못 가게 한 겁니다."

"그렇군요. 후우……."

저는 크게 한숨을 내쉬었습니다.

"결국은 요키타카에게 그…… 특수한 성적 취향이 있었던 게 아닌가요?"

"실제로 어땠는지는 모르죠. 다만 에가와 란코 씨한테 이끌린 걸 생각하면, 동성애자는 아니었다고도 볼 수 있어요. 성장한 조주로 씨를 중성적인 매력을 지닌 미청년이라는 식으로 봤으니, 남장미인인 란코 씨한테 매료된 것도 이해할 수 있습니다. 하지만 란코 씨가 여성이라는 건 알고 있었죠. 그러고도 매료됐으니 동성애와는 조금 다르지 않았을까요?"

그러더니 도조 씨는 별안간 의미심장한 표정을 띠었습니다.

"그건 그렇고······."

"네?"

"요키타카 군이 히메카미 촌의 이치가미 가에 온 뒤 일 년 남짓 동안의 기억은 불분명하건만 십삼야 참배에서 있었던 일만은 선명한 영상으로 뇌리에 새겨진 건, 바로 그날 밤 요키타카 군이 이치가미 가의 후계자가 됐기 때문이 아닐까······ 하고 해석하는 건 너무 이상한 생각일까요?"

"하, 하지만 그 애가 알 리······."

"당연히 없죠. 그렇기 때문에 전 거기서 대단히 섬뜩한 뭔가를 느끼는 겁니다."

저희는 말없이 얼마 동안 서로를 응시했습니다.

"아, 차를 새로······."

"아뇨, 됐습니다. 제가 하죠."

일어선 저를 한 손으로 제지하며 도조 씨는 자신의 뒤에 있는 가스레인지를 켰습니다. 그리고 물이 끓자, 또다시 저를 만류하고 재빨리 차 2인분을 끓여 내주었습니다. 제가 굼뜬 탓에······.

"죄송합니다. 잘 마시겠습니다."

"그렇게 쩔쩔매지 않으셔도 됩니다. 혼자 여행을 하다 보니 뭐든 자기가 직접 하는 버릇이 붙어서 말이죠."

"아뇨, 그래도 손님이신데······ 싶어서요."

"아, 그런 말 자주 듣습니다. 손님이라고 생각하고 대했는데, 어느새 한 식구처럼 되어 있다고 말이죠."

도조 씨는 붙임성 있는 웃음을 띠고 농담처럼 그렇게 말했지만, 분명 그것이 초면인 사람에게서도 괴이담을 끌어낼 수 있는 비결이

요, 또 도조 씨가 사건과 맞닥뜨렸을 때 탐정으로서의 재능을 발휘할 수 있는 밑거름이기도 할 테지요.

"자, 여기까지가 십삼야 참배 사건에 관한 해석입니다."

"도조 씨, 피곤하지는 않으신지요?"

도조 씨가 이어서 히메쿠비 산 연쇄 살인사건을 이야기하려는 것을 알고, 저도 모르게 그렇게 마음을 쓰고 말았습니다. 아니, 솔직히 말씀드리지요. 여기까지 이야기를 들은 것만으로도, 이제부터 도조 씨가 어떤 진실을 고할지 생각만 해도 무서웠습니다.

"게다가 지난번처럼 여기서 일단 끊고 히메쿠비 산 사건은 다음 회로 넘기는 편이 연재 효과도 더 있지 않을까요?"

"하하하, 이거 한 방 먹었군요. 다만 제멋대로라 죄송합니다만, 이렇게 사건의 해석에 착수한 이상 마지막까지 가지 않으면 직성이 안 풀리는 성격이라 말이죠. 혹시 원고가 너무 길어질 듯하면 이 언저리에서 장을 바꾸셔도……."

"아뇨, 괜찮습니다. 역시 해결 부분은 독자 분들도 단숨에 읽으시는 편이…… 좋겠지요."

저는 각오를 굳혔습니다. 이렇게 되면 마지막까지 함께할 수밖에 없습니다.

"그럼 히메쿠비 산 사건에 착수하겠습니다."

"네, 부탁드립니다."

"애초에 이치가미 가 후계자의 신부는 후타가미 가와 미카미 가, 그리고 히가미 가의 먼 친척뻘인 집안들을 하나로 묶어 이 세 집안에서 후보를 선택하는 관습이 있었습니다. 경우에 따라선 이치가미 가에서 후보를 내세우기도 했다고 합니다만, 그건 히가미 일족 내에 불만을 일으킬 수 있는 위험한 행위이기 때문에 어지간한 경우가 아니면 그런 일은 없었습니다."

"그렇습니다."

"그런데 조주로 씨의 신부에 관해선 일찍부터 이치가미 가에서도 움직였다고 했죠. 아, 여기서부터는 히메코(남)도 히메코(여)도 별로 등장하지 않으니, 지금까지 한 대로 그냥 조주로 씨라고 부르죠. 물론 조주로(여)입니다만."

"네, 그편이 저도 이야기하기 편하겠군요. 그래서 조주로 씨의 신부 문제는, 그 사람이 여자라는 걸 알면서 위장 결혼을 해줄 인물을 이치가미 가 쪽에서 준비하려 한 건가요?"

"틀림없겠죠. 하지만 가즈에 부인의 맹렬한 반대에 부딪치고 말았습니다. 그때 조주로 씨가 고리 마리코 씨의 참가를 허가해달라고 후도 옹과 효도 씨를 설득했습니다."

"즉, 조주로 씨는 자신의 비밀을 마리코 씨에게 털어놓았다는 말씀인가요?"

"그건 아니겠죠. 편지를 자주 주고받았을지는 몰라도 그런 이야기를 편지로 하지는 못했을 테니까요."

"그럼 즉석에서 바로 마리코 씨를 설득하려 했다고요? 하지만 그편이……"

"아닌 게 아니라 조주로 씨는 두 사람이 처음 대면하는 혼사 모임에서 시도할 계획이었습니다. 하지만 그건 그 나름대로 승산이 있었기 때문입니다."

"네? 뭐죠, 그게?"

"상대인 고리 마리코 씨가 **자기와 같은 동성애자라는** 승산입니다."

"……."

"그렇기 때문에 위장 결혼에 관해서도 사정을 이야기하면 납득해 주리라고 생각했습니다. 물론 작가 활동을 지원하겠다는 거래 조건도 제시할 생각이었겠죠."

"잠깐만요. 마리코 씨와 란코 씨가 그런 사이인 듯하다는 소문은 뭐, 어디까지나 소문이기는 합니다만, 당시 문단에도 돌았습니다. 하지만 조주로 씨가 그렇다는 건……."

"그렇게 만든 사람은 미나토리 이쿠코 씨입니다."

"뭐라고요?"

"그 길로 인도했다고 해야 할까요. 미나토리 씨가 근무했던 여학교에서 일어난 불상사란 십중팔구 학생과의 용서받을 수 없는 관계였던 게 분명합니다. 그렇기 때문에 미나토리 씨는 두 번 다시 교사로서 교단에 설 수 없었던 겁니다."

"후도 옹은 그걸 알고……."

"오히려 미나토리 씨의 약점을 이용했습니다. 설마 조주로 씨를 유혹하리라고는 생각도 못했겠지만 말이죠. 다만 이치가미 가에게 필요한 건 히메코(남) 쪽이었으니, 두 사람의 관계가 발각돼도 신경 쓰지 않았을지도 모릅니다."

"하지만 정말 이쿠코 씨가……."

"혼사 모임 당일에 미나토리 씨는 세 신부 후보를 노골적으로 질투하지 않았던가요?"

"하지만 그 한편으로 조주로 씨의 죽음을 아오쿠비 님께 빌었지 않았습니까."

"그야말로 사랑 반, 미움 반인 상태가 아니었을까요. 왜냐하면 혼사 모임이 있기 일 년쯤 전부터 조주로 씨와 미나토리 씨의 관계가 틀어지기 시작했기 때문입니다. 바로 그 무렵이었죠, 이토나미 고리쿠라는 작가가 《그로테스크》 동인에 참가해 여학교 교사와 학생, 피서지에서 여름을 보내는 규수집 딸과 가정교사, 피아노나 바이올린 교사와 제자 등 여성 사제지간의 관계를 적나라하게 그린 동성애 소설을 발표하기 시작한 건."

"네? 그럼 그 이토나미 고리쿠가?"

"미나토리 이쿠코 씨였던 겁니다. 미나토리 씨는 과거 근무처에서의 체험을 비롯해 아마 조주로 씨와의 관계까지 소설로 썼으리라 보입니다. 물론 제자에게 읽히기 위해서죠. 그 사람 나름의 애정 표현이었을지도 모르지만, 조주로 씨는 화를 냈습니다."

"완전히 이해 못할 일은 아니지만, 상당히 비뚤어진 애정 표현이네요. 하지만 그런 일치만으로 그 작가를 이쿠코 씨라고 보는 건……."

"'ITONAMI KORIKU'는 'MINATORI IKUKO'의 철자 순서를 바꾼 이름입니다."

"……주의가 모자랐군요."

"아뇨. 다만 조주로 씨에 대한 미나토리 씨의 감정 변화에 어쩌면 요키타카 군의 존재가 영향을 미쳤을지도 모릅니다.

"친아들이라서 그런 겁니까?"

"솔직히 그 부분의 심리는 잘 모르겠습니다. 하지만 조주로 씨의 죽음을 빈 건 단순히 두 사람의 애정 문제 때문만은 아니라는 생각도 든단 말이죠. 무엇보다도 그 사실을 요키타카 군에게 가르쳐주었으니까요."

"이쿠코 씨가 동성애자였다면, 효도 씨와의 관계는……."

"고통이었겠죠. 일방적인 것이었을 테니까요."

"설마 그에 대한 복수로 조주로 씨를……."

"거기까지는 저도 알 수 없죠. 하지만 미나토리 씨에게 그런 성적 취향이 있었던 건 틀림없을 테니, 효도 씨와의 일이 없었어도 언젠가는…… 싶군요."

"혼사 모임에서 무슨 일이 있었던 거죠?"

저는 다시금 각오를 굳히고 도조 씨에게 중요한 이야기를 부탁드렸습니다.

"조주로 씨는 에가와 란코 씨와 고리 마리코 씨가 자기들과 같은 관계라고 착각했습니다. 편지를 주고받는 사이에 마리코 씨의 사람 됨도 알게 됐고요. 그러던 차에, 마리코 씨가 란코 씨로부터 독립하고 싶어 한다는 걸 알게 됐습니다. 그래서 마리코 씨를 혼사 모임에 불러 위장 결혼을 제안할 생각을 했습니다. 조주로 씨로선 설마 그녀가 격렬하게 거부할 줄은 생각지도 못했겠죠."

"그런데 엄청난 일이 벌어졌다?"

"네. 실제로 무슨 일이 있었는지는 수수께끼입니다만, 아마 조주로 씨가 접근했을 때 마리코 씨가 거센 거부반응을 보였겠죠. 그 결과 몸싸움이 벌어지고, 조주로 씨는 마리코 씨한테 밀쳐져 안쪽 방 기둥에 뒤통수를 강타당해 불행히도 죽고 말았습니다."

"그럼……."

"그렇습니다. 외혼사에서 발견된 여성의 머리 없는 알몸 시체는 조주로 씨고, 범인은 고리 마리코 씨였습니다. 즉, 머리 없는 시체 트릭 중 가장 기본적인 가해자와 피해자의 바꿔치기가 그곳에서 벌어졌던 겁니다."

"마리코 씨는 어째서……."

"다른 방법이 없었겠죠. 사고라고는 해도 조주로 씨를 죽이고 만 겁니다. 도망치려도 북쪽 도리이 입구에 다카야시키 순사가 있었고 (다케코 씨가 알아차렸으니 마리코 씨도 알고 있었겠죠), 동쪽과 남쪽에도 지키는 사람이 있을 가능성이 있죠. 게다가 도망쳐봤자 자기가 범인이라는 건 일목요연하거든요. 그때 분명히 마리코 씨의 뇌리에 두 가지 생각이 번득 떠올랐을 겁니다."

"그게 뭐죠?"

"하나는 조주로 씨가 여성이라는 걸 아는 사람은 아마도 이치가미 가 사람들 중 극히 일부뿐이고, 이치가미 가에선 절대 그 사실을 외부에 알리고 싶어 하지 않으리라는 것. 또 하나는 에가와 란코 씨가 히메카미 당으로 오고 있다는 겁니다."

"그래서 마리코 씨는 조주로 씨의 시신을 자기로 오인하게 하기 위해 목을 베고 옷을 벗겼군요?"

"네. 다만 그러고 나니 같은 여자로서 견딜 수 없어졌습니다. 그게 시신의 하반신을 보자기로 가려준, 목 절단이라는 잔학한 행위와 어울리지 않는 행동으로 나타난 겁니다."

"거기까지는 이해하겠습니다. 하지만 거기에 란코 씨가 어떻게 엮이는지……."

"물론 마두관음 사당에서 발견된 남성의 머리 없는 알몸 시체로서."

"……."

"조주로 씨가 여성이었던 것처럼, 에가와 란코 씨는 남성이었습니다. 그렇기 때문에 마리코 씨와 동성애 관계에 빠질 리가 없었죠. 즉, 남장미인이 아니라 여성의 필명을 쓰는 남성 작가라는 사실이, 마리코 씨가 편지로 놀랄 거라고 알린 진의였던 겁니다. 그 사건에서 없어진 건 마리코 씨가 아니라 진짜 란코 씨의 머리였습니다."

"그럼 히메카미 당에 나타난 란코 씨는……."

"고리 마리코 씨입니다."

"……."

"정리해볼까요. 조주로 씨의 시신을 자기인 척 꾸미는 것만으로는 근본적인 해결이 못 됩니다. 마리코 씨가 이곳 지리를 잘 알면 조주로 씨가 범인인 것처럼 보이게 해놓고 바로 도망쳤겠지만, 그건 무리이거든요. 그래서 마리코 씨는 일단 조주로 씨와 자신을 바꿔치기한 다음, 이어서 란코 씨와 또다시 바꿔치기한다는 수단을 생각해냈습니다. 그러면 조주로 씨는 고리 마리코 씨로, 에가와 란코 씨는 조주로 씨로 오인되고, 자기는 에가와 란코 씨를 대신할 수 있어요. 이 이중 바꿔치기 트릭은 위기를 넘기는 수단일 뿐 아니라, 작가가 되고 싶었던 마리코 씨에게는 그야말로 일석이조의 방법이었던 셈입니다."

"거기까지 생각해서……."

"순간적으로 이런 계획을 세운 사람이니, 장래의 일까지 내다봤을걸요."

"하지만 란코 씨가 남성이었다는 건 증거가 있습니까? 아닌 게 아니라 사람을 싫어하는 분이셨으니 성별을 감추는 것쯤은 간단했을지도 모르지만……."

"조주로 씨가 에가와 란코 씨에 관해 '옛날 같으면 후작님'이라고 설명했죠. 분명히 마리코 씨의 편지로 알았겠지만, 마침 좋은 참고 사례가 이 글의 '막간3'에 있습니다. 도조 가조를 묘사하면서 '장남인 자신이 호주가 되고 공작의 지위를 물려받아야 한다는 현실에 반발해'라고 하는 부분입니다. 즉, 작위는 그 가계의 적자가 아니면 물려받을 수 없습니다. 조주로 씨는 이런 화족 제도를 몰랐습니다."

"그럼 란코 씨란 분은……."

"죽었다고 되어 있는 오빠 란도 씨겠죠. 다만 오빠가 누이동생을 대단히 예뻐했다는 이야기는 아마 사실일 겁니다. 그렇기 때문에 자신의 필명으로 죽은 동생의 이름을 쓴 겁니다. 그 '에가와 란코'라는 이름도 조금만 생각하면 묘하다는 걸 알 수 있습니다."

"어디가 말이죠?"

"란코 씨가…… 아, 앞으론 남성인 진짜 에가와 란코 씨는 에가와 씨라고 부르고 고리 마리코 씨가 변장한 가짜는 란코 씨라고 부르죠. 그 에가와 씨가 오빠가 아니라 동생 쪽이었다면, 두 사람에게 공통되는 '란'자를 남기기 위해 이름만은 본명을 그대로 사용했다는 수필의 이야기는 수긍이 갑니다. 하지만 그렇다면 어째서 성을 '에가와'로 지었을까요?

"예? 하지만 그건 란포 선생의 연작에서……."

"그 란포 작품의 〈공포왕〉과 연작 〈악령 이야기〉엔 조주로 씨도 지적했듯이 그 이름도 '오에 란도'라는 탐정 작가가 등장합니다. 동생이 오빠를 애도하는 거라면 '오에 란코'라고 짓지 않았을까요? 아니면 남성의 이름인 '오에 란도' 그 자체를 쓰든지."

"그걸 '에가와 란코'라고 한 건 죽은 사람이 오빠가 아니라 동생이었기 때문에……."

"네. 그렇게 생각하면 필명도 납득이 됩니다."

"하지만 경찰에서 신원을 조사했을 텐데요."

"어디까지나 대대로 일해온 고문 변호사를 통한, 대단히 신중한 조사였다고 이 글에 쓰여 있던데요. 그럼 아무리 상대가 경찰이라도 작가 '에가와 란코'의 비밀을 밝혔을 것 같지는 않죠."

"변호사와의 연락도 물론 비서인 마리코 씨를 통해 했었을 테니 아무 문제도 없었다?"

"아마도……."

"그런데 목을 벤 동기는 알았습니다만, 어째서 옷을 벗길 필요가…… 아, 그렇군요. 시신이 조주로 씨의 옷을 입고 있으면 불리하니까."

"그게 가장 큰 이유입니다만, 또 한 가지 매우 중대한 동기가 있습니다."

"그밖에 더 있다는 말씀인가요?"

"조주로 씨의 신체적 특징을 외워 놓았다가 그걸 마리코 씨의 특징으로 증언하기 위해서예요."

"……."

"란코 씨가 다카야시키 순사에게 마리코 씨의 신체적 특징을 상세히 이야기하기 시작했을 때, 구라타 씨는 '숨을 훅 들이마신 듯했다'고 했죠. 왜냐하면 그 특징이 **조주로 씨 것이었기 때문입니다**. 말하자면 란코 씨와 이치가미 가의 후도 옹을 비롯한 세 사람 사이에는 순식간에 암묵의 양해가 이루어져 공범 관계가 성립된 겁니다. **범인과 피해자의 가족이 뒤에서 손을 잡은 셈이죠**. 말 한 마디 오가지 않은 채로."

"옷을 벗긴 데 그런 이중의 의미가 있었던 건가요. 하지만 그럼 옷을 갈아입은 뒤 속곳 등은 현장에 남겨놔도 별……."

"상관없었습니다만, 어떤 기이한 행위를 감추기 위해 필요했습니다."

"기이한 행동이라니요?"

"탐정소설을 숲에 흩어놓는 것이죠. 그것만 있으면 눈에 띄니 같이 버릴 뭔가가 필요했습니다."

"아뇨, 애초에 어째서 조주로 씨의 탐정소설을 숲에……."

"대부분이 조주로 씨의 장서가 아닙니다. 조주로 씨 책은 그중 세 권뿐이었을 텐데요."

"네? 그럼 나머지 책은 누구 것이죠?"

"에가와 씨 것입니다. 정확히 말하면 그날, 에가와 씨가 조주로 씨에게 줄 선물로 갖고 온 책이죠."

"사전에 보낸 책이 아니었다고요? 하지만 왜 숲에 흩어놓을 필요가 있었나요?"

"보스턴백 안에 머리 둘을 넣을 공간을 마련하기 위해."

"……."

"요키타카 군은 아무것도 모르고 조주로 씨와 에가와 씨의 머리가 든 가방을 히메카미 당에서 이치가미 가까지 나른 거죠."

"세상에……."

"조주로 씨가 읽던 책으로 다카야시키 순사가 받은 '수탉사 추리총서'의 《오구리 무시타로》와 신주샤에서 나온 밴 다인의 《주교 살인사건》 두 권은 숲에 버려지지 않았습니다. 왜냐하면 에가와 씨의 지문을 조주로 씨의 지문으로 오인시킬 도구로서 꼭 필요했기 때문입니다. 만년필도 그렇고요. 그건 처음부터 에가와 씨의 애용품(양복 주머니에라도 들어 있었겠죠)이었던 걸 꼭 조주로 씨에게 선물한 물품처럼 연출한 겁니다. 이상하지 않습니까? 조주로 씨가 처음 에가와 란코 씨한테 편지를 썼을 때, 그 답장은 고리 마리코 씨가 보냈을 텐데요. 그 뒤로도 두 사람 사이에 편지가 오갔습니다. 그런데도 란코 씨는 꼭 자기가 조주로 씨와 빈번히 편지를 주고받은 것처럼 말한단 말이죠."

"그랬군요."

"란코 씨와 이치가미 가 세 사람은 공범 관계였다고 했지만, 의논을 할 수는 없는 노릇이죠. 그렇기 때문에 란코 씨가 조주로 씨의 책과 만년필을 다카야시키 순사에게 건넸다는 말을 들은 순간, 이치가미 가 세 사람의 표정이 흐려지고 공연한 짓을 했다는 비난 어린 눈초리로 바뀌어 란코 씨를 보는 눈이 달라지고 만 겁니다. 따라서 지문 감정이 끝나고 시신이 조주로 씨라는 게 인정됐을 때, 세 사람은 지금까지 져온 무거운 짐을 간신히 내려놓은 듯한 반응을 보인 거고요."

"그 두 장면을 상상만 해도 숨이 막힐 것 같군요."

"실은 '수탉사 추리 총서'에도 단서가 있었습니다. 일본인은 한 작가에 한 권씩, 여덟 권이 간행됐지만, 그 뒤 외국 작가 일곱 명은 책이 나오지 못하게 됐습니다. 그러다가 나중에 '수탉 미스터리'로서 벤틀리의 《트렌트 마지막 사건》, 필포츠의 《빨강머리 레드메인즈》, 크로프츠의 《통》, 이 세 작품만이 간행됐습니다. 실은 일곱 권 중에 밴 다인의 《주교 살인사건》도 들어 있었거든요. 즉, 정말 에가와 씨가 일본인 작가의 여덟 권을 조주로 씨한테 보냈고, 그래서 조주로 씨가 간행되지 않은 외국 작가의 작품을 마리코 씨에게 보여주려고 했다면 당연히 《주교 살인사건》도 갖고 갔을 겁니다."

"실제로는 어떻게 된 일이었을까요?"

"에가와 씨의 보스턴백에는 일본인 작가의 책 여덟 권과《주교 살인사건》이 들어 있었고, 조주로 씨는 《트렌트 마지막 사건》《빨강머리 레드메이즈》《통》, 이 세 권을 보자기에 싸서 갖고 있었겠죠. 요키타카 군은 제사당을 나서기 전에 조주로 씨가 연보라색 보퉁이를 안은 모습을 봤습니다. 숲에 흩어져 있던 탐정소설은 다 합해서 열 권이었거든요. 그걸 조주로 씨가 정말 보자기에 싸 들고 있었다면 도저히 안지 못해요."

"란코 씨가 도쿄로 돌아간 뒤에 마리코 씨 것으로 제출한 물품은요?"

"조주로 씨의 서재에서 몰래 갖고 돌아간, 조주로 씨의 지문이 묻어 있을 법한 물건들이겠죠. 그렇기 때문에 란코 씨는 사건 다음 날 아침부터 서재에 틀어박힐 필요가 있었습니다."

"하지만 용케 들키지 않았군요. 적어도 다케코 씨, 하나코 씨, 가네 할멈, 그리고 요키타카는 고리 마리코의 얼굴을 보지 않았던가요?"

"짙은 화장을 한 게 행운이었습니다. 동쪽 손 씻는 곳에 마리코 씨의 머리를 씻은 흔적이 있었던 건 실제로 세수를 했기 때문입니다. 다만 달랐던 건 세수를 한 사람이 살아 있는 본인이었다는 점이죠."

"화장을 지우고 남장을 하면 아닌 게 아니라 인상은 상당히 달라지겠지만요."

"그 화장에도 단서가 있었습니다. 에가와 씨를 본 역무원은 남자인 주제에 옅게 화장을 했다고 증언했어요. 그런 의미에선 에가와 씨는 남장미인인 척하고 있었을지 모릅니다. 그런데 다카야시키 순사가 히메카미 당 앞에서 란코 씨를 만났을 때, 란코 씨는 화장기 없는 맨얼굴이었거든요."

"다른 사람이라 그랬던 건가요."

"또 마리코 씨는 '여자치고는 짧은 머리'였고, 에가와 씨는 '남자치고는 머리가 좀 긴' 상태였습니다. 즉, 마리코 씨가 에가와 씨가 되어도 전혀 이상하지 않았던 겁니다."

"짙은 화장을 지우고, 큼직한 귀걸이를 빼고, 그리고 중절모를 쓰면, 마리코 씨의 모습은 남아 있지 않았을 테죠."

"그렇습니다. 게다가 다케코 씨와 하나코 씨는 처음부터 고리가의 딸 따위는 안중에 없었고, 구라타 씨도 정식으로 조주로 씨의 신부로 결정될 때까지는 세 사람 모두 같은 취급을 했을 테니, 만약 란코 씨가 주의할 필요가 있는 사람이 있다면 그건 요키타카 군뿐이었습니다."

"그런 그 애도 마리코 씨와는 말을 전혀 주고받지 않았다……."

"다만 란코 씨도 불안하긴 했겠죠. 요키타카 군이 다카야시키 순사와 함께 히메카미 당에 나타났을 때 그 애의 표정을 살펴 반응을 확인하려고 했으니까요. 과거에 십삼야 참배에서 조주로 씨가 했던 것처럼 말입니다. 덧붙여 말하자면, 손 씻는 곳에 핏자국이 있었던 건 에가와 씨를 살해하면서 더러워진 손을 씻었기 때문일 겁니다."

"하지만 너무 대담하지 않습니까? 가네 할멈과는 말을 주고받았는데."

"마리코 씨가 에가와 씨와 알게 된 계기가 뭐였죠?"

"그건…… 아, 연극!"

"아마추어 연극이었을지는 모르지만, 마리코 씨는 적어도 일반인보다는 연기에 능했을 겁니다. 소양이 있었다는 뜻이죠."

"마두관음 사당이 범행 현장이 된 건, 마리코 씨가 그곳에서 에가와 씨를 기다리고 있었기 때문이로군요."

"네. 혹시 에가와 씨가 사당을 이미 지나친 뒤였더라도, 보여주고 싶은 게 있다고 하면서 돌아갔을 테죠. 석비에 새겨진 글에 관심을 가졌던 에가와 씨니 사당 안에 신기한 게 있다고 하면 의심하지 않고 들여다봤을 겁니다."

"그리고 등 뒤로 다가가 뒤통수를 내리쳤다?"

"다만 그전에 역에서 히메쿠비 산으로 오는 동안 만나 이야기한 사람이 없는지, 아마 주의 깊게 확인했을 겁니다. 혹시 접촉한 사람이 있다면 물론 알아놔야 하죠. 사람을 싫어하는 에가와 씨니까 아마 문제는 없겠지만, 분명히 만일의 경우를 생각했을걸요."

"그래서 마리코 씨는 히가시모리에 이루마 순사가 있었던 것도, 그게 '젊은 순사님'이라는 것도 알고 있었던 건가요."

"기타모리 쪽 도리이 입구에 순사가 숨어 있다는 걸 다케코 씨와 마찬가지로 마리코 씨도 알아차렸습니다. 분명히 히가시모리에도 누가 있을 게 틀림없다고 경계했을 테니, 그 점은 특히 주의해서 확인했겠죠."

"에가와 씨를 때린 건?"

"흉기는 아마 도끼겠지만, 그렇게 세게 내리치진 않았습니다."

"왜죠?"

"너무 세게 쳤다간 피가 솟아 옷이 더러워질 테니까요."

"그래서······."

"네. 에가와 씨가 목이 베일 때 아직 숨이 붙어 있었던 건 그 때문입니다. 우선 상대방의 자유를 빼앗고 옷을 벗기는 게 선결 문제였습니다. 에가와 씨 살해의 가장 큰 동기는 그 사람의 시신을 조주로 씨로 오인하게 하는 것 이상으로, 그 옷을 손에 넣는 것이었던 셈입니다. '남자치고는 살빛이 하얀 데다 체격도 가냘픈 것이 도무지 스물세 살 먹은 남자처럼 보이지 않는' 체형이라, 여자인 마리코 씨도 입을 수 있었겠죠. 다만 구두는 별로 잘 안 맞았던 듯, 히메가미 신사의 계단을 올라갈 때 '크기는 작아도 남성용 신발이라 좀처럼 익숙해지지 않지 뭐야' 하고 무심코 본심을 입 밖에 내고 말았습니다."

"아닌 게 아니라 신발은 옷과는 달리 속이기가 쉽지 않죠."

"이세하시 의사가 범인은 '피해자가 숨을 거두기를 기다릴 시간도 아깝다는 양 성급하게 목을 잘랐다'고 지적했는데, 목적인 옷만 벗기고 나면 정말 그런 상황이었다는 걸 알 수 있어요."

"그럼 도조 씨는 마리코 씨가 에가와 씨의 옷을 입고 에가와 란코로 변장하기 위해, 오직 그 이유만으로 그 사람을 살해했다고 생각하시는 건가요?"

"마리코 씨가 빠져나갈 길은 그것밖에 없었습니다. 물론 두 사람 사이에 그 무렵 여러 가지 갈등이 있었으니, 거기에 살의가 싹틀 뭔가가 존재했다고 생각하는 건 가능합니다. 그렇기 때문에 마리코 씨는 에가와 씨 살해를 별로 주저하지 않았을지 모릅니다."

"그렇군요. 저 역시 두 사람만이 아는 어떤 사정이 있었다고 생각합니다."

"요키타카 군이 비서 문제로 자기가 마리코 씨를 대신할 수 있겠느냐고 걱정했을 때, 란코 씨는 에가와 란코라는 작가는 마리코 씨에게 지나치게 의존했다, 그렇기 때문에 에가와씨에겐 너무 편한 환경이었지만 마리코 씨에겐 나빴다고 했습니다. 게다가 마리코 씨에겐 작가가 될 재능이 있었건만, 그럴 기회가 없었을 뿐 아니라 에가와 씨가 기회를 빼앗았다, 싹을 잘라버렸다고까지 단정합니다. 그리고 '두 사람의 관계가 이어졌더라면 더 험악해졌을지도 모른다'고 말을 맺었고요. 여기에 에가와 씨 죽이기를 주저하지 않은 동기가 숨어 있다고 볼 수 있겠죠."

"아아…… 이제 조금 개운해졌습니다. 죄송합니다, 공연한 참견을 했군요."

"아뇨, 중요한 문제이니까요. 그 뒤 다카야시키 순사가 범행 현장에서 신원을 확인시키려 했을 때 구라타 씨는 외혼사에선 염불을 외웠는데 마두관음 사당에선 아무것도 하지 않았죠. 이것도 거꾸로 아닙니까? 마리코 씨의 시신에만 명복을 빌고 조주로 씨의 시신은 그냥 두다니."

"그렇군요."

"또 요키타카 군은 구라타 씨가 조주로 씨의 죽음에 대해 별로 슬퍼하는 눈치가 없는 걸 너무 슬픈 탓이라고 해석했지만, 실제로 조주로 씨는 이미 십 년 전에 죽었기 때문입니다. 이건 후키 씨의 언동에서도 찾아볼 수 있습니다. 요키타카 군이 효도 씨와 미나토리 씨 사이에서 태어난 자식이라는 게 친족 회의에서 폭로됐을 때, 후키 씨는 '조주로가 죽은 뒤로 저에게는 이치가미 가건 그 후계자건 아무래도 상관없는 일'이라고 했어요. 하지만 사건이 있고 사흘밖에 안 됐는데, '죽은 뒤로'라는 표현은 이상하지 않습니까?"

"가네 할멈과 마찬가지로 후키 씨도 십 년 전이라는 의식이 있었기 때문에…… 그럼 장례를 재빨리 마친 건 히메코(남) 때와 같은 이유에서인가요?"

"네. 다만 장례가 간소했던 건 시신이 이치가미 가 사람이 아니었기 때문이겠죠."

"거기까지 차별을…….."

"사건이 벌어진 요인이 히가미 가에 뿌리 깊게 존재하고 있던 차별이었으니까요."

저도 모르게 어두워지려는 기분을 불식시키려고 저는 그 자리에 어울리지 않게 밝은 목소리로 말했습니다.

"그나저나 고리 마리코 씨는 참 교묘하게 에가와 란코로 둔갑했군요."

"그렇군요. 다만 마리코 씨가 에가와 씨로 변장했다는 증거는 그 밖에도 여러 가지가 있답니다."

그런데 도조 씨는 이렇게 냉정하게 대꾸하시는 것이 아닙니까.

"예컨대 란코 씨는 마을 식당에서 요키타카 군에게 식사를 대접했는데, 그곳에 가기까지 양식집이 없다는 걸 몰랐습니다. 란코 씨는 노도보토케 입구 정류장에서 마을 번화가를 걸어왔으니, 싫든 좋든 길가 상점들이 눈에 들어왔을 텐데 말이죠. 한편, 마리코 씨는 가쓰마오 역에서 마을 사람들의 호기심 어린 시선을 차단하기 위해 커튼을 친 이치가미 가의 자가용을 타고 왔어요. 즉, 마을을 볼 기회가 없었던 셈입니다."

"미처 거기까지 생각이 미치지 못했군요."

"마리코 씨는 비서로서의 업무와 《그로테스크》 편집 외에 요리와 빨래, 청소 등 에가와 씨의 몸시중까지 들었습니다. 그야말로 독신 남성의 몸시중 그 자체라 할 수 있습니다만, 그건 차치하더라도 요키타카 군이 주먹밥을 만들었을 때 만약 요키타카 군이 비서가 되어 준다면 '둘이서 매일 맛있는 음식을 만들 수 있겠다'고 입을 잘못 놀렸거든요. 또 조주로 씨가 편지에 종종 요키타카 군 이야기를 썼고, '주위에 신경을 쓸 줄 아는 애'라고 칭찬했을 뿐 아니라 '소설을 쓰는 재능이 있을지도 모른다'고까지 한 건 사실이겠지만, 아까도 지적했듯 편지를 주고받은 사람은 마리코 씨입니다. 그런데 조주로 씨의 편지를 보고 알았다는 말이 란코 씨와 요키타카 군의 대화 곳곳에 나온단 말이죠."

"상대가 어린애라고 그만 방심했겠죠."

"요키타카 군이 이치가미 가에 남아야 할지 고민했을 때, 란코 씨는 '가족은 같이 살아야 한다고 생각한다'고 설득한 뒤 자기가 할 말은 아니라고 하죠. 이건 천애고아인 에가와 란코 씨의 말이라기보다 집을 뛰쳐나온 고리 마리코 씨의 반응이 아닐까요. 똑같은 실언은 요키타카 군이 아오쿠비 님의 지벌을 두려워했다고 할지, 운명에 희롱 당한다고 느꼈을 때도 있었습니다. 그런 요키타카 군한테 란코 씨는 '나 같으면 분명히 집을 뛰쳐나가……'라고 말하다 말거든요. 이것도 실제로 그런 경험이 있는 마리코 씨다운 말이 아닐까요."

"역시 다른 사람인 척하는 게 여간 쉽지 않은……."

"그렇죠. 좀 더 상세히 지적하자면, 석비에 새겨진 글에 관심이 있을 텐데 요키타카 군이 안내하려고 했더니 다른 걸 부탁한다든지,

두 번밖에 간 적이 없을 히메가미 신사 계단 위에서 여기서 보이는 전망이 역시 좋다고 한다든지(어렸을 때 온 적이 있었겠죠), 마을에 온 지 얼마 되지도 않았을 텐데 이치가미 가 사람들의 성격을 잘 파악하고 있었던 것 등 여러 가지가 있습니다. 하지만 가장 부자연스러웠던 건 이거예요. 아무리 출판업계, 그리고 문단에서만 사람을 기피하는 버릇이 발동한다 해도 그렇지, 마을에서 란코 씨는 너무 사교적이었단 말이죠."

"역시 수사 상황이 마음에 걸렸기 때문일까요."

"그런 이유도 있었을 겁니다. 얌전히 가만있는 건 마리코 씨 같은 분에게는 고통이었습니다. 그래서 탐정 일까지 했습니다. 그게 에가와 씨답지 않은 행동이라는 것도 모르고."

"예?"

"그 '머리 없는 시체의 분류' 말입니다."

"하지만 그게 왜……."

"에가와 란코 씨와 고리 마리코 씨는《그로테스크》에선 탐미적 작품을 발표했지만, 원래 에가와 씨가 괴기 환상소설을, 마리코 씨는 본격 탐정소설을 지향했다는 배경이 있었다고 이 글에 똑똑히 쓰여 있습니다. '머리 없는 시체의 분류' 라는 착상을 하고 그런 분류를 쉽사리 해낼 수 있는 사람은 어느 쪽이겠습니까?"

"제 무덤을 팠군요."

"가해자와 피해자가 뒤바뀌는 일 따위는 절대 있을 수 없다는 인상을 경찰에 심어주기 위해 그런 분류를 했겠습니다만……."

"그게 정반대의 결과를 가져왔다, 이 말씀이시죠. 그럼 고지 씨를 살해한 건 그 사람이 란코 씨를 협박했기 때문입니까?"

"아마 틀림없겠죠. 다만 청혼했다는 이야기는 사실이었을지도 모릅니다. 하기야 '결혼을 청하는' 태도가 아니라 좀 더 비열한 방식이었으리라는 것도 확실하다고 생각합니다. 요키타카 군한테 그 장면을 목격당한 셈입니다만, 란코 씨는 계단 쪽을 보고 있었다니 분명히 요키타카 군의 존재를 알아차렸겠죠. 그래서 고지 씨에게 사정을 설명하고 밤중에 히메가미 당에서 다시 만나자고 약속한 다음, 요키타카 군을 속이기 위해 연극을 한 겁니다."

"고지 씨의 목을 베고 옷을 벗겨 숲에 흩어놓은 건 단순한 카무플라주에 불과했다는 것도, 그 사람의 시신만 거칠게 다룬 것도 납득할 수 있습니다만, 그 현장에 조주로 씨의 머리를 놔둔 이유는 뭐죠?"

"가즈에 부인의 말을 듣고 이대로 가다가는 요키타카 군의 후계자 문제가 복잡해지겠다고 걱정했기 때문이겠죠. 란코 씨는 적어도 요키타카 군에 대해서만은 성심성의껏 대했다고 생각하니까요. 비서 이야기도, 이치가미 가에 남도록 조언한 것도."

"그렇죠?"

"다만…… 그렇다고 요키타카 군이 진상을 알았을 때 란코 씨를 용서할 수 있을지……."

"그건……."

"뭐, 여기서 걱정해봤자 소용없는 일입니다만."

"……."

"세 번째 살인에서도 란코 씨는 실수를 했습니다."

"어디에서요?"

"정확히는 그 다음입니다만. 요키타카 군과 사건을 검토할 때, 조주로 씨의 머리에 '그런 식으로 재주를 부린' 건 범인의 치기라고 입을 잘못 놀렸어요. 고지 씨가 살해됐을 때, 오에다 경부보는 현장에서 찾아볼 수 있는 특이점은 일단 공표하지 말라고 엄명을 내렸습니다. 그렇기 때문에 다카야시키 순사도 제단에 머리가 있었다는 것쯤은 이야기해도 그 이상의 말은 요키타카 군에게조차 가르쳐주지 않았을걸요. 그런데 란코 씨는 조주로 씨의 머리에 뭔가 손을 댔다는 걸 어떻게 알았을까요?"

"그때 요키타카는 이상하다고 생각하지 않았나요?"

"아마 요키타카 군은 조주로 씨의 머리가 제단에 놓여 있던 상태를 생각했을 겁니다. 하지만 단순히 머리를 올려놓기만 한 행위를 '재주'라고 표현하는 건 이상하죠."

"쓸데없는 연출을 한 탓에 실패했군요."

"아뇨, 머리의 절단면을 잠박에 꽉 눌러 쓰러지지 않게 한 건 결코 쓸데없는 일이 아니었습니다."

"의미가 있었다고요?"

"란코 씨가 조주로 씨의 머리를 돌려준 건 요키타카 군의 후계자 문자를 매듭짓기 위해서였습니다. 하지만 장례가 끝난 다음이 아니었으면 절대 그런 행동을 취하지 않았을 겁니다. 왜냐하면 중혼사에서 발견된 머리 없는 시체와 조주로 씨의 머리를 조사하면 두 절단면이 일치하지 않는다는 게 밝혀질 테니까요."

"그래서……."

"만일의 경우를 생각해서 머리의 절단면을 뭉갠 겁니다. 잠박의 대오리 그물눈에 꽉 눌러서."

"엄청나게 치밀하게 생각하는 부분과 상당히 무방비한 부분, 양쪽을 다 보이는군요."
 "아까 말씀하신 것처럼 상대가 요키타카 군일 경우엔 방심한다고 할지, 다른 사람들을 대할 때 긴장했던 게 자연히 느슨해지는 게 아닐까요."
 이야기가 일단락된 듯하다고 판단한 저는 일어나 테이블을 돌아서는, 도조 씨가 마음을 쓰시기 전에 가스레인지 쪽으로 다가가며 말씀드렸습니다.
 "차를 새로 끓일 테니 잠시 쉬시죠."
 "네, 감사합니다. 그런데 이쪽은 서재입니까?"
 도조 씨는 문이 열려 있는 방 앞으로 가시더니 다소 조심스러운 태도이기는 해도 안을 들여다보셨습니다.
 "아, 지저분해서……."
 "무슨 말씀을요. 깨끗하게 정리정돈이 되어 있는데요. 소설가의 서재는 아무래도 어질러지기 마련인데 역시 훌륭하시군요."
 "도조 씨는 역시 이동 중에 집필하시는 일이 많으신지요?"
 "그렇습니다. 덕분에 어디서나 종이와 쓸 것만 있으면 이럭저럭 쓸 수 있게 됐군요."
 "저런, 대단하신데요."
 "아뇨, 그냥 익숙해진 것뿐입니다."
 이윽고 김이 오르는 차를 마시며 저희는 또다시 테이블을 마주 했습니다. 얼마 동안 침묵이 흐른 다음, 도조 씨는 이야기가 중단된 적이 없는 것처럼 말씀하셨습니다.
 "가즈에 부인의 건강이 좋지 못해서, 어쩌면 병약한 후도 옹보다 먼저 세상을 떠날지도 모른다는 소문이 당시 돌았습니다만……."

"아아, 그랬죠."

"아마 이치가미 가의 세 사람은 적어도 가즈에 부인이 죽을 때까지는 쌍둥이의 비밀을 지킬 작정이었을 겁니다. 분명히 조주로 씨에게도 그때까지만 참으라고 타일렀겠죠."

"후타가미 노마님이…… 아뇨, 후도 옹도 그렇죠. 심한 말일 수도 있습니다만, 이 두 사람이 좀 더 일찍 죽었더라면 그런 사건은 일어나지 않았을 것 같군요."

"네…… 그건 저도 그런 생각이 들더군요."

"그런데……."

저도 모르게 말을 끊는 바람에 도조 씨가 의아한 눈초리로 쳐다보셨습니다. 저는 당황했지만 간신히 말을 이었습니다.

"그럼 사건 뒤에 고리 마리코 씨는 에가와 란코로 활약하셨다는 뜻이……."

"그렇죠. 저희가 잘 알고 있는 '여러 명작 본격 추리소설을 발표하고 있는' 본격 추리소설 작가 에가와 란코 씨는 사실 고리 마리코 씨였던 겁니다. 다만 살인사건은 이십 년 전 이야기이니 시효는 이미 지났어요."

"하지만 그런 문제는…… 역시 아니니까요. 그…… 란코 씨가 받을 사회적 제재라고 할지……."

"그렇겠죠. 란코 씨가 정말 범인이라면."

"……."

저는 제 귀를 의심했습니다. 하지만 분명히 도조 씨는 흡사 고리 마리코 씨가 범인이 아니었던 것처럼 말씀하셨습니다.

"무, 무슨 말씀이시죠?"

"직접, 또는 간접으로 지난 일 년 사이에 에가와 란코 씨에게서 무슨 연락이 왔습니까?"

그러나 도조 씨는 거꾸로 그렇게 물으셨습니다.

"아, 아뇨. 아무 연락도 없었습니다. 출판사에 연락이 있었다면 분명히 저에게 알렸을 테니까요."

"그럼 기묘하다는 생각 안 드십니까? 작년에 출판된 에가와 란코 씨의 수필집 《석일환상소요》에서 란코 씨는 《미궁 이야기책》을 언급했습니다. 즉, 존재를 알고 있다는 뜻입니다. 이 언급이 없었어도 《미궁 이야기책》 같은 잡지에 란코 씨가 관심을 갖지 않을 리 없죠."

"이 연재를 읽고 계신다고……."

"그럴 가능성이 대단히 높다고 생각됩니다. 그런데도 당신과 접촉한 낌새가 전혀 없다는 건, 란코 씨가 정말 범인이었다면 좀 묘하지 않습니까?"

"최악의 경우, 지면을 통해 진상이 밝혀질 수도 있으니…… 그런 말씀이군요."

"네. 범인의 심리를 생각하면 지극히 부자연스러운 일이죠."

"그, 그럼…… 지, 진범이 따로 있다고요?"

도조 씨가 천천히 고개를 끄덕이신 것을 보고 저는 정말이지 간담이 떨어지게 놀랐습니다.

"누, 누굽니까. 그게?"

"요키타카 군입니다."

"요, 요, 요키타카 군이라고요?"

충격에 저는 정말이지 벌린 입이 다물어지지 않았습니다.

"아무리 그래도…… 그, 그건 불가능하지 않을까요?"

"십삼야 참배 사건에 관해 후타미 순사부장이……."

침착함을 잃은 저에 비해 도조 겐야 씨는 어디까지나 차분한 어조였습니다.

"히메코 씨가 우물에 빠졌다고 생각되는 시간대에 아무도 산에 들어가 있지 않았다면 그것은 사고사이고, 머리 없는 여자나 소라 탑에서의 인간 증발 같은 인지를 뛰어넘는 현상은 요키타카 군의 거짓말이라고 해석했죠."

"아, 예…… 후타미 순사부장님다운 사고방식이라고 생각했습니다만……."

"그걸로 설명이 안 되는 건 조주로 씨와 요키타카 군의 환청, 꿈, 환각이라고 치부했고요."

"예……."

"아닌 게 아니라 단순한 사고방식으로 보입니다만, 이건 이것대로 대단히 합리적인 해석이라고도 할 수 있거든요."

"잠깐만요. 도조 씨는 설마 지금까지 이야기하신 자신의 추리를 전부 버릴 생각이십니까?"

"아뇨, 그런 게 아닙니다. 구라타 가네 씨가 쌍둥이의 성별을 뒤바꾸는 액막이 주술을 한 데서 시작해 십삼야 참배 사건에서 성별이 원래대로 돌아갔다가 얼마 못 가고 다시 뒤바뀐 건 분명하다고 생각하고, 그 십 년 뒤에 벌어진 히메쿠비 연쇄 살인사건의 이중 뒤바꾸기 극도 실제로 일어난 사건이라고 확신합니다. 다만……."

"연쇄 살인의 범인은 고리 마리코 씨가 아니라 요키타카라고요?"

"십삼야 참배 사건도, 즉 진짜 조주로 씨의 살인 쪽도 말이죠."

"그, 그쪽까지……."

"마리코 씨가 범인이 아니었을 경우, 그럼 대체 그 범행이 가능했던 사람이 누구였는지를 생각하면 아무리 해도 요키타카 군이 떠오릅니다. 그러면 과거의 사건도 다시 생각할 필요가……."

"네? 오히려 요키타카는 맨 먼저 제외되는 게……."

"왜죠?"

"왜라뇨…… 도조 씨도 읽으셨으니 아시겠지만, 요키타카의 언동을 볼 때 어느 범행이든 절대 불가능하지 않나요?"

"그렇군요. 이 글로 보면 말씀하신 게 맞습니다. 하지만 이건 소설이잖습니까?"

"……."

"아닌 게 아니라 사건을 담당했던 다카야시키 순사가 작성한 자료를 비롯해, 그 아내였던 다카야시키 다에코 씨가 남편에게 들은 이야기, 또 사건의 와중에 있던 요키타카 군에게 들은 담화를 토대로 구성되어 있기는 하지만, 어디까지나 소설이라는 데는 변함없죠."

"거짓말이 쓰여 있다는······."

"아닙니다. 저도 작가가 의도적으로 허위의 기술을 했다고는 추호도 생각지 않습니다."

"그럼······."

"그럼 이렇게 바꿔 말할까요. 소설을 쓰는 기본이 된 자료 중에, 특히 증언 중에 거짓말이 전혀 섞여 있지 않았다는 보증이 어디 있죠?"

"······."

"물론 전부가 허위는 아니겠죠. 큰 언동은 그렇게 쉽게 감출 수 있는 게 아니니까요. 거짓말을 해봤자 간단히 들통 날 염려가 있어요."

"하지만 어느 게 정말이고 어느 게 거짓말인지······."

"네. 그걸 분간하기는 불가능합니다. 다만 다카야시키 순사의 언동에 관해선 전부 믿어도 된다고 생각합니다."

"그건······ 저로선 당연하지만, 남편이 거짓말을 하지 않았다는 걸 증명하는 일은······."

"네, 가능하지 않죠. 하지만 애초에 이 글을 쓰려고 하셨던 **작가의 동기**를 생각하면, 다카야시키 순사의 자료는 문제없다고 판단해도 괜찮지 않을까요. 범행 동기라는 면에서 봐도 다카야시키 순사가 사건에 관여해 있을 것 같지는 않고, 그렇게 되면 허위 자료를 일부러 남길 이유도 없다는 이야기입니다. 그리고 그걸 바탕으로 소설로 구성된 이야기에서 작가가 일부러 거짓 기술을 해야 할 필연성도 보이지 않으니까요."

"그렇게 말씀해주시면······ 하지만 남편의 자료만을 믿는다 해도,

거기서 대체 뭘 알 수 있는 거죠?"

"당시 히메쿠비 산의 상황에 관해선 믿어도 된다는 사실입니다."

"일종의 밀실 상태였다는……."

"네. 그것만을 바탕으로 생각하면, 요키타카 군에겐 기회가 충분히 있었거든요."

"자, 잠깐만요. 만약 진짜 조주로 씨를 죽인 범인이 요키타카라면, 그 애는 쌍둥이의 비밀을 깨달았다는 게……."

"그렇습니다. 하지만 그래서 안 될 일은 없지 않나요? 요키타카 군이 좋아하는 건 여자 조주로 씨였던 셈입니다. 나중에 란코 씨, 즉 마리코 씨에게 이끌린 걸 생각해도, 요키타카 군이 남성에게 흥미가 있었다고 단정할 순 없습니다. 좋아하게 된 사람이 남자였던 탓에 고민했는데, 그게 여자라는 걸 알면 반대로 안도하지 않았을까요?"

"그럼 진짜 조주로 씨를 죽인 동기는 뭐죠?"

"독점욕입니다. 조주로(여)가 히메코(남)에게 마음을 쓸 때마다 그 애는 질투했어요. 그리고 '히메코 님이 안 계시면 조주로 님은 좀 더 나를 봐주실지 모른다'고 생각했습니다. 제 주장에 유리할 때만 원고의 기술을 동원한다 하실지 몰라도, 이런 심리적 측면은 범행 당시 범인이 한 움직임이라는 물리적 측면하고는 전혀 무관하니까요."

"하지만 당시 아직 여섯 살이었던 요키타카가 열세 살이었던 진짜 조주로 씨를 우물에 빠뜨리다니, 그거야말로 불가능할 텐데요."

"아뇨, 그랬기 때문에 가능했던 겁니다."

"대체 어떻게 말이죠?"

"진짜 조주로 씨가 우물물을 길으려 했을 때, 두 발을 안고 들어올리는 동시에 자기 머리로 조주로 씨의 엉덩이를 밀면 되죠. 키가 작으니 상당히 효과적일걸요."

"그 뒤에……."

"오빠의 시체를 발견한 진짜 히메코 씨가 다시 조주로 씨로 돌아갔다. 다만 범인이 요키타카 군이라고는 꿈에도 생각지 않았다. 그게 진상입니다."

저는 생각에 잠겼습니다. 아닌 게 아니라 요키타카가 진범이면, 쿠비나시나 사라진 히메코 씨 같은 불가해한 현상이 없어지고 모든 게 산뜻하게 설명된다는 것을 깨달았습니다.

"히메쿠비 산 사건에서도 요키타카 군에게 기회가 있었다는 말씀이신가요?"

"북쪽 도리이 입구에서 경내까지 참배길을 왔다 갔다 했다는 요키타카 군을 본 사람은 아무도 없습니다. 다카야시키 순사가 합류한 건 요키타카 군이 산에 들어간 지 약 한 시간 뒤입니다. 그사이에 요키타카 군은 밖에서 혼사를 엿보고 고리 마리코 씨가 중혼사에 있다는 걸 확인한 다음 들어갔습니다. 낮에는 밤과 달리 경내도 소란스럽다는 기술이 있었죠. 발소리를 죽이면 자갈 밟는 소리도 그리 크지 않았기 때문에 혼사 안에 있던 세 사람도 알아차리지 못했습니다."

"동기는 질투……라고요."

"언제 알았는지는 모르지만, 그렇게 되면 요키타카는 조주로 씨가 동성애자라는 걸 알고 있었다는 이야기가 됩니다. 혼사 모임을 앞두고 마리코 씨와 편지를 주고받은 데서 조주로 씨가 마리코 씨를 선택할 작정이라는 것도 짐작했습니다. 그 맞선 자리에 쳐들어갔으니, 말씀하신 대로 동기는 질투…… 그것도 앞뒤를 분간하지 못할 만큼 격한, 미칠 듯한 감정에 사로잡혀서 벌인 일이라 생각됩니다."

"마리코 씨도 있었으니 말이죠. 하지만 그럼 어째서 마리코 씨는 말리려고 하지……."

"말리려고 했을 겁니다. 그런데 요키타카 군이 밀친 탓에 기둥에 머리를 부딪고 일시적으로 정신을 잃었습니다."

"네? 기둥에 남아 있던 자국은 마리코 씨 것이라고요?"

"뒤통수에 혹이 생겼어도 에가와 란코로 변장하면 중절모로 감출 수 있죠."

"그럼 조주로 씨는?"

"요키타카 군이 기타모리 주재소의 선반에서 꺼내온, 원래는 후타미 순사부장 것이었던 특수한 경찰봉으로 맞은 겁니다."

"아닌 게 아니라 요키타카는 그 경찰봉에 관심이 아주 많았습니다. 또 그 애라면 주재소에 자유롭게 드나들 수 있었고요……."

"그 뒤의 계획은 정신이 들어 무슨 일이 벌어졌는지를 안 마리코 씨가 순간적으로 세웠을 게 틀림없습니다. 요키타카 군을 구하는 동시에 자기가 작가가 된다는 일석이조의 각본을 재빨리 머릿속으로 써낸 겁니다."

"에가와 란코 씨 살해는……."

"죽인 사람은 역시 요키타카 군이겠죠. 마리코 씨는 살인은 하지 않은 셈이니, 그렇기 때문에 란코 씨가 이 글에 관해 그냥 지켜볼 작정이라고 생각하면 접촉이 없는 것도 수긍이 갑니다."

"고지 씨 살해에서 요키타카의 알리바이는 란코 씨의 위증인가요?"

"그것도 무리가 없는, 지극히 자연스러운 것이었죠."

"갖고 갔던 조주로 씨의 머리를 돌려준 이유는 뭐죠?"

"목 절단은 신원을 오인하게 만드는 것이 목적이었습니다만, 머리를 갖고 간 건 요키타카 군에게 소중한 것이라 그랬을지도 모르죠. 쇼와 칠 년에 나고야에서 벌어진 머리 없는 여자 사건처럼 말입니다. 하지만 이치가미 가의 후계자 문제를 매듭짓기 위해 란코 씨가 돌려주라고 요키타카 군을 설득했으리라 보입니다. 요키타카 군이 조주로 씨를 진심으로 좋아했다는 걸 이해하고 요키타카 군의 출생의 비밀을 고려한 결과, 역시 그 애가 이치가미 가의 대를 잇는 게 좋겠다고 판단한 게 아닐까요."

"그런데도 요키타카는 이치가미 가를 떠나…… 앗, 그 애가 이 연재를 읽고 있을까요?"

"글쎄요…… 란코 씨 정도로 확신은 없지만, 요키타카 군으로부터도 접촉이 없다는 건 전혀 모른다고 봐야 할지 모르겠군요."

"……."

저는 도조 씨에게서 시선을 거두고 고개를 숙인 채 또다시 생각에 잠기고 말았습니다.

도조 씨도 그 모습을 보고 눈치 챘는지, 제가 입을 열 때까지 참을성 있게 잠자코 기다리는 것을 알 수 있었습니다.

"어느 게 좋다고 생각하시나요?"

이윽고 입을 연 제가 여쭙자, 도조 씨가 고개를 갸웃하기에 말을 이었습니다.

"이대로 작가의 병환 등을 이유로 연재를 중단하는 것, 진상을 알 수 없었다면서 미해결로 연재를 끝내는 것, 어디까지나 추리소설적인 결말을 창조해 독자를 만족시키고 끝내는 것, 도조 겐야 씨의 추리를 선보여 범인이 요키타카였음을 밝힌 다음 연락이 오기를 기다리는 것. 도조 씨라면 어느 쪽을 선택하시겠습니까?"

"글쎄요……."

도조 씨는 약간 난처한 표정을 지으시더니 바로 정색하셨습니다.

"저라면 전부 딱지 놓겠는데요."

"왜죠?"

"물론 당신이 진범이기 때문이죠."

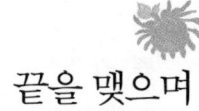

끝을 맺으며

"무, 무, 무슨 말씀이시죠? 제, 제가 진범이라고요? 그, 그런 터무니없는 소리를…… 잘 들으세요. 십삼야 참배 때도, 혼사 모임 때도 히메쿠비 산은 완전한 밀실 상태 아니었던가요? 어떻게 생각해도 제가 범행을 하는 건 절대 불가능합니다. 게다가 동기가 전혀 없지 않나요? 대체 무슨 말씀입니까? 무엇보다도 그런 의혹은 이 글의 '들어가기에 앞서' 끝부분에서도 일부러 '전적으로 헛수고'라고 명기해두지 않았나요? 아…… 아니면 뭔가요, 모든 게 소설이니 어떤 거짓말도 할 수 있다는 말씀이신가요? 하지만 허위의 기술을 하면서까지 이 글을 집필해야 했던 작가의 동기는 대체 뭐라는 거죠? 너무 억지가 심한 것 아닙니까?"

저도 모르게 단숨에 지껄이자, 도조 겐야 씨는 고개를 보일 듯 말 듯 흔들었다.

"그 '들어가기에 앞서'에는 거짓말이 일절 들어 있지 않습니다."

"네?"

"즉, 작가는 허위의 기술을 전혀 하지 않았습니다. 아니, 이 글 전체에 대해 그렇게 말할 수 있을걸요. 작가는 결코 의도적으로 거짓말을 하지 않았다고 말이죠."

"그, 그럼 제가 진범일 리가……."

"……없겠죠. 당신이 진짜 다카야시키 다에코 씨라면 말입니다만."

"……."

"히메노모리 묘겐 씨, 곧 다카야시키 다에코 씨가 집필하신 건 '들어가기에 앞서'의 '새하얀 원고지를 앞에 두고'부터 '23장 독자 투고에 의한 추리'의 '다만 범인의 이름만 지적했을 뿐, 구체적인 범행 방법까지 언급한 분은 거의 안 계셨습니다. 즉, 다수의 수수께끼가……'까지가 아닌가요? 그 직후의 '죄송합니다. 집필을 계속하기가 너무 고통스러워서' 이후의 문장은 진짜 작가를 대신해 당신이 쓰셨습니다. 에가와 란코 씨. 아니, 고리 마리코 씨라고 부르는 편이 좋을까요? 고리 마리코 씨, 당신이 쓴 겁니다."

"무, 무슨 그런…… 농담이 지나쳐도 유분수지……."

"당신은 다카야시키 씨가 발목과 손목에 이상을 느낀 것, 또 독자에게서 같은 증상을 호소하는 편지가 온 걸 이용해, 오른손 손목을 다친 것처럼 꾸밈으로써 원고의 필적을 얼버무리려 했습니다. 물론 다카야시키 씨인 척하고 집필을 계속해 연재가 미해결로 끝을 맺도록 획책하기 위해서입니다."

"무슨 그런 터무니없는 소리를…… 무엇보다도 뒷마당을 갈아엎은 건 사실이에요. 거짓말이라고 하신다면 직접 확인하셔도 됩니다.

오른손목을 다쳤다고 발행처에 핑계를 대는 것뿐이라면 실제로 밭을 갈 필요는 없죠."

"그럼 왜 갈아엎으셨습니까?"

"그러니까 원고에도 썼듯이 기분 전환을 위해서, 그리고 슬슬 씨앗을……."

"뿌리려고 하셨다고요? 그 원고를 쓰신 게 한겨울인 일월인데도 말입니까?"

"……."

"'막간3'과 '23장 독자 투고에 의한 추리'가 실린 《미궁 이야기책》을 보지 않아도 그 원고가 쓰인 게 일월이라는 걸 알 수 있습니다. '들어가기에 앞서'를 쓴 게 십일월이고, 두 달 뒤부터 두 장씩, '막간'뿐인 회도 포함해서 연재될 거라고 처음에 명기하셨으니 말이죠. 그렇게 계산하면 각 원고가 쓰인 시기를 명확히 밝힐 수 있거든요."

"그건…… 잠깐 착각을 했을 뿐이고, 그렇다고 제가 뒷마당을 갈지 않았다는 증거가 되는 건 아니죠. 직접 보시면 일목요연하실 겁니다. 실제로 뒷마당이 갈려 있으니까요. 일부러 그런 노동을 할 필요가 달리 없지 않나요?"

"아뇨, 있어요."

"……."

"진짜 다카야시키 다에코를 완전히 없애버리기 위해 뒷마당을 갈아엎을 필요가 있었습니다. 아니, 어느 정도 되는 구멍을 파야 했던 겁니다."

"……."

"다카야시키 다에코 씨는 히메카미 촌으로 돌아온 뒤로 밤에 집필을 하던 생활을 아침형으로 바꾸셨습니다. 일출과 더불어 일어나 원고지 앞에 앉고 해가 지면 만년필을 내려놓는 생활을 하신 겁니다."

"그, 그래요."

"제가 찾아뵈었던 날도 여느 때와 같으셨나요?"

"네, 당연하잖습니까. 다른 때와 다른 일은 아무것도 하지 않았어요."

"다만 기분 전환으로, 그리고 약간 착각도 하셔서 뒷마당을 갈기 시작했는데, 금세 오른손목을 다쳤기 때문에 그만두었다고 하시는 겁니까?"

"그래요. 별로 이상한 일은 아닐 텐데요."

"그런데 지난번에 찾아뵈었을 때, 제가 왜 중간에 돌아갔다고 생각하시죠?"

"글쎄요…… 대체 뭘…… 그건 도조 씨 자신이 '잡지 연재니까 이쯤에서 끊는 게 좋겠는데요'라고 하셨잖습니까."

"네. 하지만 전 사건의 해석에 착수한 이상 마지막까지 가지 않으면 직성이 안 풀리는 성격이라 말이죠. 적어도 그렇게 어중간하게, 그것도 의미심장하게 중간에 그만두는 일은 별로 안 하거든요."

"……그럼 왜죠?"

"당신이 이어서 쓰시리라 생각되는 '23장 독자 투고에 의한 추리'의 내용을 《미궁 이야기책》 지상에서 읽으려면 거기서 돌아가는 수밖에 없었기 때문입니다."

"……"

"제가 찾아뵈었던 건 오후 두시 반경이었습니다. 그 시점에서 이

십삼 장이 사백 자 원고지로 쳐서 여섯 장 좀 못 미치게 쓰인 상태였다는 걸 그 장을 읽으면 알 수 있어요. 내용은 작가의 일인칭으로 쓰인, 목덜미와 손목, 발목의 이상에 관한 호소였죠. 프로 작가가 만약 일출과 더불어 일어나 원고지 앞에 앉았다면 여유 있게 오전 중에 다 썼을 분량입니다. 그걸 당신은 두시 반의 시점에서 쓰고 있었다는 이야기입니다. 뒷마당에서 한 작업은 손목을 다쳤기 때문에 금세 그만두었다고 했죠. 그럼 원고 집필에 쓰지 않은 시간은 대체 어디에 쓰였을까요?"

"……."

"고리 마리코 씨? 아니, 에가와 란코 씨라고 부르는 게 좋을까요? 아니면 아직도 다카야시키 다에코 씨를 연기하실 생각입니까? 마지막 뒤바뀌기에 집착하시는 겁니까?"

"날 함정에 빠뜨렸군, 도조 겐야."

내가 내뱉듯 말하자, 그는 밉살스럽게도 시치미 떼는 표정으로 대답했다.

"남들이 들으면 오해하겠습니다. 전 어디까지나 공정하게 행동했다고 생각하는데요."

"잡아떼지 마. 지금까지 날 실컷 다카야시키 다에코로 대해 놓고선."

"하지만 한 번도 당신을 '다카야시키 씨'라고도, '히메노모리 씨'라고도 부른 적은 없단 말이죠."

"……어디서 알아차렸어?"

"처음에 이상하다고 생각했던 건 현관 앞에서입니다."

"거, 거짓말 마! 내 얼굴을 보자마자 감이 딱 왔다, 이 소리야?"

끝을 맺으며

이런 상황에서 잘난척하려는 도조에게 나도 모르게 거센 혐오감을 느꼈다.

"아뇨, 절대 그냥 하는 말이 아닙니다. 그때까지 연재된 글을 봤으면, 다카야시키 씨가 몸의 이상에 대해 정말로 섬뜩하게 생각하고 있다는 건 실감할 수 있습니다. 그러니 저한테 별안간 그런 불안을 호소하는 건 대단히 자연스러운 태도라고 생각합니다."

"그럼 문제없잖아."

"하지만 그전에 전 '주제넘지만 제 나름대로 수수께끼를 정리해 봤다'고 분명히 말했거든요. 다카야시키 씨의 입장이라면 밑져야 본전이라고 일단 들어보려 하는 게 이 또한 대단히 자연스러운 태도 아닐까요?"

"암암리에 돌려보내려 한 게 부자연스럽게 비쳤단 말이군?"

"네. 좀 묘한 느낌이 들더군요. 그게 이거 어째 이상하다 싶은 걸로 변한 건 당신이 차를 끓였을 때입니다."

"뭐?"

"당신은 찻잎을 찾느라 찬장을 여기저기 뒤졌습니다. 꼭 타인의 집에서 뭘 찾는 사람처럼."

"그렇군."

"게다가 제가 쓸 것을 달라고 했을 때도 역시 온 서재를 뒤진 끝에 겨우 공책 한 권을 주셨고요."

"그런 걸 가지고……."

"혹시나 싶어 아까 서재 안을 들여다봤습니다만, 정리정돈이 아주 잘 돼 있더군요. 이 거실도 그렇고요. 아무리 생각해도 찻잎이나 공책이 어디 있는지 그 집에 사는 사람이 모를 상태는 아니죠."

"남자인 주제에 잘도 그렇게 자잘한 부분만……."

"덧붙여 말하자면, 공책에 적었던 항목은 가방 안에 들어 있던 제 공책에도 똑같이 기록되어 있었답니다."

"뭐?"

"제 나름대로 수수께끼를 정리해봤다고, 또 최종적으로 모든 수수께끼와 문제를 적어보지 않으면 생각이 앞으로 진전되지 않는 성격이라고, 틀림없이 말했을 텐데요. 그것 보세요, 공정하죠?"

정말이지 아니꼬운 남자다. 그런 말을 지껄이면서도 득의양양한 표정이 보이지 않는 것이 되레 비위에 거슬려 어쩔 수 없었다.

"그래서 좀 더 두고 보려고, 또는 확증을 얻으려고, 이십삼 장의 기술을 봐야겠다 싶어 거기서 돌아갔단 말이지?"

"그래요. 당신이 원고를 어떻게 얼버무릴지 흥미가 있었습니다. 잘하면 거기서 실수하지 않을까 싶었거든요."

"젠장……."

"나머지는 자잘한 것들뿐입니다. 히가미 가의 몰락에 관해선 별로 자세히 모른다고 하면서 고리 가만은 지금도 존속하고 있을 뿐더러 오히려 번성하고 있다고 단언하는 건, 역시 자기 본가는 관심을 갖고 주시했기 때문이겠죠. 또 에가와 란코 씨가 남성이라는 걸 지적했을 때, 당신은 그 해석을 받아들이기 전부터 '란코 씨가 남성이었다는 건 증거가 있습니까?' 하고 과거형으로 이야기하셨거든요. 마리코 씨가 에가와 씨를 살해한 건 결코 그 의복을 입고 에가와 란코로 변장하는 것만이 동기가 아니었다고 주장한 것도, 묘하게 집착한다는 느낌이 들어 약간 어색하더군요."

"하나하나를 따지면 사소한데 여러 개가 모인 셈이네."

"게다가 다카야시키 다에코 씨치고는 너무 젊고 말이죠."

"후…… 내가 본인이었으면 기뻐했을 텐데. 뭐, 실제로 열다섯 살 정도 차가 있었으니, 대단한 눈이라고 할 수 있겠는걸."

"아뇨, 그쪽 연기도 대단하던걸요. 대부분 알고 있으리라 짐작되는 이야기뿐인데도 꼭 방금 처음 들은 것처럼…… 젊었을 때 연극을 하셨던 분답더군요."

"하지만 결국 그 연기가 통하지 않은 거잖아?"

"그렇기는 해도 제가 최종적인 판단을 내린 건 방금 전이란 말이죠."

"어? 무슨 뜻이지?"

"당신이 진짜 다카야시키 다에코 씨라면, 제가 요키타카 군이 진범이라고 지적했을 때 절대로 요키타카 군을 감쌌을 겁니다. 그런데 당신은 그 말을 받아들였습니다. 게다가 그걸 이 글의 결말로 쓰는 것도 가능하다고 암시했어요. 거기서 전 확신을 가졌습니다."

"잘도 그렇게 빈틈없이 따지는군. 도조 마사야의 작품은 본격 추리라기보다 변격 탐정소설이라고 하는 편이 나은 내용이 많은데."

"제가 그런 논리적인 이야기를 쓸 수 있겠습니까?"

"그럼 마지막에 남은 수수께끼도 한번 풀어 보시지?"

"어라? 그런 게 있었던가요?"

"아오 히메는 왜 목이 베였나. 그게 마지막 항목이잖아."

"아, 그렇군요. 아오 히메는 히메쿠비 산(당시엔 아직 히메쿠라 산이었지만)에서 히카게 고개 쪽으로 도망치던 중에 목에 화살을 맞고 쓰러졌죠. 완전히 숨통을 끊어놓는 거라면 또 몰라도, 구태여 목을 벨 필요가 있을까요?"

"그러게. 혹시 절세의 미녀였다 해도, 그런 취향이 없으면 머리를 갖고 싶어 할 사람은 없으니까."

"그런데도 아오 히메는 목이 베였습니다."

"어째서?"

"아마 아오 히메가 무사의 차림새를 하고 있었기 때문이겠죠."

"아! 대역으로?"

"그렇습니다. 히메카미 성이 도요토미 군에게 함락됐을 때, 성주 우지히데는 자결했고 자식인 우지사다는 히메쿠라 산을 지나 히카게 고개를 통해 간신히 이웃 영토로 달아났습니다. 아오 히메는 그 우지사다를 따라 도망친 셈입니다만, 그때 우지사다의 차림새를 해야 했던 게 아닐까요?"

"억지로?"

"그렇기 때문에 적은 우지사다를 죽였다 생각하고 목을 벴습니다. 그런데 가짜라는 걸 알았습니다. 게다가 상대는 여자였단 말이죠. 분풀이로 아오 히메의 시신을 함부로 다루었다고도 생각할 수 있어요."

"지벌을 내릴 만도 하네."

"숯쟁이가 숯가마에서 체험한 이야기에 처음엔 패주 무사가 보였건만 머리 없는 여자로 변했다는 괴이한 일이 있었죠? 아오 히메가 무사의 차림새를 하고 있었기 때문이라고 생각하면 괴담이라곤 해도 조리가 섭니다."

"괴담에 그런 해석을 붙이는 건 멋대가리 없는 일이라고 생각하지만, 납득은 가는걸."

"이건 지나친 생각일지 모르지만, 아오 히메가 무사의 차림새를 하고 우지사다가 여장을 했다면…… 그렇기 때문에 도망칠 수 있었다면…….”

"뭐?"

"이 남녀의, 오빠와 동생의 바꿔치기가 모든 것의 시작이라는 생각도 드는군요.”

“……."

두 사람 사이에 얼마 동안 침묵이 흘렀다. 도조는 어딘지 모르게 태평한 분위기로 또다시 거실 안을 둘러보고 있었다. 나는 크게 기지개를 켰다.

"당신도 피곤하겠네. 우선 차라도…….”

"아뇨, 됐습니다. 이젠 직접 끓일 마음도 없고, 그렇다고 자리에서 일어나기도 귀찮아서요.”

그렇군. 도조는 이미 오래전에 눈치 챘던 것이다. 내가 아주 자연스럽게 그의 등 뒤로 돌아갈 기회를 두 번씩이나 노렸던 것을. 물론 다카야시키 다에코와 같은 운명을 걷게 하기 위해서.

"그래서 어떻게 할 건데?"

"역시 원고를 완성하는 편이…….”

"뭐, 뭐라고?"

그런 까닭으로 나는 서재에 틀어박혀 여기까지 집필을 마친 참이다.

그나저나 거실에서 기다리는 도조 겐야라는 사내는 꽤나 묘한 인물이다. 연재가 흐지부지 끝나는 것은 무엇보다도 독자의 즐거움을 빼앗는 일이므로 확실하게 결말을 맺어야 한다고 주장하는 것이다.

자기 이름은 밝혀도 되고 밝히지 않아도 되니, 좌우지간 누가 읽어도 납득할 수 있는 해결을 제시하라고 지껄였다. 정말이지 별종 아닌가.

하기야 그러는 나도 완전히 꼬리를 잡히는 순간까지 히메노모리 묘겐, 곧 다카야시키 다에코의 문체를 흉내 내서 원고를 쓰고 있었으니…… 역시 타고난 추리소설 작가인지도 모른다.

하지만 도조 겐야만큼은 아니다. 하여튼 성가신 사내가 나타났다. 취미와 실익을 겸한 괴담 수집에만 전념하면 될 것을, 미해결 살인 사건에 관심을 가졌을 뿐 아니라 그 수수께끼를 풀겠다고 공연한 참견까지…….

괴담 수집.

그래, 그는 자기가 모르는 그쪽 이야기라면 사족을 못 쓴다. 예컨대 히메카미 촌의 우마노미 못 부근에 무서운 도깨비가 나온다고 마을 아이들 사이에 소문이 파다하다는 이야기라든지.

그럼 그는 왜 그때 이 이야기에 달려들지 않았나?

나는 분명히 상대방의 관심을 다른 데로 돌리려고 우마노미 못의 도깨비 이야기를 가르쳐준 것이었다. 그런데 그가 후타가미 가의 고지 이야기를 꺼내는 바람에 역효과였다고 여겨져 초조해졌다. 하지만 지금 돌이켜 생각하면, 거기서 도조 겐야가 반응을 보이지 않은 것은 묘하지 않나.

도조 겐야…….

그러고 보니 그는 자기 스스로는 한 번도 이름을 밝히지 않았다. 아닌 게 아니라 다카야시키 다에코와는 초면이 아니라고 했다. 하지만 완전한 지방 작가인 그녀와 늘 여행하는 그가 만날 기회는 좀처럼 없었을 터다. 사건 당시, 그는 마을에 발을 들여놓지 않았다. 초면이 아니라고 한 것이 나에 대한 말이었다면······.

문 하나를 사이에 두고 옆 거실에서 꼼짝 않고 앉아 있는 인물은 정말 도조 겐야인가?

그렇게 생각한 순간 등골이 오싹했다. 그 공포에 나도 모르게 몸서리를 치고 말았다.

녀석은 누구인가.

아니, 냉정하게 생각해야 한다.

아주 오래전에 만난 적이 있고, 도조 겐야보다 열 살은 더 젊어 보이고, 일련의 사건에 관해 지식과 흥미가 있는 인물이라면······.

요키타카.

설마, 그런 터무니없는 일이······ 대체 왜······ 무슨 이유로.

그렇군, 복수인가. 조주로를 죽였을 뿐더러 자기를 완벽히 속인 셈이니 복수하려고 하는 것도······.

하지만 요키타카라면 어느 정도 옛날 그 얼굴이 남아······.

얼굴?

옆방에 앉아 있는 남자······ 아니, 얼굴이 생각나지 않는다. 정말 남자였는지 아닌지 그것조차 모르겠다.

녀석이 오기 전에 비가 두 번이나 내렸다.

비······ 물······.

이 문을 사이에 두고 반대편에서 나를 기다리는 것은 대체 **무엇인가?**

민가에서 머리 없는 여성 시체가 나와

　도쿄 도 니시타마 군 히메카미 촌 기타모리에 위치한 한 셋집에 여성의 머리 없는 알몸 시체가 방치되어 있는 것을 13일 오후 5시 20분경, 우편집배원이 발견했다. 사후 대략 2주가 경과한 것으로 보인다.
　이 집은 추리소설 작가 히메노모리 묘겐 씨(본명 다카야시키 다에코)가 빌린 것인데, 본인의 행방이 확인되지 않는 상황이라 쓰이카이치 경찰서에는 신원 확인을 서두르고 있다.
　시신은 40대 중반에서 50대 중반쯤 되는 나이로…….

또다시 머리 없는 여성 시체 발견

　13일에 여성의 머리 없는 알몸 시체가 발견된 니시타마 군 히메카미 촌 기타모리에 위치한 셋집에서 이번에는 뒷마당에서 또다시 여성의 머리 없는 알몸 시체가 나왔다.

　이 집 주민인 추리소설 작가 히메노모리 묘겐 씨(본명 다카야시키 다에코)가 행방불명인 상황에서, 쓰이카이치 경찰서에서는 현재 이 두 머리 없는 시체의 신원 확인에 총력을 기울이고 있다.

　처음에 발견된 시체는······.

수수께끼의 복면 작가 행방불명?

금년 4월, 괴기 환상적 작풍으로 유명한 추리소설 작가 에가와 란코 씨가 실종됐다며 여러 출판사가 함께 이례적으로 수색원을 경찰에 제출한 사실이 판명됐다.

에가와 씨는 완전한 복면 작가로, 담당 편집자에게조차 얼굴을 보인 적이 없다. 일과 관련된 협의도 모두 전화와 편지로 해결했다. 그런데 지난달 초부터 소식이 끊기고 어느 출판사와도 연락이 되지 않자, 이런 수색원을 제출한 것이다.

에가와 란코 씨는……

서재의 시체 4월호

| 연재 | 쓰치야 다카오 _귀자 님의 노래 | 사이토 노보루 _벌집 속에서
| | 덴도 신 _섬뜩한 사자(死者)들

| 단편 | 가지 다쓰오 _검은 줄 | 후지모토 센 _옹혈맥기 | 엔도 게이코 _소용돌이
| | 세지모 단 _무화과 병(病) | 아스카 다카시 _살인 공간

칼럼
나카지마 가와타로 | 곤다 만지 | 이토 히데오 | 세토가와 다케시
후타가미 히로카즈

제3회 신인상 발표
이쿠모리 주타로
당집 안에는 머리가 있다

『首無の如き祟るもの』
KUBINASHI NO GOTOKI TATARUMONO by Shinzo Mitsuda

Copyright ⓒ 2007 by Shinzo Mitsuda
All rights reserved.
Original Japanese edition published by Hara Publishing Co., Ltd.
Korean translation rights arranged with KODANSHA LTD. through Imprima Korea Agency.

Korean Translation Copyright ⓒ 2010 by Viche, an imprint of Gimm-Young Publishers, Inc.

이 책의 한국어판 저작권은 Imprima Korea Agency를 통한 KODANSHA LTD.와의 독점계약으로 도서출판 비채가 소유합니다.
저작권법에 의하여 한국 내에서 보호를 받는 저작물이므로 무단전재와 무단복제를 금합니다.

잘린 머리처럼 불길한 것 블랙&화이트 023

1판 1쇄 발행 2010년 8월 6일 **1판 14쇄 발행** 2025년 8월 18일

지은이 미쓰다 신조 **옮긴이** 권영주
발행인 박강휘
발행처 김영사
주소 경기도 파주시 문발로 197(문발동) 우편번호 10881
등록 1979년 5월 17일(제406-2003-036호)
주문 및 문의 전화 031)955-3200 **팩스** 031)955-3111
편집부 전화 02)3668-3295 **팩스** 02)745-4827 **전자우편** literature@gimmyoung.com

블로그 blog.naver.com/viche_books **트위터** @vichebook **인스타그램** @drviche @viche_editors
ISBN 978-89-94343-08-2 03830 책값은 뒤표지에 있습니다.

비채는 김영사의 문학 브랜드입니다.